The Brief History of
World Children's Literature

世界儿童文学简史

韦苇 著

海燕出版社
·郑州·

图书在版编目（CIP）数据

世界儿童文学简史／韦苇著. — 郑州：海燕出版
社，2024.6
ISBN 978-7-5350-9251-9

Ⅰ.①世… Ⅱ.①韦… Ⅲ.①儿童文学-文学史-世
界 Ⅳ.① I106.8

中国国家版本馆CIP数据核字（2023）第114878号

世界儿童文学简史
SHIJIE ERTONG WENXUE JIANSHI

出 版 人：李 勇		美术编辑：郭佳睿	
策划编辑：彭宏宇 肖定丽		责任校对：康若怡 屈 曜	
责任编辑：陈艳艳		责任印制：邢宏洲	

出版发行 海燕出版社
　　　　　地址：河南自贸试验区郑州片区（郑东）祥盛街 27 号
　　　　　网址：www.haiyan.com　邮编：450016
　　　　　发行部：0371-65734522　总编室：0371-63932972
经　　销：全国新华书店
印　　刷：河南瑞之光印刷股份有限公司
开　　本：787 毫米 ×1092 毫米　1/16
印　　张：33
字　　数：660 千
版　　次：2024 年 6 月第 1 版
印　　次：2024 年 6 月第 1 次印刷
定　　价：98.00 元

如发现印装质量问题，影响阅读，请与我社发行部联系调换。

出 版 说 明

　　世界儿童文学发展源远流长，其名篇佳构繁星灿烂。韦苇先生发挥资深翻译家之优势，利用其主编《世界经典童话全集》（共 20 卷）、《点亮心灯——儿童文学精典伴读》（"十二五"职业教育国家规划部定高校教材）及选评、编著多套中小学生课外读物之经验，"观古今于须臾，抚四海于一瞬"，著成《世界儿童文学简史》，以文学史家之独到眼光，纳世界儿童文学宝库中最具生命力的、历久弥新的珍品，加以史述、品评。本史成书于广大需求者的渴切期盼中，适时填补了我国文学理论的一档空白。我国儿童文学奠基人之一的陈伯吹先生当年披览本史后曾著文赞赏，他肯定本史是通往儿童文学大海的一条必经渠道。

　　本史为学科基础书，资讯翔实，辩证客观，详略得当；按时间顺序和重大历史事件划分文学史期段，概述和分述有机结合；作家、作品、地域，顺序纵横，经纬贯穿；应史述尽史述，当评论则评论；深细研判，慎重定论；将世纪代表性最强的、"压舱石型"的作家作品呈列于文学史之重心、中心位置，构建成完整、清晰的儿童文学史坐标系统，以揭示世界儿童文学的历史全貌和其中的发展轨迹。本书之显著优长，在于竭力避祛西方同类史著畸偏英文文本之弊短，而葆蕴公正、稳妥之品格。

　　本史据《世界儿童文学史》简缩修订，内容保持丰赡、宏广与完善。

　　本史可用作高校教材，可被指定为儿童文学研究生必读书，相关学科可采纳为参考书，出版界、编辑界和翻译界亦可广为利用。

了然世界儿童文学于胸间

韦苇

本书草创于我国改革开放初期。彼时举目四顾，中外儿童文学史相关的述介寥若晨星，更谈不上有多少专业性。在空白状态中建构世界儿童文学史，我所需要付出的努力可想而知。为了减少史著的盲目性，我只能从参阅各儿童文学大国的《百科全书》中"儿童文学"条目开始，然后按图索骥，逐渐一步步拓展。事实证明，这样来着手搭建世界儿童文学史框架，其路径是正确的、牢靠的、稳妥的。我努力的成果——《世界儿童文学史概述》在20世纪80年代中期第一次呈现时，我国现代儿童文学奠基人、创建人之一的陈伯吹先生披览过我的手写书稿后，热忱地肯定了我的拓荒努力。他为我的《世界儿童文学史概述》所作的序文中，有这样两段话：

有鉴于中国儿童文学工作者，暂时还没能得到《中国儿童文学发展史》的帮助与促进，那么，不得已而求其次，先研习一下外国儿童文学发展史，获得"他山攻玉"的效益，不能不说是一得之见，也是棋盘上可行的一着，更是通往大海的一条渠道吧。

韦苇同志谙外文，博览群书，凭教学的经验心得，勤奋艰辛地编著这部五十万言的《世界儿童文学史概述》，在中国儿童文学界做了一件大好事。尽管这一件"扛石臼"的工作，如此沉重，非有拔山、举鼎之力不办，但是他知难而进，具有一木支大厦的精神和气魄，值得称颂和尊敬。[1]

在后来的历次修订工作中，我心里一直回荡着陈伯吹先生旨在勉励我

---

[1] 陈伯吹：《〈世界儿童文学史概述〉序》，《浙江师范大学学报（社会科学版）》1986年第3期：33。

的这番话，受着这番话的鼓舞，总想把本书整饬得完善些，力求不辜负读者的期待。

中国现代儿童文学的发生、发展研究告诉我们，我国儿童文学一直显现一种外源性特质，这种特质在三个时期表现得最明显。第一个是"五四"文化运动时期，彼时的文学主将，如鲁迅、茅盾、郑振铎、周作人、夏丏尊等人，都在译风大开之际为催生中国现代儿童文学作出了不可磨灭的贡献；第二个时期，是中华人民共和国成立后的一个时段里，中国儿童文学全面、无保留地借鉴苏联儿童文学；第三个时期则是 20 世纪 80 年代至 90 年代，其外源性特质表现为吸收、消化欧美儿童文学的优秀创作成果，将其转化为我国儿童文学的文学解放动力，催动我国儿童文学创作在品质上向世界优秀儿童文学靠拢、趋近。所以，凡选择性阅读和研究儿童文学，甚或进行儿童文学创作，都必须有世界儿童文学史知识打底。

在欧美国家，系统地绍述和评介世界儿童文学的史性读本（尽管更多是囿于英语文本），是各类师范学校的师生、儿童文学从业者、儿童图书从业者、儿童文学出版从业者、儿童文学推广工作者必读和必备的参考书；当然，更需要它的是儿童文学研究者——世界上涌现过哪些经典儿童文学作家？他们的名著、名篇为什么能够历久弥新地保持神奇的阅读魅力？这些作品里留下了哪些历史痕迹和时光烙印？它们对儿童文学的发展过程产生过什么样的时代性影响？它们各是在什么样的发展情势和语境中产生的？对所有这些问题，从事儿童文学阅读指导的人和从事儿童文学研习的人必须做到了然于胸，方能心中有数地驾驭儿童文学阅读指导工作和研习工作。明乎此，这本书的实用价值就在于，它能够帮助相关读者最大限度减少甚至免却儿童文学阅读和研究的盲目性。把握各儿童文学大国的优势和长处，必须深入到它们的肌理，方能理解它们为什么会具有这样或那样的优势和长处，为什么会具有这样或那样的地域性和民族性特色。一般的儿童文学典范图书推介文字，往往只告诉人们哪些儿童文学书最好，于孩子精神成长最为相宜，而这本书则是在辨析各国儿童文学既彼此影响又保持不同文明特质的基础上，来告诉人们这些作品的民族性美学价值和世界性美学价值。它不是世界儿童文学优秀图书的广而告之，它是对各国儿童文学史象和地图的厘清和描绘，同时也讨论了这些儿童文学图书之所以具有优异品质的原理。

在本书成书过程中，我阅读了大量国外儿童文学研究专家的相关外文理论成果，并从中获得了诸多启示。当然，对已经形成汉语资料（包括作品）的，我自是尽可能做到穷搜尽罗，从而在可靠的研究基础上建立起自己独立的史著平台。我希望，需要利用这本书的读者能够相应地阅读我重点阐述和理析的小说类、童话类、诗歌类、动物文学类的代表性作品，以便有血有肉地来理解它们的里程碑意义。

儿童文学从来都不是独立发展的。作为文学的一个分支，儿童文学不可避免地受历史上出现过的各种文学思潮的影响，譬如文艺复兴思潮、古典主义文学思潮、启蒙主义文学思潮、浪漫主义文学思潮、批判现实主义文学思潮、无产阶级文学思潮。其后，现代主义文学的流派象征主义文学、表现主义文学，和后现代主义文学的流派诸如存在主义文学、荒诞派戏剧、魔幻现实主义文学，其表现方法都为儿童文学作家们所借鉴，从而不同程度地影响了儿童文学的发展状态。所以，要透彻了解各国儿童文学之所以是这样而不是那样一种样貌和情状，还得具备一定量的关于世界大文学的背景知识。最明显的是俄罗斯儿童文学，它在 20 世纪的中前期里在相当程度上脱离了世界儿童文学的潮流，建立了与世界儿童文学相异的儿童文学。但就文学价值而论，又不能武断地认为这种异质土壤里生长出的儿童文学就一定没有值得阅读的好作品。从不同样态的儿童文学中汲取精神养料，不"偏食"，正是孩子健康成长的需要。能够让孩子变得有力量的，能够让孩子崇尚美的，能够让孩子向上、向善的，都是好文学，都是世界儿童文学大宝库中的珍品。

二战后的儿童文学描述和评介，是这本书的"重头戏"。人所共见的一个事实是，二战后，英国儿童文学的 19 世纪到 20 世纪前期的"世界儿童文学领头羊"地位，已经有所沉降，而以阿斯特丽德·林格伦和托芙·扬松为代表的北欧儿童文学的位置则显著地抬升了。瑞典的儿童文学泰斗林格伦在"长袜子皮皮"系列童话里所创造的皮皮形象和同样是泰斗级的芬兰作家扬松在"姆咪（任溶溶译作'木民'）一家"系列童话里所创造的姆咪形象，所体现的美学品格令人耳目一新。而北欧各大家之间的风格又迥然不同，不同中却又共同显示着现实感的强烈、幻想思维的大胆和现代乌托邦理想色彩迷人的诗意，显示着儿童游戏场面的欢欣和温暖。北欧作家们的标新立异营造的善爱、信谊、安谧、温馨和快乐，很快赢得世界性的认可与激赏，使得人们不得不把目光投向崛起的北欧儿童文学峰峦。与此同时，西欧还眼巴巴看着美国的儿童文学赢得比自己更多的读者视线的投落。

　　世界儿童文学名著在我国已有很高的普及率。中国儿童文学就儿童文学问题展开与西方的平等对话，在全面深入了解西方儿童文学成就这一点上来讲，我们已经创造了充足的前提。这时候来构撰《世界儿童文学简史》，其条件已经比20世纪80年代优越百倍。它理当以更完善的内涵和更圆熟的面貌呈奉于读者。

清醒与严谨（代序）

——说韦苇先生治史

韩　进

正是国门初开的中国儿童文学界渴望了解世界儿童文学情状的时候，1986 年，一向创作与研究成人诗的韦苇先生，捧了一部砖块般厚实沉重的《世界儿童文学史概述》走入儿童文学界，首开中国儿童文学自来无史的记录，在尚不见中国儿童文学史的缺憾中先有了这部世界儿童文学史的填补。此史一面世，首先在香港引起反响。德高望重的中国儿童文学界的泰斗陈伯吹先生在香港发表了数千言的评文，称这是"一件'扛石臼'的工作，如此沉重，非有拔山、举鼎之力不办"，作者这种"一木支大厦的精神和气概，值得称颂和尊敬"。

其后，韦苇先生又于 1992、1994 年先后出版有关外国童话历史、西方儿童文学发展史、俄罗斯儿童文学源流的专门研究著作，另有与他人合著的《中国现代儿童文学史》（1987 年，河北少年儿童出版社）与《中国当代儿童文学史》（1991 年，河北少年儿童出版社）。这些为韦苇先生治史的作风和经验提供了物质前提及丰富的话题。韦苇"熟谙外文，博览群书"（陈伯吹语），于是有了他治史的优势：治一方史以他方史为参照，治一洲史以他洲史为参照，治中国史以世界史为参照，治当代史以近现代史为参照，总之，中外古今、宏观微观、高下优劣、孰强孰弱，他都能做到心中有数，了了分明，连细枝末节也不放过。不妨以他著作《中国现代儿童文学史》为例证。在谈论"五四"文学潮流影响下的外国儿童文学译介业绩时，中国有的论者出于对鲁迅先生的特殊敬仰，将鲁迅译过其童话的俄罗斯人爱罗先珂列入"世界著名儿童文学作家"。韦苇先生对俄罗斯儿童文学研究深湛，他在 1987 年河北少年儿童出版社出版的《中国现代儿童文学史》中明确指出，爱罗先珂的童话和童话剧在俄罗斯并无一点影响，任何一部俄罗斯文学史都不曾提及爱罗先珂其人，任何一部俄罗斯作品集也不曾收入其童话。我作为他的研究生，曾多次听他提醒治史当以这一误笔为戒，万万不能以想当然的猜估来替代史实，鲁迅当年就译过一些文学史上并无地位的作家的不足称道的童话故事，若以"想当然的猜估"来品评其地位，岂不荒唐又贻误他人？而理论工作者的误导是一种不恕的罪过。

韦苇先生治史一向保持清醒头脑，尊重史实，又不拘泥于史实；评述时分寸得当，言之有度，不以偏概全，不人云亦云，不因美瑜而隐瑕疵，即使对世界性名著他也从不放弃自己的理性思考。例如《Oz 的故事》（又译《奥茨国的故事》），诺贝尔文学奖获得者的代表作品长篇童话《尼尔斯骑鹅旅行记》，他也明白地指出其不足。再比如作者在介绍美国一家教育杂志向在校学生调查"你最喜欢的 3 本儿童文学读物"的 3 份调查结果时，既如实地把西方儿童读者的反应传达于史中，又有他自己的思考，不因为美国的孩子不提到安徒生童话，就动摇安徒生在世界儿童文学史和童话史中的崇高地位，也不因为美国的孩子没有把《长袜子皮皮》放在最喜欢的读物之列，而放弃对它的由衷赞赏。治史能在尊重史实的前提下，又保持着自己独立的审美个性，尤为可贵。关于中国已出的几部儿童文学史，他曾谈他的读后感说："文学史不应是'作品赞颂史'。任何令人痛心、叫人憾愧的文学现象，也一样可以写成史。"持这样一种观点，他评述作品时总是激情和冷峻并用，褒贬鲜明而合度，对国人已作定评的作品，他也从自己的考察出发，常敢有所冒犯，时而让人为他捏一把汗。"打破死水一潭，就从我做起"——他这样说，就真的这样做。我觉得，韦苇先生是对的。儿童文学要求得真发展，岂能不时时保持以清醒？岂能是非定于一家之说？岂能黑白独定于一尊？

韦苇先生热诚坦荡，又很平实随和，然而这也只是其为人。而为文，韦苇先生则多备自信，力避常俗，固守学人之精神家园，把自己的专业知识作通俗地播衍。宽容以为人，严谨以为文，这就是我所认识的韦苇先生。

目　录

导言···001

上

第一章　新儿童观催生儿童文学·································· 011
　　第一节　儿童的被发现及其历史背景·························· 011
　　第二节　《世界图解》：一部最早体现新儿童观的图书········ 013
　　第三节　洛克和卢梭的理论对新儿童观形成的意义············ 014
　　第四节　纽伯瑞最早将新儿童观体现在儿童文学
　　　　　　图书出版业中······································ 016

第二章　民间文学孕育儿童文学·································· 018
　　第一节　民间口头文学是儿童文学的源泉···················· 018
　　第二节　东方民族最早向世界儿童贡献了童话故事············ 020
　　第三节　世界上普及率最高、阅读价值永恒的《伊索寓言》···· 033
　　第四节　欧洲第一部动物史诗《列那狐故事》················ 035
　　第五节　第一部真正显示了儿童文学品格的故事集
　　　　　　《吹牛大王历险记》································ 037
　　第六节　被认为是最早的一部儿童文学名著《鹅妈妈故事集》·· 039
　　第七节　意外成为儿童文学经典的《格林童话》·············· 042
　　第八节　描述罗宾汉的绿林英雄史诗感动了少年·············· 045
　　第九节　霍桑创写的古希腊神话传说盛传不衰················ 046

第三章　代偿性儿童读物酝酿儿童文学·························· 050
　　第一节　笛福的《鲁滨孙漂流记》···························· 050

第二节　斯威夫特的《格列佛游记》 ················· 052

第三节　法兰西头一部打入儿童阅读圈的诗集

《拉封丹寓言诗》 ························· 054

第四章　浪漫主义为童话文学的独立创造条件 ············· 056

第一节　浪漫主义推进童话成为独立文体 ············· 056

第二节　豪夫的童话 ······························· 057

第三节　夏米索的《出卖影子的人》 ················· 059

第四节　霍夫曼的《咬核桃小人和老鼠国王》 ········· 061

第五节　托佩柳斯：北欧最早的童话家 ··············· 063

第六节　浪漫主义在英国留下的儿童文学遗产：《天真之歌》 ··· 064

第七节　浪漫主义在俄罗斯留下的儿童文学遗产：

普希金的童话诗 ························· 066

第八节　叶尔肖夫的《神驼马》 ····················· 069

<h1 style="text-align:center">中</h1>

第一章　作为文学一脉的儿童文学之形成 ················· 073

第一节　儿童文学独立成为文学一脉的历史背景及内部因素 ··· 073

第二节　安徒生童话：支撑19世纪儿童文学的第一根柱石 ··· 075

第三节　《木偶奇遇记》：支撑19世纪儿童文学的第二根柱石 ··· 089

第四节　马克·吐温的两部历险记：支撑19世纪儿童文学的

第三根柱石 ····························· 093

第二章　儿童文学首先在英国成为文学一脉 ··············· 102

第一节　19世纪英国儿童文学最先显现早春气象 ······· 102

第二节　英国儿童文学早春气象的标志：童话类 ······· 105

第三节　英国儿童文学早春气象的标志：小说类 ······· 118

第四节　英国儿童文学的春天：19、20世纪衔接期具有

世界影响的作品 ························· 125

第五节　20世纪30年代：一批新成名的作家稳固
英国儿童文学的领先地位 ············· 137

第三章　19世纪世界儿童文学的俄罗斯贡献 ········· 142

第四章　19世纪欧美儿童小说 ················· 157
　第一节　19世纪后半期欧美普及率最高的中长篇儿童小说 ······· 157
　第二节　19世纪后半期生命力强韧的欧美短篇儿童小说 ········ 169

第五章　1840年至1945年间童话崛立为一个文种 ········· 173
　第一节　1840年至1945年间的欧美童话 ·············· 173
　第二节　世界童话日臻成熟 ····················· 180

第六章　20世纪前半叶流传最广的儿童小说 ············ 213

第七章　苏联注重教育意蕴的儿童文学 ·············· 228
　第一节　苏联立国伊始的儿童文学 ················· 228
　第二节　20世纪三四十年代产生了一批显示着强劲生命力的
儿童文学作品 ························ 235

第八章　20世纪前半期动物文学成为世界儿童的热门读物 ······· 244
　第一节　动物文学溯源 ······················· 244
　第二节　动物文学在20世纪成为一个独立的文种 ·········· 246

下

第一章　二战后儿童文学发展的背景和繁荣标志 ·········· 263
　第一节　二战后世界儿童文学发展的背景 ·············· 263
　第二节　二战后世界儿童文学繁荣的标志 ·············· 266

第二章 四位巨擘代表着20世纪世界儿童文学的强大创造力 ……… 270

第一节 凯斯特纳：20世纪儿童文学的一个象征 ……………… 270

第二节 林格伦：一种美学新品格的创立 …………………………… 276

第三节 罗尔德·达尔：20世纪最具想象力的故事大王 ……… 291

第四节 怀特：用诗意和幽默讴歌积极人性的童话大师 ……… 296

第三章 富于新异感的北欧儿童文学 ……………………………… 303

第一节 二战后北欧儿童文学概述 ………………………………… 303

第二节 二战后北欧儿童文学中具有标志意义的作品 ……… 308

第四章 二战后迅速复兴的德语儿童文学 ………………………… 316

第一节 二战后德语地区儿童文学概述 ………………………… 316

第二节 二战后德语儿童文学中具有标志意义的作品 ……… 319

第五章 二战后法国显见起色的儿童文学 ………………………… 338

第一节 二战后法国儿童文学概述 ………………………………… 338

第二节 二战后法国儿童文学中具有标志意义的作品 ……… 343

第六章 二战后独具一格的意大利儿童文学 ……………………… 350

第一节 二战后意大利儿童文学概述 ……………………………… 350

第二节 二战后意大利儿童文学具有标志意义的作品 ……… 352

第七章 二战后俄罗斯和捷克旨在育人的儿童文学 ……………… 361

第一分章 二战后的俄罗斯儿童文学 ……………………………… 361

第一节 二战后俄罗斯儿童文学概述 ……………………… 361

第二节 二战后俄罗斯具有标志性意义的作品 ………… 364

第二分章 二战后捷克儿童文学 …………………………………… 381

第一节 二战后捷克儿童文学概述 ………………………… 381

第二节 二战后捷克具有标志性意义的作品 …………… 383

第八章　占有世界儿童大块阅读份额的英语儿童文学（上）　·········　386

　　第一节　英语儿童文学在英国：历史题材小说和现实题材小说　···　386

　　第二节　英语儿童文学在美国：历史题材小说和现实题材小说　···　393

　　第三节　英语儿童文学在澳大利亚　·························　414

第九章　占有世界儿童大块阅读份额的英语儿童文学（下）　·········　417

　　第一节　从小说方向发展过来的童话　·····················　417

　　第二节　从传统故事方向发展过来的童话　·················　423

　　第三节　以人格化动物为文学载体的童话　·················　435

　　第四节　从想象国度里孕生出来的童话　···················　446

第十章　现实主义在南美儿童文学中显示阅读魅力　·············　455

第十一章　二战后成绩斐然的日本儿童文学　·················　460

　　第一节　二战后日本儿童文学概述　·······················　460

　　第二节　二战后几部较具代表性的作品　···················　462

第十二章　20世纪后半期拥有稳定读者群的动物文学　·············　469

第十三章　19世纪至20世纪的童诗　························　483

　　第一节　童诗成为儿童文学中的一个门类　·················　483

　　第二节　19世纪至20世纪涌现了一批有影响力的童诗诗人　········　484

附录1　···································　498

附录2　···································　500

附录3　···································　502

参考文献　·······························　504

导　言

一、世界儿童文学史研究是儿童文学基础理论建设中的一项大工程

世界儿童文学史研究，不仅是世界儿童文学研究中的一项基础大工程，而且是儿童文学基础理论研究中的一项基础大工程。儿童文学基础理论研究通常分为三个方面：儿童文学概论、中国儿童文学史、外国儿童文学史。世界儿童文学史在这鼎立的三足中占其一足，可见世界儿童文学史研究在儿童文学基础理论建设中的重要地位。中国儿童文学源流研究必然和必须涉及欧美儿童文学(有时候是经由日本)对中国儿童文学发生、发展的影响。从世界儿童文学史阅读导入儿童文学研究，在世界儿童文学的宏阔背景之下发表儿童文学的言论、观点、下种种结论，才不至于荒腔走板，才不会有"井蛙"之嫌。《世界儿童文学简史》首先是为初始蹈入儿童文学研究的研习者、儿童文学教师提供的一本基础理论必读书，其次是为儿童文学图书出版从业者、图书馆工作人员提供的一本重要参考书。

中国人自己来提供《世界儿童文学简史》这样的著作殊为必要。因为，中国人见过的一些欧美学者的世界儿童文学的史性述介评骘多囿于一些英语儿童文学文本。若把关注视野放开，放眼全世界的儿童文学，那么就会豁然：北欧地区也是出产优异儿童文学读物的阈域；若论童话成就，19世纪世界童话成就最高的应是安徒生，20世纪童话成就最高的应是林格伦，而人所共知的事实是，安徒生和林格伦的作品并非用英文撰就；俄罗斯和东欧诸国的作家也为世界儿童文学的多样繁荣作出了不可磨灭的重大贡

献；亚洲儿童文学的现代化进程固然晚于欧美诸国，而其古文学，譬如《卡里莱和笛木乃》《一千零一夜》，以及作为东亚文明组成部分的中国文学菁华《西游记》等，和发展势头迅猛的中国现今儿童文学，其成绩之可观也是不容被漠视的——纵使仅以被国际儿童读物联盟授予作家奖的就已有4位：窗道雄（日本，1994），上桥菜穗子（日本，2014），曹文轩（中国，2016），角野荣子（日本，2018）。另，格日勒其木格·黑鹤（中国，2019）获比安基国际文学奖小说大奖。当今中国儿童文学欣欣向荣的繁富性已足可与14亿人口的大国相配，与中国作为世界上第二大经济体的规模相适应。欧美儿童文学学者们不关注和研究，或不屑于关注和研究这片辽阔大地上发生过和发生着的所有儿童文学现象，因而他们的世界儿童文学史的载述也就难免是不完整的。

二、世界儿童文学史研究对其研究者的学养要求

世界儿童文学史研究这一系统工程，要完成它，通常需具备如下学养要求：

1. 借助外国语从经、纬两个维度来了解、把握外国儿童文学发生、发展的能力。

2. 对外国（主要是欧美）儿童文学作家创作历程、文体所长、创作成就的了解和把握。

3. 对世界儿童文学作家作品及其被阅读、被传播状况的认知。

4. 掌握尽可能多的儿童文学文本产生的背景、环境、过程、评价资讯及其读者反馈信息。

5. 对各国之间儿童文学相互译介状况的了解，对于原始版本和译介版本的了解。

6. 相关的世界文史知识储备，对世界古今重大历史事件的了解。

7. 对儿童文学与物质文明、社会文明的相关性认知。

8. 对儿童文学与宗教文化的相关性认知。

9. 对欧美诸国侵略殖民史以及殖民意识对欧美作家潜在影响的认知。

10. 对儿童文学创造的典型形象（有的已成为一个地区乃至全世界的共名，如"丑小鸭""灰姑娘""孙悟空"）的认知。

11. 对儿童文学作品美学质地的识见和判识能力（在本文学史中，多位经典作家的经典作品在被肯定成就的同时，也被指出某些部分在文学品质方面的欠缺和瑕疵）。

12. 对儿童文学的文学美育认知。

13. 在世界儿童文学史评述中保持中国学者独立思考的清醒头脑，体现《世界儿童文学简史》中国撰著者的主体意识。

作为儿童文学母范畴中一个子范畴的"世界儿童文学史"及其研究，其研究者大体需要具备上述综合学养和素质，尤其是对文学质地的独立辨识能力、认定能力。在儿童文学作品涌现愈来愈多，儿童文学现象愈来愈丰赡、愈来愈阔富、愈来愈琳琅满目的 20 世纪及其延后的 21 世纪的今天，研究者就被要求具有愈来愈敏锐、愈来愈精准的文学眼光和严格的文学审美尺度。

三、从世界儿童文学中归纳儿童文学的创作通则

遍读世界儿童文学名著，不难发现它们的作者都在遵守一些共同的创作法规，其要者有：严格的真实，浓烈的趣味和清醒的作家责任感。

1. 严格的真实。

儿童文学作品的人物可以是现实生活中的，也可以是古代和另一个星球的，可以是会说话的动物和玩物，但必须都真实可信。杰出的儿童文学女作家林格伦用"假惺惺的歌儿趁早别唱"这样一句古老的俗语来强调真实性在儿童文学中的绝对重要意义。她指出"我希望儿童文学作品都能作为儿童生活的延伸部分而存在。我一生追求的就是这一点"，这可谓对儿童文学真实性要求的一种精辟之论。

2. 浓烈的趣味。

是否具有趣味决定着作品能否打入孩子中间并俘虏他们的阅读注意，进而决定着作品的成败。趣味包含诸多方面的元素，有内容方面的，比如

侦探、冒险、寻宝等等。有结构方面的，比如要富于戏剧性，有悬念，情节紧张，而来龙去脉要清晰可辨。儿童的阅读实践经验告诉人们：引人入胜的故事在儿童文学中是必不可少的。还有语言方面的，要求语言生动活泼，机敏和幽默，语言的幽默感是儿童趣味的必要元素。

3. 清醒的作家责任感。

在儿童文学范围内强调作家责任感，是由儿童文学的读者对象的特殊年龄阶段决定的。儿童的经验世界贫乏，还谈不上洞识人生和社会，鉴别善恶、真伪、优劣的能力都还很差。儿童以轻信的态度对待文学作品中所描写的一切，甚至用从书本中得来的语言思考和说话。在这种情况下，要是作家表现出某种不负责任，所酿成的后果是可以想见的。因此，被世界公认的儿童文学优秀作家，无不以审慎的态度对待自己的创作。林格伦曾自述她也时有忧伤之情萦绕，但一拿起笔来为孩子写作，忧伤就消隐得无影无踪了。对于自己创作所表现出的责任感，林格伦曾有过一段明确的表白：如果人好自为之，那么人是世界上最美好的善的基础，而"如果人自甘堕落，那么许多残暴的、肮脏的勾当都是人干的。我总要告诉孩子们，应当满心真诚地对待周围的人们，应当做一个具有人道精神的人，应当热爱人们。只要有可能，我就总要教会孩子们成为这样的人"。[①] 世界上哪位儿童文学作家不寄希望于孩子、不寄希望于未来呢？！林格伦的这番表白可以作为西方儿童文学作家的共同心声。

四、儿童文学与成人文学间有一个宽阔的接壤地带

几个世纪来，儿童一直在成人文学中攫取自己的读物，纵然是世界儿童文学如此丰富多样的今天，孩子也依然在成人文学中攫取自己的读物。儿童的"阅读胃口"总是特别好，出乎成人意料地好，天性使他们爱"生吞活剥"。诚然，主要是成人中的文学人精心为孩子从"成人文学"里挑选了为数不少的文学读物。于是，成人文学和儿童文学之间，向来就存在一

①柳德米拉·勃拉乌苕：《反顾你的童年时代——林格伦访问感得录》，《浙江师范大学学报（社会科学版）》1990年第4期。

个中间地带，或称接壤地带。也就是说，儿童文学和成人文学的联系从来都是千丝万缕的。

这一接壤地带里有儿童拥有的最美丽的文学风景。中国人已经熟知的有《鲁滨孙漂流记》（英国：丹尼尔·笛福）、《最后一课》（法国：阿尔丰斯·都德）、《万卡》和《渴睡》（俄罗斯：契诃夫）、《最后一片树叶》（美国：欧·亨利）、《热爱生命》（美国：杰克·伦敦）、《吹牛大王历险记》（又译《敏希豪生奇游记》，德国：鲁道尔·埃里希·拉斯伯和戈·毕尔格）、《小耗子》（埃及：马哈姆德·台木尔）等。这片中间地带的风景美丽而宽阔。仅就马克·吐温的两部历险记而论，它们的巍峨葱茏，就是向着儿童文学和成人文学两边的——它们就像是有着两个坡的巍山，从成人那面看去是成人文学，从儿童文学那面看去是儿童文学。此外，还有莎士比亚戏剧故事、列夫·托尔斯泰的《高加索的俘虏》、高尔基的《燃烧的心》，还有拉封丹和克雷洛夫的寓言、普希金的童话诗、王尔德的童话，再有比利时作家德·高斯特的长篇传奇小说《乌兰斯匹格传奇》（罗曼·罗兰作长序力荐），最早的流浪汉小说、西班牙的早期名作《小赖子》，印度批判现实主义作家普列姆·昌德的著名短篇小说集《蛇石》（包括《一个男孩和虎》《捕鳄记》《大象莫季》《小猴弥特胡》《气球上的豹子》《蛇石》)也在这个范围。而当今中国研究者和读者不太熟悉、其名字却已经多见于理论书和选本的一些作家，例如沙米索、肖洛姆－阿莱汉姆、卡·恰佩克、诺贝尔文学奖获得者吉卜林、泰戈尔、辛格、米斯特拉尔和肖洛霍夫等，这一群体的数量可观，其作品的数量更可观，而论其作品品质则更令涉猎者拍案叫绝、叹为观止。这些作品是文化人、文学人中热心于为孩子提供精神营养品的选家、出版家挑选出来的，作为精品供孩子们缓解阅读之饥渴。这些选家、出版家认为这是孩子应该接受、可以接受，成人应该帮助孩子接受的世界文学菁华，希望孩子们通过对这些作品的阅读，加深对人性万象和人生百态的理解，带引孩子们早早进入文学艺术瑰丽的殿堂。

与成人文学相比较，儿童文学是一种更理性的文学。这一理性表现在儿童文学需要作家去引导孩子思考真理与谬误、正义与非正义、高尚与卑鄙、美善与丑恶、诚实与虚伪、勇敢与懦弱,思考个人对社会的责任和义务,思考一个人活在世上究竟为的什么,等等。这种理性在有的专家心目中是十分明确的,例如,法国20世纪前半期的重要作家马塞尔·埃梅就曾声言:他给孩子写的作品里是绝不谈钱财和性爱的。

成人文学和儿童文学接壤地带里的作品,往往是更值得人一生拥有、一生赏读的。

五、衡量儿童文学发展水准的尺度

评估一个国家、一个地区的儿童文学发展水准,理当有客观尺度。一个国家、一个地区的儿童文学处在什么水准上,或已达到什么水准,不能光看该国家、该地区的作家和评论家自己怎么说。这和该国家、该地区的历史长短、人口多寡都没有必然的正比关系,与经济发达程度的关系也不直接、不密切。尺度的客观性拒绝承认"人多势众""财大气粗""历史悠久""物产丰富""霸权地位"。

世界儿童文学独立发展已经有一两百年的历史。我们已经有可能从对这一两百年儿童文学现象的考察中,从对儿童文学读物流传、影响和受儿童欢迎的情状中,从儿童文学实践活动的经验中,归纳出一些国际公认的衡量儿童文学发展水准的尺度来。事实上,确也有人做过这方面的努力。我归纳了一下,这些尺度大体是:

看一个国家、一个地区把儿童即国家和民族的未来放到国家或地区的什么地位:看一个国家的国策怎样对待儿童,看一个国家的领导人、精神精英集团和广大民众怎样认识儿童,对儿童和他们的世界了解、理解和研究到了什么程度。儿童文学的创造往往是从对儿童和儿童世界的认识和研究始发的。也就是说,任何一件专意为儿童创造的作品,都被打上了作者对儿童认识的胎记。有多少种儿童观就会有多少种儿童文学观,也就会有多少种儿童文学。

看这一国家或地区的作家与儿童思维相适应相投合的那种文学想象力解放到了什么程度,我们不能去指望一个文学想象力受到多方束缚(例如来自宗教的束缚）的国家和民族，能产生卓越的、天才的、不朽的儿童文学作品。艺术想象的自由和艺术表现的自由，是作家创作高水准、高品位作品的前提条件和精神条件。因此，摆脱束缚和干预，在有的西方国家就被认为是解放艺术生产力的前提。

看一个国家产生和积累了多少影响超越国界的作品。一个国家的儿童文学穿越国界、政体隔阂和宗教樊篱的能力，其被介绍被翻译的状况，其被国际认可和接受的程度，其被世界儿童文学史肯定的程度，乃是衡量一个国家、一个民族、一个地区儿童文学发展水准的重要标尺。人的意志、资产等外在条件不能在这上面有什么作为。而公认的国际性儿童文学奖颁授的状况，自然成了衡量该国家该地区的儿童文学发展水准的较为可靠的依据。这类奖项在评奖过程中也可能存在偏见，存在不公正的问题，但倘在"偏见""不公正"之类的诿辞中寻找自慰，于本国本民族的儿童文学发展定然有害无益。

看一个国家或地区专门为孩子创作文学读物的作家的数量，即平均多少人口中有一位为孩子进行文学写作的作家。

看一个国家或地区的孩子挑选儿童文学作品的余地是否宽广，内容、形式、风格的多样性能否满足各种年龄、性别的少年儿童的需求。

看一个国家或地区为儿童文学图书配图、插画的艺术质量在多大程度上提增了儿童文学图书的生命强度。

对儿童文学发展起推进、保证、辅助作用的研究、批评的力量和有关的儿童文学机构设施的数量及其活动的数量、质量，也是检视一个国家或地区儿童文学发展水准的愈来愈重要的方面，如专业书店、图书馆，阅览室、出版社、剧院，研究所、各种协会和学会。

还要看一个国家或地区是否授予有思想力量和艺术力量的优秀作品和理论著作应有的奖励。

六、《世界儿童文学简史》的涵纳范围

1.具有跨民族、跨国界、跨文化、跨语言、跨宗教、跨时代的影响力，又为少年儿童所乐于接受的文学作品。

2.各国《百科全书》的"儿童文学"条目中都提到的儿童文学读物。

3.被各主要语种间互相流通、互相译介频度最高的、具有世界性的儿童文学作品。

4.部分获得国际、地区儿童文学重要奖项的精粹作品。

5.流传最广、重版次数最多、发行量最大、儿童图书馆被借阅频率最高的儿童文学读物。

6.因审美品质优异而受到历代儿童文学研究者推崇的儿童文学作品。

7.作家为儿童阅读而加工、改制的，为儿童所喜爱的民间文学作品。

8.专意为儿童阅读方便和需要而出版的经典成人文学作品的简写本、删节本，或其中的部分或个别章节的单行本。

9.在儿童文学事业发展进程中有重大影响的文学评论家的理论成果。

世界儿童文学简史

上

The Brief History of World Children´s Literature

第一章　新儿童观催生儿童文学

第一节　儿童的被发现及其历史背景

虽然自从有了人类，儿童这个生机蓬勃的存在就是一个客观事实，但是粗粗推算起来，人类曾经有两千五百多年没有发现儿童。

世界的先民对儿童有过这样两种认识。

一种是把儿童看成成人的预备。在部落社会和氏族社会里，大人也可能会照料孩子，甚至细心地抚养他们。但那只是因为成人需要儿童来做他们未来的替班，也就是说，孩子只被看作还没有长大的成人。

另一种是把儿童看成缩小的成人。古希腊、古罗马的情形就是这样：儿童穿着跟成人一样的服装，只不过比成人小一些。男性儿童是被重视的，那是因为男性儿童是未来的战士，是未来的奴隶主。为了与敌人战斗，为了对奴隶进行残酷的统治，男性儿童要接受跑、跳、掷、搏和唱战歌的训练。而女性儿童之所以被重视，则是因为她们是生育未来战士的工具。

社会没有发现儿童。童年时期并没有被作为一个重要的人生阶段而给予精神上、文化上的特殊重视。儿童，这样一个广泛而生动的存在，那时还没有进入作家的视野。翻查发端期的文学史，可以发现当时的作家没有把儿童看作描写对象，因此也无意于在他们身上汲取创作素材。古希腊的戏剧里有孩子，然而那不是具有独立人格的人，孩子不过是戏剧家需要使用一下的道具。

儿童是否开始、逐渐、已经被发现，要看权力持有者、社会精英、人民大众是否开始、逐渐、已经认识到儿童本身自成一个世界：儿童有不同于成人的生活，儿童有自己特具的情感，这一世界需要成人特意去体认，并对这个天真烂漫的世界予以特别的理解和尊重。"儿童的被发现"就是指成人发现了儿童的这个独异而丰富的世界。没有发现这个与成人不同的世界，就是没有发现儿童。准确、严格地表达如上概念时，应该是用"儿童的被发现"这个说法。"发现儿童"这种表达，没有突出对儿童来说，成人总是处于主体地位，是进化了、变迁了的时代赋予了成人以一双能够发现儿童的慧眼。儿童是被成人发现的，儿童世界是被成人发现的。这是一个长长的发现过程，直到儿童文学的黎明期里约翰·洛克（1632—1704）、让－雅克·卢梭（1712—1778）教育理念普及，"儿童的被发现"才在欧洲得以明确，得以成为事实。这一历史事实需用"儿童的被发现"来表达，才算清楚明白。

儿童本来是存在的。只是这个数量庞大的存在在历史条件渐渐成熟时才被渐渐发现。儿童地位的确认及儿童之被发现，发生在如下历史背景中：

1. 17世纪到18世纪的200年里，欧洲自然科学的长足进步与科技革命、产业革命的成功，为欧洲妇女解放运动的兴起创造了物质前提，提供了事实可能性。

2. 18世纪后期到19世纪前期，机器制造业、交通运输业、纺织业、金融业、银行业发达，由此而形成的中产阶级日渐扩大，成为社会结构中的重要部分。中产阶级为了培养自己的子弟，对教育产生了强烈的诉求，从而促进了教育的兴盛与长足发展。与此同时，教育与资本积累、领土扩张逐渐联系起来。

3. 18世纪末期到19世纪前期，以"人人生而自由、平等"为核心内容的《人权宣言》在法国制宪会议上通过，"天赋人权"的口号被响亮地提了出来，民主的思想和原则在欧洲得以确立。

4. 18世纪到19世纪前期，整个欧洲都笼罩在启蒙运动的氛围中。文艺复兴运动取得了反封建专制君权和反教会精神统治的成果；朝气蓬勃的人文主义激发出来了巨大的进取心和创造精神；因神权中心、来世主义、禁欲主义被从根本上动摇，个性自由、理性至上和人性得到较为完全的发展：所有这些，都为启蒙运动风起云涌的展开奠定了基础，并在启蒙运动中得到了继承。启蒙运动对腐朽没落的封建专制制度和禁锢、束缚人们头脑和心灵的宗教黑暗统治造成摧枯拉朽之势，一批极具号召力和影响力的思想家和哲学家，诸如伏尔泰、孟德斯鸠、卢梭、让·梅利叶、德尼·狄德罗、克洛德·阿德里安·爱尔维修、保尔·昂利·霍尔巴赫，成了这场波涛汹涌的思想解放运动的旗手，科学思维、自由思维、平等思维、博爱思维作为一个完整的人文思维体系，像阳光一样照亮了人们的意识和观念。启蒙运动为把儿童从封建宗教的桎梏中解放出来做好了精神准备，也为儿童文学的萌生创造了前提。启蒙主义把人的解放提上了日程，自然也把儿童的解放提上了日程。因此，儿童文学的萌生也必然是科学启蒙、思想启蒙、意识启蒙、观念启蒙带来的一个水到渠成的结果。

第二节　《世界图解》：一部最早体现新儿童观的图书

捷克伟大的民主主义教育家、西方近代教育理论的奠基者扬·阿姆斯·夸美纽斯（1592—1670），于17世纪中期发表了他的《世界图解》（又译《可见的世界》《宇宙概观》），这本百科知识型的图画教科书表明了这样一种崭新的认识：儿童并不是缩小的成人，也不是成人的预备；为他们创造的读物应该遵循一些区别于成人读物的特殊规律。这部颇具艺术趣味的儿童知识读本的出现，标志着人类对儿童的认识有了一个质的飞跃性的转折——童年开始被当作一个独立人生阶段来认识、来对待的历史新阶段到来了！整个18世纪还没有一部为儿童准备的书的普及率可与《世界图解》相媲美，它被译成所有的欧洲语言出版，并且上百次地重版，成为彼一时期儿童教科书的模板。通过它，儿童被召唤到书本跟前，传输基督教教义的童书也被它挤到一边。

儿童问题被比较充分、系统地讨论，要到《世界图解》出现后一个多世纪，即 18 世纪的后半期。从英法兴起的启蒙运动中推出了一个卢梭。卢梭空前充分地注意到儿童年龄上的特征，强调儿童的独立精神、观察能力和灵敏性。他的教育小说《爱弥儿》洋溢着他对儿童的热爱。

第三节　洛克和卢梭的理论对新儿童观形成的意义

英国的约翰·洛克（1632—1704）是 18、19 世纪甚至 20 世纪影响最大的教育思想家和哲学家。他强调感官经验对儿童而言有着特殊的意义，因此他推崇玩物、推崇形象语言。他的"寓教于乐"的著名教育理念在现今都还影响着人们对儿童文学图书的理解，并具有指导意义。他的《人类理解论》（1690）、《教育漫话》（1693）两部著作为他被认定是"教育理论和实践的开创性人物""教育理论和实践之父"奠定了稳实的基础，使他受到欧美各国的推崇。他明确指出发展儿童文学的重要性，并向压制儿童健康的禁欲主义提出挑战，认为儿童应该有欢乐的童年，应该读一些像《伊索寓言》《列那狐故事》那样轻松幽默的好故事；他认为《伊索寓言》能给孩子带来乐趣的同时，还能增长孩子的知识，习得必要的行为准则。因此，他自己动手编纂了一本《伊索寓言》，被作为孩子的启蒙读本。他指出，儿童的求知欲是从好奇心开始的，对儿童的教育需通过儿童感兴趣的故事或游戏形式来进行，教材要尽可能有趣。

在洛克"寓教于乐"的教育思想影响和指导下，约翰·纽伯瑞于 1765 年出版了《小古迪的两只鞋》《可爱的小小袖珍书》等童书，开启了儿童文学读物的出版事业。

如果洛克提出的是较为开放的理性的教育方式，那么法国启蒙思想家、哲学家、教育家、文学家卢梭，提出的则是一套具有革命性的新教育方法。他最早明确提出儿童乃是与成人完全不同的独自存在，儿童之所以重要不仅仅在于儿童是人类达成目的的珍贵资源，是人类迈向更高阶段的台阶，还在于儿童本身就

卢梭

是重要的，所以卢梭首先发出"要尊重儿童"的呼吁。他崇尚自然、单纯、心灵的语言、"高贵野蛮人"的理想。根据这种教育理想信念，他于1762年出版了儿童自传体小说《爱弥儿：论教育》（多译作《爱弥儿》）。

《爱弥儿》是资产阶级激进的启蒙思想家对新人类的有力呼唤（虽然小说因贯穿强烈反封建、反教会的无所畏惧的精神而在出版当年就遭到焚禁，但他的教育思想已然造就了一批忠实的信徒）。它是世界儿童文学史上第一部把儿童作为具有独立人格的人来描写的小说。它第一次提出要尊重儿童，要顺应儿童本性，要根据儿童年龄、个性、性别等特点进行教育。卢梭第一个在文学描写中充分注意到儿童的年龄特征。他的儿童观、教育观对儿童文学的产生起到了铺平道路的作用。不过卢梭的教育理念显然不免失于偏颇。他认为孩子身上未经损毁的那种"自然"是最宝贵的，要保持孩子"自然人"的本性。他拿"小果树"来比喻孩子，"当这棵幼苗还活着的时候，你辛勤地培育它、浇灌它，让它不至于死亡；而且终有一天它会结出果实，让你感到快乐和欣慰"[1]。他认为，成人应该让孩子到空气清新的野外去欢跑、去爬树、去玩水，所以，在他的这部著作里只推介了《鲁滨孙漂流记》，卢梭认为这部小说没有道德教育倾向，让孩子可以从中学习自然技艺的运用，教导人如何挣脱社会的束缚，在自然状态中千方百计自给自足。关于儿童读物和儿童教科书，卢梭在《爱弥儿》中态度鲜明地指出，说教之所以最没有用处，其原因之一就是它是普遍地向所有一切的人说的，既没有区别，也没有选择。

卢梭不主张孩子阅读以幻想方式构成的文学读物，认为连《拉封丹寓言诗》这样以虚拟方式建构而成的文学作品，也不宜让孩子去接触（"每个孩子都得把拉封丹的寓言熟读成诵，可没有一个孩子理解它们，不过要是他们能理解它们的话，事情就还要糟糕。"）卢梭不认同拉封丹给自己的寓言所点出的道德意涵，他认为孩子并不能在这些道德意涵中找到灵智和美德，不能从中接受自私、残忍、贪财和伪善的教训。卢梭的这种思想影响

---

[1] 让-雅克·卢梭：《爱弥儿：论教育 上》，李兴业、熊剑秋译，人民教育出版社，2017，第8页。

了欧洲 100 多年。卢梭的信徒及其他受卢梭影响的童书著撰人都视幻想为禁区，遂阻滞了以夏尔·佩罗、弗朗索瓦·费奈隆和博蒙夫人（代表作为童话名篇《美妞与怪兽》，1756）为开端的幻想文学的发展。受卢梭影响而产生的作品，特别是小说，往往反映上流社会沙龙的伦理观念，又被一些无所不通、能说会道的父母和教师用来说教，结果儿童文学读物中的训诫意味反而浓重起来，它们当然都不能被儿童所喜爱，因此也就丧失了持久的生命力。打破和消除这种影响已届 19 世纪中期，其突破与改观的标志是始于英国童话《水孩子》《爱丽丝漫游奇境记》的一系列童话文学读物并非偶然地问世和流行。

第四节　纽伯瑞最早将新儿童观体现在儿童文学图书出版业中

英国儿童文学也是从《列那狐故事》《伊索寓言》的流传中开始发展起来的。到了 18 世纪，《一千零一夜》的散篇译文诸如《阿里巴巴和四十大盗》《神灯》《水手辛巴德》，以小册子的形式在英伦三岛广为流传。同时流传的还有插图粗拙的故事书《罗宾汉的故事》《杀巨人的杰克》《拇指小人汤姆》等。随着探险、航海事业的发展，游记和冒险故事如《航海》也吸引了孩子的视线。这些书被基督教教会认为是"娱乐性的阅读中隐伏着道德上的危险"。但孩子却不顾教师和神父的反对，悄悄从沿街叫卖的书贩手里搞到这种吸引人的故事书，而后辗转传读，直到把它们都读成残破的碎片。

约翰·纽伯瑞（1713—1767）看到了上述情形，就于 1744 年办起以"圣经与太阳"为招牌的世界上最早的儿童图书出版社，开始了他不朽的儿童图书出版事业。他兼编辑、作家、印刷工、出版商、书贩五职于一身。自 1744 年出版《漂亮的小书》和《小矮人杂志》开始，他一生出版了 200 多种书(本人的、他人的)。他一开始就想以作品娱乐儿童，并把书出得小小的，以讨取孩子的欢心。这样的小书他创作并出版了《妈妈的故事：十四行摇篮诗》等 30 多种，其中的代表作是《小古迪的两只鞋》《可爱的小小袖珍书》。

在此类故事书里，纽伯瑞比较成功地描述了一个名叫小古迪的贫苦女孩的遭遇。圈地运动夺走了小古迪全家赖以维持生计的土地，她的父母不久便因贫病交迫而悲惨地死去；小古迪的哥哥汤米后来当了海员，在海外发迹成为富翁；她自己上不起学，便跟念书的小朋友学习，经过刻苦努力，终于当上了教师和女子学校的校长。她后来有钱有名之后，不忘童年时代的苦难生活，为社会兴办了很多扶病济贫的慈善事业，受到人们的极大尊重。这个故事曾被改编成话剧演出，一时间小古迪成了老幼皆知的人物形象。所以，书商纽伯瑞是公认的为儿童书籍开拓永久性的和有利可图的市场的第一人，他使这一种类的书被人认真对待。

纽伯瑞的作品在当时给初生的儿童文学带来一股新的生机。但纽伯瑞的作品总体来说思想内容比较贫乏，没能以更强大的艺术魅力超越宗教训诫读物，仍会让孩子联想起牵着带子的保姆，这也就是纽伯瑞的作品不具备流传性的品质、作品没有生命活力的主要原因。然而，纽伯瑞一生专心一意为孩子出书，这是世界儿童文学史上特别值得重视的现象。国际上公认儿童文学出版事业是从纽伯瑞开始的，纽伯瑞是儿童文学出版业的鼻祖，是自觉儿童文学的头一块里程碑。美国图书馆儿童服务学会 1921 年设立、1922 年开始颁发的儿童文学奖定名为"纽伯瑞儿童文学奖"，其用意也在于纪念这位最早热衷于儿童文学出版业的书商的业绩。正是他，让孩子们第一次享受到阅读儿童文学书籍的权利。

第二章　民间文学孕育儿童文学

　　民间文学是人类先民为了相互间精神沟通需要而创作的。大体分叙事（如神话、传说、民间故事等）和吟唱（如儿童歌谣）两大类。它们记录了先民们对生活的感受、对各种自然现象的解释以及对历史事件的理解，表达了朴素的思想感情，集中体现了先民们的美丑观、善恶观、荣辱观。民间文学充满了神奇的幻想，洋溢着欢乐和幽默，天然地成为儿童文学的母体之一。在儿童文学中，民间文学主要指神话、传说、英雄传奇、民间童话和民间故事、童谣儿歌、摇篮曲、谜语、谚语。民间童话故事动作感强、活泼轻松，往往有成功的悬念设置；常用超人的表现手法，如魔法、宝物等，使故事神奇荒诞，惊险刺激；其内容常常是抑恶扬善，能唤起儿童的正义感，而且都有一个令人满意的大团圆结局。这些都与儿童的心理喜好、欣赏能力相契合，所以孩子们特别乐于接受。

第一节　民间口头文学是儿童文学的源泉

　　专意为适应儿童年龄特点而创造的文学，是随着欧洲工商业的发展、文化教育的发展及妇女解放运动的发展而逐渐产生的。但是在为儿童的文学还没有出现前，孩子是不是就完全没有接受过文学的滋养呢？当然不是。只不过那时的儿童是凭借耳朵来接受文学的。这种口耳相传的文学就是民间口头文学。人类之为人类，就在于繁衍后代之后，还要把自己积蕴的全部精神财富都传给后代，使人类越来越好。所以民间口头文学是贮存人类经验和智慧的宝库。既有的儿童文学研究结果告诉我们，大人要灌输给孩子的东西，不一定是孩子所乐于接受的。然而民间口头文学中那部分歌颂劳动者机智、勇敢、正直的，反映劳动者真善美、憎厌假恶丑的，那些洋溢着欢快和幽默的、"与悲观主义绝缘"（高尔基语）的童话故事，是孩子们所热衷和迷恋的。"凡有儿童的地方就有儿童文学"（叶君健语），这种含义宽泛的"儿童文学"，首先就包括人类祖先的幼者用耳朵接受的文学。这类口耳相传的文学神奇、丰富、美丽，是儿童文学的源头。

儿童文学最早的创造者们，从这种民间口头文学作品中得到启示，将其取来整理、加工、改造，加以儿童化，渗入以儿童为读者对象的创造性劳动，把闪烁着智慧、想象和幽默光芒的人类精神财富结晶起来献给儿童。后来，儿童文学作家的创作，即使不再以民间口头文学为基础，也还是自觉或不自觉地从民间文学中借鉴文学的表现形式和艺术技巧，汲取民间童话故事中机智幽默的语言营养。前者如夏尔·佩罗、格林兄弟，后者如威廉·豪夫、安徒生。

民间文学在孕育儿童文学的同时一直伴随儿童成长。当幼儿还不会自己"看"文学作品时，已经对"听"文学作品有要求了。夏夜星空下，冬日火炉旁，先是"拍拍手，拍拍手……"，后是"从前，有个国王……"。在西方，除了奶奶和姥姥的故事，还有游方僧人一类以讲故事为业的故事家的故事。游方僧人把民间故事、笑言趣语搜集起来，加以幻想和想象的附会、敷陈，编上些新情节，再拿到小客栈的院子里或村镇的街头上，讲给人们听。他们有声有色地说、吟、唱，吸引了越来越多的听众，而听得津津有味的，往往是孩子。

当孩子从"听"进步到"看"，即自己读作品的时候，首先吸引他们的，在西方是罗宾汉这位绿林英雄的故事，在东方是《一千零一夜》和佛经故事。各种年龄的儿童往往会被民间故事的魅力"俘虏"。（作家创造的作品，只有魅力可以与民间故事的魅力相匹敌或处于压倒优势的时候，才能在孩子的书包里占有自己的位置。）这些伴随着儿童成长的故事，在孩子面前"闪现对另一种生活的希望之光，在那种生活里面，有自由的、无畏的力量在跃动着，幻想着更美好的生活"(高尔基,《谈故事》),它们对孩子"智慧的增长,起十分肯定的影响"(高尔基为《一千零一夜》俄文版所作序言)。正因为这样,人们对童年的回忆,最美好的一部分往往是当年使自己欣喜和激奋过的故事。高尔基认为,纵然是世界著名的语言艺术巨匠譬如亚历山大·普希金、列夫·托尔斯泰,他们的孩提时代也都从民间文学中汲取过美、力量。

第二节　东方民族最早向世界儿童贡献了童话故事

东方是世界文学的摇篮。古埃及人、古印度人、古巴比伦人和中国人创造了人类最早的具备各自特点的文明。东方最早向世界贡献了民间文学的瑰宝,还有大批优秀作家的作品。它们以丰富多彩的题材和形式,以深刻的社会内涵丰富了世界文学。

被有的儿童文学研究者称为"世界儿童文学史上第一部童话书"的《五卷书》,还有文学气息甚浓、故事设喻极妙,因而颇得鲁迅重视的《百喻经》,都是古印度的作品。《五卷书》是由约 1000 诗节组成的故事集,失传后却被用散文文体译成波斯语和阿拉伯语保存下来,10 世纪就传入欧洲,成了欧洲一些作家的创作题材。据流传本《序言》记载,这部书可以被认定是一部为教育儿童而专门编写的故事书。它的成书时间在公元 6 世纪前,确实比世界上所有的故事集成书时间都早 (可憾者失传于后世)。伊拉克古典作家伊本·穆格发在 7 世纪改编自《五卷书》的《卡里莱和笛木乃》(又译《卡里来和笛木乃》)更向儿童文学进了一大步。这部书可以说是为儿童改写文学作品的最早的成功范例。被高尔基称为民间口头创作中的 "最壮丽的一座纪念碑"的《一千零一夜》成书时间要比《五卷书》晚 5 个世纪,它们在西方还没有故事记载的古远岁月里出现。中国 16 世纪后就开始广泛流传的由吴承恩据诸种有关取经故事的神话传说进行大幅度再创造的《西游记》,其谐趣、幽默不逊于世界上任何一部儿童文学名著。它们都使本书有充足理由从东方说到西方。

法国启蒙运动杰出思想家伏尔泰（1694—1778）曾在他的著作中肯定过早于西方的东方古文明，说"如果你想知道地球上发生了什么事情，你就先把眼睛转向东方——那是一切艺术的摇篮，西方的一切都应该归功于它"。亚洲和非洲的先民成功地利用了底格里斯河与幼发拉底河、恒河、黄河与长江、尼罗河，创造了古老的东方文明。世界童话探源研究必须提到的《旧约》《卡里莱和笛木乃》《一千零一夜》《西游记》等，都对西方的文学（不只是儿童文学）产生过不同程度的影响。

最早具有儿童阅读价值的西亚故事集《卡里莱和笛木乃》

《卡里莱和笛木乃》是阿拉伯阿拔斯王朝时期文学的最高成就。作者伊本·穆格发（又译伊本·穆加发，724—759），波斯人，在伊拉克城市巴士拉获得广博的阿拉伯文化知识，成了把波斯文译成阿拉伯文的翻译家。他年轻时就出手不凡，文辞优雅，勤于著述，在文化界广享美誉。后来由于反对统治者歧视非阿拉伯人，主张改革社会，营造新的社会风气，以"伪信罪"被当时的哈里发国王所害。

穆格发在译介《五卷书》的过程中，加进了一些新内容，所以它不是一个纯粹的译本。这一译本被叫作《卡里莱和笛木乃》，"由于文字优美，就成了阿拉伯古代散文的典范，在阿拉伯文学史上，是一本很重要的作品。但是它的重要意义还不仅仅限于这一点，它在世界文学上，也发生了非常巨大的影响。通过它这一部古代印度名著几乎走遍了全世界，把古代印度人民大众创造的这些既有栩栩如生的幻想又有周密深刻的教育意义的寓言和童话，带到世界各个角落去。从亚洲到欧洲，又从欧洲到非洲，不管是热带寒带，不管当地是什么种族，说的是什么语言，它到处都留下了痕迹。这些寓言和童话，一方面在民间流传；另一方面，又进入欧洲的许多杰作里去，像意大利薄伽丘的《十日谈》、法国拉封丹的《寓言》、德国格林兄弟的童话、英国杰弗雷·乔叟的《坎特伯雷故事》等等，里面都可以找到印度《五卷书》的故事"①。这部童话的普及率可与犹太教的《旧约》和基督教的《新约》相提并论；它已被译成60余种语言出版，流布于世界各地。穆格发是世界儿童文学史上最早声称自己的故事是为少年儿童创写的作家。他在这部童话的序言中说明这部童话的创作有四个目的，第一个目的就是"用没有理智的禽兽间的对话做题材，是为了吸引喜爱诙谐故事的少年人；他们最爱阅读动物世界尔虞我诈的新奇故事"②。

《卡里莱和笛木乃》（"卡里莱"和"笛木乃"是两只狐狸的名字）共15章，包括童话60篇，由狮、猴、牛、狐、狼、鼠、龟、鸽、兔、乌鸦、羚羊、白鹤、猫头鹰等几十种动物的活动构成。这些故事归结起来，就是作者用哲学家的思维和智慧，用对贤主明君的殷切期望，用幻想和艺术假定营造了一个理想国王的形象。这个国王"具有宽容大度、智慧敏锐和意念纯洁的美德，同时又具备和蔼和英勇的气质，遇大事不会胆怯，临大谋不会紧张"③。不过对于孩子来说，童话故事本身具有魅力是至关重要的。而童话的魅力之一，就在于几十种动物在童话情节中都保持了自己的特性，并按其特性展开故事。比如，鸽子因爱吃撒在地上的食物才被缠进了猎人的网罗；老鼠因有利牙能咬断网绳而救出了鸽子们；乌鸦能飞，所以可帮助老鼠翻山越岭；乌龟行动慢，所以猎人伸手就将它擒拿；羚羊善跑，所以猎人追不上它。老鼠、乌鸦、乌龟、羚羊各自发挥其所长，相互关照，团结友爱，所以能自己脱险并帮助鸽子脱险（《鸽子》，亦作《斑鸠》）。再比如，在《鸽子、狐狸和白鹤》一章里，狐狸再能、再狡猾，终也不会爬树；白鹤因把头藏进翅膀底下的习惯而葬送了自己的性命。在《修士和黄鼠狼》一章中，作者写了一种特殊的风俗：人们像养狗一样养黄鼠狼看家，而黄鼠狼果然不辜负人的托付，在黑蛇向婴孩袭击的时候挺身而出，将黑蛇咬

①季羡林：《卡里来和笛木乃·前言》，载伊本·穆加发《卡里来和笛木乃》，林兴华译，人民文学出版社，1978，"序言"第1—2页。

②伊本·穆加发：《卡里来和笛木乃·阿拉伯文译者伊本·阿里·穆加发写的序言》，载《卡里来和笛木乃》，林兴华译，人民文学出版社，1978，"阿拉伯文译者伊本·阿里·穆加发写的序言"第39页。

③伊本·穆加发：《卡里来和笛木乃》，林兴华译，人民文学出版社，1978，第207页。

成几段，立下了杀蛇救婴的奇功。

《卡里莱和笛木乃》的语言较突出的特点，是形象和哲理的高度统一，说明事理频频用比喻，甚至用博喻，语势强烈，锥入人心。如：贪图现世享受"有如喝盐水止渴，越喝越渴。又像狗啃硬骨头，骨头上有肉香味，狗用嘴翻来覆去啃，弄得满口流血，却找不到一点肉……又像一罐蜂蜜底下藏着毒物，吃蜜的人尝蜜的甘美，越吃越香，结果中毒而死。又像睡在床上做美梦的人，梦中无比欢畅，一会儿梦醒了，才知道是一场空"[①]。"没有道德的富翁，虽然家资百万，依然免不了受人轻视；一只狗，虽然带着金银首饰，却决没有人敬重它"[②]。"斧子砍断树还能发芽；刀剑戳破了肉体，也能长好；舌头伤了人，是永远医不好的"[③]。发觉朋友有害自己的恶念时，心中的不安"有胜于以火为床、以蛇为枕"[④]。《卡里莱和笛木乃》就这样处处迸射出箴言的奇光异彩，艺术和哲理交相辉映，令人不由得为之目眩。

最早普及世界的东方故事集《一千零一夜》

《一千零一夜》是融汇了古印度人、波斯人、古埃及人文学智慧的文学硕果。它历经数个世纪，到 16 世纪才定型，含神魔故事、童话寓言、婚姻情爱故事、航海冒险故事、颂扬智慧和勇敢的故事、宫廷趣闻和名人逸事等共 164 个故事，其中对于童话文学有直接意义的故事约 30 个。这些童话寓言故事刻画的形象鲜明生动，描写的语言简洁洗练，故事中特别能吸引孩子的是飞毯、木马、神灯、魔戒指、隐身帽等体现阿拉伯人想象力的宝物。当这些宝物以它们的神奇力量战胜邪恶势力时，儿童可以从中分享到快感和乐趣。《一千零一夜》的故事在长期流传过程中，经历了无数的市井故事家和文人学士的加工、雕琢。这种故事来源不一的实际情形，

---

①伊本·穆加发：《卡里莱和笛木乃》，林兴华译，人民文学出版社，1978，第28—29页。
②同上书，第112页。
③同上书，第124页。
④同上书，第64页。

不难从故事本身的色彩驳杂、旨趣各异中看出。它包含有寓言、童话、逸事小说等各种文体，以及历史、哲学、天文、地理等各种题材；神魔、精灵、帝王、将相、太子、嫔妃、商贾、渔夫、木匠、脚夫、裁缝、理发师、托钵僧、手艺人、奴婢等各种出场人物，充分展现了古阿拉伯社会五彩斑斓的广阔生活画面。

《一千零一夜》赢得孩子，也便赢得最多的读者。从16世纪起的若干世纪以来，不但有奇妙的神灯，还有历尽艰辛获得了飞毯的巴格达窃贼（《巴格达窃贼》）、机智过人的马尔基娜（《阿里巴巴和四十大盗的故事》）、临危不惧的渔翁（《渔翁的故事》）等许多家喻户晓的形象和优美动人的故事，这一件件东方各民族用神奇和幻想编织起来的语言艺术品，给不同地域、不同民族、不同信仰、不同年龄的读者以知识和智慧、以绝妙的美的享受。

航海家辛巴达的历险故事是《一千零一夜》中最好的部分之一。它是根据阿拉伯商人的商务旅行报告写成的。当时，阿拉伯商贾云集于巴格达，然后从巴格达出发，航行到远东、欧洲和非洲，贩卖织造品、宝石、铜镜、珍珠、香料等。

《一千零一夜》让世人知道凡人的欲望可以转化为一盏魔灯，神奇地被点亮；可以变成一个秘密的洞穴，任人进入——这片阿拉伯文学天地太诱人了！它的语言之优美和迷人也堪称典范。高尔基曾这样称赞它的语言："它流畅自如的语言表现了东方民族——阿拉伯人、波斯人、印度人——美丽的幻想所具有的伟大力量。这语言的织品产生于远古；这种光彩夺目的美妙语言编织而成的地毯，覆盖着我们这个广袤的地球。"

对解放童心具有重大意义的中国古文学文本《西游记》

作为悠久文明重要组成部分的中国古代超验故事，其存在本身就是中华民族富于想象力、富于开创力、富于灿烂文化的有力证明。凭借大量超验故事的魅力，凭借这些故事丰富的积存，中华民族才拥有凝聚人气的精神文化核心，中华文明才得以在世界上巍巍矗立五千年。中华民族历经的劫难不比世界上其他民族少，因为它有灿烂的文化瑰宝一路相伴，它非但没有被种种殖民者、侵凌者所撼动、所泯灭，今天还发展、繁荣到了令世人瞩目的水准。

大体列述作为中国历代少年儿童的故事读物的中国古代超验、非超验故事并不困难，但是本书只载述被认定为"中国明清时期四大文学名著"之一的《西游记》——它自来就被称作"童话小说"，向来就被中国少年儿童所赏读。它所具有的解放童心的重大意义，理应得到全世界充分的肯定评价。事实上，《西游记》的主人公孙悟空已经成了国外读者认识中华文化的形象标志之一。

《西游记》是我国神话文化常青藤上的硕果

神话是人类精神活动最早创造的文化现象。中国神话是东亚初民的文化成果，是中华民族祖先的生命形态、经验形态、梦幻形态和语言形态的载体。中国神话里所包含的东方民族特性，如果说创世神话与西方神话有共同一面的话，那么日、月、星辰神话，仙乡传说，以及对石头的古代崇仰，就只有东方民族的神话里才有了。

神话是一种文化——神话文化。"神话"有一个相对约定俗成的范围，而神话文化则绵延悠长，俨如一根长长的文化青藤，《西游记》则是这根青藤上所结的一个文学硕果。迄今为止的研究成果已经表明，《山海经》—《搜神记》—《玄怪录》—《西游记》的步步演进历程，证明《西游记》所蕴含的神话文化之根的渊深为世所罕见。

有关《西游记》主人公孙悟空形象本源的考论，20世纪20年代就有"进口"和"国产"两说。"进口说"的祖师爷是胡适，他认为印度史诗《罗摩衍那》中的神话人物"哈奴曼是猴行者的根本"。胡适也不是信口开河，印度确有猴神之传说，只不过神通远不及吴承恩在《西游记》里所塑造的孙悟空广大。作为一种形象渊源，"胡适说"还是值得一提的。"国产说"是清朝时期就存在的，此说的代表人物则常被说成是鲁迅。鲁迅在《中国小说史略》里指出，孙悟空的形象是袭取了唐传奇的无支祁。20世纪初既有"进口""国产"两说，当今研究者也就各持各说。确实两种说法都能找到某种说得通的对应点和联系点，这也说明，印度的先民和中国的先民有着近似的理想、追求和创造，那么也就可以说明，孙悟空这个世世代代迸射着魅力光芒的艺术形象，乃是东方文明的一个复合体。

其实，在《西游记》形成定型本以前，我国曾有多少部"西游"故事被遗佚在时间的长河里、湮没在兵荒马乱中，因而无从稽证。现在已经被明确考察出来的《西游记评话》、《大唐三藏取经诗话》(《大唐三藏法师取经记》，宋刻本)、《西游记杂剧》三者，只是影响过《西游记》神魔小说定型的3种典籍而已。

当代有关研究专家已经从《山海经》、鲧与尧的斗争、羿射十日、刑天舞干戚、蚩尤不死等传说中找到孙悟空大闹天宫的原始意象，考证出这部神魔传奇的作者吴承恩是吸收、完善了诸多神话人物再进行艺术加工，才成功塑造了孙悟空这一独具个性、法力无边的英雄人物。也已经考证出《西游记》里诸多兽身人语的角色可以在蚩尤兄弟81人中找到些许影子。还找到了史料证实鲁迅所本的、由夸父演变而来的无支祁，确实是孙悟空的本源之神：唐传奇中的无支祁被压于龟山底下，与孙悟空被压于五行山底下，应是前者为后者之情节源，无支祁"双目忽开，光彩若电"[1]与石猴出世时的"目运两道金光，射冲斗府"[2]极为相似，有这样一双眼睛的石猴，连玉帝也不得不承认其确系"天地精华所生"[3]。如此一路推论，夸父便成了孙悟空最原始的根本。换言之，孙悟空这个形象乃由远古传说中的夸父逐渐演变而来，其间经由无支祁，最后形成吴承恩笔下神通广大的齐天大圣孙悟空。由此可见，文学作品中一个典型形象的诞生，总是作家汲取了前人的智慧创造和汇聚了悠悠万民的想象菁华方得以告成的。

如所周知，猴性、人性、神性三者互渗互融，是理解和把握孙悟空形象的一把钥匙。从孙悟空生物性的一面看，猴性是孙悟空形象的重要资源；从传奇性的一面看，神性是孙悟空形象的重要资源；而人性体现的是孙悟

---

①鲁迅：《唐宋传奇》，江西美术出版社，2018，第44页。
②吴承恩：《西游记》，人民文学出版社，2010，第3页。
③同上书。

空社会性的一面。就儿童文学本身来看,作品因具有猴性和神性而对年轻读者来说颇具有可读性。从学理意义上考察,则猴性更多体现在外貌特征上:尖嘴缩腮、毛脸雷公嘴、火眼金睛、罗圈腿,他天性灵活好动,攀树爬枝、采食花果。然而他一出生就不是普通的猴子,他不是由父精母血孕育而成的,而是从一坨石头中蹦出的,是大自然的产物,是一只石猴。这就使孙悟空天性中被赋予了神性:他的本领远远超过人间精通十八般武艺的擅武者,他能七十二般变化,一个筋斗能翻出十万八千里;更神通广大之处在于孙悟空所操的武器金箍棒可以瞬间大到顶天立地,又霎时可以小如绣花针藏进耳朵。这就是孙悟空的神性。没有他的神性一面就构不成孙悟空的形象。而孙悟空形象之所以让读者觉得可爱,从根本上说还是因为他的人性,是人的社会心理状态,是他世俗性的喜怒哀乐,如秉性骄傲、好胜好名、爱出风头、爱戴高帽子,如急躁冲动、喜调侃人、爱捉弄人,这就如西方童话圣典《木偶奇遇记》里的匹诺曹一样,因不爱念书等不足而拉近了与广大儿童的距离,孙悟空也正因为有那些看来是负面的性格特征而撤除了他与读者的心理藩篱,在读者那里赢得高度的亲和感。

《西游记》是寻宝母题的典范之作

寻宝、取宝是儿童文学的一大母题。寻宝文学母题在世界古代名著《一千零一夜》中比比皆是。阿里巴巴的故事、辛巴达航海故事、阿拉丁神灯故事等,都是主人公在财富追求欲望驱使下的冒险故事。而英国在资本积累期里,这样的寻宝、取宝作品就更是名著迭出,罗伯特·路易斯·斯蒂文森的《金银岛》和亨利·哈格德的《所罗门王的宝藏》就是其中卓越的两部。不过,中亚、西亚和欧洲的寻宝故事都是对物质的寻宝,反映的是在航海贸易兴旺发达、商业高度繁荣的背景下人们对财富的渴望,以及通过财富的积累而过上富裕生活的渴望;《西游记》里的"取经",获取"真经",则是精神上的取宝。"经"就是"宝"。《西游记》中主人公们历经九九八十一难所追求的是精神理想的成功,其中熔铸着中华文化的核心内涵。小说的素材本是民间故事、艺人平话、金元杂剧一类光彩闪烁的"散珠",有了"取经"这一象征性意蕴作为主轴和脉线,"散珠"才得以连续贯穿,神魔性童话思维才得以顺利展开，情节结构才得以统体完整，小说的理想主义光彩才得以熠熠焕发。

《西游记》是一部童真想象丰沛的杰作

在《西游记》的人物画廊中，最见艺术亮度的自数孙悟空。作者浓墨重彩地把他刻画得比其他的人、妖、魔、怪都要生动、丰满和深刻。

小说开头的前7章，即从孙悟空出世到他大闹天宫失败，集中表现了孙悟空的鲜明性格。他在花果山破石而生；他一来到世间就以炯射金光的双眼震慑了玉皇大帝。在他的心目中就没有不可犯的"上"：为了得到金箍棒，他大闹龙宫；为了不受冥司的管束，求得"不生不灭，与天地山川齐寿"①，又大闹了冥府，强令阎君从生死簿上一笔勾去"猴属之类"；他偷蟠桃、盗御酒、窃仙丹、败天兵，一而再、再而三地大闹天宫——这一个"闹"字，传递出来的信息当然是他对所有传统中常人以为不可冒犯的神圣之不承认、不买账、不屈从、不臣服。他不甘做天宫的弼马温，径自回到花果山自封为"齐天大圣"，顾自立起一个山头与天庭相抗衡。玉帝调兵遣将，发起对孙悟空的剿除。当二郎神奉命来剿，大圣见势不妙，就"把金箍棒捏做个绣花针，藏在耳内，摇身一变，变做个麻雀儿，飞在树梢头钉住"②；当二郎神变作大海鹤，大圣遂应势变作一个鱼儿，淬入水中；当二郎神伸嘴啄他，他又变作一条水蛇，游到岸边，钻入草中……大圣被太上老君擒获，被投进八卦炉中炼仙丹，结果反炼出了他一双火眼金睛，让他受用一生。孙悟空闹腾得太上老君目瞪口呆时，如来佛生气了，出来问孙悟空之罪，不料他竟说出"皇帝轮流做，明年到我家"。小说就用这样毫不含糊的语言彻底剥去了貌似不可挑战的神圣的外衣。

对此，多有研究者将这些行为归结为孙悟空的"叛逆精神"。其实，这是把孙悟空源于童真的非理性表现推演为一个会成熟思考问题的人的理性作为。孙悟空的无视神圣，并非以清醒的理性认识和判断做根基，其举动并非有任何革命意识的"造反"，与游民、农人揭竿而起是为的有朝一

---

① 吴承恩：《西游记》，人民文学出版社，2010，第7页。
② 同上书。

日自己登上皇帝宝座的夺权意志更是大相径庭。孙悟空这"皇帝轮流做"是从童真、蛮野心态出发，是为了要争取到本该属于自己的自由。作为"猴"，生来是自由的。在《西游记》里，孙悟空像一个任性惯了的孩子，有智慧、有能力，却不知道高低、轻重、安危，他只顾自己痛快，不虑及自己行为的后果。主人公孙悟空率性、纾放、纵恣，他把自己的形象和性格烙刻在读者心坎里——如在柱子上写了"齐天大圣到此一游"，接着在柱子上撒了一泡尿，才扬扬自得地离去。这类描写给少年儿童所提供的阅读快感，是超越中国历史上任何一部小说的，在世界儿童文学史上也是仅有的。

《西游记》是独具审美亲和力的喜剧性名著

胡适认定《西游记》是"起于民间的传说和神话，并无'微言大义'可说；指出现在的《西游记》作者是一位'放浪诗酒，复善谐谑'的大文豪……这点玩世主义也是很明白的，他并没有隐藏，我们也不用深求"①。鲁迅也在自己的《中国小说史略》里指出，吴承恩写《西游记》乃"实出于游戏"；他看透了作者著作的基本目的是给世人以娱乐。赓延两位文豪的观点，袁圣时在 20 世纪 40 年代末与两位文豪遥相应和，说"《西游记》纵恣谐谑，独逞胸臆，其调诙之所及，至于仙佛同仁，神魔一体，其他神话小说中固未见此种格调也"②。而林庚 20 世纪 80 年代出版的《西游记漫话》里，再取胡适、鲁迅调意，说《西游记》与市井文学息息相关，指出孙悟空的喜剧性格来源于市民戏曲中的喜剧传统，他认为《西游记》与其他三部明清小说经典相较，尤其是与饱含悲剧精神的《红楼梦》相比，其童话精神显而易见是独具的，"这种童话精神产生于《西游记》已有的神话框架，并且与明代后期李贽的'童心说'所反映的寻求内心解放的社会思潮相一致"③。

《西游记》的喜剧美，正与"它以儿童的天真烂漫的情趣讲述着动物世界的奇异故事以及它所赋予孙悟空的活泼好动、富于想象和轻松游戏的乐观性格，都正暗含着当时社会思潮中寻求精神解放与回到心灵原初状态的

①谢谦主编《中国文学：明清卷》，四川人民出版社，1999，第222页。
②刘荫柏：《西游记研究资料》，上海古籍出版社，1990，第766页。
③林庚：《西游记漫话》，北京出版社，2011，第181页。

普遍向往"① 相关，与明末流行的浪漫文风相关，也与当时市民中流行的世俗喜好和风习崇尚相关。欧洲最早的儿童文学经典也正巧是缘起于市井。这就是说，《西游记》《列那狐故事》和《吹牛大王历险记》这世界上的三大喜剧杰作，都有市民文学打底，都源发于民间，这也证明着市民文学天然存在一种喜剧倾向。如果说西方《列那狐故事》和《吹牛大王历险记》的喜剧品格有助于少年儿童从宗教（神）的束缚中解放出来，那么《西游记》所包蕴的喜剧品格则有助于中国少年儿童从封建世道中解放出来，让少年儿童回归到童心本性。

《西游记》的审美亲和力，其渊源就在于它全部叙事的喜剧品格。世间，人的忧惧之根唯在宿命性的死，而孙悟空已经闯入地府，勾销了所有神猴的死籍，已经消去了自己对死亡的后顾之忧，从此成了超越生死的神猴。这就说明，对孙悟空来说，不开心就没有理由了。行善和快乐在孙悟空这里互为因果。一次次行善得成，一份份快乐自来。巧妙地钻入妖精的肚子里竖蜻蜓，打筋斗，"跌四平，踢飞脚"，使妖魔俯首认输，岂不快哉！瑶池酒香扑鼻，孙悟空要在酒宴举行前享用，奈何有一干人守着酒宴，他便拔出几根毫毛，丢入口中嚼碎，喷了出去，叫声"变"——那守着酒宴的一干人就立刻都成了瞌睡虫，他便管自饕餮起来，岂不快哉！孙悟空与二郎神斗法时，为了使二郎神上当，便变成了一座小庙，眼、口、舌、牙等器官都变了，只有尾巴没法藏匿，慌乱中遂将猴尾巴变作一根旗杆竖在庙后，岂不快哉！读者阅读快感的获得，多源自孙悟空在处于逆境、绝境的时候能凭借自己的本领出人意料地翻转过来，反败为胜。在这过程中，幽默、调侃、俏皮、滑稽都成了孙悟空喜剧性格的飞扬。

以阿凡提为主人公的智人故事

"笑话"在西方是一种文学体式的名称，叫"anecdote"。它渊源于一个同音的希腊词语，开始时是指那些在民间潜性流传的笑言趣语或"秘闻"。

---

① 林庚：《西游记漫话》，北京出版社，2011，第155页。

关于这类短小故事,活跃于19世纪中期的法国杰出的浪漫主义作家《卡门》(又译《卡尔曼》)的作者普·梅里美曾说,"老祖宗传下来的东西中,我独喜欢笑话,它们饱蕴着先民最丰富最真实的风尚和性情"。在宗教的经典之外,人们需要这种揶揄性质和逗弄甚至具有挑衅特点与幽默趣味的东西,需要这些盛行于中亚、西亚的智人故事,作为精神保健品调节人们的文化生活。阿凡提故事一针见血的智慧锋芒和"原来在这里等着你"的出人意料的结局,让人们笑得持久并深长思之。

历史学家的考据说明,这些故事可以从东罗马帝国时期(公元4世纪至公元15世纪)的记载中找到源头,讲笑话在东罗马帝国时期已经成为一种职业,讲笑话的人生活在达官贵人周围,在喜庆宴会时受邀作陪。他们传播奇闻逸事,编讲笑言趣语,供席间宾客取乐;他们敏捷的才智和风趣的言谈备受赞赏,因此受到很高的礼遇。于是,以讲笑话谋生的人越来越多,培养这类讲笑话的人的机构也就应运而生。"阿凡提"在这些故事中逐渐成为一个游侠性质的传奇人物,对于这个传奇人物形象的创造,"阿拉伯人、土耳其人、伊朗人、高加索的各族人、维吾尔族人、中亚细亚各族人、阿尔巴尼亚人和其他巴尔干各族人,他们都对这个形象的发展与完善作出了自己的贡献"(俄罗斯阿凡提故事研究专家勃拉京斯基语)。也就是说,阿凡提是一个世界性的形象。他心地善良、头脑敏锐、勇敢无畏、谈锋犀利,其笑言趣语妙语连珠、针针到穴,成为一个世界性形象是自然而然的。

阿凡提(又译纳斯列丁·阿凡提、霍加·纳斯列丁、毛拉·纳斯列丁)的形象一开始就同颇有标志性的大胡子联系在一起,还同一头瘦小的毛驴联系在一起。多少个世纪以前,阿凡提就是阿拉伯人、中亚细亚人、东欧人传说中的一个民间智人,以他为主人公的趣闻逸事至少有400个。如此数量众多的笑言趣语给广大地区的民众带来畅怀的欢笑和智慧的启迪。阿凡提属于全世界,属于全人类。孩子只是这些智人故事受惠者中的部分人群。

阿凡提故事的本质性特征是幽默和妙趣横生。幽默和妙趣横生中藏有灵犀,能在读者心中一点就通,能立即引发读者的爆笑。于是,年龄的界限、民族的界限、时代的界限、政治的界限、宗教的界限,都在阿凡提智人故事面前消失殆尽了。故事流传本身说明阿凡提故事强大的生命活力,说明人民大众需要它们,需要从它们当中汲取精神营养。

阿凡提故事一出现就是短小轻便的,不凭赖冗繁的说教和僵硬的推理。它们只从一个生活侧面截取一个片段,用老百姓常用的鲜活语言将故事反复锤炼。它们于是成了医生手中的柳叶刀,把把都具有必要和必需的锋利,那柳叶刀见血或不见血,却没有一刀是落空的。就阿凡提故事短小讲,它们是小幅度的;而就夸张艺术的运用而言,它们又是大幅度的。正因为它们善于运用大幅度的夸张艺术,才能做到把某类生活现象和社会现象高度集中地概括起来,才能在一个小点上深入钻进,才能从本质上把讽刺对象的丑陋面目揭示出来。

每一个阿凡提故事都是一出短喜剧,出场的人物仅凭几个动作、几句话,其形象就已经足够鲜明,性格就已经足够突出。这种喜剧小品流传下来,幽默、揶揄、调侃是其成功的要素。凭着它们,阿凡提故事的简明情节才能烙留在人们记忆的深处。

阿凡提的性格表现在平民倾向与娱乐趣味水乳交融,他把诙谐和嘲弄用到极致。它们都是严肃的喜剧,最典型的是阿凡提与国王不相容的故事。在《国王的灵魂》里,阿凡提说国王的灵魂上不了天堂,这当然激怒了国王。阿凡提说,因为"国王把应该上天堂的人杀得太多了。天堂已经让他们住满了",所以再容不下国王了。有一次,法官问阿凡提:"死后,你想上天堂还是入地狱?"阿凡提反问了一句,法官说:"我,当然是上天堂的。"阿凡提就说:"那么,我就去地狱——横竖我不跟你在一起!"人们喜爱的正是阿凡提这种机智的锋利性,读着让人觉着痛快、"解渴",正在于他毫不扭捏地、不留余地地反击并进攻,正在于他毫不掩饰自己对作恶多端者的厌恶和不合作的鲜明态度。

阿凡提笑话型的故事广泛流传远达欧洲,到 19 世纪中后期,竟被童话《木偶奇遇记》的作者卡洛·科洛迪采撷为童话的一个"种金子"情节。

第三节　世界上普及率最高、阅读价值永恒的《伊索寓言》

早在中世纪时，《伊索寓言》在西方就已家喻户晓、妇孺皆知。《圣经》《古兰经》和佛经虽普及于东西方诸多民族，但毕竟是宗教书，它再普及，也不过是在信奉该宗教的人群中传播。而《伊索寓言》的故事和故事中所包含的道理，则是世界上信奉任何一种宗教的民族和地球上任何一个地方的男女老少都乐于接受的，人们用它们来丰富自己的智慧，辨别真伪、善恶、美丑与是非。孩子不缺少对故事场景、情境的想象能力，他们所稀缺的是人生阅历，而《伊索寓言》故事正可以、正能够以具象的方式帮助年少的人们补充人生经验的不足，帮助儿童透过事物的外像看到事物的核质，用饶有趣味的艺术形式向孩子传递生活的哲理，引导孩子擦亮眼睛、清醒头脑，洞察乾坤，彻悟人生。

伊索是公元前6世纪古希腊的一位寓言家，一位妙语连珠的古代智者，他是弗里吉亚人。据古希腊作家、历史学家希罗多德记载，伊索原是萨摩斯岛的商人雅德蒙家的奴隶，曾被多次转卖，但因出众的智慧而得以解除奴籍。他获得自由以后，经常出入吕底亚国王克洛伊索斯的宫廷。另外还传说，雅典执政者庇士特拉妥统治期间，他曾到雅典访问，给雅典人讲了《请求派国王的青蛙》这个寓言，劝阻他们不要用别人替换庇士特拉妥。在13世纪发现的一部《伊索传》的抄本中，包含了很多有关他的故事，其中叙述自己的部分故事被后人作为《伊索寓言》保存下来。公元前5世纪末，"伊索"这个名字已为希腊人所熟知，同时，希腊寓言开始归属在他的名下。德墨特里奥斯（公元前345—公元前283）编辑了希腊第一部寓言集（已佚）。1世纪的罗马寓言家费德鲁斯和2世纪的寓言诗人巴布里乌斯分别用拉丁文和希腊文写成两部诗体的《伊索寓言》。据考索，希腊哲学家苏格拉底曾提到柏拉图，说柏拉图在监狱中把他记住的《伊索寓言》改写为韵文。其实，《伊索寓言》也汇集了东方人的机智故事，例如，狗衔一块肉过桥，看见水里的影子，就放掉了自己的肉去抢夺水中那只狗嘴里的肉，这则故事说明人往往要受现世生活的种种诱惑，而这种诱惑是很难抵挡的。《伊索寓言》里还包括了一些阿拉伯故事和希伯来趣话。后人根据拜占庭僧侣普拉努德斯搜集的寓言及陆续发现的古希腊寓言传抄本编订成《伊索寓言》。现今的《伊索寓言》故事大都来自14世纪雅典僧侣学者马·泼莱纽台斯所编辑的150则寓言故事选集。《伊索寓言》经各民族的作家演绎后广泛流传，被推向世界已是17世纪初的事了。1610年，在瑞士学习的阿·涅·尼费莱脱印刷了最完整的《伊索寓言》，遂使伊索成为人人闻晓的人物。

《伊索寓言》是一方肥沃的文学土壤，几乎所有作家都在它上头耕作过。其故事被法国的拉·封丹、德国的莱辛、俄罗斯的克雷洛夫取用，遂而被大幅度地文学化、诗意化。不过，《伊索寓言》在拉·封丹那里显得过于文绉绉，也比较平淡。一到克雷洛夫手中，它们就完全被"克雷洛夫化"了——它们拥有了俄罗斯语言的丰富性和幽默感，寓言描写中有形态有色彩，能让各行各业、各个阶层的人说不同的话。

《伊索寓言》中，人们最熟知与记忆深刻的部分，已经成了我们说明问题时少不得要借用的典故，比如《狐狸和葡萄》《龟兔赛跑》《乌鸦和狐狸》《农夫和他的争吵不休的儿子》《生金蛋的鹅》《狼和羊》《蚂蚁和鸽子》《北风和太阳》《毛驴和盐》《叼着肉的狗》《牧羊人和他开的玩笑》，尤其是《狐狸和葡萄》，后世人从这个故事中还提炼出了"酸葡萄主义"：自己本来很想得到的东西，经过多番努力却未能得到，于是转而改变主意、转换念头，说那得不到的东西一定是不值得去追求的，以宽慰并掩饰自己实际上的无能和蠢拙，减少自己在无可奈何中不得不放弃时的惜憾和痛楚。

在古希腊奴隶社会文化最发达的国家雅典，《伊索寓言》曾普遍被奴隶主家庭用作教育儿童的教材。在当时，几乎所有的教育都始于伊索、始于其极富魅力的比喻。在古希腊，《伊索寓言》是衡量一个人拥有多少知识的标尺，正如古希腊喜剧作家阿里斯托芬在其剧作的一句尾白所说，"你连《伊索寓言》都没有熟读，可见你是多么无知和懒散"。《伊索寓言》所呈现的社会精神面，所反映的事物规律，在当时甚至成了社会行为的规范，成了评判是非的准则，成了法律代用品。

第四节　欧洲第一部动物史诗《列那狐故事》

《列那狐故事》(又译《狐狸列那的故事》)是 12 世纪左右的中古法兰西民族的一颗璀璨的文学明珠。它原是动物寓言史诗,汇集了欧亚两大陆的动物寓言故事,以其绝妙而尖刻的讽刺引起读者的浓烈兴趣。这部被誉为"伟大的禽兽史诗"的人格化动物故事,在由叙事诗形式改成散文以后,尤其是在季诺夫人(12 至 13 世纪)的版本出现后,明显加快了流传速度,因其故事氤氲幽默趣味而受到广大儿童读者的青睐,因而也就成为世界早期儿童文学流布最广的名著之一。其中,最精彩的是"列那狐怎样偷鱼吃""叶森格仑钓鳗鱼""狮王诺勃勒的裁判"3 章。

"列那狐怎样偷鱼吃"源自普遍流传于欧洲的一则故事。故事中,狐狸列那在冰天雪地里寻找食物充饥,它循着鱼香味望见了一辆装着鲜鱼的马车,就装死躺在大路中央。两个鱼贩子拎起狐狸一瞧——呀,这不是送上来的一条皮领子吗?就往车上一扔,进城了。正当两个鱼贩子为这条"皮领子"应该归谁而争吵得不可开交的时候,狐狸在车上大饱口福,吃饱后还用竹条把鳗鱼穿成圈儿像项链似的套在脖子上,以便带给自己的妻子和孩子,让它们也能大吃一顿。这一章,作者把狐狸的狡智写得殊为到家。

"叶森格仑钓鳗鱼"说的是狐狸列那第一次捉弄叶森格仑狼的故事。在一个冬夜里,列那和叶森格仑狼走到一个池塘边,结冰的水面上有一个牲口饮水的窟窿和一个汲水用的吊桶。列那自语道:"这可是钓鱼的好地方。"这样就骗得贪馋的叶森格仑狼在尾巴上系上吊桶,蹲在冰窟窿边等着吊桶装满鳗鱼。狼耐心地钓着鱼,狐狸则躲在灌木丛里看狼上它的当。果然,夜深时分,冰将狼尾巴牢牢冻住了。狼全然不知这是狐狸在捉弄它,还以为是吊桶里装满了鳗鱼。天亮了,狼被割断了尾巴,还遭到猎狗们的追逐。这是狐、狼斗争的一个精彩序幕,狼的贪馋和愚蠢使狐狸的诡计得逞,为后面狼的可笑、可悲命运及结局埋下了伏笔。

就借兽界关系揭露社会的深刻性而言,"狮王诺勃勒的裁判"自然是鉴赏价值最高的一章。列那因作恶太多，被叶森格仑狼、勃仑熊、梯培猫和白里士梅花鹿等联名告到狮王诺勃勒面前。当诺勃勒认定"狐狸真是个恶魔"的时候，就下决心处死列那。列那谎称有一个宝藏要留给自己的孩子。狮王一听有"宝藏"，便要狐狸说出究竟，这样就又让狐狸得了用弥天大谎赢得转危为安、绝处逢生的机会，而且乘机反咬一口，说狼、熊是为了除掉知情人，以达到灭口之目的才来告状的。

不过，精彩的故事也在"列那又在宫中救了一次国王"一章里。这一章里，列那借狮王的威势置叶森格仑狼于死地。狮王病了，群兽纷纷前往探视，就不见列那来。姗姗来迟的列那终于出现在狮王面前时，它说它替国王配药去了，忙了一整天。

列那马上摆出医生的样子，按按病人的脉息，看看舌苔，摸摸身体，听听肺部。诺勃勒经过这番诊视之后，觉得更不舒服，大声地呻吟着。而列那呢，十足摆着医生的架子，说：

"如果再耽搁一天，那就太迟了。陛下，我敢担保，我能治好您的病。可是，必须答应我所需要的东西。"

国王说："呀！只要病好，我把财产分给你一半！"

"我不是谈酬谢啊。"列那说。他对国王的误会并不感兴趣。

时间太紧急了，不是开玩笑的时候。

全朝的大臣都在那儿，都焦急地盯着列那怎样工作，大多数臣子希望他成功还是希望他不成功，心中无数。

列那继续说："我想说的是，不管我的要求怎样奇怪，凡是使国王恢复健康所需要的东西，都得答应给我准备。"

国王回答说："你吩咐吧。"

列那说："首先，我需要一条狼皮，用来裹住您的身体，使它发出汗来。我的好舅舅叶森格仑一定乐意把他的皮借用一下。"

叶森格仑开始浑身颤抖，向周围扫了一眼，想找一条出路，可是大小门户都关得紧紧的。[①]

叶森格仑狼被七手八脚剥了皮。

到此，狮王贪婪、昏庸、好听阿谀之言、残暴自私的特点，被从多个侧面刻画得鞭辟入里、入木三分，从而反衬出列那狐善于抓住对方心理、投其所好、从容不迫地化险为夷、置对手于绝境的狡智和狡技。童话结尾处，狮王决定派任列那为大元帅，也就顺理成章了。

这部童话是欧洲市民文学中成就最高的反封建讽刺作品。它没有肯定什么，教会的腐朽，封建制度的没落，新兴资产阶级的利己主义、尔虞我诈、无情掠夺和弱肉强食，这些都在童话讽喻之列。整部童话从头至尾都在告诉人们：这"人间"是权力者和慧黠者横行的场所。这种否定的彻底性本身，恰是市民阶层喜剧艺术创造力的充分显现，也是其思想深刻性的呈现，当然也是这部童话持久生命力之所在。

第五节　第一部真正显示了儿童文学品格的故事集《吹牛大王历险记》

民间童话故事在成为儿童读物之前，主要是为劳动大众调剂劳累一天之后的精神而存在的，它们是老百姓用以愉悦身心的精神养料。在德国，这样的读物有蒂尔·奥伦斯皮格尔的故事、希尔达愚人城居民的故事、山神吕贝察尔的故事、浮士德博士的故事、吹牛大王敏希豪生的故事。这些故事中，首推敏希豪生的吹牛故事——《敏希豪生奇游记》（又译《吹牛大王历险记》《猎奇录》）。

敏希豪生确有其人。他生活于 1720 年到 1797 年间，是 18 世纪汉诺威地区的一个庄园主，出身名门望族，是个男爵。此人确也两度参加俄土战争，喜好打猎，生性幽默，擅长讲故事，但他不是"吹牛大王"。吹牛大王的故事是搜集和编撰者鲁道尔夫·埃里希·拉斯培教授（1737 年生于德国汉诺威，1794 年殁于爱尔兰）附会在敏希豪生身上的。拉斯培（又译

---

① 季诺夫人：《狐狸列那的故事》，姜春香编译，现代出版社，2013，第175页。

拉斯伯）学识渊博，才智过人，生性活泼。因向英国人介绍德国浪漫主义诗篇，他于 1788 年获得英国"享有极高荣誉的卓越的语文学家"的称号。他大约于 1786 年在英国匿名出版《吹牛大王历险记》（其副标题为"敏希豪生男爵在俄罗斯的旅行、战斗奇遇纪实"。为了适应英国人的口味，曾用过《格列佛还魂记》的书名）。后来，这本书在英国再版了 7 次，其间，拉斯培不断添加新的故事。再后来，德国著名叙事诗诗人戈特弗里特·奥古斯特·毕尔格（1747—1794）将其译成德语，并做了增添、润色工作，使敏希豪生的故事成为优雅、精美、欢快、明朗、简洁、诙谐、充满幽默感的也比较有规模的文本。这个文本包含了由毕尔格重新编写过的几乎所有欧洲滑稽笑话和童话。除拉斯培和毕尔格的版本外，后人出了许多改写本，其中流传较广者，一是德国的埃·戴·蒙德的改写本，二是苏联大作家楚科夫斯基的改写本。在这些故事中，人们津津乐道的是《马拴上教堂屋顶的故事》《狼拉雪橇的故事》《用眼睛冒出的火星点燃弹药的故事》《用火腿油逮野鸭的故事》《用猎枪通条穿起鹧鸪的故事》《把狐狸钉在树上的故事》《瞎眼母野猪的故事》《头上长着樱桃树的鹿的故事》《打火石相撞炸大熊的故事》《一拳打进狼肚子的故事》《外衣发疯的故事》《八条腿兔子的故事》《追风狗的故事》《骑着半匹马立奇功的故事》《骑着炮弹飞行的故事》《拉着头发出沼泽的故事》《第一次到月球的故事》，压轴的故事是《化了冻的声音的故事》。《化了冻的声音的故事》发生在奇寒的俄罗斯：赶车人吹号角，使出浑身的力气就是吹不出一点儿声音，后来到了旅馆里，赶车人把他的号角挂在壁炉一边的钉子上，"我"坐在他对面。

奥古斯特·毕尔格

先生们，你们猜，这时发生了什么事？号角一下子响起来了："滴——哒哒！滴——哒哒！嘟，嘟，嘟！"我们惊讶得睁大了眼睛，但很快就找到了原因。原来车夫在路上吹不响号角，是因为声音都在号角里冻住了；现在它在壁炉旁渐渐化了冻，就自己往外飞了，又响亮又清晰，像是对车夫表示敬意。这种真正的号角用不着嘴去吹，就能变换出最优美的曲调来，让我们消遣了很长的时间。我们听了普鲁士进行曲——《没有爱情，没有葡萄酒》《我骑在那匹白马上》《表兄米夏埃尔昨晚来过》，甚至还听了晚歌《万籁俱寂》。[1]

就这样，敏希豪生男爵既是精神天才、大力天才，又是江湖骗子。作品最大限度地发挥了民间文学的想象优势，融想象于荒诞叙事之中，融夸张于想象逻辑之中，融诙谐幽默于离奇与现实的糅合之中，各种艺术想象的综合性作用使主人公获得种种有利的偶然条件，从容不迫地摆脱逆境，遂得胜利结局。敏希豪生在任何场合都保持着镇定、沉着，对事情做出灵敏反应。在欧洲的幽默骑士故事中，早有把脚下的路捡拾起来夹在腋下、刚出生就经历了几个朝代政治生涯等的奇谈了。"这类意识和表现手法让敏希豪生有了进一步的继承、模仿和发展的依据。《吹牛大王历险记》的确如同欧洲的童话故事，吹牛说谎在书中是某种轻松的艺术。它希望把听众或者读者带入牛皮的大气层，那里漂浮着人类的渴望，希望超越一切时间和空间。"[2] 弗·恩格斯在《德国的民间故事书》中盛赞如《吹牛大王历险记》这类作品，说"这类作品的机智和幽默、自然天成和所显示的创造才能，真能使我们文学界里的大部分人感到惭愧"。高尔基在第一次苏联作家代表大会上把三部受民间口头文学影响的作品——歌德的《浮士德》、雪莱的《解放了的普罗米修斯》和《吹牛大王历险记》搁在一起，说它们是"最伟大的书面文学作品"。

第六节　被认为是最早的一部儿童文学名著《鹅妈妈故事集》

法国文学史评家保罗·阿扎尔教授用充满激情的语言在自己的著作中这样写道：究竟从何时起，成人才发现孩子喜欢的是同学校里所读的不一样的书，喜欢的是那种数理问答和语法以外的书？究竟从何时起，成人才真正发现儿童的存在，主动给他们欢乐，向他们伸出关爱之手呢？那位先知先觉是谁呢？那位愿意将眼光朝下，看看周围儿童的敏锐观察家是谁

---

①拉斯伯、毕尔格：《吹牛大王历险记》，百花洲文艺出版社，2018，第30—31页。
②曹乃云：《译前译后》，广西师范大学出版社，2018，第258页。

呢？那位愿意亲切地给孩子们写他们始终爱看的书的人是谁呢？

阿扎尔教授的设问要强调的是法国的夏尔·佩罗（1628—1703）。他的儿童文学名著《鹅妈妈故事集》是世界童话文学链条的头一环，是世界上最早的为儿童所乐于自发接受的童话作品集。

佩罗在1697年即他69岁那年创编并在巴黎出版《鹅妈妈故事集》。在此之前，他是一位著名诗人、作家和文学理论家，曾任皇家建筑总监和公共纪念碑拉丁文铭文起草委员会委员。他少年时就显露才华。佩罗于1687年在法兰西学士院公开发表他对古典主义的不满，指出当代文学要比古代奥古斯都"黄金时代"的罗马文学更深刻。在广为人知的对话录《古今作家的比较》（1688—1697）中，他号召作家们反映当代生活和今人的道德观念，劝勉大家要从自己所处的社会环境中寻找情节和形象。

夏尔·佩罗

这4卷对话体论著给了古典主义的清规戒律沉重打击，对发展法国文学的现实主义倾向起了积极作用。他同时认定了自幼喜爱的民间童话可以用来委婉表达自己的政见、理想和希望，认定民间童话是富有生气、饶有趣味、生动活泼的作品的情节来源，认为民间童话"精妙的寓意"和"独具的生活特色"定能实现自己摆脱古典主义文学弊端、返璞归真的愿望，使作品的面貌焕然一新，于是他投入地对民间童话进行再创作。后来他以自己儿子的名义发表了他改编的《鹅妈妈故事集》（又译《寓含道德教训的往昔故事》），包括散文童话《小红帽》《穿靴子的猫》《仙女》《灰姑娘》《睡美人》《小拇指》等8篇。这部童话集使佩罗成为17世纪晚期最杰出、最受欢迎的故事家。童话集冠以"鹅妈妈"，多数考据资料认为是法国古代有一首儿童喜欢的故事歌，里面说到一只鹅妈妈在专注地讲故事，它的小鹅们在聚精会神地听。《鹅妈妈故事集》首次在法国问世时，封面上画着一个正纺纱的老妇人，其身旁有一男两女三个孩子，并有"我的鹅妈妈的故事"的字样，意在说明坐着的老妇人仿如母鹅，一旁的小孩仿如小鹅。这部童话集的命名也正好说明它本质上是来源于民间。

17世纪后半期的法国，新兴资产阶级使巴黎成为欧洲的文化中心，随之，儿童的教养问题便受到激进思想的文化人的关注。佩罗则是第一位有心尝试从事以儿童为读者对象的文学创编者。他在童话集的序文中说："对于世上的父母来说，当儿童缺少理解真理的能力时，是不是应该讲些与孩子年龄相适应的童话来帮助他们理解呢？一则童话就如同一颗种子，最初激起的仅仅是孩子们或喜悦或忧伤的感情，可是，渐渐地，幼芽便冲破了种子的外皮，萌发，生长，并开出美丽的花朵。"[1] 他从平等主义的立场出发，认为法兰西的祖先为孩子们准备的童话，是不比古希腊神话传说逊色的，只是各异其趣罢了。

尽管佩罗童话有几分古法兰西式的典雅，但它们毕竟是大作家用孩子天真活泼的语言写成的，所以后来俄罗斯杰出的文学大家屠格涅夫在他的《魔幻童话》一文中由衷地激赏道："从他的童话里还可以感受到我们曾经在民间歌谣中感受到过的那种神韵，他的童话里所具有的正是那种奇幻神妙和平易质朴、庄严崇高和活泼快乐的融合体——这种融合体才正是童话有别于其他文学形式的重要特征。"

佩罗童话总体而言不乏光芒乍现的乐观主义，带给孩子以快乐和欢笑。童话的主人公多半十分可爱。灰姑娘辛德瑞拉始终不渝地执着追求美好生活，终于摆脱凄暗的处境和久久缠绕的厄运，而邪恶终究没能埋没她的光鲜和亮丽。穿长靴的猫则更能给孩子带来笑趣和快乐，它狡黠绝顶，而让读者惊叹的是它的勇气和谋略。在这个故事里，佩罗赞美了劳苦大众的坚忍、勤劳、温柔、勇敢、智慧和恪尽职守的优良品格。《睡美人》中的那位仙女也讨人喜欢，因为她怀有一颗至善至美的心，闪耀着人性的光芒。在《仙女》(又译《仙女和取水姑娘》)中，化身为乡下妇人的仙女善恶分明，竟能让温柔诚实的小姑娘每说一句话就吐出或一朵花或一颗珍珠、一颗宝石！佩罗也是一位写魔变的高手。一步就跨出7里的七里靴，在他的童话里能踢开浓雾从山顶往山下飞跑；神秘的宝箱能在地底下按仙女的吩咐四处穿行；万能的仙杖在灰姑娘身上一点，沾满尘埃的褴褛衣衫顿即变成华美绝伦的舞衣；而那只

---

[1] 蒋风主编《世界儿童文学事典》，希望出版社，1992，第741页。

穿着长靴的猫则能一无所惧地踏入食人妖的城堡，把个骄慢而爱面子的妖魔变成了小老鼠，然后以迅雷不及掩耳之势扑向小老鼠，将其活活咬死。凡此种种，都能让小读者心感快哉，遂发而为笑。

《鹅妈妈故事集》受到欧洲儿童的欢迎，自然是因为佩罗不是"家庭女教师"，他不会强使自己的作品承载过重的意义负荷，这在当时无异于从乡野向文坛吹进了一股令人心旷神怡的新春晓风。

佩罗童话被注入了作家的文学智慧，融进了他对宫廷生活的观察和丰富体验，心理活动描写十分神妙，被认为是由民间文学向文人文学提升的一个表征。因此，"佩罗童话"可被视为世界童话文学第一块沉稳的基石。

第七节　意外成为儿童文学经典的《格林童话》

雅各布·格林（1785—1863）、威廉·格林（1786—1859）是德语、印欧语溯源研究家，其志业在语言学和词典学的研究上。以童话家名世、传世，实出他们自己的意外。格林兄弟童话的搜集工作始于1806年，当时正值拿破仑着手全面征服欧洲。他们认为战争的旋风必造成兵荒马乱，剧烈的动荡会使古老的传说和

格林兄弟

故事像星火消泯于水塘里、露珠消泯在炎阳下那样消失得无以觅其踪影。格林兄弟是有远见的。因他们的努力而复兴起来的德国童话，远比拿破仑征服欧洲的事业要伟大要持久要不朽要有价值。"当那些曾叱咤风云的皇帝、元帅、宰相都仅仅在历史书中留下苍白的影子，一部似乎不起眼的《格林童话》却流传了下来，从德国流传到整个欧洲，从欧洲流传到全世界，而且显然还是千百年地继续流传下去"[1]，"把我们一代又一代人儿时的梦境装饰得更加美丽，更加奇幻"[2]。它印行的数量早已可匹敌《圣经》，成

①雅各布·格林、威廉·格林：《格林童话全集　插图本》，杨武能、杨悦译，译林出版社，2008，第605页。

②同上书，第606页。

了德语文学中无与伦比的流布奇观，"文学的伟力，精神的不朽，心智劳动的巨大价值，全从《格林童话》得到了证明啊。"① 确实，在德语文学中，《格林童话》最先证明了文学超越疆界的力量，证明了文学属于全人类。意大利童话大师罗大里说得好，《格林童话》"是在拿破仑征服战争嚣嚷声中建造起来的活的德语纪念碑"。

格林兄弟于 1812 年至 1815 年间出版了两卷《儿童与家庭童话集》，1816 年到 1818 年间又增加了一卷《德国民间传说集》。这就是《格林童话》的全部，共计 216 篇。这些童话多半是他们从自己的家乡——日耳曼北部黑黝黝的森林中和茫茫原野上采录来的，也有从瑞士、法国、奥地利搜集来的，还有小部分是雅各布·格林从巴黎图书馆的手抄本中搜集来的。《马克思恩格斯文集》曾指出，格林兄弟从北部日耳曼搜集来的童话写了孤零零居住在原野上的人们或在暴风雨之夜或从高处静观这荒凉原野的感觉。凡是童年时在原野暴风雨之夜感受过并留下了深刻印象的人们，此时那原野可怕的情景又重新活现在他们眼前了……德国学者哈曼恩指出，"《格林童话》所展现的是富有德国民间特色的未加修饰的图景"。威廉·格林曾这样描述过他们所搜集的德国童话的概貌：那里面可见靠自己的手艺度日的诚实百姓，首先是渔民、磨坊主、采煤工和牧人，也就是那些同大自然保持着密切联系的人。大自然的一切全都有灵性：太阳、月亮和星星，全都通人性，很亲切，能给孩子们以礼物……群山间有人在干活，江、湖里有人鱼在昏昏欲睡。各种各样的禽鸟、植物、石头全都会说话，会表达感情……一切美好的东西都是金子做的，并且都镶有钻石。在童话里，甚至人也是金子做的，然而他们时刻都受着不幸的威胁——黑暗势力、凶恶巨妖的威胁。要是身边有善良的妇人把妖术破除，那么巨妖也不是不可战胜的……

格林兄弟用文学语言谨慎地加工润饰过于粗朴、过于平淡的民间口头创作。他们精心的艺术性劳动向世人证明了德意志民族已经在大地上存在了好多个世纪，他们的童话葱茏了大自然的诗意，使森林、原野、草地和花木更

<hr>

① 雅各布·格林、威廉·格林：《格林童话全集　插图本》，杨武能、杨悦译，译林出版社，2008，第605—606页。

富有诗的情性。他们的工作使日耳曼口语文学化、规范化,提高了其文化品位。他们的成果保留了德国童话中所有的拟人手法。这种拟人手法孤立起来看似乎是不可理解的,例如缝衣针会从裁缝铺里走出来,会在黑夜里迷路,煤炭会在过溪水时险些淹死,等等。乍一看确实很不可思议,然而在具体的童话故事结构中,这一切就都会让人觉得合乎逻辑,因而很好理解。依海涅所言,这种怪异的幻想透露着人类的智慧。无论植物,无论动物,也无论无机物件,一旦进入童话结构,就都能活化出一个个生命世界。

《格林童话》计216篇,大体可分为4类:常人体童话、神魔童话、动物童话和滑稽童话。其中为众人晓喻的有《灰姑娘》《白雪公主和七个小矮人》《勇敢的小裁缝》《布莱梅镇的音乐家》《狼和七只小山羊》《拇指娃娃》《金鹅》《白雪和红玫瑰》《汉赛尔和格蕾蒂尔》《走运的汉斯》《十二个舞蹈公主》等。这4类童话能让后人感受到德意志民族乃至欧洲人的情感、理想、愿望等精神世界:人们可以从这些童话中看到彼时的德意志人是如何向往着财富、地位、荣誉、美好的爱情和婚姻家庭等。《灰姑娘》(又译《辛德瑞拉》)就典型地体现了当时德意志人对财富、地位、权势的倾慕,只不过具体在这则童话中是以一个少女的美貌对一个贵族青年的无以抵挡的征服力量表现出来的。故事的发生、发展和结局是辛德瑞拉姑娘的一个长长的美梦。这样的美梦在别的童话故事中可能是找到一个宝窟,可能是遇到一个仙女,从而使命运不济的人转眼间改变了自己的生活境遇;可能是得到一件宝物,帮助可怜人变出种种稀罕贵重的东西。凡此种种,都可以套用瑞士心理学家荣格所说的:民间童话是一个民族的梦。而民间童话之可贵,又在于这种财富、地位、荣耀的获得,是与善良、勤劳、勇敢、责任心、智慧、机敏等这些在人类社会中应该首先被肯定的品质相关联的。一旦社会的精神倾向不再依赖这些人类应有的基本品格,对残暴、邪恶、自私、虚伪拒绝不力,那么人们就必然会在很大程度上失去安全感。

格林兄弟在搜集这些童话时没有想到它们会在儿童中间发生如此广泛的影响,但是他们很快就注意到孩子在欢迎他们搜集、整理和加工的童话,这可以从他们为《儿童与家庭童话集》的书名做解释的文字中看出："这些给儿童的故事能以它们的纯洁和温柔去唤起孩子对生活的向往，在人生之初就培养起一种美好的思想和感情。但因为这些童话的朴素诗情能够教诲每一个人以纯真，又因为这些童话将留在家里并作为遗产一代一代传下去，所以又把它们叫作'家庭童话'。"格林兄弟在30多年间专意为儿童出版的童话集事实上已做过较大幅度的加工，已经具有了些许学人们创写的成分，这在一定程度上反映了他们对儿童观的新觉性。

在格林兄弟的贡献中，我们还应该提到：他们的成功，使得许多欧洲作家起而仿效，各自在本民族中间搜集童话，譬如挪威的阿斯彪昂生和莫埃、英国的雅各布斯、俄罗斯的阿法纳西耶夫、丹麦的格隆德维等。

第八节　描述罗宾汉的绿林英雄史诗感动了少年

叙事歌谣最早是指伴以音乐和舞蹈的歌，后来演进为"叙事歌谣"，属民间通俗文学的一个门类，包括英雄史诗性的民间叙事作品。

英格兰和爱尔兰的叙事歌谣，最早可追溯到8世纪，而叙事歌谣创作的普及则在15世纪的"红白玫瑰战争"期间。这时的叙事歌谣已从抒情格调转向悲壮格调。叙事歌谣声誉最高的时期是在前浪漫主义时期。18世纪末19世纪初，一些著名诗人如罗·彭斯(1759—1796)、萨·柯勒律治(1772—1834)被民间诗歌所吸引，模仿民间诗歌进行创作，遂使叙事歌谣广为传播。民间叙事歌谣中的主人公往往境界高尚、智勇双全，故事情节写得富有节奏感和音乐感，因而很能诱发正热烈向往生活的少年们的想象力。

英国英雄史诗中最使少年读者感觉可爱的主人公是罗宾汉。这位舍伍德森林的绿林英雄于1360年闻名于世。以他为主人公的英雄歌谣最早传播于1534年。歌赞这位传奇式英雄的英雄史诗对少年有着强大吸引力的原因，在于他为人正直、勇敢机智、不畏强暴，在于他武艺高强，神奇的箭法更是百步穿杨；在于他被封建贵族和反动教会逼入绿林而成为起义首领后，就自觉地作为"诺曼压迫者"①的不知疲倦的敌人、人民的宠儿、贫苦人的保卫者（高尔基，《英国民间英雄歌谣集》俄译本序文，1934），和绿林豪杰们一道劫富济贫，解救生灵，为人民利益而舍命拼斗；在于他象征着自由、正义和善良。

罗宾汉是一位英格兰民众所热爱的真实的英雄，而不是文人笔下虚构的人物。他的真实性有他的敌人为他写的墓志铭为证：英勇无畏的罗宾汉，在这块石板底下栖身。他曾是一支光荣的箭，百步穿杨，举世难并。他绿林生涯五千天，我们怕死怕了十三年。天哪，这样难挨的日子，千万千万不要再来临。

在叙事歌谣中，人们把他叫作"好人罗宾汉"。在英国，几个世纪来，英国人年年都为纪念他而举行射箭比赛，上演歌颂他传奇生涯的剧本，民间歌手们则说唱这位绿林神箭手的传奇。

尽管叙事歌谣的内容弥漫着悲壮气氛，可其中仍不乏娱悦、笑趣和幽默。罗宾汉有个名叫玛柳特卡·琼的伙伴，是一个喜剧性角色，对紧张的总体氛围起着调节作用。

关于罗宾汉的英雄故事，出版于1500年的《罗宾汉轶事》，记叙了这位民族英雄的一生。到了17世纪，各种通俗、廉价的小册子就无以胜计了。对于被"礼貌手册""操行辑览"之类长年折磨着的孩子来说，阅读罗宾汉的故事无异于一种精神的解放。

第九节　霍桑创写的古希腊神话传说盛传不衰

随法、英、德之后，美国流行浪漫主义文学，心理小说的始祖纳撒尼尔·霍桑（1804—1864）就是一位盛行于美国19世纪中期的浪漫主义小说家。自幼缺乏天伦之乐的霍桑，其性格耽于幻想，气质忧郁、不甚开朗。1851年因第一部小说《红字》一举成名。其后与美国文学巨匠、《白鲸》的

---

①诺曼压迫者：8世纪诺曼贵族以武力征服了英格兰，他们身居要塞城堡，豢养武士为他们争掠兼并，到处横行无忌——韦苇。

作者赫尔曼·梅尔维尔结为挚友，并受其影响而性格逐渐开朗起来，短短3年中写了包括《带七个尖顶的阁楼》在内的一批中短篇小说，借助人物独特的心理表述，来传达他的道德理想。也就在这个时期里，他写了一部不朽于儿童文学史册的书——《奇书》（又译《神奇的故事》）。霍桑为孩子写书绝非偶然。霍桑1825年大学毕业后即关门写作，而给他出书的出版商古德里奇是一位热心于儿童文学书籍出版的人。霍桑对儿童文学的兴趣被培养起来，先后出版了许多儿童故事书，其中两本结集后以《奇书》和《密林故事》为书名出版。《奇书》由于其浪漫主义的生动情节和人人可以理解和接受的寓意，十分适宜少年儿童阅读，所以从彼时起，这部故事集一直在孩子中间盛传不衰。俄罗斯美学家杜勃罗留波夫1858年曾评论道："这些故事孩子读起来津津有味，这些确实生动有趣的故事，它们就像《一千零一夜》中的故事一样，能够吸引住特别敏感的孩子们的注意。"

《奇书》的原始版本不是一个短篇故事集，而是在格兰坦加尔森林里的一个农庄，由一个18岁的大学生隆·布莱特给一群来森林里采浆果的孩子们讲的系列故事。这是模仿《一千零一夜》的开头。隆·布莱特先是讲了6个古希腊、古罗马的神话传说。这6个故事以《奇书》为名出版后很是畅销，霍桑受到鼓舞，又于1852年续写了6个古希腊、古罗马的神话传说，以《密林故事》为书名出版。在霍桑为孩子写的书中，流传空间最广、时间最长的，就是这12篇古希腊、古罗马的神话传说。他取古希腊、古罗马神话传说来重新创作时，其创作倾向和创作习惯依旧，即通过热烈而由衷地赞美故事中人物形象高尚的道德理想，向未来的一代人表达自己的道德情怀。他讲这些故事时，传递道德观念的使命意识很强。为了完成自己的使命，他在给小读者的出版说明中，明确说出了自己的写作主张：他只把神话传说看作是一种原始材料，他的努力就是运用自己的智力熔炉重新冶炼这些传说，他几乎对每一细节都进行全面改写。他认为各个时代、各种地域的作家都有权利像他这样做，都有权利用自己的风俗和感情去改扮它们，赋予它们以自己的道德标准，写作的时候，可以让自己的灵感奔腾，允许自己的主题思想自由飞翔。他认为，儿童文学创作不应该蹲下身去低就儿童，而应写得比成人文学更简洁明了，只要儿童乐于接受即可。这种创写工作可以永远进行下去，永无完成之日。这种对儿童文学创作的自觉意识和英明观点，即使在 21 世纪的今天也是应当遵循的。这就是霍桑的高视点和高起点。美国儿童文学在 20 世纪后半期后来居上，与美国儿童文学的先行者霍桑这样的奠基人和开创者不无关系。

霍桑改写的 12 篇神话传说故事依次是《女妖头》《点金术》《潘多拉的匣子》《三个金苹果》《神奇的水罐》《喀迈拉》《迷宫斩妖记》《安泰和小人国》《龙牙》《魔宫》《石榴籽儿》《金羊毛》。到了 20 世纪,各国出版此书时，都将大学生讲述的情节删去，成为一部纯故事集。这部故事集在艺术上相当纯熟，可读性很强。古希腊、古罗马神话传说被马克思称作"希腊艺术的宝库""希腊艺术的土壤"，古希腊文学艺术家们纷纷从这些故事中取材进行创作。这个很有魅力的故事宝藏也深深影响着后来欧洲的文艺家，他们把这些不朽的、美丽的故事写成儿童文学作品，使少年儿童能方便地进入这个永远闪射夺目光彩的绚丽宝库。霍桑为普及这份文学珍宝立下了奇功。几年后，虽然英国作家金斯莱也做了与霍桑的《奇书》差不多的工作，但效果大相径庭，金斯莱只是从反面衬托了霍桑这部《奇书》的优秀。

这些故事中流布最广者首推《三个金苹果》。它是古希腊神话中大力神赫格勒斯的故事。金苹果树下有一条毒龙，长着 100 颗可怕的头，50 颗头睡着的时候，另 50 颗头却守望着。为了获取像南瓜一样大或者比南瓜还大的金苹果，和善、慷慨、高尚而内心跃动着勇猛气概的赫格勒斯出发了。路上遇到了一接触大地就会变得 10 倍强大的巨人安泰。要同这样一个巨人格斗是件很难的事，因为他一打倒在地，再站起来，就比敌人没有把他打倒时还要更强大，更勇猛，更有能耐使用他的武器。赫格勒斯就把安泰举到空中，在空中把安泰的力气挤榨干净，从而征服了还从来没有被人战胜过的安泰。赫格勒斯终于借撑天巨人之手把百头毒龙守护的金苹果取了回来。在 12 篇故事中，古希腊英雄故事占了一半。其中《喀迈拉》是讲著名英雄柏勒洛丰借助双翼飞马斩杀亚细亚凶险怪物喀迈拉的故事。喀迈拉有 3 颗分开来的头：一颗是狮头，一颗是山羊头，一颗是硕大的蛇头。它的 3 张张开的嘴巴都喷着熊熊的火焰！当柏勒洛丰在云端驾着神飞马凭他的英勇砍断了狮头时，蛇头疯狂喷出的毒焰竟长达 500 米，并且发出刺耳的咝咝声。但即使是这么凶险这么恶毒，它的这颗头还是滚落在了英雄的刀下。

霍桑这些故事艺术上的强大，使它们在同类故事中脱颖而出，成为最为普及的重要原因。霍桑年轻时曾专门研修过文学写作技巧，因此他的这些故事都能写得构思精巧，不落俗套，自然逼真，清新明快。在艺术手法上，霍桑特别善于用对比来突出他要褒赞的人物，譬如美与丑、善与恶、勇敢与凶暴的对比。这种对比有时还在作品中造就非常别致的境界，请看下面这两段描写：

这是一个如此巨大的巨人！像一座山那样高的一个巨人，庞大得难以设想的一个巨人，云彩在他腰部停留，犹如一条带子，云彩挂在他的下巴上，犹如一把灰白色的大胡子，云彩在他巨大无比的眼睛前不断地掠过。

他显然站在那里已经很久了。一座古老的森林在他脚旁长出又衰落下去；这座橡树林总有六七百年了，橡树从果实里钻出来，挤进他的脚趾缝里。

前一段以云彩映衬巨人的高大，后一段以树林表现其站立的久恒。这样，这个巨人之高大和站立之长久就容易为孩子所想象了。这对少年儿童读者阅读作品时领略故事意境是大有好处的。另外，霍桑有意识地用自己的艺术表现去适应被他看作是欢乐源泉、赋予光明象征意义的儿童读者，让他们喜看、爱读。这种为年轻接受者着想的创作理念，在当时是非常难得的，是超越于许多文化人之上的。

第三章　代偿性儿童读物酝酿儿童文学

第一节　笛福的《鲁滨孙漂流记》

丹尼尔·笛福（1660—1731）是英国启蒙时期现实主义小说的奠基人，被誉为"英国小说之父"。笛福一生几度浮沉、充满风险，曾多次令人难以置信地暴富，又多次令人难以置信地破产，正如他本人的诗句所谓："命运的波荡谁也没有像我这样频繁，三十回做了富儿，又三十回做了穷光蛋。"（"此人之生平奇遇越古超今，遭遇人生之变故亦鲜有能及"——1719年《鲁滨孙漂流记》第一版编者前言）这使他有可能从各阶层不同的视角来认识和表现生活。为了经商，他曾涉足欧洲许多国家，然而笛福作为一位天才作家广为后人晓喻的不是描述他本人风云变幻的自传，而是他于1719年出版的第一部小说《鲁滨孙漂流记》（又译《鲁滨孙·克鲁索》），这也是他的代表作。

这部小说初版时的全称原是《约克城海员鲁滨孙·克鲁索的生平和他惊心动魄的非凡历险：他在离美洲不远的一条叫奥茹诺郭的大河入海口处翻了船，除他一人幸存外，其他乘员全都葬身海底，他上了一个茫茫荒岛，独自一人在那里度过了28个年头，后意外被海盗所救，幸得以返。本书为他本人所写》。这部小说很快轰动了英伦三岛。小说所述的历险故事取材于一个苏格兰水手亚历山大·塞尔扣克（1676—1721）的真人真事。1704年塞尔扣克（时为船上大副）与船长发生冲突，因而在航途中被弃于一个海中荒岛，4年多后方被一条英国海盗船救回英国。笛福用小说艺术突破了真人真事的故事框架，填充以作家本人的海上生活体验，往虚拟的主人公形象中注入作家本人的思想感情和道德理想。在为生存而进行的严酷斗争中，鲁滨孙运用他所处的启蒙时代的知识和技能，将一个荒岛变成了一个欣欣向荣的资本主义殖民大农场。他利用了废船上的一切可用之物——斧和钉，猎枪和弹药，尖刀和水壶，帆片和针线，墨水和纸张，农作物种子，就洞架屋，栽种庄稼，磨面粉做面包，制独木舟，烧制陶器，制作桌椅，缝制衣帽，驯养山羊，还打败了吃人生番，收留其中的一名俘虏"星期五"为仆人。他每天都要干活、都要冒险。他在超社会关系的大自然中劳动、生活了28年，最终被救返回英国。这部经典可以被定位为通俗传奇的小说，对资本主义上升期满怀热情、张扬独立人格的"经济个人主义者"鲁滨孙形象的塑造十分精心，获得巨大的成功，其蕴含的朴实无华的艺术大美300年来一直感动着读者，唤起人们关于人类生存问题的深刻思索。

《鲁滨孙漂流记》是一部典型的冒险传奇小说：遇险—绝望—克服种种常人难以克服的困难—以大获胜利而告终。小说的主人公不得不让儿童读者由衷地折服——凭他所做的一圈栅栏就花去了整整一年工夫，凭他惊人的毅力和刻苦耐劳精神，成功就时时处处伴随着他。捷克的民族英雄尤利乌斯·伏契克把这部小说作为一部优秀的儿童读物来研究时曾说："这本书是如此生动、具体地描写了主人公潜心于劳动创造，正是在这一方面使这本书对孩子来说既有趣味又有积极意义。"这部小说18世纪起就迅速风传英伦，到了19世纪，所有欧洲学生的书包里都可以找到它了。英国作家弗吉尼亚·伍尔芙（1882—1941）在纪念《鲁滨孙漂流记》这部小说诞生200周年时说，它是"19世纪前诞生的伟大文学'巨石柱'"，"是一部万古常新的书"——虽然它只是一支个人主义的颂歌。

一个人的创造力、智能的强大、灵气的胜利吸引着越来越多的新读者。到18世纪末，《鲁滨孙漂流记》在英国一国即出了700版，与此同时还陆续被译成欧洲其他语言出版发行。

笛福这本小说原是为资产者而写的，却为孩子所喜爱。第一次对这部书做好评的是法国教育家卢梭。卢梭在《爱弥儿》中将其作为一部有益的读物推荐给孩子，并指出其启蒙意义。当书传入俄罗斯时，俄罗斯的著名批评家赫尔岑将鲁滨孙当作性格顽强和特别有毅力的人类的代名词。

由于《鲁滨孙漂流记》的成功效应，一时间仿作频出。不过，没有一部仿作是超过笛福的原作的。

第二节　斯威夫特的《格列佛游记》

乔纳森·斯威夫特（1667—1731）是英国激进的启蒙活动家，他认识世界的眼光与时人相异，与笛福对当时社会的看法迥然不同。笛福认为英国的社会制度是 18 世纪文明的顶峰，斯威夫特却相反，他看到的却是英国国家制度所有不完善的方面，首先是产生中的资本主义的矛盾性，以及新的社会制度不合理的现象。斯威夫特有着惊人的讽刺才能，他无情嘲笑上流的奢华、政治倾轧、争权夺利、宗教偏见。作家力图找到一种能够保障理想的社会体制的条件。不言而喻，他找不到这样的条件，因此他的作品便总是弥漫着痛苦的揶揄情调。

斯威夫特的抨击性文章《关于处理穷人孩子的一个小建议》曾令当局恼怒不已。作家在这篇文章中用揶揄笔调给爱尔兰当局出了个消灭贫困的点子：必须把穷人的孩子都养得肥肥胖胖的，然后把他们宰了做成绅士们筵宴的菜肴，用他们的皮做成美观的薄手套和薄袜子。

斯威夫特的天才之作是《格列佛游记》(全名为《前外科医生、后任船长的莱姆爱尔·格列佛遥迢国度旅行记》，1721—1726），他声称写作是"怀着最高尚的目的教导世人，而不是为了取悦于世人"。这也是启蒙时代作家们的特点之一。

"旅行记"之类作为小说体式已被现实主义幻想作家弗朗索瓦·拉伯雷（1494—1553）采用过，斯威夫特赋予自己的旅行记以非凡的趣味性。作家潜蕴在小说中的哲理思考自然不是孩子所能领略的。进入孩子阅读范围的是小说的前两卷——《利立浦特纪行》和《布罗卜丁奈格纪行》。

利立浦特是格列佛所漂流到的一个小人国。这里的人身长不到 6 英寸。其政治场中的卑鄙、肮脏、荒谬绝伦与英国相仿：大臣在国王御前表演跳绳，谁跳得高谁就得宠做大官；与邻国血战不休是因内部派系斗争激烈——高跟派和低跟派，大头派和小头派。格列佛逃离小人国后方悟晓，纵然是世上最渺小的民族，其内部也有一般人类所有的愚蠢。

布罗卜丁奈格是大人国。格列佛漂流到这里，其国中人均高如教堂里的高塔，跨一步就是 10 英尺。于是格列佛就成了有趣的小动物，被当作玩物送入宫中。国王贤明正直，其治国安邦之道是"常识和理智，公理和仁慈"。因此，当他知道格列佛的同胞会用火药打仗时，便惊讶地认定他们是在地面爬动的可憎的小害虫中最毒的一种。他讲求实际，主张谁要能够在原来只长一串穗、一片草叶的地面种出长两串穗、两片草叶的植物，谁就做了更多的贡献。这些都透露了作者反对战争、讲求科学、提高生产力的启蒙思想。

理性世界数学般的严整性，只衬托了幻想作家斯威夫特艺术想象的特殊真实性。小说在儿童中间得到如此超乎寻常的喜爱，无疑与小说运用民间童话的想象方式大有关系。这不单是指小说那种民间喜剧色彩很浓的风格，还指渗透在全部小说描述中那种诙谐情调。作家甚至到自己的仆役中间去检验小说的通俗性，他说："我这小说是写给普通民众看的，并非为了那些有学识的人们。"作家童话式的、漫画式的夸张手法有对文艺复兴时期讽刺艺术巨匠拉伯雷的继承，这种继承首先表现在用幻想构思来表现现实这一点上。不过拉伯雷的想象是纯诗意的，信笔挥洒，所以人和物都不成比例。而斯威夫特小说中的夸张是严格按比例的，例如小人国的人的身体是格列佛的十二分之一，而格列佛的身体又是大人国的人的十二分之一，两个国家的树木房屋、街道、用具也均同人物成正比；作家力图使虚构的状况接近真实，以便让孩子们更容易产生情景、情节的真实感。

《格列佛游记》的"小人国历险记"和"大人国历险记"是启蒙运动给儿童的文学赠礼。它丰富的幻想性和谐趣性，使它一直被当作填充儿童精神饥渴的童话故事作品。格列佛一人每天要吃小人国的 6 头牛、40 只羊，小人国里跳绳跳得高的就能做大官，并按鞋跟的高低分"高跟党"和"低跟党"，还因吃鸡蛋时敲大头、敲小头的习惯不同而发生流血战争，且持续多年。当格列佛来到巨人国时，他见到巨人的头与教堂并齐，老鼠有牲口般大，狗的身躯抵得过大象，而苹果则大如巨硕的啤酒桶，老鹰把格列佛住的房子轻轻抓起飞往天空，等等。孩子们能在其中感到想象趣味的满足。保罗·阿扎尔曾说："斯威夫特的想象的确奇妙无比，一个一个相继跳出来的游历场面，趣味盎然的场景变换，冒险与悬念，像中了魔似的奔向未知世界，在每一段路程的前方都隐藏着令人瞠目的事物，让人享受不尽那些现实的游历所享受不到的乐趣。""孩子们沉迷于快乐的故事中，时而把自己当作小人国的人，时而把自己当作巨人国的人。"是的，孩子一会儿感到自己是巨人，威风无比，一会儿又成了侏儒，渺小无比，尽情地做着奇妙无比的想象游戏，自由驰骋在空幻构筑的假定世界里，驰骋在小小人和大大人居住的奇幻世界里。

第三节　法兰西头一部打入儿童阅读圈的诗集《拉封丹寓言诗》

拉封丹（1621—1695）是 17 世纪杰出诗人，是法国喜剧作家莫里哀、剧作家拉辛和文学批评家尼古拉·布瓦洛的朋友。他以写与阿里斯托芬、薄伽丘、拉伯雷的作品相近主题的短篇故事诗成名。1677 年，拉封丹开始写寓言诗。他向古希腊寓言大师伊索、古罗马寓言作家费德鲁斯、古印度的故事集《五卷书》借取故事情节进行寓言创作。在寓言集的序文中，他援引一个名叫普拉东（普拉东提出了保育员应该教孩子读《伊索寓言》的建议）的人的话，有力地说明孩子们能从寓言中找到灵智和美德的范例。拉封丹在自己的创作中克服了教训色彩过浓的缺点，使寓言具有一种天真的韵味。拉封丹说，为了表现军事统帅之缺乏预见性，"你最好给孩子们讲讲狐狸和山羊一同下到井里喝水，狐狸站到同伴的背上，又站到同伴的犄角上，然后往上一跳，跳出了水井，而山羊却被留在井底出不来了"。

拉封丹曾一再说，他之所以如此执着于寓言，是因为寓言让他有描绘动物种种习性和特点的可能，把动物和人作比照，这本身就又让人发笑，又发人深省。拉封丹给自己的寓言诗作品题献时，曾用诗的语言写道："我的寓言诗主人公的父亲都是伊索，……它们在我的作品中都能言会语，连鱼也会说话：鱼们说的事也都跟我们大家息息相关。"

1668 年到 1694 年间，拉封丹出版的寓言集有 12 本。在儿童文学史上，它们的出现，标志着法国给孩子们阅读的诗产生了。

第四章　浪漫主义为童话文学的独立创造条件

第一节　浪漫主义推进童话成为独立文体

18世纪末期法兰西革命中提出的"平等、博爱和自由"口号由启蒙运动的积极推行者们高高擎举，从而演化成欧洲的一种文化氛围。这种文化氛围的核心是"民主与科学"。这种氛围使人类开始从对纯粹的权威和未加检验的传统的依赖中解放出来，从王权、神权和封建特权中解放出来。浪漫主义对儿童文学的影响就是这个伟大口号的文学化，也就是雨果所说的"浪漫主义不过是文学上的自由主义而已"。浪漫主义思潮发祥于18世纪末期的德国和英国，后来传播到法国、俄罗斯和东欧诸国。到19世纪初期，浪漫主义文学趋于成熟。成熟期的浪漫主义文学特别重视想象，而民间童话是最富于想象的。浪漫主义文学的想象方式与孩子的想象方式不谋而合，他们的想象都把时间和空间挪得十分遥远，因此，浪漫主义文学对"幼稚"的古代、希腊和北欧的英雄时代，对中世纪的种种故事很感兴趣。于是他们重视搜集整理民间文学，并用作创作题材，这成了浪漫主义文学的一大特征。浪漫主义者们努力复活作为民间信仰结晶的中世纪民间童话故事、儿歌童谣，使其焕发异彩。浪漫主义作家们都喜欢用这种形式来表现自己的愿望和感受。他们追求强烈的艺术效果，常用奇特夸张的辞格创造离奇的情节、非凡的人物、神秘莫测的环境、激情洋溢的语言和大开大合的结构。所有这些，都给想象游戏特征鲜明的童话文学发展和成熟带来极为有利的条件，为童话文学发展开辟了康庄大道。

在欧洲，有一批浪漫主义作家无意中对为孩子所青睐的童话文学的成熟发挥了重要作用。儿童文学史必须提到的是这样一些作家的名字：诺瓦利斯、约翰·路德维希·蒂克、弗朗兹·布仑塔诺、阿希姆·冯·阿尔尼姆、黑贝尔、弗里德里希·德·拉·莫特·富凯、格林兄弟、阿德贝尔特·封·夏米索、威廉·豪夫、路德维尔·贝希施泰因、阿斯彪昂生、普希金、叶尔肖夫、安徒生、欧文、乔治·桑和塞居尔伯爵夫人等。

格林兄弟专事德国语言研究，他们不是浪漫主义文学的中坚人物，他们只是受浪漫主义文学思潮的影响，于1806年开始民间童话的搜集工作。他们将童话进行精心的整理加工，出版后获得了意想不到的成功。经数十年的传播，其童话影响迅速超越了欧陆范围，成了格林兄弟对世界的最大贡献。

在格林兄弟的贡献中还应该提到，他们的成功使得多欧洲作家起而仿效，在本民族中搜集童话，譬如挪威的阿斯彪昂生和约根·莫埃，英国的约瑟夫·雅各布斯，俄罗斯的阿法纳西耶夫，丹麦的斯汶·格隆德维等。格林兄弟时代还有一位在童话搜集和整理、保存和流传上有功绩的人物路德维希·贝希施泰因（1801—1860），其声誉仅次于格林兄弟。他的童话的价值观念、美学观念与格林兄弟童话相同，但是他的童话多浓染了他家乡南德意志的风物特色；再则，由于贝希施泰因更注重文学性，主观成分和作家本人生活感受的注入也要多一些，描写上也较格林兄弟童话更细腻。

第二节　豪夫的童话

受浪漫主义文学思潮的影响，威廉·豪夫（1802—1827）的作品为肇始期的童话文学发展立下了里程碑。他是德国浪漫主义文学衰退期的讽刺小说家、童话作家和诗人。受沃尔特·司各特、霍夫曼、黑贝尔、富凯等浪漫主义文学家的影响，豪夫重视民间文学、崇

威廉·豪夫

尚童年和自然，并且将这些思想体现在他的创作中。他的童话就有这样一些显著特点：一是语言通俗易懂；二是模仿《一千零一夜》等东方童话故事的结构，大故事里套小故事；三是故事情节多奇险。豪夫于1826年至1827年间写成的童话，有些以民间童话为基本素材，有些则是利用民间文学因素的独立创作。1826年出版的童话集名为《骆驼商队》，1827年出版的童话集名为《亚历山大和他的奴隶》，1828年出版的童话集名为《什培萨小酒店》（其时作者已经离世）。这些童话集大体包括了12篇相当于短、中篇篇幅的童话，其中较有代表性的是《鹳鸟的国王》《小穆克》《矮子"鼻儿"》《年轻的英国人》《赛义德的苦难》《冷酷的心》。

《冷酷的心》（1827年写成）是作家去世以后发表的作品。这篇童话虽然以德国南部一个民间传说为故事框架，描写的却是当时德国具有典型意义的现实生活。作家敏锐而深刻地感受到了资本原始积累过程的残酷性，并且用童话的方式成功地表现了出来。故事主人公彼得·蒙克本是一个朴实、善良的年轻人，在资本主义价值观念和生活方式迅速摧毁淳朴民风的情况下，开始爱慕虚荣，厌弃繁重体力劳动，不满社会地位低下的生活，于是在快速发财愿望的驱使下，为立即变成有钱有势的豪阔富翁甚至不惜将自己的心卖给了一个贪婪、诡诈、冷酷的荷兰魔鬼，换回一颗冷冰冰的石头心。作为一颗跳荡着人性的真心的回报，他从荷兰魔鬼那里倒真的得到一袋金币，并且真的豪阔起来。但是，他豪阔起来的过程也就是丧失人性和人情味的过程：他变得极端冷酷无情，他美丽的妻子施舍给了一个老人一点食物，他就凶残地活活打死了她。金钱可以把一个好端端的灵魂扭曲到这等地步，亲情、道义、伦理等在金钱面前一下子变得如此脆弱！故事中金钱所向，一切传统文化中美好的东西迅速为之披靡。彼得胸中那颗虚拟的石头心，在童话中成了资本主义原始积累阶段暴发户灵魂的一个小小缩影。但是，财富并不能使彼得免于孤独和空虚。当金钱折磨得他难以忍受时，他愧疚和懊悔了，他向荷兰魔鬼要回了自己的心。

《年轻的英国人》是一篇有着强烈讽刺意味的小说。故事描述一只猩猩被格林威塞尔士绅们尊为体面的英国人，从而淋漓尽致地揭示出19世纪初期德国市民阶层愚昧庸俗的面貌。作品的特点是以被注入了幻想成分的离奇情节入木三分地讽刺和针砭德国现实。小说显露的内涵是清新的。同猩猩同桌吃饭、一起跳舞甚至一块儿讨论问题，分明是荒唐透顶的事，但是因为豪夫把握了当时德国小市民愚昧无知、盲目崇尚并追求外国时髦的基本特征，顺势加以艺术夸张，所以离谱的奇幻描写反而触及了德国社会的本质性的痛。

第三节　夏米索的《出卖影子的人》

　　德国浪漫主义文学思潮还催生了夏米索（1781—1838）的杰作《出卖影子的人》(又名《彼得·施莱密奇遇记》,1814 年出版）。夏米索与奥·威·史雷格尔、阿尔尼姆、布仑塔诺、路德维希·乌兰德、海因里希·冯·克莱斯特等浪漫主义文学的代表作家过从甚密，是浪漫主义文学中影响最大的诗人（他的大量诗篇被配上曲子广泛传唱）和作家之一，在俄罗斯和中国一度被作为"积极浪漫主义文学的代表"进行绍述。在欧洲，他因其传世之作的深远影响而被定位为"善于把民间神奇幻想同现实生活结合的讽刺批判作家"。出版于 1814 年的《出卖影子的人》，代表着夏米索叙事文学的最高成就。夏米索的这部童话性小说构思取自民间童话传说中多有影子离人体而去的故事。夏米索就利用人的影子可以剥离人体而捡拾起来、卷成筒形、或加以折叠收藏这类奇妙无比的想象，构思他的中篇童话小说。小说主人公彼得是一个出身贫寒的青年，他带着一封介绍信来到百万富翁约翰家里，目的是要得到约翰的资助，并给自己谋得一个糊口的工作。在约翰的花园里，他遇见一个身穿灰衣服的神秘人物。这个灰衣人就是个魔鬼。在彼得面前，魔鬼不声不响地从自己上衣口袋里掏出许多奇异得令人目瞪口呆的东西：制作精美的望远镜，贵重的土耳其织锦地毯，漂亮奢华的帐篷，鞍鞯齐备的 3 匹骏马。面对这种奇观，彼得诧异而木然。接着魔鬼又拿出一个能从里头不断取出金币的魔钱袋来引诱彼得，表示要用这件宝物来收购他的"美丽的影子"。彼得为钱财所动，拿自己的影子同他的魔钱袋做了交易。彼得真的立刻变成了大富翁。然而人们很快发现彼得没有了影子，于是理所当然把他看作不同于常人的异类，将他当成了怪物，打心底里鄙视他，像害怕幽灵一样害怕他，处处躲着他、防着他。彼得顿生烦恼和痛苦，而且这种烦恼和痛苦就像影子一样伴随着他。他忠心的奴仆背叛了他，把他用影子换来的钱偷走，还勾引走了他的未婚妻。这给他以沉重打击。于是他躲开人群，来到森林里。但是在这世界上，无论何地总还会有太阳的照耀。他在森林里见到一个农夫，即使他小心又小心，也还是被农夫发现了他是一个没有影子的怪人。

　　在太阳照着的空地面前我的心开始战栗不安了，我让农夫走在前面。但是他为了向我述说河水泛滥的历史，却停在这个危险地区的中间并转过身来。他马上注意到我的缺陷并且中止了叙述：

　　"这是怎么回事，您怎么没有影子呢？"

　　"不幸！真不幸！"我叹息着回答，"在一场长期的恶性病后，我的头发、指甲和影子都脱落了。老伯，您瞧我的头发虽然重新长出来了，但却是全白的，而我的指甲也是非常短，至于我的影子却还没有生出来呢。""唉！唉！"老人摇着头继续说，"没有影子！这可真糟糕，您得的这场病可真够厉害。"他不再继续谈河水泛滥的故事了，我们走到下一条横路时，他一句话也没说就离开了我。惆怅的泪水重新流满了我的两颊，我的兴致已经消失了。①

　　看，彼得为了掩饰自己没有影子而编的故事读来够让人心酸的！他终于下了决心去找魔鬼要求换回自己的影子。魔鬼倒是同意归还影子，但却要他订立出卖自己灵魂的契约。这回彼得愤怒地拒绝了，他宁愿不要影子也不愿出卖自己的灵魂，遂将魔钱袋扔下了山崖！彼得在一双七里魔靴的帮助下，走遍地球的南极、北极，走遍了各大洲，最后在一个山洞里住了下来，从事自然科学的研究。他这才懂得人生的意义和乐趣。童话故事在结尾处这样写道："我的朋友，要是你打算生活在人间，那么你首先要学

----

①《世界文学》编辑部：《〈世界文学〉三十年优秀作品选》，浙江文艺出版社，1983，第553页。

会重视影子，然后再重视金钱。"①

"影子"在童话小说中是作为人的根本性品格而存在的，是作为高尚的象征而存在的。夏米索通过影子的故事探讨了人生的需求和意义。主人公彼得开始也是相信金钱是万能的，以为没有影子，也还有补救的办法：用金钱去堵住发现了他没有影子的人们的嘴。但是很快他就发现金钱并不是万能的，并不能给他带来真正的幸福。古希腊哲人柏拉图将人的需求分为3个层次：财富、名誉、智慧。绝大多数人只停留在第一个层次上，一些人达到了第二个层次，而达到第三个层次的人是极少数。彼得最后毫无保留地把自己献给了他爱好的科学事业，站到了对智慧的追求和对人生理想追求的高层次上，他找到了自我完善、自我慰藉的途径。"众里寻他千百度，蓦然回首，那人却在灯火阑珊处。"这部童话小说告诉读者：对人生意义的寻觅往往需要经历艰辛漫长的过程。这个过程包含种种不寻常的精神痛苦和折磨。

第四节　霍夫曼的《咬核桃小人和老鼠国王》

19世纪初期，童话的搜集、整理、加工和童话的创作都得到浪漫主义文艺运动的鼓励，在德国尤其如此。童话正是在这样良好的氛围中不自觉地被推向现代，"艺术童话"（即作家童话）的内容和形式革新在浪漫主义风云人物约翰·路德维希·蒂克（1773—1853）、富凯（1777—1843）、E.T.A.霍夫曼（1776—

E.T.A.霍夫曼

1822）的倡导下铺陈开来，夏米索、豪夫等人纷纷开始了童话的创作尝试。

霍夫曼是浪漫主义文学运动的一位首领。他的名著有《金罐》（1814）、《谢拉皮翁兄弟》（1819—1821）、《雄猫穆尔的生活见解》（1820）、《跳蚤师傅》（1822）。这些作品在当时就被译传到整个欧洲，不同程度影响过巴尔扎克、

---

① 《世界文学》编辑部：《〈世界文学〉三十年优秀作品选》，浙江文艺出版社，1983，第562页。

果戈理、陀思妥耶夫斯基、爱伦·坡、夏尔·皮埃尔·波德莱尔等文学大师的创作，并出现了仿作。他是为童话新品种"艺术童话"赢得独立地位的大功臣。艺术童话的创作虽然在此前就已经有蒂克进行了成功尝试，但其艺术力量毕竟不可与霍夫曼童话同日而语。开辟一个艺术新领域，需要如霍夫曼这样的浪漫主义文学的将帅人物投入其幻想力和对生活的诗性体验，实现人对现实的超越。童话史特别重视的是他的两部作品：《侏儒查克斯》《咬核桃小人和老鼠国王》(又译《胡桃夹子》)。

《咬核桃小人和老鼠国王》是霍夫曼的童话代表作，被德国文学史称为一部充满了诙谐和幽默的童话，一部真正的童话。作品的主人公是 7 岁的小姑娘玛丽。她生病时，觉得眼前一个"咬核桃小人"(制作成人的形状帮助孩子剥核桃的小器械)正在同老鼠打仗。长有 7 个脑袋、戴着 7 顶王冠的老鼠国国王率大群老鼠向玛丽发动攻击，咬核桃小人勇敢地挥动宝剑，带领柜子里的布娃娃、滑稽人、轻骑兵、老虎、狮子、长尾猴等同老鼠们展开一场大战。小人被老鼠咬住，玛丽脱下自己的鞋子甩向鼠王，才把鼠群赶散。咬核桃小人为了感谢玛丽小姑娘，邀请她到有着蜜饯牧场、橘子水河、香肠蛋糕新村和巧克力城的娃娃国游玩。童话史学家推定"纯创作童话"是由此发端的。

霍夫曼第一次肯定了孩子狂野的、充满戏剧性的、氤氲诗情的幻想，肯定了游戏和幻象的快乐王国。俄罗斯卓越的批评家别林斯基在题为《圣诞节的礼物：霍夫曼的两篇童话和依利涅爷爷的童话》一文中说："我们说过，生机勃勃的、富有诗意的想象力是培养儿童文学作家的一系列条件中的不可缺少的条件。儿童文学作家应当通过幻想并且凭借这种幻想去打动孩子们的心。童年时期，幻想乃是儿童心灵的主要本领和力量，乃是心灵的调节器，乃是儿童精神世界和存在于他们自身之外的现实世界之间的首要媒介。"在该篇文章中，他还热烈地称赞霍夫曼融贯于这部童话中的奇丽诗情。他说："最优秀的儿童文学作家只应该是诗人，也只有做个诗人才是儿童文学作家最崇高的理想。德国最伟大的诗人霍夫曼就是这样的一位作家……像霍夫曼这样离奇古怪而又富于幻想的天才，屈尊俯就儿童生活的环境之中，是丝毫不足为奇的。他身上就有许多童真和稚气，有很多天真无邪的东西，而且再没有第二人能像他那样善于用富有诗意的、容易让孩子明了的语言向孩子们讲故事……霍夫曼是一位富于幻想的诗人，是善于描绘捉摸不定的内心世界的画家，有一双善于洞察自然界和精神世界奥秘力量的慧眼。"

霍夫曼的文学观念强调怪异奇谲，见所未见，闻所未闻，却又是不以奇为美的。他在《勃兰比尔公主》（1821）的序文中这样表明自己的观点："要让童话故事打动孩子，对孩子起激励作用，光靠储备荒诞和怪异的武库是不够的，还得在童话中蕴含某种对生活的理解，并将此作为童话深刻的思想内涵。"所以，读者透过他的《侏儒查克斯》的确不难把握他对当时德国社会的理解，而且这种理解是鞭辟入里的，虽然这种理解与初涉世的孩子不一定有太直接的关系。

作为儿童文学读物，霍夫曼的幻想描写缺少节制，总体感觉散漫、冗长、迷离，有些地方还不够精彩，欠缺一些始终吸引小读者的阅读魅力。不过，这并不应该动摇他是纯创作童话第一人的地位。

第五节　托佩柳斯：北欧最早的童话家

19世纪的中期是浪漫主义文学开始退潮、现实主义文学开始勃兴的时代，童话也开始向现实生活寻求表现空间。正是在浪漫主义与现实主义交替的时期里，丹麦的天才诗人汉斯·克里斯汀·安徒生把自己的文学才智转向孩子，声言从此以后要把诗性含量很高的艺术生命交给童话文学。他将社会底层百姓的生活感受带入童话文学，就改观了童话文学题材内容和表现方式的贵族气势和态度，童话开始把根扎进了广阔而深厚的现实人生。

与安徒生同一时代的芬兰诗人萨查尔·托佩柳斯（1818—1898）是用瑞典语写作的北欧史学家、著名教授、浪漫主义诗人，任赫尔辛基大学校长。他开创了历史小说的传统。他创作的童话故事和儿童剧获得了很高评价，曾被与安徒生比肩并论。其童话于19世纪就被译成多种欧洲语言传播。

他先后成集的作品有《寓言故事集》（1847—1852）和《儿童读物》（1865—1896）。其代表性较强的作品有《大海主人的礼物》（内容与普希金童话诗《渔夫和金鱼的故事》相同）、《冬天的童话》、《萨姆波·拉伯》、《吹魔笛的孩子》（即《音乐家》）、《十一月的阳光》、《夏至之夜的故事》、《云神》、《星星的眼睛》、《睡莲》、《一个名叫拉塞尔的小家伙》等。他的童话明显有一种从传统童话向作家创作的艺术童话过渡的特色，即取用民间童话故事情节的同时又往其中注入作家的诗情。例如，我们在《吹魔笛的孩子》中看到了这样的描写：

傍晚，暴风雨过后，大海显得很不平静。海浪像一座座透明的高山轰隆隆拍打着海岸，撞击着沙滩，然后又卷回去。

这样逼真的、传神的描写是民间童话中所不可见的。

托佩柳斯童话是乐观、欢快和良善意味极为丰富的宝库，其中呈现着芬兰严峻而壮丽的大自然景象，浸润着浓郁的芬兰情味。

托佩柳斯新颖别致的童话一发表就引起评论家们的注意。当时瑞典评论家曾不止一次地指出：作为童话作家的托佩柳斯的造诣，瑞典还没有第二人可以与之相提并论。其实不只是瑞典，在当时的整个北欧，托佩柳斯的名声都是如雷贯耳，安徒生则鲜有所闻。

为了纪念托佩柳斯不朽的童话业绩，芬兰从1947年开始设立的儿童文学国家奖就以"托佩柳斯"命名。

第六节　浪漫主义在英国留下的儿童文学遗产：《天真之歌》

在作家创作艺术童话之风逐渐兴起的阶段里，英国在文学史上有显赫地位的两位作家向孩子奉献了童话：约翰·罗斯金（1819—1900）奉献了名作《金河王》（1851）；威廉·萨克雷（1811—1863）奉献了《玫瑰和指环》。这两篇童话典型地体现了从传统童话走向现代童话的特色。

罗斯金自述他写《金河王》只是模仿了格林兄弟和狄更斯的作品，掺入一些自己的切身感受而已。内容的民间色彩和表现的文人色彩两者被糅合到一起，成了一篇既有传统情节又有现实描写的童话。金河王是北欧神话中精于金属小工艺的矮小精灵，他主宰着流过山谷的金河。山谷里住着兄弟三人。两个哥哥自私、贪心、丑陋、冷酷，老三心地善良，却受到两个哥哥的奴役。一天，老三格拉克一人在家时，突然来了一位鼻翼歙张的小矮人，他是西南风先生。后来，西南风先生遭受两个哥哥的无礼，就刮起了西南风，狂风挟带暴风雨，在深夜掀去了两个哥哥的屋顶，顷刻间山谷荒芜成沙漠。后来，两个哥哥因贪心而被变成了黑石头，老三格拉克则因无私赢得真正的"金子"——一条流经山谷的河流，土地因为有了河流的灌溉而肥沃丰饶。

浪漫主义文学为孩子留下了布莱克的《天真之歌》。

威廉·布莱克（1757—1827）是由版画学徒成长起来的风格独特的人道主义和民主主义诗人。诗人一生潦倒以致默默死去，像一个乞丐似的被用公用棺材抬出去埋在公墓里。如今，人们理解了他的诗的特殊价值，他的塑像已被矗立在其他杰出的诗人之旁。

到了20世纪，象征主义文学家们首先注意到布莱克。诗人的祖国首先认定他是象征主义文学的鼻祖。然而"能洞察心灵世界"的布莱克，就其思想倾向来说首先是一个人道主义者，是正义和自由的卫士。

比较适宜于少年儿童阅读的是他的《天真之歌》，这是诗人于1789年面世的诗集，共收诗23首。诗人透过不谙世故的儿童意识的多棱镜来反映现实，针对教会的禁欲观点，表达了肯定生活和欢乐的思想。他用乌托邦式的图画来描绘没有压迫和奴役的童年生活，用独特的象征手法来描绘人类的童年，写得天籁般清新自然的情感从诗人对幼童深挚的爱心中汩汩流淌出来，对后来的儿童诗创作发生了肯定的影响。

"什么叫幸福？"这似乎是诗人在《天真之歌》里向读者的一个提问。诗人自答道："幸福，就是欢笑的孩子。因为孩子欢笑时，整个世界也就充满喜悦和欢笑，大自然母亲就生机盎然，就欣欣向荣。"

在《天真之歌》的序诗中，诗人写道：

我吹着牧笛从荒谷下来，／我吹出欢乐的曲调，／我看见云端的一个孩子／他微笑着对我说道：／"吹笛人，把你的歌儿写成一本诗，／好让大伙儿都能读到。"／他说完从我眼前消逝。／我拿起一根空心的芦草，／用它做成一支散发泥土气息的笔，／蘸着清冽的泉水，／写下这些快乐的歌子，／让孩子听着打心眼里觉得欢快。

布莱克在《羔羊》《黑孩子》《扫烟囱的小男孩》《迷路的小男孩》《被找到的孩子》《骨肉之痛》等诗篇中，形象地揭示社会的贫困和痛苦，但是即使是这样的诗篇也没有离开《天真之歌》明快和欢愉的基调。布莱克的诗无一不氤氲着爱和善，浸染着对苦难儿童的深切同情，表现了诗人改善儿童生活的意愿。

布莱克的抒情诗抒写了周围世界的美，诸如夏日林中草地的似锦繁花，驻足花间的彩蝶，无忧无虑地游戏着的儿童。他引导小读者观赏大自然不同季节所呈现的不同色彩，在他们心中培养美好的感情。他的诗歌里蕴含着一种慈父般的爱心，这种爱心使孩子谈起来心暖肠热，感到人世的乐趣。他还在自己的诗篇中融入了民间口头创作的情韵和格调。在他的诗歌中，人们可以发现民间音乐的复叠、各种舞蹈的节奏和民歌朴素而响亮的韵律。

布莱克的诗很有哲理深度。然而初读诗篇的少年往往被布莱克诗篇中的人道主义思想、丰富多彩的抒情色调、诗语的音乐性和艺术形象的崇高感吸引。

第七节　浪漫主义在俄罗斯留下的儿童文学遗产：普希金的童话诗

由于受到浪漫主义思潮的影响，俄罗斯的亚·谢·普希金（1799—1837）从抒情诗、诗体小说易辙到童话长诗的创作上。他对当时俄罗斯儿童文学的创作现状深感不满，对当时风行的脱离生活、藻饰现实的儿童文学读物深恶痛绝。在《论叙事文学》这篇文章中，普希金写道："我对咱们那些瞧不起用朴素

亚·谢·普希金

语言来描述普通事物，而以为为了把给孩子看的故事写得有声有色，就拼命堆砌补语、形容词和毫无新意的比喻的作家，能说些什么？这些人从来不给孩子好好讲讲友谊，讲讲这种感情的神圣和崇高，以及其他应该描写的东西。'一大早'，这样写就蛮好，可他们偏要这样写：'一轮旭日刚把它第一束光芒投射在红彤彤的东边天空。'难道说，句子写得长就精彩吗？哟，这可真是新鲜透了。"（列宁格勒版《普希金全集》第 10 卷第 12 页。）普希金还模拟当时风行的训诫文学写了《轻浮的男孩》和《小骗子》，以示嘲讽。普希金借用已经收集成书的俄罗斯民间故事，也借用包括德国格林兄弟童话在内的外国的童话，先后写成了 6 首童话诗：《关于沙皇萨尔坦、他的儿子光荣而威武的勇士格维顿、萨尔坦诺维奇公爵及美丽的天鹅公主的故事》（1831），《神父和他的长工巴尔达的故事》（1832），《渔夫和金鱼的故事》（1833），《死公主和七勇士的故事》（1833），《金鸡的故事》（1834），还有一篇未竟之作《大狗熊的故事》（1830）。其中，《渔夫和金鱼的故事》流布最广。

普希金自幼深受民间文学的影响，他曾两度听有着惊人记忆力的保姆阿莲娜·罗瞿诺芙娜讲述俄罗斯民间童话：先是普希金幼小时在床上听保姆讲；后是普希金 1824 年因触怒上司被发配到童年时代居住过的米哈依洛夫斯基村，受到秘密监视，在这被流放的两年时间里，又有机会听小时的保姆讲述民间童话。他从流放地写给他兄弟的信中曾这样以惊喜的语调赞美民间口承文学的艺术优越性："这些故事多迷人啊！每一个都是一部叙事诗！"他还在乡间听流浪艺人唱故事情节性很强的民歌，并且亲自收集了一些传说、歌谣和谚语。这些都足以说明普希金不是单纯地停留在对民间口头创作形式和风格的模仿上。关于普希金在童话诗中所表现的艺术创造性，高尔基曾说："普希金用自己的天才的灿烂光辉把民间歌谣和童话映照得益加美丽，但没有改变它们的思想和力量……民间童话经过普希金创造性的改造，一些特色被加强了：真实与幻想的巧妙结合，抒情的真挚和调皮的戏谑，动人的纯朴和辛辣的嘲讽。"

果戈理于普希金在世时就说过，普希金是一位民族诗人。普希金确实是俄罗斯人民全部情绪、智慧和意志即俄罗斯精神力量最杰出的体现者。普希金一生都在探求用幽默讽刺的笔调来描绘俄罗斯乡村的生活，反映乡民的情绪。人们对普希金的童话诗感到亲切。人们特别需要能被他们所理解、精神和气质与他们息息相通的作品。人们喜爱普希金童话诗中与民间故事相一致的反老爷、反神父、反沙皇的讽刺笔墨。在《渔夫和金鱼的故事》中，诗人以勤劳朴实的渔夫与又贪心又愚蠢的老太婆作对照，反老爷民间故事中反面主人公的性格特征，在贪婪的老太婆身上全有了：做了贵妇人，还想做皇后，那么贪得无厌，那么权欲无边，那么傲慢得令人不能容忍。随着凶恶的老太婆沿社会阶梯逐渐上升，她丑恶的性格特点愈来愈鲜明地表露出来，与此同时，对渔夫的态度也越来越凶狠。这首童话诗以讽刺手法把贵族那种贪婪、权欲的劣根性揭露得淋漓尽致，完全不受当时统治阶级道德规范的约束。

别林斯基发现了普希金诗篇里体现着一种人的内在美和亲切的人道精神，它确乎是普希金童话诗的很重要的元素——它表现在善良胜邪恶、光明胜黑暗的深刻而坚韧的信念上。

普希金童话诗的诗歌语言也引起许多作家和批评家的注意。普希金从富有表现力的朴实无华的民间口语、民间歌谣中汲取语言养料，他把民间谚语和俗语直接引入自己的童话诗。例如"妻子可不是手套，既不能从手上抖落，也不能把她塞进腰带"。普希金利用民间文学材料进行再创造。包括童话诗在内，普希金的诗每一行都闪烁着灵感。

普希金童话诗受到儿童的欢迎，不是因为它们是"童话"，而是因为普希金的童话诗符合儿童阅读的心理需求，比如童话诗出现的画面都不过久地停滞，尖锐冲突的场面总是一个接一个地展现在小读者的视野中。又比如景物描写的笔触都饱蘸了感人的诗情：鲜红的太阳、皎洁的明月和怒号的狂风，而被描写得最多的，则是各种状态的大海——从海波轻荡到昏暗的风暴，辽阔的海面上飞驶着鼓满了风的帆，海浪拍打着装了母子二人的木桶。

高尔基回忆童年时代读普希金的童话诗时，曾经这样写道："读普希金的瑰丽华美的童话诗，我感到再亲切和再易了解不过了；读了几遍，我就能够记住它们，我躺下来，闭上双眼，在还没有睡着之前，我低声将它们默诵。"马尔夏克在他的普希金童话诗专论的开头这样写道："普希金的名字，普希金的面貌，在我们幼年时代，就印入我们的脑海，我们一听到或一读到他的诗，就会像接受礼物一样地领受下来，可这份礼物的全部价值，却要等到长大后才能认识。"

关于普希金童话诗在俄罗斯文学中的地位，文学史家阿·巴布什金娜在《俄罗斯儿童文学史》中是这样表述的："普希金在俄罗斯文学中所完成的艺术变革，直接影响到俄罗斯儿童文学的整个进程。他把儿童文学的发展推上了一个新台阶，俄罗斯儿童文学一下焕新了自己的面貌，出现了一种新格调。它的任务明确了。它的教育方向性与文学准则被天衣无缝地结合在了一起。这已不需费争议的口舌了——儿童文学唯有当它是一种名副其实的艺术品时，它才有可能完成自己所肩负的教育孩子的使命。"

第八节　叶尔肖夫的《神驼马》

在与普希金同一时代的俄罗斯童话作家中，彼得·叶尔肖夫（1815—1869）为世界儿童留下了一部传奇色彩浓郁的长篇童话叙事诗《神驼马》（又译《驼背神马》《驼背马驹》，1834）。这是一部在西伯利亚民间流传的故事基础上创写的世界名著。

叶尔肖夫的名字因 1834 年写了世界儿童文学的不朽名作《神驼马》而彪炳于文学史册。他的出生地西伯利亚是个民间故事很丰富的地区，他本人也成了讲故事的能手。叶尔肖夫在彼得堡大学求学期间，读了当时刚发表的普希金的童话诗，大受鼓舞，自己也便开始构思长篇童话诗《神驼马》。这部童话写得少有的快活，所以不胫而走。到 20 世纪，这本书传到国外，受到世界各国儿童的喜爱，于是先后被改编成芭蕾舞剧，拍成电视动画片。

《神驼马》写的是农人孩子小依凡和他那匹神奇的小驼马的故事。这是西伯利亚几个民间童话融合起来的两个童话形象。依凡热爱劳动、顽强不屈、诚实厚道，被两个哥哥叫作"小傻瓜"。他由于忠实地看守麦地，受赏赐得了一匹小神驼马。有快活的、机智的、勇敢的、正直的、忠诚的、神奇的驼马做依凡的朋友和助手，他办到了老国王认为不可能办到的事。小依凡机巧地捉住了火鸟，找到了沉在海底的指环，跳进火锅而不死并变成了一个漂亮男子，最后做了国王。他虽然只是一个农人的儿子，却在国王面前没有半点奴颜婢膝，保卫了自己的人格尊严。请看他这样同国王讲服役条件："你莫要见怪，国王，/我为你干活，听你吩咐，/可你千万不能动不动就打我，/也不能同时叫做这样又做那样，/倾盆大雨式的吩咐我可受不住。"当国王违约提前叫醒他时，他敢于表现自己的不满："依凡来到国王跟前，/鞠了个躬，神气活现，/大叫两声之后不满地问；/'你干吗把我早早叫醒？'"依凡的所有品质诸如勤劳、坚忍、勇敢、维护个人的人格尊严，使他成为一个十分招人喜欢的形象。

童话诗辛辣地嘲讽了不理朝政、残暴、好色的老国王。童话诗写的老国王为了返老还童娶绝色美人的场面，更显出老国王的愚蠢和丑恶。叶尔肖夫通过这个完整、奇妙、饶有俄罗斯民族特色的故事，无情地揭露和鞭挞的是当时尼古拉沙皇专制统治的一整套官僚体制。这样的作品实在太难能可贵了。普希金读到后很重视，对童话诗所表现的强烈的精神优越感和活泼轻快的情绪击节赞赏，评价很高。在这部童话诗出彩印插图版本时，他为它的开头加了四句诗："重重山，层层林，/在大海大洋的那边，/不在天上而在人间，/有个村寨里住着一个老人。"

《神驼马》采用了民间口语，还利用许多谚语、俗语，利用许多民间文学的表现手法，反映了俄罗斯人的幽默风趣，在俄罗斯人读来倍感亲切。

叶尔肖夫在诗的景物描写中表现了巨大的才能。诗人很善于利用他手中的调色板，以丰富鲜丽的色彩描绘各种童话环境。譬如对于草原，他描写道："多美的草原啊！/如同绿宝石铺展一般，/微风在轻轻荡漾，/灯火如繁星点点洒满四方；/开在绿草丛中的野花儿/美丽得简直难以形容。/那草原的中间，/有如云朵驻泊着——/一座白银堆积的山峦/在草原的远处高耸。/夏日初升的太阳/装点得草原一片绚烂，/当阳光照临银山，/银山之巅就金光闪闪。"诗人的艺术技巧，在很大程度上决定了童话诗的魅力。

世界儿童文学简史

中

The Brief History of World Children´s Literature

第一章　作为文学一脉的儿童文学之形成

第一节　儿童文学独立成为文学一脉的历史背景及内部因素

儿童文学被公认为是文学的一个大类、一条关涉世界千千万万儿童精神营养的文学支脉，大约用了18世纪后期到20世纪前期100余年的时间。

儿童文学能在这100余年间成为一脉独立的文学，得益于教育迅猛发展对儿童文学发展进程的促进。

欧洲资本主义政治、经济的发展对人的素质提出了新的要求，从卢梭提出的"要尊重儿童"开始，把儿童当作具有独立人格的人来对待的新儿童观念日渐深入人心。18世纪下半叶，人们对儿童教育逐渐重视。到了19世纪，欧洲教育已从贵族向平民普及，越来越多的有创新智慧的人投身于教育，教育向着大众化、民主化发展。在教育大解放、思想大解放的潮流中，涌现出了一批专门研究儿童教育的著名教育家，他们提出了一些著名的儿童教育理论，促进了专门为儿童创作并受到儿童欢迎的儿童文学作品的产生。

19世纪儿童文学能够迅速自觉起来，逐渐自立门户，首要条件当然是19世纪前后100多年里，儿童文学作品数量在欧美各国都有如雨后春笋般的增长，儿童文学作品品质也在儿童文学自觉中快速提升。其间，欧洲的文学批评家付出过许多理论热忱和智慧。他们的理论支撑对促进儿童文学的自觉并成为一个独立的文学分支厥功甚伟。譬如在俄罗斯，维萨里昂·格里戈耶维奇·别林斯基（1811—1848）作为文学理论的伟

大奠基者，他对俄罗斯儿童文学的良性发展就起到决定性的作用。他用
70多篇长、短文章指出，19世纪前期、中期"儿童
文学"的制作者们惯于说教、伪善，让少年儿童读
者不能直面现实、直面真生活，与此同时，他为俄
罗斯新生的儿童文学的批评理论奠基，让俄罗斯儿
童文学早早接受现代理性光辉的照耀。他的这样一
些理论，影响到直至20世纪的俄罗斯乃至世界儿童
文学：

别林斯基

"儿童文学作家应当是生就的而不是造就的。这是一种天赋。这里不
只要求有才华，而且还要求有灵气……不错，培养一个儿童文学作家有
很多条件：需要有一个美好的、温柔的、安详的、童稚般天真无邪的涌溢
着爱的心灵，需要高度的睿智、渊博的学识和洞察事物的敏锐目光，并且，
不但要有丰富活跃的想象力，还要有生动活泼的、诗意沛然的幻想能力，
凭着这种能力能够将一切事物都表现得活灵活现，令人叹为观止。不言而
喻，热爱儿童，深刻了解各种年龄儿童的需要、特点和差异，也是一些极
为重要的条件。

"儿童文学读物应作用于儿童的直接感受，而不应作用于孩子的理智。
感觉先于认识；没有感觉到真实的存在，也就不可能理解它和认识它。在
儿童时期孩子们的感性和理性是处在根本对立状态的，二者互不相容，一
方排斥另一方。优先发展孩子的理性则会使他们心灵中绚丽的感情花朵枯
萎凋零，使他们身上的杂草滋长蔓延。

"写吧，为孩子写作吧，不过要写得让大人也乐于读你们的书，让
他们一面读一面被轻松的想象带回到自己童年时代充满欢乐的悠悠岁
月里去。虽主要的，是尽量少些箴言、训诫、议论……孩子们愿将你
们当作朋友，要求你们给他们快乐，而不是沉闷，给他们故事，而不
是说教。

"生意盎然、诗情丰沛的想象力是儿童作家一系列必备条件中不可
或缺的条件：儿童文学作家应当通过奇幻想象并且凭借这种奇幻想象去

打动孩子们的心。童年时期,幻想乃是儿童心灵的主要本领和力量所在,乃是心灵的杠杆,乃是儿童的精神世界和存在于他们自身之外的现实世界之间的首要媒介。孩子们不需要什么辩证的结论和证据,不需要逻辑上的首尾一致,他们需要的是形象、色彩和声音。孩子不喜欢抽象的概念,他们需要的是短故事、长故事、奇幻故事、现实生活故事……要想通过形象对孩子说话,那就须得是个诗人,退一步说吧,他也须得是个讲故事的好把式,而且须得具备幻想力——生动、活泼和快活的想象力。

"好的儿童文学作品应是饱含着浓郁的生活气息,充满着行动力,它们洋溢着鼓舞,它们燃烧着温暖情感,它们用轻松愉快的、自然活泼的语言写成,在淳朴的基础上求其繁花似锦、多姿多彩。"

别林斯基要求把儿童文学作品写得引人入胜,叙述得多动作性。他深信,真实性应当从"散发着浓烈生活气息的和不断运动着的叙述和画面中表现出来"。

别林斯基对儿童读物的语言也提出了很高的要求。他认为儿童书籍的描叙语言首先要特别单纯、特别轻快,要以简洁和准确区别于非儿童读物,要写得生动活泼、明白晓畅、富于形象性、满含温暖。

一斑见豹。对儿童文学建设发表过中肯意见的有识之士、理论批评家在欧洲应该有多位。他们的言论对其后一个多世纪儿童文学创作的日臻成熟而言,是重要的内部条件。也就是说,欧洲儿童文学的理论批评助推了世界儿童文学走向成熟和繁荣。

第二节　安徒生童话:支撑19世纪儿童文学的第一根柱石

一

丹麦的汉斯·克里斯汀·安徒生(1805—1875)从1832年开始发表童话,此后43年时间里,他创作了二百来篇童话。安徒生的"童话"只是笼统地说它们是童话，其实细究起来，他的有些童话作品，包括《卖火柴的小女孩》这样的名篇，从文体上说应该归入小说或诗性散文一类。安徒生自己也不承想要到童话创作中去建立他的文学高峰，然而童话创作初试锋芒之后，他的一些幻想故事很快得到孩子们的青睐，譬如 1835 年出版的包括《打火匣》《大克劳斯和小克劳斯》《豌豆上的公主》《小意达的花》这 4 篇童话的童话集。欢迎就是肯定。这种被肯定的局面和氛围，与他此前诗、小说和剧本创作发表后的情况大不相同。他的诗、小说、剧本、游记、童话发表之后都有正、负面两种反响。获得正面反响较多的

安徒生

是他的诗。丹麦诗人豪克对他的幽默诗做过这样的评价："对于痛苦、绝望、心酸，谁也没有他这样体验得多而深刻，他丰富的内在感情世界通过他诗中的现实画面倾泻无遗。"因歌词创作而遐迩闻名的德国大作家、大诗人沙米索在读过他的诗后，向他的读者介绍说："安徒生机智、幽默和幻想力丰富的诗篇造就了他的诙谐、朴实的民主风格，读来回味无穷；特别是他那种善于用轻松而生动的笔调毫不费力地把生命灌注到他笔下的小小画面中的独特本领，更值得称道。"安徒生的《丹麦，我的祖国》一出手就被赞誉为"丹麦的第二国歌"。而负面的评价主要攻击点在他的诗的语言上，丹麦文化沙龙中人习惯于丹麦温文尔雅的文学传统，不习惯于讽喻、针砭风格的作品，不习惯于用大众语言写成的诗歌，于是他们集中抨击安徒生的语言方面，非议之声如潮水一般从报纸版面上向这位出身微贱的来自欧登塞小镇的年轻歌者席卷而来，说他满篇语句不通，说他那些灰头土脸的诗篇弄脏了丹麦纯洁的语言风格，说他口语化的诗语破坏了丹麦优雅的文学传统。说他"缺乏深厚的文化教养，因而不配做一个诗人"，更有甚者，竟对安徒生恶语相向，挞伐他的鞭子就像"一条条的蛇蝎"（安徒生本人语）向他嘶嘶蹿动……本来生性自卑、胆怯却又好虚荣的安徒生，在遭遇白眼时其心境之压抑和郁闷是不言而喻的，其情绪黯淡是可想而知的。不过，他并没有在逆风中倒下，他愈挫愈勇，他发誓要成为一个受人称道的诗人。

他在诗歌、小说、剧本、游记散文创作上的修炼功夫没有白费，大众化口语在诗歌、小说创作中不合潮流和时尚，但童话天然倾向于民间，它们以孩子和平民为接受对象，所以当他从稚真的孩子们那里得到了正面反馈后，他就在致友人的信中发出他的创作路数要向童话转身的宣言：

"我现在要写给孩子们看的童话了，我要争取未来的一代。"

"写童话，这才是我要去完成的不朽工程哩！"

安徒生这个文学转身，对于世界儿童文学史的意义是非同寻常的。这一转向，决定了世界不二地由安徒生来开创现代童话的新纪元。似乎是一种宿命，世界儿童文学耀眼的春阳，不是在英国，不是在法国，竟是在北欧最先升腾起来。安徒生"童话之王"之名开始盛传于欧洲。在他的童话经过一个世纪的流播后，"安徒生"几乎就成了"童话"的同义词。

安徒生应该感激孩子们对他文学才情的成全。事实上，安徒生也已经把他对孩子的感激结构在了他的童话里。对于这一点，读者应该可以从《皇帝的新衣》的精彩结尾中得到验证。

安徒生本人还健在的时候，他的童话在欧洲已经有超过莎士比亚、但丁、歌德的普及率，俄罗斯的别凯托娃（1862—1938）在《安徒生传》中曾写过这样一个故事：安徒生旅行途经苏格兰，他的一根手杖遗忘在旅馆里了。他遗落在这个湖滨旅馆里的是一根棕榈手杖，是从意大利纳波尔带来的一件纪念品，他十分珍爱它。但是他此刻即将登船渡海，回旅馆去取手杖已不可能，于是他只得委托一个熟人将他的手杖捎给他。安徒生来到爱丁堡，次日准备乘船到伦敦去时，一个苏格兰来的列车员在开船前的一瞬间，在登船的人群中认出了他，微笑着对他说："手杖顺利回到了主人手中！"并将手杖递给了他。这时，他是多么意外和惊喜啊！手杖上粘着一块小纸片，上头写着"作家汉斯·克里斯汀·安徒生收"。这根手杖经多少只手，又是乘船又是乘马车，继而又乘火车，一路准确无误地传递，最终回到了手杖主人的手中？不得不说这是个奇迹，而奇迹发生的基础则是安徒生当时在欧洲的高知名度，也可见出其读者面之广大。

二

有史料记载，1836年至1857年间，安徒生几乎每年都奉献一本童话集，作为馈赠给正在过圣诞节的孩子们的礼物。这些童话主要收在如下集子里：

《给孩子们的童话》（1835—1842），包括《打火匣》《旅行者》《海的女儿》《小意达的花》《皇帝的新衣》等；《新童话》（1843—1848）；《故事》（1852—1855）；《新童话和新故事》（1868—1872）。

《新童话》包括这样五部分：第一部分，安徒生在民间童话艺术形象中融入了整个人类共同的特征，即人类一般道德心灵上的优势和劣势，如《笨汉汉斯》《冰雪皇后》《妖山》《跳高者》《丹麦人荷尔格》。第二部分，抨击市侩和贵族庸习，如《丑小鸭》《幸福的家庭》《缝衣针》《衬衫领子》《牧羊女和扫烟囱的人》《枞树》《影子》。第三部分，揭示当时社会上艺术和艺术家的种种遭遇，如《夜莺》《老房子》《邻居们》。第四部分，谴责官僚主义等官场作风，如《街灯》。第五部分，展现大都会生活，如《卖火柴的小女孩》《一滴水》。其中《夜莺》写的是艺术在一个没有能感受艺术的眼睛和耳朵的世界里的悲哀。安徒生写这篇童话完全是因为受到了这样一个事实的触动：瑞典歌唱家珍妮·林德被称为"瑞典的夜莺"。安徒生在给自己朋友的信中说："她的纯洁、她的优雅、她的无法抵抗的美的魅力都出自她的自然，采自她内心无法描述的、奇特的爱。"[①]对这样美妙的歌唱的欣赏，是需要能感受音乐美的耳朵。中国皇帝没有这样的耳朵，所以才会对八音盒中的复制品喜爱有加，而放逐了真正的歌唱天才夜莺；中国皇帝没有这样的耳朵，所以感受不到自然、真实的天才的可贵，听不出八音盒复制音乐的本质空洞。这一对比、反衬的强烈艺术效果，是《夜莺》当时就轰动欧洲、震撼欧洲的主要原因。

安徒生19世纪30年代提笔写童话，首先借助于民间童话的形象、题材、情节、框架和语言是不足为奇的，因为民间童话本身就蕴有诱惑孩子

---

① 延森：《夜莺》，载小啦、迪米留斯主编《丹麦安徒生研究论文选》，小啦译，安徽少年儿童出版社，1999，第214—215页。

听读的、娱乐儿童的力量和作用。但是，安徒生利用传统童话时，赋予主题以自己的思想倾向、情感色彩，写出了人物行为的动机，打上了安徒生个人文学创作的烙印，也正如俄罗斯的科林诺所说，"民间童话经安徒生头脑创造性的冶炼，奇迹就出现了：原来的童话不见了，呈现在我们面前的是新的属于安徒生的童话"。特别应该注意的是，安徒生并不拘泥于本民族的传统童话，也将其他民族的童话作为自己童话创作的原始材料和框架。西班牙作家胡安·曼纽埃尔（1282—1348）的《卢卡诺尔伯爵》（1335）一书所收 51 篇具有东方色彩的童话寓言故事中，篇名为《织布骗子和国王的故事》的故事，被安徒生取来加以重新创作而成为安徒生最有代表性的童话名作《皇帝的新衣》。不过，它经安徒生妙笔点化后，也就有了现实而具体的讽刺性。它包含了作家对哥本哈根人劣根性的评议。

安徒生的有些童话的原始材料，是童年时代从离他家不远的疯人院里的老妇人们那里听来的（他的祖母住在疯人院侧旁，他因此经常去疯人院）。有些童话，安徒生只是从民间童话中取一颗童话种子、一个胚芽，然后让它在自己心中发酵，再在自己笔下膨胀成一个与民间童话不相同的故事。《冰雪皇后》（1846—1847）就是这类童话的一个好例子。有不少童话的情节是从民间谚语、迷信中引申出来的，例如《天国花园》《鹳鸟》《接骨木树妈妈》。安徒生许多童话虽与民间文学有不同程度的联系，但这些材料一经作家在心中发酵，就往往形成了与原来意思不同的主题，这种新形成的主题又被赋予了具有安徒生特色的完美形式，将腐朽化为神奇。

在题材上，安徒生到 19 世纪 40 年代后半期就越来越多地转向与都会生活有关的种种问题，譬如《卖火柴的小女孩》（1845）揭示的贫富悬殊问题。丹麦国家落后，国内民主运动衰微，这使作家心中的矛盾陷入更深的困境，因此，安徒生 19 世纪 40 年代后期的作品在暴露黑暗与丑恶的同时，也流露了或是悲观主义或是宗教感伤的情绪，如《安琪儿》《红鞋》《钟声》《母亲的故事》。

按童话作品现实感的强弱、融入现实生活的多寡，不妨将安徒生的优秀童话作品分成这样两类：一类是融现实于幻想的童话，19 世纪 30 年代半数以上的童话属这一类；另一类是融幻想于现实的童话，这类童话19世纪30年代就开始与前一类童话平行出现。后者更能代表安徒生创作的本质方面和主要方面，所谓"安徒生世界"主要也是对这类童话的概括。这个"安徒生世界"里有许多安徒生创造的新元素、新特质。在这个童话大师憧憬的美好世界里，一切都按作家理想的道德准则进行调理，正面人物在这个世界里可以自由地发表道德见解。

安徒生的童话是在不同环境中写成的。《冰姑娘》完成于瑞士的旅途中；《钱猪》写成于意大利的佛罗伦萨。任何事物都可能引起他对童年生涯的回忆：在旅途中，他忽然回忆起他小时候母亲很同情一个女邻居，并对他讲过这个女邻居的一些事情，他当即把他的回忆写成《她是一个废物》。《卖火柴的小女孩》是从一幅画上得到的灵感：那幅画画的是一个伸手乞讨的小女孩，手上托着一把火柴，画上有一句这样的话："尽你可能给点儿吧！"有时，连动物连器皿连物件连家具，甚至一条衬衫领子、一个皮球也能唤起他童话创作的灵感，《坚定的锡兵》《陀螺和皮球》《街灯》《钱猪》就是这样写成的。史料记载过《缝衣针》和《一枚银币》两个童话的产生过程：1846年夏天，安徒生同雕塑家索瓦尔德森一起生活在妮佐艾家。有一天，他在朗诵自己的童话（当众朗诵自己的作品是安徒生长期形成的习惯）《丑小鸭》和《老头子做事总不会错》。索瓦尔德森兴奋地叫起来："好极了，你再给咱们写一件叫咱们开心的东西吧，你大概连一根细小的缝衣针也能写个童话吧！"于是安徒生就写了童话《缝衣针》，入木三分的犀利幽默和活活真真的细节，读来简直让人拍案叹妙。有一次，在乘轮船到黎沃尔诺的航程中，安徒生身边落着一枚银币，谁都假惺惺地不去捡它，这个让作家深感痛心的场面促使他写了《一枚银币》。有些重大历史事件，还有当时文化科技的进步也成了他的创作题材，《沙丘的故事》《一个贵族和他的女儿们》就取材于历史事件，而《海蟒》《树精》则取材于现代科技进步对社会生活的影响。

三

安徒生童话中传播最广的，无疑是《丑小鸭》（1843）。世界上可能有近千个译者译过安徒生的这篇童话名作,英文的译本就有数百种之多。"丑小鸭"已经成了一个共名、一个典故,在中国尤其如此。此中原因是不难推测的:《丑小鸭》的内涵和主题特别积极。它在读者心中唤起的是这样一些思索:人内心深处都存在种种渴望,渴望得到更多的人理解,渴望被社会承认和接纳,渴望被欣赏,渴望事业成功和人生辉煌。丹麦的维·约·彼得森曾指出,安徒生进入文坛后,就始终渴望能彪炳丹麦文坛。而通往成功和辉煌的途径中不可避免会历经挫折、艰辛和磨难;经受过人生的坎坷走向人生的彩虹,需要具备一种素质,即坚忍的意志与百折不挠的性格,需要一团希望之火在心中燃烧着不要熄灭——任何困境中都不要熄灭,纵然恶语、冷漠、无情像冰雹一样向你袭来(在《丑小鸭》中作者这样写道:"最后出壳长相很丑的那只可怜的小鸭,又挨鸡叨又挨鸭啄,又被欺侮又被嘲笑……被所有的鸭子赶着撵着……鸭子咬他,母鸡啄他,喂鸡鸭的小姑娘用脚踢他。"①),你也仍要希望着、憧憬着、忍耐着、熬受着、奋斗着,而不要消减酬志的勇气,要知道成功本来就不是免费的,也不是天上掉馅饼。这样积极的主题意蕴无疑具有成功者的共通性质。更值得我们推究的是,这种积极的主题意蕴是通过一个成功者、胜利者的回眸表现出来的。"丑小鸭"在童话中虽受尽委屈却不是一条可怜虫,最后是以白天鹅的形象留在读者记忆中的。这从俄罗斯19世纪末《安徒生传》的作者别凯托娃的叙述中得到了印证:

"安徒生的遗体被运往哥本哈根,安放在一个大教堂里。无数民众来向安徒生的遗体告别。为众人所敬仰的作家的灵柩湮没在从世界各地送来的花束和花环之中。

"大家怀念这位穷鞋匠的儿子,他曾经穿过树皮鞋(相当于中国的草鞋——韦)奔跑在故乡城镇的街巷,他从小就想望荣耀。童年时代的理想他已经实现了。他的梦想竟不折不扣地成了一种真实的存在。安徒生的一生从卑贱起步,到产生种种金色的梦想,再到辉煌的终结(安徒生在自

---

① 安徒生:《丑小鸭》,载韦苇主编《世界经典童话全集 第1卷 北欧分册》,明天出版
　社,2000,第6页。

撰的传记《我的一生的童话》中说道，他的母亲曾让一个智妪为他预测未来命运，智妪预言说，小汉斯将会成为一个大人物，有朝一日奥登塞的灯火将为他而辉煌——韦苇），完完全全可以说他自己是童话《丑小鸭》中的主人公。罕有作家像安徒生这样，自己作品中的主人公同作家本人的生命历程如此吻合。

"只要人们承认艺术能提升人的灵魂，调节人的精神生活，人们就不会不给安徒生的作品——那些诗一般的童话瑰宝以崇高的评价。"

唯其《丑小鸭》是成功者、胜利者的一次意味深长的艺术回眸，所以作者才能给予"母鸡""西班牙血统的老母鸭""雄猫"等分明具有象征意味的童话角色以如此辛辣、淋漓的讽刺和针砭。

在这屋里猫是先生，母鸡是夫人，他们说话总要讲："我们和世界！"因为他们以为，他们就是半拉世界，最好的那半拉。小鸭子认为，别人也可以有另外的看法，但母鸡却不能容忍。

"你会生蛋吗？"她问道。

"不会！"

"好啦，那就闭上你的嘴吧！"

猫问："你会不会把背拱起来？会呜呜咕噜叫吗？会发出火花吗？"

"不会！"

"好啦，那么在和明白事理的人谈话的时候，你就不要发表什么意见！"[1]

在对肥胖有加的腿上缠红布条的西班牙高贵血统的老母鸭们的讽刺和针砭中，读者感觉到的是作者足够的自信。安徒生作为一个浪漫主义情调鲜明的诗人，在精神上有一种压倒西班牙血统老母鸭们的优越感；这些幽默描写是凯旋者杀来的势不可当的回马枪。安徒生在这件作品中欣慰地昭告人们：上帝终于把幸运的彩球抛给了他安徒生！关于这一点，作品是这样写的：

---

[1] 安徒生：《丑小鸭》，载韦苇主编《世界经典童话全集 第1卷 北欧分册》，明天出版社，2000，第9页。

他想到，他怎么样被追赶、被欺侮，而现在又听大家说他是最漂亮的鸟当中最最漂亮的一只。丁香的绿枝一直垂入水中，太阳照射得暖和舒服极了，于是他扇动着翅膀，把修长的脖子挺起。他有一种发自内心的喜悦："在我还是一只丑小鸭的时候，我连做梦也没有想过有这么多的幸福！"①

童话当然不是寓言，但童话也往往给人以教训和启示。"从名篇《丑小鸭》中读者可以得到的启示之一是：'出生在养鸡场里没有什么关系，只要你真是出生于天鹅蛋！'"②

四

有着安徒生本人生命和生活经历投影的作品还有《海的女儿》(又译《小人鱼》《人鱼公主》)。小人鱼对人类世界的向往、对拥有灵魂的人类的羡慕，正如安徒生之渴望进入高等社会、进入荣华富贵者流的圈围一样；而小人鱼用鱼尾换了人的双脚，每迈动一步都像是踏在刀尖上，其疼痛可谓椎心泣血，正如安徒生从本性和本心来说是不愿意对权贵曲意逢迎的（即使曲意逢迎了也仍受到权贵们的歧视和贬抑），但是为了生计和发展，为了自己的文学前程，他不得不在权贵面前谦卑有加，以图楔入贵族圈、权势圈，由此造成他深层的内心痛楚是不言而喻的。

《小人鱼》是安徒生童话中最被看重看好的作品。丹麦心理学家钮堡于1962年说："《小人鱼》可以被称为安徒生的心曲。"这篇童话巧成以后不久，作家这样说："在我的作品中，这是在我写作时唯一感动了我自己的一部作品。"③确实，这是谁读了都会在心中唤起凄楚感而怅惘不已的童话。这是一篇没有民间童话做蓝本的完全是作者创作的童话。这个

①安徒生：《丑小鸭》，载韦苇主编《世界经典童话全集 第1卷 北欧分册》，明天出版社，2000，第12—13页。

②小啦、约翰·迪米留斯：《直译还是意译？》，载小啦、迪米留斯主编《丹麦安徒生研究论文选》，小啦译，安徽少年儿童出版社，1999，第232页。

③钮堡：《海的女儿》，载小啦、迪米留斯主编《丹麦安徒生研究论文选》，张立荣译，安徽少年儿童出版社，1999，第166页。

关于一个少女精神追求的凄婉故事，作为诗人的童话来说，有着最强的代表性。

这篇童话的结尾虽然不完全是悲剧，但整个故事本质上是悲剧。鲁迅在《再论雷峰塔的倒掉》一文中说："悲剧将人生有价值的东西毁灭给人看。"小人鱼的可爱，正在于小人鱼身上有许多纯金般的品格，譬如极富同情心、仁慈善良、纯真无私、忘我利他，这些都是人类精神品质中最为难能可贵的元素。她曾两度给予王子以生命：第一次，小人鱼15岁生日那天晚上海上发生了大风暴，狂浪洪涛中，桅摧船裂，海难事故已不可避免，果然，王子落进了水里，正当他快要被淹死的时候，小人鱼忘我地前去相救，把他的头托出水面，使他免于一死；第二次，她所救的王子爱上了别的女子，她要是心生妒忌，她要是想占有她心爱的人，那么她可以用她姐姐们给她的短刀杀死王子（虽然她得不到活的王子），然而她没有这样做。

她向尖刀看了一眼，接着又把眼睛转向王子：他正在梦中喃喃地念着他的新嫁娘的名字。他思想中只有她存在。刀子在小人鱼的手里抖着。但是正在这时候，她把这刀子远远地向浪花扔去。刀子沉下的地方，浪花就发出一道红光，好像有许多血滴溅出了水面。①

随即，她自己跳进海里，化成了泡沫。给人以死亡还是给人以生命？两者之间，小人鱼选择了给人以生命。幸运和爱情并不是按照合理性原则分配的。是的，幸运和爱情不因为小人鱼有着罕见的宽豁胸襟和充满仁爱的心灵就降临到她头上。这样的悲剧结果，实在不得不令我们连连为之唏嘘。小人鱼的悲剧性还在于，本来她的断然放弃是为了赢得追求，然而，她放弃了她所决心放弃的，却并没有得到她追求中期望得到的。第一次，她放弃了她与大海联系的标志鱼尾；第二次，她放弃了她美丽的声音。放弃的目的是追求到人的不灭的灵魂，在海上的人间世界中永生。

---

① 汉斯·克里斯汀·安徒生：《安徒生童话》，叶君健译，上海人民美术出版社，2019，第51页。

她越来越爱人类了，在人类中间的时间也越来越长。他们的世界似乎比她的天地不知要大多少。可不，他们可以坐船飞驶过大海，他们可以登上高耸入云的大山，他们所谓的陆地，有树林，有草地，远远伸展开去，她望都望不到头。

在童话里，她既没有得到人的灵魂，而参入人类世界之心愿遂成无望之求，也没有得到王子的爱情。她是在双重的打击下毁灭自己的。悲剧应该是本质，在童话结尾，在上帝的祝福下，变成泡沫的小人鱼通过300年的修炼能得到一个不朽的灵魂，如果遇上听话的、乐做善事的好孩子，那么他们还能帮小人鱼缩短这300年的修炼期限。这结尾是安徒生刻意外加的。

安徒生在这篇童话中投入了自己的生命体验、情爱体验是毋庸置疑的。众所周知，安徒生各种各样的情爱体验中，有的是纯精神的，有的是被动的，但都是不幸的。写成这篇童话的时候，安徒生已经30多岁了，一次次不幸的爱恋都已成了灵魂深处永不磨灭的化石。当他把爱情的无助、无奈映现到童话里时，童话的字里行间也就弥漫了人性的痛。在童话叙事中融入安徒生本人刻骨铭心的情感体验，也是其作品容易在读者心中唤起共情的内在重要原因。

五

安徒生童话艺术成就的制高点在于：安徒生在童话中融贯的崇高美好心灵，常用两副表现笔墨来传达，即传达诗意的笔墨和传达幽默的笔墨，通常是两副笔墨并行、交叉、叠合着运用，造成安徒生童话独特的美，造成安徒生童话的独特风格。此外，研究安徒生童话，还必须提到两个特点。

安徒生童话在艺术内容上的特点，体现为温暖的人道主义。安徒生自述他要为穷苦的孩子"写些美丽的东西，富有现实意义的东西，使他们凄凉的生活有一点温暖。同时，通过这些东西来教育他们，使他们热爱生活，热爱美和真理"。在这种理念支配下，他写出来的作品往往是人道主义的、美丽的、温暖的。这种总体上的乐观主义情调和温婉色彩，与如下的两个因素有关：

一是得益于民间文学。民间童话往往洋溢着幽默和欢快。民间童话这种与"悲观主义绝缘"的性质是儿童喜欢民间童话的重要原因之一。高尔基在《谈故事》中指出，民间童话在儿童面前闪现着对另一种生活的希望之光，在那种生活里面，有自由的、无畏的力量在跃动着，幻现更美好的生活。恩格斯曾经在《德国的民间故事书》一文中说过：童话只有能够将"硗瘠的田地变成芬芳的玫瑰园"，将"受罪学徒的穷苦的楼顶小屋变成诗意洋溢的世界、黄金的宫殿，使他们面前强健的妻子具有非常美丽的公主的形象"，才会让儿童读起来感到快乐。民间童话能年深月久地在民众之中流传不衰的一个重要原因，就在于故事中附丽着善必胜恶的浪漫主义乐观情怀。民间童话就是要给苦难的世界、罪恶的现实以些许亮色。这种亮色是人们美好憧憬和追求的体现，它所反映的意愿与现实尽管是对立的，但是人们需要这种精神慰藉来平衡生活中的不幸和无奈。上面已经分析到的安徒生童话《海的女儿》《丑小鸭》是这样，《夜莺》《野天鹅》和《卖火柴的小女孩》也是这样。

二是受基督教的宗教影响。这个曾有过苦难生活经历的善良作家，不忍目睹耳闻人类的悲惨际遇、无助与绝望的挣扎呼号。在他美丽的童话里，快乐与幸福的最高体现——上帝总会给满目悲怆的人间带来慰藉和希望，尽管它们是幽淡而微茫的。因此，卖火柴的小女孩与她的祖母一起飞到没有寒冷、没有饥饿也没有忧愁的地方去了；小人鱼虽然化作大海中翻腾的泡沫，但300年后上帝将赐予她不灭的灵魂。在安徒生饱蕴温情的笔下，人生总是充满希望、和谐、温馨和美好。他的童话也总是美丽的。这既是安徒生对基督教观点的体认，也是他由此衍发的温暖的人道主义创作思想的极致表现。

别凯托娃在《安徒生传》中写道："政治，这不是我的事。上帝赋予我的是另一种使命。这一点我永远铭记在心。在江湖上，在林莽间，在长腿红鹤高视阔步的草地上，我从来没有同谁谈论过政治，谈论过什么黑格尔，谁也不为政治问题同我辩论。我周围的大自然在告诉我——我的天职是什么。"他全心眷爱着他的丹麦和丹麦人民，但他从来不认为丹麦是世界上第一好的国家。他是人类的朋友，是个不折不扣的世界主义者。他一生一心为合理的、慈善的、仁爱的和有人格尊严的精神道德而斗争。他从对人格平等的要求开始，用艺术追求和探索的方式，实现了他的理想——一个纯净如山泉的诗人，实现了他作为一个人、一个伟大艺术家的价值。安徒生的基督精神在他的童话创作中就体现为字里行间弥漫仁善、宽厚和悲悯情怀，正如丹麦学者乔治·勃兰兑斯《童话诗人安徒生》中所说："安徒生从不描写人类的兽性，而是描写兽类的人性。"

安徒生童话在艺术表现上的特点，体现为成功运用大量的细节和语言的丰富性。

安徒生童话融贯着诗意和幽默的艺术细节层出不穷，是其百读不厌的重要原因。安徒生童话中耐人寻味、妙不可言的细节都运用得十分成功，更难能可贵的是这些细节采撷自生活和作家对生活的独特感受，被珠子似的穿起来，成为童话中大大小小的艺术构件，使作品细腻而精致。例如，"丑小鸭天黑时来到一间破旧的小茅屋跟前。这间小茅屋是那么残破，以至于向哪一边倒都拿不定主意——因此它也就没有倒"，这种细微感觉的捕捉，使这一描写成了《丑小鸭》中的名句，成为一个安徒生式的经典幽默。又如《夜莺》中夜莺的美妙歌声让中国宫廷里的皇帝听得泪流满面，皇帝高兴极了，下令把他的金拖鞋挂在夜莺的脖子上，也成为一个安徒生式的经典幽默。再如《野天鹅》中，被恶皇后变成了天鹅的哥哥们为了带自己的小妹妹飞越大海，就专门做了一张网子，让妹妹躺在网子里，然后用嘴叼着网子飞向云层。这时炎阳照在妹妹的脸上，于是一只天鹅特地飞到妹妹的上头，用宽大的翅膀为妹妹遮住阳光。《野天鹅》中的这个例子格外动人。人们读着、品味着，会感到这样的经典描写只能涌泄自天才诗人的笔端。

至于安徒生童话丰富的语言，19世纪就已经引起布兰兑斯这样的大批评家的注意，批评家们已经用许多篇幅谈论过童话大师安徒生的语言。安徒生童话语言的丰富性绝不是偶然的。保罗·阿扎尔教授在他的儿童文学理论名著《书·儿童·成人》中这样写道："伟大的童话作家安徒生时常混在人群里，聆听市井各色人等说话——听卖香料面包的老板说话，听钓鳗鱼的老头说话，在创作时他都一一加以利用。他总是听得很投入，有时甚至会哈哈笑出声来，或感动得啧啧连声。他用一流的创作技艺，将这些从市井得来的素材加以调理，然后用亲切的表现手段加以创造，使一般人都能接受。"

而为了孩子喜欢读，布兰兑斯指出，安徒生甚至不避被贵族们冠以"粗鄙"标签的嫌疑，将词序照着孩子说话的方式，用随意交谈中无拘无束的语言来替换公认的书面语言，用孩子所使用和能够理解的表现形式来替换成年人比较僵硬的形式。布兰兑斯认为，书面语言是贫乏的，不够使用的，口语却可以借助于许许多多的东西，诸如模仿谈话中提到的口部表情，形容那种事物的手的动作，音调的长短、强弱，严肃或者滑稽，面部的一切表情以及整个的姿态，等等。谈事物越接近于自然状态，这些辅助的东西对理解的帮助越大。无论是谁对孩子讲故事，都不自觉地在叙述时伴随许多手势和脸相，因为孩子留心听故事，同时也留心看故事，他们所注意的几乎同狗所注意的一样，往往是音调的温和或气恼，而不在乎话语表达的是友情或者愤怒。因此，为孩子写作的人必须掌握富于变化的、抑扬顿挫的音调，掌握突然的停顿，描绘的手势，那种令人望而生畏的模样，显示事情有好转的微笑，还有讥诮、爱抚，以及使听者的注意不涣散的魅力。"譬如下面的例子：

公路上有一个兵在开步走——一，二！一，二！[1]

是的，他们在吹："嗒——嗒——啦——啦！小朋友到来了！嗒——嗒——啦——啦！"[2]

---

[1]安徒生：《安徒生童话全集》（第1卷），叶君健译，中国妇女出版社，1999，第2页。
[2]安徒生：《安徒生童话全集》（第2卷），叶君健译，中国妇女出版社，1999，第287页。

你大概知道，在中国，皇帝是一个中国人；他周围的人也是中国人。①

这个国家里最大的绿叶子，无疑要算是牛蒡的叶子了。你拿一片放在你的肚皮上，那么它就像一条围裙。如果你把它放在头上，那么在雨天里它就可以当作一把伞用，因为它出奇的宽大。②

安徒生的好朋友艾·左林在回忆中还说道，"安徒生每天都给孩子们讲故事。有时即兴为孩子们创作一些故事，有时也给他们讲传统故事，这些故事都很得孩子们喜欢……安徒生给干巴巴的话语注入了鲜活的生命。他不是说'孩子们坐进马车，然后离父母而去'，而是说'孩子们坐进了马车。再见，爸爸！再见，妈妈'。鞭子扬起，'驾，驾！'他们出发了。"

关于安徒生的童话艺术，阿扎尔教授还指出："安徒生最独特的是那戏剧、抒情的表现手法。故事一经他的手，就变得生动活泼，活灵活现，带有柔和的亲切色彩。这些从他笔下新生的童话展翅飞腾，轻盈、悄然，飞向世界的每个角落。不仅如此，他的童话洋溢着强烈的生活情感，这就是他的童话比起别的作品来更显价值的地方。他的童话价值被证明是伟大和永恒的。""安徒生那诗情丰沛的童话融渗着梦，从这梦境可以看见更美好的未来，这也就是安徒生的心灵能够和孩子的心灵相沟通的原因。安徒生听出了孩子心中的愿望，他帮助他们实现，他以为这样做就是自觉完成了童话创作的使命。他跟孩子们一起分享快乐，也借着孩子的力量更坚定地保护人类，使其不至于灭亡，并把人类引向理想境界。他就是那光明的灯塔。"

第三节　《木偶奇遇记》：支撑19世纪儿童文学的第二根柱石

19世纪的3位儿童文学巨擘中的卡洛·科洛迪（1826—1890，其名为

---

①安徒生：《安徒生童话全集》（第4卷），叶君健译，中国妇女出版社，1999，第329页。
②安徒生：《安徒生童话全集5　卖火柴的小女孩》，叶君健译，威廉·比得生图，译林出版社，2020，第157页。

作家出生地的镇名）是一位为孩子写作的专业作家。他的创作从原初动机到终极目的都是为了最大限度地赢得儿童读者，把孩子俘虏到自己身边。

科洛迪是文学家卡洛·洛伦齐斯的笔名。早年追随马志尼，积极投身于民族复兴运动。后从事新闻工作，曾当政府戏剧审查官。直到意大利统一，他才开始儿童文学创作。先写了小说《姜内蒂诺》，活现了一个现实感很强的男孩——胆小，懒惰，却快活和调皮，还嘴馋。这部小说的创作为《木偶奇遇记》的创作积累了足够多的经验。科洛迪 1881 年在罗马一

卡洛·科洛迪

本小杂志《儿童报》上连载《匹诺曹奇遇记——一个木偶的故事》时，用的标题是《一个木偶的故事》，连载未完就在儿童读者中引起热烈反响。当科洛迪准备让满腹邪计的狡狐和坏猫把主人公木偶匹诺曹（意大利文原意为"小松果"）绞死时，小读者们纷纷投书编辑部，反对作者把这个懒散的、犟性子的、淘气的、爱说谎的小匹诺曹绞死，于是才迫使作者编出一个仙女来搭救匹诺曹。于是故事又往后延续了 3 个月，连载到 1883 年才告篇终。当年，这个故事就出版了单行本。是年科洛迪 57 岁。

伊塔洛·卡尔维诺在《意大利童话》的序中指出，科洛迪在写《木偶奇遇记》之前就曾翻译过一些法国 17 世纪的童话故事（指夏尔·佩罗的 3 篇童话）。在 19 世纪的欧洲，作家利用民间童话创作儿童文学作品获得成功不乏先例。科洛迪所利用的是民间传说，正如意大利作家卡尔维诺所言，民间传说却被儿童文学作家所利用，其代表人物是卡洛·科洛迪。除外，科洛迪在创作时怀着巨大的民族责任感也是其作品成功的重要原因。科洛迪的创作激情化作他笔下主人公匹诺曹的生机蓬勃。这个"小无赖"被写得精力充沛，却又懒惰、贪玩、容易狂妄、性子犟。在这个人物身上，故事发生、发展的动力总是不乏其源。与同期的《心》（汉译作《爱的教育》）、《淘气包日记》（意大利作家万巴所作）等儿童文学名著相比，《木偶奇遇记》流传最广。

《木偶奇遇记》是世界儿童文学的典范。谁想要了解儿童文学，了解儿童本位的文学，了解儿童文学的本质，了解童话的本体特征，就应先读

这部童话，因为许多儿童文学的原理在这部童话里已丰富、形象地体现了。

《木偶奇遇记》盛传一个多世纪而生机依旧蓬勃如初，光彩不减，魅力犹存，得益于作者对民间文学的熟稔，他创造性地继承并利用了意大利假面剧、木偶剧的传统。他的父亲精熟于木偶剧艺术，尤其是花衣小丑艺术。另外，科洛迪创作这部童话时，意大利民族复兴运动正如火如荼，培养"好市民"成了意大利民族赋予作家的使命。从这个意义上来讲，这部童话与意大利同时期的作家埃迪蒙托·德·亚米契斯的《爱的教育》异曲同工、殊途同归——都是为了培养意大利民族复兴所需要的人才。因此，这部童话的主人公尽管胆小、懒惰、顽皮、馋嘴，把好言相劝一再地当作耳边风，但其终极指归则还在于把儿童教育成意大利社会所需要的好孩子。用喜剧和笑剧的形式和笔法来写教育童话，《木偶奇遇记》第一次创造了成功的范例，而且是伟大的范例。

"匹诺曹"是一个叫樱桃师傅的木匠用一截会说话的木头刻削成的木偶：长长的鼻子，戴一顶尖帽，木匠给他取名"匹诺曹"。樱桃师傅于是也就成了匹诺曹的"父亲"。像所有的孩子一样，匹诺曹总不能控制自己的欲念和行为。他父亲在下雪天到当铺典当了自己的外套，得来的钱为他买了一本识字课本。可是当在上学的路上听得木偶剧院传出的笛声和鼓声时，匹诺曹就被诱惑得心痒痒，于是竟卖了他父亲用外套换来的课本，进木偶剧院了。在剧院经理那里，他挣到了 5 枚金币，但是接着又鬼使神差遇上了独眼猫和跛脚狐狸，就跟了他们去"奇迹宝地"种金币，指望着发财的他被算计得丢了金币不说，还差点儿丢了命。大难不死，却也没有后福。饥肠辘辘的他去偷吃葡萄，又被捕兽夹夹住，于是被葡萄园主人逮了去用铁链子拴着做守夜狗。几番教训下来，他悔悟后要用功读书了，却又被引诱到玩具国去，结果长出了两只驴耳朵，……按理，这样一个既辜负了木匠父亲一片栽培之心，又辜负了实际上是妈妈的蓝发仙女的谆谆规劝，真心想改好、想自食其力却总被自己的懒惰占了上风的匹诺曹，是应该为小读者所鄙弃的。然而，恰恰相反，小读者反倒喜欢上了这个老爱顺嘴撒谎的木偶男孩。这就是即使在孩子那里文学同生活也不会混同的一个好例子。孩子们对匹诺曹的认同，也包括了对匹诺曹成长过程中的种种矛盾心理的认同。生活中的孩子其实也一样。现实原则从四面八方规范着孩子，要他们听取有益的教导，要他们好好学习，要他们成才，要他们成为社会的栋梁；而孩子的天性使他们总是向往着快乐原则——任性地醉心于玩乐。孩子之所以是孩子，就是因为他们往往不顾及一味按快乐原则生活会有种种意想不到的不良后果——在童话里，匹诺曹被变成了一头竖着耳朵的驴，卖给了马戏团，整天被驱策着去表演跳圈，结果摔断了腿，于是再次被卖掉，被拉到海边去，将被剥皮做鼓面。他情急中跳了海，又被鲨鱼吞进了肚。作家安排他在鲨鱼肚子里同自己的木匠父亲见面。故事到此更见传奇的精彩：匹诺曹竟趁鲨鱼张嘴之际带着父亲逃出了鲨鱼口。

《木偶奇遇记》是一部平民童话。小酒店，菜园子，寒酸的棚屋，海边，都是"幻想中的现实"，或叫"童话的平民社会"。这个童话世界里不沾染丝毫的贵族气。童话里活动着的人物无一沾染奶油味。童话里洋溢着一种人民大众喜闻乐见的热闹幽默，继而由这种幽默中发展出犀利的讽刺，指向法官的描述更是将其批判得入木三分。请看匹诺曹的5枚金币被骗抢后，他实在气不过，来到法院向法官告发了抢他金币的两个歹徒。

《木偶奇遇记》打破了格林童话和安徒生童话中频频利用女巫形象来建构故事的传统。它不借助女巫、恶魔来制造故事的紧张情节并推动故事情节的发展。童话中的仙女不再象征着人性之罪。从匹诺曹受狐狸和黑猫的欺诈被骗去金币的童话情节中，读者感受到的只会是喜剧意味，而不会有格林童话、安徒生童话中女巫情节所带来的阴惨氛围。

这部长篇童话明显是作家秉承"教育宗旨"来规训和警诫孩子的。也就是说，它是一部典型的教育童话（成长童话）。其中有些段落还夹杂粗糙的说教，并且由于是边写边发表的，行文中还明显留下叙事逻辑罅隙——匹诺曹在童话中始终没有进学校，没有识字机会，但童话后半部中匹诺曹却没由头地忽然读出了作为妈妈的仙女的碑文；开头没有交代被刻削出耳朵，而童话中的匹诺曹却会听父亲说话；如此等等。但这些细节上的疏漏都被大情节的精彩所遮蔽，而不被普通读者察觉并被作为瑕疵进行挑剔。童话瑕疵无碍孩子们对《木偶奇遇记》的由衷喜爱，在100多年里，仅在意大利就出了13.5万个版本。这本书被译成了200多种语言，还多次被搬上银幕和舞台。

第四节　马克·吐温的两部历险记：支撑19世纪儿童文学的第三根柱石

一

马克·吐温（1835—1910）是美国大众作家和童年的歌者。他的关于汤姆·索亚和他的伙伴哈克贝利·费恩历险的小说，赢得了世界各个年龄读者的喜爱。《汤姆·索亚历险记》和《哈克贝利·费恩历险记》这两部历险记，作者本人有时声称是供成人阅读，有时又叫作儿童读物。从世界少年儿童把它们牢牢地据为自己的文学读物这一点来说，它们毋庸置疑可以作为典范作品被纳入世界儿童文学宝库。

马克·吐温4岁开始居住在密西西比河畔的一个小镇汉尼巴尔。1847年，由于家境不济，12岁的他不得不中辍学业，而到他哥哥主编的一家地方小报的报馆印刷所当学徒，学习排版。在那里，他渐渐学会了创作生动幽默小品的技巧。于是真实反映生活成为他后来文学创作的一种重要素质。他以熟练印刷技工的身份到各印刷所工作，往来于美国的东部和西部。1855年，他开始久已向往的密西西比河的航运工作，决心承担起"圣路易斯和新奥尔良之间长1200公里的河流领航员的重任"。1857年至1861年间，他在密西西比河上做汽船领航员。河水湍急，瞬息万变，领航员的生涯练就了他锐利的眼睛、敏捷的身手、果断的性格。在那几年的航运生涯中，他遇到了形形色色的人物。他说这些人物将在他的小说、传记或回忆录中出现。由此可见，这段河上生活对马克·吐温极为重要，他的笔名"Mark Twain"即为纪念他的河航生活而取的。后来马克·吐温以密西西比河为背景，创作了一系列作品，人称"河之书"，《汤姆·索亚历险记》（1876）

和《哈克贝利·费恩历险记》(1884)即为"河之书"中的重要作品。

《汤姆·索亚历险记》，马克·吐温这部出版于1876年的小说写了这样一个故事：主人公汤姆童年时所居住的圣·彼得堡，是密西西比河畔的一个小镇。汤姆跟他的兄弟赛德和波莉姨妈住在一起。汤姆经常偷懒逃学，跟乔波·哈伊和哈克贝利·费恩两个好朋友一起逃到一个岛上，在那里过起海盗般的生活，不与任何一个家人联系。家里人以为这3个孩子已经死了。故事的戏剧性在于，汤姆三人却正巧赶上了自己的葬礼。后来汤姆和哈克目睹了一宗坟场的谋杀案。最终汤姆又让杀人凶手得到应有的下场。汤姆和他所爱的贝琪在洞中迷路，几乎丧命。故事结束时，汤姆和哈克贝利·费恩在杀人凶手的赃物中发现了一个宝盒，他遂而致富。

马克·吐温没有闻名于世的时候，原名是S.L.克莱门斯。他于1874年开始写《汤姆·索亚历险记》，本只想忆写童年故事，没有写完就放下了，到第二年夏天方又提笔将小说接续，于1875年7月完稿。他的一个朋友披览过他的手稿后，说他写了一部儿童作品。于是他为小说写了一个前言，说："我这部书(指《汤姆·索亚历险记》)虽然主要是供男女少年们欣赏的，可是我希望成人并不因此而不看它，因为我的有一部分计划是想要引起成年人轻松愉快地回忆他们的童年的生活情况，联想到他们当初怎样感觉、怎样思想、怎样谈话，以及他们有时候干些稀奇古怪的冒险事情。"[1]

马克·吐温深深意识到童年生活和密西西比河对他的思想的影响。1874年至1883年间，对童年的回忆成了他驰骋想象的广阔天地。他在《昔日的密西西比河》中写道："我能够描绘出过去的景象，它就像一幅图画，汉尼巴尔这座白色的小镇，在夏日清晨阳光的爱抚下，寂静无声……气势磅礴，雄伟壮观的密西西比河，挟带着近一公里宽的浪潮奔腾而下。"[2]甚至在离开密西西比河20年后，他还这样写道：自己是多么希望能留在

---

[1]蒋风主编《中国儿童文学大系 理论》，希望出版社，2009，第448页。
[2]赵光育：《大河的结晶 疆土的凝聚——论〈哈克贝利·费恩历险记〉》，《浙江师范学院学报（社科版）》，1985年第1期，第136页。

梦境中，"那些日子没有战争，不去采矿，不用在文字上冒险"①；他多么希望自己仍然是一个快活的，无忧无虑的水手！他这种对童年生活的萦怀和对河上生活的热望，乃是他对黑暗现实社会强烈不满的一种曲折反映。他把自己的幽默讽刺小说创作称为"文字冒险"，在忧虑中生活，这显然是对摇唇鼓舌的文评家给他所施加的精神压力的一种诅咒，相对而言，对童年生活和对密西西比河的回忆是愉快的。

马克·吐温在1890年的一封信中写道："我把自己的写作，限制在我所熟悉的生活上……限制在密西西比河的童年生活上，因为那里的童年生活对我来说有特殊的蛊惑力……作为小说，有价值的材料是个人的经历。"如果翻阅一下作家的自传和《密西西比河上的生活》（1893），那么不难发觉，他描述汤姆和哈克贝利的两部历险记，其创作构思都是建立在他个人经历的事实基础之上的。

马克·吐温童年在所进的主日学校里，除听取千篇一律的训诫外，就是背诵使孩子变成傻瓜的枯燥经文；小镇所见的是人们在"戒酒协会"举办的小餐馆里偷偷卖着酒；外表平静的街巷里，有人在犯罪作恶；笃信宗教的善男信女一本正经地板着虚伪的面孔，风景如画的密西西比河上星罗着许多岛，岛上躲藏着逃亡的黑奴；那里还有一个像迷宫一样的秘密的长洞，弯弯曲曲的小路仿佛永远走不到头。男孩子们好奇的要求、冒险的心理驱使他们兴致勃勃地去探寻宝物，他们夜间在墓地上约会，他们一块做海盗和强盗的游戏，还有许多许多，有的是童年的作家自己参与其间的，有的没有，但反正一切都不是作者随心所欲地编造出来的。

汤姆·索亚这个人物的经历所反映的是马克·吐温自己的生活体验。作家对传记作者毕英说："我在《汤姆·索亚》中所写的全是我个人的经历。我那时就是个淘气包，给我妈妈平添了不少麻烦。然而我想，她倒是喜欢我给她找那些麻烦的。我的比我小两岁的弟弟根里就不给她找任何麻烦。可我觉得我弟弟仿佛太循规蹈矩了，要是没有我给母亲的生活带入

---

①赵光育：《大河的结晶 疆土的凝聚——论〈哈克贝利·费恩历险记〉》，《浙江师范学院学报（社科版）》，1985年第1期，第136页。

些淘气事，我母亲会因为单调乏味的生活而难堪得疲乏的。根里就是《汤姆·索亚》中的赛德，不过根里要比赛德瘦长得多、聪明得多。这个根里向我母亲告状，说她在我衬衫领子上缝的那根线变了颜色了，很明显我到河里游过泳了。我于是受到了妈妈的责罚，但是我从根里身上出了这口恶气。根里常常是在没有去告我的状之前就尝到了我的厉害。"

马克·吐温还揭晓了其他几个人物的原型。波莉姨妈是依据作家自己的母亲写出的；贝琪是依据作家童年的一个小学朋友写出的；哈克贝利·费恩是以作家童年的伙伴——一个本地酒鬼的儿子为模特写成的。就连行凶作恶的坏蛋印江和心地善良的吉姆，也都是各有所本的。坏人印江"实际上在洞里是在濒于饿死时抓了些蝙蝠聊以充饥……而在《汤姆·索亚历险记》中我让他累死了，这完全是为了使小说读起来有趣些。而事实上当时他是活下来的。"小说中的吉姆，在实际生活中确有这么个人物，名叫丹尼尔，这位可亲的叔叔给童年的马克·吐温讲过好些黑人故事。"这个丹尼尔叔叔我在小说中叫他'吉姆'，他曾领着我沿密西西比河漂流而下。我到现在还喜欢他那张和善的紫檀木色的脸，一如60年前那样。"晚年的马克·吐温这样回忆道。

小说中的汤姆·索亚和哈克贝利·费恩尽管与他生活中实有的人有千丝万缕的血肉联系，但谁也没有把他们看成作家的自传作品。马克·吐温离开了自己童年的印象，把实际经历和文学虚构即经由综合概括的生活真实与艺术真实有机统一起来。经过艺术手段强化的情节，在19世纪40年代落后的美国(当时南方正盛行蓄奴制)的鲜明社会生活背景下展开。

二

马克·吐温把自己的这部小说称作用散文写成的"童年颂"。确实，小说复活了作家的童年时代。主人公汤姆·索亚是一个聪明、淘气、爱幻想、爱恶作剧、追求新奇的孩子。他对枯燥无味的功课和成人世界那一套虚伪的生活秩序十分反感。孩子生活在成人之中，大人的一切他都看在眼里，想在心里。作家就通过汤姆的所作所为来揭露大人言行不一的虚伪性。

成人世界的言行不一，构成了小说故事的基本冲突。汤姆的所作所为对波莉姨妈、"模范儿童"赛德、主日学校的教师们、寡妇道格拉斯……都是一种批判。大人们常用崇高的言辞谈论劳动有多么高尚，然而汤姆一不听话就被惩罚星期天干活，也就意味着大人并不相信劳动的崇高性质。汤姆也就以能用自己的狡智惩罚人而感到快慰，小说中"关于刷墙手的故事"一节足以说明这一点。美国的报纸常常刊载宣扬公民权利平等的文章，教师们也深信不疑，居民们也常把平等权利挂在嘴边。但是汤姆和哈克贝利这两个不被允许同好孩子交朋友的顽童一发现了金宝就立刻成为响当当的人物，就因为他们成了富翁，大家就都投以尊敬的目光。所有这些变化都逃不过孩子的眼睛，他们很明白这种情况下对他们亲善是什么意思。

孩子的日常生活给讽刺幽默作家提供了丰富多彩的素材。他无情地嘲笑死记硬背的学校教育制度，挖苦情绪感伤的儿童读物，汤姆受到这种读物的规范而在贝琪的窗下吃了许多苦头。关于这方面的故事，马克·吐温带着痛楚写了很多。而最令人难忘的则是关于汤姆和哈克贝利一道逃出学校和家庭去墓场、旧宅、荒岛和岩洞中探险的故事。汤姆探过鬼窟，当过侠盗，又偶然发现盗墓者，看见了因分赃不均而发生的殴斗厮拼的戏剧性场面，由此他知道了一宗财宝的秘密。他出于一种公民责任感，挺身而出，在法庭上揭露了元凶，从而拯救了一个被诬陷的无辜者，又勇敢地与逃犯周旋于洞窟的迷宫中，最终用巧计使凶犯跌入深渊，获得了金宝，由孤儿摇身一变而成了富翁。寡妇道格拉斯把哈克贝利收为养子。在小说中，汤姆是向往冒险的幻想家，又是嘲笑黑人吉姆迷信的调皮孩子，而在和哈克贝利和贝琪友好相处中，他又是个国王。

马克·吐温以欢快的抒情笔调描绘密西西比河流域的美国自然风景，以此正面映衬生机勃勃的儿童性格和追求新奇冒险的儿童心理，表现男孩爱说爱闹、酷爱自由的性格、热衷于冒险的气质。

马克·吐温出版于1884年的《哈克贝利·费恩历险记》被同时代的作家，以及后来的几辈作家和批评家认为是包括《王子与贫儿》在内的三部描写童年作品中最杰出的一部。海明威说："全部美国文学起源于马克·吐温的一本叫《哈克贝利·费恩历险记》的书……这是我们所有书中最好的一本。"

随着马克·吐温的《汤姆·索亚历险记》的出版，写实性儿童文学声望大大提高，浪迹小镇、出身低微的那些人物形象也进入儿童文学的描写范围。马克·吐温笔下的角色都不能用"好""坏"来进行两极判断，他们都是真实的人。书中和汤姆一起目睹墓场拼杀事件的一个酒鬼的儿子哈克贝利，是一个真实的人物。《汤姆·索亚历险记》的续篇《哈克贝利·费恩历险记》就是以哈克贝利本人叙述的方式写成的。这是一种新型的现实主义，文中关于内战后不久的密苏里小镇里和密西西比河上的醇厚、朴实的生活细节的描写使它成为一部真正具有史料价值的书。这部书和纽伯瑞那描花镶边的《漂亮小书》相比，使人觉得好像时间过去了远不止 140 年。

《哈克贝利·费恩历险记》虽然幽默色彩不如第一部历险记浓厚，但这部作品再一次充分显示，马克·吐温是个擅长讽刺的作家，擅长描写日常生活的作家，擅长进行心理刻画的作家，擅长把握小说文体的作家。这部作品的每一章都保持了相对的完整性，它在情节结构上的完美堪称典范。

三

马克·吐温摒弃了 19 世纪主流道德准则，以欢快、幽默的抒情笔调，描绘密西西比河流域的北美自然风情，从正面映衬生机勃勃的儿童性格和追求新奇冒险的儿童心理；而描写男孩汤姆·索亚爱闹、爱恶作剧、酷爱自由的性格及热衷于冒险的气质，则从反面映衬了陈腐呆滞、单调乏味的生活环境，从鲜明的映衬中嘲笑了小市民的停滞生活，嘲弄了愚弄民众的宗教，奚落了腐朽的教育制度，讽刺了虚伪庸俗的社会风气。小说对汤姆的天真、自由、活泼的个性，敢于反叛、善于创新的品格都刻画得细致入微，写得很逼真到位，其生活化的语言之生动活泼、幽默谐趣很能给人以文学阅读的满足感。

《哈克贝利·费恩历险记》同《汤姆·索亚历险记》一样，其作者马克·吐温从少年主人公的视角出发，来出色地展开故事，紧紧扣住少年儿童认识世界的特殊性和少年儿童心理。在这种情况下，作家用细腻的艺术进行着自己的构思，把一个体面家庭出身的男孩的丰富的精神世界，跟灵魂空虚的流浪男孩对比着写；愤怒揭示基督教道德对孩子的束缚，让读者看到，从基督教教义出发来规训孩子与孩子的实际生活两者之间是多么不协调。

汤姆的活泼心智和大胆无畏，使他常常能够从麻烦的窘境中解脱。他跟波莉姨妈的许多成功的周旋就是这样的。汤姆不愿尝姨妈买给他喝的"除烦解痛药"，就撬开猫嘴给它灌药，猫"在空中扑出几码远，接着发出一阵狂叫，在屋子里冲来冲去，不是猛撞家具，就是打翻花盆，闹得天翻地覆"①。

"请问你，老祖宗，你为什么要这样对待那个不会说话的可怜的小畜生呢？"

"我是可怜它才这么干的——因为它没有姨妈。"

"没有姨妈！——你这个傻家伙。那和这个有什么关系呢？"

"关系大着哩。因为它要是有一个姨妈的话，她也会给它一顿好烧的！她会烧焦它的肚肠心肺，就当它是一个人一样，一点儿也不可怜它。"

波丽姨妈忽然感到一阵后悔攻心……她眼睛噙着眼泪……②

汤姆就凭着他的机敏、勇敢把任何难题都对付过去，敢说敢做，逗人喜爱。但是作家对汤姆·索亚的喜爱之情不是通过作家站出来评述、直白告诉读者的。作家对主人公的喜爱也是用乐观愉快的幽默情节来表现的。

马克·吐温创造喜剧效果的手段之一是人物对话。这种手段的把握在马克·吐温那里已经精熟到炉火纯青的地步。许多情况下都是这样。孩子的一番平常对话忽然翻出了新意，并由此引出一个个幽默的场面。我们不妨从这样的对话中举个例子：

"肯定没错——谁都会这么说的。你见过宝石吗，哈克？"

"大概没见过，记不清了。"

"噢，国王有好多这种东西。"

"嗨，汤姆，国王我一个都不认识。"

---

①马克·吐温：《汤姆·索亚历险记》，莫雅平译，江苏凤凰文艺出版社，2019，第99页。
②同上书，第99—100页。

"我猜你也不认识。不过要是你去欧洲的话，你可以看到一大堆国王到处乱蹦。"

"他们乱蹦吗？"

"乱蹦？——当然不嘛！"

"咦，刚才你为什么说他们乱蹦呢？"

"废话，我只是说你会看见他们——当然不乱蹦——他们干吗要乱蹦呢？——我只是说你准会看见他们——到处都是……"①

汤姆·索亚的游戏性奇谈，实质上是儿童所不理解的资本主义社会发展史。汤姆和哈克只要能找到一个宝藏，那么市民们就都会抑制不住自己的激动而乐得发疯。到那时，汤姆和哈克贝利无论走到哪里，就都会有人巴结，有人颂扬，向他们投以钦慕的目光。在两个男孩心目中，一个人的价值不决定于他个人的品格，而是决定于财产。可是占有这些财产让汤姆和哈克贝利（特别是哈克贝利）感到的却只有苦恼。

马克·吐温有时利用戏剧性的人物对话，把完全属于儿童的情趣表现得令人拍案叫绝，例如汤姆和乔埃·哈波"严格"按照罗宾汉的规格"比剑"时的对话就是如此：

"倒下！倒下！你为什么不倒下？"

"我不倒！你自己为什么不倒？明明是你招架不住了。"

"嘿，那也没什么。可我不能倒下，书上不是这么说的，书上说：'然后反手一剑，他就把那可怜的吉斯朋大爷杀死了。'你得转过身去，让我在你背上刺上一剑。"②

显然，只有儿童才会把古代绿林好汉和他仇敌的一场格斗，看得这么认真，童趣可掬！

在两部历险记中，《汤姆·索亚历险记》所具有的格调是欢快、恬适的。为了营造这种格调，马克·吐温在小说中倾情发挥了他幽默文学大师的特长。

---

①马克·吐温：《汤姆·索亚历险记》，莫雅平译，江苏凤凰文艺出版社，2019，第187—188页。

②同上书，第73页。

影射、双关、讽喻、移植、颠倒等表现手段，他信手拈来，加之越出常规格局的描写和叙事，使小说情节连连妙趣横生。《汤姆·索亚历险记》中，汤姆为了逃学而装牙疼，于是小说就安排了波莉姨妈为他拔牙这个十分富于戏剧性的细节：老太太把丝线的一头打了个活结，拴住汤姆那颗摇动的牙齿，丝线另外一头拴在床柱上，随后，她夹起一块烧得血红的火炭，在汤姆毫无思想准备的情况下突然刺溜一下送到汤姆眼前，几乎碰到汤姆的脸。瞬忽间，汤姆那颗晃动的牙齿就悬在了床柱上，不停地来回晃动。然而没有让汤姆白白遭受灾难，请看，汤姆吃过早餐去上学，他就在同学面前显摆他独有的新吐痰法：从上面那排牙齿的缺口啐唾沫，一下接一下，很神，弄得孩子个个都对他的缺牙羡慕不已……正是这类极富戏剧性的细节描写，使马克·吐温的历险记产生了强烈的幽默效果，使人读来趣味无穷、印象深刻。

马克·吐温两部历险小说的相异之处是：《汤姆·索亚历险记》主要是写汤姆聪明、能干、贪玩、调皮、好奇，天天想发财，而《哈克贝利·费恩历险记》中的哈克贝利对发财并不热衷，他认为金钱会损坏欢乐。哈克贝利比汤姆更向往自由。作家在《哈克贝利·费恩历险记》中贯穿的是这样一种思想：对金钱狂热的占有欲会使人变得冷酷、卑鄙、粗野、奸刁、暴虐，会压抑人的自然和健康的天性。马克·吐温厌恶有钱人的虚伪和残忍，崇尚自然和健康的天性的解放。马克·吐温笔下的密西西比河畔童年的自由生活，是自然和健康天性的象征。

马克·吐温的历险记昭示了"历险记"的一种新概念：探险故事不一定发生在遥远的神秘之地；它甚至就可以发生在你家的后院里；探险故事也不只发生在那些神勇的超凡人物身上，它也可能发生在普通人甚至顽皮、机灵的孩子身上，发生在一个奴隶身上。同时也昭示马克·吐温是世界儿童文学史上第一个多侧面、立体地刻画儿童性格的作家，第一个为世界儿童文学提供了圆整型的儿童人物形象的作家。就其幽默叙事描述顽童的小说而言，在马克·吐温的两部历险记前就出版过一本流传也广的托马斯·奥德里奇（1836—1907）的中篇小说《一个坏小子的故事》（1873），但就其人物塑造的成功和影响力的深远而言，则在经典意义上存在着分野。

第二章　儿童文学首先在英国成为文学一脉

英国在二战前的儿童文学形成史值得独立进行评述，其理由是英国儿童文学在 19 世纪较早自觉，较早开始成熟，较早具有儿童文学所专属的独立文学意识，较早形成儿童文学所应有的品格，较早形成相对完整的文学体系，自然为世界所认可、经受住历史考验的儿童文学作品数量也居世界之首。英国儿童文学的发展过程在欧洲具有最强的标本意义。

第一节　19 世纪英国儿童文学最先显现早春气象

英国虽局于小岛，却最早于 17 世纪后半期开始了从"神授"君权转变为由议会决定的"民授"君权，即在世界上最早建立起君主立宪制，从而从国家机器内部确立起了依法治国的机制，继而经过百年积极地甚至疯狂地对外侵略扩张，在世界各地建立自己的殖民地，自诩为"日不落帝国"，借此大肆释放自己迅速积蓄起来的能量，遂使它在 19 世纪成为能对世界发生支配性影响的强国。确实，英国最先成为世界经济和文化发展的领头羊。无可否认，19 世纪以来英国两百余年的儿童文学发展史，在某种意义上成为世界儿童文学发展史的一个缩影。

19 世纪，英国儿童文学经历了形成、发展、在世界上最早开始成熟、出现黄金时代等阶段。一批即使用主流文学的高标准来衡量也并不逊色的作品，正是这个黄金时代发展过程的证明。

纵然在英国这样的儿童文学觉醒最早的国家，在 19 世纪以前不被时间风浪淘尽的也只有几部代偿性儿童文学读物。18世纪尽管有纽伯瑞这样的出版商顺应中产阶级儿童教育的需要，跟上儿童的人格受到更多尊重的发展趋势，出版了一些轻松愉快的文学书籍，企图给童年以欢乐，但并未获得理想的成功。18世纪的英国，除了笛福和斯威夫特的小说，真正给了儿童以欢乐可能的就只有1729年译入英国的佩罗童话。必须注意到，由于卢梭及其追随者的影响，18世纪的英国儿童文学失去了幻想的光彩。好在进入19世纪后情形大为改观，幻想和娱乐对童年阅读的重要意义逐渐得到先知先觉者的确认，并产生了一批确实受到儿童欢迎的好作品。

19世纪上半期50年间，英国有影响的作家和作品仍不多。爱德华·李尔（1812—1888）出版于1846年的《荒诞诗集》给孩子带来空前的欢笑。兰姆姐弟根据莎士比亚戏剧改写的儿童文学读物《莎士比亚戏剧故事集》（1807），不但在英国国内不胫而走，还畅销世界各地。当时被作为少年读物的还有沃尔特·司各特（1771—1832）的历史故事作品，首先是他的《艾凡赫》（1819）、《昆丁·达威尔特》（1823）、《罗伯·罗依》（1818）。在历史小说的成就中，值得重视的还有船长弗·马列特在现实人物环境中创造的有血有肉的人物。

19世纪之初，德国格林兄弟1812年发表的童话故事集于1823年以《德国民间故事》为书名被译入了伦敦。丹麦作家安徒生的童话集《给孩子们的童话》（1835—1842），以《孩子们的精彩故事》为书名于1846年在英国出版。继而1859年挪威杰出作家彼得·阿斯彪昂生（1812—1885）和约根·莫埃采录整理的《挪威民间童话集》（1859）出版，当时的书名是《太阳以东，月亮以西》。这些外国童话的引入，激发了英国作家创造幻想故事的欲望。其时有亨利·科尔的《传家宝》系列民间童话，有约翰·罗斯金（1819—1900）的《金河王》（1851），有威廉·萨克雷（1811—1863）的《玫瑰和指环》、盖蒂夫人的《大自然的乐园》、克里斯蒂娜·吉奥尔吉娜·罗塞蒂（1830—1894）的《妖怪市场》（1862），以上童话故事的出现，都为英国儿童文学的黄金时代的出现做了艺术准备。其中，罗塞蒂的童诗在当时直到 20 世纪都被奉为世界级典范，其影响殊为深远和持久。

19 世纪后半期，英国现代儿童文学繁荣发展，在世界上开始确立自己先进的、首要的地位。对世界儿童文学产生深远甚至支配性的影响的第一批作品就产生于这 50 年间。这一时期里，"主日学校故事"一类的说教性儿童文学愈益受到排斥，接受幻想故事的社会性障碍逐渐消除。英国儿童文学成熟的外部条件和内部条件都已经具备。想象力的大解放促进着儿童文学创作水准的大幅度提高；一批富有创造精神的作家为儿童工作；一批有魅力的儿童形象表明儿童文学创作已经在英国进入了繁荣期；儿童文学的内容从有产阶级的伦理道德规范向平民生活位移；同时，阅读对象也在发生着普及性的变化。

英国儿童文学的成熟期是以查尔斯·金斯莱（1819—1875）的童话《水孩子》（1863）为第一座山峰的。继之，数学家查尔斯·路特维奇·道奇森（1832—1898）于 1865 年以"刘易斯·卡罗尔"为笔名出版的《爱丽丝漫游奇境记》，通过对小女孩爱丽丝的种种梦幻景象的描述娱乐读者。孩子们像选择荒诞诗的开山鼻祖李尔的作品那样欢迎卡罗尔为他们编织的荒诞故事，他们还是第一次听到荒诞故事被讲得如此头头是道、娓娓动听。极富想象力的著名幻想小说家乔治·麦克唐纳（1824—1905）的《在北风后面》（1871）、《公主和妖魔》（1872），尤因夫人的《小织补姑娘救伙伴》《巨妖逼婚记》，玛丽·德·摩尔根的《脖子上的妖链》，在当时都是赢得了大量读者的童话作品。当然，可供后世作为典范的是王尔德（1854—1900）的童话集《快乐王子及其他童话集》（1888）。这一时期值得一提的还有著名的安德鲁·朗格（1844—1912）的著名的《蓝色童话集》及其他以颜色命名的童话集。

在上述童话中，虔诚的牧师和想象力丰富的诗人金斯莱的《水孩子》的出现有着不容低估的意义，它标志着沉闷的道德故事已经被抛弃，儿童文学创作正向着一个轻松的世界趋进，尽管这条道路还是不平坦的，尽管金斯莱的成功是小幅度的。而《爱丽丝漫游奇境记》的出现则表明卡罗尔已经把这条崎岖道路走通了。

第二节　英国儿童文学早春气象的标志：童话类

英国最早用侬森文学去贴近孩子的思维方式

英国人往往以绅士做派给人留下印象，他们看起来总是比较矜持、审慎和拘于礼仪的。然而给人以这种印象的英国人中间却产生了非逻辑的、荒诞感很强烈的文学。这可能是对众所周知的维多利亚女王严苛戒律的一种合乎逻辑的反弹。维多利亚女王规定，男人的书和女人的书只有在它们的作者为一对夫妇的情况下才被允许放置在同一个书架上，桌椅腿要是被画上波浪花纹她就会觉得不好意思看，那么在儿童文学中触目皆是训诫文字就毫不足怪了。人们普遍忍受不了维多利亚时代的这种刻板、迂腐的秩序——它持续的时间已经够长了！作为对不合理生活常规的抗议，一种荒诞文学产生了，在这种文学里一切都兜底儿翻了个个儿——这就是侬森（nonsense）文学。nonsense 这个词在英文里是"无意思""无意义""不可思议""匪夷所思""胡言乱语"之类的意思，但是事实上，侬森里也不是完全没有意思的，而是无意思的有意思。完全没有意思的文学是不可想象的。不可思议的荒谬，反映的恰是我们这个世界里里外外到处存在的不相容性、不平衡性、不对称性，而人们正可以从不和谐中开辟通往和谐的道路。

诗人李尔开了侬森文学的先河。李尔是为动物博物馆画鸟兽的画手。早先他写诗，就是为了给鸟兽画配说明。当他打算把鸟兽图画送给孩子的时候，他突发奇想，配上用侬森思维和构想写的诗。他的侬森文学尝试在孩子们那里获得了巨大成功。李尔融谐趣、荒诞、夸张、欢娱、笑乐于短小韵文中，把一代一代的孩子的心都俘虏了。儿童排斥呆板、僵滞和无趣，李尔用异想天开的诗投其所好，让他们在自己的诗里看到：长鼻子老汉在自己鼻子上放盏灯就可在夜间照明钓鱼；鼻子长长的女子得有人在前头帮着抬起鼻子才能出门走路；一蓬大胡须引来 7 只鸟在上头做窝……这样的诗在逻辑和秩序尚未发达起来的孩子那里赢得听、读的迷醉，是可想而知的。

李尔的侬森手法和侬森趣味也可见于刘易斯·卡罗尔的童话。卡罗尔笔下的所有童话人物身上都包含一本正经的荒唐和匪夷所思。这种侬森文学思维一直影响到20世纪的童话和童诗，20世纪20年代艾伦·亚历山大·米尔恩的诗、特拉弗斯的童话，20世纪30年代唐纳德·比塞特的童话，20世纪60年代罗尔德·达尔的童话小说，都显见是继承了侬森文学的神韵。

金斯莱的《水孩子》

查尔斯·金斯莱的《水孩子》1906年被牛津大学选定为孩子们的教科书。在没有更多好故事可讲的情况下，这部童话被母亲们选作孩子的睡前故事。

金斯莱的童年大半在英国西部沿岸的渔村度过。他1843年以优等成绩毕业于剑桥大学，毕业后即当上了牧师长。他的宗教说教很能迎合青年的心理——"如果你心里苦恼，就应该到教堂里去听听金斯莱布道。"金斯莱是基督教社会主义者在英国文学上的代表。在19世纪中叶的英国，他的现实主义创作的成就仅次于威廉·梅克比斯·萨克雷和查尔斯·狄更斯。

童话《水孩子》(1863)是金斯莱专为儿童写的一部童话名作。作家十分喜爱孩子。据作家的女儿露伊丝说，《水孩子》是作家为最小的一个儿子关起门来一口气写成的。所以，这本书的扉页上题词说："献给我的小儿子格林威尔·亚瑟和其他的好孩子。"《水孩子》的迅速完稿，和作家小时的生活有很大关系。他从小和船夫的孩子在一起，在悬崖绝壁和汪洋大海的怀抱中长大。这部童话作品所反映的就是海滨孩子春晨般轻快的情调。

《水孩子》用对自己孩子讲故事的亲切口吻，描写了英国北方一个大城市里的一个孤苦伶仃的扫烟囱的孩子汤姆，他成天受惊挨打，在一次奔逃中失足掉落水中。奇迹就在这时出现了：汤姆被水仙女搭救，渐渐洗尽了黑暗生活加诸他身上的灰尘，成了一个"水孩子"。他在水里结识了许多水中动物，以及许多与他一样的水孩子。他在那里增长了见识，犯过错误，也改正了错误。经过水仙女的指点，汤姆认识到自己要达成心愿，就不可以只图享乐而不事劳动，就必须去帮助别人。他决心到一个遥远的地方寻找那正在受难的师傅。他帮助师傅弥补了过去的罪恶，同时自己也长成一个热爱真理、心地正直、性情勇敢的大人了。在这个美丽的童话故事里，温暖幸福的水底世界与残忍无情的人间世界形成了鲜明的对比，抒发着作家的人道主义理想。同时，童话作家把丰富的博物学的知识和奔放的想象力糅合到一起，使这部童话带上浓厚的科学幻想气息。童话中真实生动的自然界的描写，赋予了作品以 19 世纪中叶科学猛进的时代色彩。

英国当代的一位儿童文学史家指出：一个口才很好的牧师和一个富有想象力的诗人所创造的脍炙人口的中篇童话，标志着儿童文学正走上了一条从道德故事向一个轻松愉快的世界过渡的崎岖道路。这条道路在英国是由后来的刘易斯·卡罗尔、斯蒂文森、詹姆斯·巴里走通的。

这部一气呵成的童话显然存在它的时代局限，那就是在刻意渲染宗教气氛；作家在写作上急就造成作品粗陋，自然也不无可诟病之处，譬如作品中存在一些与故事进展无关的冗赘描写，篇章结构显得比较粗疏松懈，因此有些国家出版时删去宗教说教部分和离题太远部分，是有正当理由的。然则，这应无损于它的文学史意义和文学史地位。

卡罗尔的《爱丽丝漫游奇境记》

刘易斯·卡罗尔以才华卓越的数学家、学者的身份，长期在举世闻名的牛津大学工作，以校为家 27 年。童年时代的卡罗尔，和童年时代的丹麦童话大师安徒生一样，是一个制作并耍木偶的好手，曾模仿莎士比亚悲剧为木偶戏写剧本。他出身于牧师家庭，在 11 个兄妹中，他是个天才的幻想家：把抓来的蜗牛、癞蛤蟆、毛毛虫和甲虫置于放大镜之下，

刘易斯·卡罗尔

就能使他大发奇幻之思，他脑海里就能活跃起一整个太古时代。由于他灵

机一动就能构思出新奇的游戏方法，自然成了兄妹的游戏首领。卡罗尔这种"娃娃头"的素质和制作玩物的喜好，一直保持到他成年以后。

卡罗尔被认为是个脾性怪僻的人。他拒绝一切无谓的社交活动，辞谢各种宴请，声称"从来不为17岁至70岁的女人摄影"（当时掌握摄影技术的人极少）。但是，卡罗尔与小朋友情谊深笃。

卡罗尔用数学游戏和数学谜语去同孩子们接近，锻炼孩子们的智力，给孩子们以愉快和满足。他还给孩子们讲故事、读诗，跟孩子们频繁地通信。在这些活动中，卡罗尔表现出了一个幽默家、幻想家和故事家的天赋。他和孩子们交往，竭尽心虑求得孩子们的开心。有这样一则听来十分动人的逸事：一天，卡罗尔应邀参加一个游乐会，一到门口就手脚着地学熊叫着爬进了一间起居室。万不料孩子们的游乐会在隔壁一家举行，卡罗尔抬头一看，他面前是一群莫名惊诧的太太、小姐。孩子们既钦佩其聪颖智慧，又感到他十分可亲可爱。善良、正直的卡罗尔还对穷苦孩子极富同情心。据回忆录记载，在一个严冬的早晨，卡罗尔看到一群衣衫褴褛的穷孩子用饥馑的目光盯着童话故事般的食品陈列橱，他马上过去对他们说："我想你们都该吃蛋糕。"于是他就把孩子们都领进了店堂，任他们选取自己最爱吃的点心。卡罗尔热爱儿童，甚至出现了这样的奇迹：他讲授数学的口吃缺陷，当他和孩子们一起时无意中就畅快地消失了。

最易勾起卡罗尔对童年时代回想的是牛津基督教会教长的次女——爱丽丝·哈特·李德尔。爱丽丝格外乖巧伶俐，非常富于幻想，十分可爱。她和她的两个姐妹每到要听故事时就闯入卡罗尔的房间。他们常相约到泰晤士河上去野餐（这条河上遗落了多少卡罗尔随口创作的故事啊）。卡罗尔在泰晤士河岸草垛旁喝茶时边编边讲的一个故事，具有妙不可言的奇幻意境。爱丽丝感到听一遍犹不能尽兴，还请求卡罗尔把故事写出来。这是1862年盛夏之事。卡罗尔应爱丽丝的请求熬夜写了18000字的《爱丽丝地下历险记》。其中最可爱、最难于捉摸，却又最吸引人的小女孩形象即取型于伶俐的爱丽丝。与他同时代的作家金斯莱和麦克唐纳劝卡罗尔把手稿送去出版。然而处事审慎的卡罗尔仍不愿将手稿贸然送去出版，直到英国著名画家约翰·坦尼尔答应为之插图，他才把故事扩充、改写、完善，撰成了五万字的《爱丽丝漫游奇境记》。该童话在雏形出现后3周年即1865年盛夏，由麦克米伦出版公司自费出版。于是出版过《奇妙的数学》《平面几何公式》等数学研究专著的查尔斯·道奇森，正式用发表诗篇时的笔名"刘易斯·卡罗尔"发表了这部童话作品。

由坦尼尔插图的《爱丽丝漫游奇境记》一出版，就赢得了广大少年儿童和成年读者的喜爱，到19世纪中期重版300多次，走进了英伦三岛的千家万户，其流传之广仅次于《圣经》和莎士比亚的作品。近来有统计表明它已被译成50多种语言，有1000名以上译者在翻译这部童话作品上下了功夫。卡罗尔和莎士比亚、狄更斯一起，成了英国人民的骄傲。

早年的《大英百科全书·儿童文学》认为卡罗尔的童话把荒诞文学的艺术提到了最高水平，从而成为侬森文学的一部靓丽经典。数学教授道奇森绝不是突然跃身一变而成为遐迩闻名的童话作家卡罗尔的。他在表现出数学才能的同时，也向来就对古典文学作品保持莫大兴趣。年轻的道奇森从小城戴尔斯勃利来到牛津时，就在《火车》杂志上发表过诗篇。

《爱丽丝漫游奇境记》的中心人物爱丽丝，是在生活原型的基础上创造出来的真实感很强的小女孩形象。这个7岁的小姑娘有着一双好奇的大眼睛，披着垂肩的波纹长发。她天真活泼，爱幻想，充满好奇心和求知欲，事事都要探究个为什么。爱丽丝非常诚实，富有同情心，乐于助人，处处替别人着想。当她顺着深深的兔子洞往下掉落时，她从洞壁上拿了一只果酱瓶，发现是空的，想随手扔掉，可是一想到下面有人，就把它放回另一个架子上。兔子失去了手套和扇子，她急忙帮着寻找。她有分明的是非观念和正义感，好管闲事，爱打抱不平。当红心王后要处决3个园丁时，她把他们藏在"玫瑰树"下。她是勇敢的，面对阴森恐怖的奇境，面对残暴的王后，她为人道和民主抗争；在荒诞的法庭上，她敢于出庭作证，抗议对被告的诬陷，驳斥国王的无理判决。值得特别指出的是，当爱丽丝碰到种种险情的时候，不像以前的许多童话主人公那样，会得到神仙的支助，她在奇境世界中没有外力相援。这也正是这部童话作品的独异性和现实性所在。爱丽丝坚定地相信：一切非正义的、荒诞的东西终将让位于正义的、自然的、合乎逻辑的、明智的东西。因此，卡罗尔这样写小爱丽丝形象：小爱丽丝越长越高大，而童话中的宫廷则越变越矮小，最后爱丽丝高出于宫廷之上！通过爱丽丝形象所体现出来的这种坚韧、正直、善良、勇敢的品格，不只是属于爱丽丝一个人的，也是哺育她的英国人民的优秀品格。

关于爱丽丝这个形象，卡罗尔自己写过这样一段话：爱丽丝像一只十分可爱的"温柔的小鹿"，"爱丽丝具有一种平等的思想：她对上流社会和下流社会，伟人和普通人，一个国王和一只小鹅都一样以礼相待，这一点非常重要！"爱丽丝正是这样一个受过平等和民主思想熏陶的小女孩。然而爱丽丝毕竟是个小孩子，她太好强、逞能，有点喜欢卖弄自己的知识，可又不时出纰漏（比如好背诗又老背错），不大喜欢呆坐在课堂里，很希望时间从 8 点钟一下就跳到午餐时分。这是活泼的、真实的儿童心理在童话中的艺术表现。

卡罗尔说过自己试图探索新的童话创作路子。这条新的童话路子就是：利用当代科学成果和当代人的思维方式，让童话的幻想成分比安徒生童话浓重许多倍；还有，童话奇境紧紧联系现实生活，这使童话带上些寓涵和象征意味。

《爱丽丝漫游奇境记》的开头和结尾，都表明爱丽丝经历的奇境世界只不过是爱丽丝头枕在姐姐腿上做的一个酣梦。但是这个梦境离爱丽丝很遥远吗？真的是个地层深处的世界吗？不，这个世界是离爱丽丝并不遥远的地上世界。按照童话作家的设计，小爱丽丝经历的正是当时的"大英帝国"，童话中的"荒诞薮地"正是维多利亚时代的丑恶现实的讽刺方式的体现。刘易斯·卡罗尔的童话无情地嘲讽了维多利亚"黄金时代"的那种古板迂腐的、过分拘于礼仪的、死守教条的、处处循规蹈矩的、霉味熏天的生活，讥讽了学校教育体制的一成不变、凝滞僵化、陈旧落后——死记硬背教科书的内容，把孩子们弄得天天穷于应付，疲惫不堪。那只在泪池大出风头的老鼠为了在爱丽丝面前炫耀自己的历史知识，干巴巴地背了几段教科书，背书时连气都不需换一换。卡罗尔笔下的 19 世纪中期，英国法制仍沿用早已僵化的中世纪形式，可英国的统治者们还以法律的古老而自豪呢！卡罗尔讽刺地揭露他们用陈旧荒诞的法律来谋取自己的利益，同时又用以掩盖自己的罪愆和丑恶。例如，国王看到爱丽丝不断长高，眼看高到会威胁自己时，就搬用法律条文来压制爱丽丝继续长高。卡罗尔笔下的国王审判案件所用的逻辑简直荒谬之极。童话中有这样一段故事：在国王为谁偷走了馅儿饼而开庭审判时，白兔煞有介事地跳将起来："陛下，又发现了新证据。这是刚才拾到的一片纸。"原来纸上是一首诗。武士辩解道："不是我写的，他们也不能证明是我写的。末尾并没有我的签名。"国王却说："如果你没有签名，只能说明你更恶劣。这意味着你狡猾透顶，否则你就应该像一个诚实人那样签上你的名字。"更荒谬的是那个红心王后，她审起案来，除了"砍头"便没有别的判词。

贯穿童话的侬森思维蕴含迷人的幽默魅力。它是成人、孩子都能不同程度地领略和欣赏的。例如童话中那只阔嘴猫，一笑起来嘴就咧，咧到耳根。这只猫有着一种闻所未闻、见所未见的特点：它能渐渐地出现，渐渐地消隐——当它出现时，总是先出现微笑，然后出现头和身躯；当它消隐时，总是先尾巴不见，然后消隐到只剩下一个头；当头也不见时，就只留下猫的微笑，这个没有头的微笑仍挂在枝头上。有一天，刽子手奉命砍猫头，猫却只出现了一个头。这样刽子手就作难了，傻了眼："砍头，要是没有身躯，那么从哪里把头砍下来呢——他还从来没有砍过这种没有身躯的头呢。"这种神妙的幽默之笔，堪称世界幽默艺术之极致，也堪称侬森文学之极致——难能可贵更在于在19世纪中叶就创造了这样的极致。

与《水孩子》故事强烈的现实感相比，《爱丽丝漫游奇境记》是作者用纯幻想建构起来的奇境，是地道意义上轻松欢快之作。它被《大英百科全书》认为是"没有什么教育企图，它所有的只是欢乐"的童话作品。20世纪中期的儿童文学理论大家李利安·史密斯也说："当我们对《爱丽丝漫游奇境记》进行分析性阅读的时候，我们很快就明白这本书并不像《天路历程》或《格列佛游记》那样用故事的外衣包裹着寓言意义，或是只对人生进行辛辣的讽喻……其童话的叙事基调是'无意义'的，可是我们却在这当中感觉到了'真实的髓质'——比真实还要真实！"所以这部童话被公认为是以欢娱儿童为主要阅读效果的幻想文学的开端。虽然这部童话成人读来更能领会意思，正如李利安·史密斯所说，"童话里写的东西，是小孩子心中拥有的可以开启花园的金钥匙，但藏在花园里的意义却是人生经验积累愈多的人愈能明白，也愈能领悟的"。

这部依据口述给孩童听的故事写成的童话出版后被再版300多次。它的迅速流布，一是说明当时的英国民众已经从教会的思想禁锢中解放出来，能够接受不可能存在于现实的超验故事；二是说明幻想故事真正起飞的时代已经到来；三是说明英国人的想象力终于借卡罗尔的幻想翅膀腾飞起来，并得以自由翱翔。解放了的想象力，为童话的发展打开了宽广的天地。

研究卡罗尔的英国文学史家认为"刘易斯·卡罗尔开创了一个童话新品种"。因为卡罗尔的童话运用了现代科学和五花八门的现代思想成果，并为它们找到了非常特殊的表现方式：由不协调造成的滑稽感，将日常事物加以荒诞的变形，所以其幻想成分比安徒生的童话要浓重许多。虽然他的童话作品是为孩子写的，但其中的睿智、怪异的幽默和蕴蓄在其中的微妙玄思，是只有文化素养很高的人才能理解和领略的。

这部长篇童话作品的重要意义在于：这是世界儿童文学第一次出现幻想的狂放性质，第一次用放纵的幻想来释放几个世纪以来的宗教压抑；这是第一次大规模的纯幻想文学滥觞。因此对这部童话作品的评价，首先应在发展儿童想象思维方面。而童话中的某些幻想趣味，只有使用英语阅读的人才能完全领会。书中有些复杂的游戏，特别是作为一个数学家道奇森的数学游戏，对英语世界以外的孩子则不可能有那么大的诱惑力。

王尔德的童话

奥斯卡·王尔德（1854—1900）出生在维多利亚时代一个有着很高文化教养的家庭。他的家就像文化沙龙，常有文人进进出出。他在高雅文化的熏陶中长大，这对他后来走上文学道路影响很大。他从小才情横溢，就读并毕业于牛津大学。学生时代就开始在剧本创作上赢得名望。

他是以从法国舶来的"为艺术而艺术"为核心的唯美主义美学思想的创始人。他很健谈，擅长讲演，在演讲中他的机灵、智敏和勇敢得以显示。王尔德出众的才华多表现在俏皮的谈吐和颇有震撼力的隽言妙语中。王尔德敌视资产阶级的俗气和铜臭气，认为他所生活的时代里艺术已经衰败式微，因此他主张艺术的唯一出路就是用想象的美来与现实生活世界做对照。他从不把文学当作反映生活的镜子，而把文学作为丑恶现实的遮掩物。

奥斯卡·王尔德

不过他的童话创作并不像他宣传的唯美主义理论那样晦涩。他的童话的内容、所用的象征和整体艺术架构，都能自然地把作品的道德题旨引出来。

王尔德写童话时，已与他文学声名鹊起时的状况大不相同，他已经经历人生的大起大落，已经深谙人世间的形形色色、林林总总，已经对生活看得比较透彻。牛津大学的《儿童文学指南》指出："王尔德的童话深受安徒生童话的影响，他对生活的尖锐看法，与安徒生如出一辙。"

王尔德写童话，秉持的是"追求新鲜美感"的文学主张，即用心灵要美、内容要美、语言要美的"三美"主张来创作，并用之抵抗"为金钱而艺术"。但王尔德童话之所以影响大，生命力持久，则与他对生活"有很尖锐的看法"有关。他不过是用童话这种从他导师罗斯金（童话名作《金河王》的作者）那里继承来的文体衣钵，"以一种远离现实的方式来反映当代生活"（王尔德本人语）而已。

王尔德的童话数量不算多，共计9篇，却都想象丰富，优美动人，结构文辞精巧，在英国文学中找不出能够与它们相媲美的童话。他的童话流传最广的是《快乐王子》和《自私的巨人》，它们反复被收入选本，自然也就以这两篇普及率最高。牛津大学《儿童文学指南》在评介王尔德的时候，也首先提到这两篇。前者被作家自己认为是得意之作，确实精妙绝伦、美丽无比，是对现存社会制度的严正控诉状。

《快乐王子》是王尔德的得意之作。他在这篇童话中写了一个幸福的王子，他的塑像耸立在城市上空。当他看到城市的丑恶和百姓的穷苦时，他的心虽然是铅做的，却也忍不住哭了。在小燕子的帮助下，王子把身上所有的金宝全都赐施给了正在受着穷苦煎熬的人们。然而，他和小燕子却落得抛尸垃圾堆的悲惨结局。自我牺牲的利他主义在这里得到至高无上的体现。

　　王尔德在童话作品中普遍流露出他对人类的失望。在他的好几篇童话里，花草、树木、鸟兽比人要善良，要更有人情味，它们不自私，不处处采用实用主义。王尔德的童话，在华美语言丝线编织的文辞背后，直指的是现实的残酷，表现的是温爱与愁怨、生存与死亡、善与恶、真实与虚伪、贪婪与奉献、无私与冷漠的冰炭不相容，人性的相互对抗。这样的童话因内涵深刻而思想绵远，因忧伤而余味无穷。王尔德童话最能扣动读者心弦的，是他在词语间流淌出来的对孩子的赞美、对弱者的关爱。在《自私的巨人》中，春天只愿意与孩子同在——王尔德用这样的童话构想来表现草木、花鸟比人对孩子更有爱心，更有同情心，更懂得孩子对人类未来的意义和价值。巨人死去时，满身盖着白花，这白花是纯洁、天真、活泼的孩子向终于不自私的巨人表示的一种感激和敬意，从而强化了作品赞美和批判的本旨，强化了童话对读者灵魂的洗礼意义。王尔德曾自述，他给儿子讲述这篇童话时，自己都禁不住流下了眼泪，当儿子问他为什么哭时，他说，真正美丽的东西总会让人落泪的。

　　读王尔德童话，值得重视的还有童话的诗意化、诗性构思。他是把童话当作诗篇来写的。童话的诗化，这也是王尔德对童话文体的一个贡献。王尔德童话的出现，冲决了宗教实用功利观，在纯真美境中破除了道德说教主义。所以巴黎拉雪兹神父公墓王尔德墓前游客川流不息，竞相在花岗岩墓石上献上热吻，留下了片片玫瑰花瓣似的唇印，说明他死后百年崇仰者仍如云似潮。

　　王尔德自己曾表白，他无意于给孩子写作品，写这书不是为了儿童，而是为了18岁到80岁充满童真的人。不过他生前曾将自己的童话读给孩子听，这也是事实。那么，不为儿童写的童话永远活在儿童中，就正好说明它们不朽的原因已经在童话的字里行间蕴含。

说王尔德童话创作受安徒生童话影响，也只是在用动物来表现作者与现实之间的关系这一点上相似，在写法上则少有共同之处。王尔德在表现上更倾向于主观。在描述上，王尔德擅长于轻描淡写、涉笔成趣，擅长于运用对比手法和色调配置；在环境描写的色彩上，在用语言描绘景物上，在形象的雅致和奇妙上，王尔德具有一种艺术观察的神异离奇性质，即反常性质。

吉卜林的童话

约瑟夫·鲁德亚德·吉卜林（1865—1936）的诺贝尔文学奖荣膺者的光环和荣耀，对读者来说实际上是一种文学质量的承诺和保证。读者很想知道得到诺贝尔文学奖的吉卜林究竟给孩子写了什么样的有趣故事。这些故事在吉卜林的祖国，在英语为母语的世界里，是家喻户晓的。

约瑟夫·鲁德亚德·吉卜林

吉卜林的父亲是拉舍尔博物馆的馆长。父亲对他后来成为作家影响很大。生于印度、在印度进行文学创作的吉卜林，在英国受的教育都浸润着英国殖民主义思想意识，可以说他在一个尚武的、民族傲慢和民族偏见的环境中长大。他成为一名记者后，站在英国殖民者的立场上写了许多异国题材的作品，20世纪初就以特写、短篇小说和诗赢得了广泛的文学名声。1907年，吉卜林获得诺贝尔文学奖。俄国大作家库普林说，那时的吉卜林像魔法师一样以他的作品吸引着读者，但是英国以外的读者还是从他的诗行背后读出他对贪婪成性的英国士兵进行强盗性血腥掠夺的鼓动。

然而对于一个明显濡染了殖民思想的作家来说，他惊心动魄的历险童话故事，譬如1894年至1895年间出版的两卷《丛林传奇》，却是一个例外。虽然也有人把"丛林法则"中的核心内容"弱肉强食"理解为是体现着强盗逻辑和殖民逻辑的，但"丛林法则""弱肉强食"都是大自然中毋庸置疑的规律性事实，我们对动物在大自然中的生存竞争现象需取中间立场和中间态度。

《丛林传奇》描述毛格利在母狼喂养下存活于丛林中，在可靠的朋友黑豹巴基拉等动物的帮助下利用林莽野兽的种种弱点，用火制伏了群狼，用蛇语对付眼镜蛇，借牛群踩死凶恶的瘸虎，借大蟒的帮助斗败眼镜蛇，诱使野蜂袭击红狗群。毛格利历尽艰险，战胜了所有的对手，毫发无损地逃出了林莽。毛格利时时处在险象环生的境况中，他的智能、胆识、勇气时时受着严峻的考验。作品入木三分地揭示了许多野兽的心理和弱肉强食的丛林法则，并成功地描绘了富有印度特色的自然环境，把读者带入了文明未曾触及的原始森林，带入了陌生的异域风情，读来极富刺激感，引人入胜。这部童话作品的轰动给作者于 1907 年带来诺贝尔文学奖。

猫鼬（即狐獴）斗蛇的故事，是《丛林传奇》故事中的第二章，惊险却真实的场面描写，紧张却从容的情节推演，细腻且优美的童话叙事，以及个性之鲜明，心理活动呈现之精到，读着，人不由得频频发出由衷的赞叹。世界各国都把这一章选取出来做成单行本供儿童阅读。

继《丛林传奇》之后，吉卜林还创作了《原来如此的故事》等几部童话作品。作品中可看出吉卜林拥有丰富的印度生活经验，有很好的浪漫主义文学、民间传奇故事素养，以及创作超验故事的无限想象力。

《原来如此的故事》是吉卜林写给自己的女儿看的童话，是他在女儿去世后为纪念女儿而发表的。这些故事显现了吉卜林作为杰出的故事写家敏锐而非凡的观察力，渊博的知识，对印度、巴基斯坦、南非自然风光精细入微的体验。在达尔文对野兽皮毛色彩（作为性选择的有力工具）解释之外，他给孩子带来了新颖奇特的幻想。尤其值得注意的是他那种叙事的准确、老练、简洁以及尝试新的语言文字色彩的胆魄，而特别值得肯定的是他的为童话作品所特需的淋漓尽致的幽默，且幽默又多半表现为坦诚和揶揄。

班纳曼的《小黑人桑波》

海伦·班纳曼（1862—1946）随丈夫在印度时，在暂住的山中避暑地为自己的孩子创作了《小黑人桑波》（又译《小桑波遇上四只大老虎》，

1899）。小桑波走入丛林时先后遭遇 4 只老虎，老虎们威胁要吃掉他，他把妈妈、爸爸给他买的红衣、蓝裤、绿伞和紫鞋都给了 4 只老虎。老虎们穿上桑波的衣服，把鞋套在耳朵上，把伞绑在尾巴上，于是 4 只老虎都以为自己是最漂亮的，从而争吵不休，不再顾及一旁的小桑波。4 只老虎最后围绕一棵树追咬起来，因转得飞快而化成了一摊奶油。童话把老虎幼儿化。"你给我那件漂亮的红衣服，我就饶了你这一回。"这么一写，此老虎就已经不是山中的彼老虎了，就已经是幼儿了。唯幼儿爱鲜艳，爱红通通的漂亮。这是幼儿文学的成功奇笔。小读者和小桑波一起在结尾看到前面 4 个绝妙场景中最具经典意义的童话场景：4 只被称为山中之王的凶猛野兽因争当"头号老虎"而绕大树奔逐，因飞快奔逐而化成黄油，黄油的出现彻底消除了猛兽带给人的恐怖感，由心惊肉跳转为一家人有香香的煎饼可吃的皆大欢喜：有趣，奇妙，十足是 19 世纪末就问世的一篇观止之作。

这篇童话是 19 世纪最有想象力的童话之一，也是历史上最好的童话之一，被公认为是出现于 19 世纪末的童话文学经典之作、传世之作。它的意义还在于，童话离开了王尔德的着眼于道德教育内涵的路子，离开了对社会意义、寓言意义、象征意义的刻意追求，真正轻松欢快起来。班纳曼的作品经自己绘图出版后甚是畅销。班纳曼的成功促使她创作了一系列以小黑人桑波为主人公的童话，共计有 6 本之多，于是班纳曼和波特一起成为 19 世纪末出现的图画故事书的开创人，即绘本的始祖。

波特的《兔子彼得的故事》

海伦·毕翠克丝·波特（1866—1943）的彼得兔是拟人化系列动物故事，是英国早期专意为幼儿创作的带有作者本人绘制的很多插图的图画故事书。它们和吉卜林的《丛林传奇》、厄特利的《小灰兔》以及后来的格雷厄姆的《柳林风声》构成英国第一道动物故事的风景线。波特因彼得兔的故事大获成功而受到英国评论界热评。这与她创作时间持续很长也有关系。1893 年，波特寄给一个 5 岁男孩的信里装着《兔子彼得的故事》，这就是这本名著的第一个稿本。1901 年她将这个故事写成书，附有 42 幅自己绘制的插图。此书很快再版，1902 年分别以平装、精装出版了 4 次，1904 年还出现盗印版。1902 年波特又出版了《格洛斯特的裁缝》。后来又陆续出版了《松鼠纳特金的故事》《池鸭杰米玛的故事》《小兔本杰明》《托德先生的故事》等。波特童话艺术最值得称道的是迷人的喜剧效果，这种喜剧效果也显示了她的童话天才。

第三节　英国儿童文学早春气象的标志：小说类

兰姆姐弟改写的《莎士比亚戏剧故事集》

英国著名散文家查尔斯·兰姆（1775—1834）与其姐玛丽·兰姆（1764—1847）合写的《莎士比亚戏剧故事集》，开了把人类艺术宝库中的珍品普及到孩子中间这个重要事业的先河，树立了楷模。这是一个很难却又很有意义的工作。兰姆姐弟俩在 19 世纪之初按照客观需要做了一次尝试。结果，他们成功了。他们因此在英国文学史上确立了自己的地位。《莎士比亚戏剧故事集》的写作动机就是为了让孩子有好书读，但姐弟俩具有伊丽莎白时代文学的高深造诣，他们的努力使这部书成了童叟咸宜的好书。

莎士比亚的诗剧是作家故世 7 年后开始陆续问世的。他的许多诗剧已经失传。流传至今的剧本有 37 部（喜剧 14 部、悲剧 12 部、历史剧 11 部），姐弟俩把其中 20 部最为人们所熟知的改写成叙事体散文。其中，6 部悲剧（《李尔王》《麦克白》《雅典的泰门》《罗密欧与朱丽叶》《哈姆雷特》和《奥赛罗》）是由查尔斯·兰姆执笔的，其余 14 部是玛丽·兰姆改写的。

兰姆姐弟对自己要进行的工作定了一个很高的目标：要尽量把莎剧原作语言的精华糅合到故事中去。同时，为了保持风格的统一，防止把莎剧庸俗化，他们在全书中尽可能使用 16、17 世纪的语言。

兰姆姐弟改作的成功，首先得益于他们对莎剧都有深湛的研究。同时，两人都写得一手好散文，并且具有孩子的眼睛和不泯的童心。再者，他们两人对莎士比亚时代的语言和文学都很熟悉。查尔斯·兰姆于 1808 年出版了他的《莎士比亚时代的英国剧作家的作品范式》，赢得了当时著名诗人塞缪尔·泰勒·柯勒律治的高度评价，这部著作对约翰·济慈后期诗歌的发展产生了十分重要的影响。查尔斯·兰姆继而于1811年发表了题为《论莎士比亚的悲剧》的论文。他的论文风格典雅、古朴、幽默，不虚妄、不自负，所以颇引人注目。他们姐弟二人合写和分写过许多儿童文学作品。此外，查尔斯还曾把希腊史诗《奥德赛》也改编成故事。查尔斯的散文里透散出来的那种对不幸遭遇的顽强抗争精神，是读者最喜爱的。

兰姆姐弟在改编莎剧时，以莎剧所包含的品质教育为经，以原作晶莹如珠玉的诗句为纬。他们紧紧抓住这两个关键，突出主要人物和他们之间的矛盾，略掉次要的人物和情节，文字简练，有条不紊。在《威尼斯商人》中，他们开门见山地把安东尼奥和夏洛克之间的矛盾冲突摆了出来。《哈姆雷特》不是像原剧那样先由次要人物来烘托氛围，而是马上把悲剧的核心展示出来。在《奥赛罗》中，他们抓紧了悲剧的每一环节，把奥赛罗错综复杂的心理过程刻画得简洁有力、层次分明。由于他们善于整理、选择、剪裁、概括，每个故事的轮廓都是清楚、鲜明的。他们虽然很注意简练，然而为了帮助小读者对剧情理解得透彻些，在《哈姆雷特》中不惜以不少篇幅去说明王子为什么不马上替他父亲报仇。全书虽然严格尊重原作，但为了适应小读者缺少生活经验的实际情况，在《泰尔亲王佩里克利斯》中，把玛丽娜被卖为妓女那段，隐约地用"被卖作女奴"一笔带过。这种良苦用心，说明着他们心中时时铭记着这部作品是为年少而不谙世事的读者而写的，说明他们确实具有为儿童而从事文学创作的经验，善于照顾年轻读者的特殊条件和心理特点。因此，《莎士比亚戏剧故事集》出版后，孩子、大人竞相购买，很快被销售一空。一个半世纪以来，曾有3个英国著名画家为故事插图。故事被译成几十种文字。它不愧是有待文学启蒙的读者与莎剧这座宝山之间的一座可靠而宝贵的桥梁。

马因·里德的小说

托马斯·马因·里德（1818—1883）生于爱尔兰的牧师家庭里。父亲让他做神职人员，他拒绝了，自己侨居于美国。他在美国生活时发生了许多历险故事，这些形形色色故事本身就是作家冒险小说的最好素材。为了糊口，他干过多种行当：做过小贩，当过教师，演过戏，干过报社记者，在种植场干过活，在草原和密林中打过猎；沿着大河漫游，浪迹南美和墨西哥空旷的原野。1846年的马因·里德已经是一个著名杂志的编辑，他站在美国方面参加了美国和墨西哥之间的战争。他负重伤退役后开始写第一部小说《怒箭》（1850）。到19世纪50年代中期，他就成了广为人知的小说家。他头10年的作品既赢得了读者也赢得了好评。

他善于用尖锐的喜剧冲突来表现正面人物和反面人物，而这种人物又都被赋予了炽烈的热情和无比巨大的激情，所以读马因·里德的作品往往使人想起拜伦的史诗。他的作品最吸引孩子的是那些描写狩猎生活的小说：描写喜马拉雅山的两部姊妹小说《林中猎人》（1857）和《爬在悬崖上的人们》（1864），三部曲《在非洲密林中》（1856）、《少年猎手》（1857）、《追捕长颈鹿的猎手们》（1867），等等。这些作品因以下因素而吸引少年读者的阅读兴趣：探索大自然的热情，密林的诗情画意，一望无际的草原——那是野兽和鸟雀见人都不惊飞的地方（鸟兽是那里的主宰者）。狩猎的艰险和对动植物世界的描写轮番交替吸引着读者，而故事情节本身反而退居从属地位，仅仅起到一种说明大自然探索者们、猎人们是在尚未开发的地域里做艰苦卓绝历险的作用。作者把非洲有的动植物，以及从植物志和动物志上学来的动植物，都写进了小说。马因·里德完全抛开了地理冒险小说的一般写法。这就不难设想他的作品能得到自然科学专家很高的评价。马因·里德所描写的动物生活和习性逼真到连动物学家都为之首肯。他具备发现一种稀有熊种的优先资格，人们把他所描写的那种灰熊命名为"马因·里德灰熊"。

薇达的《弗兰德斯的狗》、塞维尔的《黑骊》

薇达（1839—1908）是英国女作家玛丽亚·路易丝·德·拉·拉梅的笔名。其母为法国人，父为英国人，本人生于英国，在意大利接受教育，对3个国家都有较多了解，可用 3 种语言写作。在多数小说作品中，女作家对平民和他们种种不幸的遭遇都表现出真挚的同情。她一共写了 40 余部小说。她的一部接一部的成功之作在英国一版再版，并传到国外。不过，她的作品中只有两篇小说是各国儿童读者所熟知的，那就是《草原》和《弗兰德斯的狗》（又译《贫儿苦狗记》，1872）。

《弗兰德斯的狗》描写了一个穷孩子奈罗和他的一条可怜的狗的悲惨一生。奈罗与 80 多岁的好心的约翰公公在弗兰德斯村过着清贫的生活，与他们做伴的还有一条被奈罗从垂死中救活的狗帕特拉什。奈罗酷爱绘画，他给同村磨坊主的女儿画了一幅肖像，不幸被磨坊主发现。磨坊遭火灾后，奈罗竟被列为肇事嫌疑对象，遭到不白之冤。约翰公公故世后，奈罗被迫背井离乡。他唯一的希望是能在少年绘画竞赛中获奖，然而他的美梦破灭了，沉重的打击使他支撑不住。在回村的路上，聪明的帕特拉什发现了磨坊主遗失的装有巨款的钱包。诚实的奈罗把钱交还给了磨坊主，磨坊主感动不已，对自己过去的行为感到歉疚、懊悔，可就在他准备宴谢这个道德高尚的少年时，奈罗和帕特拉什在最后的流浪中，在圣诞节因冻馁而死于弗兰德斯村的一幅名画之下。

安娜·塞维尔（1820—1878）14 岁时脚踝扭伤而落下了残疾，35 岁时双腿严重瘸跛，于 1871 年开始创作她唯一的作品《黑骊》（又译《黑骏马》，1877）。作品出版后随即引起轰动，遂成为 19 世纪的一部世界性动物故事名著，其作者被誉为“动物自传文学”的开山鼻祖。塞维尔不是偶然提笔创作，也不是偶然获得成功的。她的母亲就写过一本给幼童的书《同妈妈走走》。她从小受到母亲的艺术熏陶。这部小说的主人公“黑骊”的原型是她兄弟菲利普的一匹叫“贝西”的漂亮的马。小说就写这匹与她为伴的“黑骊”的从幸福到不幸再到安乐的一生。小说由一匹马以第一人称叙述自己一生的遭遇：它数易其主，从善良的戈顿到残忍的出租马车车主。故事写了人世沧桑，鞭挞了社会罪恶。小说通过马的双眼展现 19 世纪英格兰的生活情景：夜深时分，马车辚辚驰过伦敦街道；傲慢的绅士；肮脏的交易；伦敦桥头选举日的喧嚣……这部作品充满深情的描写能唤起儿童对不幸动物的同情心，因而得以超时空流传。这部小说出版后的第二年即1878年销售量猛增，并掀起动物故事创作热潮，其中加拿大作家玛格丽特·桑德斯以狗为主人公的《漂亮的乔》（1893）、英国作家戈斯的《沼泽地上的野马》（1929）等最著名。

斯蒂文森的《金银岛》

罗伯特·路易斯·斯蒂文森（1850—1894）在所有文学样式的创作上都表现了他的卓越才具。他是小说作家、诗人、剧作家、寓言作家、杂文家和文学批评家。他作为儿童文学的典范作家，首先是以长篇小说《金银岛》（又译《荒岛探宝记》《宝岛》，1883）、冒险历史小说《黑箭》（1888）、《诱拐》（1886）、《新天方夜谭》和儿童诗集《一个孩子的诗园》（1885）而著称于世的，他是英国新浪漫主义的杰出代表。

斯蒂文森

斯蒂文森生在苏格兰，但他在世的44年时间主要是在外国漫游中度过的。他体弱多病，却过着一种丰富多彩而又充满冒险的生活。他搭一艘运输牲口的船从苏格兰北部出发，越过大西洋；又独自穿行比利牛斯山和阿尔卑斯山，在枫丹白露森林边的艺术家聚集地巴比松多次度过严冬。最后，他漫游了南太平洋之后，成了乌波卢岛的主人。那里有葱郁的树木、奔泻的瀑布、幽深的峡谷，人们可以一览无遗地俯瞰列岛以及无边的大海。斯蒂文森的漫游从高原到大海，足迹遍及法、比、德、意和瑞士。他边漫游边看书，写诗和游记。作家的豪放性格及其对自然界和各种人物的观察与体会，是他的文学创作成功的重要因素之一。

斯蒂文森的家庭影响到他的小说写作。作家的家族处在整个欧洲文化、哲学中心的爱丁堡，后者代表着宗教、技术和医学等方面苏格兰全盛时期的成就。作家本人于爱丁堡大学工程学系毕业后，又攻习法律，取得了律师资格。因此他在文学作品中模拟律师们晦涩难懂的语言所作的嘲弄，就能做到非常辛辣和尖刻。

斯蒂文森殒于他声誉日隆的时日。异乡尊敬和爱戴他的人们在他的灵柩上覆以英国国旗，墓志铭即镌刻着他自作的《安魂曲》："我活得快乐，死得也欢，我躺下的时候心甘情愿。"还有如下的名句：

他躺在久已向往的地方，

好似水手从大海归返故乡；

又像猎人下山走进自家的院墙。

《金银岛》是斯蒂文森给少年儿童写的"第一本书"，是斯蒂文森最成功的一部杰作，是近百年来冒险小说中流传最广、堪称脍炙人口的世界名作，被公认为是冒险题材作品的楷模。这部作品的构思缘起于斯蒂文森与孩子的一次游乐活动。他为了使自己爱妻带来的儿子洛伊德高兴，随手画了一个实际并不存在的海岛图，岛上有海盗们埋藏的财宝。然后，斯蒂文森按儿子的要求想象出后来表现在小说里的那些惊心动魄的事件。斯蒂文森把童年时代使自己激动的想象全部动员起来：古老英国的海上风情——那是三桅帆船和三桅巡洋舰驶航的世界，还有那些海盗历险的奇闻，统统汇聚到斯蒂文森的眼前。到19世纪末，探宝这类题材已被人反复写过了，斯蒂文森为了避免落入冒险小说的俗套，便用调皮的、引人发笑的笔调来表现这个题材。小说明显地弥漫着讽刺性模拟之作的意味，种种别出心裁的阴谋诡计在斯蒂文森笔下都变成灵活的游戏。读者读来，似乎感觉到已经揭开秘密内幕的一角了，可到下一章又出现一个新的圈套。直到最后一章，读者还难以猜测下面将如何结局。这种能让读者提心吊胆地焦虑的效果，无疑是这部冒险小说的一大成功。这部非同寻常的小说洋溢着一股朝气和青春的热情。少年见习水手吉姆·霍金斯的叙述本来是非常轻快和从容的，但他说到悲壮的事件时，英勇无畏的少年自己也成了事件的见证者和不由自主的参与者。"风没有鼓起我们的船帆的时候，我不会称心如意的！""到无边的大海里去吧！让财宝都见鬼去！是大海而不是财宝向我转动着脑袋！"这些话传达出了作品令人振奋的乐观情绪。《金银岛》全书笼罩着一种神秘的气氛。正是这种气氛征服了广大向往着浪漫斗争和建立功勋的少年读者，他们希望自己也能像小说中的少年见习水手一样去历险，去到遥远的地方漫游。小说里，正义总是压倒非正义，善总是战胜恶——这是特别能鼓舞孩子，备受孩子称道的。其中勇敢、机智和忠实可靠的吉姆·霍金斯，富有预见、足智多谋、沉着应变的斯摩莱特船长，正直善良、不谋私利的弗西大夫，对冒充忠实伙伴的海盗帮所展开的持续、艰险、复杂的殊死斗争，都能激励少年读者发挥聪明才智迎着艰难险阻去开发，去创造。

斯蒂文森追求离奇的情节，对于主人公的内心世界刻画不加注意。他小说中的人物不是极好就是极坏，有类型化倾向。斯蒂文森的作品往往以一个诱人的冒险事件开头，然后以万花筒式的速度展开故事。许多偶然情况使主人公遭受死亡的威胁，恰又是一些偶然情况打乱了坏蛋的如意算盘，使主人公转危为安、死里逃生。斯蒂文森的冒险小说有一个常用的诀窍，即把一切都建筑在一片谜团和欲言又止的半截话之上。作者就用偶然事件和人物的自我牺牲精神、主动精神来解开层层谜团。"偶然万能"是斯蒂文森小说创作的一个主要秘诀。

斯蒂文森是19世纪末期以惊险故事、海盗小说、探宝传奇蜚声世界的文学大师。小说中的事件像电影的快镜头一样频繁变换着。这很有助于作者抓住读者尤其是少年读者——他们往往迫不及待地等着后面出现又新奇又重要又很难猜测的情节。

《金银岛》是完全摆脱训导主义、弃绝道德说教的作品，它以节奏快、色彩变幻和富于刺激感而让少年读者为之废寝忘食。

哈格德的《所罗门王的宝藏》

亨利·赖德·哈格德（1856—1925）曾任其时为英属南非的殖民总督，19世纪末，世界各地的冒险家带着发财梦来到南非开发金刚石和黄金，一时间成为一股热潮。哈格德的小说《所罗门王的宝藏》（又译《所罗门大道》《死神的宫殿》）就取材于此。这部小说的灵感来源于斯蒂文森的《金银岛》。小说的主要人物是一个叫阿尔朗·库泰梅的南非猎象老手，作品就以他的叙述展开故事情节。故事线索有两条，一条是描写具有惩恶扬善的高尚品质的 3 个英国人与野象搏斗、穿越大沙漠和大雪山寻找传说中的所罗门宝藏的艰险经历；一条是 3 个英国人帮助一个非洲的统治者对抗篡位的暴君和一个看起来已有好几百岁的坏女巫的冒险历程。故事简洁、生动、紧凑。追寻母题、惊心动魄的战斗场面和充满神秘的描述，使这部小说很能激发读者的想象力。后来在少年中广为传读的文本是经由英国作家迈克尔·韦斯缩写的，出版时另取书名为《死神的宫殿》。

能引起少年读者阅读兴趣的哈格德小说还有以部落生活为内容的《她》，以及那些取材于欧洲历史和斯堪的纳维亚地区历史的小说，也还有那些取材于西班牙和墨西哥历史的悲剧故事。

第四节　英国儿童文学的春天：19、20 世纪衔接期具有世界影响的作品

世界儿童文学低潮期里旺势不减的英国儿童文学

从安徒生到儒勒·凡尔纳，从 19 世纪的后半期到 20 世纪初期，世界儿童文学出现了以英国儿童文学为代表的黄金时代，为儿童文学的自立门户提供了有足够说服力的证明。但是到 20 世纪二战前的 30 年间儿童文学却呈现出了相对低潮的态势，表现在优秀作品的涌现速度趋降，儿童文学发展相对缓慢。究其原因，一是从事儿童文学创作获利较少；二是世界性战争破坏了儿童文学的生产环境；三是无行无才的文人和缺乏责任心的出版从业者的大量出现，糟蹋了儿童文学的质量。然而英国儿童文学旺势不减，英国儿童文学的黄金时代包蕴着可观的后续潜力。19 世纪英国具有典范意义的作品的流传、影响在持续发酵。

19 世纪英国作家们想象力的大解放为英国儿童文学开创了一个黄金时代。这种幻想传统的直接延伸，使英国儿童文学在 20 世纪一开始就以《兔子彼得的故事》和《彼得·潘》震动世界，使英国儿童文学仍处于影响世界儿童文学发展进程的地位。

到了 20 世纪，儿童文学样式品种可以说已经一应齐全：系列小说、系列童话、学校小说、历史小说、男孩冒险小说、女孩家庭小说、动物题材小说、科幻小说、命运小说、幼年文学、儿童诗、图画故事等等。

一小批很有代表性的作家连同他们的作品跨越两个世纪，例如赫伯特·乔治·威尔斯、吉卜林、巴里、伊迪丝·内斯比特、格雷厄姆。

英国在第一次世界大战中人气与财气都受到重创。一战期间时为青年的德·拉·梅尔、约翰·梅斯菲尔德、A. A. 米尔恩和亚瑟·兰塞姆都是不幸中的万幸未在战时丧生。英国儿童文学在一战后一度短暂地不景气，到 20 世纪 30 年代很快复苏，在美国儿童文学崛起的挑战态势下，一批卓越的英国儿童文学作家迅速成名，稳固了英国儿童文学在世界上的领先地位。一战后的英国儿童文学主要成就在童话诗和幻想故事，其中尤以休·洛夫廷的"杜里特大夫"系列、弗朗西丝·伯内特的《秘密花园》（1909）、米尔恩的《小熊温尼·菩》（1926）、德·拉·梅尔的《扫帚柄》（1925），梅斯菲尔德（1878—1967）的《他们半夜出行》（又译《午夜居民》，1927）为最。1956 年荣获首届 IBBY[①] 国际安徒生奖作家奖的依列娜·法吉恩也在这个时期崭露头角。童话在英国完成了成熟，创造了一批具有持久魅力的形象，创造一个又一个的幻想世界，如詹姆斯·马修·巴里所创造的"彼得·潘——小飞侠"的形象，格雷厄姆和米尔恩创造的动物形象和玩具形象，洛夫廷创造的"好心大夫杜里特"的形象，特拉弗斯创造的"玛丽·波平斯"的形象，约翰·罗纳德·瑞尔·托尔金所创造的现代神话中的小矮人形象。这些形象多半带有喜剧意味，适合儿童阅读。这一时期，英美童话的成就显然超过了 19 世纪创造了童话辉煌的丹麦和德国，倒过来对其他的欧洲国家发挥着支配性影响。

安德鲁·朗格夫妇的彩色童话和雅各布斯的民间童话集

安德鲁·朗格（1844—1912），本是民俗学家、民间传说的研究者，《蓝

---

①IBBY：International Board On Books For Young People的缩写，即国际儿童读物联盟。

色童话》及其续集不过是他和他妻子里昂娜拉·布兰奇·奥莱的副产品。但是他被载入儿童文学史册是因为他们夫妇两人编撰的以色彩命名的童话集。朗格的童话编译工作获得了巨大的成功，当时就被作为世界童话大全驰名欧美，广为流传，到 20 世纪二三十种重要语言都有它们的译本了。

自幼就热衷于民间传奇和童话的安德鲁·朗格，甚至弃学牛津大学，将安徒生、格林兄弟、豪夫、佩罗、多尔诺瓦夫人等人的童话加以编创，供儿童阅读。1893 年前出版了《蓝色童话》《红色童话》和《绿色童话》，其后以黄色、紫色等各色命名的童话陆续出版，先后计 12 本。像他这样的集诗人、学者、新闻工作者于一身的人来为孩子写作，其作品受到儿童欢迎是情理中事。从 1889 年起，迄于 1907 年，安德鲁·朗格夫妇为孩子改写了包罗挪威、英格兰、苏格兰以及亚洲、非洲、美洲等区域的民间故事。朗格改编这些童话的幅度不一，有的与原作已有些许出入。他曾说过这样的有关自己的编撰成果的话："希望让美洲土著居民、非洲沙漠、中国、墨西哥、日本的孩子都能像英国的孩子一样……希望他们有机会读到这些童话时，能理解这些童话的深刻意义。"萧伯纳对朗格的童话写过这样一句激赏性的评语："安德鲁·朗格的这些童话给世界儿童提供了最好的精神食粮。"安德鲁·朗格的童话被放在与斯蒂文森、吉卜林、柯南·道尔、哈格德、德·拉·梅尔的作品相比肩的位置上。

约瑟夫·雅各布斯（1854—1916），是英国历史上最著名的民间童话专家之一。他从澳大利亚人、吉卜赛人那里直接搜集民间童话，也从英国古书中整理童话。他编写民间童话之初就怀有与格林兄弟和英国民间文学研究者不同的宗旨。他明确表示：他的故事不是为研究民间故事的学人提供历史资料，而是为英国幼小的孩子提供直接的娱乐。所以，雅各布斯在民间童话编撰过程中就对粗陋方言和蛮野情节做了适合儿童阅读的改写。他特别注重英国童话中那些富于幽默趣味的故事，例如《三头熊》《三只小猪》《杀巨人的杰克》《约翰尼和小蛋糕》《汤姆·蒂特·托特》等，因其快乐、传奇、冒险、憨厚的故事品格，特别受孩子欢迎，经过辗转流布，遂成脍炙人口、家喻户晓的童话。雅各布斯的童话一直在英国民间童话领域中牢牢占据着主导和经典的地位。

内斯比特的童话

伊迪丝·内斯比特（1858—1924）是对英国20世纪幻想文学起到持久而重要影响的女作家。她生于伦敦，先后在法国、德国和伦敦求学。她原来写成人文学，近40岁时转而在少女杂志上发表回忆录《我的学生时代》。评论家们认为她对儿童有敏锐的观察力，能在自己的作品中成功地描绘出一个完整的儿童时代的"共和国"。1899年她第一部家庭小说《探宝人的故事》（又译《寻宝六人组》）面世，写巴斯塔布尔家6个孩子为了保卫家庭财产而进行喜剧性的"假期历险"。作品是以6个孩子中的名叫奥兹瓦尔德的孩子的名义写成的，这种新颖的小说形式把一群少年写真写活。作品出版后大获成功，创作多年的女作家终于在儿童文学上得以一振名声，并迅速被其他欧洲国家译介。于是内斯比特于1904年出版续作，和1901年出版的《好孩子联盟》（又译《想做好孩子》）合而为《巴斯塔布尔家的孩子们》三部曲。1906年还出版了同类作品《铁路边的孩子们》。这类作品的成功在于家庭生活描写得真切动人，儿童性格刻画得鲜明生动。另一类作品是神奇故事，这类故事以让一些平常的孩子卷入天方夜谭式的奇异事件中为创作模式，例如《五个孩子和沙精灵》（1902）、《沙精灵》（1903）、《长生鸟和地毯》（1904）、《护身符的故事》（1906）、《魔法城》（1907）、《阿尔丁家的系列故事》（1908、1909）。这些作品中的神奇魔物和魔法，很能满足儿童好奇的心理、幻想的愿望。女作家紧紧扣住儿童特性，写得悬念重重，曲折离奇，理趣结合，给孩子以身临其境、真实可信的感觉。内斯比特所开创的两种故事模式分别为C.S.刘易斯和特拉弗斯、芭芭拉·斯蕾、玛丽·诺顿所继承。

《五个孩子和沙精灵》是内斯比特幻想作品中的代表作。出场的5个孩子都被写得有血有肉，他们完全是现实中的孩子，但故事却在魔幻的平台上展开，生动地描绘出了5个孩子的梦幻和希望。原作中哈罗德·罗伯特·米勒的插图深得内斯比特本人的赏爱。

巴里的《彼得·潘》

詹姆斯·巴里（1860—1937）具有英国维多利亚时代文学的修养，而待他进入创作的盛潮期，已是现代主义蓬勃的 20 世纪初期。他的成名剧《彼得·潘》和它的同名童话，成为英国文学的不朽部分，也是巴里唯一广泛流传至今的作品。他的充满感伤情调的剧作虽未能全都传诸后世，当时却是颇得贵族阶层的好评。他被授予爱丁堡大学、牛津大学和剑桥大学的文学博士学位，还获得过荣誉勋章，并因此成为富翁。

詹姆斯·巴里

剧本《彼得·潘》是他自 1902 年至 1906 年在不断演出、不断修改中完成的。第一次成功演出是在 1904 年。1911 年出版的由剧本改写而成的长篇童话《彼得·潘》，虽有过多指向成人、过多插科打诨、有些地方读来发腻的瑕疵，但总的说来，它是英国文学中少数可以被大人和孩子共读的好作品。

由于《爱丽丝漫游奇境记》、王尔德童话和马克·吐温两部"历险记"的出现，由于法国佩罗"鹅妈妈故事集"和安徒生童话的传入，由于《木偶奇遇记》的流布，英国儿童文学已经形成了一条有着广大读者群的重要文学支脉，形成了文学的一个分领域。世界儿童文学最早在英国步入了黄金时代。《彼得·潘》的加盟，使英语儿童文学更受世人瞩目，在世界上发挥着更强的影响力。

《彼得·潘》中的"彼得"来源于常到伦敦肯辛顿公园草地上戏耍的一个男孩的名字，而"潘"是古希腊的一个掌管山林原野的以纵情狂欢著称的神，是未经雕琢的自然本性的象征，作者这里取"潘"来用自然本性对比抑制天性的社会文明。彼得·潘出生的第一天，因害怕长大而逃离了家，来到了永无岛，这是个奇异而热闹的地方，这里住着一些印第安人、一帮海盗，有狼和其他的野兽，有美人鱼、小仙女，还有一群被大人不小心丢失了而被彼得捡到这岛上来的孩子，他们的队长就是彼得。他们在这里逍遥，在这里冒险。在这里，自由像新鲜空气一样可以无尽挥霍。美中不足的是他们都是男孩，得有一个母亲。于是彼得找了一个小姑娘来做母亲：一个繁星满天的夏日夜晚，彼得飞到伦敦达林家，诱使文蒂（又译"温迪"）和她的两个弟弟跟他学会飞翔，然后带着他们飞向由太阳光组成的金箭头指示着的"永无岛"。就这样，文蒂做了孩子们的"小母亲"。从此，他们住在地下的家里，出入经过树洞。在礁湖里，他们玩美人鱼的水泡球游戏，同印第安人进行游戏战争，还搭救过他们的首领——美丽高傲的虎莲公主。当孩子们被掠上了海盗船，彼得为拯救孩子们跟阴险残暴的海盗头子虎克拼死一战，使凶恶的强盗掉进了鳄鱼的血盆大口。

巴里善于写女孩，而在这部童话中，给人印象深刻的却是右臂装了铁爪的海盗船船长虎克、鬼头鬼脑的鳄鱼，以及主人公彼得·潘。彼得是个半人半仙式的人物，他能飞，能做到普通孩子做不到的种种事情，但他骨子里还是个地地道道的孩子，有着孩子的各种可爱的毛病。爱玩是他的第一天性，因为这，他才不愿意长大。他有侠义心肠，乐于助人。他最痛恨的是人间的不公平。他的身上有着永不枯竭的旺盛生机。他告诉海盗头子："我是少年！我是快乐！我是刚出壳的鸟！"他有领袖欲，还有点孩子式的自私。他是儿童文学中又一个圆整型的形象。他富有魅力，显得真实、丰满、可信。这与作者巴里在伦敦常同孩子一道游戏，熟悉孩子们的感情世界、心路历程有关。巴里懂得，在孩子那里，生活与游戏、现实与虚构、真实与幻想之间都能随意交错和互换。童话里的种种冒险游戏对孩子来说，是潜在欲望的宣泄，是现实缺失的补偿，是内在要求的释放。

这部童话的核心思想是儿童崇拜和恋童情结。这些其实都不符合儿童的心理（儿童的真实心理是相反的：快快长大）。然而《彼得·潘》毕竟是既得到成人的公认，也得到孩子们认可的童话经典。关于这部童话究竟应该怎样解读，中国的研究者杨静远发表了很有见地的意见："那或许就是诗的寓意。巴里为我们揭开了记忆帷幔的一角，使我们窥见久已淡忘的美妙的童稚世界。我们尽管留恋，却已回归无路。因为，我们像长大了的温迪，没有了想象的翅膀，永远失去了自由翱翔的本领。巴里用带泪的喜剧，对比了童稚世界的无穷快乐，和成人世界的索然寡味。温迪们无法不长大，这是无可奈何的必然。幸好，还有那个永远长不大的彼得。他的存在说明人类有着周而复始、绵延不绝、永存不灭的童年，和伴随这童年的永恒的母爱。"[1] 童话创作往往需要或大或小地与现实拉开些距离，才能放开手脚把异想天开的诗意境界挥洒自如、铺张扬厉地表现出来。《彼得·潘》也是这样。只有在这个超现实的世界里，人才能把影子卷成一卷，收藏在抽屉里，后来又从抽屉里把影子取出来，缝在被切断影子的男孩的裤腿上；美人鱼们才能悠闲地在礁石上晒太阳、梳头发，还用尾巴当脚，拿水泡当足球、彩虹当球门玩足球游戏；星星眨巴眼睛就是星星在说话，而星星的目光呆滞，是因为星星老了；沿树洞下去到孩子们的家里，能看到五颜六色的大蘑菇做的凳子；岛上的鸟还能用自己的巢窝当船救人；等等。这些奇巧的绮丽画面在童话中灵光闪烁，使人赏心悦目。而最让人打心灵深处受震撼也最难忘的是，在魔鬼一般的海盗头子虎克企图用毒药毒死彼得的生死关头，像花朵一样美丽的小仙女丁卡·贝克以自我牺牲来拯救彼得：虎克把"世界上最毒的毒药"（毒草煮制的黑色液体）滴进了彼得的药杯。正当彼得·潘要喝下毒药时，丁卡"像闪电一般飞到彼得·潘的嘴唇与药水之间，一口把毒药吸得干干净净"。

丁卡没有回答，她已经在空中摇摆不定了。

"你怎么了？"彼得喊着，忽然有点怕起来。

"这是毒药。彼得，"丁卡轻声告诉他，"现在我快要死了。"

"啊，丁卡，你为了救我才这样做的吗？"

"是的。"

"但是你为什么对我这样好呢，丁卡？"

现在她的翅膀飞不动了。她落在彼得肩上，在他的鼻子上亲昵地咬了

---

[1] 杨静远：《译序》，载巴里《小飞侠彼得·潘》，杨静远译，中央编译出版社，2011，第3页。

一口，然后轻声说了句"你这个小傻瓜"，就蹒跚着回到她的卧室，无力地躺倒在床上。

彼得伤心地跪在丁卡的旁边，他的头几乎把丁卡的小房间都塞满了。丁卡身上的光芒越来越暗。彼得明白，等那光芒熄灭了的时候，丁卡也就死了。彼得哭了。丁卡伸出美丽的手指，让彼得的泪珠在上面滚动。

丁卡又说了些什么，声音极小。最初彼得听不清楚，后来才明白了。丁卡说，如果孩子们信仙，她还能够再活过来。

彼得伸出双臂向孩子们求救。可他身边一个孩子也没有。不，彼得是在向所有梦想着永无岛的孩子们求援。那些穿着睡衣正在梦中的男孩女孩，那些睡在摇篮里刚会做梦的光屁股的婴儿，他们实际上离彼得不远，不像你们想象的那样远。

"你们信不信仙？"彼得大声喊道。

丁卡猛然从床上坐起来，想听听孩子们的回答。

她仿佛听见孩子们回答说"信"，却又不敢肯定。

"你听见他们说什么？"她问彼得。

"如果你们相信，"彼得又向孩子们喊道，"你们就拍一下手，救救丁卡。"

许多孩子拍起手来。

…………

……丁卡已经得救了。她的声音渐渐洪亮了，接着她从床上起来，高兴地在屋里飞来飞去。①

这里，包括婴儿在内的孩子的几下掌声竟就能让一个眼看就要被毒死的小仙女起死回生。此中意味幽秘深邃！巴里创造的童话艺术高峰一般作家是无法超越的。巴里汲取前人积累的艺术营养，把充满依森意味的荒诞故事、惊险故事、幽默讽刺故事、仙人故事等，用现代主义的艺术方法合成一支人生不再的美好童年之歌，欢快，温馨，美丽，像一首狂想曲，梦

---

① 韦苇主编《世界经典童话全集 第4卷 西欧分册》，明天出版社，2000，第431—432页。

幻的狂想曲。作者的想象力犹如一条活泼顽皮的山溪，它奔腾跳跃，把流经之处的有趣事物顺手拈来，携过一段路，又随手抛下。它时而欢唱，浪花飞溅，时而低吟，仿佛陷入了沉思。

彼得·潘是欢乐童年和充满活力青春的化身，是人人心中存有却不可复现的稚真的已逝往昔的影子。这别开生面的形象既属于富有想象天赋的孩子，也属于一切童心未泯的成人。作家通过彼得·潘赞颂了永生的理想、永恒的生命活力和一无羁束的游戏精神。而"永无岛"是一个童梦之境，在那里，人们可以尽情游戏和冒险；在那里，笛鸣声声，芳草萋萋，胸中郁积的任何块垒都会烟消云散，所有的人都会变得年轻，都会拥有丰沛的生命活力。对这个童梦之境的向往，或许是当时流行起来的儿童崇拜、童心崇拜、童年崇拜在文学中的折射和投影，是对现代化世俗社会弊端渐生焦虑、企图逃避现实担当的文学反映。

格雷厄姆的《柳林风声》

肯尼斯·格雷厄姆（1859—1932）给自己昵称为"耗子"的独生子讲关于鼹鼠、水鼠、蟾蜍和獾的故事，断断续续讲了4年，到1908年整理成书，这就是在当时英语世界里流传最广的童话之一《柳林风声》。这本把动物人格化并赋予其独特的个性的著作，在给孩子带来欢趣的同时也蕴涵着作者用哲学思想提炼的生活感受，这份哲理是只有阅历丰富的人才能领会的。

在柳林的童话国中，各种动物都比实有动物的形体大得多，但都在知觉和反应上保留了动物固有的特性，而更重要的是这些动物都被作家赋以人性，借以呈现当时英国上流社会人士的行为举止，为一去不复返的古老英国田园生活的逝去唱了一曲挽歌。

童话中的蟾蜍扮演了一个喜剧角色，它想得到一辆汽车，简直想疯了，后来被囚禁在一个中世纪式的城堡中，最终它设法逃出了牢笼，找到了蟾蜍宫。这时蟾蜍宫已被鼬和黄鼠狼霸占。多亏3位朋友与它齐心协力，同侵占者进行了一场激战后，它才收复了自己的家园。作品中，蟾蜍时而鲁莽、愚蠢，时而聪明、坦率、慷慨的个性被刻画得殊为鲜明。作品以不同内容吸引不同年龄层次的读者。

这部童话用典雅的英国散文风格撰就，对动物们怀着感恩心情依偎在大自然怀抱中的优美而传神的描写，读来令人陶醉；而大肚子蟾蜍落难蹲监、急中生智扮胖洗衣妇逃出监狱的一幕，读来又令人忍俊不禁。

格雷厄姆虽然在银行工作，但他一生的爱好却在大自然。他对大自然观察的热情超过文学创作。他在《柳林风声》中表现了他对大自然观察的细致和对动物行动规律及本能的深刻了解。下面一段是夜幕降临时鼹鼠在野树林里迷路后的令人惊恐的环境描写：

忽然，远远近近似乎有几百个洞。每个洞里隐藏着一张面孔，匆匆出现，又匆匆消失，并且都向他投去犀利、凶狠、充满恶意的目光。[1]

正因为作家常年钟情于自然，所以作家笔下对自然的描写显得流畅而又丰富。请看作者描写海鼠对水鼠的谈话：

海鼠的谈话宛如小河流水，滔滔不绝，娓娓动听——像是长篇大论的演说，又像悦耳的歌声；像水手们起锚时发出的号子声，又像帆船在强劲的东北风中发出的嗡嗡声；像在落霞满天的黄昏渔夫收网时唱的歌谣，又像从船上飘来的吉他和曼陀林的琴弦声。他的谈话似乎变成风声，开始时显得哀怨凄切，但随着话音的激越，仿佛变成愤怒的尖叫，渐渐成了撕裂人心的呼号，接着又慢慢缓和下来，变成悦耳的涓涓流水声。这位迷了心窍的听众，仿佛听到了所有这一切声音，连同海鸥的饥饿的鸣叫声和雷鸣般的波涛声，以及海滨圆卵石滚动的声音；接着又都消失了，只有海鼠的说话声。[2]

《柳林风声》由于文字优美，被誉为英国散文体作品的典范。不过，在世界范围内这部童话的阅读魅力或是被英语使用国的学者们高估了，其中"黎明时的吹笛人"和"旅行者"等章节文气就不太贯通，米尔恩看出这一点，改成剧本时就删去了这两章。

---

[1] 韦苇主编《世界经典童话全集 第4卷 西欧分册》，明天出版社，2000，第187页。
[2] 同上书，第266—267页。

米尔恩的《小熊温尼·菩》

艾伦·亚历山大·米尔恩（1882—1956）是英国剧作家、小说家和诗人，却以包括《小熊温尼·菩》在内的献给孩子们的几部作品赢得了广泛声誉。玩具熊温尼·菩、男孩克里斯托弗·罗宾和他们快乐的朋友们的历险故事从出版之日起（1926）就一直愉悦着孩子们的心灵，其文学价值和幻想价值可媲美

米尔恩

于此前产生的最优秀的童话。如今英国人每提起小熊温尼·菩，心中就怀着敬意。出于类似的心情，英国将小熊温尼·菩的形象印制成邮票在国际儿童年发行，英国南方城市的一个书店则将小熊温尼·菩的形象制成售书人以招徕孩子。这部中篇童话被翻译的语种之多，英国文学作品中能与之相比的为数不多。

米尔恩具有一种儿童文学所要求的特殊天分。这种天分首先表现在他特别能把握孩子的感受和孩子理解世界的方式。米尔恩善于从孩子随便的言谈中获得启示，并将其复制在《小熊温尼·菩》中，使童话从人物性格、情节、对话，到遣词造句都酷似孩子的思维和情态。作家从对自己儿子和对他的同龄孩子的观察中获得创作素材。全书多个历险故事，其主人公一般都是那只毛茸茸的小熊。小熊一边快活地历险，一边编歌子。这只小熊随口编出的歌子使人想起民间的儿童歌谣。这种亲切感和愉悦感使温尼·菩在英国受到儿童深深的喜爱。

罗宾像所有男孩子一样，其玩具和他周围的一切都会在他想象中变得有生命了。童话的秘诀在于拿孩子的玩具来大做文章，童话故事就是孩子游戏的大规模创造性延展，延展成一个新颖、奇异的世界，这个世界中的孩子将幻想与现实不着痕迹地联结起来。

米尔恩了解孩子，喜欢进行语言生造。童话中的这类创造性语言虽然给翻译带来许多如译《爱丽丝漫游奇境记》差不多的困难，但英国本民族孩子读来却格外亲切和有趣。

威尔斯的《隐身人》《莫洛博士岛》

赫伯特·乔治·威尔斯（1866—1946）写成于 1895 年至 1904 年间的科学幻想小说(早期作品)是少年儿童的优秀读物。它们是《时间机器》(1895)、《莫洛博士岛》(1896)、《隐身人》(1897)、《星际战争》(1898)、《当睡眠者醒来的时候》(1899)、《神的食物》(1904)，以及一系列短篇小说《在深渊里》《巨鸟岛》《水晶蛋》《能创造奇迹的人》《制造钻石的人》《吃人的兰花》《被窃的杆菌》《星》等。这些作品都产生在爱因斯坦的相对论建立之前，在原子弹尚未发明之前，在 X 光透视机和计算机没有发明之前。正因为这样，威尔斯作品中关于时间机器的想法、关于"四季变换"的可能性、关于威力无穷的炸弹的制造以及它们的冲击波的大胆的科学假想，均比真正的科学发现和发明早多年。

威尔斯的科幻小说创作是以实际的科学发现为依据的：有机织物和 X 光的化学褪色现象启示他写出《隐身人》；外科医学领域里的惊人成就把他的思路引向《莫洛博士岛》；航空技术的成就使他想象到地球上的人可以飞到月球上去，他写出了《最先登上月球的人们》。威尔斯继承了英国文学的批判现实主义传统。威尔斯一开始就是以科学幻想小说的体裁来写社会政治性作品的作家。在这一点上，他与斯威夫特有许多相似之处。1934 年，他在自己的一部言论录序文中曾这样表白："作者应该使尽浑身解数让读者"生活"于你虚构的那个幻想假设之中。一旦读者被你哄进你的幻想之国并深信不疑，那么剩下的一个问题就是展开现实的人性的描述。"

威尔斯是一个乌托邦理想主义者。他希望有益于社会的人来代替自私自利的执政者，勤劳者来代替游手好闲者，有教养的人来代替不学无术的人，人道主义来代替暴虐无道。他宣称，要为提高人类的意识而努力，向人类隐含的兽性作斗争。《莫洛博士岛》和《隐身人》都是表现这类主题的科幻小说。

把社会内容纳入科学幻想之中，是他的小说与在他之前就风靡全世界的儒勒·凡尔纳的小说的相异之点。威尔斯曾这样表白:"文学评论家一度把我称作英国的儒勒·凡尔纳。其实,我与法国那位未来的预言家之间并没有任何必然要拉扯到一块的东西。他的作品里所写的往往是那些完全可以付诸实现的发现和发明,并且有些地方他已经高明地预见到它们的可行性。他的小说能唤起一种实践的兴趣:他相信,他写的那些东西都将被一一发现和发明出来……而我的故事……完全是另一种幻想。"简言之,儒勒·凡尔纳的名作所激起的是一种科学发现和发明的兴趣,而威尔斯的作品所激起的则是改造社会使之适合作家社会理想的兴趣。这两位科幻小说大师各代表着科幻小说发展的两个不同方向,由此衍生出"硬科幻""软科幻"之说。

第五节　20世纪30年代:一批新成名的作家稳固英国儿童文学的领先地位

20世纪30年代是一批才华卓著的童话、小说作家发表处女作和成名作的年代。托尔金1937年出版著名童话《霍比特人》(又译《矮人国》《小矮人闯龙穴》《哈比人历险记》),帕梅拉·林登·特拉弗斯1934年开始出版以玛丽·波平斯阿姨为主人公的大型系列童话,比塞特也在这一时期出版以怪诞为特点的短篇童话集,厄休拉·莫莉·威廉姆斯(1911—2006)的玩偶童话《小木马历险记》(1938)也在这一时期出版。伊芙·加尼特(1900—1991)的《死胡同一号地》(1937),描写了一个洗衣妇家庭的悲剧;亚瑟·兰塞姆(1884—1967)的《燕子号和亚马逊号》(1931)描写了孩子们的冒险经历,为惊险小说开创了一个新时代;自传小说的先驱者诺埃尔·斯特雷特菲尔出版了《芭蕾鞋》(1936)、《网球鞋》(1937)、《马戏团来了》(1938)等女演员职业小说;焦菲里·屈里斯的70多部历史小说获得了很高的评价,其第一部《射向贵族的箭》(又译《正义之弓》)就发表于1934年。B.B.(丹尼斯·维特金斯－皮奇福德)的《小灰人》于1942年出版,同年获卡内基文学奖。

特拉弗斯的《玛丽·波平斯》

特拉弗斯（1899—1996）因为给自己朋友的孩子
讲"玛丽·波平斯阿姨"的故事而引起孩子浓厚的兴
趣，从而开始把自己讲的故事写下来，于1934年出版，
书名就叫《玛丽·波平斯》（又译《随风而来的玛丽·波
平斯阿姨》），其后，相继出版了《玛丽·波平斯阿姨
回来了》（1935）等5部续作，构成一个系列。1964年，
玛丽·波平斯的形象被搬上了银幕，遂使玛丽·波平斯家喻户晓。

特拉弗斯

玛丽·波平斯是一个保姆，她撑着一把柄端雕有鹦鹉的漂亮的伞从天
上飘降，顺着楼梯的扶手向上滑进儿童室，一进门就创造了孩子们只有在
梦中才能见到的奇迹。她把4个孩子带到哪里——带到街上、公园、糖
果店、动物园——哪里就发生难以置信的奇迹，可玛丽·波平斯本人却
装作什么也没发生似的，隐敛狡智地笑，怨责孩子好奇。玛丽什么都会：
能听动物的话，能让大理石男孩变成活小子，能在天花板上举行茶话会，
能把被囚在墙上魔盘里的小淘气吉英解放出来，能让气球把自己和孩子带
上云端一块儿漫游天际，边游览边对孩子讲奇妙无比的故事——讲那一
个劲儿跳舞的奶牛，后来这奶牛还蹦起来，蹦得比月亮还高；讲绝顶聪明
的猫赢得了国王的王冠，然而它不要那顶王冠，宁肯要他的王后的那条项
链。玛丽还带孩子乘上她的魔毯，转动指南针到世界各地去遨游，闹出许
多事情，看到世界各地人们各个不同的生活；她还在天空贴星星，如此等
等，不一而足，其乐无穷。

童话狂欢性质的超验想象也集中体现在这样一些奇妙而美丽的童话情
节里：科里太太卖给孩子们的姜饼是她的手指变的，而每个姜饼上都有一
颗金纸做的星星。这些星星后来让孩子们看到"一个惊人的景象"：

科里太太一到梯顶，就用刷子蘸蘸胶水，开始在天上刷。等她刷完，
玛丽阿姨从篮子里取出一个闪亮的东西贴在刷过胶水的地方。她手一拿开，
他们看见她是把姜饼的星星贴在天上。每颗星星一贴好，就开始发出闪闪

的金光。①

这就让孩子们弄不明白，到底星星是金纸做的呢，还是这些金纸本来就是星星。

神奇而讨孩子们喜欢的玛丽阿姨施魔法将狂妄自大的安德鲁小姐关进鸟笼，由云雀叼到空中；还能用剪刀剪出春天的花儿、小鸟、蝴蝶和小羊，给孩子们无穷的乐趣。一颗流星来到两个孩子中间，给了他们一枚星星钱币。孩子们在星星世界里，发现他们那休假的玛丽阿姨正受到太阳的欢迎。

群星让开。太阳上前一步。他说话的口气温和，并且极其亲热。

…………

"玛丽·波平斯，"太阳说下去，"为了你，群星集合在这深蓝的帐篷里，为了你，今天晚上它们不去照耀大地。我相信你今天晚上休假玩得很高兴！"②

玛丽阿姨和太阳在一起跳舞。不过简和迈克尔同双胞胎跳舞是胸贴胸，脚靠脚的，他们可不同，玛丽阿姨一次也没碰到太阳，他们面对面隔开一定距离，张开了手跳圆舞。③

这部童话在历史上第一次打散了童话的假定逻辑。按常规，童话需在进入幻境前预设前提，为把读者引入幻境作铺垫，而玛丽阿姨的出现是随风而来，她的消逝是随风而去，不利用魔法或宝物作交代、作过渡。按常规，中长篇童话总需有一个自始至终贯穿的有起、承、转、合的故事，但是这部童话没有，它是散漫的，随意的，魔象的出现也显得突兀，但是见所未见的、闻所未闻的稀奇古怪的故事串已足以将玛丽·波平斯阿姨的形象塑造得丰满、完美，足以能像强磁一般把儿童读者牢牢吸引住。李利安·史密斯在她的理论名著《欢欣岁月》中，肯定了玛丽·波平斯那奇妙的想象和那令人感动的道德、道义观念。

---

① 帕·林·特拉弗斯：《随风而来的玛丽·波平斯阿姨》，任溶溶译，少年儿童出版社，1983，第101页。
② 帕·林·特拉弗斯：《玛丽·波平斯阿姨回来了》，任溶溶译，少年儿童出版社，1984，第172页。
③ 同上书，第176页。

特拉弗斯继承了内斯比特把女巫魔法日常生活化的传统。女巫在女作家笔下不再是对弱者滥施虐行的邪恶、黑暗形象。传统女巫的本质在20世纪初社会新思潮语境中被女作家解构了。玛丽阿姨是立体的圆整型人物，邪恶和善良在她身上不再二元对立，女巫和人之间被抹去了界限，遂而，生活和童梦也就被抹去了界限，崭新的童话趣味——迥然区别于传统经典童话的新趣味——也就随之弥漫于特拉弗斯的以玛丽阿姨为主人公的整套童话中。

这部童话频频出现超现实、超常态、超自然的假定性幻境，却没有为读者进入幻境预设任何前提。从逻辑上看，它是散漫的、随意的，是成人为孩子拟想的长长的童梦，但是离奇的故事串中弥漫着活泼的生命信息，所以玛丽阿姨的形象总体感觉还是丰满的，从阅读效果上看也经得住时间的考验。

玛丽·波平斯始终在英国式的氛围中行动，万物都充满生机，一切都超现实、超常态、超自然，而这一切之间又有生命信息相沟通。特拉弗斯的童话其实是成人为孩子拟想的童梦，有的拟想得精彩绝伦，有的却略显粗糙，不甚熨帖，但总体来说，作者始终站在孩子一边，提倡孩子应该有更多娱乐、游戏权利的儿童观已经通过童话故事表现得淋漓尽致。

比塞特的袖珍童话

唐纳德·比塞特（又译毕赛，1910—1995）是最受幼年儿童喜爱的富有天才的袖珍童话作家。他的或可称之为"真实的怪诞童话"几十年来独树一帜，约有一百几十则。他的童话以不合英国传统童话规范的怪异意味引起了世界的重视。

比塞特就其职业来说是演员。他用格言式的简洁语言写成的童话都由他自己配插图，有的他还亲自到电视屏幕上去诵讲。

比塞特童话中的主人公全都怪得为常人所始料不及，如墨迹、影子、怕黑暗的玩具车、想象出来的老虎、伦敦的雾、英国女王、被遗忘了的生日等等。围绕着这些奇特的主人公展开的故事就更稀奇古怪了。然而这些不可思议的"人物"之间的关系，以及他们的喜乐、理想和情怀，则百分之百地真实反映了现实生活，讲的是童年最最重要的问题——儿童性格培养问题。童话意蕴涉及的往往是对友谊的忠实、善意、勇敢、自高自大、愚蠢顽皮，以及想象给予娃娃的种种欢欣。

比塞特的童话从原因和结果、外表和实质的不协调中表现作家的幽默情趣；在他的童话里，英国传统童话那种反逻辑的、反常态的、令人发笑的观念与当代英国人的日常生活如此和谐地统一在一起。比塞特的童话以自己的独异品格强烈地诱惑着幼年和成年读者，而读者们要想把握它们的意涵和韵味却要困难得多，这是因为他的童话令人神往主要不在于童话情节的紧张性，而在于童话思路的推进过程中存在一种跳跃性。

比塞特的童话名篇很多，其中有《唬老虎的小男孩》《呷呷呷》《黑熊的愿望》等，而《唬老虎的小男孩》则可作为比塞特英国式的侬森童话思维的一个精彩的现代标本。

第三章　19 世纪世界儿童文学的俄罗斯贡献

克雷洛夫的诗体寓言

依凡·安德列耶维奇·克雷洛夫（1768—1844）是俄罗斯讽刺喜剧作家和杰出的诗体寓言作家，世界首屈一指的载道圣手。他 1812 年前以创作喜剧为主，1812 年后以创作寓言为主（因为寓言这种文体比较容易逃躲沙皇检察机关的耳目）。从 1807 年出版第一本寓言集开始，克雷洛夫共发表了 200 余篇诗体寓言(袖

克雷洛夫

珍迷你喜剧），成为俄罗斯博得世界声望的第一个人。他和伊索、拉封丹一起，被称作"世界三大寓言作家"。在克雷洛夫还健在的 19 世纪 30 年代，专供儿童诵读的寓言诗选本就已经出版了。克雷洛夫寓言是最早为俄罗斯儿童所广泛接受的由俄罗斯作家自己创作的文学菁华。克雷洛夫寓言在其时就被意大利、法国和德国联合翻译出版。

克雷洛夫寓言的特点是借取动物形象，用犀利的语锋无情嘲弄和鞭挞统治阶级的愚昧自私、虚伪狡诈、专横暴戾；针砭社会弊端；用简练而幽默的语言阐明人生的真谛、刻画寓言形象；与此同时，他以深切的同情描写民众的无权和蒙受欺压的悲惨境遇，热情赞颂他们，并对他们寄予殷切

的希望。他的寓言弥漫着民主主义思想，其中活跃着一个满腔正义和维护人道原则的圣者形象，一个让科学思想不受愚蠢和无知侵害的卫士形象。

克雷洛夫的寓言吸收了大量的俄罗斯民间谚语、童话、俗语。他是在普希金之前第一个将生动的民间语言大量编织到文学中去的作家，而他的寓言中的许多形象和句段经过长期流传又变成谚语，反过来丰富了人民的语言。如："人不会因为他职位的迁升而变得聪明起来"（《巴尔那塞斯山》）；"小羊在狼面前总是有罪的"（《狼和小羊》）；"鹰有时的确飞得比鸡棚还低，可鸡从来也不能飞得像鹰那么高"（《鹰和鸡》）；"珍珠对于公鸡来说也是一无用处的废物"（《公鸡与珍珠》）；"过分热心帮助的傻瓜，比敌人还要危险些"（《隐士和熊》）；"梭鱼可别吹自己能抓老鼠"（《梭鱼和猫》）；"猫儿是不应该用空话来管教的"（《猫和厨子》）；等等。由此足见克雷洛夫寓言之深入人心。克雷洛夫具有鲜明个性特色的名篇有《狼和小羊》《向沙皇请愿的青蛙》《兽类瘟疫》《鱼的跳舞》《杂色羊》《蜜蜂和苍蝇》《橡树下的猪》《梭鱼和猫》《猫和厨子》《狼落狗舍》《鹰和鸡》《送葬》等。

寓言在克雷洛夫时代是一种受轻视的文体。但克雷洛夫坚持在这条"最不引人注目的狭窄的小路上，追赶过了所有其他人，就像一棵雄伟的大橡树长得超出了它的整个丛林一般"（果戈理语）。在俄罗斯文学史上他是第一个配称为"伟大的作家"，别林斯基在克雷洛夫生前就称他为"我们文学的荣誉、光彩和骄傲"。关于克雷洛夫寓言对儿童的意义，别林斯基也曾有过这样一些阐述："克雷洛夫寓言诗的高超诗艺，和通过这种诗艺表现出来的人民性，使他成为俄罗斯的伟大诗人。他让寓言诗这种文学样式发挥了自己的全部特长，他用寓言诗表现了俄罗斯民族的整个灵魂……""克雷洛夫寓言出版的次数已无法统计……获得如此巨大成功、享有如此殊荣的作家，除了依凡·安德列耶维奇·克雷洛夫，再没有第二个。""我们所有人只要在孩提时代读过一遍，就能永志不忘。""克雷洛夫寓言对于孩子的教育意义自不待言。""儿童在他那些殊感亲切的寓言里不自觉地汲取着俄罗斯精神，掌握着俄罗斯语言，丰富着美妙的印象。"克雷洛夫寓言"对于正在研习俄语的学校儿童来说，是再合适不过了"。的确，克雷洛夫寓言中形象的切实性，文学语言的精美性，对白的准确性，叙述语言的鲜活性，以及字里行间散发出来的俏皮的幽默——这些不仅能给阅读克雷洛夫寓言的孩子带来快意，也能给孩子以很好的美感享受。

克雷洛夫1843年将自己的寓言诗整理成9集，这是他对自己一生文学活动的总结，是他对人民大众倾吐的肺腑之言。他一去世，出版社立即按克雷洛夫生前的嘱托，将他的书印上这样的题词出版："依照依凡·安德列耶维奇·克雷洛夫生前的遗愿，将本书赠给你作为永别的纪念。切莫忘记他。圣彼得堡，1844年，11月9日晨8时45分。"

列夫·托尔斯泰和儿童文学

列夫·托尔斯泰（1828—1910）是以《战争与和平》《安娜·卡列尼娜》《复活》这样的鸿篇巨制，为人类艺术树起了不朽丰碑的俄罗斯19世纪伟大的现实主义大作家。他同时又作为教育家，为亚斯那亚·波良纳的农家孩子写下了《启蒙读本》《新启蒙读本》。作为儿童文学作家，他在1859年至1876年间为世界儿

列夫·托尔斯泰

童留下了496件珍贵的作品。这些作品中最精彩的都收在1873年出版的《村童故事》（为以前出版的12个故事册子的总汇）和1875年出版的4册《俄罗斯读物》中。

在世界文学史上，很难找到像列夫·托尔斯泰这样的文学巨人，在为成人奉献巨著的同时，为儿童文学作品的创作耗去了如此多的宝贵时间和精力，苦心孤诣进行艺术劳动；很难找到第二个作家，把短小和朴实的幼儿作品，与自己大部头的皇皇巨著平等地放在一起比较，还说他的这些加工、修改、润色多达十多次的故事短作，灌注了他的辛劳和热爱。他把这种创作劳动当作一生唯一的重要事业，甚至说："它们在我的作品中所占的地位，是高出于其他一切我所写的东西的。"很难找到第二个作家，这样为没有就学机会的农家孩子操心，以孩子们珍爱他的作品为最大安慰、最高追求；他甚至还说过，只有当他为孩子们写出大量作品供他们阅读的

时候，他才能"问心无愧地死去"。

托尔斯泰的 4 册《俄罗斯读物》是据难易程度来分辑的。开始是只有两三行的一个情景，一个小故事；后是二三百字的小故事、小童话，如《两个伙伴》《三只小熊》《爱说谎的男孩》《寒鸦喝水》《老头种苹果树》《卡佳和马莎》《蚂蚁和鸽子》等；再后来是 500 到 700 字的小故事、小童话，如《李子核》《跳水》《鲨鱼》《小菲力普》《小姑娘和强盗》《狮子和狗》《稠李》《象》《有学问的儿子》《沙皇的新长衫》《天鹅》等；最后是以中篇小说《高加索的俘虏》压卷。

托尔斯泰重视从现实生活中汲取题材，把平凡的生活升华为作品，所以读托尔斯泰这些为儿童写的作品很容易感受到一种生活的醇香，一种亲切；他重视情感的真挚；他重视表现人物的内心世界，重视情节性和趣味性；他注意方法，比如一上来就"有某个人"，这某个人身上必须发生"某件事"，还必须有"独特的性格和行动"；他注意作品语言，他认为最棘手的是语言，他提出语言要美妙、要简短、要朴实，而最重要的是要明确。

托尔斯泰善于揣摩儿童好奇的心理和好动的特点，用大量表现动感的朴素语言给孩子写内容丰富、形式短小的故事，写得言简意丰、短小结实，其戏剧性故事情节简直令小读者瞠目结舌。从作家的手稿中，可以看到他一而再、再而三甚至多达十来次修改后才敲定一个方案。《跳水》中男孩放开桅索摇摇晃晃在帆杆上摆荡的那段紧张描写，就是经过作家多次修改后达到高度洗练的。在《鲨鱼》这则故事中，他采用了准确而又为农家娃娃所能理解的比喻："傍晚的时候，从撒哈拉大沙漠吹来了炉火般的热空气""炮手的脸色吓得似亚麻布一般白，一动不动地呆望着眼看就要被鲨鱼吞噬的孩子"。《跳水》和《鲨鱼》成了两则长青在俄罗斯教科书里撤不去的经典故事，与托尔斯泰为儿童创作的严谨态度和作风是分不开的。

托尔斯泰从人道主义的动机出发，认为农家孩子的才智因失掉受教育的机会而被不公平地淹没了，所以托尔斯泰儿童文学创作的着眼点就是对儿童施行文化启蒙即教育，通过教育对儿童进行真、善、美的诱导，从而使之趋于道德的完善。道德教育，即使是以儿童故事为手段的道德教育，也有高下、优劣之分。托尔斯泰是热心于向孩子传输道德伦理观念和基本的行为准则的，但他认为冗长的道德说教一定会损害艺术，破坏教化效果，所以他率先从道德说教中解放出来。他以身作则地倡导儿童文学作品中要教给孩子的那个结论，必须是"从故事里自然流露出来的"，必须是"让孩子在阅读过程中悟透的"，而"不是直白告诉孩子的"。为了与贵族儿童文学醉心于道德说教的恶习相区别，他甚至连寓言也割掉直白道破的训诫尾巴，完全凭借儿童故事丰富的形象性和切实性来影响儿童。

列夫·托尔斯泰在儿童文学史中的不朽地位，应该说主要是由 4 件作品鼎定的：除了前述中已经提到的《跳水》和《鲨鱼》，还有《狮子和小狗》《高加索的俘虏》。其中《跳水》长年被收作教科书课文。《跳水》集中体现了列夫·托尔斯泰为孩子所写的短故事如下一些优秀品格：（1）在短小的篇幅里容涵丰富的内容，以质朴的叙事高度简练地刻画出人物的神态，结构出简短却完整的故事。（2）洞悉孩子的心理需求，最大限度地把故事写得"抓人"，凭着故事的紧张性、富于悬念的情节牢牢扣住读者的心弦。（3）集中、紧凑地用一个单线条故事把各种人物形象凸显到读者面前，活现出各种人物的神貌、姿态和行动，从而把人物刻画得有血有肉，使人物形象鲜明地跃然纸上。（4）调动大量富于动感的词语，写出孩子好动、好奇的心理特点。《跳水》属于非虚构类的、从现实生活中取材的故事作品。这类故事特别强调严格的真实：人物的真实——人物心理的真实、人物行为的真实和人物关系的真实，事件的真实——情节叙述的真实和细节描写的真实以及由情节、细节构成的故事的真实。

《狮子和小狗》这则几百字的动物故事，用戏剧性的情节写出一个闻所未闻的感人故事：小狗被抛进笼子里去喂狮子，不料因为小狗看上去小巧温顺，狮子便喜欢上了它，当园主扔肉给狮子吃的时候，狮子撕下一块留给小狗。于是，小狗就枕在狮子脚爪上睡觉。而更奇不胜奇的是，一年后小狗死了，狮子竟从此一蹶不振、痛不欲生，狮子"突然腾地一跳，竖起毛，甩动尾巴猛打自己的腰侧，一下接一下在笼栅上撞击，还咬铁栏杆，啃地板"①，然后抱着死去的小狗一直躺着，到第 6 天，狮子自己也死去了。这样的故事只需读一遍就会让人永生铭记，没齿不忘。

在《高加索的俘虏》(又译《季娜》)中，托尔斯泰把一场发生在高加索的战争写成了一场人与人之间的情感纠葛。小说里，季娜这个形象浑身都向人间弥散着温柔和善情，读者可以从小姑娘举手投足、一言一语中看到她由外到内的动人丽质——这丽质中透映出一颗幼小心灵的勇敢和果决。这是托尔斯泰所塑造的孩子形象中最感人、最有魅力的一个，用托尔斯泰自己的话说，这是为幼者而撰就的《战争与和平》。

契诃夫的儿童题材小说

巴甫洛维奇·契诃夫（1860—1904）是崛起于俄罗斯 19 世纪末的短篇小说巨匠。他的 700 多篇短篇小说中，有好些篇是以儿童生活为题材的，其中《凡卡》和《渴睡》是儿童文学的世界不朽名篇;《卡施唐卡》和《白脑门的狗》两篇以动物为题材的小说是作家专意为孩子写的短篇。

契诃夫

契诃夫出生在亚速海之滨的小城。祖父是农奴，父亲原来也是农奴，1841 年赎身后经商。幼年的契诃夫帮助父亲站柜台。他的父亲以性情暴躁而出名，并笃信宗教，要他的孩子们无休止地唱诗、做祷告、到钟楼上去敲钟。要是孩子们违反了他的规定，就常常遭到鞭笞，所以契诃夫说："我在童年时代没享受过童年的快乐。"他在童年时代不但自己经受磨难，还看到别的和他处境相似的孩子在痛苦中煎熬。因此，他每每谈起孩子来就格外温柔。他倍感温柔之可贵，倍感亲切的、关怀的话语之可贵。对于契诃夫来说，想到孩子，想到孩子的培养教育问题，想到如何"使娃娃变得聪明伶俐"，都不是偶然的。在他的笔下经常出现孩子的形象，当然也不是偶然的。1887 年，一位文学家朋友致函契诃夫："您

---

① 詹姆斯·巴孔等：《老狐狸变鸭》，韦苇译编，海燕出版社，2021，第40页。

笔下的孩子没有不成功的。"契诃夫在他的生活和文学活动中牵挂着孩子，孩子同样地"在无意中牵挂着契诃夫"。据库普林回忆，契诃夫在雅尔塔的时候，有一个约4岁的小姑娘常到契诃夫那里玩，"在小不点儿女娃娃和年老、忧郁和多病的著名作家间，一种特殊的、正儿八经的、相互信赖的友谊形成了。他们并排在长廊的一条椅子上，一坐就是很久；安东·巴甫洛维奇全神贯注地听她说话……"

契诃夫专注地观察孩子，洞悉他们心灵世界的特点。正因为这样，契诃夫小说主人公中的孩子，譬如《草原》中的叶郭鲁什卡、《男孩子们》中的切切维津、《逃亡者》中的帕什卡、《凡卡》（1886）中的凡卡·茹科夫、《渴睡》（1888）中的华尔卡，给读者留下印象之深刻，并不亚于《三姊妹》中的奥莉佳、伊琳娜和玛霞，《带阁楼的房子》中的米秀斯。甚至契诃夫小说中的孩子形象纵然一晃而过，也能给读者留下一个不可磨灭的印象。

契诃夫本人是深深认识到文学和教育学的重要性的。这也是为什么他的作品里总是赞赏富有诗意的儿童世界，赞赏充满希望的未来的人们，抨击当时麻木的市侩阶层损害孩子们的心灵。契诃夫写《凡卡》时，一定是回想着他父亲小店里的那俩小店员，他曾仔细观察过那两个小伙计郁郁寡欢的生活和繁重的店务，所以他描写小凡卡时才如此情深意挚，这个背井离乡到鞋店里来做"学徒"的9岁男孩形象才如此动人心魄。《渴睡》也和《凡卡》一样是揭露幼弱无助的来自乡村的童工被残酷压榨的惨状的。契诃夫笔下的这类儿童形象为绥拉菲莫维奇和高尔基描写儿童生活开拓了一条新路子。

中篇动物故事《卡施唐卡》主要通过小狗卡施唐卡的眼睛观察和分析周围的世界，构思奇特别致。卡施唐卡的心理特征中夹有儿童的心理特征，这使小狗的形象带有儿童活泼可爱的稚气。作家赋予了小狗卡施唐卡和它的伙伴们以鲜明的拟人化个性：小狗贪玩、好奇；公鹅易兴奋、爱饶舌；雄猫吊儿郎当，满不在乎。对于卡施唐卡原来的主人，作品只通过他含混不清的语句和在行路过程中数次进入酒铺的细节，就把一个贪杯的木匠形象刻画得呼之欲出。出人意料的结局是契诃夫早期短篇小说的明显特点，这里除给小说增添了闹剧气氛外，也点出了小说的意蕴：即使对狗来说，精美的食物、新奇的环境也终究不如清贫却又充分自由的生活可贵。

《卡施唐卡》是一篇表现人道主义思想的、描写动物的典范之作。作品描写的是良善的人和温馨的爱。作者希望通过作品中的人物和人格化了的动物，在孩子身上培养和发展人道主义的这样一些品质：相互同情、真心实意、友爱互助。这在人与人之间以残酷野蛮为主要关系的社会环境中有特殊深刻的教化意义。他认为：对家畜的爱能给孩子以良好的影响。他曾写道："我有时觉得家畜素有的那种对主人的容忍、忠实、大度和真诚，对孩子所发生的肯定的影响，远比冗长的说教要强有力得多。"

《白脑门的狗》是一篇童话性小说。它通过一条贪玩、幼稚的白脑门的小狗贪图暖和钻进羊棚与母绵羊睡在一起，结果被饥饿的母狼叼走，进而又和3只小狼戏闹等有趣故事，写出了小狗贪玩、母狼多疑的个性特征，其内容耐人寻味。

柯罗连科的小说《地窖里的孩子们》

符拉吉米尔·柯罗连科（1853—1921）是19世纪后半期重要的语言艺术家和著名儿童文学作家。他的全部创作都在传播着人道主义。高尔基把他称为卓越的俄罗斯作家、政论家和社会活动家。

"人是可贵的，人的自由是可贵的，人应该在大地上得到他可能得到的幸福。""人是为幸福而被创造出来的，就如同鸟儿是为飞翔而被创造出来的一样。"柯罗连科这样写道。这是他诚挚的信念。他为这个信念奋斗了一生。

柯罗连科潜心研究了19世纪80年代的俄罗斯社会，他不但看到贫困，还洞察到了专制制度的内部矛盾。他把这个主题贯穿在《在下流社会里》这部中篇小说中。后来，这部作品发表在1885年的《俄罗斯沉思》杂志上。半年后应儿童杂志《泉》之约，作家以《地窖里的孩子们》为标题把这部中篇小说改写成了适于儿童阅读的、篇幅稍短的作品，发表在该杂志1886年第2期上。紧接着两家书局以两个版本同时出版，很快，这部压缩过的中篇小说赢得了读者特别是儿童读者的喜爱。对社会性的贫富悬殊现象，小说是通过具体形象来揭示的。饱食终日、悠闲自在的城市上流社会生活被作家用来映衬穷人的困苦。在饥饿和疾病的逼迫中沦为乞丐的孩子们甚至去偷窃。作家对这些无家可归的可怜孩子的深切同情，流溢在小说的字里行间。马露莎和瓦列克这两个小乞丐窝在随时可能倒塌的阴暗破败的墓穴里，他们的特征就是悲凉、病苦和贫穷。柯罗连科指明了这种贫富悬殊后，就带着鲜明的同情感来描写"下流社会"的每一个成员，诉说他们的不幸和苦难——他们本来也该完全享受人的爱和尊严的呀。在"下流社会"的人物中间，塑造得最有血有肉的是德布尔齐·得拉伯老爷。他以行乞为业，是个无家可归的老流浪汉，正因为如此，他也就无须依从任何人。柯罗连科把他写成了一个具有高尚胸襟的、知书识礼的、言论举止很有分寸的、才智出众的老爷（"教授"）。作者通过他来表现社会的不公正，他不讳言自己"说得坦率些，是偷东西的"，然而道德的优越感使他意识到他们比"上流社会"里的许多人要好得多，用德布尔齐的话来说，就是"胸膛里跳荡着一颗人的心总比胸膛里只有一块冷冰冰的石头要好啊"。

柯罗连科的非凡的写作技巧，表现在他对作为小说主人公的孩子心理的真实刻画上。作家忠实地写出了他们的好奇心，他们的乐观情绪和丰富的同情心。作家细致地描画了马露莎热爱大自然、渴望得到人情温暖的情感，刻画了她被沉重生活压碎的心。因为作者热爱儿童，对儿童心理很熟悉，所以能够生动地描绘出一个又一个精彩的场面。例如，在华西亚和瓦列克争吵起来准备斗架的场面里，读者会明显地感受到一种幽默的情趣；而在华西亚去向已经夭折的马露莎遗体告别的场面里，读者感受到的则是一种被渲染得很浓的悲剧气氛。

少年儿童所熟悉的柯罗连科的作品，还不限于《地窖里的孩子们》，中年级的少年都非常喜爱他十分抒情、感人至深的中篇小说《盲音乐家》。小说提出这样一个问题：什么是人生幸福？作品描述了一个先天盲少年，对他说来，光亮和色彩失去了存在的意义，幸福就谈不上了。细致的心理学家柯罗连科为他的少年主人公创造了一个触觉和音响、暗示和猜度的小天地。作家在盲少年的面前展开人间全部的深重苦难，让他知道祖国往昔英雄们的业绩。这使盲少年确信他个人的痛苦同全体人民的苦难相比，是微不足道的。小说以一次音乐会作结。在音乐会上，盲音乐家以自己英勇奋进的音乐叩动了人们的心弦，使沉思中的人民感到痛楚又不沉湎于痛楚。尽管音乐家因自幼失明并未看到生活的模样，但他的演奏映现了生活本身的丰富多彩。作品使读者悟透了这样一个真理：当一个人找到了一条通向生活、通向人民的桥梁，把自己的命运和人民、和祖国的命运紧密联系在一起的时候，他就能找到个人的幸福与生活的意义。

柯罗连科作为语言艺术大家，其作品受到高尔基的热情推崇。1910年，高尔基在致友人的信中谈到出版不久的《我们同时代人的故事》说："柯罗连科给我邮来他的回忆录①，我把这本绝妙好书读了一遍。我将来还要常常翻读它：我越来越喜欢这本书的严谨的风格，这种谦逊严谨的风格在我们熟知的当代文学里还不多见。它不自吹自擂，里头的字字句句都发自衷心。他的声音轻轻的，但是又柔和又沉厚，是真正的、人的声音。并且，每一页书里都可以感觉到一种智慧的、人的微笑，感觉到作者是深思熟虑过的，感觉到书中有一个饱经风霜的人的巨大灵魂在。太好了！"

马明-西比里亚克的林间题材小说和童话

马明－西比里亚克（1852—1912）是19世纪后半期在童话和短篇小说两方面都享有盛誉的杰出的俄罗斯作家，年轻时曾受车尔尼雪夫斯基革命民主主义思想的影响和达尔文、谢切诺夫等人的自然科学著作的影响。

马明－西比里亚克童年和青年时期在乌拉尔山区生活了34年。乌拉尔群山起伏、森林密布、山溪蜿蜒、河流湍急。在乌拉尔严酷而又壮丽的大自然怀抱里，他受到大自然熏陶的同时，目睹了此间农奴艰苦的劳动条件和贫困生活，看到了工厂主对工人的残酷压榨。所有这一切都在他的小说作品中得到人道主义的反映。

马明－西比里亚克的儿童文学遗产分为童话和小说两类，《小阿琳娜

---

① 指《我们同时代人的故事》——韦苇。

童话》是童话，主要目标读者是低幼孩子；《灰脖鸭》《猎人叶米利》《冰河旁的小屋》《富翁和叶列姆卡》《自由人亚式卡》《猎人》《守林人》《遥远的山村居民》等是小说。在后一类中，有刻画在乌拉尔大自然怀抱中生活的人物的短篇小说。这类地方色彩特别浓重的作品也是马明－西比里亚克的儿童文学代表作，在这类作品中，作家高度评价了朴实、忠诚和热爱家乡的品格。这些远离闹市而索居林中小屋的俄罗斯人都有一颗勇敢而善良的心，很能激发起读者对他们的爱，尤其是《猎人叶米利》。叶米利老爷爷为心爱的孩子去猎他日夜想得到的小鹿，为追寻黄色小鹿他在树林里兜了3天，可等到他接近小鹿要举枪打它时，一只母鹿用自己的身体引开猎人的目光，叶米利老爷爷被感动了，他从"保护小鹿的妈妈"联想到"格里苏克的母亲怎样用自己的身体从狼嘴里救下自己的孩子……"他没扣动扳机，反而"站起身来，吹了一声口哨——小动物快得像闪电般逃进灌木丛"。还有描写各种动物的短篇小说。这类小说发挥了作家长于描写动物的优势，凡出现在他笔下的动物都跃然纸上，例如《小天鹅》《小熊》《老麻雀》《不是我的事》《华西里·依凡诺维奇》等。这些作品中的动物多半被作家赋予了人性，显得既风趣又幽默。

马明－西比里亚克不但对大自然观察得惊人地细致，对各种动物的生活习性也十分熟悉，而且充满激情，语言丰富多彩，文体格外优美（人称"马明体"）。高尔基称赞他的书能"帮助少年读者了解并热爱俄罗斯人民和俄罗斯语言"。

库普林的《白毛狮子狗》

亚历山大·依凡诺维奇·库普林（1870—1938），自幼丧父，以军队生活经历为主，1894年后开始过流浪生活，一边流浪一边发表作品。1899年他认识了高尔基后，在高尔基的影响下写出不少优秀之作。库普林创作的特点是描写亲身经历过或切身感受过的现实生活，能鲜明生动地刻画出各种类型人物的音容笑貌。他以丰富而简洁的语言、细腻而清新的艺术表现手法，深刻揭示人物的心理活动。他的儿童题材作品中，以《儿童公园》、《在地层深处》、《白毛狮子狗》(又名《白哈巴狗》)、《奇妙的医生》最为著名。中篇《白毛狮子狗》写了一个勇敢善良的流浪儿的生活。他还写了一批非常有趣的动物故事，如《椋鸟》《大象泽姆波游乐记》《在动物园里》等，以《大象泽姆波游乐记》流传最广。其中，《白毛狮子狗》最能代表库普林善于在戏剧性很强的情节中表现人物性格的艺术特长。

　　库普林是19世纪和20世纪之交最有代表性的俄罗斯杰出现实主义小说家。他用令人赞叹的语言艺术表现对被侮辱和被损害的底层弱势人群的人道主义同情。这与他出生于贫寒家境中、曾在俄罗斯南部流浪、为了谋生糊口从事过多种职业、经常与引车卖浆者在一起有关。他以自己丰富的生活经历为素材写成的小说，引起列夫·托尔斯泰和契诃夫的注意，还成为高尔基的朋友。创作素材丰富和善于向文学大师学习，是库普林成为一个大作家的两大重要原因。读库普林的作品，读者眼前就会展现彼一时期俄罗斯社会广阔的生活和风貌。

　　《白毛狮子狗》写了两个人和一条狗。两个人，一个是杂耍老人，一个是与杂耍老人相依为命的孤儿；一条狗，是被老人视为生活依靠的看起来像一头狮子的白毛狗。他们是3个流浪伙伴。小说生动地活现了上流和下流两个迥然不同的生活世界。小说写出了两种完全不同的生命状态和人性状态。马丁大爷漂泊无定，衣食不保，然而，他穷困却不潦倒，卑贱却不失尊严，在小说中，他以他的善良、宽容、正直、高尚、傲岸的品格感动着我们。当上流社会的人们依仗金钱和势力要拿他的流浪伙伴白毛狮子狗去取乐的时候，他大声说出了他素有的信志：这世界上不是有钱就什么都可以买到的，比方说，他的狗朋友就是不能用来做交易的。不是说因为靠狗挣钱糊口，所以不能将它出卖，而是因为它是他和谢廖沙的爱犬，是在感情上不能割舍的一条畜生，他们打心底里爱着它。库普林这样写百万富翁的一个奴仆和拿狗进行杂耍并以此为生的马丁老大爷之间极富戏剧性的对话：

　　"……把狗给我吧——你给我狗，我给你钱，咱们成交。"

　　"痛——快！"马丁讥诮地拖着长音说，"就是我的狗一定得卖给你？"

"当然！当然卖给我！你还要什么？……给狗吧——这事就全完了。这买卖就不用证人了吧，咱们都是基督的信徒，都是君子，说话算数的……我们那个老爷本事可大呢。他是工程师，你准听说过，奥勃里扬尼诺夫先生，俄罗斯的铁路都是他修建的。百万富翁！……"

…………

"……要是你有一个最知心的朋友——是从小在一起长大的，你会因人家出个好价钱就出卖了他吗？"

"这怎么能比呢！"

"就可以这样比。你就这样告诉你的老爷去，告诉你那修铁路的工程师。"大爷提高了嗓门，"你就告诉他：世上不是所有的东西你想买，人家就愿意卖的。是这么回事儿！你最好也别抚摩、我的狗，这没有用。阿尔托，过来，我的狗儿子，我抚摩你！"[1]

在最后一章里，谢廖沙迎着险恶，不惜一切代价奋力解救白毛狮子狗的勇敢举动，就说明白毛狮子狗在他心目中的不可替代性和无价性。谢廖沙这个孩子的形象被放置到与权贵人家那个乖张的、变态的、诡谲的同龄人相比照中来描写，写出了谢廖沙知足、感恩的情怀，写出了他对大自然的赏爱和他心灵质地的美好。

《白毛狮子狗》在俄罗斯是一部修习母语时的必读书，这表明它在小说艺术和语言艺术方面的造诣是被公认的。

高尔基写于19世纪末的童话

马克西姆·高尔基（1868—1936）从19世纪末到20世纪初，为孩子写了或可为孩子利用的9篇童话：《燃烧的心》(《伊则吉尔老婆子》中的一段）、《鹰之歌》、《海燕之歌》、《晨歌》、《小麻雀》、《叶甫谢依卡的奇遇》、《茶炊》、《雅什卡》、《小傻瓜依凡》。其中《鹰之歌》《海燕之歌》《晨歌》用散文诗写成。

---

①亚·库普林等：《白毛狮子狗》，磊然等译，海燕出版社，2008，第92—94页。

《燃烧的心》写了一个可媲美于普罗米修斯的光彩逼人的唐珂形象，一个世纪以来都对人们起着鼓舞作用。唐珂所在的部族在黑暗的森林里濒临绝境，此时他毅然决然掏出自己的心，遂而燃而为火把，照彻黑暗而恐怖的森林，把绝望的部族从森林里带了出来，使部族成员终于摆脱恐怖和黑暗的威胁。唐珂高擎熠熠燃烧的心的身影，震撼和感染了一代又一代的读者。唐珂燃烧的心，被认为是象征着能驱散黑暗的光明、引领人们奔向自由的火炬、争取解放的号角。唐珂的心中饱蕴着为大众、为光明献身的英雄主义精神和激情，所以它能燃烧得比太阳还耀眼。这是高尔基 1895 年发表的《伊则吉尔老婆子》中伊则吉尔老婆子讲的两个民间传奇中的一个。这个童话证明高尔基是以一个浪漫主义者进入文学的。浪漫主义作家总是用倍加夸张的笔法、奇妙的描写、浓重的色彩来表现寄托着作家美学理想的形象、意象和愿景，外现作家心中强烈的情感，用以造成震撼读者灵魂的、摄人神魄的艺术效果，通过这种手段塑造出来的人物往往比用现实主义手段塑造的人物更鲜明、突出，容易给读者留下深刻的印象。

　　要是说《燃烧的心》不是专为孩子创作的话，那么童话散文诗《晨歌》则是专为儿童而作。

　　海浪高耸着白色的头颅，向太阳深深致敬……

　　"啊！欢迎您，至高无上的太阳！"

　　"你们好啊！"太阳从海面升起，向大地问候，"你们好啊，海浪！不过你们已经玩闹了一个晚上，现在静下来吧。你们要是总蹦得那么高，孩子们就不好来游水了！大地的一切都应该方便孩子，是吗？"

　　《小麻雀》以欢快、谐趣的笔触写了一只黄嘴小麻雀，它刚能睁眼就对世界上的一切大发议论，"要是树枝不摇动，风就不会吹了"。它认为所有动物都得有翅膀，人没翅膀，那一定是因为他们的翅膀都叫猫叼吃了。这篇童话虽短小，读着却有趣，还耐人寻味。通过这篇短童话，作家启示人们，敢发表议论不一定不好，但议论必须建立在阅历广泛、经验丰富的基础之上。《叶甫谢依卡的奇遇》写了一个钓鱼的男孩叶甫谢依卡梦见海底世界的故事。作者以鱼的视角来看男孩，看出男孩竟是"两条尾巴""没有鳞"的怪物，在鱼的眼中，人丑陋得像章鱼；而通过叶甫谢依卡的眼，作者将海星、龙虾、海葵、海百合、海龟、海参、乌贼、水母等，一一呈现在读者面前，作品在妙趣横生的描述中介绍了海底世界。

第四章　19 世纪欧美儿童小说

第一节　19 世纪后半期欧美普及率最高的中长篇儿童小说

19世纪后半叶欧美儿童小说概述

　　浪漫主义文学思潮使隐在的神奇、荒诞的神话传说及民间故事，成为文坛普遍关注的显在的现象。浪漫主义文艺思潮在无形中、无意中推动并加速了作为儿童文学重要文体的童话的发展。童话文体的确立就开端于崇尚想象、幻想的浪漫主义文艺思潮。而儿童小说成为儿童文学的主要文类，成为 19 世纪儿童文学最强有力的支撑，从而使儿童文学得以理直气壮地自立文学门户，则又是得大力于、得大益于 19 世纪现实主义的文艺热潮涌动，这一热潮使儿童文学有足够的骨血独立行走。

　　19 世纪的开头一段是浪漫主义占上风，末尾一段是象征主义开始渐成气候，中间多个年代的文学主潮则是现实主义。19 世纪是司汤达、巴尔扎克、福楼拜、都德、莫泊桑、左拉的世纪，是列夫·托尔斯泰、陀思妥耶夫斯基、契诃夫的世纪，是狄更斯、萨克雷的世纪，是奥利弗·温德尔·霍姆斯（美国作家，1809—1894）、易卜生的世纪——19 世纪是现实主义小说的世纪。现实主义明显具有国际性特征，它先是兴起于法、英、俄、德，之后遍及欧洲各国乃至北美地区。它在工业勃兴的英国、急剧动荡中的法国、封建分裂的德国、农奴制的俄罗斯，几乎同时繁荣起来。

现实主义作家们对现实生活怀有前所未见的创作真诚。这种真诚表现为对待现实生活的热情、感情倾向、执着追求、全身心投入，甚至表现为对生活细部描写的准确性。在现实生活面前，作家有一种非说不可、非写不可、非表达不可的激情。现实主义作家把关注的目光投向社会底层，给穷巷陋室里的小人物以深切的同情。现实主义解放了文学，延展了文学发展的广阔道路。作家赢得了文学题材选择的充分自由。题材的自由和解放推动了文学体裁和风格的多样化，长篇小说、中篇小说、短篇小说都确立了自己的现代形式，文学叙事性、抒情性和讽喻性，随作家之所好；长于情节铺陈，长于心理刻画，长于揭示社会问题，长于家庭情爱史描写，长于历史故事描写，长于风习描写，长于个人传记描写，都有作家任意恣情发挥的宽广空间。19世纪现实主义文学的丰富多样铺垫出了19世纪儿童叙事文学的丰富多样。于是，一大批文学才子，如狄更斯、亨利·哈格德、詹姆斯·格林伍德、托尔斯泰、契诃夫、柯罗连科、马明–西比里亚克、斯塔纽科维奇、都德、埃克多·马洛、埃迪蒙托·德·亚米契斯、约翰娜·施比丽、亨利克·显克维奇、波莱斯拉夫·普鲁斯、柯诺普尼茨卡、库内蒂茨卡、布勒特·哈特、马克·吐温等，都为儿童文学宝库留下了具有瑰宝价值的珍品。

不过，现实主义和浪漫主义两类文学不完全是此长彼消、此兴彼衰的关系，更不是兴替关系。即使在儿童文学史中，也可见浪漫主义作为一种艺术思维类型，不同程度地存在于19世纪中期小说作家的创作中。譬如华盛顿·欧文的作品和斯蒂文森的作品，就其题材、情调、创作路数来说，就明显倾向于浪漫主义。

马洛的《苦儿流浪记》

法国19世纪后半个世纪里，皮埃尔·儒勒·赫泽尔和他的朋友让·马塞于1864年创办的《教育与娱乐杂志》（1864—1906）发行最广。杂志分"教育"与"娱乐"两大栏，为"娱乐"栏撰稿的有儒勒·凡尔纳（凡尔纳与赫泽尔的出版合同规定20年内凡尔纳每年向赫泽尔提供两部书稿）、埃克多·马洛、安德烈·洛里、欧内斯特·勒·古韦、儒勒·桑多等法国作家，以及狄更斯等其他国家的作家。

埃克多·马洛（1830—1907）是法国19世纪后半期全心全意向儿童奉献作品的才华卓荦的作家之一，是因发展并提高了当时的情节剧小说地位而载入法国近代文学史册的作家之一，是法国"苦难童年小说"和"秘史小说"的代表性作家之一，是当时声誉隆盛的刊物《教育与娱乐杂志》的主要撰稿人之一。

埃克多·马洛

马洛的《罗曼·卡尔布里斯历险记》在儿童文学领域获得成功后，赫泽尔又约请马洛再为孩子写一部小孩游历法兰西的小说，把地理风光和各行各业的人都组织到小说里去。很不幸，马洛写成的手稿因巴黎失陷于普鲁士之手而无从寻找，现在所见的儿童长篇小说《无家可归》（又译《苦儿流浪记》，1878）是他的重写稿，却仍带有教导和知识介绍性质：介绍法兰西地理、煤矿和矿工生活等。

马洛的作品中家喻户晓的是这部《苦儿流浪记》。这部作品被译成世界上主要的文字，一再重版，被法国和其他国家的艺术家搬上银幕，从而成了世界儿童共同的精神财富。

马洛是公证人的儿子，就读于里昂，后在巴黎接受正规的法律教育，继而在一家公证人事务所工作。但他的兴趣不在法律上，而在文学和音乐评论上，他30岁开始创作小说，成为现实主义流派作家中浪漫主义色彩较强的作家，当时被誉为"巴尔扎克的学生和继承者"。

《苦儿流浪记》写成于法国工业化起飞前夕。马洛笔下出现的农村破败、工人们劳动条件恶劣、童工数量剧增和在法律允许下对童工的剥削，都符合当时的历史真实。其主人公小雷米因父母的贪婪和残忍而被弃于街头，后来跟随唱猴戏的意大利老头维塔利斯到处卖艺，最后又到煤矿做童工。作家用弃儿小雷米的足迹勾画出了一个贯穿法国南北的、满目苍凉的现实大场景，让维塔利斯和他的猴戏班子、阿根老爹和他的一家子、加斯巴尔大叔和他的推车工在画着具有真实时代特征图像的宽阔布景前，上演了一档档时而催人泪下、时而让人破涕为笑的传奇性节目。

马洛不是长于人物心理描绘的作家，甚至也不多能做艺术概括，而是描述一个一个的事例，在这众多的事例中揭示当时法国处于社会底层的人们生活毫无保障：小雷米的养父石匠巴尔巴仑受伤致残后就成了叫花子；艺人维塔利斯无故被监禁。小雷米开始过流浪生涯时还纯粹是个孩子，他向往而不可得的是安稳的家庭生活，他感激善待他的人们——这样可亲可爱的人小说中写了不少。有关小雷米的许多看着有趣的情节，对小雷米来说其实是一种难言的隐痛，譬如穿上猴戏班子艺人的古怪戏装，那一场场巧妙的表演，教动物做滑稽动作，同它们相依为命，等等。这些情节使作品具有一种温暖感，而细细品嚼又不免味带辛酸。

维塔利斯是小说中刻画得最成功的形象。他曾经是蜚声意大利声乐舞台的歌手。虽然他的遭遇很悲惨，但是他坚持着高尚的道德观，他作为一个精神上不容玷污、不受凌辱的强者，站立在读者眼前。

由于弃儿小雷米的命运构成了磁石般的悬念，由于小说的传奇性，由于一场接一场狗、猴的表演带来的欢娱趣味，由于语言的幽默感，这部作家为自己的小女儿露西而写的（“我的孩子，当我写这本书的时候，我常常想到你，你的名字无时不在我唇边回荡。”——小说题献）小说迄今仍为世界少年所喜爱。只不过小说原本不是专意为儿童而写的，体量过大，不适宜儿童阅读，所以对小说做缩写出版就成了世界通行的做法。

亚米契斯的《心》

19 世纪意大利为培养“好公民”而创作的德·亚米契斯（1846—1908）的《心》（又译《爱的教育》，1886），与《木偶奇遇记》大异其趣，却在同一时代、历史背景下表现了与《木偶奇遇记》颇相近似的题旨。

在亚米契斯的少年时代，意大利抗击外族侵略、争取民族独立和解放的运动正风起云涌。他于莫德纳军事学校毕业后，参加过 1866 年意大利抵御奥地利入侵者的民族解放战争，退役后担任军事刊物的编辑。1870年意大利统一后，亚米契斯从事教育事业，创作以爱国主义精神和博爱思想反映教育事业的作品。而其代表性最强、流传最广的是《心》（1886，夏丐尊先生"五四"时期译入时首用《爱的教育》，后一直被沿用）。他认为他的这些教育题材的作品对民族团结和社会进步起了巨大的作用。就对意大利年轻人进行道德教育、利他教育而论，就体现民主主义和人道主义思想而论，就描写之细腻、感情之深沉、故事之生动而论，《心》都是他不朽的代表作。

《心》以一个三年级学生恩利科写日记的形式，以一个生活富裕的知识分子家庭的少年的眼睛和感受来反映中下层人民的贫困生活，讴歌劳动人民淳厚、朴实、友爱的品德，唤起读众来提倡博爱精神，以使上层阶级同情、悯恤被压迫者和贫弱者，实现各阶级的感情融和、平等相处。从这样一个写作目的出发，作家笔下的少年恩利科和他的同学们所做的一切，作家"通过心"向主人公、向读者喻示的一切，作家透过人类感情的三棱镜所反映的一切，都是为了撼动孩子的灵魂。

小恩利科就学的那个班是社会的缩影：学生们从意大利各地方来，这里有富人的孩子，有知识分子的孩子，有手工业者和商人的孩子，有工人和穷寡妇的孩子。不难看出，采煤工的儿子心灵高尚，劳动者家庭的男孩天生英勇无畏，而达官贵人的儿子则目空一切，鄙视劳动。小说描画着生动而现实的童年世界，写学生们的欢乐、烦恼和过失。正是在这样一个儿童集体中，孩子们自然地养成诚实的习惯，懂得同窗之谊、爱国主义、英雄主义的意涵。作家曾不止一次指出知识分子熟悉人民生活对于统一的意大利的民族命运有多么重要。"工人们用鲜血解放了我们的祖国，"恩利科的父亲说，"在社会上也像在军队里一样，士兵的高尚并不亚于军官。"

亚米契斯小说中对统一后的意大利资产阶级社会的协调发展所抱的希望是过分乐观了。他由衷相信各阶级的人能"心心相连"，能建立起一个比被财产和等级分割的社会强大得多的真诚的人类大同盟，正是这种理念化的主题给作品带来明显的缺陷：粉饰矛盾，不必要的感伤；小说中生硬地插入了恩利科母亲和姐姐的训诫性说教。而有时作家又离开同情贫弱者的立场，用慈善事业和对穷人恩赐的腔调进行叙述。然而，尽管亚米契斯的作品存在这样那样的意念、思理瑕疵，叙事语言也不见得超拔于当时的欧洲文学，但它在世界儿童文学史上仍保持着不可动摇的崇高地位，尤其是小说中的"洛马格那的血""伦巴底的少年侦察员""萨丁岛的少年鼓手""帕多瓦的少年爱国者""劳动者的负伤""佛罗伦萨的小抄写匠""在病父身边""从亚平宁山脉到安第斯山脉""小石匠""欢乐的聚会""我父亲的老师等篇章。"在病父身边"写乡下少年西西路步行 30 里路去医院探望生病的父亲，后来发现他辛勤护理的老人并不是自己的生父，他不但毫无怨言，还要求留下继续照料老人，直到老人弃世。

亚米契斯的小说高尚的感动力在于培养年轻一代，使之具有文明人的心态。作家为祖国真诚服务的心愿使他看到，为了扫除贫困、愚昧和罪恶造成的黑暗，需得花费多大的气力啊。《心》的民主主义和献身社会的精神同后来所推行的法西斯很不相容。法西斯制度加剧了意大利的贫困、愚昧和罪恶，所以法西斯对于《心》公开表示敌意是毫不足怪的。然而意大利学校的教师们依然号召学生阅读它，它在学生心目中的地位依然高于当局钦定的教科书。

施比丽的《海蒂》

瑞士真正够得上称为文学作品并被译传到国外的，是 19 世纪上半期的《瑞士家庭的鲁滨孙》（1812—1813）和 19 世纪下半期的《海蒂》（1880—1881）。不过后者的流传要广泛得多。

约翰娜·施比丽（1827—1901）的小说《海蒂》是一部有口皆碑的世界名著。有的儿童文学研究者因阅读时被作品中的人物故事深深感动，而不惜以"屹立于世界文学之巅的女作家"这样不无夸张意味的说法来称赞施比丽。这位苏黎世乡村医生的女儿，确实是瑞士人民的光荣和骄傲。秀丽如画的阿尔卑斯山自然环境陶冶了她善良的心地，锦绣明媚的山景水色孕育了她美丽的童心。涌泄自这样一颗心灵的作品，其感染力和震撼力之强大可想而知。

小说以阿尔卑斯高原的牧区、瑞士一个小山村为背景，描写了女孩子海蒂在瑞士山区安乐的生活。在阿尔卑斯山的山峦间她这个生长在城市的女孩改变了孤僻忧郁的性格，与一个叫彼得的放羊娃结成了好朋友，一起到山岗上放羊。她与阿尔卑斯群山的一草一木结下了深厚的感情。

天空是湛蓝的，太阳照着青翠的山峦。到处是鲜花：纤细的樱草花，蔚蓝的龙胆草花和金黄的野玫瑰在太阳光里点首招呼。海蒂迷醉得几乎连彼得和羊群都忘记了。她离开山路，远远地跑去，因为整个大地是一片缤纷的彩色，四面八方都引诱着她。[①]

小海蒂天天同彼得一同去牧羊，她爱躺在花丛中，放纵地呼吸带着野花清香的新鲜空气，仿佛自己的整个身心都在花丛中融化了。不料，小海蒂突然被送到法兰克福的一个有钱人薛斯曼家里，在此陪伴薛斯曼家不能走路的女儿克拉娜。海蒂的到来，使这个家庭充满了生机。然而薛斯曼家优裕的生活并不能丝毫冲淡海蒂对阿尔卑斯山的思念。她怀念往日在群山间自由畅快的生活。在"思乡病"的煎熬下，她变得苍白消瘦，还得了梦游症，薛斯曼只得将她送回大自然的怀抱。海蒂于是又像鱼儿回到了大海，身心又健康快乐起来。小说里，海蒂和她的性情孤僻的爷爷的故事、她和克拉娜的故事以及她跟牧羊童彼得的故事，件件桩桩都很能叩动读者的心弦。作品的成功显然得益于女作家特别善于体察儿童心理的特长。因此，小说所串联的细节都非常动人，例如海蒂为了亲自体会一下瞎眼老奶奶失明的苦楚，她竟闭上眼睛学着摸索；她人在法兰克福，心却总想着阿尔卑斯山的人们，悄悄背着积聚的薛斯曼家人吃剩的面包卷，准备回乡时带给瞎眼老奶奶；等等。

《海蒂》是施比丽为自己的小儿子阅读而写的自传色彩很重的小说，分两部分出版，1880 年出版的部分谓《海蒂的学习和漫游时期》，1881 年出版的部分谓《海蒂可以学以致用》。

《海蒂》在英语国家是一部必读书。小说描写到的山水后来遂成旅游者所向往的地方。

施比丽创作这部小说的初意在于说明贫困是上帝安排的，人们只有顺

---

① 张美妮、李知光主编《世界儿童小说名著文库 3》，新蕾出版社，1992，第243页。

从天命才能过满意的生活。但由于女作家在作品的字里行间倾注了她对瑞士的满腔热爱之情,倾注了她对得不到人们理解的孤儿们的深厚同情和爱,读者已不在乎作者原来的寓涵之意了。

儒勒·凡尔纳的科学幻想历险小说

科学幻想小说在法国 19 世纪儿童文学中是成就最显著的文学体式。儒勒·凡尔纳(1828—1905)的小说对法国少年的诱惑力,可同狄更斯的小说对英国少年的诱惑力相提并论。

号称"法国幻想小说之父"的儒勒·凡尔纳,以他百科全书式的(包括天文、地理、物理、化学、生

儒勒·凡尔纳

物、地质诸学科的重要新成果)近百部科学幻想小说为儿童文学同时也为成人文学确立了一个新品种。他的作品在当时和以后直至现在都以其新颖独特的表现方式、人道主义和民主主义吸引着各种年龄层次、各种职业的读者。儒勒·凡尔纳的灵感和科学假说因不断被新的科学发现和发明所证实而受到科学家们的赞赏,因用神奇的笔触栩栩如生地描画了未来世界的蓝图,赞美了人类不屈不挠的奋斗精神,歌颂了科学技术创造的人间奇迹,而受到法国作家夏多布里昂、纪尧姆·阿波利奈尔,俄罗斯作家列夫·托尔斯泰以及中国文豪鲁迅的高度评价。文学评论界甚至说:"如果说巴尔扎克头脑里装着一个社会的话,凡尔纳给我们的却是整个宇宙。"

儒勒·凡尔纳只是从 19 世纪后半期迅猛发展的科技工业中获得文学创作的启示。他的充满诗意的形象却来自他超前的科学想象。他所创造的形象不仅显示着他学识的渊博和他卓异的幻想才能,而且显示着他对人类创造力的深信不疑。凡尔纳作品中那些既是幻想的又是现实的人物和事件,因其科学想象的超前性而变得生机蓬勃。

儒勒·凡尔纳渊博的学识、卓异的幻想才能、对人类创造力的确信都不是偶然的。1850 年前后,他一门心思泡在国家图书馆里,系统地研究了地理、数学、物理、化学的种种科学新发现,积累了大量资料卡片;还结识了许多学者、工程师、发明家，从各种专家朋友那里汲取了知识；出席各种学术辩论会、科学报告会。凡尔纳还利用自备的帆艇游历了法国海岸；后来他有了大快艇，就驾着它驶出地中海，到北海和波罗的海漂游，还到过大西洋；乘上"格兰特—伊斯台仑"海轮到了美洲，见识了异域人的生活、劳动和社会关系。上述方面都为他后来的小说创作的成功准备了条件。

也就在19世纪50年代，他利用当时空气浮力研究的新成果、北极考察团的报告、南美诸国历史、地理著作，于1862年写成了长篇小说《气球上的五星期》。在先后找了15家出版商都遭到拒绝后，他一气之下将书稿投进了炉火，他的妻子将书稿从炉火中抢出，劝他再试一次。最后是慧眼独具的出版家赫泽尔看中了这个无名作者的作品，于该年12月将该作品出版，并与这位崛起的新作家订立了为期20年的出版合同。《气球上的五星期》出版后成了畅销书，随之被译成多种文字，于是儒勒·凡尔纳在鹊起的声誉中成了名扬欧洲的作家。1864年3月21日，凡尔纳的另一部名作《哈特拉斯船长历险记》在《教育与娱乐杂志》的创刊号开始连载。同年，《地心游记》一书问世。接着，1865年，《从地球到月球》（本书标有耐人寻味的副标题：97小时20分钟的直达行程）面世。这部小说被素来严肃的《论战报》连载，该报继之又连载了凡尔纳的新作《在月亮周围》（又译作《环绕月球》）。《论战报》的读者中的那些对天文学并无兴趣的人，也被作家的创作激情所打动。

儒勒·凡尔纳的读者包括两类人：一类是少年读者，他们热衷于凡尔纳的小说，使《教育与娱乐杂志》得以扩大发行；另一类是对凡尔纳的科学"游戏"感兴趣的人，如物理学家、天文学家儒勒·让桑，数学家约瑟夫·伯特朗对《从地球到月球》一书的数据进行了核算，据说"炮弹车厢"飞行的抛物线还惊人地精确。

儒勒·凡尔纳在他的作品中注入了巴黎歌剧院大街街头的轻松气氛。他的这种轻松笔调给他的作品增添了快乐和奇幻的光彩。儒勒·凡尔纳是个喜欢与朋友在一起的乐天派。他的成功就得力于他这种乐天而诙谐、活泼而得体的风格，和那极为丰富多彩的想象。他的作品同他的为人一样：真挚诚恳、宽宏大度，并略带调侃。

人们在少年时代开始读凡尔纳的作品，把他当作亲如手足的带路人，未知世界的开拓者；成年后虽感到他的作品稍许有点过时，但仍不失为一个口若悬河、想象丰富、判断迅速、诚实可信、睿智幽默、不知疲倦的讲故事的好把式。了解这些也就不难理解他的作品百余年来一直受人喜爱的原因了。在巴尔扎克、狄更斯、大仲马、列夫·托尔斯泰、陀思妥耶夫斯基、屠格涅夫、福楼拜、司汤达、乔治·艾略特、左拉等天才辈出的"小说纪"中，儒勒·凡尔纳这个魅力无穷的魔法师、这个预知科学的通灵者，以别具一格、独树一帜的创作特色占据着自己的文学地位。

儒勒·凡尔纳把自己的作品称为"科学小说"。我们不妨更准确些称它们为"人和科学的小说"。不言而喻，凡尔纳小说的中心形象是人——探求新知和揭开大自然奥秘的人。其间又有种种差别：有的主人公是被一种模糊不清的庄严的科学猜想所招引；有的主人公因失误而痛心疾首；有的主人公意识到人的强大不仅在于能够掌握大自然的奥秘，还在于能够利用它们来为人类谋取福利。在凡尔纳的作品中，主人公们的崇高感情，科学认知过程的诗意表达，争取成功的高度热情，对人类探索的无限可能性的坚定信念——正是这些力量，无不在牵引着读者。

影响凡尔纳的创作才华成熟的，一是他研究了圣-西门的乌托邦社会主义；二是当时科技的飞速进步；三是1848年2月法国人民推翻七月王朝统治的资产阶级民主革命，1870年至1871年普鲁士和法国两国统治集团为争夺欧洲霸权而发动的王朝战争等历史事件。这可以从凡尔纳卓越的三部曲《格兰特船长的儿女们》（1868）、《海底两万里》（1870）和《神秘岛》（1875）的创作思想和创作方法上看得分明。

总名为《奇异旅行》的凡尔纳的系列小说是以人相贯穿的，即这样的一些人：他们品格高尚，热爱自由，知识广博（他们借此创造奇迹）。有一些人物在多部作品中出现，如尼摩、艾尔顿、罗伯特·格兰特，他们从一部小说走入另一部小说，形象一部比一部深刻，情节一部比一部尖锐。

凡尔纳的小说写了许多青少年。他们在成年人的影响下成长并坚强起来。《格兰特船长的儿女们》中的罗伯特·格兰特就是这样一个少年，他为大人们分担不少旅途中所碰到的困难。读者在《神秘岛》中再度见到罗伯特·格兰特的时候，他已经是个年轻、勇敢的船长了。盖尔别尔特也是这样的少年，他对自然知识的迷恋、他的善于思索和英勇无畏，不止一次在艰难时刻帮助了神秘岛的英雄们。蒂克·森德这个15岁的船长（《十五岁的船长》，(1878)也是这样的少年，他被客观形势所迫，担负起指挥一条船的重任。凡尔纳在《两年假期》(1888)的序文中写道："在《十五岁的船长》中，我试图表明：在与险难搏斗中，一个少年不得不负起和他年纪不相称的责任的时候，他能变得多么有才智，多么有胆识。"从小说刻画出了一位谦逊、果敢、临危不惧且充满智慧的少年形象，向少年读者提示人与人、人与大海应该和谐相处这个意义上说，儿童文学史有理由更重视这部小说。

儒勒·凡尔纳的作品有不少浪漫主义成分，譬如他作品中的人物就都活跃在富有浪漫色彩的英雄事业的世界里，处于无休止的历险生涯之中。然而儒勒·凡尔纳历险的浪漫生涯和科学幻想归根结底都是建立在当时现实生活经验之上的，并且作品的可信性正在于作品是依准实际的客观规律而创作的。儒勒·凡尔纳作品中主人公们大胆的科学探险计划几乎都以这样那样的方式实现了，有的甚至同后来的科学发现和发明十分相似，这绝不是一种偶然现象。

儒勒·凡尔纳的科幻历险小说是一个奇异、真实而又亲切的世界，它始终向想象开放着，鼓舞着少年们也像他一样一丝不苟地、坚忍不拔地向未知领域探索。

儒勒·列纳尔的散文体小说《胡萝卜须》

法国19世纪的儿童文学名著，继都德的《最后一课》及《柏林之围》、莫泊桑的《西蒙的爸爸》、马洛的《苦儿流浪记》之后，出现了一部文字格调非常独特的《胡萝卜须》(1894)。它的作者是在散文史上具有崇高地位的儒勒·列纳尔（1864—1910）。这部名著不但在世界各国被作为文学经典出版，而且被改成了剧本，并被拍成了电影。作为一部散文体小说，它在19世纪的小说中是一个具有现代主义色彩的异类文本，它的探索性是一目了然的，在儿童文学史上则更是一个前所未见的、别具一格的文学现象。

《胡萝卜须》的内容在相当程度上与作者的成长经历是重合的。因为父母偏爱哥哥姐姐，儒勒·列纳尔经常被性格粗暴的父亲和乖戾严苛的母亲不公平对待，被体罚被扇耳光是家常便饭，所以他早早就离开了父母，在巴黎求学也在巴黎谋生，从事过铁路职员、家庭教师等多种职业。专事文学创作后，他除把他童年在故乡马建河畔的景物和农村生活写成《葡萄园里种葡萄的人》《自然纪事》等文学素描外，还把童年生活经历写成小说《胡萝卜须》。

这部小说以他童年时代的乡村生活为背景展开。通过"鸡""山鹑""做梦的狗"等49个篇章，写绰号为"胡萝卜须"（因为男孩长得一头褐红头发和一脸雀斑）的十来岁的男孩的故事。爸爸、妈妈、哥哥、姐姐都不喜欢他，拿他出气，冷言冷语挖苦他、欺负他；胡萝卜须常常被吓得丧魂失魄。在毫无温暖可言的家庭里，他受到的待遇无非是母亲的歧视和虐待。他的妈妈甚至以捉弄他来取乐。全家把最不愿意做的事交给他：半夜，鸡棚的门忘关了，哥哥姐姐都声称害怕，又都假意恭维胡萝卜须最勇敢，被奉承迷糊的他只好冒充好汉硬着头皮去关鸡棚，回来后母亲就用平静的口吻要求他每天都去关鸡棚的门；爸爸打猎回来，把猎物一丢，就没事了，哥哥负责给猎物登记造册，姐姐负责给猎物拔毛，而倒霉的他则要负责把没死的猎物给弄断命，当他壮着胆子下手把猎物杀死时，一家人又都骂他是刽子手，说他残忍。精神上长期处于痛苦和压抑的胡萝卜须吐诉无门、欲哭无泪，发出"可惜不是人人都会当孤儿"的慨叹，甚至被逼走上了自杀的绝路。在这样反常的生活环境里，他的心灵被扭曲已属可想而知。于是他对周围的世界产生了强烈的妒忌、憎恶和仇恨，遂而逐渐站到了社会的对立面，他因此做出许多可笑又荒唐的事情。但是，渐渐长大了的萝卜须，上学之后终于开始反抗。当他认定要反抗的当儿，他的双眼发出锐利得像红色尖刀般灼热的目光，弄得一贯虐待他的母亲一时惊诧莫名，手足无措，竟忘了揍他。历经万千艰辛，胡萝卜须终于学会了独立。

这是一部用同一主人公的心灵经验项链般穿起来的小说，它实际上是一篇篇田园诗式的散文，是一部描写一个男孩在一个无爱家庭里的成长史，字里行间虽洋溢着怨愤和凄婉，叙事却不乏幽默韵味，既能让人笑，也能让人哭。

儒勒·列纳尔的行文风格是犀利、精致、紧凑、凝练，他把自己细致入微的观察所得用准确有力的文字表现出来。他反对粉饰、夸张和斧凿，主张多用白描手法刻绘人物形神。他讨厌冗长拖沓冗赘、叫人摸不着头脑的长句。他自白，他的作品风格是一种现代意味的拉勃吕耶风格，而拉勃吕耶就意味着文笔的简洁、干净和朴素。

这部书滋养了几代名家的精神气质，是每个人成长中的必读经典。

儒勒·列纳尔因《自然纪事》和《胡萝卜须》等数量并不多的作品享誉欧美而于 1907 年入选龚古尔文学院。

第二节　19 世纪后半期生命力强韧的欧美短篇儿童小说

都德的《最后一课》

阿尔丰斯·都德（1840—1897）是 19 世纪后半期的现实主义作家。受英国作家狄更斯的影响，他关注法国的苦难儿童，并将他们的生活反映在自己的创作中。他 1866 年出版的短篇集《磨坊文札》中因描写了法兰西的南部风光和生活习俗而在欧洲赢得了很高的文学声誉。文集中的《塞甘的山羊》是儿童文学名作。《最后一课》是他投笔从戎参加 1870 年爆发的普法战争（普鲁士和法国统治阶级为争夺欧洲霸权而爆发的战争）后出版的短篇小说集《星期一的故事》（1873）中的一篇，它和另一篇《柏林之围》因把爱国主义题材表现得意涵深刻、风格独到而成为脍炙人口的传世名篇。他用谐趣、朴素、恬淡的语言描写了一所小学的师生在最后一堂法文课向祖国语言告别的情状和心情，集中典型地表现了法兰西人民失去祖国的无限沉痛的感情和在异国统治下的精神痛苦，而这悲惨的事件又是通过一个无知顽童还带稚气的语言叙述出来的，这最后一课甚至也使这个顽童在精神上受到剧烈的震动，并由懵懂而觉醒，这就更加强了小说撼人心魄的力量，同时读来又觉得非常亲切。

这样一个大事件、大题材、大主题竟被都德浓缩到了一堂母语课上，浓缩到了一个叫小弗朗茨的小学生在听法语老师上最后一堂课时的眼光、口气、神情、动作、语言上，其构思之经济让人为之深深折服。小说最成功的是，小弗朗茨这个顽童被写得十分到位。小说写到小弗朗茨在这样的氛围中仍挡不住飞进课堂的金甲虫和在学校屋顶上一群鸽子的诱惑，然而小弗朗茨在倾听鸽子咕咕鸣叫时却在心里自问："那些人该不会强迫这些鸽子也用德语唱歌吧？！"小说在高昂、悲壮的气氛中结束。因此，小说的题材是悲剧性的，而作品总体格调却并不是沉郁的——这样的作品才适合孩子阅读，这也正是它成为各国小学教材中保留课文的原因。

据史料查证，《最后一课》故事发生地本属普鲁士地界。但都德的这篇心灵震撼力极强的小说已经深入人心，且艺术生命本身具有独立的意义。

显克维奇的《音乐迷扬科》

亨利克·显克维奇（1846—1916）是波兰成就卓著的批判现实主义小说家。19世纪的波兰被异国占领者剥夺了自由，流浪在国外和留在国内的波兰人生活都很痛苦。作为一个批判现实主义作家，显克维奇在其作品中表现对民族压迫的抗议是很自然的。他的短篇小说《为了面包》《奥尔索》《灯塔看守人》《音乐迷扬科》常被各国收作课文，所表现的正是波兰人移居国外生活的悲惨境遇。

《音乐迷扬科》（1879）是一个洋溢哀伤诗情的短篇小说。扬科是个病弱的乡村男孩，只有10岁。这个看起来非常迟钝、说话时喜欢把一个手指放进嘴里的扬科钟爱的唯有音乐。在他的感觉里，仿佛一切都在歌唱，整个树林都在歌唱。后来，他抑制不住一把漂亮的小提琴对他的强烈诱惑，就偷偷跑进了地主老爷的屋里去细看那件精致的乐器，结果横遭毒打而不幸惨死在对音乐的痴迷中。这样一个孩子，要是他有幸生活在艺术家荟萃的意大利，那么他的天赋才能将得到保护和激扬。现在，一个有艺术天赋的孩子毁灭于愚莽之中了，只有白杨树在扬科的坟上簌簌地响着……显克维奇擅长对祖国语言奥妙的熟练把握和对主人公心理的深刻揭示。这篇小说不以故事情节曲折取胜，它在简朴的抒情描写中创造了一种诗性魅力，一种摇撼读者灵魂的感染力。

库内蒂茨卡的《鹅》

博泽娜·库内蒂茨卡是19世纪末捷克以创作儿童文学而闻名的女作家。她善于描写儿童生活和儿童心理，笔调细腻，风格清新。在短篇小说《鹅》里，作者为我们展示了19世纪捷克农村生活中的一幅阴暗的图画，对贫苦农人的悲惨生活做了淋漓尽致的描绘，并寄予了满腔的同情。作者把老奶奶形象刻画得细致入微，老奶奶对3只老鹅的感情流露极为真切动人："3只鹅在池塘里怡然自得地游着水，宛如一朵朵大睡莲。""当鹅们在空地上消失时，仿佛小小村子里的一朵朵白花像含羞草那样合上了。"3只老鹅同老奶奶相依为命，为了从地主手里赎回被抢走的鹅，她竟顾不上重病在摇篮里的外孙女路易丝，使路易丝在无人照料的情况下默默死去。太阳落山了，老奶奶瞅着外孙女青灰色的脸蛋和紧闭着的发青的嘴唇，她心痛欲裂，在摇篮边跪了下来。"她轻声对站在身边像3团白色火焰的鹅儿说：'我的鹅儿，路易丝死了。现在咱们该怎么办呢？'"煤油灯昏黄的灯光在摇曳着，问号留给了读者以无尽凄凉的想象。作品似一支哀婉动人的悲歌，一声声撼动人们的情灵。

欧文的《瑞普·凡·温克尔》

美国文学形成于18世纪后半期启蒙运动和独立战争时期。许多原本是为成人读者写的作品都成了儿童文学的组成部分。例如华盛顿·欧文、詹姆斯·费尼莫尔·库柏、爱伦·坡、赫尔曼·梅尔维尔、亨利·华兹华斯·朗费罗、皮彻·斯陀、杰克·伦敦等人的部分作品就都进入了儿童文学的宝库。

　　华盛顿·欧文（1783—1859）写成并出版于 1819 年至 1820 年间的《见闻札记》是一部用娴熟的风趣、幽默的笔调写成的特写短篇小说集，是作家饱蘸感情描述的浪漫主义想象和现实的日常生活图景。集中收了欧文的两篇最著名的短篇《瑞普·凡·温克尔》和《睡谷传奇》。《瑞普·凡·温克尔》写的是哈德逊河上游一个小山村里发生的故事。那里，荷兰移民在深山里过着与世隔绝然而淳朴的美好生活。瑞普忠良厚道，热心助人，是个梦想家，他进山打猎时遇上了一些穿着古荷兰服装的人。他和他们一同饮酒，大醉而眠。这一睡，睡过了 20 年，睡过了独立战争和美利坚合众国的成立，因此等到他苏醒时，看到酒店招牌上手持玉笏的英王乔治三世已经换成了手持宝剑的华盛顿将军。作品借用的是德国一个民间故事的框架，即通过 20 年前后对比纳入了一部美国的开国史，写出了资产阶级革命所带来的资本主义经济的迅猛发展。作品中的幻想和幽默、讽刺能催开少年读者的笑颜。后来这个故事就成了典故，意为"在你荒误了生命时光的岁月里，人家已成就了辉煌的业绩"。

　　瑞普性格中的开朗、乐观、质朴、善良，是建元期美国人精神的形象概括，也可视为早期美国人民价值观和人生观的一种象征，即使今天的美国孩子也能从其中汲取到优良传统的精神营养。

第五章　1840年至1945年间童话崛立为一个文种

第一节　1840年至1945年间的欧美童话

本时期欧美童话概述

19世纪前半期，宗教理性桎梏幻想力的局面并未能获得根本性突破。但是由于浪漫主义对幻想文学的倡导，浪漫主义作为一种精神进入了人们的意识深层，尤其是在童话文学领域，浪漫主义的文学精神成了一股不竭的潜流，始终滋养着欧洲的童话创作，为现代形态的童话的发生和发展开辟着道路。浪漫主义精神的主观性、理想性、超越性特征顽强地对童话文体表现出天然性亲缘。本来有着历史合理性的浪漫主义文学，其延展的生命力在童话文学中得到了充分的体现。这是因为儿童不处在社会生活的中心，经验对他们来说总是稀缺的，所以他们在精神方面较之成人有更多的超现实、超验性。他们的情感和思维的出发点和落脚点常常都不是此时此地此情此景，他们总会用浪漫的、诗性的想象抵达彼时彼地彼情彼景。因此，理想、乐观、欢快、轻松总是儿童生活的主色调。传统童话体现了这种主色调。但童话文学要更适契于现代的儿童的情感和思维特点，还需要注入和营造更多的具有现代感的元素。《爱丽丝漫游奇境记》的应运而生无疑是为现代童话开了个好头。从此，娱乐性、荒诞性、游戏性、趣味性、奇幻性就成为童话作家的自觉追求。

在法国，由于格林兄弟童话、安徒生童话和意大利的《木偶奇遇记》分别于 1812、1833、1883 年传入，法国童话被注入了新的营养和活力，于是先后有多部（篇）童话在世界范围赢得了读者。它们是：塞居尔伯爵夫人（1799—1874）的中长篇童话《毛驴回忆录》；乔治·桑（1804—1876）在晚年为自己的孙辈写的童话《祖母的故事》（1864）、《格里布尔奇遇记》（1850），后者叙说皇家园林看守人的小儿子的奇遇，这个中篇规模的童话幻构了极富诗情画意的花岛仙国。1860 年，俄罗斯旅居法国的杰出作家和批评家赫尔岑在为伦敦俄文版《格里布尔奇遇记》所作的序文中说："格里布尔天真淳朴、无利己之心，而且是一心向善、热爱群伦的人物。乔治·桑向孩子们宣达这种道德观是再健康不过了。乔治·桑给这种道德观念赋予完美的儿童诗意，如果缺了这种诗意，儿童就不会有兴趣去阅读它了。对于儿童读物来说，艺术上有趣味是首位重要的——因为儿童在读物中寻找的是乐趣，而不是功利。"这部童话说明乔治·桑塑造理想人物、营构理想境界以提升人的心灵的素质，是一以贯之的。爱德华·拉布莱依（1811—1883）的《蓝色童话》（1863）和《新蓝色童话》（1866）在童话史中有相当重要的地位。拉布莱依是法国的一位政治家、法学家和童话作家。他在土耳其故事、意大利故事、法国故事、挪威故事、冰岛故事、塞尔维亚故事和其他一些国家故事的基础上写成的童话，一直被作为法国儿童文学的重要图书，是巴黎出版的"千种故事丛书"中备受欢迎的一种。拉布莱依用童话来表达其政治见解和社会理想，以鲜明的感情赞美善良、诚实、机智、勇敢，颂扬对暴虐和强权的反抗，无情地讽刺和鞭挞虚伪、丑恶和剥削，题旨鲜明，讽喻意味浓，表现了政治家童话的特点。其代表作有《噼啪——治理国家的艺术》《牧人总督》《疯子勃莱昂的故事》《小灰色人》《布西奈》《野蛮人瑞尔朋》等。此外，还有保罗·缪塞（1804—1880）的《风先生和雨太太》（1860），都德的短篇童话《塞甘的山羊》《三只乌鸦》，大仲马的短篇童话《一个胡桃夹的故事》，左拉的短篇童话《猫的天堂》等。在这一时期里，法国受文学史重视的还有诺贝尔文学奖获得者阿纳托尔·法朗士（1844—1924）的中长篇童话《蜜蜂》（又译《蜜蜂公主》，1882）。这部童话以民间童话为基础，汲取中世纪骑士小说和佩罗童话之优长，为法国童话增添了新篇章。此时期里值得一提的童话还有奥克塔夫·弗耶（1821—1890）的《驼背小矮人历险记》，故事中一个奇丑无比的驼背小矮人，是一只大猫和一只小鸟给船夫皮尔西大叔夫妇送来的；小矮人一到皮尔西家，就给皮尔西的家带来开怀的欢笑：这个小矮人竟用他突出的鸡胸顶地，让身子像陀螺般骨碌碌飞旋起来，继而，连连创造闻所未闻的奇迹。童话提示着读者：信念、智慧、过人的胆识和非凡的力量一旦超常发挥，就可以使人忽略他奇丑的躯体；美从根本上说，乃是内在的精神伟岸和强大。这部童话还标志着法国人在创造幻想文学时对英国侬森文学的认同。

在东欧，在世界文学史中有其地位的捷克作家聂姆曹娃（1820—1862）的《民间传奇和故事》（1845—1847）共计 7 卷，主要是她汲取民间童话营养、仿照民间童话套路创作的。这部童话集以富有捷克民族特征的优美语言，雄辩地向世界昭告：捷克民族并未因日耳曼民族的残酷统治而消亡，其语言和风俗习惯，其最具民族特色、能体现民族本质的东西，依然完好地保存在捷克民众之中。其中代表性较强的是《雅罗米尔怎样获得幸福》《聪明的宝石匠》《盐比金子贵》《聪明的山村姑娘》《会说话的鸟、活水和三棵金苹果树》等。

在美国，乔尔·钱德勒·哈里斯的《雷木斯大叔的故事》是一部奠基性的童话。这部童话故事丰富的、令人拍案叫绝的游戏性，给了美国现代童话一个良好的开端。

塞居尔伯爵夫人的《毛驴回忆录》

法国的幻想文学被以卢梭为代表的理性主义和实证主义压抑了童话所需要的浪漫思维和荒诞建构，其童话类读物一直处在吸收、改编和移植多于自己的幻想创造阶段，由是，佩罗以《鹅妈妈故事集》树立的童话丰碑一直是一个孤零零的矗立，其良好的童话开端没有一以贯之地得到继承和发扬，到两个世纪后，即 19 世纪后半期，才幸喜有《驴子回忆录》（1860）

的出现，这是安徒生童话和格林兄弟童话给法国幻想文学注入了幻想营养和幻想活力的结果。它的广泛流布使法国开始对世界童话宝库有了一份毫无愧色的贡献。

德·塞居尔伯爵夫人（又译塞居尔夫人，1799—1874）从俄罗斯来到法国以后的大部分时间生活在奥恩省的努埃特大庄园里，56岁始为孙辈们写作，发表了《新童话》（1856），很快，她的儿童文学作品声誉鹊起。1859年至1860年间发表的《毛驴回忆录》是她二十几部儿童文学作品中的传世珍品。这部以名为"卡蒂松"的毛驴为主人公的小说性童话在法国家喻户晓，遂使"卡蒂松"成了毛驴的代名词，并改变了"毛驴"一词的贬义。

塞居尔伯爵夫人一反把"毛驴"当成"愚蠢"代名词的传统，将毛驴写成一种有头脑、品质优良的动物。这种"翻案"创举带来文学新意。聪明、正直、刚强、幽默的毛驴小机灵用它的眼睛看，用它的身心感受。童话中出现的男女老少、社会角色中的各色人等，诸如警察、盗贼、厨师、马车夫、旅店老板，还有在它视阈内的公主、后妈等，在它看起来、感觉起来就同常人大不一样。这种拟人的角度置换、叙事视角的倒反，这种把小说叙事方式糅合进童话叙事的效果，使读者的阅读产生了空前的陌生感和新奇感。别致的童话艺术意味和艺术感受为这部童话在世界上争取到了无限量的读者。

《毛驴回忆录》中，"驴""童"二者浑然一体。驴被写成了半童半驴、似童似驴、亦童亦驴；卡蒂松这个小机灵有孩童的性格，又有毛驴的局限；有孩童的心理，却是毛驴的外部形象。作为驴子、作为儿童，他刚直、富有同情心，且做事总是很有激情，要做就胆气十足地去做，有的还干得非常漂亮，让人大喝其彩。在童话的第13章"地道"里，毛驴卡蒂松讲了一次逮住6个贼的故事，从而对他不能不刮目相看。

突然，只见从刺树丛中探出个脑袋来，鬼鬼祟祟地，左右张望了一阵，见只有我单独在那儿，就转身对他的同伙们说："在这儿哪！这就是咱们上午没抓到的那头畜生。你这个怪喊辣叫的家伙，现在，你就乖乖跟你的同伙团聚去吧！"

他说着就来抓我。

我后退了两步。他跟过来。我又赶忙后退两步。我这样一直把他引到墙脚边。

墙后面就是我的警察朋友们。盗贼还来不及喊出声来，警察们已经扑上去，堵住了他的嘴，麻利地把他捆了起来。

我又到地道入口处去叫。

我想定会有盗贼接着出来，看他的同伙出了什么事的。

果然，很快就听见树枝被拨开，又看见一个脑袋钻出来。也是那样鬼头鬼脑、四处窥望。他看不见我，当然也就像第一个那样走了出来。我也用同样的办法，在他还没弄明白是怎么回事的时候，就让警察们把他给一举抓住。

就这样，我帮警察连续抓住了六个盗贼。[①]

但毋庸讳言，卡蒂松气量狭小，处处好表现自己，过分任性，报复心太重，给自己也给主人惹了不少麻烦，几乎弄出了人命，等等，这些都使人物性格变得圆整，从而加强了人物形象的可信性和故事叙述的说服力。有的章节写得特别酣畅淋漓，让读者着实心感痛快。难怪法国评论界称塞居尔伯爵夫人的作品是"小小的人间喜剧"。这部童话的成功，不在于女作家殷切的理性规劝，不在于知错必改之类的提醒。塞居尔伯爵夫人之所以能成为典范儿童文学作家，是因为她在失去了家庭的真实温暖后，长期住在庄园同孙辈一起生活，对童话中所描述的生活，对儿童的生活环境、生活习惯了如指掌，她又善于揣摩儿童心理，并能用夸张、幽默、讽刺的笔法把天真活泼的儿童形象描绘得栩栩如生，使人读来津津有味。

女作家从生活中撷取这样的情节，运用到自己笔下，纳入自己的童话框架里，是在19世纪中期。当时儿童文学创作思维刚刚从宗教训诲性模式中解放出来，而且这种解放的幅度是很有限的，但是在女作家童话中呈现的许多喜剧性场面（"驴博士"一章里有最典型的场面）及这些场面的游

戏性效果，已不输 20 世纪儿童文学的最佳作品，也就是说，直接从儿童生活中提炼童话情节在 19 世纪中期在塞居尔伯爵夫人那里就有了成功的范例，已经在《爱丽丝漫游奇境记》之外另辟了更宽阔的童话创作蹊径。

哈里斯的《雷木斯大叔的故事》

美国是一个本土文化历史短浅的国家。早期的幻想文学资源有三：第一是北美森林里和草原上流传的印第安人的口头文学；第二是随黑奴贩卖而从非洲带入北美的口头文学；第三是英国到美洲移民者的口头文学。第一次利用北美自己的资源，将印第安民族历史流传的美丽传说编织成一个整体的，是一位热心于为孩子写诗的卓越诗人亨利·华兹华斯·朗费罗（1807—1882），他把印第安创世英雄海华沙（风神之子）的神奇的一生创写成了一部童话史诗《海华沙之歌》（1855）。海华沙用超自然的神力为自己的民族立下了一个又一个功勋，其英勇不屈、顽强奋斗的精神一直鼓舞着美国的儿童读者，史诗中壮丽的自然风光让美国的孩子受到感染而热爱本土。至于被非洲黑奴携入美洲的故事，则被一位叫乔尔·钱德勒·哈里斯的黑人作家整理出版。

自从 1619 年第一船黑奴被从非洲贩到美洲后，非洲民族激荡着自由意识的童话故事就随之被带到了美洲大陆。第一个把黑人的童话故事搜集起来出版的是黑人作家乔尔·钱德勒·哈里斯（1848—1908）。他把老黑奴雷木斯大叔讲给白人孩子们听的故事记录整理出版，这就是后来受到马克·吐温热烈盛赞的《雷木斯大叔：他的歌和他的谚语》（1880）。这部童话叙述了一只勇敢的兔子在精明的乌鸦和青蛙的帮助下，战胜了满腹奸计的狡狐和力大无比的狮子的精彩故事。

出生于佐治亚州的乔尔·哈里斯是美国著名的黑人作家，同时也是黑人民间口承文学的研究者，专事搜集、整理、出版黑人民间文学创作。他与一个叫梯勒尔的黑奴相识后，就记录下他口述的全部童话、传说、民歌和俗语。哈里斯将他所记录的童话由一个故事讲述者黑人大叔讲出来，构成系列小说。雷木斯大叔是一个白人种植园的黑奴。他像人们所熟知的汤姆大伯那样，尊敬自己的白人场主，并且喜欢他们的孩子。他把自己的故事全讲给白人场主的孙子听。系列小说《雷木斯大叔》，1879年由《宪法报》连载，次年以小说《雷木斯大叔：他的歌和他的谚语》为书名出版。雷木斯大叔成了美国文学中不朽的人物之一。马克·吐温曾这样描述这部作品广泛的声誉："当时所有的孩子如同听什么哲人和先知的故事一样听了这些故事。"《雷木斯大叔和他的朋友》（1892）、《雷木斯大叔的故事》（1905）和《雷木斯大叔和小男孩》（1910，遗著）这3部是专门给孩子讲的故事。故事通过对机智勇敢的兔子、凶恶残忍的狮子、狡黠多端的狐狸、足智多谋的乌龟的描述，用动物王国的秩序来象征人类世界的种种关系。这些故事在欧洲以《兔子兄弟挫败了狮子》为书名流传。

从大洋彼岸用轮船掠运来的这些故事，围绕"野兔老弟"这个中心角色展开。野兔老弟弱小，从不伤人，却并不无能，由于他机智、善于反奸，他分别战胜了熊、狼、狐狸和其他一些大个儿动物。与法国列那狐故事略有相似之点，野兔老弟也是一个好恶作剧的精灵；但更多的是与列那狐相异，他不自卑，也不自私和残忍。他以自己的机灵战胜大动物，常常在山穷水尽时转危为安、转败为胜、柳暗花明。孩子们最喜欢的是狐狸先生的故事。后来常被抽出来单独出版的是"柏油娃娃"和"白兔的坐骑"两节。"柏油娃娃"和"白兔的坐骑"这两节集中描写了白兔临危不惧，在与敌周旋的同时急中生智，变劣势为优势，转下风为上风。在"柏油娃娃"中，狐狸所设下的圈套非常绝，可谓机关算尽，白兔的头粘在了柏油上动弹不得。到了"白兔的坐骑"中，就轮到白兔"绝"了，白兔用马鞍和马勒把正沉醉于自己的神机妙算中的狐狸治住，迫使它成了精彩喜剧中的丑角。狐狸以为白兔一骑到它背上无疑就是他的囊中之物，却不料情形成了这样：

事实上白兔一直在带踢马刺。当他们距米杜太太家很近很近时，白兔把踢马刺深深地刺入狐狸的两肋，狐狸被刺疼了，无法忍耐，就拼命地奔跑起来。[1]

---

① 韦苇主编《世界经典童话全集 第17卷 美洲分册》，明天出版社，2000，第455页。

……他就像一匹野马一样狂蹦乱跳起来，企图把白兔从鞍上掀到地上。但他狂跳一次，白兔就用踢马刺刺他一次，他只好继续往前奔驰。[①]

其实，"白兔钓鱼""白兔敲鼓""白兔和乌龟赛跑""白兔捅马蜂窝""水中捞月""老熊拉绳""小狼小兔钻袋子""泥龟换石头"等充满喜剧趣味的幽默故事，都彰显了野兔老弟和大动物们斗智斗勇的本领。所有这些童话都是站在弱者立场上，长弱者志气；读者的感情倾向总在弱者一边。孩子同成人相比，孩子是弱者，所以儿童读者就很容易认同野兔老弟这个形象，并从中获得阅读快感，同时，悟透一个道理："智"的优势是可以超越并压倒"力"的优势的。

1947 年，美国迪斯尼将雷木斯大叔的系列故事拍成动画片，片名为《南方之歌》。

第二节　世界童话日臻成熟

世界童话日臻成熟的标志

民间口头童话的收集、加工、润色，在传统童话基础上的再创作，进而始有文人以儿童阅读为目的而创作的童话，并逐渐成为一种时尚性的文学性事业——19 世纪的童话轨迹大体如此。然而，童话作家作为儿童文学队伍的一个方面军，甚至主力军，童话作为文学的一个类别，作为文学研究的一个领域，作为文学教育的一门课程，则是要到 20 世纪 30 年代以后。到那时，童话文学才被完全公认为是可以与小说、诗、戏剧、散文等文体相提并论的一种文学体式。获得这种公认是有条件的。这些条件大体是：（1）要让人们普遍认识到童话是小说、抒情诗、剧本、散文所不可替代的。它在文体上有自己独立的审美内涵、审美特性、审美趣味、审美要求、审美规范、审美途径和接受对象；它在创作上有自己相对区别于其他文种的一套规则和路数；它有相对固定的一支创作队伍，相较于其他文种的写

---

① 韦苇主编《世界经典童话全集 第17卷 美洲分册》，明天出版社，2000，第456页。

作，创作者要更懂得儿童各年龄段的心理特点、思维特点和想象方式；它在写作方法上要着重注意接受对象年龄段的心理学、教育学特点，它既然是为儿童准备和向儿童提供的文学，就应该为他们所喜闻乐见，使他们对它的存在感到不可或缺。而所有这些是同教育的发展、普及、优化相伴随的，是与文学分工的细密化、与创作者人数的增加相联系的，是与教育学研究、心理学研究成果的数量和质量相依辅的。甚至，童话文学的崛立也与妇女解放运动的推展，与"故事妈妈"的方兴未艾，与儿童地位的提升相关联。（2）童话创作对神话、传统民间故事的依赖减弱甚至不依赖；作家可以用较大的篇幅、较长的故事，以及一个能够让作家充分施展才华的文学创作空间，以便在其中探讨人类怎样使自己有一个更完善的精神世界；作家可以有意识地把个人的体验和精神感悟注入开放的艺术假定构成之中，在超现实和现实中间、在自由想象和逻辑限制中间寻求广阔的表现天地；人们普遍认识到，童话文学是用远距离的表现方式同人类的精神情怀相对应，而不是同一时一地的政治、社会和生活相对应；童话文学更便于作家诗意地提炼生活，童话文学较之其他类文学要更富于人道精神，更温暖，更快乐；童话在幻想的新、奇、美方面有更高的要求；童话创作更需要作家的游戏精神和游戏心态；更需要作家有诗意表现思想的才能和抒情艺术的才能；童话创作往往采取自己的一套独有的艺术韬略。（3）具有很高名望的文化人物来为这类文学做支撑，具有相当研究实力和学术知名度的学者和大学教授开始就童话文学进行富有成果的独创性研究，他们所形成的著作在社会上被广泛公认，在高等学校之类的地方开始设立以童话文学为研究对象的专门机构，开始奖励优秀童话文学的生产。（4）童话文学书的插图和印制条件大有改善。因为童话图书是出版给年龄偏低的孩子阅读的，插图和制作的精美就成了童话文学生产的十分必要和十分重要的配合条件。以上这四方面的条件，到20世纪上半期已经在不同国家里不同程度地具备了。

1909年，被誉为"瑞典的雅典娜"的妇女运动的活动家、作家、女教育家爱伦·凯（1849—1926）出版了她的世界教育学名著《儿童的世纪》，提出新的世纪里应该培养有理想的和富于创造精神的"新人"，主张学校的一切应以儿童为中心，一切以保卫儿童天真纯洁的自然本性为宗旨，希望 20 世纪成为"儿童世纪"。这一号召得到了广泛的响应。这也在很大程度上影响了包括童话在内的儿童文学的生产。这种影响在欧美是显著的。20 世纪的上半期，欧美一批著名的儿童文学作家已经与成人作家比肩而立，1907 年和 1909 年的诺贝尔文学奖授予了从事童话生产的作家，1911 年的诺贝尔文学奖授予了与童话有关的经典作家，其中《尼尔斯骑鹅旅行记》的作者塞尔玛·拉格洛芙还是第一位获诺贝尔文学奖的女作家，尤其是像 J. R. R. 托尔金这样的名教授向成人和孩子提供了如《霍比特人》（继而提供了童话鸿篇巨制《指环王》）这样的思想和艺术质地都具有厚重感的童话；一批成功的、有影响的、获得世界公认的人物形象已经鲜明在儿童文学画廊；对世界儿童而言儿童文学读物已经有了一定的挑选余地：长篇、短篇，抒情风格、热闹风格，历险故事、怪诞故事，知识叙事、幽默叙事，低幼文学读物、中高年级文学读物，都已经琳琅满目地呈现在孩子们面前，给儿童的阅读提供着种种选择可能；像保罗·阿扎尔教授著作的《书·儿童·成人》开始在世界译传并建立了自己的理论权威，而后李利安·H.史密斯于 1952 年在美国出版了她的经典性理论著作《欢欣岁月》，对流传广泛的儿童文学作品作了全面而权威的评述；美国图书馆儿童服务学会主持的一年一度的以约翰·纽伯瑞的名字命名的儿童文学奖，为"促进富有个性及创造性的儿童文学书籍之发行"而从 1922 年开始颁授——这在儿童文学史上是一件具有重大意义的事，它标志着包括童话在内的儿童文学被社会需要、受社会重视已经到了一个相当稳定的程度；其后，法、英诸国也把奖授予了儿童文学。有了这些条件，有了这些有说服力的证明，童话才可以作为一种文体、一个文种宣告已经在世界上崛立起来，儿童文学作为一个重要的文类，一个重要的文学分支、分领域——而且是一个朝阳性领域，才在文坛内外获得一致公认。

20 世纪初的数十年间，法国童话几乎乏善可陈，幸有从成人文学作家中转身来为孩子写作的马塞尔·埃梅，为法国 20 世纪前半期童话列展了一片风景。其他值得一提的是低幼童话画家兼作家保尔·富歇（1898—

1967）和布吕诺夫父子，前者创作了 320 多种图画故事书，创造的海狸、野鸭、棕熊形象尤为突出；后者在自己的图画故事书中创作了"小象巴巴"的形象，这个形象不仅在法国家喻户晓，在其他国家也被争相传介。

法国在 20 世纪 40 年代有一部被认为是文学水准很高却不是所有孩子都能理解的童话，那就是职业飞行员兼风格独特的作家安托万·德·圣-埃克苏佩里的《小王子》。

艾尔伯特·拉摩里斯是当代法国著名的电影艺术家，他的《飘动的红气球》（又译《神奇的红气球》）引起很大反响，被拍成电影后获得一致好评。故事主人公是一个叫帕斯卡尔的男孩，当他孤独难耐的时候，一个红气球成了他忠实的朋友。它一直伴随他往来于学校与家人之间，这中间发生了许多意料之外却在情理之中的戏剧性故事，引人入胜，情趣盎然，而结尾的传奇性更使这篇童话成为世界童话中的精粹之作，给各国孩子带来快乐和笑趣。

20 世纪初期，比利时产生了一部与英国《彼得·潘》堪称"双璧"的童话剧：象征主义戏剧的创始人比利时的莫里斯·梅特林克（1862—1949）的《青鸟》（1908）。梅特林克采用童话剧来表现他的哲学思想、幻丽想象和诗情画意，轰动了欧洲，从而获得了 1911 年的诺贝尔文学奖。这个剧本别开生面，又能让观众理解和接受。它借用民间童话的主题和手法，其优美的诗意令观剧者久久陶醉。后来，梅特林克的妻子乔·勒勃伦克将剧本改写成散文形式的故事，虽然改写得不是很成功，但还是起到了向世界儿童普及这一部名剧的作用。故事叙说砍柴人的两个孩子——男孩吉琪儿和女孩米琪儿经历了种种艰险，到处为一个生病女孩寻找象征幸福的"青鸟"。孩子们在回忆国、夜宫、未来国和光神庙里为生病女孩寻找吉祥鸟。故事结尾处，他们发现他们对幸福的寻觅只是一场梦幻。吉琪儿把他一直养在笼子里的小灰鸽送给了生病的女孩，没想到，这时灰鸽变青了，成为一只青鸟。"只要我们经常怀着无私的、美好的心愿，幸福是不难获得的，其实，幸福就近在咫尺之间。"①

　　北欧的瑞典，女作家塞尔玛·拉格洛芙（1858—1940）应教育官员的请求为孩子撰构的长篇童话《尼尔斯骑鹅旅行记》（又译《尼尔斯奇游瑞典》）于 1906 年至 1907 年间出版。因为它的成功，拉格洛芙荣膺诺贝尔文学奖。于是人们对童话的注意目光开始被吸引到了北欧。

　　德国在 20 世纪的前几十年，以军国主义、沙文主义、法西斯主义始，最后因疯狂入侵他国而以纳粹灭亡终，童话的萧条是可想而知的。然而，德国仍有埃里希·凯斯特纳（1899—1974）的童话和小说作家汉斯·法拉达（1893—1947）的童话集《穆尔克国的故事》传世。后者中的《金塔勒的故事》更能引起读者的兴趣，故事主人公安娜的同情心、无私的品格、忍耐和坚韧赢得了少年的爱，他们拥有了一枚不沾血的金币，他们过得很幸福。

　　捷克斯洛伐克的卡雷尔·恰佩克（1890—1938）在 20 世纪 30 年代问世的 9 篇童话，是后人很难超越的一个童话高峰。

　　保加利亚作为一个欧洲国家，觉醒的儿童文学到 19 世纪后半期就有成绩了，进入 20 世纪，就涌现了如埃林－佩林（1877—1949）、安格尔·卡拉利切夫（1902—1972）这样杰出的童话作家。后者的童话集有《神话世界》《走运的人》《巨人和蟒蛇》《无尾狮》等，其中《母亲的眼泪》用柔柔的、哀哀的叙事语调从秋天倒叙到夏天。故事中，一只雏燕的翅膀被火烧伤，失去了飞翔能力。秋天，飞到南方的母燕托风捎去一滴眼泪。泪滴带着母亲的体温，带着肝肠欲断的牵挂，跋山涉水来到雏燕身边，雏燕吞下了母亲的泪滴——母爱就温暖了雏燕的一生。这篇童话构思奇崛、情意缠绵，被誉为"从人的灵魂里荡出来的一曲礼赞母亲的颂歌，一曲永恒的爱歌"。

　　罗马尼亚长期为奥斯曼帝国所统治，到 1877 年才独立。1877 年前的童话搜集者实际上都是民族文化保存者，因此也是民族复兴的斗士。他们

---

① 莫里斯·梅特林克：《青鸟》，周一新译，百花洲文艺出版社，2018，第182页。

是依斯皮列斯库、米哈伊·爱明内斯库、斯拉维奇，还有一位从民间崛起的童话泰斗扬·克良格（1839—1889）。克良格倾心于民间童话。他用民间童话的套路创作，融传奇性和现实性于一炉，以群众喜闻乐见的艺术形式颂扬真善美，抨击假恶丑，其较有代表性的作品有《母羊和三只小羊》《装两枚硬币的小钱包》《猪王子》《受骗的斯当》等。

20世纪30年代末的美国，幻想朝气蓬勃。在美国人自己称为"天真的时代"的20世纪初，弗兰克·鲍姆（1856—1919）以描写"奥茨"虚幻国度为内容的童话系列用纯美国素材构筑仙境，他的《绿野仙踪》（又译《奥茨国的故事》）为美国的孩子所追捧，读者一时对其趋之若鹜。其间，画家苏斯博士（1904—1991）的早期童话《桑树街漫游记》（1937）、《巴塞洛米·库宾斯的500顶帽子》（1938）被认为是"真正新颖的视觉创作"，它们很快轰动了英语世界，《戴高帽的猫》（1957）又一次创了畅销书纪录的新高。《奥兰多——一只橙色的猫》的作者凯瑟琳·哈勒极富想象力，她用文字和画笔创造了幽默的视觉效果，大获成功，于是后续出版了一系列以奥兰多为主人公的图画书。阿特沃特夫妇的《波普先生的企鹅》是一部风靡美国、风靡欧洲的小说性童话，达到家喻户晓的普及。1941年，罗伯特·麦克洛斯基出版了一册至今还盛销不衰的图画书《给小鸭子们让路》，一直被选家看好。20世纪40年代另有一件被选家一致公认的童话，维吉尼亚·李·伯顿（1909—1968）的《小房子》，这本书获得了凯迪克金奖。这个故事写了一间乡间的小房子忽然发觉自己被扩张的都市摩天大楼重重包围了，在楼群挤迫中，它再也找不回以前那种田园诗的感觉了。为了找回它的田园诗感觉，它又往乡间迁徙了一次。这种物质和精神的不能两全实在很无奈，美国人最先把这种无奈写成了童话。情感的共鸣使人们都非常赏识这篇诗意丰沛、隐含忧伤的童话。也就在这一时期，婉达·盖格（1893—1946）自绘插图的童话《100万只猫》（1928）成了公认的名作，故事中一对非常老的老年夫妇想要养一只猫做伴，不想找到的是一坡的猫，什么猫都有：猫在这里，猫在那里。到处是大猫和小猫，几百只，几千只，几百万，几亿万，几兆只猫。是作家也是插图画家的罗伯特·罗素（1892—1957）1944年出版的

《兔子坡》中，动物被写得有血有肉，个性鲜明。它启示着人们：地球，是人类和动物共同拥有的生存空间，求取和谐是共同的心愿，友好相处的途径也是不难找到的。这册童话获得了纽伯瑞儿童文学奖。受安徒生童话影响而开始创作童话寓言故事的詹姆斯·瑟伯（1894—1961），其幻想作品以温文尔雅、富于幽默感而享誉美国。其中最著名的是《许多月亮》（又译《公主的月亮》，1943）、《伟大的魁罗》（1944），前者插图出版后还获得了一年一度的美国少年儿童读物奖。瑟伯的作品轻松愉快，智丰思睿，很有益于孩子对人性和社会的感知。

在南美，童话到 20 世纪也有了自己的杰出代表。乌拉圭作家奥拉西奥·基罗加（1878—1937）被誉为"拉丁美洲短篇小说大师"。巴西儿童文学的奠基人蒙特罗·洛巴托（1882—1948），他为幼儿创作的《黄啄木鸟勋章》《娜斯塔霞婶婶的童话》，虽是据欧洲故事、非洲故事和本地故事编写而成的，但想象丰富、趣味十足，很受当地儿童的喜爱。

日本自从 19 世纪末在借鉴西方童话的基础上开始有了自己的童话创作，其标志是岩谷小波（1870—1933）的《小狗阿黄》。到 20 世纪的 20至 30 年代已经有有岛武郎、铃木三重吉、小川未明、秋田雨雀、宫泽贤治、新美南吉诸名家的童话。其中特别值得文学史强调的是小川未明、宫泽贤治、新美南吉三位。宫泽贤治（1896—1933）是诗人和童话作家，以童话传世。他长于哲学沉思。他的童话不是为急于发表才创作的，而是在 1921 年至 1933 年间陆续撰写、修改完成的，却并没有面世。其代表作有《要求太多的饭店》（1924）、《银河铁道之夜》（1927）、《风又三郎》，后两部二战后被搬上了银幕。宫泽贤治的童话与欧美风格接近，其新异性、独创性越来越受日本本国研究者重视，被一致给予很高的评价，宫泽贤治也被誉为日本近代的不朽作家。《银河铁道之夜》写到一个叫乔班尼的男孩躺在山丘草地上，仰望银河，不觉乘上了银河铁道列车，与一个同情他的同学开始梦游银河。因为是梦游，所以其童话幻想可以放纵到最大限度，不受时空制约，但是童话表现的却是人间孩子的孤独和崇高的自我牺牲精神。

拉格洛芙的《尼尔斯骑鹅旅行记》

瑞典理想主义长篇童话巨著《尼尔斯骑鹅旅行记》在多层意义上于儿童文学史中占有重要的地位。它的作者塞尔玛·拉格洛芙（1858—1940）因 3 岁时髋关节变形造成行动不便，而把大量的时间用于读书。瑞典和外国的浪漫主义文学作品滋养了她的想象力，她的文学成就包括成人文学和儿童文学。1887 年，当一

塞尔玛·拉格洛芙

位名叫达林的师范学院院长请长期担任地理、历史教师的她写一部以小学生为对象的通俗读物，以便向瑞典儿童介绍历史和地理时，她决意担当起这一重任，以亲切、平易的态度从事写作，将祖国的历史和地貌自然地融会在一起，于 1907 年完成了《尼尔斯奇游瑞典》（又译《尼尔斯骑鹅旅行记》）。她创作时，心中有一个明确的意图："为了教育瑞典儿童热爱自己的祖国。"从教育学观点出发，她认为"孩子们只有了解自己的国家，熟悉祖国的历史，才能真正热爱和尊重自己的祖国"。这部长篇童话事实上是被当作教科书的变异品种出版的。

拉格洛芙为了写好这部书，克服着腿脚不便的困难，跋山涉水，对全瑞典做了考察旅行。她从南到北、从东到西，认真搜集瑞典境内各种动物、植物的详细资料，研究鸟类生活规律和猛兽发情期，寻访候鸟飞回的地点，调查当地的风俗习惯，搜集民间传说，深刻认识了祖国的山山水水、一草一木。这样，她落笔写作时能"笔尖随着我的思绪一起奔跑"。对童话有了一个初步的构想后，究竟该从何处落笔？正当为此苦恼的时候，她在花园的水池边看到这样一个场景：一个小不点儿男孩拼命地抵挡着向他袭来的猫头鹰。女作家看见猫头鹰飞上树的刹那间，敏悟到这个小不点儿就该是她童话的主人公尼尔斯·豪尔耶松。就让尼尔斯·豪尔耶松生活在动物中间，从而被教育成一个可靠的有责任心的孩子——这个想法来源于吉卜林的《丛林传奇》中的毛格利。

住在瑞典南部的男孩尼尔斯性格孤僻，对读书毫无兴趣，专爱恶作剧，

欺负家中的鸡、猫、狗、兔。后来他被一个狐仙变成一个拇指小人，骑上自家的那只公鹅，与一群大雁生活了将近8个月。他们一起周游了瑞典。尼尔斯学会了鸟言兽语，了解了它们的痛苦和欢乐，听到了许多民间神话和传说，并且亲自参与了一些重要事件，如跟老鼠和狡狐斗争等，经历了许多艰险，最后回到了故乡。这时的尼尔斯·豪尔耶松已变成了性格温柔、善良可靠又富于责任感的孩子了。

据相关回忆说，尼尔斯骑上鹅背这个情节是女作家亲眼观察所得。后来这番铭留在她心臆中的观察被写入了童话，成了童话开篇的精彩情节：

鹅群中只有一只年轻的公鹅不肯听从老奶奶的忠告。他张开又阔又大的白翅膀，飞也似的沿着院子跑来跑去。

"等我一会儿！等我一会儿！"他叫着，"我要跟你们一起飞去！我跟你们一起飞去！"

"这不是马丁吗，他是我家鹅群中最强壮的公鹅，"尼尔斯想，"大概他真的会飞去的！"

"停，停！"尼尔斯叫道，他立刻跟着公鹅马丁跑去。

尼尔斯好容易才追上了他。尼尔斯看中了机会，拼命向上一跳，用两手搂住了那只公鹅的长脖子，把自己的身子整个儿挂上去了。但是公鹅一点儿也不感到怎么样，好像根本没有尼尔斯挂在那儿一般。他猛烈地扇动着翅膀：一次，两次，三次……连他自己也料不到，就这么一下子飞起来了。

在尼尔斯还没有清醒过来之前，他们已经高高地飞到天空中去了。

大风迎面吹来，扯着尼尔斯的头发，在他的耳朵旁边吼叫着、呼啸着。

尼尔斯骑在那只白鹅的背上，好像骑士骑着一匹狂奔的骏马一般：他缩着头，缩着身子，把整个身体贴在公鹅马丁的脖子上。他牢牢地抓住了鹅毛，眼睛也吓得紧紧地闭起来了。[1]

童话以尼尔斯·豪尔耶松骑鹅旅行为线索，绘出了一派极为新颖的、

---

[1]赛·拉格洛芙：《尼尔斯骑鹅旅行记》，李俍民译，少年儿童出版社，2007，第8—11页。

气象万千的瑞典景观。大自然和动物生活状态的描写占着童话的主要篇幅，也有历史古迹和各种传统风习的记述，但最主要的是作者成功地写出了瑞典大地上民众的生活和劳动。这是一部用童话构思方式写成的文学性、趣味性、知识性、科学性高度结合的历史地理通俗读物。童话中也化用了一些北欧神话和民间童话，以及安徒生、托佩柳斯的童话小说。

由于这部童话的成功和广泛流传，许多喜爱这部童话的读者甚至从丹麦、挪威和德国来看望作者拉格洛芙。1908 年至 1909 年间，这部长篇童话轰动了欧洲，她的文学事业因此达到了如日中天的辉煌，瑞典文学院遂将 1909 年的诺贝尔文学奖颁授给了她。

这部童话尽管有拖沓、冗长、不够简练，该出现高潮的地方反而平塌了下来等疵病，但这并不能动摇当时人们对这部童话的总体评价："作品内涵着高尚的理想、丰富的想象，并有着平易而优美的风格。"（诺贝尔文学奖的授奖词）

基罗加的《大森林的故事》

被誉为"拉丁美洲短篇小说大师"的奥拉西奥·基罗加（1878—1937）是乌拉圭作家，他参加了阿根廷著名作家卢贡内斯带领的原始林莽考察队。他随队去北部谷地考察，历时 4 年，这为后来的小说和童话创作积累了大量素材，为后来深刻、细致地表现人和自然的关系打下了良好的基础。基罗加的童话中流传最广的是短篇童话集《大森林的故事》（又译《南部热带森林的童话》，1918），其次是中篇童话《阿纳贡达》（1921）。

《大森林的故事》包括《大乌龟和猎人》、《红鹤的长袜子》（又译《火烈鸟的长袜》)《没有羽毛的鹦鹉》《獾和孩子》《鳄鱼们的战争》《盲鹿》《雅贝比利河的战斗》、《懒惰的蜜蜂》等童话。有的是报恩故事，有的是用童话解释自然现象的故事，有的是抒情故事，有的是热闹故事。题材的丰富说明作家素材的丰富，童话的多样说明作家艺术表现才能的高强。基罗加童话中最受选家青睐的是《盲鹿》，它以其浓浓的抒情笔调讲述了一个人、兽友谊的故事。最有趣的是《红鹤的长袜子》，充满了知识的新奇感。基罗加的童话给读者带来南美特有的动物奇观，如红鹤、珊瑚蛇、鳄鱼、剑鱼、食蚁兽、南美虎等都被刻画得历历如在读者眼前。而且，他所有的童话都在真实感很强的南美大森林背景中展开。正是这一切构成了基罗加童话的独特品格。

萨尔登的《小鹿班比》

《小鹿班比》(又译《班比》《班贝》) 是奥地利作家费利克斯·萨尔登 (1869—1947) 在 20 世纪前期矗立起的一座童话丰碑，它的高度使后人感到超越的困难。

作者以记者为业，作为一个作家，他写剧评、写小说和剧本，尤长于写动物故事。他 1923 年发表《小鹿班比》后名声大振，迅速蜚声欧洲；1933 年前担任奥地利笔会主席；1938 年因反对军国主义和法西斯恐怖而被迫流亡于美国；1939 年发表续篇《班比之子》。

班比是森林里一头聪明、酷爱自由的弱小公鹿，童话中，它其实是个孩子。作品描写了作为一个孩子的小鹿的成长史：生理的成熟和精神见识的成长。鹿妈妈生了一头小花鹿，"它那红色的小外套上，有许多美丽的白色斑点"。妈妈温柔地舔它的皮肤，给它洗澡，给它温存。班比紧挨着自己的母亲，问关于鹿、关于林中动物、关于森林的一切。班比在母亲身边一天天成长起来。它和蝴蝶、松鼠、野兔等动物交朋友，它和自己的小鹿伙伴打闹和相爱，同时，它也看到白鼬、狐狸杀生，它自己也天天在偷猎者的猎枪和猎犬的威胁中度日。它学会用耳朵辨别细微：那是野鸡在穿飞，那是田鼠在奔跑，这是鼹鼠，这是苍鹰，那是振翅鼓翼的斑尾林鸽，那是凌空高翔的雁群。它甚至学会如何嗅空气了，学会运用自己的器官分辨林中的动物和植物。闻到腥味，它能判断偷猎者就在离他不远处。等班比成为一头英俊雄壮的大公鹿时，它的生活阅历已经非常丰富了。它终于认识了林中世界，懂得了生存之道。

故事的前半部分更适宜于儿童阅读，因为它有更多的童趣和更浓的诗情。

广阔的绿色草原布满了繁星似的白色的雏菊，又厚又圆的红色和紫色的苜蓿花，鲜明的金色的蒲公英头状花序。

"看哪，看哪，妈妈！"班比大声叫着，"有一朵花在飞。"

"那不是一朵花，"他的母亲说，"那是一只蝴蝶。"

班比注视着那只蝴蝶，出了神。它从一片草叶上轻轻地飘了起来，正在翩翩地飞舞，于是班比看见在草原上空有许多蝴蝶在飞翔。它们似乎很匆忙，但都缓缓地在移动，用一种使他高兴的游戏方式上上下下飞舞着。它们看起来真像是颜色鲜艳的飞舞的花朵，不愿意留在自己的花梗上，而把自己解放了出来想跳一会儿舞。

…………

"看，"班比叫喊道，"看那根草在跳。看它跳得多么高！"

"那不是草，"他的母亲解释道，"那是一只友好的蚱蜢。"

"他干吗要那样跳呢？"班比问。

"因为我们正在这儿散步，"他的母亲回答，"他怕我们会踩到他身上。"

"哦，"班比说，转身向着那只正在坐在一株雏菊上的蚱蜢，"哦，"他彬彬有礼地又说，"你用不着害怕，我们不会伤害你。"[1]

作品的后半部分，作者过多地宣扬了"只有与世隔绝，才能保全自己，才能生存下去"的思想，进行"在上帝面前人人平等"的宗教说教，因而就稍显逊色。但整部动物故事无疑是经得住时间考验的不朽之作。它曾经深深吸引过英国大作家约翰·高尔斯华绥（1867—1933）一家四人就一点不足怪了。高尔斯华绥兴致勃勃地读过此书的校样后写下了下面这段评语：
"《小鹿班比》是一本有趣的书，它描写了一头森林之鹿的生活。就其感觉的细腻和本质的真实来说，我还没有见过任何一本描写动物的故事能够同它媲美。费利克斯·萨尔登是一位诗人，他对大自然有很深的感受。他尤其喜欢动物。一般说来，我不喜欢让不会说话的生物说人类的语言这种写作方法，但本书是一个成功的范例。人们从动物的对话中可以感受到它

---

[1]韦苇主编《世界经典童话全集 第12卷 西欧分册》，明天出版社，2000，第180—181页。

们的真实感情。这本书叙述清楚而富有文采，有的地方异常动人。这是一部小小的杰作。"

《小鹿班比》的一大突破，是把动物与人放到同一个平台上来写。主宰森林的人固然可以让子弹在林中呼啸，让动物在林中惨叫，让烈火在林中燃烧，但到头来他还是如林中的所有猛兽一样，倒毙在他施展暴虐的地方。他（人）并不万能！这样来写动物与人的关系，显然超越了一般意义上的动物童话和动物小说。读者掩卷而思，会发现作者是在对强权说"不"。这就是诺贝尔文学奖获得者高尔斯华绥（他于1928年亲自把这部书译成英文）说，"我还没有见过任何一本描写动物的故事能够同它（《小鹿班比》）相媲美"的含意。说它有文采，说它有诗意，说它细腻，说它真实，都是不夸张的，但是高尔斯华绥说它是一部"杰作"，必定还有更形而上的意思，有更深层面的思考。据此肯定它的思想分量和艺术分量，当靠得住。

洛夫廷的"杜里特大夫"童话系列

休·洛夫廷（1886—1947）自幼喜欢饲养小动物。他到过西非和南美，从事过多种职业，心所向往的却是文学创作。第一次世界大战时，他在弗兰德斯经常看见战马受伤，他写道："要充分了解马受伤后需要如何治疗，得懂得马的语言。"1917年，洛夫廷战伤后在美国定居。1922年，他顺着"要懂得动物的疾苦就需要懂得动物的语言"的思路，写成《杜里特大夫》并发表了。洛夫廷因此一时文名远扬，甚至被誉为20世纪的刘易斯·卡罗尔。从此，他连连创作以"杜里特大夫"为主人公的童话，遂形成系列。洛夫廷把杜里特大夫塑造成一个英雄，一个深刻地反对陈规陋习的英雄。在作家心灵最深处隐藏的其实是对人类的绝望。洛夫廷的系列童话全由他自己配插图。

洛夫廷是世界上系列作品越写越好的不多的作家中的一个。这个"杜里特大夫"系列的第一部是1920年出版的《杜里特大夫的非洲之行》，其他分别是《杜里特大夫航海记》（1922，获纽伯瑞儿童文学奖），《杜里特大夫的动物邮局》（1923）、《杜里特大夫的马戏团》（1924）、《杜里特大夫的动

物园》(1925)、《杜里特大夫的篷车》(1926)、《杜里特大夫的花园》(1927)、
《杜里特大夫上月球》(1928)等。在这个系列作品中，1925、1926年出版
的两本被认为是顶峰之作。1927年出版的《杜里特大夫的花园》，洛夫廷
因妻子过世影响了心情而导致该作品不太连贯；1928年创作《杜里特大夫
上月球》时，洛夫廷已开始厌倦这一系列。在这个童话系列中，1920年的
第一本因其轰动效应而传播最广。

杜里特大夫是一个非常天真的人物，几乎有点像圣人。但是他与许多
小说中的"好人"有许多不同，因为他自始至终使人倍感亲切。其中的部
分原因是，即使是儿童也能看出他的不懂人情世故，从而发出会心的微笑。
在后来的几部作品中，杜里特大夫（实际上也是作者本人）表现出了对"世
界正朝哪儿走"的越来越多的忧虑。例如，在《杜里特大夫从月球归来》中，
刚从月球归来的杜里特大夫害怕"住在这下面的所有生物都和我们一样面
临着一场正在失利的比赛"，并一心一意地想要找到创建"一个新的、完
全平衡的世界"的办法。

洛夫廷系列童话中流传最广的一本是《杜里特大夫的非洲之行》，说
的是杜里特原是给人治病的大夫，他十分喜欢动物。他发现在纸醉金迷的
社会里，他的聪明和善心不被理解，人不如禽兽讲恩谊和情义，于是他毅
然决然改人医为兽医。他在一只见多识广的鹦鹉的帮助下学会了鸟言兽语，
并利用这一项本领为动物治病。一个消息传来，说非洲猴子国瘟疫蔓延，
急需大夫救治，猴子们慕名请求杜里特前往赐治。杜里特当机立断，借船
带领身边的动物赶往非洲。童话一写到非洲，作家施展笔墨的余地就宽阔
了。杜里特大夫先碰上乔里金王国，这王国的国王曾上过白人的当，"很
多年前，有一个白人来到这儿，我出于好意款待他。后来，他竟然在这儿
挖黄金，为了得到象牙，还把大象活生生弄死。做完这些后，他就悄悄地
离开了。"[1] 国王因此不让杜里特大夫他们通过。幸巧伴杜里特大夫前往的
鹦鹉利用它能说人话的本事，蒙住了国王，让国王放行。国王发现自己被

---

[1] 休·洛夫廷：《杜里特在猴子国》，刘丙海译，吉林美术出版社，2018，第33—34页。

蒙，火速派兵追赶。童话被推进到了对孩子最有诱惑力、最扣人心弦的情节和场面：危急之际，只听得大猿猴下令道："一分钟内造起一座桥来！"

听到这只猴子的话，医生感到非常奇怪，纳闷它们要用什么造桥。他四处张望了一下，没发现有木材之类的东西。

但是，当医生回过头看向悬崖边时，他真的惊呆了。河流的上空出现了一座桥——用所有猴子的身体连接而成的一座桥！就在自己转身四处张望时，它们迅速地行动，一只只的猴子头手相接，在空中架起了一座桥，把两边的悬崖连接起来。

那只扛着拱卜的猴子对着医生大声喊道："快，快，过桥！"

拱卜刚开始时特别害怕，桥这么狭窄，而且还架在半空中，下边是宽阔的河流，摔下去必死无疑。尽管如此，它还是走过去了，接下来其他的动物也都过去了。

杜里特医生是最后过去的。他刚刚到达对面，国王的追兵就来到了悬崖上。[1]

救治开始，连狮王也被迫当了助手。猴国的瘟疫被遏住了。猴国是个不知"钱"为何物的国度，为了表达感谢，它们送他一头"双头鹿"。这双头鹿睡着的时候只睡一个头，另一个头醒着。杜里特大夫用它到各地办展览，挣了许多钱，于是大家生活得很愉快。

这部童话写到动物处，笔端就流溢温情、同情和热情，在这种氛围下刻画杜里特大夫的善良和乐观，这个幻想奇妙、跌宕有致、曲折动人又入情入理的故事便传达出一种温暖的人道主义精神，以及作家对和平友好的向往。这部作品还有一个值得注意的特点，就是把知识、奇迹、情感、理趣融为一体。例如鹦鹉的能言，狗鼻敏锐的嗅觉，猫头鹰的长于算计，等等，都利用得非常巧妙，并以此创造出一种十分可读的喜剧气氛来。

洛夫廷与他同时代的许多英国人一样，写到外国人就露出不恭的情态来，而写到有色人种时就更觉得他们很可笑。这是一种时代的局限性。然

---

[1] 休·洛夫廷：《杜里特在猴子国》，刘丙海译，吉林美术出版社，2018，第43—44页。

而他绝不是一个粗暴的种族主义者。埃·勃利申在《休·洛夫廷》中曾这样写道："如果我们能让儿童懂得，假如给他们相同的体力和智力上的发展机会，所有人种的好与坏的平均数是相等的，那么我们就能在和平与国际主义的大厦中放置一块十分坚实的基石。"

恰佩克童话

卡雷尔·恰佩克（1890—1938）是出身于捷克斯洛伐克艺文世家的剧作家和小说家，广纳本国和法国的哲学和文学营养。凭自己的剧作《万能机器人》、长篇幻想小说《克拉加契特》《鲵鱼之乱》和短篇小说《脚印》等赢得世界声誉。他长期从事新闻工作，与社会广有接触，目睹丑恶即作抨击。在希特勒掌握德国政权后，

卡雷尔·恰佩克

法西斯战争阴影笼罩着欧洲，恰佩克的《鲵鱼之乱》（1936）显示出他反法西斯主义的战斗意志和激情，成为欧洲最善于运用虚幻、象征等现代派意象手法来揭露社会生活中政治丑恶的作家之一。恰佩克的作品先后受到萧伯纳、罗曼·罗兰、高尔基等人的称赞。这位东欧浪漫主义作家之所以同世界童话史联系在一起，是因为他特意为孩子写了《九篇童话》（1931）。九篇童话都很精彩，但常被选收的是《流浪汉的童话》《强盗的童话》。作家写童话这几年正是他精神上最复杂的时期，也是他怀疑人类进步的理智、带着很深的疑惑思索善与恶标准的历史时期。恰佩克的童话在某种程度上反映了他质疑善恶标准的公认观念和共识，他是最早提出人类终将被自己创造的物质文明毁灭这一观点的作家之一。因而这一时期写成的童话被他自己叫作"反过来写的童话"，即在童话中表现他对公认的善恶标准的重新审视及重新审视的结果。他的任何一类文学创作都蕴涵哲学的沉思。他有哲学头脑，又有足够用的幻想力和惊人才华，无论写剧本、写小说、写童话、写游记，落笔就能惊天地、泣鬼神。他的反过来写的童话，把浪漫主义文学的艺术高品位和某种艺术陌生感推到了读者面前。也正因此，恰佩克在众多的童话作家中凸现出自己的不同凡响，其一流的文学水准为世

人所瞩目，而且随着时间的推移更显其耀眼的艺术光彩。他的童话是无法摹制的，尤其是他的哲思，他的机智和幽默，以及他在笔墨文字间隐含的辛辣、尖锐的讽刺，让平庸之辈不能望其项背。

《强盗的童话》《流浪汉的童话》这两篇童话所讽刺的是通常人们观念中的善和体面。《流浪汉的童话》写的是一位先生为了去追被风吹掉的礼帽，把手中的提箱托给一个过路人看管一分钟。这个过路人就是流浪汉弗朗特。结果先生追礼帽不是追一分钟，而是追了一年：这顶恶作剧的帽子总也不肯回到主人头上去。就在先生满世界追帽子的时候，流浪汉弗朗特把提箱送交了警察局。警察局咬定他杀死了一个陌生人，抢了一大笔钱，于是便判了他的刑，将他投入监狱。好在先生终于抓住了破烂不堪的礼帽回来了，先生的突然归来救了身陷囹圄的流浪汉……体面的人难以想象失落的钱还会回到失主手中。恰佩克用这样一个喜剧故事切中要害地批判了极端利己主义和黑白颠倒的社会秩序。当流浪汉弗朗特站在那里苦等多时总不见箱子的主人回来，于是他把人家托管的箱子送进了警察局时，童话写道：

法官先生打开手提箱，立刻惊讶地从座位上跳起来。手提箱里塞满了钱。法官一数，一共有一百三十六万七千八百一十五元九角二分钱，外加一把牙刷！

"这些钱你是从哪里偷来的？"

"这个手提箱的主人我不认识，他叫我给他拿一下，他的帽子被风吹走，他追帽子去了。"

法官就把流浪汉给拘禁起来。

冬天过去了，春天过去了。半年过去了，一年过去了。总也没有人来报告丢失的这笔钱。法官就怀疑流浪汉杀了手提箱的主人，然后毁尸灭迹。法官决定绞死流浪汉。[①]

这就是恰佩克"反过来写的童话"的一个范本。看！世界上最诚实的人，却是最容易被认为不诚实的流浪汉！而后来要判他绞刑的法官们，则

---

①维·比安基等：《127岁的小魔女》，韦苇译编，海燕出版社，2021，第27—28页。

是应该诚实的人却最不诚实！好在，那个托他看一下箱子的外国旅客一年后终于逮住了他的帽子。当法官先生问他为什么要追帽子并且为什么追这么长时间时，这个人回答说："这顶礼帽是全新的呀，而且，帽带底下塞着一张从斯瓦托诺维茨到斯塔尔科奇的回程票。我需要这张票啊，法官先生！"[1]

被恰佩克引来作为幽默故事主人公的，除了流浪汉和强盗，还有乡村居民、邮差、樵夫、磨坊工人、大夫、驾驶员。在现代社会环境中出现的还有巫师、水怪、林妖、地仙、人鱼等。这些"人物"，首先是作者人道主义思想的承载者，他们做了许多好事，仿佛都是应该做的似的。

在恰佩克的童话中，读者可以分明感觉到其人物、故事的假定性。恰佩克常常利用荒诞来提示读者：他所写的是非现实的童话形象。譬如，他描画强盗老梅尔扎维奥的肖像："他身裹牛皮，又披了一张马衣，嘴里不住啃着生肉，就像所有的强盗吃穿的那副模样。"这也说明他很善于利用传统童话的文学成果。

恰佩克关于儿童文学的言论也很重要。他认为，文学不能是为咖啡馆的一小撮特殊阶层的人物准备的鸡尾酒会。儿童文学要赢得儿童读者，这才是儿童文学作家的成功。他还说："我认为，让更多的人试着来写儿童文学，这在很大程度上对一个民族精神的建设是重要的。"他专就儿童文学的语言发表过意见："给孩子看的书要用最丰富、最精美的语言来写。要是孩童时期掌握的词少，那么他一生就将所得甚微。我既给孩子写作品，就必须解决好这个问题。儿童文学作品要给孩子以尽可能多的词语和知识，最大限度地表现思想和情感的能力——要记住，词汇——这是思想，这是全部精神财富的宝藏。"

埃林 – 佩林的《比比扬奇遇记》

埃林 – 佩林（笔名，意为"有这么一株苦艾"，1877—1949）是保加利

---

[1] 维·比安基等：《127岁的小魔女》，韦苇译编，海燕出版社，2021，第29页。

亚卓有成就的成人文学作家。他用这个笔名写的小说、童话、散文都获得了世界性的肯定。高尔基对这个深具平民品性的作家评价很高，说："有像他这样的作家，是任何一个国家都可以引以为骄傲的。"埃林 – 佩林的作品以乡土气息浓郁著称。他的童话通俗易懂，极富民间文学色彩，是与恰佩克并峙的东欧童话山峰。他的童话代表作是中长篇童话《比比扬奇遇记》(1933)。童话故事发生地在巴尔干半岛东南部，在流淌着多瑙河和横亘着巴尔干山脉的保加利亚。作者写了一个不爱上学的乡村男孩扬·比比扬的故事。比比扬的脚板很宽，就像癞蛤蟆一样，10 个脚趾往外叉开。在百无聊赖中，他遇上了小魔鬼咳(hāi)克，从此因恶作剧而遭受种种磨难。有一天夜里，他受小魔鬼咳克的怂恿，随同小魔鬼去老箍桶匠家偷鸡，结果被警醒的箍桶匠逮住：

于是，从小门里伸出个乱发蓬蓬的贼头来。他爬出了棚子，可没等他站起身，箍桶匠一只强有力的手像老虎钳似的揪住了他的衣领。

"哎哟！"比比扬疼得失声大叫。

"嘘——！别出声！"箍桶匠威吓说，同时掐住了可怜虫的脖子。比比扬当即眼珠凸鼓，舌头卡在了喉咙里。

咳克从鸡棚子后面清楚地看到刚才这一幕。他轻轻一跳，就跳出了院墙，好似一阵风，隐入了黑暗中。

"哎哟哟哟！大叔，放了我吧，我再也不敢了！这都是咳克叫我干的！"比比扬嘶哑着嗓子叫喊。

"别嚷嚷，别嚷嚷！我的孩子！"箍桶匠平心静气地说，话音里带着长者的温厚。"不用怕，我不会伤害你的。可你现在走的是条邪道，我要把你扶上正道。过来……你过来，我的孩子！"

箍桶匠刚才这番发自肺腑的话，使比比扬放下了心。再说，箍桶匠这会儿已经没有抓住他的衣领，而是温情脉脉地拉着他的手，像拉着自家的孩子似的。

"你甭想溜。咱们爷俩一起走吧，走，走吧！你得从自己的过错中吸取些教训。跟我走吧！"

箍桶匠把比比扬拽进了他的作坊，就是摆放着许多木桶的地方。箍桶匠一手牵着比比扬，一手仔细查看木桶，还用手逐个儿拍过去。在一只又高又大的木桶旁，箍桶匠站住不动了。

"爬进去！"他对比比扬说，语气没商量的余地。

比比扬想挣脱箍桶匠的手逃走。

"爬进去——爬进去，我的孩子，你不用怕。我想检验检验我这只木桶的质量！"

比比扬明白他的反抗是不会有结果的，就双手抓住桶沿，哧溜一下钻进了桶里。箍桶匠盖上了木桶盖，拿过一把铁锤，当当当，把桶盖钉死。

"放我出去，大叔！放我出去！"比比扬大声苦苦哀求，"我再也不偷你的鸡了！求求你……"

可箍桶匠一声不吭。他把木桶翻倒在地，往桶肚踹了一脚，木桶就骨碌骨碌滚动起来。

比比扬在圆桶里从这边抛到那边，他扯着嗓门大叫，但木桶依旧隆隆滚动着。

箍桶匠先将木桶滚到野外，继而滚到河边，然后猛一脚把它踹入河中。湍急奔流的多瑙河水，带着木桶向前漂流，轻盈而平稳。[1]

最让比比扬痛心疾首的是，他的血肉脑袋被魔鬼换成了泥巴脑袋。比比扬脑袋留有哪怕一点善心好意都是魔鬼所不放心的。故事的主要情节就是表现男孩在同魔鬼的纠缠中成长。

埃林-佩林在他为成人创作小说已到炉火纯青的时候，转身为孩子写成了这部中长篇童话。其中以"偷鸡"和"寻宝"两个故事最富戏剧性。作家在这部童话里告诉我们，善良一旦有可能显示它的强大，邪恶就总是显得脆弱、渺小，最终不可避免被击破。世界的美好正在于，不是邪恶不存在，不是邪恶一旦被战胜就从此绝灭，而是善良像太阳一样，一时落下了，但总归会回升起来。这部童话还告诉我们，一个人纵使误入歧途也不要绝

---

[1]埃林-佩林：《比比扬奇遇记》，韦苇译，湖南少年儿童出版社，2010年，第43—45页。

望，只要心中葆有一份善良，他终能得到拯救。

第一部"比比扬"大获成功，埃林－佩林又续作了《月亮上的扬·比比扬》
（1934）。

埃梅的童话

《搔耳朵的猫》（又译《捉猫猫游戏童话集》）、《小矮人》《七里靴》是法国在成人小说领域已赢得高知名度的作家马塞尔·埃梅（1902—1967）的童话代表作。他的童话被《大英百科全书·儿童文学》标榜为"奇迹般的童话"，是法国此一时期唯一获此殊荣的幻想作品。《搔耳朵的猫》初版于1934年，于1939、

马塞尔·埃梅

1949、1950、1958、1963年再版，或出了选本版。全集版收童话17篇。这些故事都娓娓动人、引人入胜，所以法国评论家安·卢梭1938年著文在《费加罗报》说："以前有评选讲故事王子的风尚，如果这种风尚今日犹在，那么桂冠无疑应该属于马塞尔·埃梅。"

童话集《搔耳朵的猫》通过人和拟人的动物相处、接触，在善恶、美丑、真伪、忧乐之间生动幽默地再现了作家童年时代曾经体验过的充满旷野气息的田园生活画面。当作家写到森林、牧场、山谷、小溪、庭院、居室、学校、家禽、家畜，笔致就总是浓染着深情。作品中所表现的人情世态、动物习性，无不因作家童年时代曾对其细致入微的体验和别具慧眼的观察而显得逼真生动。埃梅的童话明显继承了法国的传统：注重作品对儿童的导引功能，寓真善美的陶冶作用于童话人物和故事的趣味之中，正如作家自己所说："我的童话是没有写爱情、没有写金钱的浅显故事。好几个大人读过我的童话，他们写信告诉我，这些童话的耐读性并不比我别的作品差。今天，我对此十分满意，因为一本在成人手中不耐读的作品，也会在孩子那里不耐读。"埃梅的童话耐读、有生命力，也与他饶有趣味的童话语言分不开。埃梅的童话语言谐趣、幽默，是受到一致好评的。贡扎尔·特律克这样说："马塞尔·埃梅先生的语言饶有趣味、简洁明了，具

有他独特的风格，他将诙谐、同情、准确和轻快的诗意自然而然地同语言融为一体。他使好奇的人感到乐趣，让哲学家对读者更有吸引力，给道学家弥补了不足，让上流社会中有教养的人哭笑不得。人们发现，他是同时代最优秀的作家之一的时候大概到了。"夏尔·普利斯尼说："为成人写《绿色的母马》和其他十分幽默的小说是一回事，写《捉猫猫游戏童话集》又是一回事，善于对儿童讲话的人是再稀少不过了，马塞尔·埃梅先生在这方面是做得令人赞赏的。"①

《七里靴》(童话集《穿墙记》中的一篇)与前述童话创作的艺术策略大不相同。它融有大量现代意识和现代人的思考，很耐读，应是埃梅首位的、最具影响力的童话代表作。这部中篇规模的童话写得像一首诗，比前述童话更富谐趣。当贫穷的主人公赢得七里靴，可以自由到各地去获取食物时，他却什么也没有要，而是到大草原上采集了一束黎明的曙光，用一根蜘蛛游丝扎将起来，回家把五彩缤纷的光束放在妈妈的床头边。

埃梅出生于农人之家，学医多年，虽进了城市，当了公务员，做过银行职员、保险公司经纪人，随后又干过另外6种职业，但他农人气质依然。他比较多产，作品写遍城市和乡村。城市的题材中甚至包括电影编导和演员、政客。他用文学见证了那个时代。但他的创作方法明显区别于左拉的自然主义。他的作品可分成两大块，一块是情节、细节上都很真实的现实题材，另一块是梦幻题材。他抓住道听途说的一个传闻，就能从此出发演绎出一部作品；他往往利用半真半假的奇闻逸事做跳板，一跃就能从真切的现实世界跃入奇异的幻想王国。

埃梅在法国算得上是很善于运用依森文学思维来为孩子写作品的一位大家。除了儿童文学史上必定提及的《搔耳朵的猫》和《七里靴》，流传广泛的还有他的《孔雀和猪》《学问渊博的牛》之类的讽刺作品。他从现实生活切入，从现实的两个女孩出发，写她们对外在美病态的畸赏和畸好，然后与家养动物结构成一件具有讽刺内涵的童话，直到把事件推引出一个难

①黄新成：《一部不易多得的儿童佳作——〈捉猫猫游戏童话集〉》，载四川外语学院外国儿童文学研究所编《外国儿童文学研究》，广西人民出版社，1989。

以置信的结局，而作者仍不见声色，就是说，在冷静的叙事中把自己的思想倾向和美丑判断明白地表露出来。以《孔雀和猪》为例，其结尾就是如此不可思议：

  ……风渐渐停了，雨渐渐小了，它又继续上路。当它走近农庄时，最后的几粒雨滴从天上飘落，阳光透过乌云照射下来。苫莉菲娜和玛丽奈塔同父母一起从厨房里出来，家禽们纷纷从躲雨的棚子里走出来。就在这一时刻，也就是当猪刚走到农庄门口时，姐妹俩手指着天边，同声大叫起来："彩虹！多好看呀！"

  猪回头一看，立刻大叫起来。它看见自己的身后巨扇般地展开着一条大尾巴。

  "都来看呀！"它说，"我的彩尾开屏了！"[1]

埃梅能分别用温情脉脉和锐利讽喻的多副笔墨表现不同的童话角色，显示了非同寻常的文学才能。

他的作品多以现实生活为题材，时而插入奇异得令人拍案叫绝的幻想，使现实世界与虚拟世界融成一体，以此来讽评现代文明社会。作品笔触细腻，描绘生动，富于幽默感。

苏斯博士的幼儿图画故事书

20世纪上半期，美国的儿童幻想故事开始在世界上崭露头角，童话创作的良好势头迅速显露出来。首先脱颖而出的是20世纪30年代末的画家苏斯博士（1904—1991），他的童话连连获得成功，其代表作是1938年自绘插图的《巴塞洛米·库宾斯的500顶帽子》。它出版不久就轰动了英语世界。主人公巴塞洛米头上会长帽子，这就讨厌了。因为在国王面前他要是坚持不脱帽子，那就只有把脑袋砍下来一个办法了！但是巴塞洛米头上就是戴着摘不完的帽子。摘了一顶又长出一顶。急死人！好在，摘到近500顶的时候，帽子越来越漂亮了，最后一顶最漂亮，国王要求卖给他，巴塞

---

[1] 萧袤主编《全面发展之星优秀课外读物 获奖译文集》，北京理工大学出版社，2011，第210页。

洛米这个穷小子于是收获了 500 金币，他第一次拥有了许多钱——那是他用头上长出来的神奇帽子从国王那儿换来的。这篇童话的幽默和喜剧情节把无上的帝皇至尊给戏谑了一番，极富笑趣。1949 年问世的《绿雨点儿》也是同类作品。故事写了一个易怒的专制国王，因贪心大作而险些葬送了自己的王国。倒是一个孩子的机智挽救了王国和王国的子民。苏斯博士把善良、智慧和幽默都赋予了孩子，这样倾情创造出来的故事受到儿童欢迎是情理中事。

苏斯博士以拟人化动物为主人公的童话，也同样能在孩子中间掀起阅读狂潮。1957 年出版的《戴高帽的猫》中的猫，高高大礼帽，大大的蝴蝶结，尾巴像电话线似的螺旋形向上盘曲。这则童话中的猫有米老鼠式的机灵，有顽皮男孩式的淘气，故事热闹又开心，能把孩子读得痴狂，它的出现改变了人们的童书观念——它证明用非常有限的词语可以创造出令人目瞪口呆的游戏性故事（他的《绿色鸡蛋和火腿》的故事只用了 49 个单词，《一条鱼，两条鱼，红的鱼，蓝的鱼》也复如此）。还有《大象的蛋》里的大象叫霍顿，它正直、宽容而有耐心。它答应替鸟儿孵蛋。它说一不二，信守承诺，纵然暴风雨袭来，纵然猎人的箭射得它钻心疼痛，它仍置自己的痛苦和他人的嘲笑于不顾，一直坚持到鸟儿回来。

苏斯博士图画故事的生命力来自他天才、大胆的独创幽默趣味，来自喜剧性、笑剧性的简洁叙事，还来自他对幼儿阅读的悉心照顾，因此他的画面色彩并不浓烈的图画故事都能赢得幼儿读者是理所当然的。

圣-埃克苏佩里的《小王子》

安托万·德·圣-埃克苏佩里（1900—1944）在出版《小王子》（又译《小王子星际旅行记》，1943）前，就已经是一位风格独特的小有名气的作家，发表过小说、诗、随笔和短剧。大作家纪德曾为他的名作《夜航》（1931）作过序，该部作品曾获得法兰西学院小说大奖。在《人类的土地》（1939）这部作品中，他感慨地说："在

圣-埃克苏佩里

203

今天，战争已经不是牺牲一点血来增加民族活力的问题了，自从使用飞机和芥子气以来，战争早已成为血淋淋的外科手术了。"他呼吁道："为什么要互相仇恨呢？我们应该团结，因为我们都生活在同一个星球上，都是同一艘航船上的乘员。"《小王子》这部中篇童话也一样是对于世界和人类的思考，开头作者自绘的那幅"蟒蛇吞了大象"图正作于希特勒野心勃勃、丧心病狂企图征服世界并且屡屡得手的时候。

梦想和奇迹伴随着以航空为职业的作家度过一生。他有意识地追求着一种超越生命的价值。他以为，爱和友情是高于一切的。《小王子》正是明确地体现着这种追求。星球小王子从天外来，他曾访问过 7 颗星球：第 1 颗星球上只住着一个可笑的权欲迷；第 2 颗星球上只住着一个虚荣迷，他老举着一顶帽子，以便对向他喝彩的人们还礼；第 3 颗星球上住着一个酒鬼；第 4 颗星球上住着一个为占有全部星星而终日奔忙的商人，他已经把星星数到五亿一百六十二万二千七百三十一颗，他把这个数目存放在自己抽斗里，就算归他所有了……第 7 颗星球是地球，"在那里可以数出一百一十一个国王(当然，没有忘记统计那些黑人国王)，七千个地理学家，九十万个商人，七千五百万个酒鬼，三亿个自大狂，也就是说，有将近二十亿的大人。"[①]。这似乎是圣-埃克苏佩里对成人世界的一种童话概括，这个世界的大人像鹦鹉那样重复别人讲过的话，缺乏想象力，缺乏稚童般的清纯、爱和温情。从小王子的寻觅中，作品表现出像圣-埃克苏佩里这样有着清醒头脑的人的一种精神饥渴。而这种精神饥渴对孩子来说尤其敏感。因为成人可以接受流行的、统一的信仰，孩子却不能接受。儿童的处世态度和对问题的观点，与获得"健全思维"能力的成人大相径庭。

圣-埃克苏佩里超越凡常之处在于，他能把对历史、社会、政治、人性的思考都巧妙地融入讽喻性幽默叙事中。例如童话故事里的这一段描写：

"这些星球都是您的吗？"小王子讶异地问。

"是的。"国王回答说。

---

① 韦苇主编《世界经典童话全集 第8卷 西欧分册》，明天出版社，2000，第461页。

"太阳也听您的吗？"小王子又问。

"啊，那当然。"国王回答说，"太阳很快就会听我的。我不着急。但是不听我是不行的。我不容许谁违抗。"

国王这样喜欢逞威风，使小王子感到非常吃惊。小王子是这样爱看太阳沉落时的晚霞。要是他有这么大的权威，小王子一天不但能看到落日四十八次，甚至能看到七十二次，还可能看到一百次，或二百次，连身子都不必转动一下。小王子又鼓足勇气问国王：

"那我请求您命令太阳落下……我太想看落霞了！"

"太阳会为你落下的。"国王亲切地答应说。"不过，我得等条件适宜时，才能向太阳发命令。这中间，有许多统治智慧和统治秘诀的。"

"那么什么时候条件才适宜呢？"小王子问。

"咳嗯咳嗯！……我想，总得等到晚上近八点钟光景。到那会儿，我准有条件向太阳发布一个'落下'的命令了。"

小王子又打了个哈欠。正在这时候，太阳落下了。他失去了看落日的好机会。①

小王子在不同的星球上遇到几类极具典型意义的人物——国王、商人、地理学家、酒鬼等等，他们根本不懂得爱，他们无一例外地为外物所累，活得盲目，也因而失去了自由和自觉意志，失去了人生的真正意义。《小王子》的阅读价值之一就是让读者以孩子的童稚为参照，提示人们以非功利方式活得简单些，更简单些。

这部童话没有情节主线贯穿，与传统专意为儿童创作的童话相比，显而易见有一种异质感。作家把自己作为一个飞行员体验和感受过的情感、思想融涵在童话的字里行间；它其实更像是一篇别具一格的散文诗，纯粹、简洁而丰富，幽远、深邃而隽永，婉转、曲隐而耐品，奇峻、峭拔而神妙。结尾处，狐狸的阐析透露出作家心中的底蕴："爱和友情就应该在你身边寻觅。珍惜一切美好事物，努力把好的变得更好，这样就会感到幸福；如

———————
① 韦苇编著《点亮心灯 儿童文学精典伴读 第3版》，复旦大学出版社，2019，第127—128页。

果你使别人的心感到亲昵和温暖，那么你对周围的存在都不会感到空虚。"这是一部思想深邃的作家写的童话，所表达的是一种热爱人类的信念；这是一部长于沉思的作家写的童话，所探讨的是人生的真谛。作品虽然不是为儿童而写，却向来被许多西方国家的教科书收作课文，指定儿童阅读，旨在让年少一代也和成人一起共同来认识、来感悟、来思考关于爱、关于友情、关于信任、关于忠诚、关于真理、关于信仰、关于理想、关于道德、关于幸福、关于责任、关于人性的飞升、关于灵魂的翱翔……

在法国著名作家中，圣–埃克苏佩里的作品与马塞尔·普鲁斯特（1871—1922）的意识流小说风格大异，而与比他年长30多岁的安德烈·纪德作品的风格则比较接近，典雅、洗练，自然、清新，所以少年读者，尤其是文学鉴赏能力较强的年轻读者都乐于品赏。因为《小王子》的童话文本创作原意不是为儿童阅读，所以为降低孩子的阅读难度而出版删节本也是通用的做法。

《小王子》用诗笔写成的童真碰撞尘浊的故事，它的作者圣–埃克苏佩里是法兰西一位为抗击希特勒法西斯而英勇牺牲的飞行员，是戴高乐将军领导的自由法兰西抵抗运动的空中斗士。他的空中飞行生涯与星星总是贴得最近，因此他也就从星星展开他的奇思异想。他的年轻生命于1944年7月31日8点多就永远消逝在浩瀚的苍穹了，而他的这部杰作却为他的生命创造了不朽和永恒。

麦克洛斯基的《给小鸭子们让路》

罗伯特·麦克洛斯基（1914—2003）的《给小鸭子们让路》（又译《让路给小鸭子》）被认为是具有永久魅力的幼儿童话故事书。它的故事内容是纯现代的，所以常被人与其后问世的《鼠人司徒亚特》《时代广场的蟋蟀》一起提及。童话以一对鸭夫妇寻找新居繁衍后代为线索，随着故事的展开，作者向小读者推出一个个十分动人的人与野禽和谐相处的场面。由于鸭子被孵出不久，还不会飞行，鸭妈妈就让它们排成一路纵队穿过波士顿闹市区的大街，穿越十字路口到安全的栖息地去。一路上，警察指挥汽车、行人全停下，给鸭子们让道，于是童话出现这样的喜剧画面：车辆停成一条长龙，行人好奇地观望着，鸭子们不慌不忙地摇摆着身子鱼贯向前走动。这篇童话的成功绝非偶然，作者曾自述，他在波士顿艺术学校学美术时，每天早上路过波士顿公园，就看到一对鸭夫妇。后来他离开波士顿到纽约，4年后回到波士顿，发现这对鸭夫妇添了许多鸭孩子，而它们的路线让他犯愁，于是引发他写这篇童话的灵感。他为画好鱼贯前行的鸭群，作过不下千幅的鸭子写生，而回报也是不菲的——麦克洛斯基于1942年即童话出版第2年荣获凯迪克金奖。这篇童话在波士顿真实的背景下展开想象，其现实生活与童话幻想的界限完全是模糊的，水乳交融的，不着丝毫痕迹的，没有任何魔幻，非常生活化，然而却是纯幻想童话。麦克洛斯基是用一群鸭子的温暖、朴素、感人故事与细节的真实告诉人们：唯这样的城市才是最宜居的，才值得身处其间。

麦克洛斯基另有《小塞尔采杨梅》、《海滨的早晨》、《奇妙的时光》（1958）等幼儿童话也极富色彩，清新可读。

阿特沃特夫妇的《波普先生的企鹅》

《波普先生的企鹅》是被儿童文学权威理论家李利安·史密斯放到与小熊温尼·菩、玛丽·波平斯、杜里特大夫同一童话人物系谱中来进行评述的。它是美国作家阿特沃特夫妇的一部童话名著，首次出版于1938年，很受读者欢迎，十分畅销，所以连连再版，并被许多国家译介。理查德·阿特沃特1892年生于芝加哥，终身服务于教育。书的合作者——他的妻子弗洛伦斯·阿特沃特是他的学生。他们的女儿对有历史背景的儿童读物不感兴趣，于是他们合写了这部没有任何历史背景的中长篇童话。

波普先生原是个房屋粉刷工，以搞室内粉刷、油漆或裱糊墙壁所得收入维持一家生计。波普是个富于幻想的人。他希望自己成为一个科学家。他一心向往的是到南极或北极去探险。只要听说城里放映有关南极或北极的影片，波普先生总是第一个到售票口买票，屁股一坐下来一看就是3场。只要城里图书馆新到一本关于北极或南极的书，波普先生总是头一个去借阅。他成了北极和南极探险的权威。由于他痴迷于探险事业，就向南极探险队队长写了一封信。南极探险队队长德鲁克通过广播告知波普先生，说他将收到一个从南极邮来的包裹，是送给他的一件礼物。这件弥足珍贵的礼物就是南极企鹅。波普先生一家人竭尽全力照料这来自南极的宝贝。他为了给企鹅建造一个适宜的生活环境，不惜请维修工在电冰箱门上打5个小孔，并在电冰箱门里安个把手，让企鹅可以自己从里头开门出来。他还给企鹅提供可口的食品，培养它们的生活能力。企鹅们慢慢习惯了波普先生的新环境。后来企鹅们被训练成一支企鹅表演队，到全国各地表演，由于表演出色，引起了全国的轰动。只要听说波普企鹅演出队要在哪个剧院表演，人们就会在街上排起半英里长队等着买票。

《波普先生的企鹅》能成为畅销书，成为世界儿童文学名著，其原因正如美国《基督教科学箴言报》所说："有趣极了，不可多得。"也正如《纽约时报》的一篇评论所说："那些紧张的场面本身，足以使任何一个孩子抿嘴轻笑……"总之，是因为自始至终具有一种浓厚的幽默感和生动的喜剧色彩：波普，一个以刷裱墙壁为业的粉刷工，竟如此痴迷于两极探险，全心全意地热爱科学、为科学献身，这本身就蕴含了许多喜剧因素。其间，作家又善于选取适合表现波普喜剧性格的富于喜剧性的情节，善于运用不动声色的天才幽默来加强喜剧效果，遂使整个作品荡漾着一种喜剧气氛，读来谐趣横生、引人入胜。小读者就在饶有趣味的阅读中，认识了企鹅和它的生活习性，为波普献身科学的精神和高尚情趣所感染。尤其是当波普不为金钱所动，声言"好莱坞的生活对企鹅来说，并不是很适宜的"，这个情节所表现出来的精神和情操，能给小读者以积极的启示。

《波普先生的企鹅》的读者是超越了儿童的，正如新版《大英百科全书·儿童文学》中所说："不仅是儿童，就是成人也难以抗拒《波普先生的企鹅》由幽默造成的艺术魅力。"

拉达的《聪明的小狐狸》及其他

受恰佩克影响，创作以当代生活为基调的魔幻童话的一位捷克作家约瑟夫·拉达（1887—1957），首先以富有儿童特色的插图作品著称于世。他的童话作品有好几部，其代表作为《黑猫米克什》及其续篇，《聪明的小狐狸》和《淘气的故事》，三者都在世界上流传甚广。他的几部童话有一个总书名叫《反童话》（1940）。拉达为《好兵帅克》所作的洗练、鲜明的插图，为捷克的每一位读者所耳熟能详。拉达的童话如果没有他自制的极富表现力的插图，那就会逊色不少。

狐狸的狡猾是世人所公认的，但欧洲作品中的狐狸形象，向来与东方故事中的狐狸不太相同。如《伊索寓言》《列那狐的故事》中的狐狸形象，显然不是"狡猾"二字所能概括的。《聪明的小狐狸》中的狐狸则更不同，它更像淘气又稚拙的男孩子。拉达笔下这只小狐狸的性格是立体的。它狡猾，狡猾到它预先写信告诉腊肠商人史别立克：它要到腊肠商店里去"取"一只火腿。它化装进城，观情察势：城里的男女老少都手持武器在暗中等着小狐狸的出现。小狐狸心里有数："城里是严禁放枪的。"它进了城。"它穿过了弯弯曲曲的小胡同，成功地躲过了人们的眼睛，溜进了史别立克的花园，跑到门前的广场上。紧接着，他就像闪电一样，窜进了香肠商店敞着的大门。"① 小狐狸这一出现，全城人都聚到门前空地上，东一槌子、西一棒子，你敲我的脑袋，我打你的腿，唯独没打着小狐狸。小狐狸脱身溜进一条街，又窜进第二条街，然后再拐到第三条街上去。

到了这条街，它直奔皮货店，趁着追赶的人还没拐过来的当儿，它跳起来牢牢咬住挂着许多狐狸皮的横梁，自己也变成了"一张狐狸皮"。

追赶的人群拐到第三条街上不见了狐狸，就拼命奔向第四条街，谁也没看那些狐狸皮一眼，只有史别立克一个人，一边向前飞跑，一边向那一排狐狸皮挥舞着拳头喊：

"再过一会儿，我让那个红毛儿流氓的皮，也挂到这个横梁上来！"

等到追赶的人群都拐上通向田野的第四条街，咱们的这个小狐狸就松

---

① 约瑟夫·拉达：《一只聪明的小狐狸》，孙幼军译写，少年儿童出版社，1982，第41—42页。

开嘴巴，轻轻落在地上。他一刻也不耽误，从这里跳回第二条街，又从第二条街跑回第一条街。他通过了空无一人的广场，跑回史别立克的香肠商店。

小狐狸跳上柜台，挑选了一只最肥的大火腿，就奔向门外。[1]

小狐狸毕竟还小，没有丧尽天良，还懂得骗了腊肠商人的火腿实在是不光彩。它终于承认了自己的错误，还把在大路上捡得腊肠商人的一笔巨款还给了商人，这使商人喜出望外。小狐狸本来就有上进心，好强，它最后终于成长为一个责任心很强的守林人。

拉达的童话遗产还有《淘气的故事》，也全都是"反"过来写的。拉达热爱孩子，为儿童文学艺术耗尽了毕生精力，把童话世界移入当代环境之中，创造了一系列幽默、好玩的艺术形象，为童话文学的民族化作出了贡献。1947年，捷克斯洛伐克政府授予他"人民艺术家"的光荣称号，并为他建立纪念像。

小川未明的《红蜡烛和人鱼姑娘》及其他

小川未明（1882—1961）作为童话明星在日本横空出世，一下支撑起了日本儿童文学，使日本儿童文学开始为西方所瞩目。他的《红船》于1910年问世，标志着日本现代儿童文学从此起步。小川未明认为唯童年最美——童年的心灵纯真、不虚伪，童年不曾受过污染的心灵最能自由地翻跳。这种对童年的恋情

小川未明

都表现在他的童话中。1921年发表的《红蜡烛和人鱼姑娘》诸篇童话代表着他的成就。

在《红蜡烛和人鱼姑娘》中，散文诗化的叙事风格描绘着北方海域中寂寞凄凉生活着的人鱼，他们时时憧憬着明朗的海面上的生活；他们相信人是善良的，都富于同情心，不会欺负弱者。一个人鱼母亲下决心将自己刚生下的女儿抛扔街头，以期下一代能在热闹、明朗、美丽的都市度过

[1] 约瑟夫·拉达：《一只聪明的小狐狸》，孙幼军译写，少年儿童出版社，1982，第43—44页。

一生。住在海边神社前卖蜡烛的老夫妇把人鱼扔下的女婴捡了起来，以为这是神之所赐，便收养在家。人鱼姑娘渐渐长大，她心灵手巧，用红彩在蜡烛上绘鱼、贝之类的图案。于是，渔人们纷纷前来购买。万不料一个马戏团的江湖艺人看上了人鱼姑娘能为他的马戏团赚大钱，就说愿出高价把人鱼姑娘买走。钱财把老夫妇的心肝都变成了铁石，他们不顾人鱼姑娘苦苦哀求，冷酷地将她卖给了江湖艺人。人鱼姑娘被带走的那个晚上，海上风暴骤起，掀翻了马戏团的船。人鱼姑娘是东方民间童话中常见的人神合一的形象。当人们不辜负人鱼母亲的期望和信赖时，幸福就来伴随人们；而当人们一旦为财利所驱遣，辜负人鱼母亲的期望和信赖时，她以牺牲母女天伦之乐为代价换来的却是失望和背叛时，神的暴威便来将人的一切毁灭殆尽。善恶有报。它向人们提示着：践踏美、撕毁美是不能不受到报复的。这是小川未明用纯真的天性和多感的热血对苦难人生的诗性提炼，他营造出来的也是富有诗意的童话境界，这种弥散着爱、美和忧伤的境界无论是作为童话、作为小说、作为散文都是动人的，是富有阅读魅力的。

小川未明童话对偏爱抒情的读者具有特别强大的吸引力。写得饶富忧伤的诗情又有令人心旌摇曳的画面的，还有《月亮和眼镜》等童话。他的大多数童话都是人性和人情的花朵，给人的感觉仿佛是长虹浮现在雨后的天上，令人神往；又仿佛是飞升到天空然后四散开来的焰火，让人迷醉。

新美南吉的童话

新美南吉（1913—1943）是日本作家中童话想象力最丰富、天赋才能也最强的一位。弥漫诗意的童话想象力是他文学天才的外现。他也很重视故事。他曾明确地说过，童话是写给孩子看的，而最能吸引孩子的就是故事。因此，童话必须强调要有精彩的故事。注重童话的故事性，决定着他的童话更符合童话文学的本质要求。他活学活用民间童话，把民间童话文学的精髓同现代人的现代观念融合为一体。他的代表作是《小狐狸阿权》《小狐狸买手套》《去年的树》《盗贼来到花木村》。这几个童话故事中都安排了难以猜测的转折，而最后结尾总是耐人寻味——往往利用结尾把意味往深处大大推进了一层，从而唤起读者的睿思。

《去年的树》是日本童话在中国普及最广的一篇。它用饱蘸浓情的诗笔写一只小鸟追踪它的好朋友——一棵树的经过。本来小鸟天天给树唱歌。树呢，天天听着鸟儿唱。小鸟告别树南去越冬，可当它北归时不见了树，树被拉进了山谷的工厂。它追到了工厂，在工厂它只找到了木条，木条又被做成了火柴，火柴被运到村里卖掉了。钟情于树的小鸟紧追到村里，这时出现在读者面前的是这样一幅震撼人心的画面：火柴已经用光了，唯有被火柴点亮的油灯还亮着，小鸟向着灯里的那簇火苗唱了一支去年唱过的歌，然后飞走了。这用散文诗的语言描绘出来的隽永画面，向读者传递感情和思绪的忧伤、惆怅、幽怨、无奈、恋念和惜憾！但是毕竟灯盏的火焰也是生命的另一种形式，而且一位小姑娘正需要"去年的树"化作一团小小的灯火来为她照亮。这样一路思量下去，似乎小鸟最后对着灯火唱的就不一定是悲歌，而是祈愿和祝福的表达。一篇千字童话如此言有尽而意无穷，足见其童话天才的魅力无限了。

新美南吉本质上是一位抒情诗人，但他的诗意表达并不影响他的童话故事的曲折、跌宕和情节的丰富。

第六章 20世纪前半叶流传最广的儿童小说

20世纪前半个世纪的儿童小说名著概述

20世纪初期和中期的儿童小说名著，除需专章述介的露西·莫德·蒙格梅莉、劳拉·英格尔斯·怀德、肖洛姆－阿莱汉姆、雅洛斯拉夫·哈谢克的作品外，应该被述介的还有：

美国多产作家布斯·塔金顿（1846—1946）的小说名作《彭罗德》，讲述了即将告别童年的彭罗德如何渴望快快长大，描写了主人公大胆地张扬自己的个性，因"顽劣"而成为"全城最坏的男孩"的故事，整体风格谐趣、幽默，其生动、轻松、戏谑营造出来的喜剧性故事情节读来有一种亲历感，所折射的是作家不见容于当时社会的主流规范，从而比较系统地呈现出自己的童年观和教育观。这部作品当时被与马克·吐温的《汤姆·索亚历险记》相提并论，足见其脍炙人口。

美国女作家简·韦伯斯特（1876—1916）1912年出版的《长腿叔叔》写孤女杰露莎·亚伯特在慈善家长腿叔叔的帮助下进入大学读书的故事。故事以亚伯特一切都感到新鲜的大学生活为开端，以毕业时她用一封信告知长腿叔叔为结尾。小说写了一个孤儿的成长过程，是当时的一部名作。因其感人，因其能触及人们心中最柔软的地方，得以翻译为几十种语言在世界各地传播。

与《长腿叔叔》同时流行的美国儿童小说，还有埃莉诺·霍奇曼·波特的一部以描述孤女为内容的同类小说《波丽安娜》（1913），讲述的是11岁的波丽安娜从来没因自己的孤女身世而失望和沮丧，反而能在每一个困难与打击面前都积极乐观地去发现快乐、享受快乐的故事。自从她来到脾气乖戾、性格孤傲的姨妈家后，她的"高兴游戏"便流传开来，并深深地感染了她身边的每一个人，甚至让整个贝汀斯镇都重新获得了生机……这部小说在美国一直盛销不衰，甚至连"波丽安娜"这个孤女的名字都被收为词典的一个词，意为乐观情绪有往外传递和扩波的力量。

　　英国作家亚瑟·兰塞姆于1931年出版了一部名为《燕子号和亚马逊号》的冒险小说。故事发生在英格兰北部的沼泽地，登场人物则有来自两个家庭的8个孩子。他们在暑假期间在湖里举行驾艇比赛，在无人岛上一起露营，与驾着屋形船的伯伯海战。诸如此类的活动，作家一一做了真切的描绘，其嬉戏快活洋溢于字里行间。文字描写不但生动，而且还有冒险性质，所以特别受当时少年儿童读者的欢迎。因为这部名作写了无人岛的情景，所以当时也有人把它作为幻想故事来读。

　　在英国，柯南·道尔的侦探小说流行成风，于是就跟风涌现出为数不少的柯南·道尔的继随者。其中最负盛名的是吉尔伯特·基思·切斯特顿（1874—1936）。切斯特顿塑造了一个身披神父外衣的侦探形象勃拉翁。勃拉翁举止文雅，彬彬有礼，却能在一瞥之间洞察别人的心理，能机警地发现常人所不能发现的疑窦，人家拿着头疼棘手的案子，到他手里一侦即破，侦破技能令读者为之瞠目。所以，切斯特顿的侦探故事写得不落俗套，其主要特点是心理描写细腻，情节安排和人物处理篇篇各异。

　　法国有一位笔名为"大罗尼"（1856—1940）的多产作家，一生有作品107卷，其间包括以尖锐的社会问题为题材的长篇小说、短篇小说集、哲学和美学论文，还有描写人类原始社会生活的中篇故事，以及一些科幻作品。大罗尼生前就获得龚古尔文学奖，并成了龚古尔文学院的一名院士。他的描写原始人的几个中篇故事在法国儿童文学史上被作为典范儿童文学读物。他的这类作品较有代表性的是《石器时代的人》（1892）、《为火而斗争》(1911)、《以抢劫为生的大个子蛮汉》(1920)。后两部作品的写作动因是作家得悉这样一个故事：乌拉姆部落的一个年轻猎人纳奥为了取得火而与大自然斗争，与其他部落的人斗争，付出了沉重的代价。其中写得最精彩的是纳奥的儿子乌纳跟一只"刀牙虎"搏斗的场面，以及跟"森林野人"拼战的情节，真可谓惊心动魄。大罗尼为描写初民们在非常的自然条件下改善生存条件的历史而展开大胆的想象。中篇故事《睡莲》(1909)就是这样的作品。还有，作家根据一种奇特的"翼手人"（即以翼代手）的传说而写成了《奇妙的洞中迷宫》(1899)。

法国当代最重要的作家之一、生前就被承认是典范作家的夏尔·维尔德拉克（1882—1971）在儿童文学中也有自己的地位，1924年出版的《粉红色的岛》当时就是少年读物，1932年出版的《狮子的眼镜》当时就是儿童故事。1933年他出版的《弥洛》写14岁的少年弥洛被命运所迫走向"人间"。弥洛到码头去当"小跑"，到饭馆里当跑堂，打零工，最后到印刷所去当了个学徒，在那里，他找到了可靠的朋友，小说写到的每一个细节都真实可信。

莫里兹·日格蒙德是匈牙利的大文豪，为儿童写了好几本书。在他的作品中，心理描写十分出色的《愿你到死都做诚实人》影响最大。小说以真实、生动的场面，刻画了一个名叫米夏·尼拉什的初中生被冤指为偷彩票的人时种种复杂的心情。尼拉什是个穷教师的孩子，全家靠他父亲极微薄的工资糊口。作家的笔触深入小主人公的内心世界，准确地描绘出他的老师、同学等熟人各个不同的心理活动，从而展现匈牙利各阶层人的生活和道德的整个画面，把日常生活的微妙之处一一揭示分明。这部卓越的中篇之作带有较强的自传性质。莫里兹的短篇小说集《小空谈家》也被译传到了国外，里面包括了几个作家写的关于旧时期匈牙利孩子生活中的忧伤而又令人发笑的故事。

在捷克儿童文学中占有显著地位的玛丽亚·玛耶罗娃（1882—1967），是一位具有国际影响力的典范作家。她一生为孩子写了多种童话，短篇小说和中篇小说。《女鲁滨孙》是她在20世纪30年代为批判所谓"为女孩子写的"伤感的小市民文学而写的。作品的女主人公——14岁的勃拉日娜，在母亲死后心情一直沉重，就像那个身处荒岛的鲁滨孙一样。但是她对父亲的道德责任不容她沉沦下去。邻里们的同情和关怀也进一步把她从郁闷中拉了出来。她在克服种种困难的过程中锻炼了自己的性格，培养了坚强的意志，最终她感到自己具有了一个真正的人的素质。玛耶罗娃的结论是完全不必去专意写什么"女孩子文学"。叙述女孩子为自己争取地位和权利的书自然而然会引起女孩子的兴趣，写给女孩子读的书也要让男孩子们读起来不忍释卷，让他们学会尊重女性的劳动，就像尊重男性的劳动一样。

著名的捷克斯洛伐克诗人和作家道纳特·沙依涅尔（1914—？）写过几本儿童文学读物。他的自传体中篇小说《一个淘气包的回忆录》（有的国家译成《顽童》），叙述了一个失去双亲、奶奶又照管不住的农村孩子对世界的理解。作家回忆的是童年的苦难，但读来又使人感到主人公不是个孤儿，他总是那样快活，那样不安稳，那样淘气。随着年龄的增长，这个顽皮的孩子成长为一个热爱劳动、无私助人的好少年。沙依涅尔的回忆之所以极富感染力，受小学生欢迎，是因为它充满了人道主义激情。

1947年被捷克斯洛伐克政府授予"人民艺术家"光荣称号的作家、剧作家弗兰齐雪克·朗盖尔（1885—1965）在20世纪30年代为孩子写了一本冒险和侦探性质的书：《白钥匙兄弟会》。在书中，5个男孩成立了一个"生死不渝"的秘密"兄弟会"，他们做了许多好事。这个有趣的故事以许多出乎读者意料的情节吸引着孩子们。

匈牙利的费仑茨·莫拉（1879—1934）是一位知名现实主义作家，创作了大批少年儿童文学读物。他写过童话、历史题材小说、日常生活题材小说。首先传到国外的是他的抒情中篇小说《小魔皮大衣》。这是作家对自己童年生活的回忆录。常做茫无边际的幻想的盖尔吉是穷毛皮匠的儿子，他把生活想象得如童话般美丽。然而，生活为他预备的却是严峻的环境和艰苦的历程。盖尔吉丧父之后就被无情地抛入人间，先后在衣帽铺、铁匠铺、书店做学徒糊口。在书店，他冒着风险将老板的书免费给了那些酷爱阅读而又无钱买书的穷孩子。盖尔吉因而受了许多折磨。他从自己的辛酸的生活历程中得出了一条结论性的经验："生活——这就是热爱人们。"这部作品融诗、童话、小说于一炉。"魔"皮大衣是父亲临死前为盖尔吉做的，他穿在身不只是为了御寒，皮大衣的温暖对他来说还具有另一番意义：这是善给他的奖品和礼物；善，唯有善，是不可战胜的。

这一时期，美国的儿童小说论其知名度，当推弗朗西丝·霍奇森·伯内特夫人（1849—1924）写的一个男孩成长的《秘密花园》。鼎定伯内特文学史地位的是《小爵爷特勒罗伊》，而被认为是她一生最成功、最有生命力的作品则推她的以儿童生活为题材的悬疑小说《秘密花园》（1909—1911），其次是《小公主》。《秘密花园》在女作家健在时并没有引起轰动，但后来被发现、被认为是"一部最令人满意的好童书"，遂连连重版，还曾两度被拍成影视作品。

加拿大作家克劳德·奥布里（1914—1984）从12岁开始写作，几十年来为儿童写了大量作品，其中《圣诞节的狼》（1944）、《千岛之王》（1960）、《阿古汉纳》（1972）曾获加拿大优秀儿童文学作品奖。他的儿童文学作品还有民间故事集《神奇的小提琴手》（1968）。《千岛之王》和《阿古汉纳》都以北美印第安人的生活为背景，充满民俗学的淳朴美。《千岛之王》写了加拿大千岛湖形成的传说：几千年前，有个昏庸的国王想娶美人鱼为妻。为了满足美人鱼提出的结婚条件，国王强迫百姓为她建造水上花园（在河中建造1000个美丽的小岛）。这项劳民伤财的工程进行了60年之久，建成后，国王早已衰朽，美人鱼也已白发满头。这时，百姓忍无可忍，起来打倒暴君。《阿古汉纳》中的阿古汉纳是易洛魁族一个酋长的儿子，本来胆小，但在关键时刻，即当他发觉敌人要偷袭他的部落时，竟冒着生命危险设法逃回部落报警，从而挽救了他的部落。作品通过主人公的历险和成长过程，热情地歌颂了舍己为人的勇敢精神。

蒙格梅莉的《绿山墙的安妮》

露西·莫德·蒙格梅莉（1874—1942）是加拿大20世纪上半期最著名的用英语写作的作家，一生用现实主义的柔润温婉、清新自然的笔触写了20多部家庭道德小说，是20世纪"家庭小说"最成功的创

蒙格梅莉

作者之一，其中被誉为世界儿童文学经典名著的是她的成名作《绿山墙的安妮》（又译《小孤女安妮》《小孤女》）。这部小说被与伯内特夫人的同期名著《秘密花园》并提，不过就其叙事清畅和阅读魅力而言，《秘密花园》里没有一个人物形象像安妮这样讨人欢心。

蒙格梅莉自幼爱习作诗和故事，15岁就开始发表诗作，后以教书为生。1904年春，蒙格梅莉一时灵感迸发，花费两年时间以自己生活过的卡文许迪村为背景创作了《绿山墙的安妮》。但是迟迟到1908年才获得了出版机会，小说一面世即引发畅销狂潮，蒙格梅莉因此备受世人瞩目，小说遂被译介为50多种语言在很多国家流传，后在加、美、英、法、德等国相继被搬上银幕或拍成电视剧。它传入日本后，立即在日本女孩子中间畅销，说明它也能受到东方女孩的由衷喜爱。

小说从马修和玛莉娜兄妹俩在绿山墙的平淡从容生活写起。为了给患有心脏病的马修找个帮手，他们打算从孤儿院收养一个男孩，不料阴差阳错，孤儿院送来的竟是一个11岁的满头红发、一脸雀斑的女孩安妮。她在马修的绿山墙里开始了她的新生活。她在马修和玛莉娜兄妹发自肺腑的钟爱和无私的关爱下一天天长大。她想说什么就说什么，总是喋喋不休，她热爱大自然，喜欢幻想，并且想象力非常丰富。在她的想象中，顽皮的小溪在冰雪覆盖下欢笑；玫瑰会说话，会给她讲很多有趣的故事；自己的影子和回声是自己的两个知心朋友，可以诉说心事。她爱美的天性也让她经常闹些笑话。小安妮天真热情，满脑子都是浪漫的想象。她直率，善良，勤劳，坚强，乐观，很珍惜友谊。然而，由于酷爱想象以及爱美之心，安妮给自己惹来了一连串的麻烦，她不断地闯祸，也不断在改正错误。在朋友、家人和老师的关爱中，小孤女安妮渐渐变成了绿山墙里快乐成长的小主人。

蒙格梅莉以寻常人群中普通一员的身份，用轻松愉快的笔调创造性地刻画了一个从孤儿院领出来的女孩成长的心路历程，给英语儿童文学注入了新鲜而又富有活力的气息。安妮最能感染读者的是她那淙淙流淌的诗意想象，这种想象力源于她对大自然的挚爱和对美的热烈向往。她总是不可遏止地把她的诗意想象滔滔不绝地表达出来，并与亲人和同学分享，于是她周围的人都分享到了她的心灵的美丽。"噢,看哪,有一只大蜜蜂从一朵苹果花里跃出来了。想想吧,那是个多可爱的住处呀——苹果花里!当风轻轻摇动它时,在那里甜甜入睡该多美呀!如果我不是一个小姑娘的话,我想我愿意做只蜜蜂住在花朵中间。"[1] 安妮小姑娘较之一般女孩子更敏感、更容易激动。敏感和容易激动是诗人常有的气质。因此安妮特别能诗意地、优雅地感受大自然、感受生活。凄凉苦境中的晚年马克·吐温曾用激动的语言向《绿山墙的安妮》的作者蒙格梅莉写信说:"安妮是继不朽的爱丽丝[2] 之后最令人感动和最令人喜爱的儿童形象。"这部打动了马克·吐温的小说,只要展卷就能读出欣欣然一片好心境,能感受安妮阳光般的美好性格和野玫瑰似的浪漫情怀,能体验蒙格梅莉对大自然无限美妙的诗意描摹,对乡村纯朴生活、人物的清新自然的幽默刻画。它于是在世界各地造就了一批"安妮迷"。在这批"安妮迷"中,有各种职业的人,竟还包括了英国首相这样的大人物。

以安妮为主人公的小说,蒙格梅莉一生写了包括《风吹白杨的安妮》《女大学生安妮》等10部,当然其读者之多寡各不相同。

能如此诱发一个孤女浪漫想象的乡村景物无疑是令人神往的,于是女作家当年生活过的加拿大爱德华王子岛上的绿山墙的农舍在她去世后被辟为博物馆,她的离农舍不远的墓地也成了闻名世界的旅游胜地,寻访女作家当年的居所和踪迹的人络绎不绝,正如人们也流连徜徉于阿尔卑斯群山间的一个叫"多弗里"的小村子,那是世界文学名著《海蒂》主人公可爱的小姑娘海蒂生活过的地方。小说主人公安妮曾说,玫瑰花换个名字,你不叫它玫瑰花,可它的花香依旧一样芬芳。人们来"绿山墙"朝圣,正是对天真活泼、极富想象力的安妮的喜爱之情的表达,也是对蒙格梅莉小说流芳的感激。

这部作品不以曲折迷离的故事取胜于读者,却以晨风般清新的幽默给少年以艺术营养。在以《绿山墙的安妮》为首本的"安妮系列"中,常有使

①露西·莫德·蒙哥马利:《小孤女》,邓少勉、马新林译,中国对外翻译出版公司,1995,第119页。
②指《爱丽丝漫游奇境记》的主人公小姑娘。

善于鉴赏的读者眼睛发亮的句段，像星星散布于夜空，如露珠闪烁于草丛。少年的吉尔伯特·布莱思暗暗喜欢着女同学安妮，而不喜欢另一个女同学朱莉娅，吉尔伯特竟数着朱莉娅的雀斑背九九乘法表！待到安妮当了教师，她发现一个家庭的孩子带到学校里来当点心的小甜饼上总印有凸起的字母和数字——这不是墓志铭吗？原来是50年前传说塞缪尔在海上淹死了，于是家里人为他立了一块墓碑。后来他突然回来了，家里人只好把墓碑挖掉。卖主不肯接受退货，于是塞缪尔太太就废物利用，把它用作做面包等食品的石板。这活人墓碑上做出来的甜饼可不因此就印上了凸出的字母和数字吗？这印有墓志铭的小甜饼，麦格塔伯家的孩子还分给同学吃呢。

蒙格梅莉创作和出版安妮系列小说的时候，世界儿童文学正处在低谷期的马鞍凹槽里。在儿童文学困难时段里给孩子提供精良作品的作家，应该是备受世人尊敬和感激的。

怀德的美国西部拓荒故事丛书

美国当代著名儿童文学女作家劳拉·英格尔斯·怀德（又译罗·英·槐尔特，1867—1957）从65岁时开始创作，次年开始连年出书，成就卓著。1954年，美国设立了以她的名字命名的儿童文学创作奖（中译作"怀德奖"）。

怀德

怀德以美国西部拓荒史为故事内容的系列作品反映了美国的开国精神，因此在美国十分畅销。怀德把20多年写成的儿童文学作品即9部系列性小说收在一起，合集出版，取了总名为《英格尔斯一家的故事》，又名《美国西部拓荒故事丛书》。这套书主要包括《草原上的小木屋》（又译《大草原上的小房子》，1932）——写怀德一家在威斯康星州的生活情形；《大草原之家》（1935）——写在印第安大草原的生活情形；《布拉河的堤岸》（1937）——写怀德一家在明尼苏达州布拉河流域的奋斗史；《银湖之滨》（1939）——写得克萨斯州银湖畔的生活情形；《长冬》（1940）——写在银湖过冬的情形；《大草原上的小市镇》（1941）——

写拓荒运动的尾声。这部总名为《英格尔斯一家的故事》的拓荒史从女作家的 5 岁童年写到她的少女时代。就反映当时历史的真实性而言，它十足是一部美国西部的拓荒史。怀德一家一面由东逐渐向西徙移，一面开拓荒地种植作物。全书内容以描述日常生活为主，充满冒险气息，散发着自由、独立的情味意趣——而这正是美国人民所要追求的理想。因此看似平凡的怀德一家生活史，实际上却是美国开国时黄金时代的一种写照。20 世纪 30 年代初，美国正处在经济大萧条中，这样生劲增力的小说的出现，给美国社会带来一份营养丰富的精神补充。

在这 9 部中篇小说中，写得最好的一部是《草原上的小木屋》，它在美国被搬上了电视屏幕。

《草原上的小木屋》中的小主人公就是女作家儿童时代的劳拉。作品写的是劳拉的爸爸带着一家西迁大草原，凭自己非凡的勤劳和勇敢，在草原上垦荒种植、立稳脚跟的种种经历和故事。

美国向西部大力进行领土扩张，是美国资本主义经济发展的重要一环。因此，作品的背景颇具典型意义。

劳拉的爸爸迁居西部大草原，这在 100 多年前是一个困难重重的大举动。劳拉的爸爸不但不屈服于草原环境的艰险，而且胸有成竹地征服了草原。他除草、砍树，他筑墙、造屋，他种地、打猎，凡是生活所必需的，他都努力去干。全书最精彩的是劳拉的爸爸有一次以他的聪明和果敢摆脱了 50 多头狼的狼群（为首者其大如水牛），奔回家中持枪在窗旁保卫了一家人的安全。下面是劳拉在窗口看到的可怕景象之一：

那条大狼仰起了鼻子，直对着天空。它张开大嘴，对着月亮，发出一声长嗥。

这时，围绕房子的那一圈狼群都仰起了鼻子，对着天空，同声接应它的嗥声。它们的嗥叫声响得连房子也震动了，缭绕在月光中，颤抖着向无限寂寥的大草原传播开去。①

① 罗·英·槐尔特：《大草原上的小房子》，吉裕生译，大众文艺出版社，2003，第78页。

小说所生动刻画的劳拉爸爸那种勤劳、勇敢，以及在与印第安人打交道中所表现的正直、善良、平等待人的品性，在与大自然斗争中所表现出来的独立谋生精神，真实地反映了100多年前美国西部移民的总体精神和风貌。因此这部作品无论从教育的角度、从艺术欣赏的角度、从历史知识的角度来考察，都是不乏价值的。

怀德的《草原上的小木屋》曾多次获得儿童文学奖，已被很多国家译介。

《大森林里的小房子》写劳拉一家在野兽出没的大森林开辟种植地，打猎、捕捉野生动物以剥取兽皮换得日用品。这样的生活虽不免艰险，但由于父母姐妹在一起，他们生活得很融洽，父亲又能讲很多很多故事，并且讲得绘声绘色，这样的生活使6岁的劳拉感到家庭的温暖、和谐和愉快。这部书就是在告诉人们，物质上贫穷的人精神生活却可以很富足：一个人拥有多少快乐并不取决于他拥有多少物质——一个玉米棒子芯儿裹上一块手帕做成的洋娃娃照样让劳拉惊喜不已！

在美国儿童小说中，怀德第一个把没有财产、没有地位的西部开拓农耕者作为小说的主人公，第一次以生活本身的真实生动性，以描写的轻松自如，以鲜明的地方色彩，以细节的亲切感人，以笔调的抒情，以充满张力的惊险情节，总之以强大的艺术魅力，把小读者的视线从上流社会转移到底层社会，这是一种儿童文学描写对象的，也是儿童文学内容的革命。这种儿童关注点下移的革命英国要到20世纪50年代才发生。

肖洛姆-阿莱汉姆的《莫吐儿传奇》

美国犹太作家肖洛姆－阿莱汉姆（1859—1916）是拉宾诺维奇的笔名，"肖洛姆"是他的姓氏，"阿莱汉姆"的含义是"愿您平安"。这个笔名已透露出他与自己的犹太民族的血肉联系，与犹太人民心贴心，亲密无间。他的以俄国沙皇专制统治下的乌克兰家乡彼莱亚斯拉夫尔镇为背景写成的大量小说中，处于社会底层的市民形象个个活灵活现、跃然纸上，一字字、一笔笔都

肖洛姆-阿莱汉姆

带着与乌克兰人民不离不弃的感情，就是这种血肉联系的外在表现。

肖洛姆－阿莱汉姆很早就表现出卓异的文学创作才能。成为职业作家后，他的作品被出版商拿去发财，而作家本人却窘迫度日。作家于1916年病逝于美国之前，在遗嘱中写道："不管我以后死于何处，请不要把我与贵族名流、财主富翁们葬在一起，要把我葬在普通的犹太工人、真正的老百姓中间。"作家逝世后，纽约几十万工人自动放下工作，到街头为作家送葬，灵柩行进8小时才到达墓地。1959年，作家100周年诞辰之际曾被作为世界文化名人纪念。哈佛大学美国作家的文学档案馆里查到的有关肖洛姆－阿莱汉姆的材料有600多页，与同期作家马克·吐温、西奥多·德莱塞等文学巨人不相上下。

肖洛姆－阿莱汉姆作为19世纪70年代到1914年第一次世界大战发生时期的一位杰出的现实主义文学大师，作为19世纪末20世纪初犹太文学家最优秀的代表之一，他的作品所反映的主要是犹太人民在沙皇专制制度压迫下的苦难生活。

肖洛姆－阿莱汉姆善于把伤心故事写得叫人读了非笑不可，但是细一回味又会忍不住流泪。在他的名作中篇小说《莫吐儿传奇》中，作家的这种创作个性得到了最好的发挥。高尔基读完该小说的俄译本以后，曾给肖洛姆－阿莱汉姆写了一封非常热情的信。信上说："您的书我收到了，我笑了也哭了。真是一本绝妙好书！这本书我非常喜欢。再说一遍，这是一本很了不起的好书。整本书都洋溢着对人民的深厚、亲切而真挚的爱。"正是这种爱，使作家趋向于当时进步的思想；正是因为表现这种爱的强有力的幽默艺术，作家赢得了当时优秀的俄国作家诸如列夫·托尔斯泰、柯罗连科、高尔基、库普林的尊敬，并成为他们的朋友。

《莫吐儿传奇》中的莫吐儿，是个聪明活泼的孩子，可是他家里很穷，他常常被大人打骂。父亲病死后，家里更困难了，母亲和哥哥要他帮助家里挣钱做生意。正在莫吐儿的哥哥艾利亚时时刻刻梦想发财的当儿，他弄到了一本包罗各种"生财之道"的名为《一元换百元》的书。艾利亚按书上的"配方"制成了"克瓦斯"饮料，让莫吐儿去沿街叫卖。他请熟人喝克瓦斯是分文不取的。邻居、家里人当然喝得更放肆。可是不能白受损失，他必须在他们喝完后马上加水。结果有一次他从洗衣桶里舀了肥皂水，掺上后立刻上街去做生意。这回当然大出纰漏了。有一个人甚至尝了尝就拿克瓦斯往莫吐儿脸上浇。他险些被警察带进警察局。他受了好心大人的指点，好不容易从警察手里挣脱，此时他已经吓得半死。艾利亚发财之心不死，又在发财指导书中找到了做墨水的方法。为了制作、分装墨水，莫吐儿和他哥哥的手、鼻、脸都弄得一塌糊涂。然而由于他们分装好的上千瓶墨水没有商标，批发店老板不收。于是他们只得把墨水连夜倒入小河。第二天一早，洗衣妇洗不成衣，马车夫饮不成马。于是他们只好在人家没找他们来算账之前躲避到朋友家去。接着，艾利亚又制造了一种灭鼠药粉，这种带毒粉末有很强的刺激性，弄得自家人连连打喷嚏不算，还让从街头到街尾整条街的人，一个不漏，都像疯子似的打起喷嚏来。他们于是又只好在人家没来找他们算账之前逃往朋友家躲避。小说以艾利亚最后把这本"教人月赚百元而有余的万宝全书"扔进炉子里付之一炬作结。

肖洛姆－阿莱汉姆写了这么些趣事笑料，绝不让读者感到作者是在拿穷人和他们的孩子的苦难寻开心，而是感到他对他们怀以深切的同情、悯恤之心，含蓄而又尖锐地揭露、讽刺沙皇的种族歧视和民族压迫政策：犹太人只被允许做生意。

1939年，亚历山大·亚历山德罗维奇·法捷耶夫在纪念肖洛姆－阿莱汉姆诞生80周年时曾指出，作家很注重儿童个性的刻画。这给我们点出了小说不朽的主要原因。当然小说不朽的另一个重要原因也在于曾任苏联作家协会总书记的法捷耶夫同时指出的"他的人民性还表现在他天才的幽默里"。这种幽默被作家用来真切、朴实、自然地表现一个穷苦孩子尚不谙人间辛酸的乐观精神。特别值得一提的是肖洛姆－阿莱汉姆的幽默绝无哗众取宠之嫌，许多思想内容往往在幽默中得到更深的开掘。请看莫吐儿的哥哥制成灭鼠药后要找邻居彼西娅家的老鼠做试验的一段：

她家的老鼠真是不计其数！你知道她丈夫是个钉书匠，他手头总是有很多书。老鼠喜欢书本。并不是它们喜欢读书，而是喜欢粘书的糨糊，顺便也就把书给啃掉了。

它们常常叫钉书匠伤脑筋。不久以前，它们啃坏了他的一本崭新的祷告书。正好从"上帝，宇宙的主宰"那儿啃起。"主宰"被啃掉了，啃得一点不剩。①

这种幽默所显示的力量，遭到旧俄统治阶级的嫉恨是十分自然的了。

以童年生活为内容的小说，肖洛姆－阿莱汉姆还写了《节日的晚宴》和《小刀》，和《莫吐儿传奇》相映成趣。

哈谢克的《好兵师克》

雅洛斯拉夫·哈谢克（1883—1923）是捷克杰出的讽刺小说作家。斯诺曾说："就算捷克只有这么一位作家，捷克对人类所作的贡献也就已经是不朽的了。"他出生在奥匈帝国统治时期布拉格的一个穷教员家里，少年时即浪迹奥匈帝国大地。他很早就显露出了幽默和讽刺作家的才华。在 20 世纪初，他就针对奥匈帝国政权的维护者和懦怯的捷克资产者初试他

雅洛斯拉夫·哈谢克

幽默讽刺的锋芒。第一次世界大战爆发后，他被奥军征召入伍，开赴俄国作战。十月革命发生后，哈谢克自动做了俄军俘虏，并于 1917 年参加十月革命行动，成为红军战士，不久即成为布尔什维克党的一名党员。1920年他返回祖国，呕心沥血创造了"好兵帅克"这个典型形象。

哈谢克的创作年限很短，并且都是在没有写字桌、没有书架、没有足够温饱条件的情况下进行的，然而他却写下了约 1200 部短篇小说和 3 部长篇小说，其中最为广大少年读者欣赏的自然是他讽刺性的长篇历史小说《好兵帅克第一次世界大战历险记》（中文版译作《好兵帅克》，1920—1923）。这部幽默讽刺名作在受到广大成年读者欢迎的同时也受到少年读者的喜爱，所以半个世纪的时间即被译成 40 多种文字在世界多国流传。

---

① 韦苇编著《点亮心灯 儿童文学精典伴读 第3版》，复旦大学出版社，2019，第150页。

早在 20 世纪四五十年代，小说就被拍成电影故事片和木偶片，使更多的包括中国在内的儿童认识了好兵帅克这位有趣、可爱的人物。

哈谢克笔下的好兵帅克有点像民间口头文学中的人物。据说作家创造帅克形象的过程也很像民间故事中人物的产生过程。哈谢克有一帮有钱就聚在一起喝一盅的朋友，他从他们中间汲取鲜活有趣的民间语言，了解他们的处世态度。小说中的许多人物就是在他与他们促膝交谈中产生的。由于《好兵帅克》的民间口头文学性质，这部小说当时被有的批评家诋毁为"鄙俗下流、难登大雅之堂的东西"。然而也有明眼人尖锐地指出：哈谢克是真正头等聪明的。捷克斯洛伐克著名作家伊尔琪·马更赞道："他可能看不起我们这些只会在文学家中间兜圈子的人……历史嘲笑了那些嘲笑他的人，他比我们所有的人都更认真严肃地从事着文学的创造，恰恰是他成了真正意义上的文学家……"

好兵帅克是来自老百姓的普通一兵，他诚实耿直、质朴憨厚、幽默机灵、笑容可掬，好虚张声势地执行上司的一切命令，巧妙地利用军律上的漏洞，从而使这些命令全都显得荒诞可笑，使上司们啼笑皆非，无可奈何。他不费吹灰之力即把威风凛凛的皇亲国戚、将军、警官以及道貌岸然的法官、神父弄得狼狈不堪、丑态百出。

一次，帅克被拘捕了。当宣布放他回家时，帅克冷不防上前去亲了亲警官的手说："愿上帝为您做的一切功德祝福，随便什么时候您要喜欢来一条纯种的狗，就请光顾。"

一天，帅克去听神父传道，听着听着就哭了起来，神父当场号召听众都要学帅克这样洗心革面，痛改前非。当神父后来问帅克为什么痛哭时，他说："我看出来您的说教需要的正是一个悔过自新的罪人，而这又是您找了半天没找到的。因此我想帮您个忙，让您觉得世界上还有几个诚实的人在。同时，借这个玩笑，我自己也可以开开心。"

故事中，卢卡施中尉好色，又喜欢动物。帅克就悄悄为中尉偷了一条狗来，不料这条狗是上校的。于是中尉大祸临头，被上校派往了前线。

《好兵帅克》继承了捷克民族幽默诙谐的传统，它借帅克的天真、直率反映了捷克人民丰富的智慧，教给人民"笑"的斗争艺术，给反动势力以无情的嘲讽和鞭挞。这种寓庄于谐的独特方法显然比正面描写血流成河的战争惨象更棋高一着。

哈谢克的这部传世名著自然不是专为儿童而作，但是捷克少年儿童无不知道哈谢克和他的《好兵帅克》。在捷克，大画家拉达把《好兵帅克》配上了画，让帅克走进小学的低幼儿童群。《好兵帅克》之所以深得少年儿童喜爱，是因为帅克具有童话故事中无名英雄的特质，这种特质使孩子感到兴奋和亲切。

和帅克一起成为孩子的朋友的，还有哈谢克短篇小说中其他帅克式的、阿凡提式的、智人彼得式的、好斗和幽默的人物。只不过哈谢克的这些幽默都是产生在奥匈帝国已经瓦解了的土地上的。

进入儿童阅读范围的还有哈谢克的一部分动物故事。作家在这些故事里写的完全是现实的猫、狗、猴子等。

第七章　苏联注重教育意蕴的儿童文学

第一节　苏联立国伊始的儿童文学

苏联立国伊始的儿童文学的特质及其成就

　　苏联儿童文学同西欧国家的儿童文学相比较，其显著特点在于：儿童文学被纳入国家、政府的工作议程，它在受到积极扶持的同时，也受到愈益僵硬的、宗教化的政治教律的钳制，阻滞了对俄罗斯优秀文学传统的继承和对西方儿童文学的横向借鉴。苏联儿童文学一贯明确地强调"教育目的性"，形成了一类与西方儿童文学可资比较的文学类型，从文学品种方面丰富了世界儿童文学的多样性，况且还有如普里什文、维·比安基和帕乌斯托夫斯基等以大自然为题材的作家相当程度上逸出了苏联文学体制。

　　在苏维埃儿童文学的草创阶段，高尔基的努力是异常重要的。1919年他首先为儿童办起了杂志《北极光》（1919—1920），为9至12岁的儿童提供良好的读物。通过杂志，他团结一批作家共同来完成"艺术的伟大任务——使人变得强大和美丽"（载于高尔基所撰写的《北极光的〈发刊词〉》）。他本人在杂志上重新发表了他创作于19世纪末的《叶甫谢卡的奇遇》和《雅什卡》（1919）。后来有人回忆，出版这本杂志的圣彼得堡正处在饥饿、苦寒、空虚之中，所以不能不说是个奇迹。这本杂志虽然只出了两期，但它为后来创办儿童杂志培养了从业人员，积累了经验，在文学史上的地位是突出的。20世纪20年代初为儿童文学建立了伟大功业的是列宁格勒（原名彼得格勒，今称圣彼得堡）和莫斯科两大城市。1922年列宁格勒学前教育研究所附设的儿童文学创研室成立。创研室以奥·卡皮扎和马尔夏克为首。其成员有瑞特科夫、比安基、班台莱耶夫、叶甫盖尼·施瓦尔茨、恰鲁欣等，他们创办了《麻雀》（1923—1925），后来易名为《新鲁滨孙》。《新鲁滨孙》以马尔夏克和瑞特科夫为主编，吸引了一大批富有才华的作家、教育家、画家和学者，像尼古拉·亚历山德罗维奇·吉洪诺夫、康斯坦丁·亚历山大罗维奇·费定、温尼阿明·亚历山大罗维奇·卡维林、鲍里斯·拉甫列涅夫、尼古拉·阿塞耶夫等誉满俄罗斯的作家都为刊物写了文章。科普作家米·伊林（1895—1953）就是由这本刊物扶植起来的，比安基、施瓦尔茨在该刊发表了首批作品。在莫斯科为发展新儿童文学而办起的刊物《少先队员》，发表了鲍格丹诺夫、格里高里耶夫、柯热甫尼科夫、列夫·卡西里的作品和马雅可夫斯基的诗。尤·阿廖沙旨在帮助孩子理解十月革命实质的童话《三个胖国王》（1928）在当时是政治倾向鲜明而又激动人心的作品。在反映流浪儿生活和新政权把流浪儿重新教育成人方面，别雷赫和班台莱耶夫（1908—1987）的《陀斯妥耶夫斯基工读学校》（1927年初版，1960年新一版)是社会生活体验最真切的作品。两位年轻的作者热忱、欢快、坦诚，他们在作品中叙述他们怎样陷入黑暗世界，新政权建立后怎样获得新生；叙述一群小偷、流氓和流浪者怎样由乌合之众渐渐变成正派而可亲的苏维埃公民集体的成员。作品最大的成功在于写活了一个教育家的形象——维克尼索尔。他不是一个思想教育家，他常有失误，常碰壁，但强烈的责任感、对学员们真挚的爱和尊重使他把自己的命运和学员们联系在一起。因此高尔基在此书出版当年就写信给苏联教育家马卡连柯："两位曾经当过小偷的班台莱耶夫和别雷赫，如今是极有趣的书《陀斯妥耶夫斯基工读学校》的作者，他们教会我体味和理解您是怎样一个人，您的工作鬼知道有多艰难……他们，这所学校的两个学员，描写着学校的日常生活和他们的生活情形，刻画学校教导主任那完全可以说是纪念塔般高大的身姿……我觉得，您正是像维克尼索尔这样的人物。"同类小说中比较成功的还有柯热甫尼科夫的《车站里的流浪儿》。

此一时期可供孩子阅读的作品有：瑞特科夫写动物和野兽的故事《说象》（1925）、《说猴》（1927）、《说狼》（1929）、《无家可归的小猫》、《袋鼠》（1923）。这些作品中，有的把野兽的外貌描绘得很细致，有的写出了它的习性，有的讲述它与人的情谊。这些作品的魅力完全可以与比安基和普里什文的动物故事相媲美；生物学学者福尔莫佐夫的《林中六日》（1924），阿·托尔斯泰的重要科幻作品《艾利塔》（1922—1923）、《加林工程师的双曲线》（1925—1927）在这一时期发表。此时发表科幻之作的还有亚历山大·别利亚耶夫、符拉其米尔·阿法纳索也维奇·奥勃鲁契夫、斯·别利亚耶夫。

20 世纪 20 年代开始形成了一个题材、风格和语言都呈多样化的儿童文学格局，其影响最殊的有尤里·阿廖沙、格里高里耶夫、班台莱耶夫、阿尔卡塔·彼得洛维奇·盖达尔、伊林、比安基、普里什文、马雅可夫斯基、马尔夏克、阿格尼亚·巴尔托、英贝尔、施瓦尔茨等作家。他们的作品影响了以后儿童文学的发展。

高尔基在苏联儿童文学建设中起重要作用的理论贡献

高尔基为俄罗斯在新的历史条件下继承、发展、深化别林斯基、车尔尼雪夫斯基、杜勃罗留波夫、萨尔蒂科夫-谢德林、涅克拉索夫、谢尔古诺夫等民主主义批评家、思想家、作家的现实主义文艺思想，起了巨大的、无可替代的作用。

高尔基

高尔基儿童文学理论的超前性显示了他作为一个 20 世纪初俄罗斯儿童新文学奠基人的英明和伟大。1910 年，他在写给在布鲁塞尔举行的第三届家庭教育会的信中，用这样的警语来阐明为什么必须充分重视儿童的培养问题："我们总要老去，会死去；他们将像新的明亮之火，燃烧在我们让出来的岗位上。正是他们使生活创造的火焰不灭。因此我说：'儿童是永生的！'"

1917 年，高尔基在谈论儿童文学时指出："我们必须让年轻人懂得，他们是世界创造者和主人，他们对世界上的一切不幸负有责任，他们也将为争取到生活中一切美好的东西而感到荣耀。"

高尔基就是立足于人类未来的高度来谈论儿童文学问题的。1919 年，当他为俄罗斯孩子们创办起第一个儿童刊物《北极光》时，他写道："我们提议创办这个刊物……是为了表明我们都致力于完成这样一些艺术的伟大使命：把孩子造就成具有积极向上的灵魂的人，对智慧力量、对科学探求抱有兴趣怀有尊敬的人，这样才能使人类变得强大和美好。"

高尔基在谈到苏维埃儿童文学应当多提倡科普文学时说："儿童应当比他们的父母，比这些新世界的缔结者们更有教养，更有创造的能量。"

高尔基论述儿童文学问题的文字都有当时具体的针对性，即为指导当时儿童文学的航向而写。这样的文字有：《两耳塞棉花的人》（1930）、《论不负责的人和当今的儿童读物》（1930）、《论提炼语言》、《再论提炼语言》（1930）、《给孩子们以文学读物》（1933）、《论题材》（1933）、《论童话故事》（1935）、《谈童话故事——〈一千零一夜〉俄译本序言》、《儿童读物和儿童游记札记》（1936）、《我是怎样学习写作的》、《书》等，有的是就儿童文学问题给孩子复信，为外国儿童文学图书目录作序等，表面上零碎，实际上稍加整理就能见出其系统性，会发现高尔基对儿童文学的性质、特质和使命都有了全面的论述。

高尔基一贯重视儿童文学作品的艺术质量。他指出，决定儿童文学特点的不是"儿童题材"的狭窄范围和语言的幼稚性，而是儿童的年龄特征和趣味，是他们生活和受教育的环境。作为整个俄罗斯文学的有机组成部分的儿童文学是一种艺术现象。一本书的艺术质量决不能因为"儿童性"而降低要求，它的教育价值、对孩子的启智作用和染情作用以及影响力，往往取决于作品有多强的艺术魅力。

在儿童文学的题材内容方面，他认为，让孩子认识人类物质生活和精神生活中他们应该认识的事物，表现新的生活、新的人。引导孩子尊重劳动、热爱劳动，树立劳动是美丽的、唯有劳动能创造物质财富和精神财富的观念。孩子应当具有人道主义、爱国主义、国际主义思想，他们应当具有为高尚目的而奋斗的坚强意志和英勇精神。

在表现方法上，高尔基认为：（1）儿童文学一定要有趣味性，有趣味的艺术创造才能成功地打进儿童读者群去。儿童读物应当用形象的语言讲话，应当是艺术品。（2）强调幽默谐趣对儿童文学创作的特殊意义。我们需要那种能够陶冶孩子使之具有幽默感的充满愉悦和趣味的读物。（3）给孩子写作品，语言要特别讲究艺术，要准确、生动、具体、简洁、有趣、有声音、有色彩，表现力强。他反对用甜腻味儿的语言为孩子写作品。（4）文学文本要多样、丰富，这样方可满足儿童的阅读需求。

马雅可夫斯基的童诗

弗拉基米尔·弗拉基米罗维奇·马雅可夫斯基（1893—1930）1918 年 12 月 5 日出席一个文艺工作者会议时，就说如今"首要任务就是为孩子出诗集……因为儿童得到的新文学读物中还没有一本诗"。1923年，他写了十来首的阶梯诗：《逛马路》（1925）、《你来念念这首诗，到巴黎、中国去一次》（1927）、《我

马雅可夫斯基

这本小书给大家讲讲海洋和灯塔》（1926）、《火马》（1927）、《什么叫作好，什么叫作不好》（1925）、《长大了做什么好？》（1928）、《我们拿起新的步枪》（1927）、《五月小唱》（1928）、《闪电般的歌》（又译《前进》，1929），还有一首《致少年同志》。他的童诗情绪激越，酣畅淋漓，气韵丰满，表现了诗人的才华、成熟和谨慎，留下了许多名句名段，如："等你们长大，有了胡子，千万不要指望上帝，要靠自己。""小猪在圈里可以滚成一头大猪，却永远成不了一头大象。"这样耐人寻味的诗句一直被人们所记诵。

马雅可夫斯基的诗传到中国后，中国的新诗泰斗艾青于 1940 年赞叹道："马雅可夫斯基：意象——新鲜如云霞，旋律——吹刮如旋风，音节——响亮如雷电，思想——宽阔如海洋。"中华人民共和国成立后，马雅可夫斯基写给儿童的诗，都由中国著名翻译家和诗人任溶溶翻译给了中国孩子。

班台莱耶夫的《金表》

由流浪儿成长为俄罗斯著名作家的阿·依·班台莱耶夫（1908—1987）1927年出版了和别雷赫合作的《陀斯妥耶夫斯基工读学校》。受到高尔基热情肯定后，班台莱耶夫就决心从此专事文学创作。1928年间他就写出了《卡尔鲁什卡的魔法》《照片》和《金表》。其中《金表》赢得当时苏联文学界如潮好评并因此被迅速译传

班台莱耶夫

到国外。最早发现班台莱耶夫文学创作才能的人，是苏联儿童文学的杰出奠基人马尔夏克，是马尔夏克把班台莱耶夫的作品推荐给了高尔基。高尔基一眼就看中了班台莱耶夫小说的洋溢于其中的人道主义和艺术独创性。当时有权威评论家说他的作品没有卖弄才华，没有故作惊人之笔，不是无本之木的构撰；作品的内容都是从他自己的生活经历中提炼出来的；"然而这绝不是说他的作品没有艺术技巧，恰恰相反，作者用高度清新的语言叙述着他所熟悉的生活，处处把真实的美传达给读者，有时寥寥几行文字即能使读者连骨髓都剧烈震颤起来"[1]。

流浪儿彼嘉以偷和骗为主要生存方式，以"清洗"旅客口袋为生活来源，让这样的日子似乎很"浪漫"，很能呈示他的机灵，但这样的浪漫和机灵是病态的，是被扭曲了的人性表现，是无聊透顶的，是毫无意义的。其实彼嘉身为一个流浪儿饥多饱少的物质生活，众人对他非人歧视的精神待遇，让他的身心感觉千般无奈、万般痛苦。进入教养所，他看到了另一个世界，看到了正常、正气、正派、正当、正确的存在。小说里有个细节，当恶习难改的"独眼"皮塔科夫作践彼嘉以取乐的时候，彼嘉表现出了一个流浪男孩惯有的血性，他"忍无可忍，他爆发了，他舔了舔汤勺，照准皮塔科夫那只带挑衅意味的独眼，狠命一扬手——汤勺飞砸过去，咚的一声，从'独眼'的脑门上传了过来。'独眼'像挨宰的猪似的惨叫了一声"[2]。

---

① 班台莱耶夫：《金表》，韦苇译，湖南少年儿童出版社，2012，第202页。
② 同上书，第202页。

还有教养所所长费多尔·伊凡诺维奇，德国人鲁道夫·卡雷奇、娜塔莎，他们给他的影响都是正面的。金表给他造成的幻梦渐次破灭的时候，新的生活、新的乐趣、新的思想在他心中展现了一种可望可即的理想前景。他有了从肮脏的泥淖中挣脱出来而成为新人的现实可能，而他确实如读者所期望，心灵开始通向了正常的生活，通向了人的自新。这种新人的出现，在俄罗斯文学史上是第一次，也就是说，班台莱耶夫第一次给俄罗斯也给欧洲的流浪儿文学带来了一抹清新又亮丽的霞光。也许正是这些原因，中国的伟大文豪鲁迅在众多的儿童小说作品中首先看中了他的这部小说。捷克的民族英雄尤里乌斯·伏契克在他关于儿童文学的论文中高度赞赏了这部小说，热情肯定了它的文学价值和文学地位。

班台莱耶夫在多种场合表示：他深信，能在孩子心中激起情感波涛的作品，就不会不引起大人的兴趣。所以，他坚信儿童文学是写给所有天真无邪的、心灵未被污染的人看的，它的读者必然包括成人。优秀的儿童文学必然是童叟咸宜、老幼共爱的。的确，关于彼嘉在沐浴时藏匿金表的描写，显示着作者能从亲历生活中取材的优越：

……他来不及多想，立即毫不迟疑地解开小荷包，掏出金表就往嘴里塞。金表个儿大，他费了老大劲才勉强把表塞进了嘴里，这表把彼嘉的舌头都挤向了一边，舌头都卷不过来了，他的左腮帮鼓起了一个包。可是彼嘉咬紧嘴巴，闭紧嘴唇，再难受他也硬忍着。

…………

彼嘉爬进了澡盆，泡在热乎乎的水里——一盆清汪汪的热水，立刻就变成了一汤混羹。这可不是说着玩儿的，彼嘉已经整整五年没有进澡堂洗过澡了……

彼嘉躺在澡盆里，觉得从头到脚没有一处不舒泰，甚至就愿意这样一辈子泡在水里不出来。

…………

最后，他实在憋不住了，就一头钻进热水里，把金表吐在盆底。然后

像个从瓶子口蹦出来的塞子，呼噜一下弹出了水面……①

再有关于娜塔莎到旧货摊去出售表链的描写，每每读来都会令人暗自发笑。类似这样的描写的经典性和不朽性，自不只是属于儿童文学的，它们也是整体世界文学的一份骄傲。

第二节　20世纪三四十年代产生了一批显示着强劲生命力的儿童文学作品

20世纪30年代苏联一批作家成为逆流中的文学砥柱

苏联教育界20世纪20年代末至30年代在儿童文学理解上的"左倾"幼稚病和苏联儿童文学实际的低水平引起了苏联当局的注意。为了加强儿童文学书籍的出版工作，苏联1933年成立了"国立儿童读物出版社"。高尔基感到提高儿童文学水准的迫切性、重要性和特殊意义，所以亲自领导一批作家来解决儿童文学问题。马卡连柯就儿童文学的题材、情节、人物性格发表了自己的意见，并指出"我们的儿童读物应当有鲜明的活泼愉快的特色"。马尔夏克在全苏作家协会代表大会上作了题为《谈给小孩子写的大文学》的报告，指出必须研究儿童读者的趣味。1936年1月苏联共青团中央就儿童文学问题举行会议，阿·托尔斯泰、马尔夏克、伊林、普里什文、瑞特科夫、帕乌斯托夫斯基出席了会议。与会者指出必须提高儿童文学声望、确立它在整个文学中的地位，并就儿童文学批评的作用和任务谈了看法。这次会议对盖达尔、瓦连京·彼得洛维奇·卡达耶夫、阿·托尔斯泰、巴尔托、谢尔盖·米哈尔科夫的作品做了肯定的评价。1932年至1941年的《儿童文学》杂志先后研究了楚科夫斯基、比安基、盖达尔、瑞特科夫、米哈尔科夫、帕乌斯托夫斯基的创作道路，总结了他们的创作经验，并就儿童文学的各类体裁特点进行了讨论。

在塑造人物形象方面取得了可喜成就的是盖达尔的《铁木儿和他的队

---

①班台莱耶夫：《金表》，韦苇译，湖南少年儿童出版社，2012，第28—30页。

伍》(1941)，它甚至在苏联少年儿童中激起了一个"铁木儿运动"。卡维林的长篇小说《船长和太尉》塑造了萨夏·格里高里耶夫的正面形象，萨夏的"奋斗，探寻，一定要达到目的，永不屈服"已成了格言。

20世纪30年代幻想作品方面，其出类拔萃之作是由楚科夫斯基创造的。他的《哎呀疼医生》(1935)也成了传之久远的童话诗名作。这部描写好心大夫的人道主义的童话诗杰作被改写成散文后，就更为传播提供了方便条件。

幻想作品方面还有阿·托尔斯泰的《金钥匙》(又名《木偶历险记》，1936)，拉根的《霍塔贝奇老头》(1938)。前者是阿·托尔斯泰创作趋于成熟的一个见证。作家在前言中写道，他小时候常把他读过的《木偶奇遇记》"讲给小伙伴们听，这是一个木偶的冒险经历。但因为我把书弄丢了，这样我讲的故事一次一个样，想出了若干书里没有的一些奇遇。到现在已经过去许多许多年了，我又想起我那个木偶老朋友，打定主意把这个木头人的故事讲给你们——小姑娘和男孩子们听"。童话很快受到孩子们的欢迎，并被译成多种语言。后者则是一个经过作家翻新的阿拉伯故事。

20世纪30年代一些有才华的年轻作家加入了儿童文学队伍：卡西里、米哈尔科夫、穆萨托夫、陀罗霍夫、尤·索特尼克、瓦·奥谢耶娃、别利亚耶夫等。别利亚耶夫这一时期出版了8部科幻作品，受到一致好评，成了继阿·托尔斯泰和奥勃鲁契夫之后崛起的科幻小说作家。

在低龄儿童文学方面，最令人难忘的是盖达尔的《丘克和盖克》。

在这一时期的诗歌方面，马尔夏克和楚科夫斯基这两位学者型的诗人成为儿童文学的明星。

萨摩依尔·雅科甫列维奇·马尔夏克(1887—1964)是从文学成果和文学活动两方面为苏联儿童文学奠基与促进其发展效劳时间最长、功绩也最殊的诗人、剧作家、童话作家、翻译家、评论家、教育家，是国内外都盛享崇敬的作家之一，他因作品和文化活动的杰出成就多次荣获国家的最高奖赏。

1933年，苏联儿童文学的发展正处在关键时期，马尔夏克在这一年召开的全苏作家第一次代表大会上提出儿童文学应当是"给小孩子的大文学"。这句值得所有儿童文学家引为座右铭的话，要求作家具备认真、严肃的创作态度，高天赋的创作素质，以及高品位艺术的创作追求。而在当时，则是要求作家们在艺术上勇敢探索，在题材上大胆开拓。

马尔夏克的诗篇中流传最广的数《笼子里的小娃娃》，其中的《大象》是这样写的："小朋友送给大象一双鞋。大象接过鞋子一瞅说：'我穿的鞋要又宽又大，并且，一双不够，得四只！'"其中的《长颈鹿》是这样写的："看见地上的野花儿好看，孩子伸手就能摘上一朵，这么老长老长的脖子，要摘身边的野花儿可就费事啰！"

亚·法捷耶夫在谈到作为儿童诗人的马尔复克时，曾概括说："他善于用自己的诗篇同少年儿童读者谈社会的种种复杂内容、谈俄罗斯人的忘我劳动、谈劳动者的生活，并且毫无训诫意味，生动、快活、富有魅力，往往是用孩子游戏的形式写的，而游戏的形式是最容易为孩子所接受的。"

苏联 20 世纪 30 年代至 50 年代的儿童文学成就与科尔内·伊凡诺维奇·楚科夫斯基（1882—1969）的名字密不可分地联系着。他文学活动的范围很广，涉猎文学理论批评、诗和散文，翻译领域也留下了他清晰的足迹：《翻译技巧》《涅克拉索夫的诗艺研究》；还专门研究过米哈伊尔·米哈伊洛维奇·左琴科、瑞特科夫、阿赫马托娃、帕斯捷尔纳克的诗。俄罗斯的孩子现今还读着他从英语文学中改编、创写的《杜里特大夫的非洲之行》（又译《爱多大夫》）、《王子与贫儿》、《汤姆·索亚历险记》、《鲁滨孙漂流记》。学生的书包里都可以找到他的诗集。他的《瓢虫卖大头针》是这样写的："两只瓢虫蹲在水沟边，向刺猬兜售大头针。刺猬们哈哈大笑，笑得合不拢嘴巴：'你们，可真是蠢到家啦！你们睁开双眼看看，大头针就插满我们一身呐！'"这样富于儿童情趣的诗章在他的诗集中频频可见，是俄罗斯儿童文学宝库中最耀眼的珍宝。

此一时期的童话诗中，米哈尔科夫的《史焦帕叔叔》（1931）塑造了一个很有魅力的童话形象。它快活、轻松、响亮，是一座名副其实的俄罗斯文学里程碑。史焦帕是天下头号好心巨人，他坚定果断，见义勇为，他无论何事何地都快活、机灵、勇敢、爱开玩笑，并且不能容忍一切不公道的事。史焦帕"又高又大，外号叫作'瞭望塔'"，"他在街上走着，扭头就能瞧见人家院子。狗仰头连声汪汪叫个不停，以为他是爬墙的偷儿"。诗人常常把自己的主人公置于喜剧性的场景之中，"他走进电影院去，人家就说，同志，得委屈你坐地板"。史焦帕叔叔的魁伟身躯绝非仅仅是表现幽默情趣的需要，而是他完成英雄行为和人道行为的，也是人物形象得以成功塑造的必要条件。

这一时期的诗歌，巴尔托、勃拉盖妮娜、塔拉霍芙斯卡娅、萨孔斯卡娅、亚历山大罗娃、扎博洛茨基的诗长久被孩子诵读。

在低龄儿童文学方面，瓦连京娜·亚历山德罗夫娜·奥谢耶娃（1902—1969）的生活故事持久赢得了众多读者。她的现实主义儿童文学一脉相承了列夫·托尔斯泰和乌申斯基。她很注重讲故事的艺术，《有魔力的话》《在滑冰场上》《三个同学》《点心》《蓝色的树叶》《儿子》《姐姐和弟弟》《就是个老大妈》等，篇篇都在告诉孩子什么样的思想、言语、行为是美的。她一生有60年在儿童福利院工作，对生活的熟悉是她成功的第一因素。奥谢耶娃的独具特色的故事才能表现在她总是能准确捕捉问题的本质，为核心事件的展开寻找到需要的生活细节，也表现在能简练地运用儿童对白来呈露儿童心理活动和儿童心理流程，更表现在能把故事聚焦在孩子们争讼背后的思想品德冲突上，做到每则故事都来自日常生活的体验与观察，将浓浓的生活气息融贯在字里行间。因此，她的故事作品得以经典地闪光于世界儿童文学宝库，长年地保留在语文教科书中。

盖达尔的《丘克和盖克》

阿·彼·盖达尔（1895—1953）饶有趣味和充满诗意的作品在对新一代品德美育方面起着相当大的作用，是苏联文学中最重要、最亮眼的作家。

盖达尔生活经历殊为丰富，他17岁毕业于莫斯科高级步兵学校，就被任命为团长（当时红军中最年轻的团长）。他参加过多次战役，在作战中负过伤……严峻的历练使他的观察很有穿透力，常有自己独特的新发现。他创作热忱很高，随着《天蓝色杯子》（1936）、《丘克和盖克》（1939）

等作品的出版，他成了广为人知的儿童文学作家。在自己的作品中，他表现出鲜明的个性、信念和民众的立场。他的作品的魅力不仅来源于生活的丰富性，还来源于情节的流动感，尖锐的矛盾冲突，血肉丰满的形象，柔曼的抒情和鼓舞人心的激情。1939年，盖达尔因自己的创作成就而获"荣誉标志"奖章。苏联卫国战争开始不久，盖达尔要求上前线。作家从前线寄给《共青团真理报》的一些特写报告在被少年读者们传读的时候，他们怎么也料想不到它的作者已作为游击队的机枪手，在俄罗斯伟大诗人谢甫琴柯的家乡壮烈牺牲了。

盖达尔的作品中，如今读来亲切如初的则要数他专门为低龄儿童而写的"珍宝般闪亮"（盖达尔致爱妻的信）的中篇小说《丘克和盖克》。这是盖达尔作品中最富有诗意、最抒情、最有心理深度，因而也是最完美的作品。作者写了两个兄弟丘克和盖克和他们的妈妈从莫斯科到西伯利亚大森林的一次不平常的旅行。母子三人碰到大大小小的困难，幸而他们一路上得到许多好心人的帮助，让他们在陌生地面、陌生人中间感受一种人情温暖。从产生这篇小说的1939年看，盖达尔是在十分艰难的岁月里写了一个充满亮色的作品，这在他的创作史上也是个孤例。

在丘克和盖克生动、真实的个性中显示了作家描写低龄孩子的才能。兄弟俩有相似的地方，他们都好奇，勇敢——为了找到父亲不怕到天涯海角。但两兄弟各有各的性格、想法和兴趣爱好。丘克谨慎，有预见，实际，有小聪明（他让盖克不要把丢失的父亲拍来的电报一事告诉母亲），有经济头脑，是个小收藏家。盖克常常沉湎于诗人式的幻想，比较敏感，丘克看得很重的小玩意儿、钱、物，他却看得很一般；他对周围的一切都感到新奇，一连几小时在东窗口望着。作者生动具体地展示盖克内心世界的欢乐感受："要是盖克头顶太阳很明亮，那么他深信整个大地上空一准晴空万里，不会有一片云、一滴雨。要是他很高兴，那么他就想全世界的人们也都快乐和高兴。"

在《丘克和盖克》中有一处被认为是写幼儿的妙笔：盖克决意要吓一吓他妈妈和哥哥丘克，就自己爬进一只箱子里去躲着，却不料躲着躲着就睡着了。

盖达尔的作品对后来儿童文学作家有着巨大的影响。不搬用别人的经验，寻找自己表现童年题材、把握现实生活的途径——这都是被后来作家们继承的宝贵艺术经验。

苏联20世纪40年代弥漫着反法西斯战争硝烟的作品

希特勒法西斯这般血腥祸水冲涌到欧洲许多地方，许多国家都被它席卷。然而，一度受挫的苏联却站稳脚跟，千百万苏联青年站起来，成为卫国战争中的基干、中坚，往日智慧、勤劳的苏联青年，此时是热血奔涌的战士，他们筑成一堵人墙挡住了这般血腥祸水的漫溢；这不可能是一种历史的偶然。经过十多年苏联儿童文学的爱国主义和英雄主义激情感染和熏陶的苏联青年，他们在苏联式的浪漫意念中衍生出在烽烟滚滚的战场上、在工厂车间和田垄地头建立功勋的向往，衍生出为祖国英勇献身的志愿。正是苏联青年的这些品质使空前残酷的反法西斯战争由战争初期的劣势转为后来反攻的优势，最终把苏联红军的军旗插上法西斯神经中枢——德国柏林国会大厦之巅，以胜利者的形象光荣地高高站立在世界人民面前。

战争期间涌现的儿童文学作品有两类：一类是直接描写战时孩子的风貌的，米哈尔科夫、马尔夏克、卡达耶夫、班台莱耶夫、卡西里、巴尔托、孔恰罗芙斯卡等作家、诗人都怀着高度的责任感和使命感刻画了一个个受英雄浪漫主义激情感染的儿童形象。千万诗篇中，安娜·安德烈耶夫娜·阿赫玛托娃这样描写被敌人严严封锁中的列宁格勒的孩子们：

炸弹轰隆的爆炸声中，
分明传来孩子撕心裂肺的哭叫。①

卫国战争题材的儿童文学作品，没有一件不是灌注了作者沸腾的热血和激情，它们都有着强烈的生命意识，后来被收入教科书和选本的部分，其感染力更是特别持久，在读者心中唤起强烈的正义感，启导人们对重大

---

①摘自《追念小瓦利亚》，发表于1942年——韦苇。

历史事件的思索。

卫国战争时期，苏联儿童文学特别值得史册记载的是班台莱耶夫的《诺言》和《渡船上》(又译《涅瓦河渡口》)。

整个卫国战争期间，班台莱耶夫和所有被德国法西斯侵略者重重包围中的普通列宁格勒人一起备受苦难的煎熬。这期间写就的作品，多被收在《功勋故事》中。这部书所收录的作品后来被筛选进了文学史的有《诺言》(1941)、《渡船上》(1943)、《多洛列斯》(1943)和《总工程师》(1943)，而被选读、被国内外收入教科书的则是名篇《诺言》。

《诺言》创作和发表的时间是在苏联卫国战争发生前。这篇小说仿佛是响应严峻岁月的呼唤而出现的。小说的主人公是一个无名小男孩，脸上布满雀斑，穿一条背带短裤。天色渐渐暗下来，他还在空荡荡的小花园里"站岗放哨"。这是他在跟一些年龄比他大的男孩玩"打仗"的游戏。他对指派他站岗放哨的男孩发过誓，在没有大孩子来接替他的岗位之前他要忠实地在原地坚守。可他被大孩子们忘却了，但是疲累和倦怠没有使他违背自己的诺言。这篇短作长期被多个国家收入语文课本。班台莱耶夫把一个取材于现实的儿童游戏和信守承诺这样分量沉重的严肃思考天衣无缝地编织起来，使作品具有崇高的美学意义和伦理意义。类似这样短小却厚重的作品，战后他还写了《小手绢》，也久久感动着世人。

班台莱耶夫的作品被国外广泛译介的还有短中篇小说《渡船上》。它写一个11岁的男孩小莫加的故事，列宁格勒被包围期间，他的父亲在摆渡的岗位上被敌人的弹片击中而牺牲，他接替父亲划桨，帮助列宁格勒人往返涅瓦河两岸。被战争磨炼得相当成熟的小莫加，在敌机的扫射下镇定沉着、应对自如。他只知道在这种情势下，完成摆渡任务是他不容推卸的责任和义务，崇高的精神使死神在他心中没有了位置。作家塑造了一个可爱又可敬的形象，可爱可敬在于他那么小，却自觉自愿地分担了战争强加给列宁格勒人民的危险和艰辛；他少言寡语，默默地摆渡划桨，一切都如此纯真、朴实，如此认真、严肃。故事结尾的几行描写特别动人。小莫加说："一切都可能的。可能我会被打死。那么……那么，那就得由玛妮卡① 来划这副桨了。"这时读者会一下发现，原来从这个摆渡人家庭里熏染出来的人都是这样可爱和可敬！这就让人联想到当时千千万万俄罗斯人彼时的精神风貌。有着这样一种精神风貌的人民虽然一时蒙受着侵略者强加的苦难，但他们终究是不可战胜的。如此，作家也就不是在一般层面上表现了小说的主题。

卡达耶夫的《团的儿子》

瓦·卡达耶夫（1897—1986），俄罗斯小说成就最高的作家之一，20世纪20年代就曾为低幼儿童写过图画故事书、童话和历险小说。他的代表作《雾海孤帆》（1936）也被青少年阅读，不过在儿童记忆中的卡达耶夫的作品是童话《七色花》（1940）和小说《团的儿子》。《七色花》是一篇数千字的短童话，因为它把一个小姑娘的善和利他写得非常感人，所以一直被收入教科书。

瓦·卡达耶夫

卫国战争期间，卡达耶夫在苏联情报局工作，同时担任《真理报》和《红星报》的军事记者。他用多种散文文体讴歌苏联军人崇高的爱国主义和英雄主义精神。1945年为孩子出版的中篇小说《团的儿子》，成功地描绘了艰难的战争岁月的图景，成了卫国战争时期儿童小说中最著名、艺术成就最高、代表性最强的一部作品。

中篇小说《团的儿子》是作家卡达耶夫在丰富的战争体验基础上写成的。卡达耶夫曾说过关于这部作品的创作动因："题材是我1942年发现的。我多次遇到过类似作品主人公那样的孩子。我明白了，这是一种现象。"他还在他的特写、专访中一再提到被战争弄得流离失所的孩子的不幸遭遇。

《团的儿子》写了一个7岁的孤儿成为团长的故事。故事的主人公在战地所表现的机敏和勇敢让经验丰富的军人都非常惊讶。在同类作品都在描写战争残酷的时候，卡达耶夫在自己的小说里表现了俄罗斯人的乐观主

①玛妮卡是小莫加的妹妹——韦苇。

242

义；在大家都在描写成人帮助孩子跨越苦难的时候，卡达耶夫却在叙述孩子成了成人的得力助手。

《团的儿子》因人物栩栩如生、故事扣人心弦而一直稳居在儿童读物圈内。它在精神陶冶上的积极意义受到了著名作家的肯定：法捷耶夫、苏尔科夫、波列伏依、英贝尔都称赞了这部小说的成就。1977年因电影剧本《白轮船（没有说完的故事）》获苏联国家奖金的钦吉斯·艾特马托夫（1928—2008）在把这部小说译成吉尔吉斯文时，惊喜地承认："我很想找到一部作品，要写战争，写战时军民的功勋要写得有力、鲜明。当时写战争题材写得深刻的作品在吉尔吉斯文学中还没有一部。我多么希望吉尔吉斯斯坦读者能够读到写战争写得出色的作品。就是在这种欲望的推动下，我一字一句忠忠实实地译了《团的儿子》和《白桦》……"这部作品受到世界各国的欢迎。不久就被译成东欧、西欧、北欧的诸种文字出版，中文则有茅盾和草婴两个译文版本。在法国，《团的儿子》的主人公瓦尼亚·索伦采夫被叫作"苏联的加夫罗什"（加夫罗什亦译作"高乐士"，即法国作家雨果《悲惨世界》中塑造的1832年巴黎街垒战中的小英雄）；意大利《乌尼特》报把卡达耶夫小说的主人公瓦尼亚列入了世界儿童文学最优秀的人物形象。苏联国内则以《团的儿子》为典范创作出了一批"儿童与战争"题材的佳作，其中著名的是诺贝尔文学奖获得者肖洛霍夫的《一个人的遭遇》。

《团的儿子》最成功之点在于主人公瓦尼亚没有被作者成人化。在卡达耶夫的笔下，在法西斯侵略者强加于俄罗斯人以灭绝人性的残酷战争时，孩子也还是孩子。卡达耶夫写活了一个男孩，小说才得以不朽于文学史册。

第八章 20世纪前半期动物文学成为
世界儿童的热门读物

第一节 动物文学溯源

描写动物的文学，如若对其做溯源研究，那么可以追溯到公元前。在公元前8世纪末的荷马史诗《奥德赛》里，狗就已经成为史诗里的一个角色，史诗中写了一只诨名叫"百眼巨人"（"警觉性很高"之意）的经验丰富的狗，在独自离家长期浪荡后，回来居然还认出了自己当年的主人。

在动物文学形成一个文学门类的20世纪20年代前，小说题材涉及动物的为数不少，仅儿童文学史已做记载的，在英国就有安娜·塞维尔的《黑骊》，和比《黑骊》更闻名遐迩的是埃利克·奈特（1897—1943）的《莱西回来了》（又译《忠犬莱西》）。《莱西回来了》是以狗为主人公而成为传世之作的。书中叙述了英国南方一位矿工家里养的一条叫"莱西"的狗，它每天到学校门口去等小主人乔从教室里出来。可是有一天莱西不来接乔回家了，男孩乔回到家才知道，原来是父母无法渡过眼下难关，不得已把莱西卖给了别人，而那买狗的人已将莱西带到了千里遥隔的苏格兰。让人万万意想不到的是，忠实于男孩乔的莱西竟克服重重困难，从千里之外回到了乔的身边，又出现在乔的面前。这个狗的故事还被拍成了电影，深深感动了欧美的观众，以至"莱西"就成了西方家养宠犬、忠犬的共名。

以狗为题材的小说，自然还有文学地位比奈特高得多的美国作家杰克·伦敦（1876—1916）的两部以狗为题材的名著:《野性的呼唤》（1903）、《雪虎》（又译《白色的獠牙》，1906）。它们是杰克·伦敦的两部以动物做借喻的哲理小说。中篇小说《野性的呼唤》是美国北方的故事之一，被誉为"充实美国文学的经典之作"，写一条南方的狗贝克被骗到北方、被人"从文明的中心扔开，投入原始生活的中心"的故事。贝克是一条体力出众的狗，但它连连遭到鞭笞，被驱使与狗群争斗，它目睹人世间的冷酷无情，也学会了只求活命、不顾道义的处世原则，最后这条野性未驯的狗在荒野狼群的呼唤下逃入了森林，变成了狼。《雪虎》是《野性的呼唤》的姊妹篇，小说以严寒的加拿大西北边疆地区为背景，描写了一只生于荒野的混血狼在主人体贴周到的驯化下克服了野性，最后变成了狗，咬死了主人的仇敌，救了受着死亡威胁的主人。杰克·伦敦通过动物小说表达了他对人与人之间尔虞我诈现象的批判，对人类生存现实的思考和对文明的呼唤，同时也揭示了适者生存法则引起的种种冲突，使作品具有深刻的社会意义。杰克·伦敦围绕着动物即狗和狼的传奇，创造了不少令孩子读之而不忍释卷的内容丰富的社会性情节。他对动物行为的自然动机有相当的了解，所以他决不把动物加以人化。动物只有被人驯化，却不可能被人感化。杰克·伦敦的这类小说虽然不可以被视为纯动物文学，但足可以说明 20 世纪 20 年代动物文学的勃然兴起不是没有发展脉络可寻，相反的，这一脉络是足够清晰的。

据之以说明这一点的还有俄国 19 世纪末 20 世纪初以大自然、动物为题材的作品，如阿克萨科夫的《孙子巴格罗夫的童年时代》和《带枪猎人的笔记》，屠格涅夫的《猎人笔记》，列夫·托尔斯泰笔下的故事和散文，马明－西比里亚克的《灰脖鸭》和《猎人叶米利》等，契诃夫的《卡施唐卡》和《白脑门的狗》，库普林的狗和大象的故事。

不能被遗忘的还有法国儒勒·凡尔纳的著名小说《地心游记》《两年假期》《神秘岛》都写到狗。小说主人公在艰难重重的旅程中常常是多亏有狗在身边，或相救或相助，狗成了主人公们最忠信的依靠，主人公险些失足时有了狗这根拐棍就站稳了脚跟，作家通过动物描写传达出自己的心境和感受。

与动物文学形成相关的还有两部世界文学名著：一部是美国诺贝尔文学奖获得者约翰·斯坦贝克（1902—1968）的《小红马》，一部是美国的马乔里·金南·罗林斯的《一岁的小鹿》。前者显示出了作者对动物、对大自然的深厚感情与敏锐细致的观察，通过少年乔迪的眼睛去观察牧场的一切，特别是通过对马的生、老、病、死的认识，通过乔迪和几个人物的接触，表现乔迪精神上的成长。后者借小男孩乔迪和小鹿的故事，写出人与动物、人与自然的依存关系，从而成为一部世界文学名著。

第二节　动物文学在 20 世纪成为一个独立的文种

本书的"动物文学"所述及的范围，仅限在用写实手法本真地表现大自然中动物和家养动物的世界，因此，是否以文学笔法呈现动物真实的生命状态，就成为动物文学区别于其他类别文学的主要标准。这类文学也可能超越纯纪实文学的范围，但对动物世界的生态观察、认识、生物学研究和对动物的情感是这类文学的根本性基础所在，有鉴于此，就不能不注重细节的真实性，不能不注重作家对动物世界体察得是否有底蕴。正是这种对儿童而言极具陌生感的动物世界的真实性满足了儿童读者的好奇心。自从动物文学产生以来，其作品中的优秀部分就一直是儿童的热门读物。

参加支撑动物文学建设的作家，到 20 世纪已经汇聚为一支相当庞大的且有实力的队伍。英语世界里有玛格丽特·桑德斯（1861—1947，名著《漂亮的乔》的作者）、欧内斯特·汤普森·西顿、查尔斯·罗伯茨、詹姆斯·奥利弗·柯伍德（1878—1927）、法利·莫厄特（1921—2014）、弗雷德·博兹沃斯、赞恩·格雷、乔治·别兰尼（1888—1938）、詹姆斯·豪斯顿、弗洛仑斯·伯仑斯、杰·达莱尔、考·达恩、詹·奥尔特里奇、威·约·兰格、卡尔·凡－多林、鲁特·弗兰奇尔、阿·凯申、坡尔·盖利科、阿·宾兹、凯瑟琳·拉斯基。其后，著名作家艾丽丝·门罗、玛格丽特·阿特伍德、芭芭拉·高蒂也参涉了动物题材的书写。

法国有黎达（1899—1955）、勒内·吉约、莫·格纳瓦。

德国和奥地利素有动物文学的传统，除广为人知的乔伊·亚当森外，还有别·葛日密克、康拉德·劳伦兹、冈·鲍埃尔、埃尔温·施特里马特、弗·罗尔德、卡尔·弗·利什和海·凯伊。

俄罗斯则是动物文学大户：瑞特科夫、帕乌斯托夫斯基、拉尔里（《昆虫历险记》，1937）、普里什文、比安基、恰鲁欣；战后十年里有兹维莱夫〔《白马庞》、《五彩山的禁猎区》（1946）、《兽族童话》（1946）、《鸟兽故事》（1948）、《谁跑得快》（1949）、《各样动物各样爬法》（1949）、《动物故事》（1952）〕、索科洛夫·米凯托夫〔《大地的精华》《《猎人的故事》，1949）、《森林图画》〕，盖·阿·斯克列比茨基〔《不安的日子》《狼》（1946）、《公乌鸦和母乌鸦》（1946）、《在林间空地上》、《狗熊》（1946）、《松鼠》（1947）、《两栖动物》（1947）、《动物故事》（1951）〕，斯拉德科夫以季节顺序写了一批精彩作品。俄罗斯的动物文学已经形成一个独特的优秀传统，在这个传统中作出了贡献的还有根·斯内革廖夫、爱·希姆等。

斯洛伐克的鲁道尔夫·莫里茨忠实记录他林猎生涯的《从猎袋里取出来的故事》是一部受到世界广泛青睐的动物文学名作；波兰除扬·格拉鲍夫斯基的家园动物小说名著外，还有动物驯养员安·扎宾斯卡娅的动物故事集；塞尔维亚有斯·布莱奇、阿·赫罗马齐奇；保加利亚有埃米利安·斯塔涅夫（1907—1979）和莫·伊萨耶夫；还有澳大利亚的莱·黎依斯，挪威的英·斯温索斯、乌·库歇隆，芬兰的约尔马·库尔维年描写狼犬与少年学生的故事《狼犬罗依》系列（10部）；日本的椋鸠十则是亚洲最早向世界贡献了优质动物文学的作家。

汤·西顿的动物小说

加拿大作家和动物画家欧内斯特·汤普森·西顿（1860—1946）是普及性动物小说这种文学样式的奠基性作家。西顿以此为加拿大文学乃至整个美洲文学开拓了一条文学新路。

西顿本是英国人，却从童年时代起即定居加拿大。在那里他久年如一日，孜孜不倦地研究生存于自然环境中的野生动物，做观察笔记。从19

世纪 80 年代起，他开始文学创作。他的第一部短篇动物故事集《我所熟悉的野生动物》（1898），包括 8 种动物的戏剧性"传记"——作家从它们幼小时写到它们衰老，或写到它们非命夭亡（通常是由于人类的暴虐无道）。他自制的插图，笔法轻盈流畅，恰当地安排在书页间，作为文学描写的注脚和补充，并与文字配合成一个有机的整体。西顿曾说他的故事是全都有事实作为基础的，小说的背景和所传递的信息完全是真实的。作家从一开始就给自己树立这样一个实际性的目标："尽可能写到动物自然消亡就打住。"他为了保护大自然而参与各种社会活动，献出了许多宝贵的精力和时间。

西顿的头一批作品打开了动物文学的现实主义路子之后，相继出版了其他的作品：《灰熊的一生》（1900）、《捕兽人生活纪事》（1901）、《动物英雄》（1906）、《银狐的一生》（1909）等。作家写了这样两本奇特的书：《小野人》（又名《两个男孩在印第安人的森林里怎样过活并学会了些什么》，1903）、《罗尔夫在密林中》（1911）。这两部历险体长篇小说，对年轻的自然考察工作者有很高的实用参考价值，书中回答了许多追索者不解的问题。这些书放在一起，就是一部地道的森林生活百科全书。

西顿的文学活动在他的自传体作品《一个考察动物的画家的道路》（1940）中写得很清楚。这本作家的晚年之作读起来有趣极了。书中叙述了他为何准确无误、一丝不苟地在自然环境里观察，叙述他如何以他的坚韧不拔的意志和始终不渝的信念坚持着故事创作。他积累了 50 余册日记和素描。野兽世界的现实存在和动物们建树的"奇勋"促使他一辈子自觉地以日记的方式积累大量的原始材料。他只是因研究艺术和自然科学而暂离加拿大到伦敦、巴黎和纽约去，他一生的绝大部分岁月都在加拿大的林莽中跋涉奔走。他已经写成的作品所用的材料只不过是他 50 部巨卷素材的一部分而已。他自幼对动物有浓厚兴趣，他是抱着异常热忱和亲切的态度来表现"四脚主人公"的，所以他笔下的动物故事读来格外令人感动。

但是西顿也不滥用感情。他是最早的达尔文主义画家之一。他的作品也不因为他是深厚的人道主义作家而去改变达尔文学说的基础：生存竞争、自然淘汰、野兽世界内部的有规律的相互关系、对自然条件的适应能力等支配着整个动物界，凭人的主观愿望是改变不了这一切的。忠实于生物学的真实性、忠实于他自己的野外观察——这是西顿最了不起的品格。因此，西顿曾道："作家不把动物加以人化，不堕入庸俗的拟人化。拟人化作为一种文学手段不是绝对不可采用，但是采用的目的和用意只在于达尔文学说的普及——首先是向少年儿童普及，在于帮助他们形成自然知识，在于培养少年的人道感情。"西顿作为一个动物小说的杰出作家，他的注意力总是牢牢地集中在各种动物独异的个性上。西顿认为作家应该把自己的注意和兴趣集中在那些天赋出众的、特别优越的动物身上。这些动物中的英雄经常会弄出"戏剧性事件"来。西顿就是从这些"事件"中汲取其故事所需要的那种引人入胜的紧张性、英雄行为的动人性和尖锐的故事情节。但是，西顿的人道精神仍然在作品中处处表现出来：表现在他注意描写野兽无所畏惧的勇敢，不惜自我牺牲的母爱，对于友好的人所表现的充满英勇精神的忠实。

西顿动物小说的著名篇章是《狼王洛波》《宾果》《野马飞毛腿》《阿诺》《小战马》《山猫》《春田狐》《乌利》《红脖子》《霹雷虎》《威尼佩格狼》。这些篇章选自《我所熟悉的野生动物》和《动物英雄》两个集子。狼群之王洛波是只智敏狡黠的老狼，它爱自己的异性伴侣勃兰卡爱到忘我的程度，它的伴侣遭遇捕兽器毙命后，它竟郁闷而憔悴、而死去。其他牧狗、野马、信鸽、野兔都被写得活灵活现，完全区别于一般虚构的动物故事。《山猫》写了一个少年在病中与山猫斗争的紧张故事；春田狐非常狡猾，却有着一种非常强烈的母爱本能；小黄狗"乌利"身上残留着恶狼的本性；漂亮的松鸡怎样从小到大，勇敢地跟敌人顽强战斗到最后一息……西顿的每则故事都有一种野兽的简单传记，它们各自有一套表现英雄感情和行为的方式，读来十分激荡人心。这些故事均生动、有趣、细致，带有西顿特有的温柔、幽默。在西顿动物故事中，最受儿童热烈欢迎的是《破耳朵小兔子》《威尼佩格狼》《庆克》《豺狼基多》等。在他的作品中，一方面是冷静地呈示出动物世界生存竞争的残酷规律，另一方面是友善地颂扬了动物的勇敢无畏精神、自我牺牲的母爱和忠诚的友情等。他的渗透着人道主义精神的动物故事，实际上也反映了人类的社会生活。它们无论是直接描写动物的生活或间接反映人类的社会生活，都是现实主义的。

西顿于1946年出版的自传之作《我的一生》，谈到了他的第一本书《我所熟悉的野生动物》："毫无疑问，这本书奠定了我动物文学的现实主义新方向。在那之前，众所周知的是以动物为主人公的寓言和童话故事，其中的动物全像人一样会说话，它们是披着兽皮的人。"他这样来表述他倡导动物文学的巨大功绩，基本上符合事实。因为作为一个文学品种的开始得到世界性承认，确实是从他开始的。他赋予了动物文学以现代价值。达尔文用科学著作，西顿则用文学著作证明了19世纪中叶认定动物世界和人类世界从发生到发展两者是不相联系的意见是错误的。这两个世界有一致性。当然，将这一点作为西顿的最高成就是不公平的——西顿不单纯是大自然奥秘的探索者，他的创作都以对大自然的深爱启示读者。他以高超的艺术功力表现了他洞察"四脚主人公"和"披羽毛主人公"的内心世界，引起读者或同情或恐惧的感情。他小说中的动物都拥有自己的语言、性格、思想、情感、道义。他那些写鸟兽的故事不只充溢着激越的诗情和爱的温柔，还充溢着痛楚。因为他的作品中的冲突多半是悲剧性的——同自然灾害作斗争，同比自己强大的野兽拼搏，更多的则是丧生于那贪婪成性的黑心强人之手。读西顿的作品，作者对残杀动物的人的怨怒和愤恨总是成功地传达给了读者。而这正是西顿的写作使命：把深爱大自然之情传递给读者的同时，也把仇恨凶恶地、残暴地对待大自然财富的人的感情传递给读者。

西顿的动物小说在全世界发行已无以胜计，许多国家都涌现了仿效者。在俄罗斯，维·比安基和尼·斯拉德科夫就既是西顿动物小说的译介者，也是他动物文学的追随者、承继者，因而成为世界著名的动物文学作家。

西顿的动物小说能赢得广大少年读者的心，其原因大体有三：

（1）表现母爱的小说情节深深感染着孩子们；

（2）"英雄主义"的小说氛围鼓荡着孩子们的心；

（3）西顿亲绘的插图加强了阅读的直观性。

西顿年轻时期的动物行迹素描和动物图画不但数量多，而且都能传达出各种野生禽兽的性格和特点。正是源于对绘画的酷爱，他进了英国的托隆斯基绘画专科学校。1879 年毕业后，为了在绘画上有更高造诣，晚些时他毅然只身前往巴黎、伦敦和纽约研修绘画艺术。他的画还在巴黎公开展览过。为练习画画，他曾养过兔子等几种哺乳动物，不过他很快就意识到要了解森林里的动物，在家里养养兔子什么的是不够的，只有频繁地与野生动物打交道，成为野生动物世界里的一部分，才能充分熟知野生动物的生活习性。西顿的素描和插图都传递出野生鸟兽的内心世界、刻绘出它们的个性、心绪和对作者的态度，洋溢着作者发自内心的爱与天真、俏皮的幽默。他自作的素描插图，笔法轻盈流畅，恰当地安排在书页间，作为文学描写的注脚和补充，并与文字配合成一个有机的整体。"磨刀不误砍柴工"，他的素描大大增色了他的小说。

给孩子的文学读物就是要具有很强的直观性，而他小说行文中大量的素描配置，使他的作品在少年儿童中备受青睐——他们读的不只是文学作品，还通过画面接受了动物知识的颐养。

罗伯茨的《荒野一族》

加拿大用英语写作的杰出诗人和作家查尔斯·乔治·道格拉斯·罗伯茨（1860—1943）被称为"加拿大文学之父"，他以诗质的优秀进入了文学史，他以动物文学的品质优秀进入了儿童文学史。他的动物文学成功行世，象征着加拿大动物文学最终真正形成。他的动物文学完全根据自己探究大自然的经验所得来结构极富乐趣的故事情节。他的故事集《荒野一族》（又译《荒野里的呼唤》）、《水下小屋》、《火红的狐狸》表现了诗人对密林中的动物世界观察之细致、深入和透辟。在罗伯茨的作品中，人与自然的相互关系，加拿大猎人、渔民、伐木工人生活中非凡的故事，与野生的和被驯养的各种动物的命运遭遇奇妙地交织在一起，有机敏谨慎的野兔、足智多谋的秃鹰、胸怀大志的野天鹅，有责任意识很强的刺猬父亲、机灵骁勇的驼鹿等等。

亚·鲁卡斯将罗伯茨的大自然文学和动物故事归纳为3种类型：传记型，探索行为或个性特征；情节型，强调情节并通常有人类参与；特写型，说明主宰自然世界的一种自然力。

罗伯茨的动物小说篇幅都不是太长，却很注重细节描写和心理描写。罗伯茨《空中之王》里这样写秃鹰的巢：

它的巢看上去就像一堆任意堆放的树枝，也像堆放在悬崖边上的一小推车没用的干草。但是实际上每一根树枝都是精心挑选的，彼此之间镶嵌得非常紧密，使得整个鸟巢足以抵挡袭过老糖块崖的最猛烈的风暴。[1]

写动物的脚印则更是笔笔有来由。"清澈的月光使得雪地上这些脚印格外醒目，在亮晶晶的白雪中似乎紫气腾腾的"——罗伯茨这样写兔子的脚印。罗伯茨写动物的亲情、生存的艰难，在娓娓道来中感动人们的肺腑。罗伯茨首先是一个诗人，被称为"加拿大第一代摆脱英国诗歌束缚的歌者"，所以他的小说语言之优美，甚至可以被当作诗来读。

普里什文的大自然文学

俄罗斯曾获得过诺贝尔文学奖提名的杰出作家康·帕乌斯托夫斯基，用了这样一句话称赞米哈依尔·普里什文（1873—1954）："在整个世界文学中，未必能找到与他并驾齐驱的作家。"在俄罗斯，在世界上，首先是大人们从他大量的诗体随笔中听到了吐露馨香的青草簌簌作响，涓涓涌泉的潺潺流淌声，

普里什文

百鸟争鸣的啁啾声，薄冰碎裂时那隐约的脆响，然后才觉得用这样的文学来营养孩子的心灵和孩子的精神是再好不过的一个主意。

普里什文学生时代因心生"逃往美国"之念而被校方以"思想自由化"为由开除。在里加市综合技术学校学习时，因参加马克思主义研究小组而被捕（1897）。1900年，普里什文赴德国莱比锡大学研习农艺，1902年归

---

[1]G.D.罗伯茨：《荒野里的呼唤》，史菊鸿译，湖南少年儿童出版社，2014，第16页。

国后从事农艺工作 4 年。普里什文 33 岁那年弃农艺而从文学，从此以文学创作为业。他从自己的兴趣出发潜心研究民俗学、地方志学和民间文学，并成为这些方面的专家，同时致力于文学创作。他还擅长于狩猎，嗜好旅行，漫游了整个俄罗斯，尤其熟悉俄罗斯北部和远东林区，以及哈萨克斯坦草原和克里米亚原始森林，成为著名的边疆考察者，成为苏联地理协会早期颇有名望的会员之一。他同农人和猎手谈心，向他们搜集有关飞禽走兽的、各类植物的和生活在大自然怀抱中的各类人的资料。他还游历过欧洲诸国。他集旅行家、林地考察家、动植物研究家和大自然文学作家于一身。

1906 年，自从在文学刊物《泉》上发表小说，普里什文就连连在文学刊物上发表作品。他把旅行、考察、探索大自然之所得纳入了他作品的素材，先后出版了《鸟不受惊的地方》（1907）、《峭壁上的野兽》《鸟坟》等纪实作品。物候学内容的随笔《别连杰依的水泉》，即诗体随笔《大自然日历》被公认为是作家创作中的精品。《大自然日历》这部作品最终完成于 1935 年，此时作家已举家迁往莫斯科，他在莫斯科郊外获得了悉心观察、体验、研究大自然景象的方便，创作心态也更为从容。对这部作品的写作，作家本人曾做过这样的自述："随笔式的创作是我所喜爱的文学形式。我喜欢它的不受拘约。这些随笔确实是春天口授下写成的——后来几乎没有做任何加工，只根据大自然生活的运动力结集起来，这种运动力在人的心灵中也引起了相应的运动。"普里什文随后的作品中透露出越来越浓的哲学意味，他说："要知道，我的笔写出来的是大自然，而心中想着的却是人。"为了奖赏他高品位的艺术建树，苏联政府曾授予他两枚勋章。

普里什文不是儿童文学作家，但从其面世的头一批作品以及后来连珠涌现的大自然速写、大自然特写、大自然诗体随笔中所显示的文学天才，他也可以是属于儿童读者的。普里什文从 20 世纪 20 年代发觉自己的作品很受儿童读者欢迎，就有意识为孩子写作品，直到生命终了。他为孩子写的作品，都有十分真实的生活情感，连小说性童话里也复如此。1925 年，他为孩子出版了第一本故事集《土豆里的村姑木偶》，随后出版了《深谷》（1927）、《刺猬》（1928）、《凤头麦鸡》（1928）、《猎人米哈伊尔讲的故事》。

1926 年至 1948 年间他写的故事作品都被收在《金色的草地》这部短作集当中。他为孩子写的作品有 99 件之多，外加一个中篇小说童话《太阳的宝库》。这些作品有的被稳定地收入课本，更多的则常被选入供低龄儿童阅读的优秀文学读物。作家用深度的爱和高度的真实传达母鸟、母兽对自己雏鸟、雏兽的动人亲情：作为母亲，它们甚至不惜牺牲自己的生命来保护它们稚嫩的亲生骨肉。作家用清新、朴实的诗意笔触描述人与动物的友善关系，包括救助身处危境的动物（详见《白脖子熊》）。作家一再重复这样一句话："我们的思想是不在弱者头上逞能、耍威风。"

普里什文为孩子营造的文学动物园里，生长着许多精彩的动物故事和林地特写。这些故事和特写让我们懂得怎样去亲近大地母亲，怎样去关注每一株草，每一棵树，每一只禽鸟和野兽，每一座山峦，每一条河流。普里什文对大自然的理解同常人很不一样，他说："我们和整个世界都有血统关系，我们现在要以亲人般的关注力来恢复这种关系。"他还说，我们人类的远祖也曾经是有过美丽的翅膀，能像白鸥一样在天空自由地翱翔，我们的远祖也曾经会像鱼一样畅游，像会飞的种子一样先在大树的叶柄上晃晃悠悠，然后飘落各处，而这些本领，我们都失去了。他对大自然万物都是平视的，把自己放在与动物、植物衡等的平台上来看待人与大自然的关系。读他的作品，受到他的作品的感染，人也就能恢复与大自然良好的关系。高尔基说，在普里什文表现自己对大自然的亲近和理解的作品中，小读者可以听到一个具有绝对权威的大地主人的声音，一种崭新的、无限重要的东西。

从普里什文的作品里，我们可以找到许多纯粹独创的东西。这种独创性，首先表现在普里什文用自己细心的观察和别具只眼的发现，来揭示自然的某些规律，帮助小读者了解大自然、熟悉大自然。《金色的草地》《"发明家"》《四根柱子上的黑母鸡》《大力士》都是这方面的好例子。"大力士"更让孩子感到新奇——在蚂蚁耘松了的土地里面，孕育着一朵蘑菇，而蘑菇上头还压着一株红浆果。"蘑菇使劲儿往上顶，把整株红浆果顶到了地面上，于是它自己——一朵白生生的蘑菇，也就问世了。"这种独创性，又表现在他所描绘的大自然能给人一种过目难忘的诗情画意。他的作品被一致认为是写实主义的真实性和浪漫主义的诗性相结合的艺术妙品，秀颖、隽永、流畅，并且还分明有一种徜徉在其中就会流连忘返的意境。评论家说在他的随笔里，"充满智慧的话语像秋天的红叶那般毫不费力地飘然落来"——那样自然，那样洒脱，那样优雅，品味起来总觉其间悠悠有不尽者。普里什文对淳朴清丽、意境隽永的诗味追求了一生，他说："我一辈子为了把诗放进散文里而耗尽心血。"因此，读者能在他随笔和故事里读出作家心灵的歌唱，读出作家心灵与大自然的亲密对话。

普里什文的独创性还表现在他笔下的鸟、兽、树、花和风等自然物和自然现象，都被赋予了活生生的个性。

作家的爱，就贯穿在他取来进行创作的素材里，贯穿在他流淌在字里行间的情感韵律里。"我告诉人们要关注大自然，要了解……生活本身的真实样貌，即一朵花，一只狗，一棵树，一座山，以及整个祖国边远地区的面貌。"作家的情怀，作家的爱，就流露在作家自己的这段表白里。

普里什文的独创性也表现在他感情深沉的故事中隐蕴着引人思索的哲理。《蚂蚁》就是个好例子。诚如著名诗人勃洛克所说："普里什文的随笔当然是诗，但还有另外一种东西。"这种含蓄在诗意描述中的东西，就是"出于学者的种种思考"，"还出于一个真理追求者的种种探索"。

普里什文的作品能帮助人们通过大自然来认识人，在大自然中寻觅到和挖掘到人类美好的心灵，所以他的作品是审美教育、道德教育和知识教育极好的文学材料。小读者读他的作品，既能陶冶和提升心灵的美质，也可以认识人生的道路，从而形成无畏的性格和对大自然、对祖国山河的热爱。高尔基敏锐地感受到了这种文学的阅读效果，他在《致普里什文》中满怀敬意地说："在您的作品中，我没有看到拜倒于大自然的人物。在我看来，您所写的不是大自然，而是远比大自然更伟大的东西——是大地，是我们伟大的俄罗斯母亲。在俄罗斯作家的作品中，我没有见到过和感受到过像您的作品中所看到的那种热爱俄罗斯大地与大地知识的和谐结果。"

　　普里什文的这些故事和特写没有一篇是虚构的。它们能使孩子们了解和理解大自然的真实。读者可以在普里什文的作品中读出诗，读出爱，读出美，读出心灵与大自然的对话，读出学者的思考。当太阳向他睁开一只红彤彤的眼，读者可以同普里什文一起感受春的到来，去看一棵棵从浓荫下破土而出的小树苗的成长，去深刻地理解土地和人不可分割的关系。去同普里什文一道去听树跟树说话，去向花问好，去用蘑菇的小圆帽兜水喝，去听树上融落的雪水为人们歌唱，去听这位慈祥的作家说："神奇的事物，无论何时，无论何地，处处在在，分分秒秒，都在我们的森林里、草原上和山峦中发生，只往往是，我们生有眼睛却看不到它们，我们生有耳朵却听不到它们。""我年轻的朋友们哪！我们是我们的大自然的主人。大自然是太阳的宝库，这宝库里有无数生命的宝藏。我们对这些宝藏还保护得很不够，为了保护，我们必须得首先让人们知道这些宝藏是什么样儿的，让人们认识到这些宝藏存在的意义。""鱼类需要清洁的水——我们要保护好我们的水源。森林里，草原上，山峦间，那里有种类繁多的动物——我们要保护好我们的森林、草原和山峦。""给鱼以最好的水，给鸟以最好的空气，给禽鸟野兽以最好的森林、草原、山峦。人总得有自己的祖邦。而保护好了大自然，就意味着保护好了自己的祖邦。"

比安基的大自然文学

　　维塔里·瓦连季诺维奇·比安基（1894—1959）是苏联大自然儿童文学的奠基作家，其作品数量之众，品位之高，流布空间之广、传播时间之长、赢得读者之多，在俄罗斯首屈一指，在世界上可以与其匹比的为数鲜少，可与比肩的也就加拿大的汤·西顿、日本的椋鸠十。但就其对儿童的适应性而言，维·比安基"为

比安基

儿童"的用心最为自觉。

比安基生长在圣彼得堡一个小有名气的生物学家家庭中。他在《我为什么要写森林》中回忆说："父亲在我还小的时候，就带我往森林里钻。他把每一种草、每一种野兽的名称都告诉我，教我根据鸟的形状、鸣叫声、飞行姿态来识别各种鸟类。"生物学家的家庭环境使他从小生活在鸟兽、鱼龟和虫蛇中间。父亲的引导唤起了、培养了他对大自然的浓厚兴趣，并学会了观察森林世界。少年和青年时代，他就爱上了林中狩猎，参加了乌拉尔和阿尔泰森林考察队，做了大量的森林考察记录；大学生时代就去接近、探访对森林复杂情况了如指掌的农人、守林人和老猎人。这些为他描写大自然打下了雄厚而扎实的基础，为一位动物故事作家的崛起准备了必要条件。他把自己全部的感情倾注于大自然。大自然是比安基成才的摇篮。比安基在35年的大自然文学创作生涯中，几乎为所有的当时存在的俄罗斯儿童刊物、报纸写过作品，短篇小说、科普性童话、中篇小说、特写、速写和散文等计有300多件。他的书在好几十个国家多次出版，根据他的作品制作的电影片、木偶片和动画片层出不穷。

比安基的作品分3类：第一类，主要以动物为主人公的作品。这类作品新鲜、生动、真实、朴素，富于知识性，在帮助孩子了解和理解大自然的同时，其阅读本身也是高品位的艺术享受。比安基本人把自己的大自然知识童话称作"童话非童话"，其意为他的童话虽然也是拟人的，但是，它们是在百科知识研究和观察自然世界从而有大量积累的基础上写成的，有着很强的生物和物候的科学性。号称"森林百科全书"的皇皇巨著《森林报》，以及《戴脚环的大雁》《猫头鹰》《从餐桌上逃生的虾》《小老鼠皮克历险记》都是这方面的代表作品。第二类，是描写人与野生动物深厚而动人的情谊的。这类作品着重表现"对野兽没有恻隐之心的人是算不得人的"的强烈思想。在这类作品中，作家往往一边把动物与人的关系写得温情脉脉、感人至深，一边用艺术手段强烈谴责捕杀珍稀动物的残酷掠夺行为，谴责人性的贪婪，谴责不择手段发大自然之财，唤起民众向他们共讨共诛。《大山猫传奇》（又译《木尔索克》）、《孤兽》是这方面的代表作品。

第三类，是诱导孩子去多多掌握大自然知识，鼓励小读者去辨别鸟兽踪迹，熟悉自然环境，在某些关键时刻，这种知识和经验不仅大有用处，而且还能用以自救、脱离置人于死地的险境。这类作品多半适宜于高年级孩子阅读。《雪野寻踪》就是这方面的代表作品。

比安基的动物文学同其他动物文学作家的同类作品相比，譬如与汤·西顿、椋鸠十的动物文学相比，有一个显著的特点，就是他的动物文学是专意为儿童创作的。明确的儿童文学性质使比安基动物文学成为世界儿童文学经典。可以从3个方面看比安基大自然文学的儿童文学性质：（1）从比安基的崛起看比安基动物文学的儿童文学性质。比安基最早是1922年介入儿童文学的，因为他参加了列宁格勒学前儿童教育学院儿童图书馆的儿童文学作家小组的活动，后来在苏联儿童文学奠基人马尔夏克的引导下，他于1923年在新创刊的《小雀儿》杂志（《新鲁滨孙》杂志的前身）上连载《红头雀旅行记》，这才迈上了动物文学的道路。（2）从比安基大自然文学明确的教育题旨看比安基大自然文学的儿童文学性质。他的作品都包蕴丰富的精神道德内涵，正如比安基研究专家格·格罗京斯基所说："它们还能在孩子心灵上激发起这样一些做人的重要品性：勇敢、坚毅、扶助弱小，对目标追求的矢志不移。"（3）从比安基诱导儿童细致观察看比安基大自然文学的儿童文学性质。比安基在洋溢着妙趣的描写中告诉孩子们，观察大自然需养成一双明察秋毫的眼睛，跟野生动物打交道需要人有一副机灵头脑和敏捷身手。比安基的动物文学往往把教育的题旨溶解在人兽情之中。比安基有一句名言："对野兽没有恻隐之心的人是算不得人的。"这一句名言集中道破了他的动物故事所贯穿的是一种人道主义的、博大的仁爱思想，他主张人道主义思想应该向大自然各个领域引申。《大山猫传奇》《没娘的小鸟》是这类故事的代表作。《大山猫传奇》是比安基的重头作品。他在作品中最发人深省的内涵是他关于动物园的思考。动物园的建立，不可避免地要以动物失去自由为前提。而和动物的生命密不可分的需要，就是动物的自由，它们生来是自由的。而现在人的需要让它们失去自由，失去了莽莽的森林，失去了辽阔的草原，失去漫无际涯的天空，失去了长长的河流。观赏它们的人很开心，但是它们开心吗？这个问题，人没有替动物们想过。

大自然是比安基成才的摇篮。从孩提时代开始就对禽鸟野兽的形状、叫声、行动的姿势留神观察的比安基，积累了大量对大自然的直接经验和知识，所以他笔下的动物和植物都能在"大自然的登记簿上找到存根"。他写动物，没有一笔会是走形走神的，绝对可以做到每个细节都到位，每个情节都真实，每个形象都传神。请看他的代表作《森林报·夏》中的《小熊洗澡》：

一个猎人在林间小河的堤岸走着，突然听得树枝咔嚓一声响。猎人一惊，他想准是有什么猛兽在不远的地方，于是他三下两下爬上了树，在树上向四面细细观望。

从密林里走出一头大黑熊，是熊妈妈，后面跟着两头小熊。它们在河岸上走着，小熊可开心啦！

熊妈妈停下，用牙齿叼起一只小熊的脖子，直往河里扔。小熊尖叫着，四脚乱蹬，但是熊妈妈没有马上将小家伙叼上岸来，直到小熊洗得干干净净，熊妈妈才让小熊爬上岸来。

另一只小熊怕洗冷水澡，就往林子里撒腿溜了。

熊妈妈追上小家伙，啪！打了它一巴掌，接着像叼前一只一样，叼来扔进了水中。

两只小熊洗过澡，爬上岸来。这样闷热的天气，它们还披着厚厚的绒毛，凉水使它们爽快透了。母熊带着小熊洗完澡，又躲进了森林，这时猎人才从树上爬下来，回家去了。[1]

毫无疑问，"热爱大自然"是谈论比安基所有故事小说、童话和特写的一个关键主题。比安基认为自己所做的是一件传递爱的工作，也即是说，他的作品所要抵达的情感目标和教育目标，都在于让孩子们学会"以亲善的态度对待地球上同我们一起生活的一切生灵"，"热爱

---
[1] 维·比安基：《太阳的诗篇〈森林报〉故事精选》，韦苇译，广西师范大学出版社，2017，第101—102页。

家乡，热爱祖邦"。"把这种爱传递给孩子们，就是给予他们享用不尽的快乐，因为仔细了解生养自己的土地，发现大自然大大小小的奥秘，就能给人提供这种无穷无尽的乐趣。" 这也是比安基创作大自然文学的出发点和归宿。

世界儿童文学简史

下

The Brief History of World Children´s Literature

第一章　二战后儿童文学发展的背景和繁荣标志

第一节　二战后世界儿童文学发展的背景

一、第二次世界大战给世界带来空前的灾难与巨大的变化。

第二次世界大战是德国、意大利、日本的战争狂人强加给人类的大规模的血腥灾难，这些大规模侵略战争给世界造成了空前的大动荡、大浩劫、大伤亡、大灾难。二战以德国、日本两大侵略战争的策源地覆亡而告结束。世界格局、价值观念、社会结构在二战后都发生了很大变化。二战以后，欧美诸列强经过一番利益大调整后，开始了以美国、苏联为首的世界冷战格局，普天下人仍缺乏足够的安全感。所幸的是，像二战这样的大规模战争已受到种种因素的制约。二战后的半个多世纪里，人权、人道的高扬促进着人类文明，二战的血和二战的亡灵提醒着人们要珍惜和平与福祉。人类于是有更多、更大的可能来顾及儿童。二战结束以后的第 4 个年头，1949 年，儿童就有了自己的国际性节日——国际儿童节。这是一个象征，说明着和平能给儿童带来福音。

20 世纪的下半叶，美国从谋求世界霸权、把世界纳入自己掌控之中的梦想与野心出发，在亚洲发动了朝鲜战争和越南战争，实际卷入战争的人口比想象的要多得多。到 20 世纪 80 年代末 90 年代初，形成恐怖平衡的世界两极中的一极——苏联发生了或可说是戏剧性的体制变化，它经过内部的一阵动荡自行解体了，世界两极的恐怖平衡明显淡化与弱化了。国际关系中，核武器大国间不断商议限制核武器生产的办法，并就此达成了协议，但是，核武器之灭绝人类的灾难性后果始终令人们感到不安，所以世人心底深处总不免仍隐在恐惧、压抑和彷徨；美国无节制地滥用武力，动辄加战争于他国；恐怖集团和恐怖分子的嚣张活动与种族间的骚动和冲突，常造成规模大小不等的流血事件；大气污染和环境污染降低着人类的生存质量；能源不断减少而人口暴增；人类活动导致全球气候变暖；自然灾害和病毒频繁袭击，即使科技最发达的国家也不能完全有效地预防和控制；高离婚率由无奈的孩子来承担其后果；等等。纵然如此，第三世界，尤其是中国的和平崛起，使得占很大一个比例的人口的教育状况得到大幅度的改善，为儿童文学的发展提供着良性因素。

二、儿童教育和儿童心理研究取得了丰硕的成果。

最具代表性的是瑞士当代杰出的儿童心理学家和教育家皮亚杰进一步提出了新的儿童观，即儿童教育的目的是造就能创新的人，而不是简单重复别人已经做过的事的人。这种人才能有所创造，有所发明和发现。他强调要充分重视儿童的主体作用，发挥儿童的主动性和独立精神。这些成果都为儿童文学的发展和繁荣提供了坚实的观念和认识基础。

三、社会从各个不同的角度来关心、支持和鼓励童书的创作和出版，遂使儿童文学繁荣成为可能。

家长主要从启迪儿童心智使之成器、成才的角度，儿童教育和辅导工作者主要从人、公民养成的角度，儿童文学研究者主要从儿童文学美学质量和美育的角度，政治、社会活动家主要从提高民族素质和国家未来发展的角度，而出版人、书商则从出版和营销中谋取利益的角度来重视和关心儿童文学。大家都认识到，未来的世界将掌握在今天儿童一代的手里，文学给他们以怎样的影响，就看现在的儿童文学作家们给他们心灵点播上什么样的种子，这实际上是关系到未来社会和人类命运的大事。因此，西方的社会舆论就认为儿童文学关系到未来社会面貌的建树，儿童文学是救治社会弊端的良药，儿童文学是实实在在的文学。文学界则认为现代儿童文学是我们在继承传统文学方面的一个光荣。

四、政府和社会对儿童文学作家的奖励。

这种奖励是 20 世纪才有的现象，尤其是国际儿童读物联盟（IBBY）的建立，1954 年开始设立的国际安徒生奖作家奖，1956 年开始颁发。IBBY 这个被叫作"少年儿童文学的联合国"的世界性评议机构两年一度为一位儿童文学创作成就杰出、贡献卓著的作家颁奖，以肯定其一生的儿童文学显赫业绩。这项奖励也象征着作家所在国对儿童文化的努力，而最终目的是让儿童有好书读，所以表彰活动的实质是向世界上所有的孩子推介卓杰的儿童文学作品。这个奖掖活动在世界范围内树起了儿童文学独立的旗帜，建立起了有别于成人文学的评价标准。对于 IBBY 在儿童文学发展中所起到的鼓励、推进、引导的作用，世界有识之士都给予了肯定和赞赏。国际和各国儿童文学研究中心的设立，各高等学校儿童文学研究机构的设立，和以出版社与作家协会为中心组织的有关儿童文学的研讨活动的频繁举行，对儿童文学的繁荣也起了积极的作用。

五、科学技术及其新成果的迅猛发展。

科学技术的迅猛发展以及科学技术的新成果大量运用于报刊书籍的出版业和印刷业，文学书籍印刷制作手段的现代化，大大缩短了书刊的出版周期，使图文并茂的儿童文学读物千万倍增长，琳琅满目的儿童文学出版品给孩子提供着宽广的选择余地。科学技术的发展，使二战后的世界出现了汽车、电冰箱和洗衣机的时代，继而又出现了电视、电脑和手机通信的时代。电视、电脑之迅速成为传媒手段，使传统纸质媒体的出版与发行受到巨大的挑战，迫使纸质媒体精益求精。

六、东方各国儿童文学的长足发展。

东方各国相继把儿童文学从总体文学中分离出来，形成独立的文学分支，建立起独立的分支机构。但欧美诸国与亚洲、南美洲、非洲各国的儿童文学之间仍存在不平衡状况，即东半球弱于西半球，北半球强于南半球。然而，20 世纪至 21 世纪里东方的儿童文学，首先是日本的儿童文学和中国的儿童文学，积极汲取西方儿童文学的精粹，发扬东亚儿童文学传统之优长，遂使东方现代儿童文学具有了世界性，使其中的优秀儿童文学作品也成了全球孩子共享的精神财富。

七、其他影响因素。

20世纪的儿童文学尤其是20世纪后半期的儿童文学能够得到发展和繁荣，还与如下一些因素有关：19世纪的儿童文学经验的积累和传统的沉淀，儿童文学表现空间被不断拓展，多种文学表现手法的运用，各国儿童文学的交流给相互间的参照和借鉴提供着便利。

第二节　二战后世界儿童文学繁荣的标志

一、儿童文学具有越来越明显的区别于成人文学的独立个性。

儿童文学是相对于成人文学的一个文学分支，与成人文学有共性，但20世纪以来，儿童文学逐渐发展和成熟，具有越来越明显的区别于成人文学的独立个性。这主要表现在儿童文学在思想内容、审美趣味和美学理想上与成人文学不同。儿童文学作品特别强调人道主义精神、友爱、温暖、幻想、快乐、趣味、智巧、幽默、乐观、明快、喜剧色彩和情调。同时，20世纪后半期，儿童文学加强了对接受美学的研究，加强了对儿童文学本体特征的研究，它不再被作为教育的附庸来关心，而是作为一个文艺的独立学科来建设和发展。

二、以绘本流行为特征的幼儿文学从发达起来到兴盛起来，直到被认为是儿童文学中最具儿童文学艺术特征的部分，成为与成人文学区别最明显的即儿童文学辨识度最高的部分。

20世纪的后半期，欧美有的国家已把幼儿文学作为整个儿童文学的重点来建设。它已经兴盛到了可以相对独立的地步。幼儿文学是文、图、色彩、音响和玩乐并茂的文学，是五者相结合、相得益彰的文学。这样的文学特别要求精、慎、细、巧，特别难于创造，这正如俄罗斯有世界影响力的儿童文学作家、国际安徒生奖评奖委员会组成人员谢尔盖·弗拉基米罗维奇·米哈尔科夫所曾指出过的："学龄前儿童的文学，是文学创作领域中最困难的领域之一。它要求具有儿童早年生活时期所特有的那种天真和好奇的特殊才能，这种文学作品只有具备儿童轻信和明亮的心灵的人才能创作好。与此同时，它还要求具有生活的智慧、教育学的才干、心理学的深邃和异常敏锐的语言修辞的细微鉴别功夫。"[①] 因此，没有特殊才能、特殊训练、特殊技巧和丰富经验的作家往往不敢为，因为较难讨好，较难成功。

三、儿童文学创作形成了专业队伍，成批的翻译家自觉为少年儿童译介世界一流的儿童文学作品。

四、儿童文学作品的题材不断扩大，体裁样式、风格流派都呈多元发展态势。

五、越来越多的儿童读物出版社、儿童文学杂志和儿童报刊向少年儿童提供精美的儿童文学作品。

六、各种儿童文学机构的设立和理论批评活动的开展，促进儿童文学进一步繁荣。

西方和东方的文学、教育学、图书馆学的院系先后开设了儿童文学课，成立儿童文学研究所，招收儿童文学研究生，培养儿童文学作家和研究工作者。各国都先后成立了 IBBY 的分支机构。

七、许多国家先后设立了本国的儿童文学奖。

美国早在 1921 年就设纽伯瑞儿童文学奖，从 1922 年到现在，每年评出数位作家的作品授奖。法国从 1934 年开始由一个出版社创办少年文学奖。英国从 1936 年开始，政府把卡内基文学奖授予国内出版的优秀儿童文学作家。加拿大从 1946 年开始设加拿大儿童文学奖。挪威从 1947 年起把宗教和教育部奖授予优秀的儿童文学作家。芬兰从 1947 年起设托佩柳斯奖。苏联在 20 世纪 40 年代初开始把国家奖（当时称斯大林文学奖）和列宁奖授予儿童文学作家。其后相继有瑞典、意大利、奥

---

① 蒋风：《幼儿文学教程》，东南大学出版社，1999，第10页。

地利、德国、西班牙、捷克、日本等国家为儿童文学设奖。其中设奖名目最多的国家是日本（14 种以上）。这些奖励极大地鼓舞和激励了作家的创作热情，促进了儿童文学创作的繁荣。

八、亚洲儿童文学在崛起，改变了过往西方儿童文学向东方儿童文学单向流动的不平衡状况。

亚洲儿童文学作品已经引起世界的重视，自 1994 年至 2018 年，亚洲已有 4 个国际安徒生奖作家奖的得主，遂使西方注意并重视亚洲儿童文学的长足进步。南美洲当代的现实主义儿童文学成绩十分喜人，已经有了一批可以毫无愧色地跻身世界优秀儿童文学之林的小说和少量的童话。1982 年和 2000 年巴西有两名作家荣获了国际安徒生奖作家奖。

九、现代童话取代民间童话，成为童话的主流形态。

1. 现代童话（modern fantasy）是参照儿童思维方式创作的，把成人智慧、体验、思考和愿望熔铸于其中的奇幻故事。加拿大学者李利安·史密斯说："他们把自己的哲学和人生观投影在幻想作品的形式之中。他们就是这样睿智的人物。他们的书具有超越一般的趣味，有另一层更高的意义。同时他们的作品在弥漫诗意这一点上超越了一般的童话。"

2. 现代童话是作家用幻想创造的"第二世界"，这个世界是本来存在于人的精神深处的内宇宙的外现，在这个世界里没有自然法则和社会规范制约着人的活动，在这个世界里可能性是没有限制的，在这个世界里可以创造任何奇迹，它比人们生活于其中的"第一世界"还要更准确，更能窥望到人生的幽微。李利安·史密斯指出："对孩子们来说，有时想象的世界比现实的世界更为真实，他们在现实和非现实之间，并没有任何深渊隔阂于其间。孩子们就像从一个窗口换到另一个窗口似的，从一个世界移到另一个世界去。"

3. 现代童话是作家童年游戏的延续，是作家游戏冲动的结果，正是作家的游戏精神为作家的童话想象提供了自由驰骋的空间，只有当作家的游戏冲动被激发起来的时候，他们的想象力才是最充沛、最丰富的。

4. 现代童话往往是在小说化的时空描述中突然出现不可思议的人、

事、物，给读者以惊愕和惊喜；在现实和幻想的双线结构中时而分道，时而扭结，造成真幻错杂的荒诞效果。

5. 现代童话是作家在经验的原始材料中提炼诗意，然后用幻想给提炼所得的诗意以新的形式或新的存在模态。

6. 现代童话在阅读效果上能给我们纯粹的喜悦、欢趣，让我们品尝到真正的快活和幽默的滋味。

7. 独创是现代童话创作的关键，题材的独创、人物塑造的独创、叙事策略的独创、技巧和语言的独创，才能形成内容多种、形态多样、表现多元的格局。

第二章　四位巨擘代表着 20 世纪世界儿童文学的强大创造力

第一节　凯斯特纳：20 世纪儿童文学的一个象征

　　埃里希·凯斯特纳（1899—1974）是德累斯顿皮革工匠的儿子，1917 年应征入伍，退役后攻读德国文学、历史、哲学和戏剧史，1925 年获莱比锡大学博士学位，1926 年在莱比锡时为一个家庭杂志编辑儿童副刊，需要天天为这个副刊撰稿，从而为日后的儿童文学创作积累了经验。就这样一个偶然原因，他

埃里希·凯斯特纳

就一生同儿童文学结缘。希特勒政权时期，他此前的散文和讽刺诗（1928年出版的《腰上面的心脏》）等作品因与独裁方针相抵牾而被列为禁书。以自由主义与和平主义为主张的他曾两次被盖世太保逮捕，险些丧生。希特勒法西斯覆灭后，劫后余生的凯斯特纳成为德国最耀眼的文学明星，担任国际笔会联邦德国中心主席达 10 年之久。涉足儿童文学，并以此为舞台充分施展他的艺术才华虽有偶然成分，但他一生热爱儿童，甚至有一种儿童崇拜的倾向，认为人类的天真无邪、心灵的洁白无瑕只可能属于儿童，因此他以儿童文学名世，被奉为世界儿童文学泰斗，跃身为 20 世纪世界儿童文学的象征之一，绝不是偶然可以成就的。

凯斯特纳一生坚持写孩子所熟悉的人物，写孩子所关心的事件，写孩子所容易理解的问题，不是用说教，而是用有趣的情节表现积极向上的主题。

《埃米尔和侦探们》（又译《埃米尔擒贼记》，1928）是凯斯特纳凭借自己童年的一些记忆写成的，描述了一起轰动柏林的少年侦探案。小主人公埃米尔在柏林访亲途中，被一扒手窃去身上藏着的钱。这是他妈妈让他捎给外祖母的钱啊。"让母亲就这样白白地节约了好长时间而外祖母却一文钱也得不到……所有这一切都是因为一个卑鄙的家伙，那个把巧克力糖送给这孩子吃的家伙。他装作睡觉，然后偷走他身上的钱……埃米尔强忍住眼泪，四下张望着。"[①]埃米尔遭窃后沉着镇静，不让这个偷钱的男人从他的视线里逃脱。要抓住每时每刻都有溜掉的可能的老扒手，对一个孩子来说当然是件很不容易的事。但埃米尔就像真正的侦探那样，小心谨慎，机敏灵活，紧紧盯住小偷不放。在柏林，他一路上都得到好心人的帮助，更重要的是他幸运地得到由二十几人组成的小侦探队伍的热心协助，他们构成侦捕网，对小偷跟踪，围堵。最后，正当小偷把偷来的140马克的纸币兑开企图消灭作案罪证时，一个大胆、勇敢、聪明、机灵的小侦探抓住了他，埃米尔以3张纸币上的同一根别针针眼为记号认回了自己的钱。这时一起围住小偷的足有90到百来个孩子！

由于埃米尔的锲而不舍和同龄人的见义勇为，由于他们机智、紧密配合的集体行动，窃贼终于被成功地逮住了。这个故事让侦破活动与游戏活动水乳交融，而故事特别感人的原因，在于这一切都发生在孩子们身上。正是在这一点上，孩子们实际上也在教育成人。埃米尔当时如果自认倒霉，那么实际上就是纵容一个被悬赏追捕多时的、曾抢劫过银行的大盗贼继续去犯罪作恶。邪恶是必须被制服的。要制服邪恶，沉着、镇静、热情、团结的品格就都很重要。这部小说被拍成电影后，欧美为之轰动，世界为之感动，于是小说的传播效果被千万倍放大，小说的影响力被千万倍地扩张，

---

①克斯特纳：《德国小豪杰》，孙远译，广东人民出版社，1983，第27页。

小说作者凯斯特纳的名望被千万倍地提增。

这部小说的成功，在于流畅、简洁、幽默的叙事中利用了侦探小说的新奇、跌宕、曲折，在于生动的故事传达出柏林少年们主动、积极、乐观的情感，在于朴素而动人的描述中写出了儿童的心理和行为特点。因此，这部小说有一种不可抗拒的阅读魅力。在这部小说巨大成功的鼓舞下，凯斯特纳于1934年在瑞士出版了《埃米尔和侦探们》的续篇《埃米尔与三个孪生兄弟》。在这部小说中，凯斯特纳以同样的一群正面人物写了他们帮助一个陷入困境的少年的故事。从作品引人入胜的情节中流溢出来的是在困难面前团结互助、同情不幸者这样一种崇高思想。正是这种对孩子有明显教益的情节使小读者和小主人公们的脉搏一起跳荡，直到正义的少年主人公赢得了令人欣喜的胜利。

第二次世界大战后，凯斯特纳从柏林移居慕尼黑，成为联邦德国的社会活动家，并继续为儿童奉献作品，发表了6部新作。6部中的头一部是小说，是接受叶拉·莱普曼女士（IBBY的创始人）的建议而写的《两个小洛特》(又译《双胞胎丽莎和萝蒂》，1949)。它以新颖的题材和儿童化的表现方式引起了广大读者的注意，其反响之强烈，不亚于《埃米尔和侦探们》。两个分别来自慕尼黑和维也纳的小姑娘相遇于暑期儿童乐园。她们的相貌、出生年月、出生地点都毫无二致。聪明的小姑娘们终于弄明白了她们是孪生姐妹，由于父母的离异，她们分别生活在慕尼黑和维也纳两个城市。为了让她们的父母重新团圆，她们想出了一个冒险计划——两个小洛特对换到两个城市的两个家里。冒险计划的实施是家庭悲剧向家庭喜剧转变的过程。随着故事的层层展开，两个家庭和两个家庭的全部成员的命运越来越引起读者的关心。作家以洗练、幽默的文笔和合情合理的情节发展，成功地抓住了读者善良的愿望。

小说的作者始终没有忘记从儿童角度来写大人的问题。路易丝为这个家庭团圆所作的贡献再大，不过也都是一个小姑娘所能做到的。路易丝总是用小姑娘方式进行着冒险的活动。两个小洛特的冒险计划最后成功了，她们的父母又和好了，小说写到这里有最精彩的一段：

路易丝站在门边，一只眼睛紧贴着钥匙孔。洛特站在旁边，两只小手握成了小拳头，紧紧夹住大拇指，伸得远远的。

"噢，噢，噢！"路易丝喃喃地说，"爸爸给妈妈一个吻！"

小洛特一反常态，粗暴地把姐姐推到一边，自己把眼睛贴在钥匙孔上看起来。

"现在呢？"路易丝问，"还一直在吻吗？"

"不，"小洛特轻声说，然后满脸喜色地直起了身子。"现在妈妈给爸爸一个吻！"

这时，两个孪生小姐妹欢呼着拥抱在一起！[①]

父母的离异给无辜的孩童造成严重的心灵创伤，孤儿孤女的增加给西方社会带来了很头疼的问题。凯斯特纳从现实家庭生活中提取这个题材，对一个严重的社会问题做出了儿童文学作者的积极回答，也教育孩子：他们对这样的问题，也不注定是束手无策、一无作为的。看，孪生小洛特就勇敢地创造了自己的幸福！

自然，《两个小洛特》又一次成为凯斯特纳的畅销书，导致他1960年走上国际安徒生奖作家奖的领奖台。

这部书起意于1930年，而实现愿望已经是近20年之后了。酝酿成熟的人物和故事，用自然、细腻、幽默的笔调温馨地倾述出来，告诉人们：孩子永远比大人诚实，有时候也比大人聪明和勇敢。如果大家都能够像孩子们那样，就一定可以建立幸福的家庭和良序的社会——凯斯特纳在这部小说里要说的正是这一点。

这部以凯斯特纳爱妻的姓名拆分了做小说两个小主人公名的作品，拍成电影（主人公从双胞胎中公开招募）后和《埃米尔和侦探们》一样引起观赏轰动，甚至奇迹般地日本和美国也分别取它拍成电影，日本的片名为《云雀的摇篮曲》，美国的片名是《坠入陷阱的爸爸和妈妈》。

凯斯特纳有一段名言，说："很多人像对待一顶旧帽子一样把自己的

---

①埃里希·凯斯特纳：《两个小洛特》，赵燮生译，明天出版社，1999，第172页。

童年丢在了一边，把它们像一个不用了的电话号码那样忘得一干二净。要知道，他们以前都是孩子，后来他们长大了，可他们现在又如何呢？只有已经长大，却仍然保持着童心的人，才是真正的人。"这也许就是凯斯特纳能够以儿童文学创作成世界之大名的一个原因。汉斯海诺·埃维斯教授以德国法兰克福大学儿童文学研究所所长的名义著文说，在德国，凯斯特纳的名字是与格林兄弟的名字相提并论的；很少有人像凯斯特纳这样知道孩子尤其是男孩的梦想，知道男孩们对勇敢、友谊和成功的向往。埃维斯教授说："1999年是这部大概可以称为20世纪最出名的德国儿童小说①的作者埃里希·凯斯特纳的百年诞辰，德国出版了难以计数的关于凯斯特纳的书，举办了许多纪念活动。"

1931年，时年32岁的凯斯特纳转入童话创作中，《小不点和安东》《5月35日》都出版于这一年。1933年，正是他出版《雪中三人》和《飞翔的教室》的年份，正处于创作盛年的他作品被禁止在国内出版，已出版的作品被焚毁，也是在这一年，他在柏林第一次遭到盖世太保的拘捕。1937年，他第二次被捕。1949年，除出版《两个小洛特》外，他还出版了长篇政治寓言《动物会议》。1951年，他在任国际笔会联邦德国中心主席期间出版了绘图故事书《明希豪来》。1956年，他出版的《唐·吉诃德》的绘图故事书荣获慕尼黑市文学奖。1957年，他出版自传《我的童年》。1960年，他在卢森堡举行的IBBY上被授予国际安徒生奖作家奖。1963年，他出版童话《袖珍男孩》(又译《从火柴盒里跳出来的小男孩》)。

需作重点评述的是童话名著《5月35日》。这部童话虽写成于凯斯特纳的青年时代，出版于二战前，但已经是一部艺术上相当成熟的幻想文学杰作，堪称儿童文学的一座丰碑。

中篇童话《5月35日》是凯斯特纳的童话名作及代表作。童话写了一个名叫康拉德的小学生在5月35日这个奇怪的日子里的旅行经历：康拉德每逢星期四和叔叔共进午餐，5月35日正逢星期四，这一天，康拉德

---

①指《埃米尔和侦探们》。

的老师要求康拉德及所有数学成绩好的学生写一篇关于南太平洋的作文来锻炼他们的想象力。正当康拉德苦于对南太平洋一无所知、想象无法展开之时，他和叔叔新结识的大黑马给马戏团大马旅行社的大骏马打电话，打听到穿越走廊的大橱前往南太平洋的路途很近，当天即可往返。康拉德、叔叔和大黑马便走进大橱，就此开始了奇怪的旅行。他们途经"懒人国""古城堡""颠倒世界""自动城"，到了海边，接着来到南太平洋的一个小岛，领略了南太平洋新奇、秀美的自然风光，受到当地土人的热情款待。黑人酋长又变出一个大橱，使康拉德和叔叔很快回到家中，康拉德把一路所见所闻写进了作文。

值得注意的是，凯斯特纳比英国童话作家刘易斯·卡罗尔更早采用以一道橱门来隔开现实世界和童话世界的方式，透过这种新颖、别致的构思模式，不费多少周折，一步就从现实境域跨入幻想境域。在"懒人国"里，果树能提供水果罐头和果酱，母鸡的屁股后头拖着一个闪闪发亮的小煎盘。"它们在路上窜来窜去，一见有人来，便马上站住，'咯咯、咯咯'一个劲地往煎盘里下荷包蛋，有的还下煎蛋饼。"[1] "懒人国"的总统是康拉德的同学，他小学留级 11 次，好不容易念到了小学二年级，就结婚了。这位总统嫌吃饭太麻烦，就看着映在墙上的油炸沙丁鱼、松脆烤鹅等吞药丸，吞过药丸，就算用过美餐了。

赛德尔巴斯特已像只大皮球似的，从床上滚了下来。他穿着一条三角裤。别的衣服，如上衣、裤子、衬衣、领带、衣领，甚至袜子和鞋子，统统都是画在皮肤上的。"这是我的发明，用不褪色的颜料画的。"他得意地咕哝："衣服嘛，老是穿上脱下，多浪费时间！烦死人！"[2]

凯斯特纳在一个个大胆的艺术假定中用幽默的笔触把儿童心理和愿望具象化了，把儿童天生爱幻想的特性写得畅快淋漓。凯斯特纳 1953 年在《IBBY 第二届大会的主题报告》中对儿童文学作家提出了这样的要求："在我们当下这个世界里，只有对人类持有信心的人才能对少年儿童有所帮助。

---

①浦漫汀等编《世界童话名著文库 10》，新蕾出版社，1989，第37页。
②同上书，第39页。

他们还应当对良知、榜样、家庭、友谊、自由、怀念、想象、幸福与幽默……的价值有所了解。所有这些就像恒星一样在我们上空闪耀，并一直存在于我们当中。谁能把它们展现给儿童并讲给儿童听，谁也就能引导儿童从沉寂中走出来，跨入充满友爱的世界。"当他从第一次世界大战的战场归来，他认为成人已没有完善之可能，唯有儿童是人类得以拯救的某种保证。天真的儿童身心没有受暴力世界的那些丑恶德性的污染——他们才是有希望培养成理想人类的人们。

凯斯特纳坚持写孩子所熟悉的人物，写孩子所关心的事件，写孩子容易理解的问题，用有趣的情节表现积极向上的主题：教育孩子努力学习，善于思考，要团结友爱，要勇于迎接困难的挑战，把自己培养成对人类有用的人。

第二节　林格伦：一种美学新品格的创立

一

瑞典文学院18名院士之一的谢尔·埃斯普马克（1930—2022）教授在谈论战后瑞典文学的专文中指出："对有才华的年轻作家的早期作品和老作家同期的杰作进行深入的比较研究之后，我们会发现战后时期的文学精髓。人们经常把19世纪初叶和末叶出现的两个浪漫主义时期看作瑞典文学的黄金时代。实际上，战后时期才是瑞典文学史上的真正的黄金时代，繁荣面之广和延续时间之长都大大超过以往。"瑞典文学繁荣的一个重要方面就是儿童文学读物之昌盛。它们显示了世人意想不到的生命力。"《尼尔斯骑鹅旅行记》作者塞尔玛·拉格洛芙确实不乏后继者。在成绩卓著的一大批儿童文学作家当中——至少一个人，那自然是阿斯特丽德·林格伦，她的'长袜子皮皮'已名扬四海。"

这个被瑞典文学史家埃斯普马克提到的林格伦，其全名是阿斯特丽德·安娜·艾米丽娅·林格伦（1907—2002），出生于瑞典斯莫兰省的一个农人之家。她父母的恩爱给女儿带来了幸福。其父亲天生幽默风趣，这种幽默精神被女儿林格伦创造性地继承。林格伦一家有很好的写作风尚，家中姐妹兄弟都是笔杆子。这一点连父亲都感到意外。

阿斯特丽德·林格伦

林格伦童年印象最深的就是她出生地庄园的景致和风物。她曾这样写道："那里每一条乡村小径，每一块石头，那布满雪白雪白的睡莲的湖泊，那河流，那山丘和树木，我都十分熟悉。所有这一切，都频繁地出现在我的记忆里。"她认为，这大地上，人是可爱的，动物是可爱的。除了人和动物，就数树可爱了。她由衷地爱着和赞美着绿树——大树和小树，春天的树和秋天的树，夏季的树和冬季的树。她记得，庄园的孩子们特别喜欢那棵上头有猫头鹰窝的树。她自幼同那住棚屋的穷苦人、同靠救济过活的老人们接近，谙熟他们的生活。这些，后来都被写进了她的作品。这也就是她总能深情地描写那些淳厚乡俗和质朴民风的缘故。

林格伦在温密尔标小城上学期间，曾以《一个瑞典的美国人讲的故事》为题写了一篇文章，叙述在一条木船进水下沉的危急时刻，故事主人公奋不顾身堵住了漏洞。教师在班上读了这篇作文。她后来把这个故事加以扩充、丰满，写入几篇小说之中。林格伦20世纪20年代到首都斯德哥尔摩求学。1925年婚后育一女儿。女儿缠着妈妈讲故事，妈妈问女儿讲什么故事，小女孩在瞬间似早已想好一般地说，讲"长袜子皮皮"的故事。妈妈也就没有追问这"长袜子皮皮"的来由，便就着这个古怪的名字讲起了奇怪的小姑娘的故事。后来，林格伦在一个大雪天里滑雪跌跤，重伤了腿部，不得不住医院治疗。在住院期间，她把当年曾讲给女儿听的故事写了出来，以便出版后作为10岁女儿的生日礼物，不料遭到退稿。这是1944年的事。1945年，她把童话书稿做了一次修改，寄给了拉本和舍格伦出版公司，作为参加该公司举行的儿童文学创作比赛的一次投稿，结果获得了一等奖。这部利用病床上的闲空写下的童话书《长袜子皮皮》

一出版就引起巨大反响，并轰动欧美。她在巨大成功的鼓舞下，续写了两本关于"长袜子皮皮"的童话书，出版后也与第一部一样畅销，迅速被译成了 60 多种外国语言出版。这个不可思议的皮皮形象有一种神秘主义的魅力，她的普晓率已高到可媲美中国的孙悟空，美国的唐老鸭、米老鼠，德国的小红帽。

　　林格伦的成名作《长袜子皮皮》在美学品质明显有历史性的突破，所谓"皮皮风波"是一个美学和教育学等多层意义上的震荡，引起的社会责难中甚至有人以为这部童话是"反社会的垃圾"。为了说明童话对传统教育学、传统美学有多大幅度的突破，这里引其中的一小段"皮皮家被贼伯伯光顾"以阐明之：皮皮在一枚一枚点数金币的时候，两个贼伯伯进来了。

　　"就你一个在家吗？"他们狡猾地问。

　　"哪儿的话，"皮皮说，"家里还有纳尔逊先生。"

　　两个贼弄不清楚纳尔逊先生只是只小猴子，这会儿正在它那张漆绿色的小床上睡觉，肚子上盖着一条娃娃毛毯。他们以为这是这一家的家长，名字叫纳尔逊先生，于是他们狡猾地对眨了一眼。

　　"咱们等会儿再来。"他们这眼色就是这意思，可是他们对皮皮说：

　　"对了，我们不过进来看看你们的钟。"

　　…………

　　"你们长得又高又大的还没见过钟？"皮皮说，"你们怎么长大的？钟嘀嗒嘀嗒响。我想你们想要知道它干什么吧？嗯，它走了又走，可永远走不到门口。你们还有什么不懂的就问吧。"她鼓励他们说。

　　两个流浪汉想，皮皮也许太小了，跟她讲不清看钟的事，于是一声不响，转身出去。

　　…………

　　"我的好伙计！你看到那堆钱了吗？"一个说。

　　"对，真是福从天降，"另一个说，"咱们如今只等这小丫头跟那叫纳尔逊的睡着，就溜进去把那一大堆钱统统拿到手。"

…………

两个流浪汉在园子里还等了好大一会儿，好拿准纳尔逊先生的确睡着了。最后他们悄悄地溜到后门，准备用他们的撬门工具把门弄开。其中一个（他叫布洛姆）完全偶然地转转门把手。门根本没锁上。

…………

他们用手电筒一照，就照出了娃娃小床和床上躺着的小猴子。霹雳火卡尔松忍不住大笑。

"布洛姆，"他说，"纳尔逊先生是只猴子，哈哈哈！"

"对，你们以为他是谁？"被子下面皮皮平静的声音说，"是稻草人吗？"

…………

"那么我的小姐，"霹雳火卡尔松说，"起来吧，我们想跟你谈谈！"

"不要，我睡了，"皮皮说，"又是谈钟吗？说到钟，你们倒先猜猜：钟怎么走了又走，总走不到门口？"

…………

"你问得太多了，"霹雳火卡尔松说，"也能让我们问一下吗？比方说，你刚才地板上那些钱在哪里？"

"在柜子上的手提箱里。"皮皮老老实实地回答。[1]

童话获得成功后，林格伦就不停笔地为孩子写作。1949年开始，她出任拉本和舍格伦出版公司儿童图书部的总编辑，为瑞典儿童提供了大量优秀的文学读物。她是瑞典儿童文学繁荣的缔造者，又是瑞典儿童文学繁荣的见证者。

林格伦在文学创作上的成功，连连为自己赢得了各种荣誉。重要国家的百科全书均收有介绍她的条目。她先后获瑞典图书协会尼尔斯·豪尔耶松奖（1950），瑞典"高级文学标准作家"国家奖（1957），第二届国际安徒生奖作家奖（1958），诺贝尔文学奖提名奖，美国《纽约先驱论坛报》春季童书荣誉奖（1966），德国青少年图书比赛特别

---

[1]阿·林格伦：《长袜子皮皮》（珍藏本），任溶溶译，福建少年儿童出版社，1997，第103—109页。

奖（1966），瑞典《快报》儿童文学与促进文学事业金船奖（1970），瑞典文学院"金质大奖章"（1971），威尔士文学艺术委员会国际作家奖（1978），等等。

瑞典文学院院士阿托尔·隆德克维斯特在1971年代表文学院向林格伦颁授"金质大奖章"的典礼上，对她做了这样的肯定评价：

尊敬的夫人，在目前从事文艺活动的瑞典人中，大概除了英玛尔·伯格曼之外，没有一个人像您那样蜚声世界。

您在这个世界上选择了自己的世界，这个世界是属于儿童的，他们是我们当中的天外来客，而您似乎有着特殊的能力和令人惊异的方法认识他们和了解他们。瑞典文学院表彰您在一个困难的文学领域里所作的贡献，您赋予这个领域一种新的艺术风格，即充分的心理描写、幽默和叙事情趣。[1]

二

林格伦的作品已超过120种，有近200件，其中童话类80多件，小说类及其他作品100余件。这些作品中代表性较强的是《长袜子皮皮》童话三部曲（1945—1952），《小飞人卡尔松》（又译《男孩和住在屋顶上的卡尔松》《小飞人》）童话三部曲（1955—1968），童话《米欧，我的米欧》（1954），童话《狮心兄弟》（1973），《罗妮娅，一个强盗的女儿》（又译《绿林女儿，1981》）等；小说故事《大侦探小卡莱》包括3个中篇（《大侦探小卡莱》《大侦探小卡莱新冒险记》《大侦探小卡莱和拉斯莫斯》，1946—1961），《勒内贝尔亚的埃米尔》（又译《淘气包埃米尔》）三部曲（1963—1970），《我们欢乐村的孩子们》三部曲（1947—1952），《马迪琴》（1960），《马迪琴懂事了》（1972），《我们在萨尔克罗克岛上》（1964）。

《长袜子皮皮》是林格伦的成名作，也是她最早走向世界的童话。林

---

①李之义：《林格伦和她创造的儿童世界》，载阿斯特丽德·林格伦《长袜子皮皮》，李之义译，中国少年儿童出版社，2009，第7页。

格伦的作品多种多类，而以童话闻名并被世人作为童话作家铭记，乃与其成名作轰动欧美有关。

　　和散发着奶油味儿的、娇滴滴的女孩相反，皮皮天不怕地不怕，邋里邋遢，翘着两条硬邦邦的小辫子，脸上有很多雀斑，大嘴巴，蓝上衣拼上红布条。更显眼的是她的长袜子一只是棕色的，一只是黑色的。她的鞋正好比她的脚大一倍。她从小没了母亲，父亲是长年在海上航行的船长，生活无定，有一次他被风暴席卷，从此没了音讯。成了孤女的皮皮善于同猴子和马一起生活。作者给汉译本所作的序文中这样对孩子们说："皮皮是一个不寻常的小姑娘。她最不寻常之处是她非常强壮。全世界没有一个警察比她的力气大。她能举起一匹马。她那样强壮，却并不盛气凌人或高人一等，相反地，她非常友善。她的表现虽说不是十全十美，但是你不必在意。我的意思不是要你像她那样做。"这个力大如牛的皮皮小姑娘曾摔倒过马戏班中的大力士，降伏了海盗和小偷，制伏了公牛和大鲨鱼。这诚如作者本人所说："皮皮使孩子们成为大力士的希望得到了满足。"她有用之不竭的善良，有一副乐善好施的热心肠，一切遭受委屈的孩子都可以从她这里得到热忱的关爱和由衷的同情，她那金币取用不尽的箱子可以任她展现慷慨。她统领着一个属于自己的世界，她有一种能掌控任何场面的能力……在那个僵死的逻辑和枯燥的条文统治的世界里，皮皮不顾一切朽旧的禁律，做着一切她想做的事，包括反对当时瑞典小市民的庸习和呆板的教育制度。林格伦以为，这种野性，这种狂放，这种恣肆，正是孩子正常天性的外现，而皮皮是林格伦理想中各种天性都获得正常发展的孩子的一个假定性形象。

　　皮皮这个形象是根据林格伦心中童年时代的自己，根据还活跃在她记忆中的童年时代的情性、渴望而创造出来的。她童年时内心渴望的就是不受管束，伸张正义，高兴快活。林格伦认为，童话就是儿童生活的假定性延伸，而儿童文学创作就是把自己童年渴望读到的书写出来。林格伦是从反顾自己童年生活中获得塑造"长袜子皮皮"这个形象的灵感的。童话的每一个情节，都是女作家心中渴望所凝成的结晶。

林格伦的童话名作，除了《长袜子皮皮》及其续篇，还有一部中篇童话《小飞人卡尔松》。这是一部时代性很强、主人公与皮皮性格相近而又别具一格的童话。它真实地描述男孩的痛苦与欢乐，奇异的想法和语言，并将之与描述日常生活结合起来。童话是从一个男孩的幻想和臆想中生长出来的。作者不厌其烦地重复说书中所发生的一切是"极平常的"，而"不太平常的"只是住在屋顶上的卡尔松。妈妈和爸爸、勃塞和贝坦都以为卡尔松只是男孩的一种臆想和幻想而已，唯有男孩自己毫不怀疑卡尔松的真实存在。

背上安有螺旋桨的小飞人卡尔松是个任性、调皮，只求玩得热闹、玩得痛快、玩得尽兴，没有什么道德感、责任感，心中却充满狡智的小无赖型人物。教育家们对林格伦笔下这样的小无赖感到头痛：一是书中男孩(小家伙)总不能缺少他，二是作家对他总不做谴责。当这个胖乎乎的"男子汉"用胡闹和恶作剧制造开心的时候，一心想的只是"好玩"。学校和家庭不能不按照社会的需要来约束儿童的狂野天性，而这种约束一方面是培养了适应社会需要的好孩子，一方面也不免使他们因此而感到孤独和寂寞，从而使孩子产生一种摆脱四壁、要飞向自由天地的强烈欲望。"小飞人"的象征性幻想，填补了这欲望所造成的心灵空间。在"小飞人"的所作所为中，孩子们被压抑的渴望获得了宣泄。"玩闹"的结果，多数是玩闹到"坏事"上去，偶尔也玩闹到"好事"上去；"宣泄"，难免就会把馋嘴、好吹牛、胡来、捣乱、恶作剧、利己主义都宣泄出来。就上述意义而言，小家伙离不开卡尔松，他同卡尔松在一起，也就无异于同自由在一起。尽管卡尔松动辄骂他"草包""笨手笨脚"，弄坏了他的蒸汽机，抢吃了他的东西，损坏了他家的窗帘，可他还是离不开卡尔松。比如，卡尔松要玩吸尘器，给窗帘吸尘，就说自己是"天下第一吸尘大王"，结果洁白的窗帘被吸了进去。这回，卡尔松又成了"天下第一拔河大王"。等卡尔松把窗帘从吸尘器中拔出来，窗帘黑了一截，并且破了。可是卡尔松一两句话就转移了小家伙的注意力。卡尔松转而要给小家伙吸尘。

卡尔松把吸尘器推过来。

"女人就这样，"他说，"整个房间都吸干净了，就忘掉最脏的一点点地方！来，让我从耳朵吸起！"

小家伙从来没让吸尘器吸过尘，现在给吸了，痒得哈哈大笑，哇哇大叫。卡尔松吸得很地道。他吸小家伙的耳朵，头发，整个脖子、胳肢窝，从上到下整个背部，肚子，一直到下面的脚。

"这就是所谓的春季大扫除，"卡尔松说。①

小家伙和卡尔松是两个互补的形象。小家伙缺少的是卡尔松的了无牵挂、一无束缚和不需对任何事情负责，而卡尔松在意识深处还是觉得自己缺少像小家伙那样的家庭温暖，甚至愿意让小家伙来充当他的"妈妈"，以致胡诌出什么"最爱瞎操心"的奶奶怎么把他拥抱得鼻青脸肿。两个人物各拥有令对方羡慕的精神滋养。

通过《小飞人卡尔松》，读者可以了解大城市的生活，了解在外表看来是其乐融融的世界里，却还有犯罪，还有没人关照的孩子……小家伙渐渐懂事了，他知道应当积极地投入生活，应当去帮助弱者。在童话里，林格伦没有喋喋不休地教训孩子应该这样、应该那样，她不为大人辩解，而是真实地用现实主义的笔触写着童话。不错，卡尔松的智慧有时超过了7岁孩子的水准，口气也大人化了些；虽然如此，童话仍以它细腻的心理刻画，以它真正属于儿童的语言、幽默和笑趣强烈地吸引着读者，使读者感到其中的无穷乐趣。《小飞人卡尔松》的成功鼓舞着作者写了两个续篇，一样受到热烈的好评。

林格伦的童话中被广泛传播的还有《米欧，我的米欧》，写一个失去了父母的男孩奥尔松从家中出走，被人领养后依然缺少家庭生活的温暖。他坐在长凳上，思念父亲，渴望爱，渴望亲情，突然他的梦想成了真，他进了"遥遥国"。古代童话故事和民间故事中常见的事件一件接一件地围绕着米欧王子展开。最后，他用一把魔剑把他父亲的臣民从骑士卡托的残

---

① 林格伦：《小飞人又飞了》，任溶溶译，湖南人民出版社，1980，第15页。

暴统治下解救出来。这个作品粗一看是一部传统童话中常见的扬善抑恶的故事，可是在它背后却震响着反法西斯的怒吼。卡托这个狠心强盗的形象除了让人厌恶，还使人联想起丧心病狂的希特勒的丑恶嘴脸。

《罗妮娅，一个强盗的女儿》（又译《绿林女儿》，1981）是林格伦的一部描写绿林生涯的童话，它的叙事更多采用了小说的行文笔法。评论家赞赏这部童话时，说它是瑞典的《罗密欧与朱丽叶》，是一曲美妙大自然的颂歌。小山坡、森林、银亮亮的湖……一切都很美丽。故事就发生在这个美丽的深山间。这里住着两支绿林强盗，一支是马提斯家族，一支是波尔卡家族，他们世代结仇。同一个夜晚，马提斯家族生了个女孩罗妮娅，波尔卡家族生了个男孩彼尔克。两个孩子长大后在森林里相遇，曾在几次险境中相互救助，遂产生了爱情，于是他们离家出走。由于他们坚持相爱，终于感动了双方父母，消除了世代冤仇。罗妮娅其实是大地的女儿，彼尔克其实是大地的儿子。大地是宽容的。赞美大自然，就是赞美人类的故乡、人类的伴侣、人类的保护者、人类的合作者和人类的安慰者。

《卡莱·勃林奎斯特历险记》（又译《大侦探小卡莱》，1946）是林格伦的现实题材小说，该书获拉本和格舍伦出版公司举办的侦探小说一等奖。在这部写实的中篇中，女作家揭示了秘密事件、凶杀的内幕，密探和盗贼的内幕。这类作品向来是孩子们乐读不疲的。卡莱·勃林奎斯特向往着自己能成为一个著名的侦探，让罪犯们一听他的名字就瑟瑟发抖。他看了很多侦探小说，并从中学到了侦探的起码知识。但是开始也只是一种跟踪罪犯的游戏罢了。然而，当城市里真的出现了罪犯，就是他的舅舅埃内尔，他们的侦探游戏就转为正儿八经的侦探活动。他凭着自己敏锐的观察力和机警，在朋友安德尔斯和埃洛塔的帮助下，克服了种种艰难险阻，终于协助警方破获了一起珠宝抢劫案。类似的侦探故事也发生在三部曲的第二部《卡莱·勃林奎斯特的危险生活》和第三部《卡莱·勃林奎斯特和拉斯莫斯》中。

中篇小说《孤儿拉斯莫斯流浪记》（又译《小小流浪汉》，1956）是林格伦在佛罗伦萨获国际安徒生奖作家奖前发表的名作之一。这一时期她转向孤儿题材的创作。在这部小说中,她揭示了被社会上一些报刊捧上了天的所谓"孤儿收养院"的可怕面目。孤儿拉斯莫斯在流浪汉奥斯卡的庇护下逃出了收养院,历尽艰险来到奥斯卡的农舍里,奥斯卡和妻子把拉斯莫斯收作自己的义子。这样,小说就以真切的描述揭露了所谓"收养院的幸福生活"。这部小说很像狄更斯和马克·吐温的优秀之作,以 20 世纪初瑞典流浪儿泛滥成灾的历史情况为背景,写西方社会人所共知的阴暗一面。女作家以为如果富于同情心的巨富愿意收养无依无靠的孩子,那么他们的教养问题就解决了。然而这恐怕是连女作家自己也不是太有信心的。这部小说的故事写得颇见艺术功力。当主人公处在最艰险的时刻、在最危难的情况下,在死亡边缘的千钧一发之际,他奇迹般地得到了动物、物件、人们的帮助。同类型的小说还有《我们在萨尔克罗克岛上》(1964)。

关于埃米尔的三部曲《淘气包埃米尔》(又译《勒奈贝尔亚的埃米尔》)、《埃米尔的新花样》《埃米尔的最新花样》是林格伦本人最喜欢的名作之一。小说用幽默的语言把埃米尔闹出来的趣事一件件连缀起来,创造了埃米尔这个生性好动好玩、天真好奇、活泼机灵、逗人喜爱的男孩形象。埃米尔每干一桩淘气事就被父亲关进庄园木工房;淘气包每被关一次,就在里头刻一个小木偶。当小说结束时,他已刻了 369 个小木偶了。可见他干了多少淘气事,每一件都意味着不大不小的一次骚闹,一次啼笑皆非。淘气事的第一桩"埃米尔怎么把脑袋卡在汤罐里"就已经有释卷不能的阅读效果。还有"埃米尔得到了一匹马并把整个魏奈比吓得灵魂出窍"也同样精彩。

10 月底,卡特侯尔特市流传着一个说法,说彗星马上要落下来把地球撞个粉碎,世界末日要到了。而市长的五十大寿庆宴又恰在这些日子里举行。市长在丁香树下摆满了一大圆桌烟火,准备到晚间庆宴完毕后燃放起来给贵客们助兴添趣。埃米尔得知后,很想提前看烟火。他对市长的小儿子高特弗里德说:

"我可以帮助你们试放一下,"他说,"看看它们灵不灵。"

高特弗里德没有细想。他从烟花堆里拿了一颗。

"就试一试这颗小跳蚤吧。"他指着一颗名为蹦蹦跳的烟花说。

埃米尔点一点头，从马背上跳下来。

"好，就让这颗小跳蚤蹦蹦跳吧。给我一根儿火柴！"

他拿到了火柴。噗，噗——闪着火光的小跳蚤跳了起来，一点儿也不假，它真灵！小跳蚤跳来跳去，然后跳回放烟花的桌子，最后落在烟花堆里。我猜，它大概不想自己玩。

…………

这个时刻终于来了！他们内心一直战战兢兢的那件可怕的事来了。突然市长家院子上空火光冲天，整个宇宙变成一片火海，吱吱叫的火蛇、闪光发亮的火球和熊熊烈火，叮当乒乓、哧哧，各种令人恐惧的声音吓得可怜的维莫比居民脸色苍白。

"彗星！"他们高喊着，"救命啊，我们要死啦！"

有人哭，有人叫，人们从来没有听到过这座城市里有如此惊恐的哭叫声。因为大家都以为，他们的末日到了……

…………

"我总算看到了一次放烟火。"埃米尔说。[1]

小说就是用这样幽默的语言把埃米尔闹出来的趣事一件件连缀起来。但是读者从开头到结尾，都绝不会以为这是埃米尔的"坏"。埃米尔有时明显地表现出勇敢、善良、富于同情心和正义感，甚至为了帮助别人不惜牺牲自己的一切，他似乎是融所有的优秀品质和所有的缺点于一体。女作家通过这三部曲，实际上向社会提出了一个看待儿童的新观点——淘气往往是男孩聪明、活泼的表现，只要引导得法，这样的男孩往往首先成为出色的人才。调皮鬼埃米尔后来当上了市政委员会主席，这一结局可以看作是女作家的一个定向暗示。

在林格伦回忆童年生活的作品《我们欢乐村的孩子们》（又译《欢乐的布勒比村》）中，19世纪末20世纪初的布勒比村诚然是贫困的，然而女作家的回忆却充满了欢乐，洋溢着深情。小说写了6个孩子一起上学，

---

[1]阿斯特丽德·林格伦：《淘气包埃米尔》，中国少年儿童出版社，2009，第131—133页。

一起游玩。7岁的莉莎被写得非常漂亮和幽默。这一人物的贯穿，把布勒比村孩子们的游乐和欢闹，他们转瞬即逝的烦恼、他们的幻想世界、他们的好奇心和冒险精神，特别可爱的是他们的天真和善良，都淋漓尽致地写了出来。

童年永驻于林格伦的作品之中。林格伦对孩子有自己独特的看法。她认为，孩子不仅是最懂得感激的读者，而且是要求最严格的读者。作品中一有不真实的地方，他们就不愿再往下读了，他们拿到书一翻，枯燥乏味，就一下扔得远远的，从此不再理会了。

三

林格伦对儿童文学创作自有独特的理念。她一贯首先强调作品的真实性，情感的真实性和人物、故事本质上的真实性。童话世界当然是作家假定出来、虚拟出来的世界，但是必须具有真实感。这个理念可以从前述中论及的《长袜子皮皮》《小飞人卡尔松》《米欧，我的米欧》中得到有力的印证。对于作品真实感的强调，林格伦自己曾做过这样的表述："纵然是进入童话的非现实世界，我也力图做到真实。我写作品，我唯一的读者和批评者就是我自己——只不过是童年时代的我自己。我童年的那个孩子活在我心中，一直活到如今。亏得有这个孩子，我才能为儿童写作到现在。我写作，就是为的让我心中的孩子得到快乐。我就写我童年时代我喜欢的书。"

有一回，当记者问及她写作时是否从自己的孩子身上、从自己孙辈身上汲取灵感时，她回答说："世界上，只有一个孩子能给我以灵感，那便是童年时代的我自己。给孩子写作品，不一定非得自己有孩子。为了写好给孩子读的作品，必须时时回想你童年时代是什么样子。"

她认为，孩子感激作家，首先是感激作家给他以真实的艺术世界。她还认为，凡能吸引孩子的作品，其第一品格一定就是真实。孩子看见作品中有虚情假意，就不愿意再往下读了。唯有真情能滋润小读者的心田。正是从真实的理念出发，她强调从自己童年的生活中寻找文学创作的源泉。

作为二战后儿童文学的天才性泰斗，林格伦必有她的个人的、为他人所不易企及的品格：她童年生活的一切情景都始终活跃在她的心灵深处，这就是一种难能可贵的品格。到过林格伦家乡的人，就会看见《长袜子皮皮》中的那棵柠檬树。她曾拥有一个很快乐的童年——她的父亲很能编故事，关于淘气包埃米尔的许多故事，就出自她父亲异想天开的形象创造，是智慧的结晶。

林格伦性格刚强，是一位很能坚持自己的创作主张的满身正气的作家。她在创作时有明确而强烈的使命意识。她在接受德国书商联谊会授予的和平奖金时的讲话中提出，现在的孩子将来都要掌握世界的命运，未来的战争与和平将由他们来决定。她在对记者的一次谈话中指出："我们所生活的世界动乱不安，因此，我作为一个母亲常常想，亿万个摇篮边现在站着他们的父母，可等着这些孩子的又将是什么呢？孩子是我们的未来，他们的身上寄托着我们的希望。我们成年人的天职就是捍卫他们的未来，给他们提供一个自由的世界，一个没有恐怖和仇恶的世界。"她以为，人应该从小培养热爱人类的人道精神。而要在孩子身上培养起这种精神，最好的途径就是书。书能启迪孩子用心灵去认识事物；只有书才是孩子最好的探照灯，用这探照灯去帮助孩子发现善良、爱心和美好，发现虚伪、邪恶和丑陋，帮助孩子发现他们无法发现的东西；书，尤其是童话书，是儿童想象力的发酵剂。关于想象力的重要性和意义，在毕冰宾所译的《披西班牙式黑斗篷的人》中，林格伦曾说过："任何伟大奇妙的东西，都是先有想象，而后才变成现实的。"孩子有了想象力，他们就"可能会发现解决饥荒和战争的办法"，建立起"一个没有恐怖和仇恶的世界"。

除真实感都很强外，林格伦的作品还有一个重要的特点，就是采用多种多样的形式写作，凡是世界上的儿童文学创作品种，她都采用过。而每一类作品中又各个相异。譬如《长袜子皮皮》是展开奔放想象的故事，作者任主人公异想天开地行动，淋漓尽致地描绘出孩子们所怀的梦想和愿望；《我们欢乐村的孩子们》则采用温柔的笔触，快活、开朗而悠闲地将乡村和城市孩子们的日常生活琐事栩栩如生地展现给读者；《大侦探小卡莱》系列以及《孤儿拉斯莫斯流浪记》那样的作品，主人公就直接卷入了现代社会的种种事件并在其中历险，在历险描写中刻绘其心灵的活动；有的作品读来忧伤而恐怖；有的作品像恬逸的田园诗；有的作品读着则让孩子从第一页开头笑到最后一页。一个奥地利的孩子读过《我们欢乐村的孩子们》以后，甚至这样向自己的妈妈发问："要是世界上有个欢乐村，我干吗要在维也纳住着呢？"

　　林格伦的作品背景也各个相异。她曾说过，她写的人物，她有时将其置身于大自然，有时将其置身于她熟悉的乡村，有时将其置身于省城，有时将其置身于首都斯德哥尔摩。在前述提到的童话中，背景各不相同：《长袜子皮皮》以中小城市为背景，而《小飞人卡尔松》则以首都大城市为背景；《罗妮娅，一个强盗的女儿》以大自然中森林山川为背景，而《米欧，我的米欧》则以传统童话的虚拟性自然环境为背景。写实作品的主人公，有的是家乡欢乐村的孩子们，有的是频频出"事"的淘气包，有的是流浪儿，有的是小侦探；《长袜子皮皮》专写女孩，而到了《小飞人卡尔松》中两个主人公又都是男孩；有的写幸福的孩子，有的写悲苦的孩子。而在萨克罗可岛上的孩子们却碰上了一个金钱至上的人，给作品笼罩上了现代社会消极一面的阴影。后来，林格伦描写所涉及的范围越来越广泛，像滥用药物、性、单亲家庭问题等都被纳入了她表现的范围，即便因此引起社会的非议，她也依然我行我素，坚持自己的创作理念。

四

　　瑞典儿童心理学家乌拉·龙克薇丝给林格伦作品的解读提供了一把钥匙，她说："关于皮皮的故事，我的理解是作为一种释放。世界上有这么一个上了年纪的女作家，她知道在遥远的地方有那么一个女孩子，并且，感情总在那个娃娃一边。"现代心理学认为学校里严厉的无条件服从的教育会使儿童产生压抑和自卑。像长袜子皮皮这样的童话人物活跃在孩子的课外阅读中，实际上是对权威教育和盲从教育的一种颠覆，一种逆反。如果这样来理解林格伦童话，那么，如《长袜子皮皮》和《小飞人卡尔松》之类的童话，就是让儿童日常得不到宣泄机会的压抑情绪在她的书中找到一个宣泄的门径和管道。或者说，现实中的种种精神缺失，在她的童话幻想世界中得到了快乐的补偿。

林格伦的作品孩子们读着欣喜若狂，却引起了教育界的忧虑并引发了社会争论——对于突然出现的长袜子皮皮形象中所内涵的非凡、大胆、放纵、狂野，许多人缺乏思想准备，以为长袜子皮皮形象的性质是非道德的和反教育的。《长袜子皮皮》比马克·吐温的《顽童历险记》《汤姆·索亚历险记》要走得更远。然而正是悖逆传统教育的这种性质，弥补了传统教育忽视儿童天性发展、不能满足儿童生活多方面需求的缺失。它与《小飞人卡尔松》都不是给学校教育进行文学补充的。它们只是从张扬童心、张扬个性，激发儿童想象力、创造力，从释放儿童郁积在心中的压抑情绪等方面，来贴近儿童的心灵，来为渴望自由和欢乐的孩子构筑他们企盼中的乐园。林格伦的童话所创立的是一种文学的美学新品格。她用自己的作品为儿童文学的艺术表现开拓了新的空间。

俄罗斯的北欧文学研究专家柳德米拉·勃拉乌苔论及林格伦的童话世界时说："林格伦的童话世界充溢着冒险、游戏和幽默。这样的世界对孩子来说是最相宜的所在。"这个说法又为研究林格伦童话提供了第二把钥匙——从冒险、游戏和幽默来切入林格伦的作品研究。林格伦作品研究的重心应该放在其作品中的游戏精神上。《长袜子皮皮》和《小飞人卡尔松》都没有一个贯穿始终、起伏跌宕、有发展有高潮的整体事件。贯穿于一连串游戏场面的是人物的游戏性性格。游戏性性格成了贯穿游戏性场面的一条坚韧的线轴，而作品中令人叹为观止的夸张和幽默则张扬了童话主人公的游戏甚至恶作剧的冲动。于是读者获得了热闹、趣味所带来的心理上的满足：皮皮双臂举起大马啦，皮皮把警察拎到马路上去啦，皮皮轻而易举制服小偷啦，皮皮在树顶走钢丝啦，皮皮从高树上扔咖啡壶啦；卡尔松用吸尘器吸男孩的耳朵、吸窗帘，卡尔松用斗篷装鬼；等等。有人特别注意到《长袜子皮皮》中的一个情节：皮皮头脑中完全没有来由地突然冒出一个单词"斯彭克"。"斯彭克"是什么？皮皮上糕点铺、上铁路店去问，又上大夫那儿去问"斯彭克"是不是一种药或是一种病，均无结果。最后她在家门口发现一只甲虫，于是便认为"斯彭克"就是一只甲虫。这里，游戏不再是教育的手段，游戏描写不再是为了达到教育孩子的目的，这同科洛迪描写匹诺曹的长鼻子、驴耳朵毕竟仍然负载着道德教训意味、怀有明显的教育目的已经大异其旨、大异其趣。在林格伦这里，游戏本身就是目的，或许可以换一种说法，就是通过游戏使孩子紧张、压抑的心绪在这里获得放松和纾解，还儿童以快乐之天性，给儿童以驾驭自己精神和行为的机会和场所。这或许也就如保尔·阿扎尔教授所说："作家本人在下笔前就沉醉于其中，先获得快乐，仿佛是为了自己享乐而在述说故事似的。"

可以说把儿童文学创作当作一个游戏场的自觉不自觉的尝试，从《爱丽丝漫游奇境记》开始，经过《彼得·潘》《玛丽·波平斯》，到林格伦这里已经耸起了一个世纪性的标志，一座 20 世纪的时代性丰碑。

林格伦辞世后，瑞典政府鉴于其一生历时半个世纪为儿童文学作出重大的贡献，并纪念其精神，决定设立"林格伦文学奖"，颁授给世界上在少儿文学创作上作出重大贡献的作家。

第三节　罗尔德·达尔：20 世纪最具想象力的故事大王

一

罗尔德·达尔（1916—1990）祖籍挪威，出生于英国南威尔士。1939 年后，英国参加反法西斯战争同盟国，同纳粹德国交战，年轻的达尔在南非接受战斗机的飞行训练，成为英国暴风战斗机的飞行员，辗转于埃及、希腊和意大利等地。这是一场漫长的战争。达尔后来回忆说，最初在非洲肯尼亚的

罗尔德·达尔

首都内罗毕接受飞行训练的20名伙伴，活下来的只有3人。达尔自己的飞机也被击落，但是他奇迹般地捡回一条命。创伤治愈后，达尔被任命为英国驻美国大使馆的空军武官，到华盛顿的英国大使馆执行勤务。那一年达尔刚满26岁，在他到华盛顿赴任前的一个月，日本偷袭珍珠港，接着美国进入战斗状态。这时达尔也还是没有想过日后自己会去当作家。有一天，当时著名的海洋文学作家塞西尔·斯科特·福雷斯特到大使馆办公室登门拜访。福雷斯特说想在著名的《星期六晚间邮报》上发表达尔飞机被击落的情形，请达尔说给他听。达尔边吃午餐边给福雷斯特描述。作家拼命往本子上记，连一口饭也没吃。达尔见此，就说他会尽可能把能够想起的都写下来，请福雷斯特先用餐。达尔果然在那一天就把当时的情况写出来，寄给福雷斯特。让人大出意料的是，福雷斯特的回信中附了900美元的支票，说："你是第一流的作家，我把你寄给我的文章一字不改地交给杂志社，杂志社希望你能继续为他们写稿。"就这样的一次偶然的机会，罗尔德·达尔作为一名作家开始浮出水面。战斗机飞行员充满呼啸声、充满冒险的人生同作家平静的笔杆人生，两种截然不同的生活在达尔身上奇迹般地结合在一起。战争结束后，达尔在美国最具知识性、最有幽默格调的杂志《纽约客》上发表了不少风格独异的短篇小说，每一篇都得到很高的评价。评论家们认为达尔的作品不输欧·亨利、莫泊桑和毛姆这些世界级的短篇小说大师，达尔曾因侦探小说的巨大成功而3次获美国爱伦·坡文学奖。

达尔有4个孩子，在这些孩子睡觉前，达尔每天晚上都要给他们讲故事。讲着讲着，他开始为孩子们创作，从此源源不断地为孩子们写了18部销行全世界的儿童文学杰作。它们是：《小顽皮》（又译《捣乱小精灵》，1943）、《詹姆斯与大仙桃》（1961）、《查理和巧克力工厂》（1964）、《魔法手指》（1966）、《了不起的狐狸爸爸》（1970）、《查理和巧克力工厂》续篇（1973）、《查理和大玻璃升降机》（1973）、《大鳄鱼的故事》（1978）、《查理和威利·旺卡的冒险》（1978）、《坏心夫妻消失了》（又译《蠢特夫妇》，1980）、《小乔治的神奇魔药》（1981）、《好心眼儿巨人》（又译《吹梦巨人》，1982）、《女巫》（又译《魔女》，1983）、《长颈鹿、小鹈儿和我》（1985）、《玛蒂尔达》（1988）、《喂咕呜爱情咒》（1989）。达尔因这些作品的成功荣获了各种奖项。

二

在达尔童话中较早广泛流传的是《查理和巧克力工厂》和《好心眼儿巨人》。

《查理和巧克力工厂》说的是威利·旺卡的糖果制造厂里发生的奇迹，以及参观这个工厂的 4 个被宠坏的孩子的奇特经历。这部作品在孩子们参观工厂的现实主义成分和孩子们参观工厂后的幻想成分的描写上，都达到了高水准。它之所以对儿童读者乃至成人读者有如此强大的吸引力，不仅与它巧妙、恢宏的幻想有关，也与它对社会现实的深刻表现有关。在成人看来，它也像一块厚厚的、油腻的、黏糊糊的巧克力糖块儿。这种糖块儿孩子们却十分喜欢。

《好心眼儿巨人》似乎更受成人的喜爱。书中的善巨人用收集噩梦又将噩梦吹进巨人卧室的办法去对付 9 个打算袭击英国的恶巨人。9 个恶巨人想要抓一些男孩和一些女孩来饱餐一顿，但是女孩索菲和好心眼儿巨人一道，设法在夜幕降临后接近了女王，从而挫败了恶巨人们的企图。作品突出了好心眼儿巨人的善和恶巨人的恶的对比，给人们留下了深刻的印象，并在对比中把索菲小姑娘刻绘得很可爱。

而令人叹为观止的是达尔晚年写成的《女巫》。达尔被定位为"20 世纪最具想象力的童话大王"，即便仅以《女巫》为据，这样的定位也应是恰当的。下面是这部作品的故事梗概：

那年暑假里，我和姥姥去一个海滨城市避暑，那里正在举行"防止虐待儿童皇家协会会议"。我遛进一个大厅里去训练我的小白鼠。不料大厅里来了一大批漂亮的女人。我赶忙躲到屏风后面去。我看到她们坐下后一个个就开始不停地搔后颈。

她们的头发里有跳蚤吗？更可能是虱子。我看见一位太太掀起了整个头发——她戴假发！

站在讲坛上的女人把漂亮的脸整张地拉下来。露出来的真脸丑恶、腐烂、朽败，上头爬满了蛆。她的眼睛里闪烁着毒蛇般的目光。我一下明白了，这些都是女巫，台上这个是女巫大王。她让她们脱掉鞋子，我看见她们的脚全是方头的，完全没有脚趾，就像是一双双都被用刀切过。我知道，这是女巫都集中到这儿开会来了。我还知道她们当中每一个杀起孩子来都是行家里手。女巫大王开始宣布：她发明了"86号配方慢性变鼠药"，小孩吃了，26秒钟内就会变成老鼠。她们还当场骗来我的一个伙伴詹金斯，这个詹金斯我知道嘴馋。她们让他吃了含86号配方慢性变鼠药的巧克力。真的！26秒钟内詹金斯就变成了老鼠。她们要用这个办法消灭全英国的孩子。

我最终没有逃过她们的眼。我被捉住了，她们立即把86号配方慢性变鼠药灌进了我喉咙里。我开始收缩，开始变小，手成了毛茸茸的小爪子。我逃回姥姥的房间，姥姥看见外孙被女巫变成了老鼠，气得差点儿昏了过去！不过她更着急的是所有英国的孩子都将被女巫们变成老鼠。凑巧，女巫大王的房间在454号，我们的房间在554号，姥姥就把我装在一只袜子里，一点点放到女巫的阳台上。女巫大王不在房间，我很快从女巫大王的床底下找到了那86号配方慢性变鼠药。

姥姥让我去把药水倒进女巫食堂的大汤锅里。最多半个小时吧，所有的女巫都将变成老鼠。嗨，女巫的药水还真灵，八十几个女巫都来喝了汤，八十几个女巫于是都开始尖叫，从座位上跳起来，好像屁股给钉子喳一下刺。接着，很快安静下来。再接着，所有的女巫全不见了，只见两条长桌上趴满了小棕鼠。戴着白帽子的厨师们冲出来，举着菜刀向小棕鼠一刀连一刀地劈去。女巫在没有来得及消灭英国的孩子之前，自己却被姥姥的一个巧妙办法消灭了。

《女巫》出版当年被授予"白面包奖"时，其评议委员会所给予的评语是："谐谑，机智，既趣味十足又使人震惊不已，是一部地道意义上的儿童文学杰作。整部书从头至尾都让我们觉得，它流泻自一位幻想文学的巨擘笔下。"罗尔德·达尔是一位地道英国式的幽默大师，如"女巫永远是女的。……女巫没有一个男的"这样的语句频频泉涌到达尔笔端。达尔用幽默的语言系统把一个善良男孩变成小老鼠的故事写得像一场前路莫测、结果完全无法预知的神秘冒险。他在后现代文学语境下把传统女巫的丑和恶写到极致，用夸张笔法大幅度地丰富了女巫的形象描写，最大限度利用了魔幻故事特别能惊吓小读者的效果，从而有力地反衬出男孩的机灵和勇敢，为他的反奸一计消灭结成联盟的女巫、为"女巫一定得死"做了结实的铺垫。读者被童话的故事情节牢牢牵引，一行接一行、一页接一页地赶着往下读，紧张得连气都喘不过来。但是完全出乎读者意料的是，故事经过诸番山重水复之后，变成小老鼠的男孩竟成了消灭全世界害人女巫的大英雄！在他的几部童话中，这个故事给人的印象格外深刻，其原因有五：（1）与他的儿童文学观有关。他认为儿童文学创作主要目的不在于给孩子以认知和教育，而在于阅读过程中让孩子频频产生惊讶和快乐的感受。因此他总能在他的创作中把幽默才能发挥到淋漓尽致的境地。（2）与他积累了创作侦探小说的丰富经验有关。他曾因侦探小说创作的出色而于1952、1959、1980年3次荣获"爱伦·坡奖"。（3）与他童年时同自己伙伴的一次对果子店老板娘的报复经历①有关。这种体验给这部童话带来更多的真实感。（4）与他执着追求"想不出自己满意的情节誓不下笔"的创作习惯有关。他对故事情节有一个很高的定位：色彩鲜明、构想奇特、引人入胜、激动人心、妙趣横生。他曾表白过："写故事最重要和最难的是找到好的情节。"（5）与他曾研究过许多魔幻故事有关。魔幻故事中一切可利用的，他都用来构作震撼人心的童话情节。

三

达尔童话的艺术冲击力之强大超过了此前存在的许多童话。在孕育孩

---

① 为了报复他们讨厌的果子店老板娘，他们把一只死老鼠偷偷塞进了老板娘的果瓶里——见达尔本人回忆录《男孩：我的童年往事》。

子博大、健康的心灵的功效方面，它们不亚于安徒生、林格伦的童话。达尔童话的魅力，在于他作品奇特的构思、紧凑的结构和巧妙的故事展开方式，以及使人一读就爱不释手的精彩、生动和辛辣，并且还蕴含着洞察人性的苦涩感。正是这种带点残酷的娱乐故事，赋予了达尔童话以奇妙而悠长的韵味。也正是基于对达尔童话这种韵味的感受，西方评论家们把他与萨基、邓萨尼勋爵（1870—1916）、约翰·勒卡雷（1931—2020）、罗伯特·M.戈兹等这些世界级的作家列为同一系谱，而在《泰晤士周刊》举办的"十大儿童书"票选活动中，孩子们毫不犹豫地将传统的童话名作《爱丽丝漫游奇境记》《小熊温尼·菩》《指环王》等挤向一边，而写上了达尔童话的书名。在英国图书馆体系中，达尔的作品出借率最高。达尔的成功，是英国侬森文学的又一个重大胜利。

罗尔德·达尔是一批天才童书的作者，《泰晤士报》向世人传报达尔逝世噩耗时，称他为"我们这一代拥有最多读者也是最具影响力的作家之一"。

第四节　怀特：用诗意和幽默讴歌积极人性的童话大师

一

埃尔文·布鲁克斯·怀特（1899—1985），是美国著名幽默作家、评论家，生于纽约州蒙特佛农市，毕业于康奈尔大学。从20世纪20年代起开始给《纽约客》撰稿，后成为《纽约客》杂志的特约撰稿人、特约编辑，负责编《本市闲话》专栏，并长期为《哈珀斯》杂志撰稿，是影响深远的"纽约客文风"的奠基人。其著作有诗、小说和散文，并屡屡成集出版。《街

埃尔文·怀特

角第二棵树》（1954）是他短篇小说的代表性结集。怀特以机智、新颖的笔墨对各种社会潮流的批评，涉及城市和乡村生活以及生活中的种种冲突问

题；怀特也评论各国政府，文笔以幽默讽刺见长，曾获普利策奖。

怀特于20世纪40年代中期开始童话创作，1945年出版《鼠人司徒亚特》（又译《鼠人司图亚特》《精灵鼠小弟》），1952年出版《夏洛的网》，1970年出版《哑天鹅的故事》（又译《天鹅的喇叭》《吹小号的天鹅》）。数量不算多，但都代表着美国童话最高成就。3部童话都以动物为主人公，而写法各不相同，都新异别致，出版后都引来如潮好评。20世纪90年代，美国还用怀特1945年出版的童话拍成电影《精灵鼠小弟》，1999年12月17日，该电影在美国2898家电影院上映，第一个周末便以3000多万美元的票房价值压倒其他明星电影片，高居当周票房排行榜之首。一个以用电脑特技制作的小老鼠为主人公的人与动物的童话故事，以它的温馨、有趣、积极、向上风靡了美国。怀特经久不衰的名声主要来自艺术上特别经得住磨损的童话作品。小学生的选择、高度的普及率，已经证明了并且还在证明着它们的经典性。

在怀特的第一部童话《鼠人司徒亚特》中，作家的童话创作所显露的才华，主要表现在这部童话的独创性上。故事开头就说纽约某对夫妇生了一个拇指大小的男婴孩，这个袖珍男孩实际上就是一只老鼠。怀特就用幽默的笔触把人与鼠合为一体，既是鼠又是人，是为鼠人。这种写法，大有别于鼠的拟人化，鼠的人格化。人鼠合一的小司徒亚特因为是一个空前的创造，特别新奇，又因为出自以幽默谐趣为长的大家笔下，其喜剧效果令人连声叹服。小有小的用处：在太太冲洗澡盆时，一只指环滑落滚进了下水道，用钩子钩不上来，而她的鼠儿子小司徒亚特顺着下水道下去，把指环稳稳地套在自己的脖子上，上来了，指环失而复得。他能频频把落进暖气片里的乒乓球给捡出来。他能站在钢琴里边抬起卡住的琴键，使他的哥哥弹出动听的曲调。他的哥哥带他去参加航模比赛，当哥哥不小心将遥控器弄坏，眼看就要功亏一篑时，小司徒亚特驾驶着航模参加了比赛，并最终夺得了冠军。

由于司徒亚特是那么小，别的参赛人没有一个可以钻进船的模型里去把舵的，而司徒亚特却可以。当然，人进航模里去开动航模，这在航模比赛史上是空前的。船主人决定雇佣他。水池边的观众发现航模上居然还有人驾驶，感到奇怪之极。人们都拥过来看，争先恐后，前拥后挤。

比赛开始，目标：池子北边，一个来回。

司徒亚特把着舵。

微风鼓起了船帆。

"多么漂亮的船！多么美好的天气！多么出色的比赛啊！"司徒亚特赞叹说。

突然，他看到威斯泊号的正前方有个东西在晃动：那是一个长长的纸袋，张开的口子灌进了风，高高浮在水面上。司徒亚特想转舵避开那纸袋，却已经来不及了。威斯泊号和对手的船都钻进了纸袋！岸上的孩子们乱成一团，又是喊叫又是蹦跳。那纸袋没有空气鼓胀，就开始下沉，连带着把船模也拉进水里去了。

危险！

司徒亚特在航模里果断地放了一炮——轰！他为自己的威斯泊号开辟了一条前进的航道。岸上传来船主人一声欢呼："好！"

威斯泊号稳稳当当越过了终点线，靠在岸边。司徒亚特走上岸来。每个人都同司徒亚特亲热地握手，热烈祝贺他的成功。[1]

小司徒亚特同小鸟玛加罗的情谊更是感人。他守护病中的小鸟，用弹弓射击前来偷袭小鸟的大猫；而小司徒亚特在草地上玩球时，被野狗误认为是老鼠，幸亏是小鸟玛加罗扑上前去，救出了他。春天来临了，小鸟飞向北方，小司徒亚特决定走遍世界找它。他坚定地相信在遥远的北方的某一片绿树林里，定能找到玛加罗火红色的身影。这个故事其实没有结束，小司徒亚特还在四处寻找他心爱的却见不到身影的小鸟玛加罗。这样的结局深含韵味，因为小司徒亚特的追求事实上是对自由和美的追求，而这样的追求对每一个人来说都是永无止境的，所以这部童话的艺术表现策略是喜剧的，而内蕴却既严肃又认真。

---

[1] 皮·格里帕里等：《神秘的木箱》，韦苇译编，海燕出版社，2021，第19页。

常被作为怀特的童话代表作来讨论的，是长篇童话《夏洛的网》。

弗恩是一个农家小女孩，她劝说父亲把一只发育不全的小猪送给她。她爸爸本想要杀掉它，她如果不阻拦，小猪就要成为斧下的牺牲品了。弗恩把自己的宠物取名为"威尔伯"，还用一个洋娃娃的奶瓶来给威尔伯喂食。威尔伯长大以后被放逐到了农场仓房的地窖中，于是就在那儿发生了奇怪的事情。弗恩每天都花费很长时间观察威尔伯，她看出了动物之间是怎样交谈的。威尔伯听说了屠夫和杀猪的事儿，它不想去死。夏洛是一只足智多谋的灰蜘蛛，它为傻小猪的前程感到难过，于是允诺设法救威尔伯。夏洛的建议相当独特，并且很有趣，它把威尔伯变成一只容光焕发的猪。夏洛在实施自己救猪的计划过程中，把两个农场的人们和里面的动物都卷入故事之中，包括那只十分自私的大老鼠坦普尔顿。夏洛在大家的帮助下，将搜罗来的美好词语——织在网上，夸赞威尔伯。主人先是惊异，继而引以为荣。夏洛、坦普尔顿和威尔伯配合行动，还一举使主人得了一笔奖金。这时主人不想杀掉能为他赢得荣誉和奖金的猪了。威尔伯得救了。而夏洛自己却因用丝过多，心力衰竭而死。为了表示对种族的忠诚，夏洛留下了几百个小蜘蛛，小蜘蛛又来帮助威尔伯。夏洛为帮助威尔伯而表现的机智勇敢，深深感染着读者。夏洛因精力耗尽而将死去、将离开这可爱世界的时候向威尔伯说的话，读者读来其心弦是不能无所动的。

友谊本身就是件了不起的东西。我为你织字，是因为我喜欢你。生命本身究竟有什么意义呢？我们生下来，活一阵子，然后离世而去。一个蜘蛛一生织网捕食，生活未免有点不雅。通过帮助别人，你的生活也许将变得高尚些。天知道，任何人的生活都能通过帮助别人而增加一点意义。

夏洛把云雀歌唱、青蛙鼓鸣、和风送香的日子留给了威尔伯。来参加威尔伯授奖典礼的数百人中，没有一个知道典礼上最重要的角色曾是一个大灰蜘蛛。它死时无人在身旁。这样的文字，读来确实让人不能平静！

《夏洛的网》这部纯幻想故事一开始就受到成人的普遍欢迎，孩子们更是对它钟爱无比。威尔伯是一头不折不扣的真猪，它有滋有味地吃着厨房里的残菜剩饭，也喜欢拱软乎乎的污土，但它又是一个小孩子，一个孤苦伶仃的小孩，没有一个朋友，渴望得到一份友情来温暖它孤寂的心灵。它接近大灰蜘蛛夏洛，希望从它那里得到理解、宽容、快乐和爱，希望有人帮助它驱赶走到它面前的死神。这时，怀特就用柔韧的蛛丝编织了一张理想的、温暖的、爱的大网。这是善良的弱者之间的相互取暖、相互扶持的故事，除了爱、友谊，还有一份生命本身的赞美与眷恋。

《夏洛的网》的开头被作为构成"悬念"的好例子。童话开头一句"爸爸掂了宰猪的斧头上哪儿去了？"这么简单明了的一句普通的话，一下子就勾住了小读者的魂。

这部童话作品的情节编织得十分巧妙，恰似书中夏洛的那张网，而且有着比它字面上所显示出来的更为深刻的含义。书中的各个动物形象，无论是胆小、可怜的小猪威尔伯，还是聪明、忠诚的蜘蛛夏洛，甚至是自私自利、夸夸其谈，但有时也愿意伸出友爱之手的老鼠坦普尔顿，事实上都是人类现实生活中某些人的真实写照。该书对忠实友谊的热情赞颂和夏洛为拯救朋友而不惜牺牲自己的精神，无疑对小读者们具有巨大的正面影响力。同时，作品本身（情节的动人、语言的幽默等）也对小读者们有着巨大的吸引力。许多人，包括作者自己，当读到童话结尾处夏洛死去时，都不由得哽咽了。

二

《吹小号的天鹅》问世时，怀特已经 71 岁。这部中长篇童话应是融入了他人生奋斗的生命体验的作品。用生命谱写的歌唱总是特别有精神震撼力，何况此时的怀特在创作经验和技巧上已趋炉火纯青。童话写一个叫山姆的男孩去蒙大拿州野营时，同一只叫"路易士"的天鹅特别友好。路易士天生不会发声。它的父亲说："在你这种年龄，不能说话也许还有一点好处。你的缺陷会迫使你成为一个善于倾听别人诉说的鸟儿。世界上说话的人太多，听话的人太少了。我可以向你保证，在听人说话的时候，会比你自己说话的时候得到更多的知识与见闻。"①父亲就帮儿子路易士到乐器店里去抢了一把小铜号。于是路易士去找乐谱练习吹小号。它很快学会了吹起床号、就餐号和熄灯号。山姆就带着路易士到儿童夏令营去。路易士在这里每天能挣到100美元。

好在，也就一个小苹果不喜欢。偏偏巧中有巧。恰恰是这个小苹果驾独木船的时候，不幸落进了湖中。风大浪高，小苹果吞了一大口水，水进入了他的肺部，此刻危在旦夕。路易士正在小苹果的不远处。尽管他在换羽毛，不能飞行，但是他一面拍打着翅膀，一面蹬着双脚，就这样扑动着翅膀踏着浪花，一会儿就来到了小苹果身旁，把长颈子插在小苹果的两腿间，然后浮出水面。人们看到，小苹果坐在路易士的背上。于是人们授予了路易士一枚奖章……

…………

为了把号吹得更好，路易士甚至让山姆把他的蹼割开。这样他果然吹得更动人了。他学会了乐曲演奏以后，接着就被波士顿公园聘用为天鹅游艇的带路员，在游艇前面边游水边吹号。后来他又被费城动物园请去到夜总会演奏。②

后来，天鹅爸爸把路易士带回来的钱还给乐器店，乐器店把多余的钱捐给鸟类保护协会。

这就是怀特用诗意、喜剧和幽默讴歌的哑天鹅的人生。作家从十分积极的一面去肯定人性中一切美好的东西：奋斗以摆脱困境，勤劳以求取生存，勇敢以赢得荣耀，美和爱以得到异性的钟情，坚强以求得自由，诚信和果断以立足世界。童话史上难得有这样富有人性、积极向上和美丽动人的形象。这部童话是用诗意启迪人生的典范之作。

《吹小号的天鹅》与《鼠人司徒亚特》都出色地代表了一种自由、开放、创新、进取的人性风格。它们有相同的笔意指向，即对自由和美好的追求，对人性质量的追求。《吹小号的天鹅》中的许多喜剧因素也与《鼠人司徒亚

---

①蓓顿等：《世界经典童话 美国童话》，韦苇等译，湖北少年儿童出版社，2013，第281页。
②同上书，第283—284页。

特》一样有较深刻的含义，它不仅仅是令人发笑的，也是充满爱意的，因此趣味盎然又温馨如春。在书中，作者把幻想成分与野生动物的实际生活有机地结合在一起，动物角色既得到了人格化处理、被注入了现代人的人生内涵，又不失其"动物性"，这又一次明白无误地表明了人类与动物间的亲缘关系。

第三章　富于新异感的北欧儿童文学

第一节　二战后北欧儿童文学概述

北欧儿童文学素有传统。安徒生作为儿童文学的太阳最早从北欧升起。与安徒生齐名的还有一位儿童文学的先驱托佩柳斯。进入 20 世纪后则有拉格洛芙的《尼尔斯骑鹅旅行记》，以及与这部名著相映成趣的菲丁霍芙（1848—1908）的《从冻土带来的孩子们》（1907），它记述了 19 世纪 60 年代瑞典北部饥荒时，兄妹 7 人依靠一头瘦弱的母山羊乳汁得以免于一死的动人故事。这个扣人心弦的故事于 20 世纪后半期被拍成了电影。

二战后，北欧儿童文学在世界上的领先地位，是由诸种因素造成的。譬如卷入二战的程度与欧洲其他许多国家相比都比较浅，有的还保持了中立，所以这个地区纵然有战争创伤，也容易治愈，经济恢复也比较容易。到 20 世纪下半期，那里的政府和人民可以投诸文化教育事业的财力支持较其他国家也要大些。譬如教育观念更新较早较快。对于压抑儿童天性的学校教育，早在 19 世纪北欧就有教育家提出明确的质疑，儿童个性自由的张扬在 20 世纪上半期就已经是普遍被采纳的准则。儿童文学的发展状态始终与教育的革新相伴随。拉格洛芙的创作动因就是一个生动而又说明问题的实例。教育内容的趣味性倡导催生了《尼尔斯骑鹅旅行记》，实际上就是把童话的文学幻想大量带进了课堂，引入了教育。教育与文学的互渗与结合，世界上也就是北欧在 20 世纪初就有这样的例子。二战后流行的林格伦童话和小说，则离模范儿童更远，却也在一番大争论后被广泛接纳，说明那里的教育已经在儿童的个性解放、培养独立和创造的精神方面做得很有成绩。譬如那里的政府对儿童文学多元格局的鼓励力度比较大，儿童文学的生长气候和环境十分适宜，甚至优越。

二战后，北欧童话较之欧洲其他地区要风格新异而又多样。林格伦在文体革新上创立了一种独特的美学品格，现实感的强烈和幻想的大胆两者都呈现在她所有的作品中。托芙·扬松的童话在游戏性和幽默感的表现上与林格伦大异其趣，她用温情脉脉的笔致铺展的儿童游戏画面与林格伦很不相同，现代的和原始的融合如此协调，使人赞赏不已。扬松在北欧完全另立了自己的童话山头。她的童话山头上飘扬着自己的旗帜。托比扬·埃格纳是另一个与林格伦、扬松不相关的山头，他的代表作《豆蔻镇的居民和强盗》中，一群成人做儿童的游戏。这种游戏给读者营造了一种善爱、信赖、安谧、温馨的氛围，作者用"玩"的方式呈示对调整人与人关系的乌托邦的向往，究其实还是对现实生活中尔虞我诈、弱肉强食的一种批判。埃格纳积极的人生态度和美好的理想是不言而喻的。阿尔夫·普廖申又是另一个独立的山头。他将小矮人一类民间童话活学活用，在童话《变成茶匙的老大娘》（又译《小茶匙老太太》，1957）里，作家安排狗替老太太擦地板，让猫替她洗碗，用巧智让狐、狼和熊为她干活，让馅儿饼自己滚进锅等，都可见出作家对传统童话人物和故事的灵活借用，但是它又完全是一部令人耳目一新的现代童话，表现的也是现代人的爱的母题，体现的是现代人的童话观念。

正是北欧童话的这种同样在放纵地张扬童话的游戏精神却呈示截然不同的形态和风格的多元格局，使儿童文学研究者有充足的理由特别重视该地区的童话文学现象。

当今的瑞典儿童文学表现出一种对儿童内在心理的理解，玛丽娅·格里佩（1923—2007）在这方面作出了卓越的贡献。她的日常生活童话和幻想故事作品有《彼勒林老爹的女儿》、《朱丽娅的房子》、《晚上的爸爸》（1968）、《吹玻璃工的孩子们》（1969）和关于约瑟芬的三部曲〔其中《天使的灯火》、

《雨果和约瑟芬》(1962)被拍成电影〕；关于艾尔维斯·卡尔松的三部曲，因其日常生活童话和幻想故事表现了儿童作为人类一分子的忧郁和烦恼，格里佩被授予国际安徒生奖作家奖(1974)。在这类表现儿童忧郁和烦恼的作品中，《艾尔维斯和他的秘密》是最有代表性的作品。它写了一个6岁儿童的故事，他很聪明，是城里最忙的一个人，他觉得什么事都需要他去关心，什么人都需要他去帮助。只有祖父和彼得了解他内心的一些秘密，而爸爸妈妈却很不理解他：妈妈希望他将来做个歌星，他却不会唱歌；爸爸希望他长大了成为足球运动员，他却偏喜欢安静，一个人悄悄地忙。当父母对儿子有所理解的时候，父母之爱才有了真正的内涵。

瑞典具有国际水平的作家还有奥克·霍姆贝尔的幽默荒诞的"蒂列·斯芬通"系列童话；古斯塔·克娜珊的《秃尾巴猫历险记》(1939)和扬·艾克霍尔姆(1931—2020)的《小狐狸米克》很受小读者的欢迎；林纳特·赫尔森的童谣画册《孙曼·孙马鲁姆》(1950)由于童谣语言、格调和节奏特别讲究，可以让儿童"细嚼、咽下，成为儿童自身的一部分"(赫尔森语)。女作家贡内尔·林德的《悠悠飘动的气球》、《岩顶小道》(1959)和《一块白石子》(1964)常被外国儿童文学史家提及。《一块白石子》写大人对儿童世界不了解，儿童因此十分苦恼。一块白石子使两个孩子成了好朋友，单调、孤独的生活一下变得有趣了。他们觉得自己成了另外一个人，胆子大了，想出种种惊险的事情去做。可是他们所做的事情在现实世界里不被大人理解，甚至受到怀疑，而且个别大人还对孩子不够尊重。大人随便说句话，在孩子看来都是不得了的大事情。结果孩子们自以为陷入困境，差点发生悲剧。作品因富于儿童情趣而获尼尔斯·豪尔耶松奖，并被拍成13集电视连续剧。还有凯·索德尔希尔的历史小说《国王的使者米科》(1959)，斯蒂克·马林别尔格的小说《根塔的故事》写了一个少年心灵受伤害的故事，辛格弗里德·西瓦兹的航海故事《马伦湖的故事》，阿克·霍姆伯格的幽默荒诞之作"名副其实的斯文顿"系列小说，杰出诗人雷纳特·赫尔辛(1919—2015)的代表作《丹尼尔·道波斯柯》(1959)，约瑟夫·切尔格林(1907—1948)和乌列·马特松是两位以渔民和海员为主人公的现实主义作家。其他还有艾尔莎·贝斯蔻、罗尔夫·勃鲁姆别尔、卡伦·安卡斯瓦德、莫格·萨德贝格、哈里·柯曼、玛沙·塞德乌伯格斯通、爱德丝·纳斯苔德、卡伦·安卡斯瓦德、著名诗人霍尔凯维斯，还有一批低幼儿童文学作家，如汉斯·皮德孙写了100多本图画故事。

挪威1905年才获得民族独立。在此以前，挪威民族为儿童写了文学作品的作家中，首先值得被提及的是汉里克·伍杰兰德，他的幻想作品显示了创作的生命力。19世纪末到20世纪初，迪肯·斯威梅尔创作了一套讲述一个乡镇小女孩的丛书。巴拉·里恩的剧本《公主和提琴手》很受儿童欢迎。挪威作家在北欧和世界上影响最大的第一个作家是托比扬·埃格纳，被誉为"当代的安徒生"，他的儿童诗、儿童剧和童话中，最著名的是前述中已提及的幽默童话《豆蔻镇的居民和强盗》；第二个作家是普廖申，他最负盛名的童话除中长篇《小茶匙老太太》外，还有《半死半活》（1962）、《米凯里斯卡的杂技场》，以及写一只叫"皮福"的淘气小山羊的系列童话，普廖申的代表作多发表在20世纪50至60年代；第三个作家是辛肯·霍帕，她的童话有《一支魔粉笔》（1949）、《容和李福斯》（1959）、《尼尔斯》（1961）、《卡里》（1963）。在其他有影响的作家中，诗人简·玛·伯莱姆的3本诗集获国家奖，费恩·哈佛德的小说《回头浪》，阿尔符·克瓦斯彪小说再三涉猎死亡禁区却获得巨大成功，不可忘记的还有薇斯特丽精彩的低幼读物。

许多岁月里，由于丹麦政府并不给予儿童文学发展足够的重视，其成就不如邻国。但丹麦倒是有创作欢快儿童读物的传统。这种传统可以上溯19世纪约翰·科隆写的《彼得的圣诞节》，20世纪保持这种传统的有哈夫顿·拉斯莫孙的《童谣集》，伊·奥生的滑稽读物《月亮里的孩子》（1962），罗伯特·费尔科写一只小麻雀的作品《彼得·毕乌斯克》。

在丹麦作家被译介到国外的作品中，依因斯·西斯高尔德的名作《世界上只有小巴勒一个人》，成为此类幻想作品中为数不多的经典之一；写了40多部名作的丹麦知名作家马吕斯·达利斯高尔德（1879—1941）于1935年写的一部反法西斯小说《灯塔管理员的儿子》，给在平静中生活的丹麦人民敲响了警钟；希利马尔·符尔夫的著名短篇《反正我干过地下工作》(1954)、《皮尔为自由而战》(1957)，反映了丹麦共产党在抵抗法西斯运动中的作用。

丹麦当代儿童文学最有代表性的作家当推塞西尔·伯德克尔，她因自己的儿童诗和小说的巨大成就而获国际安徒生奖作家奖，她的代表作是《西拉斯和黑马》、《丁默里斯》(1969)、《狐狸馆中的耶罗台》(1975)等。

芬兰到1917年12月6日才实现独立，成为北欧集团的一员。它的儿童文学多半植根于民间口头文学。托佩柳斯和斯文·格仑德维格可被视为芬兰儿童文学之父。当今可资骄傲的有一位杰出的童话女作家和画家托芙·扬松，她主要因描写"姆咪"善良、人道、精明的一家的系列童话而获国际安徒生奖作家奖。她的已经传遍世界的童话有《魔法师的帽子》(1948)、《看不见的孩子》(短篇集，1962)等多种。

芬兰儿童文学的最新成就表现在约尔马·库尔维年的小说上，他的作品曾两度获芬兰国家奖。他的以汤米和狼犬罗依为主人公的系列小说《狼犬罗依》《狼犬罗依和九年级三班》等获得了巨大成功，在国内外赢得了广泛的读者，尤为孩子所迷恋。

冰岛儿童文学作家虽有自己的协会，但出书不多，数量约相当于瑞典的八分之一。19世纪的冰岛只有供炉边夜话的古代故事和民间传说。20世纪最著名的作家是著有《侬尼历险记》的乔恩·斯万松（1857—1944），他以小说著称，而西格尔边·斯万松（1878—1950）则以日常生活童话著称。

北欧儿童文学成就引起世人瞩目，被史家们提到重要位置上加以重视，给以很高的评价，其中一个原因是政府重视和关心儿童文学，较早地为儿童文学创作设了奖——芬兰于1948年、1949年、1961年分别设了3种奖；挪威于1947年后设了两种奖；瑞典于1949年、1956年、1957年分别设了3种奖；丹麦迟些，但引起政府重视后也设了奖。

第二节　二战后北欧儿童文学中具有标志意义的作品

扬松童话

幽默感往往依托于一种特定文化，因此当把一种幽默感从一个文化氛围移植到另一个文化氛围时，其幽默效果可能会部分丧失，乃至全部丧失。然而，芬兰女作家托芙·扬松（1914—2001）的童话，其幽默不仅有口皆碑，而且经移植后仍保持着新鲜感。

托芙·扬松

扬松是芬兰赫尔辛基一个雕刻家的女儿，从艺术氛围中陶冶出来的扬松，成了一位优秀插图画家。然而使她名闻遐迩的却是她的童话。她从20世纪40年代初模仿安徒生童话格调，创作了"姆咪一家"系列。"姆咪"是扬松依据民间童话的林中妖精延伸假设出来的小矮个子精灵。他们住在森林中，像直立的微型河马，身上光滑，有尾巴，胖胖的，爱阳光。组成姆咪一家的有爸爸、妈妈和孩子们。扬松说他们既不是人，也不是动物，而是确实的存在。他们和森林环境构成一个和谐的世界。他们在其中历险。扬松有一种写故事的欲望，于是她从20世纪40年代到20世纪70年代陆续写了11本姆咪童话。1952年，扬松作品获斯德哥尔摩最佳儿童读物奖，1953年获塞尔玛·拉格洛芙奖，1966年她荣膺国际安徒生奖作家奖，作品被拍成木偶连续片，足以证明她的艺术创造才华确实给北欧和世界儿童带来了欢乐。欧美地区对她的童话评价很高，认为扬松的童话世界丰富多彩。姆咪形象于是成了扬松童话的表征。

扬松童话的审美特点是奇妙、别致、抒情。她的姆咪一家实际上是一群孩子，他们爱好探求知识、善良好客、富有正义感、互助友爱，而且像女作家本人那样喜欢旅行、冒险、创造和幻想。瑞典女评论家艾·奇巴伊贝认为"姆咪一家的生活秘诀是：在发现未知中体验生活的乐趣，在实现理想中感受生活的魅力。这些故事追求的是快乐和冒险"。

扬松 11 部系列长篇童话除人物都是姆咪一家外，还有共同的地点，即"姆咪山谷"，它是带有寓言性特点的社会缩影。这 11 部以同一群人物、同一个地点相贯穿的系列童话主要是：《姆咪和大洪水》（1946）、《姆咪谷的彗星》（1946）、《魔法师的帽子》（又译《精灵帽》，1948）、《姆咪爸爸回忆录》（1950）、《姆咪谷的夏天》（1954）、《神奇的冬天》（1957）、《爸爸和大海》（1965）、《十一月的姆咪山谷》（1971）。另有短篇童话集《看不见的孩子》（1962）。

这些童话中流传最广的是《魔法师的帽子》——魔法师的一顶高筒黑礼帽失落在姆咪山谷，冬眠苏醒的小姆咪们在春光融融的日子里外出游逛时捡到了它。他们不知帽子有魔力，不料扔进帽子的一切都出现了奇迹。小姆咪顺手把吃剩的蛋壳扔进当废纸篓用的礼帽里，帽子里的蛋壳竟然变形了。"现在蛋壳变软了，变得像羊毛一样，不过还是白的，过了一会儿它涨满了整顶帽子。接着五朵小云彩从帽边飘出来，飘到阳台那儿，轻轻地落到台阶上，停在那里，只离开地面一点儿。帽子空了。"[1] 小家伙们就驾着白云四处飘飞。姆咪妈妈上楼睡觉前，把一株植物标本扔进魔法师的帽子。当她睡得正香的时候，发生了下面的奇观：

它慢慢地从帽子里一扭一扭地长出来，爬到地板上。卷须和嫩芽一路爬上墙，绕着窗帘和百叶窗爬，钻过裂缝、空调机和钥匙孔。在潮湿的空气中，花朵开放了，果子成熟了，大片的嫩叶铺满了楼梯，一路向桌子腿、椅子腿和柜子腿之间推进，从枝形吊灯上垂了下来。[2]

最后姆咪屋全被花枝和绿叶严严密封了起来，在外头玩的小姆咪竟不得其门而入。另外，还有落进魔帽里的蚁狮变成了小刺猬；放进魔帽里的樱桃粒变成了红宝石；等等。这些童话奇观为爱欢闹、爱冒险的姆咪孩子创造出一个表现乐天性格和历险精神的空间和条件。

扬松"姆咪"系列童话中流传次广的是《姆咪谷的彗星》。

扬松认为写作有两个方向。一个是借写作"以重返那个没有责任、没

---

[1] 扬松：《魔法师的帽子》，任溶溶译，少年儿童出版社，1998，第11页。
[2] 同上书，第85页。

有管束的想当然的世界",此为她所不取。她的写作是取另一个方向——给儿童描绘一个色彩浓重、让人的精神兴奋起来的世界。其中,安全与灾难比肩并行,相互补充;非理性的东西与最清晰、最富逻辑的东西交融为一体。写童话给孩子看,就是让孩子在善良与残酷并存、五彩光芒与无法刺破的黑暗并存的世界里历险,既要不断地吓唬孩子以迷住孩子,但又不要让好人被杀死。让危险、恐惧和灾难成为光明、安全、欢乐的背景,却也不能不给读者一个具有某种幸福的结尾。最好的故事是给孩子留出自己去继续构想余地的开放性故事。

扬松童话中的一句话成了勉励世界儿童文学界团结进取的一个口号,那就是:"让我们彼此把尾巴紧紧地缠结在一起!"

埃格纳的《豆蔻镇的居民和强盗》

挪威著名童话作家、诗人、作曲家和插图画家托比扬·埃格纳(1912—1990)是世界童话名作《豆蔻镇的居民和强盗》(1955)的作者。1945年,他开始在挪威广播电台、电视台主持少儿节目。他的创作过程往往是先向儿童听众、观众演播,而后再写成书出版。他的童话作品还有《枞树林历险记》(1953)、《哈克坡

托比扬·埃格纳

地森林》(1977)、《城里来了一帮吹鼓手》(1978)、《小鸭游大城》(20世纪80年代)等,达33部之多。他还将洛夫廷、米尔恩等人的童话名作译介给挪威儿童,并且耗费25年的心血为儿童编了16册新语文课本。这些课本都用浅白的语言写成,极受儿童和家长的欢迎。他的作品多适宜低龄儿童阅读,曾在挪威多次获顶级奖项,并获多国的国际性奖励。

中长篇童话《豆蔻镇的居民和强盗》写该镇居民和和乐乐,唯感遗憾的是离镇不远处住有3个盗贼。他们好吃懒做,不讲卫生,镇上唯一的民警又怕他们豢养的大狮子,所以他们一到晚上就无所忌惮地排着队、唱着歌、提着桶、背着袋子,到面包店、香肠店去偷东西。后来,他们终于被当场捉住,并在民警家中受温情感化,在救火中立了功。最后,他们各自

找到了正当的谋生职业，在生活中找到了各自的位置。埃格纳笔下的"盗贼"是一帮子"幽默盗贼"，他们仅仅是生活里常容易有的一种"不完美"。作家写他们时，总是微笑着，不过是笔端略略流露一点柔婉甚至温和的揶揄，重点是揶揄他们的"懒"和"脏"，"杯子和盘子，罐子和饭锅，衬衫和鞋子，衣服扣子和钱币到处都是，乱作一团。强盗们只要一走动，就会绊着一些东西"[1]。"洗脸、洗脖子、洗脚不是我们的事，刷牙齿我们素来就非常讨厌……我们再也不需去洗碗，这就是我们人生的信念。"[2]

这是一部与传统童话艺术联系很少而当代气息却很浓的童话。它的当代性首先体现在它所包含的意蕴上。它给人以这样的启迪：对于有精神缺陷的人，爱、善意、理解、宽容等都是有用的。应该在孩子心灵中培养这样一种情操：以宽厚的爱去对待生活、对待周围的人、对待大自然，并相信自己有力量能把世界改造得更完善，从而加强对人类美好前途的信念，加强他们将来改造这个世界和建设一个新世界的勇气和决心。它的当代性也表现在人物、情节的艺术处理上。作家不用魔法、宝物、仙妖，不从正面、反面、侧面来教训、感化有精神缺陷的人，只是把盗贼和与盗贼有关的豆蔻镇上的人充分儿童化、童话化；把情节充分游戏化；童话的时空被作家做了主观化、乌托邦化的处理。人物童话化、故事游戏化是作家对儿童思维方式的一种趋近和模仿，收到的是真真假假、虚虚实实，假而真、真而假，实而虚、虚而实的童话效果。埃格纳的《豆蔻镇的居民和强盗》以独特的童话表现方式，在展现当代性主题上做出了一个优秀范例。

《哈克坡地森林》中的主人公则是林鼠和熊之类，作者以它们的故事为载体表达对和平、安宁、彼此尊重、相互帮助的向往，所以有人说坡地森林是动物世界里的联合国。

作家用幽默小说的格调绘制的图画故事书《小鸭游大城》，是低幼童话中不可多得的珍品。它写为人类而构建的城市于一只游走的小鸭而言处

---

①埃格纳：《豆蔻镇的居民和强盗》，叶君健译，湖南少年儿童出版社，2008，第58页。
②同上书，第80页。

处都隐伏着危险，它们不只是令小鸭不悦，它们多半是夺命的（尽管人们对小鸭是友善的）；小鸭的乐园在野外的池塘，那里有令它感到友爱的牛、马、狗、羊。人类和鸭子各有各的天堂。

埃格纳的童话都有儿童的现代乌托邦意味，引导孩子为寻求公平与和谐、幸福和快乐竭尽自己的才智。

普廖申的童话

阿尔夫·普廖申（1914—1970）是与埃格纳齐名的挪威杰出童话作家，从1949年开始专为儿童创作诗、故事、童话。他在主持广播电台儿童节目的同时，自己编故事，在电台演播、朗诵自己所写的诗，过后再成集出版。从《弟弟的歌》开始，他陆续出版了许多种作品，代表作是一部名为《小茶匙老太太》（1957）的幼儿童话。

一个普普通通的好心老太太，起早摸黑料理家务，照顾老伴和家畜。她往往在睡着时还是普通老太太，可醒来时已经变得像茶匙一般小了。她只好叫猫帮她洗杯盘，让狗为她擦地板，唤雨来为她洗衣服，呼风来把她洗好的衣服吹进屋，叫太阳来把它晒干，令锅子自己飞到灶上，吩咐饼子自己滚到锅里去煎……总之，老太太变成茶匙小人儿之后也没碍事，日子照样过。在"老太太领孩子"一节中，老太太受托替一位陌生的年轻妈妈看管孩子，可是老太太自己忽然一下变成茶匙小人儿了。小男娃娃老要去划火柴，茶匙老太太急了，想了许多办法才避免了一场火灾。但变小有变小的好处，变小能和鸟兽交谈。在"老太太去采越橘"一节中，变小的老太太让狐、狼、熊为她采集了一篮越橘。在"老太太和一样秘密的宝贝"一节中，她变小后就骑在母猫背上飞跑去看它产下的小宝贝。作品的幽默趣味也正是在变大变小中产生。

普廖申年轻时当过牧人、饲养员，做过买卖，他在社会底层所获得的丰富生活阅历使他对挪威民间文艺十分熟悉。《小茶匙老太太》既有浓郁的生活气息，又有民间童话的幽默趣味，备受世界儿童欢迎。作家因此又写了3本续集和两本图画故事。两本图画故事就是著名的低幼读物《半死半活》（1962）、《米凯里斯卡的杂技场》。其中都有这位富于同情心的老太太，前者主要写一只小矮脚狗；后者写动物们凭借它们在杂技场所练就的本领夺取了杂技场，把粗暴的场主好好教训了一顿，让他从此再不敢粗暴地对待动物。普廖申还写了一只叫"皮福"的淘气山羊的系列童话：《能数到十的小山羊皮福》《小山羊皮福历险记》《小山羊皮福新历险记》，在国外也很有影响。

西斯高尔德的《世界上只有小巴勒一个人》

依因斯·西斯高尔德（1910—1991）是丹麦具有世界名望的幼儿教育家，1957年发表《世界上只有小巴勒一个人》，遂在欧洲广为传播，在世界上不胫而走，今已被公认为是传世名作。

丹麦幼儿教育学研究的大家西斯高尔德的童话《世界上只有小巴勒一个人》，可以用来说明幼儿童话也可以是一种内涵深刻的文学。儿童文学在娱乐性的构成和语言艺术表现中蕴含一定的育人意义，乃是儿童文学本身应有之义。幼儿文学的深刻是幼儿文学可能限度内的深刻，是帮助孩子在大地上自在地和诗意地栖居的一种深刻。

这篇童话借一个幼年男孩的梦展开，但是开始并没有点破这是梦境。作者当然是有意不点破的。展开的方式是把小巴勒的活动地点从家里搬到街上。一到街上，就立刻满目繁富、满目琳琅，作家的手脚一下就变得好施展了。于是，小巴勒平时是由大人带着的，现在一个人到牛奶店、糖果店，抓一块巧克力塞进自己嘴里也没有人管了；撞坏电车也不要紧了；踩踏草坪也没有人来干涉了；甚至银行他也大步流星地走进去，拿出了一袋硬币。

"小巴勒高兴透了，世界上只剩下他一个人，太好玩了！现在他想干什么就可以干什么了。"[1]但是，要是世界上真只有他一个人，谁来放电影给他看，谁来煮燕麦粥给他吃，谁去坐在跷跷板的那一头呢？"他不觉得一个人在世界上太好玩了——原来，世界上只剩他一个人并不快活。"[2]一

①韦苇编著《点亮心灯　儿童文学精典伴读》，复旦大学出版社，2008，第146页。
②同上书，第147页。

个小娃娃往往被禁止去做这做那，现在童话创造了一个容许他去做他想做的一切的环境——世上只有小巴勒一个人，这时，只有这时，他才感受到原来一无约束伴随而来的是如此可怕的寂寞；绝对摆脱对群体、对社会的依赖，一个大人尚且不可能，一个孩子就更不可能！童话内涵的深刻性可以借用西斯高尔德自己的一段表白："我试图告诉孩子们的是，人只有在世界上唯独他一个人的情况下，才可能想干什么就干什么。纵然是我们只想在其中生活短暂的时间，在这短暂的时间里也就会让我们明白：离开他人的帮助和关怀是没法儿过活的。"

童话是一种以幻想为特征的荒诞故事来引起儿童心理共鸣的艺术假定。童话是被故事逻辑规范过的童梦世界。用梦幻的假定形式来创作童话不是幼儿教育大家西斯高尔德首创。这篇童话发表于 1957 年，而在 19 世纪中期出现的《爱丽丝漫游奇境记》早已用梦幻形式构筑了一个长篇规模的童话世界，成为第一座现代童话巍峨的里程碑。但是对一个高明的童话写手来说，他人既有的成功妨碍不了自己的成功。这篇童话在幼儿童话中无疑有自己的里程碑意义。它通过童话假定所表达的意蕴是人类整个社会、人整个一生从稚童到耄耋都要思考的，它通过童话假定所表达的思想是人类整个社会、人整个一生都要遵行的，因而其童话主题是严肃而又认真的；它在"小狗小猫"、神魔变幻的童话路子之外开辟了一条表达严肃主题的道路——正是在这个意义上，这篇童话在幼儿童话史上有着不可动摇也不可磨灭的里程碑意义。

伯德克尔的《西拉斯和黑马》

丹麦作家塞西尔·伯德克尔的小说《西拉斯和黑马》以生动活泼的文笔，描写了流浪儿西拉斯的一段惊险曲折、富有传奇色彩的、获得一匹黑马的经历。西拉斯是个性格倔强、不畏险难的少年。作品通过他与马贩子巴陀林、盗贼伊梅纽尔等人争夺黑马的情节，表现和赞扬了他的机智、勇敢。同时，作品也刻画了一群各具鲜明个性的反面形象，鞭挞了他们，辛辣地嘲弄了他们，把人性的丑恶一面生动揭示在读者面前。作者还用细腻的笔触描写了西拉斯与小牛倌戈迪克的动人友情。作品中洋溢着浓郁的北欧乡土气息，显见作者有雄实的生活积累，作品是以结实的生活底蕴做支撑的。该作品 20 世纪 60 年代在丹麦举行的儿童文学大奖赛中一举夺魁，荣获大奖。1976 年，作者主要因这部作品的成功而获得国际安徒生奖作家奖。

第四章 二战后迅速复兴的德语儿童文学

第一节 二战后德语地区儿童文学概述

复兴二战时期就已毁灭殆尽的德语儿童文学的工作，是从一位杰出女性的头脑和双手开始的。这位伟大的女性就是叶拉·莱普曼夫人。她"通过儿童图书达成国际了解"的理念促成慕尼黑国际青少年图书馆的建立，促成"国际儿童读物联盟"（国际儿童图书评议会）的建立（1952），促成两年一度的于1956年开始授奖的以安徒生的名字命名的国际安徒生奖作家奖（1966年开始添设画家奖）设立。由凯斯特纳领导的国际笔会联邦德国中心迅速使德语儿童文学得到复兴，并为国际社会所大力肯定。

在德语儿童文学作家中，已经在20世纪60年代荣获了国际安徒生奖作家奖的有两位：埃里希·凯斯特纳和詹姆斯·克吕斯。20世纪80年代则有奥地利的克里斯蒂娜·涅斯特林格获得此项殊荣。

德语儿童文学在童话和小说两大板块中都取得了令世人瞩目的成就。

德语儿童文学中的童话

第一类是精灵、魔女类文学。其代表作家为奥·普雷斯勒（1923—2013）、爱丽丝·考特、塔德·米席尔斯。这3位童话作家都广享盛誉。考特的童话《小精灵普木克》（一个身高20厘米的淘气精灵）被拍成电影和电视剧，遂而家喻户晓。主人公普木克淘气、自由、狂放，深得孩子喜爱。米席尔斯笔下的小国王凯尔·威西是具有现代感的小精灵，拍成电视剧后也深受儿童欢迎。这类故事让儿童体验人类与大自然之间的紧密联系，激发他们的想象力。

第二类是梦幻性质的文学。其代表为米切尔·恩德（1929—1995）和保罗·马尔。这类作品有的侧重在幻想，有的侧重在现实。保罗·马尔（1937—　）以童话剧《文身狗》（1968）名世，其代表作还有《箱子里的国王》和《利普尔的梦》。后者描述一个小男孩一边读《一千零一夜》的故事一边做白日梦，竟把两个好朋友在梦中变成国王和王后。这种用童话手段创造的白日梦可以让孩子放纵地在超验幻境中消除他们普遍存在的孤独。马尔另有名作《永远的星期六》，写的是一个"长袜子皮皮"型的人物。瑞士的马克斯·弗洛林的《神灯》写了一个小男孩找到了阿拉丁神灯的故事，也是一部童话名著。

第三类是蕴含道德劝诱的童话，例如奥地利著名女作家薇拉·菲米库拉的《华连丁吹草笛》，艾略克·丽妮、米拉·别洛的童话也属同类作品。

第四类是在作品中表现对民主的、对专制独裁主义历史教训的深入理解，以及这种理解给家庭结构带来的变化的童话。这种变化反映在孩子身上，就是孩子越来越不尊重父亲的权威，从谁那儿得到的感情、知识更多，就更亲近谁、喜欢谁。奥地利女作家涅斯特林格的童话代表作《黄瓜国王》（又译《打倒黄瓜国王》）就是表现这种观念变化的作品。

第五类是专门为低幼孩子创作的童话。例如莱纳·齐姆尼克（《摩托车上的小棕熊》是其代表作）、卡伦·霍兰德、欧根·奥克尔的童话，瑞士的艾蒂安·德莱塞、约克·米勒等人的童话。这类童话有的是启迪幼儿的想象，有的是满足幼儿对爱的需求，有的则是带引幼儿体验大千世界。

德语儿童文学中的小说

第一类是描写童年、少年欢乐和痛苦的作品，例如涅斯特林格的《达尼尔在行动》，女作家厄秀拉·沃尔芙的以南美为背景与以非洲为背景的小说《灰土地和绿土地》（1970）、《只许白人放火》等；女作家古德龙·梅布斯的以孤儿院生活为题材的获奖小说《星期天孩子》。

第二类是描写危机家庭中的孩子的小说，例如女作家芭芭拉·弗里希玛斯的《假日家庭》。

第三类是历史题材小说，例如赫尔曼·温克的少年小说《索菲·施劳尔的一生》，所记述的是索菲姑娘勇敢反对纳粹法西斯统治的故事；卡尔·布鲁克的纪实小说《贞子，要活下去》（1961），以一个10岁的日本男孩和他的妹妹贞子的视角观照偷袭珍珠港、广岛原子弹爆炸等历史事件，写日本法西斯主义、日本军人"以服从为天职"和日本民众的"弱者无条件服从强者"三者结合，滋生了疯狂的日本军国主义这个凶残怪胎；成年人几无例外地自觉在国内制造杀人武器，在国外把战祸强加给他国人民，亲子之情不重要了，养活孩子不重要了。小说最后的场景是，受到辐射的贞子用金色纸折着一只只象征创伤愈合的仙鹤，以此来表达她对和平的渴望。小说的旨意在于唤起人的责任感，不盲从，不屈服于强权，要为捍卫人的价值与个性的尊严而斗争，并且，这一切都必须从儿童时代做起。布鲁克的小说名作还有《乔安娜和沼泽地》（1953）、《拿波里的流浪儿》（1955）等。

第四类是描写迅猛发展的科技和经济把人挤向边缘，把人从本质上异化的小说。这类小说有霍伯特·海克曼的小说《广告柱上的柯诺尔》，描写无情的经济扩张使脖子上挂钥匙的孩子柯诺尔完全享受不到家庭的亲情和温暖，冷漠的人际关系使人失去生活的意趣。

第五类是雷内特·威尔斯、伊琳娜·柯琴诺芙等作家的描写少年恋的小说。

另外，还有下面一些作家的小说也在20世纪50年代至20世纪60年代赢得了稳定的地位，并译传到国外：赫·哥甫哈尔德的《不知从何处来的少女》（1958）；海因里希·丁内包尔出版了描写对动物的爱的小说《央和小马》（1958）；汉斯·鲍曼的各种题材小说甚多，且都近乎第一流水准；汉斯·佩塔·里希塔的小说《当时是弗里德里希》（1961）、《后面的红房子》（1961）巧妙地描写了纳粹出现的时代；马克斯·格吕恩的侦探小说《鳄鱼队》等甚是畅销。

德国统一前的"东德"为"民主德国",其童话名家有路德维希·雷恩(1889—1979)和弗莱德·罗德林。路德维希·雷恩出版过中篇童话《诺比》(又译《黑人诺比》,1955),写英勇的男孩诺比和他的朋友们——大猩猩、河马、智蛇一起,把躲藏在非洲丛林里的黑奴贩子全都赶出了丛林,读来大快人心。其他作品还有《赫尔纽和盲人阿斯尼》(1956)、《赫尔纽和阿尔敏》(1958)和《卡米洛》(1963),他曾被授予民主德国国家文艺奖、德意志和平奖章、祖国金质奖章。弗莱德·罗德林的童话从城市生活中汲取题材,其童话世界不仅有很强的当代生活气息,且有诗意氤氲其间。《克莉斯齐娜燕子》是他的代表作,讲的是一幢破房子里有个燕子窝,但房子非得重建不可了。小姑娘克莉斯齐娜不忍看到燕子遭遇不幸,她让全城人都来为保全燕子窝而想方设法。学生、火警人员、建筑工人、飞行员都为抢救燕子窝而被动员起来,但是救火梯太短,挖土机的挖斗梯太宽,最后人们开来直升机,才把燕子窝连同雏燕送到小姑娘慈爱的手掌上,从此她的名字就叫"克莉斯齐娜燕子"。他的另一篇童话名作《小白云似的绵羊》,主角仍是克莉斯齐娜,她的一只白羊原来是一朵白云。她就帮助这朵迷失了方向的白云重新回到天空。罗德林童话以抒情著称,是典型的抒情风格童话。

第二节　二战后德语儿童文学中具有标志意义的作品

普雷斯勒的童话

奥特弗雷德·普雷斯勒(又译奥得弗雷德·普鲁士勒,1913—2013)生于捷克一个教师家庭,自幼接受丰富的民间文学熏陶,1942年应征参加侵苏战争,1944年至1949年在苏军战俘营中度过,1953年在联邦德国一所中学任校长,1970年开始专门从事儿童文学创作,多次获包括国际安徒生奖在内的国际国内奖誉。他除写广播剧、儿童剧和译介捷克、俄罗斯和英国儿童文学作品外，自创的名作有童话《小水妖》（又译《小水怪》，1956）、《小魔女》（又译《小女巫》，1957）、《在我们希尔达城》（1958）、《托马斯·福格尔什雷克》（1959）、三卷本《大盗霍真普洛兹》（又译《大盗贼》，1962）、《妖魔》（1966）、《克拉巴特》（1971）和《金泉》（1975）等。从"大盗贼"开始在德语地区发红的普雷斯勒，取民间传说中的人物和情节"为我所用"，熔铸进现时代的新思想、新意识和新观念。这些精怪魔妖尽管能在水中生活，能将扫帚当马骑，或能打开关着的门，但在其他方面，他们与今天普通小孩没有什么不同，他们和现实的孩子一样鲜活和亲切。此外，采用幻境叙事手法是普雷斯勒所有儿童文学读物的特点，各个情节围绕着标题中已出现的中心人物相互串联，而且每个情节都在紧张的时候戛然而止，然后再由此转入新情节。普雷斯勒的童话除构思奇巧外，语言也朴素、简洁、幽默，很受儿童青睐，20世纪70年代即享誉世界，并被作为研究对象。

1971年问世的长篇童话《克拉巴特》（汉译作《鬼磨坊》）大获成功，于次年得奖。2000年被授予孔纳德—爱德诺基金会颁发的爱德诺奖，授奖的理由是："在电动玩具和电视动画充斥于世的时代里，奥特弗雷德·普雷斯勒的儿童文学作品仍能给孩子们一个充满幻想的空间，一个饶富创意的世界。"克拉巴特是少年的名字，他心地善良，且一身正气，他在鬼磨坊里坚决、勇敢而饶有智慧的抗争，一再打破黑暗魔界里的种种圈套，历经百般淬炼后成为一个象征意志和力量、爱和自由的形象。德国素有教育小说的传统。这部幻想小说寓涵的深层意味，正可被视为普雷斯勒"激励孩子们阅读作品后去克服自己内心深处某种莫可名状的恐惧感"的文学努力。

普雷斯勒认为，当今的孩子在家里有两个世界：一个是新技术的世界，一个是童话之类的幻想世界。这些童话，孩子不但会读，他们还贪婪地试图从童话故事中读出作家的言外之意。他确信：还一字不识的小不点儿甚至都可以而且应当通过童话接触一些严肃的课题。例如周围人们对他们的关心、爱护问题，与此同时，他们的眼前就开始展现大自然富于诗情的丽质。

荣获德国儿童图书奖特别奖的《小水怪》的最大特点是：站在居住于水中的精灵的立场，用一个小水怪的视角写童话，用小水怪的眼光看待世界、用小水怪的感觉去感受一切事物，写出了一个形象鲜明的小水怪——小男孩。蜻蜓在空中飞，在小水怪看来也是在水上"游"；在小水怪看来，人的指头之间没有膜实在是太奇怪了；小水怪非常奇怪，竟然有盖在轮子上的房子（指车）；小水怪第一次看见雨，还以为是有人将大把大把的石子往池塘里撒；船则被看作是会游水的箱子。写得最有男孩趣味的是"哇呀！哇呀呀"一节。小水怪把人们扔进池塘的东西全收集起来，有空罐头瓶、坏灯泡、破拖鞋和别的东西。这些"宝贝"终于在捉弄一个钓鱼人时用上了。

一个很大的东西随着钓丝被拽出水面，啪的一声落到渔夫身后的草地上。

……那是一只破皮靴！一只左脚穿的旧靴子！钓钩上挂着一只破破烂烂的旧靴子！

……他先是莫名其妙，后来便开始骂街……

……过了一会儿，渔夫把一只生了锈的炉钩子钓上了岸。哈，他又骂开了。这叫库普里奴斯大为高兴。它幸灾乐祸地划着鳍想：

"亲爱的，你这回可要过够钓鱼的瘾啦！咱们来瞧瞧你还能钓上什么……"

倒霉的渔夫又下了七次钩，每次的收获都叫他莫名其妙。炉钩子之后他钓上了一个啤酒瓶，啤酒瓶之后是一只烂拖鞋。在这以后他依次从池塘里钓起了破筛子、老鼠夹子、一把沾满泥的木锉、一个灯罩。最后，鱼钩钩起一只没底儿的陶土罐，罐上竟然坐着小水怪！小水怪的红帽子扣在后脑勺儿上，他张牙舞爪地大吼大叫：

"哇呀！哇呀呀！哇呀呀呀！"

这太吓人了！

渔夫吓得把鱼竿一扔，撒腿就逃。跑了几步，盛蚯蚓的匣子也丢了，但他根本顾不上了。他拼命逃着，就好像后背上骑着一个魔鬼。①

　　小水怪捉弄钓鱼人这一节童话中，即可见小水怪这个形象虽然是传统童话中所熟见的，但他的灵魂却不折不扣是现代人的。作家通过小水怪对钓鱼人的戏谑和捉弄，其实是在提醒人们：人同大自然应该建立怎样一种和谐的关系，把一个给人提供着美的水塘当作垃圾桶，什么破烂儿都往里扔，用不了多久这份美就会因人们的懒惰和恶习而葬送了，人们就会眼睁睁看着它由美变丑。单有物质世界的丰富，人还不免是贫困的——精神的贫困。因此，他始终坚持童话创作几十年不改初衷，他坚执地相信，通过他的童话艺术能够把他自己心灵的力量和情感的力量传递给孩子们，从而使他们成长为比现在的人类更理想的人类。

　　《小魔女》写一个127岁的小魔女把逾千页的魔法宝书记得滚瓜烂熟，应用自如，并用魔法为人类、为孩子们做好事，她决心做一个把好事做得"好上加好"的好魔女。当然，小魔女做好事都是站在孩子的立场上"开着玩笑"做的。《小魔女》完全颠覆了传统固有的女巫形象，塑造出了体现新时代人的价值观的、符合现今人类愿望的、儿童化的女巫。她的纯真、善良感动着现代人，被广大读者所喜爱。《小魔女》到20世纪80年代就在德国本土重版不下40次，发行量不下500万册，达到了高度普及，被公认为是第二次世界大战后少年儿童文学读物的四大杰作之一。普雷斯勒的幻想文学作品被翻译成30多种文字出版，其中凯尔特语、加泰罗尼亚语、罗曼什语之类，常人可应是未有所闻。

　　普雷斯勒的童话多是香肠串似的结构，一个、几个童话角色贯穿十数个可以相对独立的故事，所以，从他的中长篇规模的童话里往往很容易抽出一些特别精彩的故事，充作短篇童话阅读，以扩大其童话的流传面，例如《希尔达的市政厅》《小魔女要成为一个好魔女》《小水怪的郊游》《大盗霍真普洛兹访问大巫师》《新鲜的鸡蛋》等都曾被收入短篇童话集。这些子故事和它们的母故事一样，纵使仅从标题看就能看出他童话的一大特

①顾永高主编、国家新课程教学策略研究组编写《青少年百科 摩尔人的三个魔橘》，喀什维吾尔文出版社、新疆青少年出版社，2004，第95—96页。

点是，只是善于利用传统童话的文学资源——人物、故事、情节，但绝不囿于民间故事。普雷斯勒的童话趣味的源泉确实部分来自传统童话故事，然其意味的源泉则来自他作为 20 世纪加速器时代一名作家的心灵，来自他的时代性思考和他的人性思考，这就像是他选了些欧洲的，主要是前捷克斯洛伐克的、前南斯拉夫的和德国的古色古香的陶瓦器皿，装进去的却是作家自己精心酿制的适合儿童口味的食品。上面提到的小水怪戏弄钓鱼人的故事就是个极有说服力的例子。他的童话就以此特点区别于欧洲其他许多作家的童话，而其阅读优势也正源于这种区别，正源于他的这种童话的个性。这也就是他的童话能风靡世界的重要原因。前述中的《新鲜的鸡蛋》就因此具有很高的阅读价值。它写一对农人夫妇从亲戚家喜得一篮子鸡蛋，计 60 枚，他们于是开始做起了一个发财梦：鸡蛋孵成鸡，用鸡下蛋所得去买鹅，这样一路翻上去，他们就能有羊、猪、牛，用不了几年就会成为富翁，还设想"为市政厅捐一口大钟"。这样的故事再翻新都有民间故事的影子在。可是故事忽然来一个陡转：要是这些鸡蛋都是臭的呢？故事遂而纳入了作家预设的构思轨道：他们逐个把鸡蛋一一敲开以验证臭不臭，但没有了蛋，捐大钟的宏伟计划自然也就随之泡了汤。"魔鬼是很狡猾的"——人算不如天算！如此一来，故事就不只是很好玩，也是余味无穷了。

普雷斯勒曾有漫长的小学教育生涯，所以在童话中贯穿教育责任和使命、尽心竭力地表现他对意义的守望，就成了他的童话创作的一种本能。我们总能用他的童话去引导、鼓舞孩子向真、向善、向美，为维护真善美发挥自己的机智、勇敢和才能，为维护真善美而向假恶丑宣战。因为普雷斯勒童话着意表现的是积极的人性，具有普泛的人类共享性，所以其超越国界的能力十分强劲。

从 20 世纪 50 年代专事童话创作、翻译以来，普雷斯勒的各类作品在世界各地的出版量已无以胜计，又通过广播、电视、唱片的渠道家喻户晓。检验一个儿童文学作家是否真的成功，就看"其进入儿童独特生命空间的深度和广度"（朱自强语），那么普雷斯勒童话的家喻户晓就正是其成功的一个极好注脚。

克吕斯的《出卖笑的孩子》

詹姆斯·克吕斯（1926—1997），生长于德国西部的一个城镇，求学时代就显示出卓异的文学才能，出版了诗集《金线》（1946）。二战结束后，克吕斯以优异的成绩修完师范专业，遂从教多年。1956年在凯斯特纳影响下转向儿童文学创作，同年出版了儿童文学集《龙虾礁的灯塔》，1958年出版《海风吹来的幸福岛》，1959年出版了《我的曾祖父和我》，都反映的是他童年时期在家乡北海的赫尔果兰岛度过的愉快生活。这些晃动着他童年生活影子的作品给他带来少年儿童文学奖——联邦德国1960年最佳青少年图书奖①。克吕斯是一位文学多面手，20世纪50年代的不多数年间就为孩子出版了包括童诗、回忆性文学、广播剧、电视剧和翻译作品在内的20多部作品。

克吕斯的儿童文学言论也颇精警。1956年曾出版《艺术的天真和理解》，他强调儿童文学书籍的重要功能和作家在进行儿童文学创作时所应有的道德责任感。他满心希望孩子能够成为善良的人，成为在邪恶面前无所畏惧、能抗拒邪恶的诱惑、对邪恶不逆来顺受并能够与之作斗争的人。他确信儿童文学作家必须是最高意义上的道德家。

最能显示克吕斯文学才华的自然是他1962年面世的长篇童话《出卖笑的孩子》。童话中的蒂姆虽然小小年纪就遭遇惨酷，却拥有世界上独一无二的笑。一次，蒂姆又来到赛马场，在那儿他遇见了一个神秘老头，这个神秘老头是个投机商人。神秘老头以"让蒂姆每赌必赢""让蒂姆过上快活日子"为诱饵，想要换取蒂姆的笑，年幼的蒂姆觉得生活中没有多少值得笑的东西，于是在匆忙和疑惑间答应了他。从此蒂姆失去了他的笑。当然蒂姆有所得——从此蒂姆每赌必赢，成了名噪一时的人物，继母、邻居、同学都对他另眼相看。他本应该高兴地笑，但是由于他不会笑，大家都误解他。蒂姆没有笑声就像那彼得·施莱密(夏米索的《出卖影子的人》

---

① 该奖项1981年正式更名为德国青少年文学奖。

中的中心人物），就如同没有了影子不能过日子一样，他感到快活不再属于他，他尝到了生活没有笑的苦头。后来他从一出木偶剧里学到一句话："把人和动物区分开来的是笑，笑就像钻石般灿烂。"这下，他从"理论"上认识了找回笑的重要性。

善良的蒂姆在完全被颠覆的生活中认识了很多朋友，但是他却不能和朋友们分享愉悦——他不会笑。在尝到了生活中没有笑声的痛苦和辛酸后，他终于决心赎回自己的笑。于是奇险的情节迭连出现。读到后来，读者都会为蒂姆能不能坚持斗争到底而担心。蒂姆毫不松懈、毫不气馁，经过英勇顽强的斗争，终于在朋友们的鼎力协助下战胜了神通广大的神秘老头，把卖走的笑夺了回来。在作品的扉页上，作家题着这么两句话："能笑的人就能得救。""谁会笑，谁就能制服魔鬼。"

蒂姆在夺回笑的曲折过程中渐渐变得成熟和坚强。

这部作品的独到之处在于，克吕斯巧妙地将严肃的题材通过幽默的嬉笑描述出来，把教训的成分和轻松的玩乐天衣无缝地结合在一起，为童话这个文学品种开辟了新的表现境界，拓展了童话的艺术表现空间。克吕斯用缜密的推理和幽默诙谐的笔触向幼稚的年轻人提出了"拥有金钱、拥有财富就能拥有一切吗"的问题，控诉金钱和权势对未成年人的精神戕害。他在这部童话中采用了许多前人见所未见、闻所未闻的大量奇特到怪诞的侬森式的情节，构成层出不穷的精彩故事，峰回路转，而终竟柳暗花明。

克吕斯向来认为文学的实际意义在于作家以独特的方式把握真实。在一次座谈会上，克吕斯指出，文学和教育的区别在于文学是以想象、感染和创造的诸种力量抑制和消除孩子的某些缺陷，弥补孩子语言、思维和生活经验上的某些不足。

克吕斯在世界儿童文学史上的巨大功绩得到世界性的充分肯定，他于1968年荣获国际安徒生奖作家奖。

恩德的《毛毛》

米切尔·恩德（1929—1995）生长于德国巴伐利亚的一个现代绘画的艺术家庭，自幼接受艺术和文学的熏陶。二战结束后，恩德就读于演艺学校，毕业后成为剧院演艺和评论的活跃人物。然而他的志趣却在幻想文学的创作上。于是从1954年开始，他就全力投注于此项他所向往的工作。1960年因《小不点儿杰姆和火车司机鲁卡斯》获得该年度的联邦德国最佳青少年图书奖，接着于1962年出版《小不点儿杰姆和多余的数字13》。幻想文学初获成功后，恩德到意大利的一个山区埋头创作，14年时间里，童话小说《毛毛》（又译《莫莫》《时间之谜》，1973）和《讲不完的故事》（1979）相继问世，他很快红极一时，成为"当今德国最为成功的小说家"。《讲不完的故事》虽然畅销，但就文学影响的深远而论，则不如《毛毛》。《毛毛》是他各种长、短篇幻想小说的一个表征。恩德因如《毛毛》这样的作品而被认为是不朽的心路开拓者和执着的寻梦人。

《毛毛》中的毛毛是作家塑造的鲜明而有艺术魅力的孤女形象。有一天城市里忽然来了一些灰先生，他们劝诱人们加快工作速度，减少、取消与他人交往和娱乐、思考的时间，灰先生们就把这些从人们寿命中挤出的时间据为己有。灰先生们破坏了人们生活的滋润因素，使他们工作枯燥、生活单调、精神空虚，人与人之间变得冷漠无情。人们终日孤苦寂寥，市侩思想到处泛滥，城市变得像一座死城。此时，小姑娘毛毛竭尽努力把人类的优秀品质归还于人们，始终不渝地和灰先生们斗争，终于取得胜利。灰先生们这帮时间窃贼化为乌有，城市又变得繁荣，人与人之间的友谊、生活的快乐景象又恢复了。恩德在这部童话中表现了他的审美理想：善可拯救世界，人道主义必将胜利。毛毛因此成为浪漫主义乌托邦的象征，成了恩德用幻想创造的新新人类。作品如警钟一般向人们鸣响：即使是虚假的和平、幸福也还是有诱惑力的；天真的好心人们，千万别让"灰先生们"以假和平、假幸福之名从你们手中夺去最宝贵的财富——时间。恩德这部幻想小说的主题触及当代社会生活中许许多多可以从形而上层面上思考的严肃问题。童话中塑造的毛毛形象开始出现时，有些像林格伦笔下的皮皮，但毛毛没有皮皮那样怪异。

毛毛，在恩德讲的这个关于时间、关于生命的故事里，她是一个默默的倾听者。她用她那双又大又黑的盈漾着同情的眼睛注视着故事的讲述者们。在她的注视下，笨拙的人能够突然产生机智的思想，无聊的孩子突然找到乐趣，吵架的双方能够发觉自己的过错，羞涩的人能够突然感到自由自在，忧郁的人能感到自信和快乐……毛毛还倾听猫、狗、花、树、风、雨、星星的诉说，从这些声音中她都能听到轻微的悦耳的音乐，这些声音也给她带来美丽的梦。毛毛显然不是一个常态的女孩，她身上负载着经历过第二次世界大战的德国作家对现代人类价值观的哲学反思：工业文明给人类带来的后果，是人类的异化——人类悲剧地异化成物质主义和功利主义的俘虏。作家意在用他童话里所蕴含的精神来对人类重新启蒙。人类需要有一个光明的前途，而孩子正是人类光明前途之所系。

时间，这个上苍给每个人的赐予，是一个不可视观、不可触摸的东西，但在恩德的笔下它却成了幻想小说所描述的核心内容。这样的小说虽说孩子确实也喜欢，但它更大的吸引力一定还是对成人的。时间的僵死与世界的僵死，时间的复活与世界的复活，更容易体会到的当然是成人。小说能在成人那里引起更深沉的思索，这也是毋庸置疑的。也正因为此，恩德不愿意把自己看作是儿童文学作家。他认为他的书是写给所有有童心的成人看的，他甚至根本反对为了孩子而存在一种特别的文学的说法。这就明确地宣示了他的儿童文学观和他的创作观。

米切尔·恩德还有一些流布甚广的短篇幻想小说，如《奥菲丽娅的影子剧院》《犟龟》《吃噩梦的小精灵》《愿望潘趣酒》。《奥菲丽娅的影子剧院》里的奥菲丽娅是一个与莎士比亚《哈姆雷特》中那个著名女主角同名的老小姐，她虽然贫困潦倒，却好心收留了一大批流浪的影子，她教会了它们演出世界上所有伟大的悲剧和喜剧。奥菲丽娅的影子剧院于是诞生了。她收留的最后一个影子是死神。这篇幻想小说融入了恩德在剧院做演员、做导演的亲身感受。他用这个故事表达着他对不起眼的普通人、平凡人一生的深深敬意。恩德在这篇幻想故事所践行的就是他自己的创作观，因为他的作品不是专为孩子写的，所以他不回避死亡。奥菲丽娅在她的剧院里像收留其他影子一样收留了死神的影子，从而坦然地接受了终结自己人间生涯的宿命。很显然，米切尔·恩德所继承的是安徒生童话的传统：把死神也写得很有魅力。

恩德逝世于慕尼黑。慕尼黑国际青少年图书馆为恩德设立了一个博物馆。这是德国第一个为儿童文学作家设立的博物馆。馆内除了他的大量藏书，自然还有他的通信、手稿、绘画、照片等，以供人们睹物思人，了解恩德的文学创作活动。

涅斯特林格的童话和小说

克里斯蒂娜·涅斯特林格（1936—2018）是一位在工人住宅区里长大的奥地利女作家，1970年以小说《红发小姑娘弗莱古莉凯》引起重视，其后迅速成长为一位文学创造力非常惊人的女作家——60多岁就写了100多部包括童话、小说、纪实文学在内的儿童故事读物，其作品在世界各地发行量已远超1000万册，是德语地区名副其实的优质多产作家（女作家自谑自己的工作间是"字母工厂"），是德语地区获得国内、国际奖最多的作家——奥地利青少年图书奖，德国青少年文学奖，1984年获得国际安徒生奖作家奖，2003年获得林格伦文学奖，是先后获得过国际安徒生奖、林格伦文学奖两项大奖的唯一一位女作家。涅斯特林格也是世界上最善

克里斯蒂娜·涅斯特林格

于给孩子讲故事的妈妈。由于获国际大奖，她20世纪80年代就与林格伦、凯斯特纳、罗大里一起被尊奉为世界儿童文学泰斗，其著作遍覆了地球的各个角落。

由于涅斯特林格出身于一个钟表工匠家庭，由于她是一个最理解孩子的两个女孩的母亲，她天然地总是站在孩子一边，站在社会边缘人物一边，无条件地为他们付出，为他们代言，童年的记忆像树的年轮似的刻印

在她心中，她的使命就是不要让自己的童年从记忆中消灭。这也许就是她的作品虽多但都受孩子欢迎的一个秘诀性原因。读者会发现，她的作品都关切社会问题，并且将其艺术地仿真在作品的人物和故事中，譬如人与人之间的了解、冲突和误会，孩子内心的恐惧以及成人对待孩子不确当的言行。涅斯特林格从不刻意去粉饰问题的严重性，她认为孩子有权利从书中获得实在的社会真相，他们应该去学会思考，学会面对生活的真实。所以，在她的作品中，有些故事并没有快乐的结局——不快乐也是事物的真相。也就因此，她的读者可以而且应是全社会的男女老少。

涅斯特林格的作品风格多样、取材广泛，大约可以分成以下4类：第一类是低幼插图小说，主要作品有《弗朗茨》和《米丽》系列。作家本人擅长绘画，她的早期作品都是由她本人绘制插图的。后来的作品则主要由德国著名的插图艺术家配图，她的小女儿也为母亲的许多书画过插图。第二类是现实题材和主题的作品，适合不同年龄段读者，社会问题、家庭矛盾、学校生活、代沟、婚姻、青春期和性朦胧等都包含在这类作品中，这类作品大量的是以少女少男为主人公的儿童小说，是德语儿童文学中最亮丽的一部分，《邂逅大王贾斯珀》、《阿尼家的秘密》、《达尼尔在行动》（又译《思想家在行动》《小侦探达尼尔》)、《小交换生趣事》、《伊尔莎出走了》、《小格蕾特》等是其代表作。第三类是幻想小说，是女作家作品的重头部分，也是她赢取大奖的重要依据，如《黄瓜国王》《狗来了》《人造娃娃康拉德历险记》《巴特先生的返老还童药》《可爱的魔鬼先生》《幽灵大婶罗莎·里德尔》《冻僵的王子》《脑袋里的小矮人》《新木偶奇遇记》。第四类是回忆童年生涯的纪实性作品，如早期的代表作品《金龟子飞吧》《五月的两周》。

涅斯特林格以敏锐的洞察力深刻揭示尚未引起足够重视的社会问题，从而帮助孩子学会警惕欺诈和伪装，抛弃保守、庸俗的陈旧观念。维也纳的儿童文学评论家英盖·阿乌彪克的一段话道破了涅斯特林格贯穿在《黄瓜国王》的思想。他说："没有自己的思考，只知道一个词'执行'，这种情形有利于意大利、德国，还有奥地利的法西斯的产生。今天的教育就必须承担这么一项极端重要的任务：教诫孩子学会独立思考，揭穿虚假的权威性。这就是涅斯特林格的《黄瓜国王》这部作品通过童话艺术所要力图实现的意愿。"涅斯特林格不曾停止过对第二次世界大战的思考，她曾出版过两本回忆录，一本叫《金龟子飞吧》，另一本叫《五月的两周》，以一个9岁小姑娘的口吻回忆了她与苏联军队中一名炊事兵的动人情谊。关于这两本书，女作家本人写道："我写这两本书，旨在希望今天的孩子能知道战争是怎么一回事。战争并不是自己发生的，战争是有人策划并有人发动的。"

涅斯特林格妙趣横生的故事作品特别容易让孩子读来发生共感和投情，能将渴望快乐、轻松和幽默的孩子从对电子玩具、网络游戏、卡通节目的沉迷中走出来，呼吸一些真正的童真气息；同时，从这些洋溢着儿童游戏精神的故事里，孩子们也能充分感知女作家那呼啸的想象力、从容的创作智慧，以及对一些新型的、独立的儿童观念的期待与呼唤。

涅斯特林格的整个少年时代都在第二次世界大战的灾难中度过，她饱尝战火给她带来的四处逃亡、流离失所、饥寒交迫的痛苦。对战争深刻的反思，使涅斯特林格的作品特别富有思想。她善于从孩子的角度、用儿童的眼光反映大人世界的种种弊端和荒谬。她的作品总是在启示人们彼此关怀与理解：人与人之间的关怀，民族与民族之间的理解。她以自己独有的锐利目光观察社会环境，把社会的真善美、假恶丑一览地纳入自己的思考范围。她用她的作品去表现孩子的种种不幸遭遇，并唤醒他们的抗争意识；孩子难于表达的，她替他们表达。1984年她在领受国际安徒生奖作家奖说过这样的话："我给儿童写书的'办法'很简单，既然他们生长于斯的环境不鼓励他们建立自己的乌托邦，那我们就挽起他们的手，向他们展示这个世界可以变得如何美好、快活、正义和人道……即便你放弃了通过写作来改变社会的想法，只是把写作当作帮助、安慰、解释和娱乐的手段，以便让孩子们活得好一点，你还是应该自问：什么最重要？孩子们在什么地方最需要帮助？我们是否带着责任感考虑阶层隔阂、早恋、与父母的矛盾、游乐场地、零花钱、冒险、梦幻和吸毒这些问题？是否也要思考能源和第二世界？是否要思考物种灭绝，人类如何生存下去？是否要思考第三次世界大战、酸雨和铅污染？……"所以，涅斯特林格的小说每每展读，总扑面而来一种浓浓的现实社会生活气息；女作家频频就时代性问题向孩子发问，引他们深入思考。

涅斯特林格从20世纪70年代后期开始，渐渐由幻想文学创作转向写实题材的创作。第一部《奥尔菲·奥博米尔和俄底修斯》，写家中一群女强人把丈夫们都吓跑，在女儿国长大的男孩养尊处优，性格中完全没有男性的刚毅，从而无法摆脱恋母情结，无法养成一个正常的男人性格。小说的喜剧意味和幽默意味让人读来趣味盎然，它告诉人们：男人缺席的家庭就像是一个肢体残缺的存在，那里长大的孩子因不能融入社会而无法找到自己的位置。在《狗来了》这部童话小说里，女作家写了一条不遗余力向社会奉献自己、援手于他者困难之时的极具同情心的狗，用狗的无私和热情衬托人类的自私和冷漠，用小说缩影了她对人生价值的思考，讨论的是"人究竟为什么活着，究竟应该怎样活着，人生的意义究竟在哪里"这样一些人生重大课题。她的童话小说《人造娃娃康拉德历险记》（1975）写一个被输入了"模范儿童"程序的机器孩子，他甚至能教妈妈怎样教育孩子；他天生学不会说谎、干坏事，于是在现实生活中处处被孤立。故事很能发人深省。

涅斯特林格的小说《达尼尔在行动》问世不久就被译传到国外。这部小说的笔墨集中在被称为"思想家"的达尼尔和他同班的一女一男两个好友身上。达尼尔用自己的学识和智慧科学地对班上连连发生的失窃事件做推理分析，最终揭开了班上多个窃案的根源。其中特别令人难忘的是达尼尔的好朋友李丽贝特竟以"谈恋爱"的方式去侦探失窃案，有趣而动人。

李丽贝特从运动提包里掏出一面小镜子和一支唇膏来。她仔细地抹上唇膏，以便让托马斯感觉她更加迷人。可是当她照照镜子检查一下自己的"化妆"效果时，不由得一边低声责备自己，一边掏出纸来，赶紧将唇膏擦掉。接着她才飞也似的赴约。

托马斯早就站在约定的地点。他一看见李丽贝特，脸上顿时漾起幸福的微笑，而当她走近时，他激动不安地问道：

"你怎么啦，李丽贝特，着凉啦？感冒了吗？"

原来李丽贝特的上唇和鼻尖都染上了紫红的颜色，显而易见，李丽贝特对美容术还没有一点经验。李丽贝特抿着嘴不让自己笑出来，支支吾吾地一再声明自己没有得什么感冒。她突然觉得自己的举止很蠢。①

涅斯特林格从常人的生活体验中深谙师生对"贼"的憎恶情绪和心理，使读者一开卷即欲罢不能、不忍释离。毋庸置疑，作家在成功地驾驭着读者心理的同时，也成功地利用了侦探破案故事的可读性，从而牢牢抓住读者的阅读注意。作家没有把思想家达尼尔和他的两个朋友拔高，他们矢志要把失窃案查个水落石出，不是从抽象的"道义"和"责任"出发，只是为他们的一个外号为"先生"的混血儿好朋友的人格蒙受冤辱而深感不安。为了把这个混血儿从冤辱困境中解救出来，还他一个清白，他们千方百计、通力合作，决意要把班上的贼揪出来。小说细致地描述了他们整个侦探查案过程，其间显示了他们性别的不同、性格的不同、所处家庭环境和接受教养的不同，分析事理角度和能力的不同，行事的态度、方式、方法的不同，遂使最后的结果也不相同。涅斯特林格在发人深省的故事中寄寓对人生、孩子、社会、时代、历史的敏锐而充满责任感的严肃思索。这部小说的结尾处提出一个令人困惑的问题：一个不讨人喜欢的孩子容易因自己的种种缺陷而毁于孤独，这种孤独感唯有同龄人的友爱温暖能化解，可是让孩子们去喜欢一个他们所厌恶的人，能做到吗？人的理智能使人转厌恶为喜爱吗？开启锈锁的钥匙在哪里呢？涅斯特林格的作品就这样向教师、向家长和孩子诘问着，从而引起社会讨论的兴趣，同时把有色人种受歧视的问题提到读者面前。

亚诺什的低幼童话

亚诺什（又译雅诺什，为霍尔斯特·艾凯尔特的笔名，1931— ）是德

---

① 涅斯玲格：《达尼尔在行动》，韦苇译，湖南少年儿童出版社，2012，第135—136页。

国成就卓越的画家和新派（相对于普雷斯勒）低幼童话的多产作家，已出版图画书约150种，作品为30多种语言所译介。他以鲜明的现代感和幽默的童话叙事方式明显区别于普雷斯勒，与普雷斯勒童话构成"双峰并峙"的异彩风景。

亚诺什最早成名于《老虎来信》。他的作品想象独特，多以动物为主人公，尤以小熊和小老虎为多，内容富批判性和知识性，能引导幼儿思考各种问题。其代表作为《噢，美丽的巴拿马》（1978）、《来，让我们寻宝去》和《标列巴姆和鸟》（1968）。

《噢，美丽的巴拿马》的故事说，住在河边的一对最要好的朋友小熊和小老虎，有一天从河上捞得一只木箱子，箱子里散发出一股香蕉味儿。箱子上写着"巴拿马"。有香蕉味儿的"巴拿马"于是成了它们日思夜想的理想王国。它们不满足于自己舒服的小房子了，决定动身去找巴拿马——找它们梦寐以求的国度。它们带上钓鱼竿，准备一路以鱼充饥；它们带上锅，准备一路做饭。它们不知道巴拿马在何方，但是它们直夸着巴拿马的美好。

"你好，老鼠，"小熊跟碰见的老鼠打招呼，"我们现在去巴拿马。巴拿马可是我们的理想王国。"

"那儿可跟这儿不一样，"小熊接着说，"什么东西都比这儿大多了。"

"比我的老鼠洞还大吗？"老鼠问。

小熊没有说不是。

"那是不可能的。"老鼠说。

哼，一个老鼠能知道什么巴拿马！[1]

它们一路走一路打听巴拿马在何方，问坏心眼儿的狐狸，问好心眼儿的牛。它们饿了却找不到钓鱼的河，就采蘑菇果腹。它们接受了兔子和刺猬的招待，它们问乌鸦，乌鸦把它们引到他们原来自己的住处。不过，在它们出离的日子里，房子变旧了，而树木却长高了，它们把原来自己的住

---

① 林格伦等：《外国新童话》，韦苇等译，二十一世纪出版社，2008，第29页。

处当作"巴拿马"。

"这儿的东西都比我们那儿大啊,小熊。"小老虎大声说,"巴拿马实在是太好了,太美了。对吗?"①

两个小家伙为寻觅美梦的理想所在"巴拿马"而背井离乡,尝受了旅程的艰险,丰富了自己的经验世界以后,它们觉得自己的家乡就是再美好不过的巴拿马了。亚诺什以温柔的爱心、精巧的构思、幽默的语言给孩子讲了一个关于寻找生活乐园的故事,告诉孩子为追寻美丽梦乡而勇于迈出家门,其过程本身也是不无意义的。

《来,让我们寻宝去》同样是以上述的两个宝贝为童话主人公。它们忽然产生一个强烈的愿望:要发财,要找到世界上最让人幸福的东西。小熊和小老虎以为要是运气好,从地里挖出一箱金子来是最让人幸福的。于是,它们把它们采得的蘑菇拿到市场上去卖了,用卖蘑菇的钱买了一把新铁锹、两个新桶,就出发挖宝去了。它们遇见了各种各样的角色,各种各样的角色对宝有各种各样的理解。它们坐船过海,它们把钓得的鱼卖了,买了两套潜水帽和氧气瓶,到海底去寻宝。后来它们发现了一棵苹果树,树上结满了金黄的大苹果。它们编了两个筐,把苹果运到城里去,换成了钱。拥有钱就是拥有财富,它们现在富有了。但是自从有了钱变富有以后,骗子和强盗就来找它们了。它们又成了穷光蛋。然而,幸福就不存在于世上吗?不,它们可以享受和煦的阳光,可以听鸟儿动听的歌唱,蜜蜂在金色的阳光里嗡嗡叫着,它们可以快乐地采蘑菇。这不也是幸福吗?它们现在才明白:幸福,原来并不在地底下的什么地方埋着。这是从寻宝母题和财富母题中生发开来的现代童话。

以保罗·马尔和施莱伯尔-维克为代表的德语地区20世纪60年代至20世纪70年代以后崛起的儿童文学作家群

德语地区儿童文学在 20 世纪 60 年代以后已明显缩短了与英语地区儿

---

① 林格伦等:《外国新童话》,韦苇等译,二十一世纪出版社,2008,第32页。

童文学的距离，而且在注重文学的育人意义与文学的可读性两方面呈现了自己的优势，也正是在这个意义上，它们的阅读价值是其他地区的儿童文学所不可替代的。德语地区儿童文学品质上乘的已有很不小的一个数字，其中更著名者是保罗·马尔（1937— ）、埃迪特·施莱伯尔－维克（1943— ），古德龙·梅布斯（1944— ）、彼得·赫尔德林（1933—2017）、西格丽德·霍克（1932—2014）等，他们的作品在国内外获得最高奖项，从而被多种语言译介，以各种方式在世界范围流传，其中影响更殊的是保罗·马尔、施莱伯尔－维克和西格丽德·霍克的童话。这些作家多以童话闻名，而其中彼得·赫尔德林却是小说作家。

德国作家保罗·马尔曾在美术学院专攻绘画艺术，担任过剧院的布景设计和戏剧摄影师，在斯图加特市担任过长达10年之久的艺术教师。他先是给儿童书籍画插图，专门从事儿童文学创作后，他写过儿童小说、儿童戏剧、儿童歌剧、童话、寓言等，作品多达50部。他的作品已经被译成20多种文字在世界范围内广为流传。保罗·马尔的作品曾多次荣获德国及国际大奖，其中包括德国青少年文学奖、德国青少年文学研究院大奖、格林兄弟奖、国际安徒生奖作家奖。1996年，他的全部已发表作品获得德国青少年文学奖特别奖，他曾两次获得德国政府颁发的德国大十字勋章，成为当代德国文坛极少获得此项殊荣的作家之一。

马尔以趣味故事娱乐儿童著称，其自由的、活跃的、幽默的童话思维中显示着更多的儿童文学天赋，因此在20世纪70年代后崛起的作家中，他是最为突出的一位。他的代表作是将"儿童文学的娱乐功能发挥到极致"的《文身狗》。它用一条通身文满花纹图案的狗串起几个喷发着奇趣的故事。文身狗的前身是猴子，猴子的无赖本性在童话里被描绘得令人绝倒，能让读者一展读就被深深吸引而到不忍释卷的境界。两只猴子施莱维（又译施赖维）和酷酷克，既冲突又互补，彼此欺诈又相互愚弄，合伙对外以骗抢，相互算计以争利。酷酷克为了从施莱维手里弄到自己理当有一半的合伙劫掠来的核桃，把一只晕厥的松鼠盘在头上充当"华贵的、正宗的俄罗斯皮帽"，在施莱维面前显摆其高贵，引起施莱维涎羡，皮帽到了施莱维头上的时候，松鼠苏醒了。

松鼠正好从极度惊吓中苏醒过来，纵身一跃便上了树枝，眨眼间就消失在绿阴深处。

施赖维毫无觉察，依然僵着脖子，高昂着脑袋，在湖畔走过来走过去，还不时做着娴熟的转身动作。这一切都和酷酷克做的一样，唯一的区别是，它的脑壳上此时什么也没有。它忽然听到酷酷克的笑声，这才站住脚问道："有什么好笑的？"

酷酷克坐在"漂浮岛"上，双手捧着肚子，否则它就会笑炸了。它喊道："瞧你的模样，活像马戏团里的马，装腔作势，跑来跑去，还颠着屁股，你在干什么呀？"

"愚蠢的问题！"施赖维恼怒地回答道，"你没有看到我头上的皮帽子吗？"

"什么样的皮帽子啊？"

"一顶真正华贵的、正宗的俄罗斯皮帽！"

"确实非常华贵，"酷酷克在小湖中央讪笑道，"华贵到无以复加的程度，连看都无法看见了！"

"妒嫉也能让一只猴子晕头转向啊。"施赖维颇具同情地感慨道。它伸手想把头上的帽子扶扶正。怎么了？头上怎么空荡荡的？左摸右摸什么也没有摸到。它赶紧跑到湖边，察看自己的倒影。帽子真的不见了！①

这样的描写惟妙惟肖地传达出两只猴子和松鼠三者之神情，也确实把儿童文学的娱乐功能发挥到了极致。

奥地利作家施莱伯尔－维克曾荣获奥地利国家级多项大奖。她的几部以乌鸦为主角的童话《彩乌鸦》《一只孤独的乌鸦》《人鸦》（1995）都引起热烈反响，被拍成电影、电视，已经名副其实地达到了家喻户晓，其作品随之被译成多种文字，在广阔的领域里找到它们无限多的读者。《人鸦》在哲思氛围中展开叙事。男孩瑞夏德亦人亦鸦，用人的眼光看鸦，用鸦的

---

① 保罗·马尔：《文身狗》，陈俊译，二十一世纪出版社，2004，第22—23页。

眼光看人，人、鸟视角的频繁转换带来有别于以人格化动物为主人公的童话趣味。男孩瑞夏德因在学校里擅长讲故事而被鸦群所需要，这项优长成了他融入鸦群的条件。从鸟兽角度看人，"人是祸根"，是被防范的，而由于瑞夏德介入鸦群，鸦群也看到了"人也可能是善根"。贯穿童话首尾的、用瑞夏德的嘴道出的"彩乌鸦"怎样从世间消失的故事，也被独立成篇以《乌鸦从前是什么颜色》为题收入短篇童话选本。乌鸦具有各个不同的色彩，这本来应该彼此欣赏才是，结果却相反，只有归于单一、单调的黑色，鸦界才太平无事。鸦界个别的乌鸦要离群去保持自己的彩色，保持与众不同，它们也就从此没有了容身之地，茫茫的浓雾成了它们唯一可以投向的一个归宿，这样的结局实在太令人叹息！施莱伯尔－维克在童话叙事中所蕴含的悖论和怪圈使童话具有了深刻而丰富的警示意义，也使童话不停留在视角转换趣味的一般层面上，别开了在童话里讨论哲学命题的生面。

第五章　二战后法国显见起色的儿童文学

第一节　二战后法国儿童文学概述

1945 年后，法国也和其他欧洲国家一样，生产停滞，殖民地丧失，要复兴为欧洲强国，需解决种种问题，克服种种困难。但战后的法国儿童文学发展一进入 20 世纪 60 年代后就显著加快了。就法国儿童出版物的递增情况看，1900 年出版 525 种，1958 年出版 650 种，1960 年就猛增至 1495 种，1970 年剧增至 2282 种。这是社会对儿童的关注在儿童出版物上的反映。儿童文学研究、儿童文学评论也开始活跃，马尔克·索里亚诺在他的波尔多大学首先开设了儿童文学讲座，从而确立了儿童文学在高等学府中的地位。

丰富多彩的儿童文学作品，或以写实见长，或以幻想取胜，其中的佼佼者为法国社会和国际社会所接受，受到广大儿童读者的喜爱。以创作的才能、达到的成就、被世界儿童所接受的状况三方面作为标准去评估，有一小批作家是出类拔萃的。

成人文学作家莫里斯·德吕翁用童话方式祈愿和平与福祉的作品《蒂托——一个绿拇指的男孩》（又译《绿拇指男孩》）以其重大的主题和成功的艺术表现而被作为法国童话的里程碑耸立在文学史里。

汤米·温格尔则是法国为数寥寥的国际安徒生奖的荣获者，他的童话如《三个强盗》是这一时段的稀世珍品。

皮埃尔·格里帕里的童话后来居上，越来越被世界看好，从而赢得更多、更频繁的喝彩。

因杰作《莱昂·莫兰教士》（1952）而获龚古尔文学奖的女小说家贝阿丽特·白克（1914—2008），童年时充满幻想，对大自然极其喜爱。她的《给幸运儿讲的故事》（1953）是她最优秀的作品，被认为是继17世纪第一位童话女作家多尔诺瓦夫人以后由女作家写的最优美的一本童话集。白克童话呼唤真善美、讴歌正义和友谊，赞美对不幸者和贫弱者的同情。白克童话的特点是想象特别丰富，字里行间弥漫着一种母爱的温馨，动物的特性和孩子的性格复叠出新意，并且具有散文诗的清丽和优美。童话集中尤以《小熊星》《"公主怨"鸟》《蒂丽玲河》《水盆里的小岛》为最佳。

尤金·尤涅斯库（1912—1994）以荒诞的喜剧型象征剧《秃头歌女》《椅子》著称于世界，他的《第一号童话》《第二号童话》《第三号童话》《第四号童话》从不同的角度表现了社会的各种现象，是围绕同一主题却采用不同手法写成的"新童话""真正的童话"，是剧作家专为低幼儿童而写的、确实令孩子感兴趣的作品。

著名的波尔多大学人文学院教授、评论家罗贝尔·埃斯卡皮（1918—2000）专为少年儿童写了《圣格兰故事集》，他以丰富的想象力，用法国约定俗成的词语杜撰出一个个饶有趣味、富含道德教育意义的故事，刻画了不同时代、不同社会阶层而又性格各异的人物，褒赞了品质的高尚，抨击人性的丑恶。

皮埃尔·加马拉（1919—2009）为孩子写了许多以乡村生活为背景的好童话，如《奇妙的字》和《喀尔巴阡山的玫瑰》，在法国儿童文学史上占有重要的地位，但是在儿童文学史上占据突出地位的作品是他的小说《羽蛇的故事》（又译《羽蛇的秘密》）。

现实主义作家露达（柳德米拉·施妮采尔的笔名）写了为数众多的童话，多数是追随俄罗斯苏联时期童话作家巴若夫写成的能工巧匠、手工艺大师的童话赞歌，如《铁匠恩里克》等。另有一册童话《草原看守人》是据肯尼亚黑人童话转述的。

第二次世界大战后的法国儿童文学成就中，小说是主要的，其童话作者也多为小说家。战后约 30 年时间里，有 10 余位作家相继写出了有影响甚至有世界影响的小说作品。

亨利·博斯科（1888—1976）的许多小说都是现实与幻想、怪诞的融合体。他被认为是最富有创造精神的作家。他的关于普罗旺斯人的小说优美、轻快、引人入胜，读后令人难忘。他的《大河的魅力》《孩子与河流》（1945）、《狐狸在岛上》（1956）、《巴尔博什》（1957）、《巴尔卡玻》（1958），还有回忆录《圣三会修士花园》（1966）再现了童年的乐趣，颇有阅读魅力。

保尔·贝尔纳有意模仿德国杰出作家凯斯特纳的《埃米尔擒贼记》、瑞典杰出作家林格伦的《大侦探小卡莱》而撰成《无头马》（又译《一亿法郎》，1955），该作品属侦探小说中的上品，因受广大儿童读者的热烈欢迎而在比赛中获奖。故事中，在一条穷街上，快活、顽皮的男孩子们结成一群，总想在侦探之类的事情上有所作为。有一天，在一个偶然机会里，他们发现一些罪犯的踪迹，就干起了追捕盗贼的侦探工作，最后在盗贼抢劫邮车时将他们一网打尽。小说能成功地俘虏小读者的阅读注意，在于小说还原了儿童游乐时的轻快节奏，同时又不粉饰生活。"无头马"是这群不同年龄、不同肤色的男孩子的唯一玩具。贝尔纳受孩子欢迎的其他小说是《引司谍》（1959）、《大吃一惊》（1960）、《"黑鸟"手术》（1970）。

乔治·杜阿梅尔（1884—1966）是法国重要小说家、诗人和评论家，1918 年即获龚古尔文学奖，他贯穿着"任何隔开人和大自然的东西、任何使人与人类分离的东西都是坏的"这种哲学思想的作品如《未来生活的情景》《欢乐和游戏》《瓦朗古热尔的孪生兄弟》《野生动物园》在法国儿童文学界很有影响。

安德烈·利什坦贝热（1870—1940）是大学教授，又是专为孩子写了 50 多部作品的儿童文学作家。他的 50 多部作品中，围绕小主人公特罗特展开故事的名作《我的小特罗特》，是法国最受小读者欢迎的作品。小说以简洁朴实的语言叙述小特罗特天真地试图让志趣不合而离散的父母重归于好，在这过程中他表现了令人钦佩的热情。小说获法兰西学院颁发的蒙迪翁文学贡献奖，被认为是当代儿童文学典范作品之一。但这部 1898 年就发表的小说到 1954 年单独出版时才引起人们的广泛注意。其他受欢迎的作品还有《特罗特的小妹妹》（1956）、《玲娜》（1905 年）、《我们的米尼》（1907 年）。

当代法国儿童文学中，有多部作家以不幸的童年为题材写的作品：圣马尔库《希望花园》、S. 洛兰《从海滨来的黑葡萄》、A. 斯梯尔《钢花》、J. 罗尼沙尔《公共汽车》。

圣马尔库是与保尔·贝尔纳齐名的作家。他在小说《希望花园》中提出了大人要为因各种原因而流落在街头的孩子的命运负责的问题。方歇特和弟弟因失去了父母而流落街头，天天同那些因父母忙于挣钱糊口而没有精力和时间来照管的孩子混在一起。圣马尔库认为这个问题应由儿童福利机构来管，而不能交由治安机构去解决。

勒内·戈西尼（1926—1977）的《小淘气尼古拉的故事》描述了以小尼古拉为中心人物的种种饱蕴笑趣的故事，从小尼古拉清澈如水的好奇眼光看成人世界的林林总总、世态万象，与成人的实际感觉、认识大相径庭，以此来表现男孩独特的思维方式、行为准则、心理活动和生活语言。作家并不刻意儿童化，但作家以游戏心态写出了成人的失利、窘迫和愤慨，其中实际上融入了作家对生活的哲思。戈西尼是特别具有童心的作家。他创作的故事只要开卷展读，读者眼前就会像电影开幕似的映现出孩子或纯真的欢笑或无饰的烦恼，看到孩子本真、自然的恣意状态，读者就可以欣赏到作者那种不动声色的、不温不火的幽默，感受到作者对顽童的机敏心智、奇思异想，甚至恶作剧的准确把握，以及作家对孩子的爱与宽容。他的这类作品多年持续畅销、在国外多次获奖，所到之处儿童无不报以青睐，故而流布广及世界各个角落。

热纳维埃芙·福科妮埃是当代最有影响的儿童小说女作家之一，她的《每一颗火星都会燃起火焰》受到法兰西学院的奖励。

当代法国儿童文学作家中有两位为少年写了历史小说，一位是让·奥利维埃，他的《柯林·兰齐埃》写中世纪的一次法兰西农人起义；他的《航海家们的一次远征》写比哥伦布早 500 年的斯堪的纳维亚的航海家们就曾发现过美洲，他们发现的是北美，航海家将它命名为"维涅兰"；另一位是诗人乔治·恩曼纽埃尔·克朗西埃，他的《卡特琳·莎伦的童年和少年时代》以 19 世纪末叶的普法战争为背景，塑造了一个灵魂纯洁、富于自我牺牲精神的来自农村的小姑娘形象。

米歇尔·德尔·卡斯梯利奥的长篇小说《唐盖》记叙了作者在第二次世界大战中目睹的情景，所以带有某些自传性质。由于小说主人公唐盖的悲惨遭遇唤醒了许多欧洲人的记忆，这部作品获得相当高的评价，从而在少年儿童文学出版物中占有重要地位。

让－路·克莱波（1948— ）1986 年以来出版了一批脍炙人口的儿童文学作品，题材、主题、人物都各不相同，有引人入胜的侦探小说，有荒诞离奇的巫婆故事，也有令人拍案叫绝的恐龙故事，其代表性名作有《淘气的怪兽》《害羞的小精灵》《小狗放一屁》等，多部作品因能引导孩子认识社会和人生，培养儿童的想象力、创造力和同情心而被法国指定为优秀课外读物。

始终坚持以"动物与人""大自然与人"为题材进行儿童文学创作的勒内·吉约（1900—1969）是法国唯一的国际安徒生奖作家奖获得者（1964）。

与吉约的作品题材相近的还有米歇尔·图尼埃（1924—2016）表现重返大自然、净化儿童心灵的新人道主义思想的小说作品，其为儿童广泛阅读的有《星期五：太平洋上的小岛》《皮埃罗：藏在黑夜里的故事》《金胡子》《阿芒迪娜》等。图尼埃是 20 世纪后半期法国文坛的一位大家，他的小说在相当程度上影响了法国儿童文学的发展。他的《阿芒迪娜》发表以后社会反应很热烈，当时的第一个试管婴儿就以这篇小说的女主角"阿芒迪娜"的名字命名。这部作品所贯穿的同样是回归自然、师法自然的思想。

第二节　二战后法国儿童文学中具有标志意义的作品

加马拉的《羽蛇的秘密》

皮埃尔·加马拉（1919—2009）曾在故乡比利牛斯山区任教多年。那里美丽而严峻的大自然、乡村劳动者的生活给他留下了极其深刻的印象。他为《比利牛斯狂想曲》一书所作的序文中写道："……我一边描写着这比利牛斯山区小小的世界，一边想在我亲爱的比利牛斯崖谷间、山野气息中、欢乐和痛苦里反映出整个世界生活的颤动，震响起世界的同声呐喊：反对罪恶的战争！"

加马拉的儿童文学作品有 4 类——童话、小说、历险故事和诗，4 类作品都写得幽默而富于情趣。

加马拉在他的演讲和文章中提出要让孩子了解当代的种种问题，给孩子看的书要真实地、充满感情地写出祖国历史上确实发生过的屈辱和荣耀。他的描述法国抵抗运动的中篇小说《春队长》（1963）就是这样的好作品。

加马拉在 1957 年出版的《羽蛇的秘密》获 1961 年法国最佳儿童读物年度文学奖。故事发生在比利牛斯山区的一个叫"法比亚克"的小山村里。村子的小旅馆里住进了一个小学生们觉得可疑的角色。小学生们就盯住了他。他们读过好多历险小说，知道怎样去盯住一个可疑分子。一个猜疑引出了一些复杂的情节，衍生出了许许多多有趣的细节。这个"可疑分子"原来是到山村来休假的冒险小说作家，孩子们过去读的正是他创作的小说。加马拉别出心裁的构思使这部巧妙的小说超越了惯常历险小说的模式。此外，这部小说不仅读来引人入胜，而且作者在描述中融入了许多有关比利牛斯山区的知识。作者向小读者介绍了法国南部山区的生活习俗，并且让小读者和小说主人公一道进行了一次想象中的美洲旅行。小说书名中的"羽蛇"是一条神秘的船的名称。

德吕翁的《蒂托——一个绿拇指的男孩》

　　莫里斯·德吕翁（一译作杜伦，1918—2009）是法国为数不多的几个自然主义小说家之一。他二战初曾参加卢瓦尔河战役，法国投降后，于1942 年参加戴高乐将军领导的法国解放阵线，在 BBC 工作时，与另一位作家合写了《游击队员之歌》。战后他专事小说创作，1948 年出版的《大家族》当年获龚古尔文学奖，其后以《大家族》为总书名开始巴尔扎克式长篇小说创作，其中以第一卷《人类的末日》最为成功。他的长篇小说以 1940 年前的法国社会为背景，对巴黎上流社会的腐败堕落和造成民族灾难的罪恶进行了广泛的揭露，被当时的评论界认为是很有前途的青年作家。20 世纪 50 年代后他转向历史小说创作。他的笔触遒劲、优美、诙谐、温情脉脉。1957 年他写成发表的《蒂托——一个绿拇指的男孩》，是战后法国童话中得到最多国际肯定评价的中长篇童话，其深长的情味长久地打动着读者的心灵。

　　蒂托出身于全城头号大财主、军火工厂老板的豪华宅第。有一天，园丁同蒂托一起栽花时，发现了蒂托身上的一个奇迹：

　　蒂托按园丁的吩咐，用拇指在花盆里刨个坑，把花籽放在坑里，才过了五分钟，他埋籽的花盆全都怒放了海棠花，红烈烈的，好不艳丽！①

　　要知道，这不是怯生生地开花，也不是结出了一些羞涩的蓓蕾，绝不是的！每个花盆里都开放着艳丽的海棠花。它们整整齐齐地排列着，形成了一个红艳艳的花坛。

　　这个园丁是能与花卉通灵的专家，他发现蒂托的拇指在正常的皮肤下面是发绿的：他的拇指是绿的。"如果绿拇指碰了这些种子，不管它们待在何处，都会马上开花。"②原来是蒂托的拇指碰到了海棠花种子，结果海棠花开了。蒂托为了验证园丁说的话，半夜里去摸监狱的高墙和栅栏的铁条，结果第二天居民们就看到监狱变成了花的城堡和神奇的美丽殿堂。

①韦苇编著《点亮心灯：儿童文学精典伴读　修订版》，复旦大学出版社，2009，第112页。
②同上书。

监狱里每个窗户，每根铁条上都生长着各种各样的花儿，花茎沿着墙壁爬了上去，曲卷着吊在墙头。好几棵仙人掌生出了可怕的刺。最引人注目的地方，大概要数岗亭。忍冬草长得那样快，甚至使哨兵不能动弹。蔓生植物把他的枪当成支架往上攀登，岗亭口也被封住了。

当有一个小女孩的腿不好却又很希望看到花时，蒂托让她的病床四周都开满了鲜花，一棵非常奇妙的玫瑰，不断变化着，从长出一点儿幼芽或一片嫩叶，到沿着枕头爬上床头柜。小女孩再也看不到顶棚了，她的上方有千姿百态的鲜花供她观赏。

后来，两个国家发生了冲突，战争一触即发。蒂托的父亲是军工厂的老板啊，他专门生产各种口径的大炮，那些火车、飞机、坦克上安装的大炮，连云层上和海底里可以发射的大炮，都是他父亲的工厂里生产的。所以一听说要打仗，他可高兴了。然而战争没有打响。蒂托的绿拇指让仗打不起来。一些柔软的，茎上有卷须的攀缘植物在装枪支的箱子里生了根……牛蒡草把刺刀紧紧束缚住了。枪支上开了花。坦克上面缠满了花茎。[1]

坦克上面缠绕着繁茂的野玫瑰丛，中间还掺杂着荆棘和蒺藜。它们的根、花、茎和带刺的枝条伸向机械装置周围，坦克也瘫痪了，大炮在轰击，但打出来的是朵朵鲜花，雨点般的地黄、风铃草和矢车菊撒落在对方的阵地上。作者接着写道：

国家是不会被玫瑰花所征服的，花海战役从来不被看作严肃的事情。[2]

蒂托成了他作为军火工厂老板的父亲的天敌。这部童话向人们表明：用花团锦簇点缀起来的优美的道德故事一旦融入了现代人的思考和人道主义情致，就可以成为让当代人陶醉的艺术品。这部童话明显地继承了乔治·桑和阿纳托尔·法朗士的童话传统，却有更强的现代感和可读性。在祈愿和平与福祉的母题表现上，德吕翁树立了崭新的童话里程碑。

---

[1] 韦苇编著《点亮心灯：儿童文学精典伴读 修订版》，复旦大学出版社，2009，第112页。
[2] 同上书，第113页。

格里帕里的童话

皮埃尔·格里帕里（1925—1990）是法国 20 世纪 60 年代崛起的童话中坚，是 20 世纪后半期向法国孩子提供童话数量最多的作家之一。他的童话中有中长篇童话，更多的则是短篇童话集。先后出版的童话有《比波王子的故事》《王子和美人鱼》《娜娜丝和吉冈特》《福斯福尔诺洛克难以置信的莽撞行为》《疯女人梅里库尔的故事》《布罗卡街的故事》等，其中《疯女人梅里库尔的故事》获 1983 年法国奖学金基金会青少年图书奖。

格里帕里的童话有两个明显的特点：用现代人的观念和愿景对传统童话加以翻新利用；借用传统童话的种种人物角色来寄寓当代人之情意，传达作家的哲理思考，让读者徜徉在具有鲜明而又强烈的时代感的奇妙叙事中，流连忘返。这类童话的写法，往往是让魔幻童话人物突然面对现实中的现实人，面对现代生活环境和生活氛围，以使自己的童话迥然于过往的传统童话。《从水管里流出来的仙女》就是个很典型的例子。这篇童话沿用佩罗童话中的仙女。这个仙女依旧是佩罗童话中泉水边的那个仙女，但是这眼清泉被用自来水管引进了城市，于是仙女被吸进了水管。一个四口之家有两个女儿，姐姐玛尔蒂娜半夜里到厨房里偷吃冷饮，打开水龙头洗杯子。水龙头一打开，突然从水龙头里冲出个小人儿来，正是仙女。格里帕里就这样利用仙女的故事说出了一个让人思索的现代理蕴，在佩罗的故事老树上开出了新花。

格里帕里利用的民间童话材料中，最拿手的是女巫。《贮物间里的女巫》这篇童话，格里帕里利用女巫写了一篇足够精彩的故事。这个故事里的女巫原来竟是一只长毛的青蛙，这个奇特形象就是读者闻所未闻的了。他的童话代表作《可爱的小魔鬼》中，塑造了一个样子凶恶而心地善良的小魔鬼。《狡猾的小猪》竟写了一个小上帝，实际上是写了个小姑娘，即把"上帝"人格化、平民化，和"小姑娘"这个现实人叠合到了一起。这样，离奇就成了他的童话第一位的特点。而离奇实际上就是超越一般的想象，想象一出众，读者的好奇心就被调动起来，这样，故事便自然抓住了读者，所以可读性很强的格里帕里童话赢得了东西方众多读者是情理之中的事。

当然善于利用传统童话因素也不是格里帕里的唯一法宝。试看他的《鞋子夫妻》就没有民间童话的任何痕迹。他写一位太太到商店里去购买一双新鞋，这双鞋的左右脚正相恋哩，老太太当然全不知晓。人在走路时总是一脚在先另一脚在后，于是从鞋子被穿上脚时开始，这对鞋子恋人就分开了，所以到了晚上，这双鞋在一起时就有了这样的对话：

"是你吗，蒂娜？"

"没错，尼古拉，是我呀。"

"太好了！我担心从此见不到你了哩。"

"我也是呀。这一天你都去哪儿啦？"

"我吗？我在右脚上呀。"

"可我在左脚上。"①

于是它们商量好每走一步就亲一亲。这样，这位太太就遭罪了，不是右脚去碰左脚，就是左脚去碰右脚。童话里的医生说：再这样下去，唯一的治疗办法就只有两只脚都砍掉。童话最后是两个孩子从垃圾堆里把手牵手的一对鞋子夫妻并排钉在木板上，放进大海，让它们在海面上快活地自由旅行。

上面的叙述已经透露出格里帕里的童话是幽默风趣而又特别耐读的。再请看《万事通娃娃斯古比杜》这篇童话，作者写一个叫斯古比杜的机灵袖珍姑娘闯入现实人的现实生活，上了一艘海轮。她什么都知道，当然这样的万事通在海轮上用处特别大，因为可以预报突然袭来的恶劣气象。袖珍姑娘斯古比杜被叫上船来时，有这么一段对话，异常精彩：

"哎，斯古比杜！上船来！船长要见你。"

斯古比杜一上船，船长就问她："真的，还没有发生的事你都能知道？"

"我能知道还没有发生的，也知道已经发生过的，一切秘密对我来说都是可见的。"斯古比杜回答说。

"原来你有这能耐！那么，你倒是说说我的家庭情况。"

"请等一小下，"斯古比杜戴上她的木眼镜，立刻，她就像背书似的说，

---

① 皮·格里帕里：《神秘的木箱》，韦苇译编，海燕出版社，2021，第63页。

"在勒阿弗尔你有一个妻子和一个白种人孩子；在新加坡，你有一个妻子和两个黄种人的孩子；在达卡尔你有一个妻子和六个黑种人的孩子……"

"得了，别说了！"船长吼叫起来。"往后你别再说起我的家庭了！我带上你，到世界各地去旅行。"①

这段对话中可以显见格里帕里的童话以何等鲜明而又何等锐利的方式，以平民姿态的幽默介入现代人的生活，贴近平民的是非观念，在意义守望的童话平台上与现代读者来一场心灵对话。

温格尔的童话

汤米·温格尔（1931—2019）是两部已普及到世界的《三个强盗》和《黑亮的帽子》图画故事书的作者，1998 年获国际安徒生奖插画家奖。

《三个强盗》中的 3 个强盗很厉害，连狗见了他们都夹着尾巴一声不吭。见到马车，他们先把胡椒粉吹进马的眼睛，再用斧子把车轮砍坏，然后用枪逼着坐在马车里的人，还把他们的东西全抢走。他们的山洞里已经堆满了金银财宝。但是有一个漆黑的晚上，他们拦住的却是一个孤女。孤女看见强盗反而高兴了——因为她太孤单了。强盗们觉得孤女将会给他们带来欢乐，就用自己的披风裹住她，把她带进了自己的山洞。强盗们不知道抢来的金银财宝有什么用，便都送给了孤女。孤女给他们出了个主意：为了使这些金银财宝都派上用场，把那些没有父母的孩子、没有快活的孩子通通找来，让他们来共享这些财宝吧。强盗们照着孤女的主意办了，把能找到的被父母抛弃的、所有不快活的孩子都找了来。他们还修了一座能让孩子们都住下的大城堡。孩子们戴着红帽子，披着红披风，高高兴兴地搬进了新家。他们多么快活呀！

强盗是社会边缘人物，他们在财宝和孩子面前权衡轻重的问题上的确能给社会中心人物以启示：在孩子面前，财宝显得无足轻重了。这是对财富至上的观念的颠覆。故事的结尾可以让我们无限延伸着善良和美

---

① 萧袤主编《全面发展之星优秀课外读物 获奖译文集》，北京理工大学出版社，2011，第181页。

好的希望。

《黑亮的帽子》写的是一顶不愿意在富人脑袋上待着的黑亮黑亮的大礼帽，飘飞到了一个流浪伤兵的头上，于是给流浪汉带来了好运。

这顶帽子是活的，第一次给流浪汉带来的好运是：帽子飞起来，把一个从高楼上落下的花钵给接住，救了一个外国游客的命，流浪汉得了那外国游客的一笔赏金，还得了许多贵重的物品。

第二次给他带来的好运是：动物园里的一只雉鸡飞跑了。这是公园里唯一一只雉鸡。于是动物园悬赏奖金1000元让大家设法来逮住这只珍贵的鸡。这只雉鸡被这顶帽子兜住了。

第三次好运是：一帮警察捉不住躲在贼窝里的强盗，强盗们又不肯投降。于是流浪汉让他的帽子飞去扣在了强盗窝的烟囱上，浓烟逼得强盗们不得不出来投降，第二天的报纸上就刊载着他的光荣事迹。

第四次好运是：一辆婴儿车着火了，他让帽子去兜水来浇灭。

第五次好运是：拉车的马惊了，乱窜乱撞，眼看要出人命了，他叫他的帽子飞去罩住马的眼，马一下就停了下来。于是他被任命为国家紧急救难部的部长，并与马车上坐着的公主结了婚。

来自帽子的一个又一个奇迹让我们看到一个穷人的爱心和正义感，正是这人性中闪光的东西让我们对这个流浪汉投报以尊敬的目光，"当部长"和"娶公主"之类是作者对闪光人性的一种褒赞。温格尔这两部作品之所以成为世界名著，是由他童话的积极精神内涵和罕见的幽默趣味所决定的，是由这两部童话的不朽性质所决定的。

温格尔的其他绘本都是这样：把善别致地推向高端来颂扬。把善用文学手段巧妙地推向美，是温格尔童话成功的理蕴。

温格尔对社会有敏锐过人的分析，往往能从常人意想不到的角度对生活和社会进行再思考。他的童话作品有智慧、有趣味、有深度，风格大胆、新颖，极富创新和反叛精神，其想象之独特使大人和孩子能享受耳目一新之快趣。其作品集细腻、幽默、辛辣和温馨于一身，让读者伴着欢笑的同时伴着反省，伴着逆向思维，从而创造出了一种"温格尔式"的童话形象品牌。

第六章　二战后独具一格的意大利儿童文学

第一节　二战后意大利儿童文学概述

意大利民族原是欧洲文艺复兴运动和人文主义文学的发源地，所不幸的是正在资本主义开始迅速发展的岁月里，于 1922 年被墨索里尼引上了追随希特勒的黑暗道路。而其儿童文学从此陷入泥沼。一切批判现实的有民主倾向的作品通通被取缔。真正的文学被放逐了。1943 年至 1945 年间展开的抵抗法西斯运动给意大利文学带来了新生，对民众反法西斯运动的真实描绘使意大利儿童文学得到了复兴。儿童文学的各种文体都取得了不容低估的成就。意大利于 1950 年设立了一年一度的卡斯泰罗奖，继而米兰市又以科洛迪的名义设 "科洛迪奖"。

当代意大利儿童文学中，占重要地位的是童话，这是因为童话特别易于容纳譬喻和讽刺的成分，容易以潜移默化的方式达到启悟孩子的目的。除外，还有一个原因，就是战后特别需要在儿童心中培养对民间文学传统的热爱。

于是天生的童话作家贾尼·罗大里应运而生了，于是成人文学作家伊塔洛·卡尔维诺（1923—1985）前来加盟童话队伍了。

贾尼·罗大里因其童话对生活、对时代的意蕴深邃的概括，和他一生孜孜不倦地全心全意为儿童奉献艺术才华并传播到世界各地，于 1970 年荣获国际安徒生奖作家奖。对童话文学贡献殊大的还有伊塔洛·卡尔维诺和阿尔贝托·莫拉维亚两位成人文学作家。前者的新现实主义作品《一个被弹片劈成两半的子爵》用童话手段写成，是审美内涵格外丰沛的老少咸宜的文学经典。不过他的贡献主要还表现在他的收罗200余篇民间童话的《意大利童话》（1956）。他在以后的岁月里，还用现代民间故事式的幻想之作丰富意大利儿童文学。

乔·皮莱利的童话《男孩和跳蚤》，写一个跳蚤钻进了男孩的耳朵，怂恿男孩去看看外面大世界究竟是什么样的，于是这个叫乔万尼的男孩从山乡来到城市，童话的热闹而有趣的场面一个接一个展开，而最具现实感却最奇妙、最具闹剧趣味的一章是"跳蚤一门心思想弄一辆轿车"。

马·阿尔日利和加·帕尔克继承了科洛迪的传统，合写了一部反战主题的中篇童话《钉子历险记》，因为钉子和大炮都由铁制成，所以是近亲，钉子以近亲关系说服大炮罢战，于是好战者打不成仗了。在童话文学中有稳定地位的还有一位成人文学作家路易吉·马莱巴（1927—2008），他的短篇童话表现方式独特，给儿童文学带来陌生感。乔·阿尔皮诺的《拉菲和米柯罗皮叶德》（1959）等几部描绘未来的童话也不应被文学史忘记。

20世纪50年代至20世纪60年代意大利兴起一股幼儿文学创作的热潮，其中的名家是姜娜·安古依索拉和雷娜托·莱希尔。前者的作品有《出色的动物记者》，为幼儿文学开辟了一条新路；后者的作品有《匹克莱特》和《小黑子叔叔》。

小说作品中流传广泛、历久不衰的首推阿·曼乔的以海狸为主人公的动物小说《格雷戈》（又译《海狸历险记》，1950），入选国际安徒生奖荣誉榜单。鲁娜·蕾佳妮是一位享有国际声誉的女作家，她的《狗和五个孩子》（1961）一举成名，这个作品和它的续篇《明天，后天》深刻地揭示了意大利南部地区的贫困问题。为成人写作的法比奥·敦巴里为孩子写了一本《特尼诺的书》，获科洛迪奖。成人文学作家艾尔莎·莫朗苔在出版了《被禁止恋爱的岛屿》（1959）之后，又出版了《卡特丽纳奇境记》（1959）。

第二节　二战后意大利儿童文学具有标志意义的作品

罗大里的《假话国历险记》

意大利是出产过"童话圣经"《木偶奇遇记》的国家。对这样的国度，人们不免有更多的童话期待。意大利没有让世人失望。第二次世界大战过后，在"面粉口袋和煤炭口袋之间"长大又常年专事小学教育的贾尼·罗大里（1920—1980），从米兰《团结报》编辑部向世界的孩子微笑着走来，他给世界儿童文学带来

贾尼·罗大里

了一本本快活有趣又深蕴意味的童话。他的童话作品正如他本人所希望的那样，能够给地球各个角落的孩子们以多多的欢笑。他的童话代表作早期有《奇坡拉历险记》（又译《洋葱头历险记》，1951）、《蓝箭号列车旅行记》（1952），后来则有《电话里的童话》（1961）、《天空里的蛋糕》（1966），当然，代表性最强的无疑是他于1959年出版的《假话国历险记》，它们像一级级台阶，让他登攀上了国际安徒生奖作家奖的光荣领奖台（1970）。从此，世界上又崛起一位儿童文学泰斗——他首先属于在社会底层谋求生存权利的劳动大众，是国际安徒生奖获得者中最有底层民众情怀的作家。

《假话国历险记》为罗大里"童话泰斗"美誉的赢得奠下了一块最是沉稳的基石。假话国故事的主人公吉尔索米诺，意大利语的意思是"小茉莉"，是个小男孩，他的故事是从他出生开始的。他夜半出生，"哇啦"一声啼叫，全村人都以为是汽笛鸣响了，该上班了，于是都立刻从床上蹦跳起来。他6岁去上学时，嗓门更大了，一开口就把教室的黑板和玻璃稀里哗啦震落了。他在成熟的果园里张嘴一声吆喝，果子噼里啪啦就都从枝头坠落下来。他这人嗓门真是大得邪门，在村里是待不下去了。于是他离开了家，决意去争取当个歌唱家，用自己的大嗓门为自个儿寻找一份幸福和快乐。

小茉莉来到了一个陌生的国度。这是一个非常古怪的地方。在这里，买面包得去文具店；到食品店里买面包，老板递给他的是墨水，而且明明他看见的是红墨水，老板却说是绿的。这里早晨见到人打招呼得说："晚上好。"看见玫瑰花得叫胡萝卜，蝴蝶花得叫荨麻，这样为难人不算，连牲畜也遭了殃，猫得学狗叫，猫要是叫一声"喵"，那它就是猫族的败类……后来，从墙上跳下来的一只瘸腿猫——这是一个小姑娘用从学校拿来的一支粉笔画在墙上的，她才画了三条腿，见警察向她走过来，不得不转身就逃，于是她画的猫就成了三条粉笔腿的瘸腿猫。瘸腿猫知道得很多，告诉了小茉莉这假话国的来历。

原来，很久以前，这个国家有一个阴险毒辣的海盗，叫贾科蒙内，因为上了岁数，漂洋过海的海盗行当干不成了，他就同他的手下合伙占领了这个国家。贾科蒙内为了防止大家把他常年当海盗头子的罪恶的老底给揭出来，便下令他的大臣修改字典，把所有字眼的意思通通颠倒过来。在这个假话国里，谁说了真话，谁就会被关进疯人院，弄不好还会被处死。这个假话国的国王贾科蒙内，罗大里是有意塑造出来附会那个"爱在阳台上高声训示"的意大利法西斯头子墨索里尼的——他就好用谎言进行蛊惑性煽动，唾沫横飞中把公认的道德观念、是非观念都颠倒了黑白。强调思想和艺术相伴随的罗大里，把他经历过的这一现实纳入自己童话艺术虚构之中，让思想融糅在别致的艺术形式中，隐性地向读者传递。他童话创作的艺术才华和灵气抹去了现实和幻想的界限。但是童话人物的隐喻意义在作者那里总是存在的，只是童话已经完全可以从现实背景中出来并独立远行，成为一件可以不计较隐喻意义的、可以让世人独立进行审美欣赏的童话作品而已。

小茉莉后来同瘸腿猫交上了朋友。瘸腿猫跟小茉莉分开后，来到了王宫，这才有了"贾科蒙内国王戴假发"故事的开端。这段故事的主角是瘸腿猫和贾科蒙内国王。作者借猫能爬高的特性，让猫一层一层爬上楼，直爬到可以望见国王卧室的地方。这样，揭穿贾科蒙内国王戴假发的戏、贾科蒙内国王同臣僚的群丑图才能展开，展开的戏剧性情节、群臣丑态才让读者感觉可信，才对读者有说服力。童话逐渐将聚光灯对向国王的头发——作者漂亮的文章就做在国王脑袋上。那头发是国王身上唯一可以让他引以为豪的东西，很浓，很长，打着卷儿，橙黄色。国王也最关心自己的头发，在镜子前用一把小金梳梳他那头漂亮的橙黄色头发。这是只有从艺术家的头上才见得到的头发。然而，正是这最漂亮的东西是假的——这呼应了"假话国"的"假"。看，"贾科蒙内国王放下梳子，仔细抓住两边太阳穴上的两绺头发，然后一、二、三，用手一扯，好，马上露出他那活像一块鹅卵石的秃脑袋。他动作之快，连印第安人给他们那些不速之客剥头皮也赶不上"[1]。因为这是瘸腿猫也是读者料想不到的镜头，所以这个镜头需特写，还把遥不可及的印第安人剥头皮的速度扯来作喻，一下将幽默趣味抬高了8度！这国王光秃的脑袋上满是大大小小的疙瘩，样子有多恶心就可想而知了。这是由头及心来写原来的强盗头子如今的假话国国王贾科蒙内的丑恶。一个国王只剩下玩弄头发以炫耀自己，瘸腿猫就是要将国王的"唯一"揭诸大庭广众之中、光天化日之下。粉笔腿的瘸腿猫就在人们聚集起来听贾科蒙内国王发表演说的地方，那个市中心广场的一道大门旁边，写上一行大字："贾科蒙内国王戴假发！"把严肃的社会内容表现得如此儿童化，是继安徒生《皇帝的新衣》之后世界上所仅有的。

童话中写了国王贾科蒙内爱在露台上高声训示的细节。它十足透露出作家在这里是用海盗来影射意大利法西斯罪魁墨索里尼。小茉莉嘹亮的歌声震塌了监狱的墙壁——这是真理之声，大众之声。

童话里写了一个捡破烂的本韦努托，他的每根白发都使他想起一桩自己做过的好事。他做那么多的好事，因此他的朋友最多。罗大里在童话里问孩子们："你们有许多朋友吗？你们想有那么多朋友吗？"罗大里的这种审美评价，构成了罗大里的童话理论名著《幻想文学法则》的精魂。

---

[1] 罗大里：《假话国历险记》，《语文新课标必读丛书》编委会编，任溶溶译，西安交通大学出版社，2013，第26页。

莫拉维亚的《冰雕的王冠》

意大利著名小说作家阿尔贝托·莫拉维亚（1907—1990），其作品以形象怪诞、讽刺辛辣见长，开创了意大利现实主义小说的新风。其作品有四十多部，曾获各种文学奖项。1981年莫拉维亚游历了非洲中部和东部的一些国家，回国后发表了一批颇受儿童读者欢迎的童话寓言故事。其中，《冰雕的王冠》可作为莫拉维亚童话的一件标本性样品。这篇童话几乎是安徒生《皇帝的新衣》的20世纪演绎版。它讲一头蠢拙的海象吃了秤砣铁了心，决意要做兽国的国王，而且满心王冠欲，于是戴了一个冰雕的王冠到热带国家去访问。在狮子为他举行的欢迎典礼上，这王冠融化后的狼狈情形是如何使海象出尽了丑，是可以想象的。海象继而被热带国王狮子提弄，戴起了一顶热带带鱼王冠，还被拉去同聚集在广场上的热带国臣民相见。接着，有这样一些妙趣十足的句子：

海象被腥臭扑鼻的带鱼呛得透不过气来。

…………

海象挥手致意说："公民们，我是北极国的国王……"他边说边把头上的带鱼王冠扶正。广场上一片欢腾，笑声不绝……

…………

请记住：每顶王冠需要一个脑袋去戴，但是，绝不是所有的脑袋都非要一顶王冠不可。[1]

卡尔维诺的意大利童话

伊塔洛·卡尔维诺（1923—1985）是意大利现当代伟大作家。他的作品有长篇小说、短篇小说、童话、散文诗多种，是名副其实的多产作家。但流传最广的是他的几种童话作品，首先是《意大利童话》，其次便是《一个被弹片劈成两半的子爵》《树上的男爵》

伊塔洛·卡尔维诺

---

[1] 秦泉主编《世界经典童话》，江西教育出版社，2013，第297—298页。

《不存在的骑士》，后三者被合称为《我们的祖先》三部曲。卡尔维诺20世纪50年代后发表的多为隐喻小说：包括童话、传说和用幻想与现实交混的奇特笔法写成的怪诞离奇故事，表现被异化了的人的孤独、不安、冷漠、互不理解、缺乏人道主义情感，在社会意义上有独具的深刻性，在现代文学表现艺术方面具有拓展意义。

卡尔维诺生于古巴，青年时代即显露文学天赋，曾在都灵大学上农学系，第二次世界大战期间积极参加反法西斯的游击抵抗运动，在加里波第参加过最残酷的战斗。战后成为意大利共产党的积极分子，主办《文学橱窗》杂志，长期从事文学创作，以《一个被弹片劈成两半的子爵》《树上的男爵》和《不存在的骑士》等怪诞小说成名。但他影响最为广大的还是民间童话的搜集和整理方面的皇皇成果。他文学天才的气质也表现在民间童话的探索和创新方面。他长年埋头于从各种意大利方言中搜集民间童话，加以甄别、筛选、翻译、整理，披沙拣金后加以润色创写，成集后有200篇之多，十足是皇皇巨著。卡尔维诺因此被誉为"当代意大利首屈一指的现实主义寓言童话作家"，是意大利的"格林"，人们把他的《意大利童话》比作《格林童话》，他因文学成就卓越而被誉为是用意大利语写作的"最优秀的作家"，是"意大利当今的文学大师之一"，意大利文学也因他而更蜚声世界。

卡尔维诺认为，艺术形式通俗的民间童话故事是一个国家或民族的灵魂。他指出，孩子们喜爱的许多童话，其实有不少是利用民间幻想写成的，从普希金到科洛迪无不如此。

卡尔维诺是按以下一些准则编写《意大利童话》的：

（1）反映意大利人民的美好理想和愿望，如改善生活条件，改良社会道德等。

（2）力求每个童话故事都具有代表性和典型意义。

（3）照顾到意大利不同地区的特点。

因此，这部注入了卡尔维诺大量心血的童话故事集在反映意大利现实生活方面具有相当的广泛性和概括性。这部作品的素材来自民间，其感情就格外纯真，其语言就十分朴实生动，从趣味性、幻想性、教谕意义几方面看，都不失为一部优秀的儿童文学读物。

这部童话故事集于 1956 年问世后再版近 20 次。规模最大的奥斯卡·蒙特多里出版社于 1967 年出版选本，包括精选童话 90 篇，作家本人对所选故事做了注释，并由画家给每篇故事画插图。这个选本更是大受欢迎，1967 年到 1977 年 10 年间再版 6 次。卡尔维诺的故事集不但在意大利脍炙人口、家喻户晓，被翻译成各种文字后，还受到各国不同年龄读者尤其是少年儿童读者的重视和欢迎。

卡尔维诺不是专意为少年儿童创作童话故事的作家。他在世界儿童文学史上的地位是根据他的童话故事被世界上各层次的少年儿童所广泛接受、成为他们最喜爱的文学读物之一这一点而确定的。像卡尔维诺这样以精心挑选、加工编写民间故事和童话而在世界儿童文学史上取得地位的，在 19 世纪已有亚历山大·尼古拉耶维奇·阿法纳西耶夫等好几位。

达·芬奇的童话寓言故事

文艺复兴时期的伟大画家列奥纳多·达·芬奇（1452—1519）的多才多艺，在他的学生乔基欧·瓦萨里（1511—1574）所写的《达·芬奇传》一书里早有透露，他这样写道："上天往往像降雨一样赐给某些人以卓绝的禀赋，有时甚至以一种神奇奥妙的方式把多方面的才艺汇集在一个人身上：美貌、风度、才能，这个

达·芬奇

人都应有尽有，不论从事何种工作，别人都望尘莫及。"这番话何所指，到 20 世纪 60 至 70 年代人们才领会得具体、明白。这是因为，400 多年前的达·芬奇手稿，有 7000 多页散佚各地，20 世纪中后期才被收集到了一起。经达·芬奇研究者们的努力，在达·芬奇用纤细而紧凑的笔画写满了字的札记纸页上，80 多则童话寓言故事被发现了，它们记录着达·芬奇勤勉的思考和敏锐的探索。这些札记达·芬奇生前从不轻易示人，因此几乎没有人知道他竟还是一位天才的文学家。达·芬奇采用的是一种特殊的书写符号，从右边往左边写，要用镜子照着左右颠倒过来读，才能勉强读懂。这

些童话寓言故事就是20世纪中后期的意大利人从达·芬奇密码一般的文字中破译出来的。难怪世人到他去世后400多年才知道，他不仅是为人类的绘画艺术创建了高峰的大智者，同时也是一位早早就用童话寓言故事艺术地向我们传递了人类生存智慧的大善者。这样的大智大善者所建立的文学里程碑，今天的人要超越也仍然是困难的。正如，他的代表作《蒙娜丽莎》后人要尽悉解读都是很困难的。蒙娜丽莎唇边的微笑不是偶然地成为达·芬奇时代的标志——它的不可思议，它的神秘莫测，使得人类的洞察力和想象力显现出令人沮丧的贫乏。不妨试看80则哲理故事中的一则:《发自内心的热情》。

年轻的鸵鸟夫妇格外苦恼。他们每次孵蛋，总是因为自己的身体太重，一蹲下就将身下的蛋压破了。

一次又一次的失败使他们觉得没有指望了，于是就去找住在沙漠那边的一位曾经孵出小鸵鸟的鸵鸟妈妈，向这位聪明的长者请教经验和方法。

他们夜以继日地赶路，跑啊跑啊，终于到了那位鸵鸟妈妈的居住地。"求你帮助我们！"他们说话的语气和态度都十分诚恳，"你让我们开开窍，教教我们，我们可是苦恼透了，这小鸵鸟该怎么孵才孵得出来呀？我们左抱右抱，可就总是抱不出一个后代来呀。"

又有头脑又有经验的鸵鸟妈妈聚精会神地听了他们的倾诉，回答说:

"这事不易哩。除了愿望和努力，这中间还得有别的东西。"

"那是什么东西？"两只年轻鸵鸟异口同声地追问，"我们拿去照办就是！"

"你们既然真心实意要学，那么你们听好了，要留神往心里听！这中间最最重要的东西是要有发自内心的热情。你们要怀着满心满胸的爱去抱你们的蛋，时时刻刻要像爱护天下第一值得珍爱的宝物那样爱护它，只有从你们心胸中散发出来的热情，才能往蛋里注入生命。"

希望和信心极大地鼓舞着年轻的鸵鸟们，他们动身回家了。

年轻的鸵鸟把要孵的蛋小心地抱在腹下，满含亲情和温柔的眼睛一眨不眨地注视着正孵的蛋。

这样过了许多日子。年轻的鸵鸟夫妇由于连日连夜全身心地投入，累得站都站不稳了。还好，他们执着的信念、深情的爱、长时间的忍耐、持久的努力，终于得到了报偿。一天，他们看到蛋壳里有什么拱动了一下，轻轻的咔嚓一声，蛋壳破裂了，从破裂处探出一个毛茸茸的小脑袋。①

"只有从你们心胸中散发出来的热情，才能往蛋里注入生命。"达·芬奇已经在这句格言性的警语中点开了故事的文心。这样的哲理警语在达·芬奇的故事中还有很多。譬如："学习的根是苦的，而结出来的果却是甜的。"（《火石和火镰》）"谁不会谨慎地使用火，谁就会让火烧伤自己。"（《蝴蝶和火焰》）"几乎每个人都有这样的弱点：只从自身的地位和角度去褒贬他人、评价生活。"（《蜘蛛和雨燕》）"谁生活在恐惧之中，谁就会为恐惧所吞噬。"（《兔子》）"从骆驼身上是撕不下两张皮来的。"（《骆驼和主人》）"做父母的不要忘记：纵容和溺爱只会在孩子身上收到适得其反的效果。"（《小猴和小鸟》）"甜是要以苦作为代价的。"（小熊和蜜蜂）"小鸟在绿荫中结巢，善良在富有同情心的人心里栖息。"（《百灵鸟》）……仅从这部分哲学意味很重的箴言中，我们就可以想象它们对孩子阅读的崇高价值。

这些哲理故事融汇了达·芬奇所生活的文艺复兴时代的精神，尤其在《金翅鸟》中显而易见："不自由，毋宁死。"——在达·芬奇的心目中，自由和生命有着同等的价值。文艺复兴的一大绩效，就是这场运动改变了世人的价值观念。享受生命，前提是要能享受自由——对于鸟儿来说，就是不要被关在笼子里，而要飞翔在空中。这就是文艺复兴运动的新意识给达·芬奇带来的思想高度。

达·芬奇的这些故事在融入了时代的思想光辉的同时，也融入了他本人的生命体验，其典型的例子是这首题为《天鹅》的抒情诗，是艺术家向世界作别的挽歌，"现在它十分真实地知道，……同自己生命别离的时刻不可避免地要到来了"。

天鹅弯下它韧长的颈项，低垂的双眼久久凝视着自己湖中的倒影。它

---

①阿·苏霍姆林斯基等：《一眼人和两眼人》，韦苇译编，海燕出版社，2021，第93—95页。

明白自己疲倦和寒冷的原因了。

…………

现在，它准备平静而又无愧地送走这最后的时光。

…………

天色近暮，落霞把湖面映得一片彤红。

…………

……鱼啊，鸟啊，以及所有在田野间、森林里、草地上栖居的生灵，都从天鹅令人心碎的歌声里听出了逝别之意。"这是即将亡去的天鹅的歌声。"

天鹅柔细、愁惨的歌声在四野间轻轻回荡，同残阳的最后一束光辉一起归于沉寂。①

唯有如达·芬奇这样的伟人能勇敢而庄严地去迎接生命的最后时刻，印证了他札记中的一则格言："理智地、有实质性意义地度过的一天，会把安然的睡眠赠给我们；正直地度过的一生，会把平静的死亡赐给我们。"不过，这个故事描摹的毕竟是天鹅在听到丧钟在远处鸣响时的心境，这歌声闻之令人心碎，听来肝肠为之寸断。达·芬奇的人生有多么丰富，这歌声就有多么沉重。

攀登达·芬奇的巍峨，《蒙娜丽莎》《最后的晚餐》和《岩间圣母》是山峰的一侧；他的这些到 20 世纪才被解密的童话寓言故事则是山峰的另一侧。这个伟人，他像一片膏腴肥沃的土地，既能生长果木和参天大树，也能生长豆麦菽黍和珍卉异花。这一本哲理故事集的每一篇故事都有沉甸甸的艺术分量和精神分量，因为它们是达·芬奇闪烁着睿智之光的一束束天授奇葩。从达·芬奇这里，读者还可以意识到：达尔文主义是万不可以引入文学艺术领域的。

---

①达·芬奇：《达·芬奇哲思故事集》，韦苇译，湖北少年儿童出版社，2011，第47—48页。

第七章　二战后俄罗斯和捷克旨在育人的儿童文学

第一分章　二战后的俄罗斯儿童文学

第一节　二战后俄罗斯儿童文学概述

二战后到 21 世纪，俄罗斯发生了两大事件：（1）斯大林的辞世，斯大林式的威权体制颓然弱化，斯大林影响的淡出使俄罗斯儿童文学创作环境略趋宽松；（2）苏维埃社会主义共和国联盟的解体，东欧诸国的去苏式化，世界范围内冷战思维逐渐式微，给俄罗斯儿童文学汇入世界儿童文学潮流、复原 19 世纪文学传统提供了环境和氛围。俄罗斯儿童文学依然是俄罗斯儿童文学。它始终保存着地跨欧亚的大国特色，虽然刻意强调服务于一种政治的时代永远成为过去，但俄罗斯儿童文学还是分明区别于西欧、北欧和美国的儿童文学——是特质的区别，不是品位的区别。俄罗斯儿童文学是世界儿童文学的一个类别，它作为世界儿童文学多元发展的一个组成部分，为世界儿童文学的共同繁荣作着自己不可替代的贡献。

1955 年后，儿童文学创作、评论界的创新意识明显加强了。这在俄罗斯儿童文学中的积极效应是有目共睹的：题材范围扩大了，作品印数增加了，创作中真切的平民意识大大加深了，作家们对主人公的表现愈来愈"向内转"，着力揭示主人公心理活动的情景，在展现主人公的内宇宙上下功夫。印证这一点的是这样一些作家的"儿童心理小说"：普里列查叶娃、杜博夫、梅德韦杰夫、包戈廷、弗拉基米尔·热列兹尼科夫、米哈尔科夫、巴尔托、勃拉盖妮娜。

苏联卫国战争的伟大胜利，首先是由于青年一代付出了血的代价，谢尔盖·阿列克耶维奇·巴鲁兹金曾指出："他们还来不及生活、来不及相爱、来不及抚养孩子、来不及工作，就死去了。"这场反侵略战争的不朽功勋表现在下面的作品中：着重表现人的精神和道义力量的有巴鲁兹金的《重现往事》(1964)，谢尔科夫的《我和桑卡到敌后去》《1968》《我们是活着的孩子》(1970)，特维尔斯基的《土耳其进行曲》(1965)，利亚连科夫的《鲍里斯·卡尔塔文》(1962)，郭莫尔科的《姑娘踏着战争走》(1972)。其中以《土耳其进行曲》反响最大。以描写心灵的巨大力量、进行细腻的心理刻画为长的作品有阿列克辛的《到后方去，只有到后方去》(1978)，包戈廷的《活下去，战士》(1975)，雅科甫列夫的《炮兵连坚守在那里》，阿列克赛耶夫的《人民战争在进行》，奥奇肯的《我叫依凡，我们叫费陀洛夫》，包郭莫洛夫的《依凡》等。

国际题材的名作有卡西里的《祝您万事如意，殿下！》(1965)，柯里涅茨的《在河那边一个很远的地方》(1965)、《篝火边的一个白夜》(1967)、长篇小说《来自维尔奈的敬礼》(1972)。

道德教育题材方面的作品，其优秀者首先是阿尔贝特·阿纳托利耶维奇·李哈诺夫的《音乐》(1971)、《家庭形势》(1974)、《我的将军》(1975)。其中《我的将军》获列宁共青团奖金，他因《我的将军》《欺骗》《日食》而获俄罗斯苏维埃联邦社会主义共和国高尔基国家奖。

当代学校题材中，热列兹尼科夫的中篇小说《人人都想有条狗》(1966)是其代表作品。以教师劳动为题材的名作有普里列查叶娃的《我的绿枝》(1976)，彼伏瓦罗娃的《及格还差一点》(1977)、《我的头脑在想什么》(1979)。学校题材的优秀之作还有阿列克辛的《五排第三个》(1975)、《疯疯癫癫的叶芙朵凯娅》(1976)，库兹涅佐娃的《地面倾斜》(1977)。《地面倾斜》写一位历史教员担任八年级一班班主任后给学生的世界观、性格、情感的影响。小说中有段名言这样说："把一个受教育者培养成一个有教养的人是比较容易做到的，难以做到的是在受教育者心灵中确立对人的尊重……为了学会尊重人，一个人从小就应当成为另外一个人的同志和兄弟。因此教师首先就必须成为善于培养人的人。"其他受人瞩目的成功作家还有克拉皮温、阿勃拉米扬、沙霍杰尔等。

自 20 世纪 50 年代以来苏联发展起的格调独异的幽默作品，对小读者产生了很大的诱惑力。如尼·诺索夫的《米夏煮粥》、《幻想家》(1957)等短篇之作，维德拉贡斯基的短篇故事集《杰尼斯卡的故事》(1966)，索特尼克的《冒险没有成功》(1961)、《我怎样成为独立自主的人》(1958)、《小马莎、小桑博和小查诺扎》(1965)，拉斯金的《爸爸怎样做孩子》(1961)，伏尔夫的《你从我的马身边走开》(1971)、《我们骑在红马上》(1979)。

在这一时期里，一些"成人文学"大作家诸如阿列克赛耶夫、维·彼·阿斯塔菲耶夫、顿巴泽、纳吉宾、钡吉兹·艾特马托夫、叶·诺索夫、格里巴乔夫、德鲁宁、符·依凡诺夫、库利耶夫、库古利齐诺夫、罗日吉斯特文斯基、勃罗杜林、吉列维奇、格里包夫向孩子奉献了天才的作品。

这一时期诗歌的抒情主人公"所表现的无非是积极意义上的善、人道主义……同时一如既往地表现生机蓬勃的儿童，和儿童对新事物特别敏感的年龄特点"(米哈尔科夫语)。诗歌方面成就卓异的，除了米哈尔科夫、阿·巴尔托，还有勃拉盖妮娜、亚历山大罗娃(1907—1983)、阿肯、德里兹、维索茨卡、恰雷、塔拉霍夫斯卡、拉顿希科夫、唐格雷库利耶夫、格拉乌宾、米尔沙卡尔、莫什柯芙斯卡、伊莲娜·托克玛科娃。其中米哈尔科夫、阿肯、托克玛科娃获 IBBY 授予的国际安徒生儿童文学荣誉奖。

经苏联国家专门评奖机构的评定，历年获国内外文学奖的作家作品有：马尔夏克的多种童诗多次获奖，巴尔托的童诗《给孩子们的诗》《冬季林中的鲜花》，卡达耶夫的小说《团的儿子》，卡西里、波利亚诺夫斯基的小说《小儿子的街》，李克斯坦诺夫的小说《小家伙》，穆萨托夫的小说《北斗星村》，卡维林的小说《船长和大尉》，华西连科的小说《小星星》，尼·诺索夫的小说《维加·马列耶夫在学校和在家里》，米哈尔科夫的剧本《我要回家》等多种作品多次获奖，杜博夫的小说《孤儿》(1967 年出版其续篇《艰难的尝试》后于 1970 年获奖），斯皮里东·万格利（摩尔多瓦人）的童话小说《古古采历险记》，阿列克辛的剧本、小说《角色和演员》《前天和后天》《五排第三个》《疯疯癫癫的叶芙朵凯娅》。库兹涅佐娃因《地面倾斜》、巴鲁兹金因中篇和长篇小说分别获俄罗斯苏维埃联邦社会主义共和国克鲁普斯卡娅国家奖；阿历克赛耶夫、伏斯克列申斯卡娅、李哈诺夫、普里列查叶娃、斯拉德科夫分别因自己的文学成就而获崇高称号；维特卡、唐格雷库利耶夫、沙霍杰尔、梅德韦杰夫和其他一些作家分别曾获国际安徒生儿童文学荣誉奖；阿列克辛因中篇小说集而获 1980 年俄罗斯苏维埃联邦社会主义共和国高尔基国家奖；热列兹尼科夫因电影《六年级二班的怪学生》而获 1974 年苏联国家奖；柯里涅茨获设在意大利的欧洲儿童文学奖（1973）、德国"银笔"奖（1974）。叶莱里·梅德韦杰夫写了一部堪称名作的畅销童话《巴兰金，活出个人样儿来》（又译《想入非非的巴兰金》，1962）。这部蕴涵严肃认真于幽默趣味之中的童话，1980 年入选国际儿童读物联盟（IBBY）评审团推荐书单。

第二节　二战后俄罗斯具有标志性意义的作品

热列兹尼科夫的《丑八怪》

热列兹尼科夫（1925—2015）是俄罗斯 20 世纪 70 年代至 80 年代写学校生活最成功的作家之一。1957 年毕业于莫斯科高尔基文学院，长期在少儿刊物和《文学报》编辑部工作。20 世纪 60 年代初以《早安，好心的人们》（1961）、《带行李的旅客》（前期代表作）、《一个怪人的生活与传奇故事》（1974）、《六年级二班的怪学生》（1970）、《骑士》《人人都想有条狗》（1966）、《白轮船》、《咸雪》、《丑八怪》（1973）等作品，真实地反映了少年儿童的学校生活和道德风貌。热列兹尼科夫的中篇小说和短篇小说都从当代生活中汲取题材，但往往与成人对往昔的回忆、对卫国战争的回忆天衣无缝地交织在一起（如《塔妮娅和尤斯蒂克》《最后一道防线》）。他的中篇、短篇小说集《夜风》1984年出版后，也受到国内外欢迎。他的作品还有剧本《牧师家里的战争》《小蝴蝶做游戏》，电影剧本《丢掉又找到了》。短篇小说《阿廖沙叔叔的歌子》受到广泛好评，任何一个读者都不可能不受阿廖沙叔叔善、美形象的深深震撼。

热列兹尼科夫的《带行李的旅客》《六年级二班的怪学生》《丑八怪》3部小说曾被搬上银幕。1974年，他因《六年级二班的怪学生》电影剧本大获成功而被授予苏联国家奖。

热列兹尼科夫因小说一再从银幕获得艺术新生命而成为世界的作家。电影《丑八怪》是其影响最广的一部。作品的中心事件是：在季姆卡的提议下，同学们干活挣了一笔钱，这笔钱被放在储钱罐里，准备大家去莫斯科游览时用，可是在出发前夕，他们准备背着班主任逃学去看电影。在去电影院途中，季姆卡忽然记起储钱罐还放在讲台上，就返回教室取罐，却不料正在这时候作为班主任的文学课教师来上课了。季姆卡见到班主任，把集体不上课去看电影的来龙去脉告诉了老师，结果全班同学被罚不准去莫斯科游览，大家多日的向往、多日的欢喜落得一场空。在同学们追查告密者即"叛徒"的过程中，相貌长得不悦人眼目的莲娜表现得纯真、善良、宽厚而又勇敢。她见义勇为，代替怯懦、不敢担当责任的季姆卡承认自己是"告密者"。她品行优良、胸襟豁达，虽然遭到同学们的百般怨责，在班上受尽凌辱，却依然满心等待季姆卡变勇敢。在这过程中，莲娜的爷爷、两个女同学、4个男同学，尤其是季姆卡，个个表现了分明相异的性格，特别令人惊讶的是一向受人敬重的季姆卡竟是一个战胜不了虚荣心和怯懦、归根结底是战胜不了一己私利的小人。到小说结尾，人们才发现莲娜和她爷爷是精神境界超凡的高尚的人。这篇小说在心灵美与丑的强烈的对照中让孩子们懂得：保持自己的名誉、坚持自己的观点和原则，往往需要勇气，需要能够战胜自己，战胜自己性格中的缺陷。小说《丑八怪》曾获《少先队员》杂志1981年度的盖达尔儿童文学奖，并获得意大利文学奖。

《六年级二班的怪学生》《人人都想有条狗》也都是写学校生活的，前者写瓦列尔卡被委以辅导员的工作而体尝到工作的意义及蕴涵在工作内部的美，后者塑造了一个善良、明睿、博学的教师费奥陀罗维奇的形象。作家不回避学校生活的复杂性，因而情节、场面生动而真实。在这两部作品中，热列兹尼科夫力图向读者传递自己的许多生活体验，旨在增强公民的责任感。所以他大胆地在作品中提出一些重大的道德情操问题，围绕这些问题的描写，告诉少年什么是人们需要的积极的人道主义，什么是催人奋进的向上精神。

尼·诺索夫的小说

尼古拉·尼古拉耶维奇·诺索夫（1908—1976）出生于基辅的一个演员之家。七年制学校毕业后他奋力自学，于1927年19岁时考进基辅艺术专科学校，1929年秋转入莫斯科电影制作专科学校，1932年毕业。1932年至1951年导演过一些科教片和教材片，并因此于1943年获得过红星勋章。他成为作家是他

尼·诺索夫

做了父亲以后。自己做了父亲，童年世界一下子又变得亲近、清晰。诺索夫曾回忆："这个奇幻的世界使我大为惊奇，而创作，正如一位很聪明的艺术家所说，是从讶异和惊奇开始的。我在娃娃身上发现了我以前不曾发现过的、并且似乎别人也不曾发现过的东西。从此我产生了要把我的发现昭示于人的愿望……"

诺索夫虽然在1938年就发表了幼儿文学作品并引起了读者广泛的注意，但认真从事儿童文学创作则是在战后。1945年，他出版了第一本儿童小说故事集。

诺索夫小说故事的主人公都以天真幼稚的判断、喜剧性的窘困（由于缺乏经验，也由于过分慌张）娱乐读者。诺索夫一生写有短篇小说40多篇，中篇小说5部。其主人公可分3类：第一类最多，是作家以调侃性叙事对其进行嘲笑的角色。他嘲笑胆小的孩子（《会爬动的大礼帽》《会想法儿玩的人》），嘲笑粗心大意和漠不关心的孩子（《随机应变》），嘲笑不善于评价自

己行动的孩子(《油灰》)，嘲笑精神不集中的孩子(《费嘉的作业》《地铁》)。第二类少些，所嘲笑和批判的是有品格弱点的角色。例如《幻想家》中那个想象力特别发达的依果尔，他事事都要占便宜捞好处，他向同学吹牛，越吹越来劲：

"是这样的。昨天晚上妈妈和爸爸出去了，我跟妹妹在家。我钻到餐柜里，一口气吃掉了半罐头果酱。后来我想，这恐怕要露馅儿。我抹了些果酱在妹妹伊尔卡嘴唇上。妈妈回来了，问：'谁吃了果酱？'我说：'伊尔卡。'妈妈仔细看了看妹妹的嘴唇，她嘴唇上糊满了果酱。今天早上妈妈给了妹妹好一顿骂，可我呢，妈妈还给果酱吃……"

"这么说，是人家为你挨了骂，你倒是还开心！"米夏说。①

作家嘲笑并批判损人利己和嫁祸于人的恶劣行径，孩子应该懂得玩笑必须以不损伤他人为度。

第三类是好孩子却找不到称心如意的事做(《舒里克在爷爷那里》)；为了拯救弱小和没有保障的小狗，可以对讥笑自己的人不修旧怨(《好朋友》)；没有像大人那样来认识诚实的重要性(《黄瓜》)。在这类作品中，《米夏煮粥》《好朋友》《费嘉的作业》《地铁》《电话机》《手枪》都是艺术表现上乘、趣味内涵隽永的作品。

诺索夫的小说，有一部分是写好奇好学的米夏的。这个男孩天生有一种幻想癖好，总也不安稳，点子多却又冒里冒失，顾前不顾后，还爱吹牛，好发议论，许多麻烦、许多不快就是他惹出来的。米夏一有异想天开的念头就拉上柯利亚去干，结果两个活宝同时陷入难堪。

在诺索夫的短篇小说中，有一篇特别招引读者的《米夏煮粥》。煮粥这事再平常不过了，可他们两个活宝就怎么也弄不好。那粥仿佛是有意同他们的辘辘饥肠作对，一会儿是水溢出来了，一会儿是水干了，一会儿是粥爬出来了，一会儿是噗噗噗直往外冒泡，一会儿又煳了、苦了，压根儿吃不成。

---

① 乔万尼·皮莱利等：《云端掉下一只鸡》，韦苇译编，海燕出版社，2021，第146页。

在《米夏煮粥》里，仅打水一事就写出了许多"好戏"来。

他拿上火柴，往水桶提手上拴上根绳子就向井走去。一会儿他又回来了。

"水呢？"我问。

"水……在井里。"

"我也知道水在井里。我是问打水的桶。"

"桶，也在井里。"他说。[①]

原来，由于米夏行动笨拙，桶和绳一起掉进井里去了。诺索夫借机写了米夏对失败满无所谓的性格：水桶掉进井里，又用茶壶拴上钓丝打水，茶壶又掉进了井里。后来又用带柄的玻璃杯打水，还一边干一边发议论："事情往往是这样，越是没有水，越是想喝水。所以沙漠里的人总是一天到晚想喝水，因为那里没有水。"[②]"事情往往就是这样，想喝水的时候，仿佛能把海水喝干似的；有水喝了，一杯下肚，就不想喝了，这是人类生来贪多的缘故……"[③]

诺索夫特别善于从小主人公们的不愉快中写"戏"。其小说《好朋友》也是极好的例子。米夏和柯利亚乘火车，承受了乘客们多少的白眼、嘲笑。而在《电话机》里，米夏和柯利亚更是在折腾中写出了一出出的好戏。

在米夏和柯利亚这两个成功的男孩形象中，米夏是更鲜明也更典型的。他从不垂头丧气，总能为自己的行为找到辩解的理由，为下一步折腾找到借口。这个小家伙特爱想入非非，这个特点源于他活跃的奇幻想象，也源于他好学爱干，还源于他乐于解人之难，所以他是男孩们的热心好伙伴。

在诺索夫的创作成就中，中篇小说占有不可忽视的地位。

在中篇小说《快乐的家庭》（1949）、《柯利亚·西尼津的日记》（1950）、《维加·马列耶夫在学校和在家里》（1950）中，作家深化、发展和提高了短篇小说的主题。诚然，在这几部中长篇小说中，《维加·马列耶夫在学

---

① 乔万尼·皮莱利等：《云端掉下一只鸡》，韦苇译编，海燕出版社，2021，第130—131页。
② 同上书，第132页。
③ 同上书，第134页。

368

校和在家里》是最优秀的，其优秀显示在孩子的种种性格缺陷在幽默的叙事中表现得极具现实感，少年的心理冲突在小说展开过程中被表现得准确而真实。

在诺索夫之前，苏联还没有一个作家写学校和家庭生活写得如此欢快、如此酣畅淋漓的。诺索夫在日常生活中发现了许多真正有趣的东西，看到了许多令人不快的东西，严肃性中间有喜剧性，喜剧性中间有严肃性。

笑趣和认真——这两味东西掺和在作品中酿造了幽默，并从中透露出作家的天才。读者翻开小说，看看孩子们过完暑假回到学校里来时见到自己的同学欣喜若狂。在作品讲谈的言语间，读者就能感受到作者是怎样在笑趣中糅进了认真的。故事中，当同学们纷纷要格列勃·谢密肯讲讲南方的海，他虽然兴奋得要命，想把南方海的景象兜底儿告诉同学们，可他找不到词儿来描述它、形容它：

"海呀，很大，"格列勃讲起南方的海，"它那么大，你在这边岸上站着，那边的岸压根儿看不见。一边有岸另一边一点岸也没有。嘿，同学们，水太多太多了！总而言之，尽是水！那里的太阳太烤人，连皮儿都烤掉一层！"

"撒谎！"

"真的，我没说假话！起初我简直给吓坏了，可后来我看见，原来在那层皮下面我还有一层皮。你们看，现在我身上长的就是第二层皮。"

"得啦，你不用讲你的皮，你讲讲海吧！"

"我马上就讲……海呀，它太大了！海里的水，多极啦！总而言之，满满一海的水。"

小说的每一章都嵌有一段维加·马列耶夫的耐人寻味的情节。整部作品像一部历险小说，而每一章都像是一个幽默味儿浓郁的短篇小说，同时又各是完整统一的小说情节链中的一环。

维加朝气蓬勃，聪明能干，极富同情心，乐于助人，善于结交，讨人喜欢，并且有点哲学头脑，就是下决心时总不坚定，缺乏意志力。后来，有一次他帮助妹妹解题，用出了最大的耐心终获得成功，从此他自己充满了信心，做事也不再马马虎虎了。

作为与维加相对照而存在的维加的好伙伴西什肯，一个卫国战争中烈士的儿子，是一个更能给读者留下印象的人物：他不像维加那样有毅力改掉自己身上的毛病。由于西什肯性格上的弱点，维加的生活里少不得要遇上些不愉快和意外的麻烦。"西什肯是一个不可思议的人！"同学们评论说，"他总是一弄就坏事儿，尽出纰漏。"西什肯一会儿走错教室，坐到人家座位上去；一会儿把衣服忘在了足球场上；一会儿装病说他手脚发疼，其实是因为他正学头足倒立；一会儿把从维加那儿借去抄的作业本弄上了墨迹。同学们都耻于干的改成绩册上的成绩，西什肯为了让妈妈高兴，竟也干了。

诺索夫深深理解他小说里的两个孩子，描写他们时字字句句含思含情，处处在在充满想象，而决不做零度情感的纯客观叙述。他最大限度地在性格刻画上下功夫，尤其是在儿童与生俱来的喜剧性特征方面，他把自己的主人公推入可笑的境地，从而铺排出一个个尽可能有趣的喜剧故事来。卓越的女诗人阿·巴尔托在《他的作品将永葆生命力》中赞赏这部小说"有那么多生活的发现，有那么多的机智幽默，有那么多丰富多样的东西，因此，这部许多年前写成的作品至今还有强大的生命力，并且这种生命力将延续到久远的未来。"

读着诺索夫的儿童小说，读者会惊讶于作家如此善于把握孩子心理流程中的诸多隐秘，会惊讶于作家如此善于和孩子对话，会惊讶于他借孩子的视角、口吻，把孩子描述得如此得心应手，俨若天成。作家对孩子心理、生活、智力活动深刻而准确的把握，主要源于作家善于进行职业性的特殊观察。

诺索夫的小说关注成人世界和儿童世界中存在的诸种问题。作家不能容忍一切谎骗、欺诈、因循守旧、偷懒取巧、讨好卖乖、骄傲自满。然而所有这些，作家都从对孩子的深爱出发，写得极富喜剧性，满蕴着永不枯竭的幽默。诺索夫的作品，只要开卷去读，头一页头几行就能让读者感受到一种愉悦。愈往下读，读者就愈快活。一会儿微笑，一会儿欢笑，一会儿大笑——笑得连隔壁都能听见。因而有的图书馆干脆就独辟一间诺索夫作品阅览室,以免孩子不由自主地纵声大笑而影响他人阅读。

在论述诺索夫的小说时,俄罗斯评论家们通常就这样写:"儿童式的欢笑和游乐""毫无做作之痕的幽默,读来让人憋不住笑""读者都分明感到诺索夫的艺术灵气""诺索夫的作品中那些有趣的男孩子性格明显有一种喜剧性倾向""诺索夫的作品由逗人发笑的情节和细节组接而成"等等。

只用"喜剧性幽默"来概括诺索夫的作品是容易失诸片面的。他不只给孩子以欢笑,还帮助他们认识到必须将那些不足取的东西从自己身上剔除,剔除得越早越快就越好!非常严肃、十分复杂的题材,诺索夫写起来能快快活活,使之成为充满善意的玩笑性作品。每一个读他作品的男孩和女孩都把诺索夫视为自己可信的、快乐的参谋。粗一想,似乎是不可思议的:要对孩子进行行为规范,规劝孩子剔除其性格中不足取的东西,常常需要写"正面人物"和"反面人物",而诺索夫作品中的人物无所谓"正面"和"反面",他们一个个逗人笑乐,这些生性快乐的男孩子动辄干出本义和延伸义的"头足倒立"(中篇小说《维加·马列耶夫在学校和在家里》中一个男孩不读书去学头足倒立,想做马戏演员)的事。在他的作品中,没有不可救药的男孩,也没有打满分儿的男孩——他们天生讨厌规劝和训诫。诺索夫创作有何秘方?这秘方就在诺索夫总是能最大限度地理解他笔下的主人公,对他们采取宽容、同情的"政策",对他们的"不听话"明显地进行袒护。

在世界文学中,读者喜欢的主人公全都是作为邪恶和虚伪的成人世界的对立面而存在的。汤姆·索亚就是这样的主人公。诺索夫小说作品的主人公在人物血肉丰满、富于生活情趣方面,在儿童天性的自然纯真方面,都不逊于汤姆·索亚。诺索夫作品中的人物不站在他们所生活于其中的世界的对立面,相反,他们生活的世界中有他们性格发展的良好条件,满足他们正义情感、行动自主的欲望的需要。著名作家卡达耶夫曾说过与此有关的深刻见解:"……诺索夫笔下的男孩……具有苏维埃人的原则性,充满激情和崇高精神,永远追求革新、惯于进行创造性思维,从不做心智的懒汉。"诺索夫的作品因内蕴高度的艺术性、富于真实感和地道的欢乐性而赢得全世界儿童的喜爱。在中国,很多孩子推举诺索夫小说为他们最喜欢阅读的小说。1957年,一份颇权威的国际性杂志曾做过一项调查:俄罗斯作家中,哪些作家的作品最频繁地被俄罗斯以外的语言文字翻译出版?调查结果表明:第一个是高尔基,第二个是普希金,而第三个大出人们的意料,是一生把自己拥有的文学才华都献给儿童的尼·诺索夫。诺索夫还健在时,当今俄罗斯具有国际声望的少年小说大师阿列克辛就把诺索夫推崇为"儿童文学的典范作家"。他指出:"他从不对孩子耳提面命,而是对孩子进行劝诱,加以勉励,他总是能够找到通往儿童心灵的最便捷和最可靠的途径。这途径通常就是幽默和幻想……这种幽默和幻想灌注于他的全部小说作品,其卓然不凡更确切地说是无可复制的,是诺索夫式的!"阿列克辛接着说:"人们或许会说,不宜把一个文学工作者推崇过高。推崇过高诚然不妥……但如果是广大读者因钟爱这位作家而推崇这位作家,那可就是另一码事了!唯有天才的、独特的和坚信自己开辟的新路的作家,才配享有这种钟爱。要是世界上亿万①儿童把诺索夫的作品作为他们最珍爱的书搁在他们的书架上,收在枕头下,那就说明诺索夫赢得了小读者的喜爱,赢得了小读者的信赖。"

尼·诺索夫的小说有两大特点:一是大人都处在配角地位,在家里,在学校里,在野外,孩子都是自己在想、自己在做,不会因为大人有规训,他们就不出差错,不陷入令自己窘迫的境地;二是诺索夫对各种年龄孩子的心理活动都了如指掌,所以他对故事的发展总能自如地、精准地把控,将喜剧情节经营得丝丝入扣、跌宕有致。另外,值得特别指出的是,诺索夫的幽默笑趣总是建立在儿童年龄特征基础之上的,是符合孩子的心理逻辑的。诺索夫是这样一位儿童文学的创作高手:只要他出手,只要他下笔,他有趣且有益的故事就不愁俘虏不了儿童读者。

---

①诺索夫作品的发行量早已过亿册——韦苇。

德拉贡斯基的《杰尼斯卡的故事》

维克多·尤绥佛维奇·德拉贡斯基（1913—1972）童年生活寒楚，17岁进入剧院谋生，22岁开始演员生涯。生活给了他丰富的写作素材。他1940年开始发表讽刺小品、幽默故事、歌词、幕间小喜剧、舞台和杂技表演的小剧本；1965年出版的《他活着并且发光……》引起文坛注意；1959年开始以自己儿子的故事为蓝本，陆续创作喜剧小品式故事链《杰尼斯卡的故事》。该作品问世后大受儿童读者欢迎，后来被编拍成电影《杰尼斯卡奇遇记》（1979）。杰尼斯卡·科拉布廖夫这个儿童形象被从各个角度成功塑造，从此德拉贡斯基就陆续发表以同几个主角连缀起来的短篇小说。杰尼斯卡的伙伴米夏，他的爸爸妈妈，他的老师、辅导员等，一个个活灵活现的故事人物从他的书里走入儿童读者群中。德拉贡斯基著名作家的地位遂而奠定。

杰尼斯卡是个小学低年级男孩。写了许多年，德拉贡斯基总是不让自己笔下的孩子长大。作家的文学睿智表现在，他总是善于从幼小儿童的日常生活中发现闪光点，总能用这个年龄段男孩本真的思维逻辑、言语行为方式写出其性格的活泼好动和自由自在，始终把描写的重心放在展现特定年龄段男孩的生活世界和内心世界，每一笔都扣住男孩独具的特性，用男孩的个性来显现男孩们的共性。

德拉贡斯基故事的字里行间活跃着他童年生活的影子，其中有许多就是他自己的亲历回忆。杰尼斯卡的家庭，就有德拉贡斯基家庭的影子。德拉贡斯基氤氲在充满温暖的家庭中，他的父母各以自己的方式来爱自己的儿子——妈妈是严厉的，却常常陷入可笑的境地；爸爸是聪明的，但是每每发现自己也还是像孩子一般天真。

德拉贡斯基的小说总是用表情、对话、动作、结构来造成悬念的"包袱"，即使谜底被揭示，"包袱"被抖开，作家也仍是不动一点声色，把笑留给读者——作家只讲故事。这样精彩的故事还有《从上往下，再斜着来一次》《床下二十年》《鸡汤》《穿长靴的猫》《不是房子着火，就是冰窟窿里救人》

《蝶泳第三名》等，它们都扣合、融汇着玩乐与教育双重元素，向人们提供着"有意味的笑"，提供着不承载规训负担的浓郁趣味，它们没有矫揉造作，更没有教律的灌输，没有训诲尾巴的拖拽。自然，单纯，孩子和成人都喜欢德拉贡斯基的故事的根本道理唯在于此。其中的《鸡汤》的对话尤令人拍案叫绝：

> 爸爸喘了一口气，说："我们在煮鸡。"
>
> 妈妈说："多长时间了？"
>
> "刚刚放进锅里。"爸爸说。
>
> 妈妈掀起锅盖。
>
> "加过盐了？"妈妈问。
>
> "等水开了就加。"
>
> 妈妈闻了闻锅里。
>
> "去掉内脏了吗？"她问。
>
> "等水开了就去内脏。"爸爸说。
>
> 妈妈叹了一口气，把锅里的鸡拎出来……[1]

德拉贡斯基的故事作品，即使在世界文学史上，其谐谑性也具有坐标性意义，可以将其作为里程碑区割出俄罗斯儿童文学的既往与现今。它们的出现和存在，象征着俄罗斯儿童文学的审美标准和艺术旨趣在悄然发生着吻合世界潮流的改变。

维克多·德拉贡斯基与尼古拉·诺索夫、索特尼克、梅德韦杰夫被称为俄罗斯儿童文学中一致公认的4位幽默大家。杰尼斯卡的形象与诺索夫塑造的米夏、柯利亚一起，已经定格为俄罗斯机灵、可爱的男孩子形象。

20世纪60年代以来文艺创作环境相对宽松时期的俄罗斯儿童文学

这一时期，世界各国的儿童文学巨擘的代表作陆续被译介进了俄罗斯，

---

[1] 韦苇编著《点亮心灯 儿童文学精典伴读 第3版》，复旦大学出版社，2019，第118页。

圣－埃克苏佩里、特拉弗斯、米尔恩、卡罗尔、林格伦、扬松、托尔金、罗大里等，纷至沓来，五色缤纷地呈现在俄罗斯儿童文学作家面前。连俄罗斯作家此前比较陌生的依森文学思维此时也开始活跃起来。于是，不只是俄罗斯一个加盟共和国，其他的加盟共和国里也涌现了一些才华出众的儿童文学作家。

索特尼克、郭利亚甫肯的谐趣小说

早于尼·诺索夫出现在儿童文学文坛的尤里·维雅切斯拉伏维奇·索特尼克，与后崛起的德拉贡斯基、郭利亚甫肯、梅德韦杰夫、拉斯金、沃尔夫等人一起，用喜剧性人物、结构和场景，用融爱童之情于幽默叙事的格调，营造成了大受读者欢迎的一个谐趣小说流派，为俄罗斯原有的喜剧幽默小说传统增添了一批新作。

尤·维·索特尼克从 1932 开始发表小说，后既写小说也写电影剧本。其代表作有《格鲁申的"阿基米德"》《驯狗师》《舞台底下》《探险家》《见所未见的鸟》《我怎样成了独立的人》《游泳教师》《探险没有成功》等。索特尼克之所以像诺索夫一样善于和长于捕捉儿童生活中的喜剧元素，是因为他更着重教育内涵。习惯于、专擅于用小孩的第一人称写孩子的维克多·符·郭利亚甫肯（1929—2001）1959 年出版儿童故事《雨中的练习册》激起了俄罗斯儿童的阅读浪潮。后又有中篇小说《海中城》《我好心肠的爸爸》《我和伏甫卡谈心》《一、二、三》，又写崇高精神，又写动人爱情，又写保卫祖国战争中不可避免的牺牲，把彼加的爸爸写得十分可爱。他对儿童心理了如指掌。其中有一则《牙疼》更可以见出他的儿童生活小故事极受追捧的原因。2000 年，国际儿童读物联盟为了表彰他的儿童文学成就和贡献，特授予他"俄罗斯最优秀的儿童文学作家"国际安徒生奖荣誉奖。

乌斯宾斯基的童话

爱德华·乌斯宾斯基（1937—2018）在 30 多年的文学艺术生涯中，著有 50 多部包括儿童文学作品、剧本、电影剧本的作品，在 20 世纪 60 年代后的俄罗斯儿童文学中有最强的代表性，其作品在美国、日本、法国、英国、澳大利亚、土耳其、荷兰、芬兰等国成为热门儿童读物，在俄罗斯国内更是名副其实地家喻户晓。乌斯宾斯基的作品除了"鳄鱼根纳和他的朋友们"系列（1966 年起），还有"费多尔大叔"系列（1974 年起）、"小丑学校"系列（1983 年起）、《漂游魔幻河》（1972 年起）等，累计出版数量已在 1000 万册以上。乌斯宾斯基在俄罗斯曾两度获得国际安徒生奖作家奖的提名，2005 年联合国世界知识产权组织授予其金质奖章，表彰他在儿童文学方面的突出贡献。同年，他担任国家儿童文学"梦想"奖评委会主席。

乌斯宾斯基每出一本童话，小读者的反应就非常热烈。正是因为小读者对他的这种鼓舞，他才能葆有一颗纯真的童心，童话创作灵感才能源源不断地被激发起来，一写写了数十年。他曾风趣地说，他的第一拨读者都已经退休了，而他还在给他们的孙子写童话。

乌斯宾斯基童话的独异之处在于，他拿来给孩子写童话的题材都是当今社会流行的话题。他把他骨子里蕴藏的诗和笑趣融入他的幻想文学创作中，从而使其作品拥有一种不同凡响的气质，由此决定其童话具备一种超越他人的文学特质。他从 20 世纪 60 年代开始到 20 世纪 90 年代的童话都有一个共同的特质：题材的强烈现实感和传统笑话故事严丝合缝的榫接。

被乌斯宾斯基取来作童话角色的社会人物各种各样，有议员、官吏，有教师、军人等等。他们在童话叙事中各自成为一类人物的典型：《鳄鱼根纳和他的朋友们》中的官吏伊凡·诺维奇是凡事都做半截儿，有始无终；《小丑学校》里的女教师华西里莎·坡塔坡芙娜照本宣科，结果她的课堂了无生气。被乌斯宾斯基取来作为童话角色的另一类角色是人们见所未见的，如切布拉什卡是四不像动物，费多尔大叔是 6 岁的男孩……当然，乌斯宾斯基也写狗、猫、鳄鱼什么的，不过他童话成功的秘诀之一是把许多传统童话里的人物，小红帽啊，穿长靴的猫啊，茶壶教授啊，猴子安费斯啊，橡皮爷爷啊，通通拿来为其所用。他创造的童话角色之多，连他自己都说："各种角色在我的童话里大聚会。"它们虽然数量众多，却都被赋予了自己的个性，它们在童话里的神态、语言和感受不是直接地被拟人化，不是简单地动物说人话，不是无节制任意外现它们的"精神世界"。他是童话大师，粗劣的随心所欲与他无缘，与他有缘的只是浓浓的幽默趣味和充满新意的创造性童话叙事。

乌斯宾斯基善于巧妙地变通运用民间童话元素为自己的童话创作服务。

长面包开开门。进来的是一位胖墩墩的、手提摩登坤包的时髦女郎。圆面包瞅了她一眼，一下就看出不对劲。

"您今天没魂。"圆面包说。

"您怎么看出我没魂？"

"您的毛皮大衣里子朝外，您的帽子是花钵的套盆。"

这长面包和圆面包套用了民间的童话角色。

在乌斯宾斯基的童话中，最早产生轰动效应并迅速把影响波及国外的是《鳄鱼根纳和他的朋友们》。

《鳄鱼根纳和他的朋友们》（1966）是一部以3个玩偶为主人公的童话。鳄鱼根纳是用橡皮做成的，洋娃娃格丽娅是用塑料做成的，小动物"绊绊倒儿"则是用天鹅绒做成的。"绊绊倒儿"是作家创造的"科学上未知的"动物。乌斯宾斯基往玩偶里注入了使儿童感到十分亲切的当代生活气息。"绊绊倒儿"是被装在橙子箱里从大洋彼岸乘轮船来到俄罗斯的，还没有在儿童公园找到工作前，他一直住在自动电话亭里，在动物园里工作的鳄鱼根纳天天来给他送咖啡。

乌斯宾斯基把孩子带入了一个玩偶的迷人世界：这里有高尚的行动；有与邪恶的斗争；有一个个的喜剧场面——尤其是鳄鱼根纳代替卧病在床的格丽娅上台演出《小红帽》、充当"小红帽"这一角色，那场面可真是精彩得令人拍案叫绝。根纳老把小红帽应说的台词给忘了，临时想着随口胡编乱造，又总忘了自己是在演戏，于是出现了下面的喜剧场面：

迎面出来一条大灰狼。

"你好，小红帽。"他装腔作势地招呼了一声，然后愣住了。

"您好！"鳄鱼回答。

"你这是去哪儿？"

"不去哪儿，随便走走。"

"你大概是去你外婆家吧？"

"对，当然。"鳄鱼这才想起来自己是在演戏，"对，我是去她那儿。"

"那你的外婆在哪儿住？"

"外婆吗？在非洲，尼罗河岸。"

…………

"您好！"他敲了敲门，"谁是我的外婆？"

"你好！"大灰狼回答，"我就是你外婆。"

"外婆，为什么你的耳朵那么大？"鳄鱼问，他这次总算把台词说对了。

"为了听清你说话呀。"

"那你身上毛为什么那么长？"戈纳①又把台词给忘了。

"我总是没时间刮。孩子，我跑累了……"大灰狼凶相毕露，从床上跳下来，"我要吃了你！"

"来吧，咱们倒要看看谁吃了谁！"鳄鱼说着，朝大灰狼扑去。他把演戏当了真，以至于忘了他是在什么地方，该做什么。②

这样的童话在俄罗斯无疑是面目一新的，它们得到世界性的肯定自是意料中的事。

乌斯宾斯基是一位很有独立见解的教育家。他的教育思想有一个总则：在不妨碍他人的前提下去尽享你的自由。他厌恶学校既有的规训体系，尤其不能容忍逼着学生在语文课里啃蜡条，他提倡语文课里用的语言要像香肠一样有味道。这种教育思想是与以服从成人意志为总则的主流教育思想相抵牾的，所以，他20世纪80年代至20世纪90年代写的童话是被一些教师提防的。

---

① "戈纳"又译作"根纳"。

② 韦苇主编《世界经典童话全集 第16卷 东欧分册》，明天出版社，2000，第72—73页。

乌萨乔夫的《聪明小狗索尼亚》

安德烈·乌萨乔夫 1958 年出生，是俄罗斯当今最具实力的低幼童话作家之一，从事包括电视台主持人等多种职业。他 1985 年开始发表作品，至今已出版作品 60 多部，动画剧至少 10 部，主要有《母牛的儿子依凡》《聪明小狗索尼亚》《老熊看牙》《小绿人的故事》，还有与人合作的电视剧《马霞家的恐龙娃》(又译《谢尔盖家的秘密》) 等，还在电视台主持儿童娱乐节目，其诗歌被谱上曲后在儿童中间传唱，在俄罗斯广有影响。

乌萨乔夫的童话完全挣脱了过往数十年俄罗斯当局对童话作家的种种意识观念的禁锢，同时突破了艺术表现的局限，以放松、活泼的心态构创童话，充分体现了俄罗斯人素有的诙谐和幽默。于是他的童话更容易被各种意识形态的人所接受，以更快速度传播到世界各地。他的代表作是《聪明小狗索尼亚》中的部分篇章"画草地""做大狗好还是做小狗好""芥末""索尼亚捕鱼"等。

在"索尼亚捕鱼"中，小狗索尼亚忽然对"水龙头里的水是从哪里来的"这个问题发生了兴趣。于是小狗同主人依万开始了这么一段对话：

……"水龙头里的水哪里来，这不是很清楚的吗——从水管里来的呀。"

"那么水管里的水是从哪里来的呢？"

"水管里的水，从河里来的呀。"

"那么河里的水是从哪里来的呢？"

"河里的水吗？从海里来的呀。"

"那么海里的水呢？"

"从大洋里呀，还能从哪里来！"

索尼亚眼前立刻出现了这样一幅景象：水从大洋流到大海，从大海流到河里，从河里流到水管，再从水管直奔水龙头——这样一路过来的水，让索尼亚喜欢得要命！

"要是水是从河里流淌过来的话，"索尼亚忽然想，"河里不是有鱼吗，那么，鱼就会和水一起淌到我家的水龙头，再从……"

"既然水会带着鱼一起淌来，"索尼亚想，"那么我就能在家里捉到鱼！真是太妙了！"

当伊万一上班，它立即拿出渔网，撑开，支到浴室的水龙头下面，然后就开始等鱼从水龙头里淌出来。

"可真有意思，我会逮到什么鱼呢？"索尼亚想，"最好能逮上一条大鲸鱼！"[1]

"做大狗好还是做小狗好"说的是小狗索尼亚蹲在儿童广场上，"我是大些好还是小些好……有时候是大些好，当然是大些好"，索尼亚想，"我长得大大的，猫就得怕我，所有小狗都得怕我，连过路人看见我一个个都提心吊胆的……""有时候又是小些好。"索尼亚想，"因为你小，就谁都不用怕你，谁看着你都不用提心吊胆，这样谁都会跟你玩儿。要是你是条个儿大大的狗，那就一定得给你拴上铁链子，还把你的嘴给套起来……"就在这时，儿童广场旁走来又高又大的马克斯，它是一条样子非常凶猛的大狼狗，嘴巴大得惊人，胸脯宽得吓人……

俄罗斯曾因体制性的问题，其童话固有的幽默性被过分强调教育功利性淹没了。在乌萨乔夫的童话里，俄罗斯幽默又笑迎读者而来！这只傻乎乎的小狗索尼亚竟会去问大狗最蒙受窝囊、最不堪细加思量的问题："您嘴巴被套起来那会儿，心里准很不愉快吧？"于是引出了下面的精彩故事：被大狗追逐的小狗钻过篱笆洞，逃到了篱笆的那一面。而本以为捉拿小狗是易如反掌的大狗，却被挡在了篱笆的这一边。小狗获得了自身安全的条件，大狗失去了拿小狗出气、逞威风的可能。篱笆洞小小的，却是这篇童话的金点子所在。这篇童话既充分地活现了小孩的"稚拙"，又引出了一份哲学意味的思考，很有趣又很有意思，篇幅短小而余味无穷。

---

[1]乌萨乔夫：《聪明小狗索尼亚》，韦苇、张少华译，浙江文艺出版社，2009，第40—41页。

第二分章　二战后捷克儿童文学

第一节　二战后捷克儿童文学概述

捷克是一个有儿童文学深厚传统的国家。19 世纪中期就有爱尔本（1811—1870）的诗和聂姆曹娃（1820—1862）的童话，还有阿洛依斯·伊拉塞克（1851—1930）带有历史文献意义的现实主义作品《捷克古老传说》。

1918 年，第一次世界大战结束，奥匈帝国崩溃，捷克才得以摆脱异国的统治，独立而成为捷克斯洛伐克共和国[①]。捷克文学于是开始以批判现实主义和民族平等意识来武装自己。这一时期为孩子留下了作品的有女作家玛耶罗娃（1882—1967）、雅洛斯拉夫·哈谢克（1883—1923）、诗人伊日·沃尔凯尔（1900—1924）。玛耶罗娃用平等的眼光看待儿童文学和成人文学，她认为两者的区别只在于给儿童写作必须有非凡的巨大责任感。20 世纪 20 年代，玛耶罗娃为儿童写了许多作品。雅·哈谢克除了名作《好兵帅克》受少年欢迎，还有一些专为孩子写的作品，其中相当一部分是动物故事，《三年级学生的造反》《快活故事》《驯兽师的苦恼》《学生游览团》4 部作品集在作家逝世后出版。沃尔凯尔为孩子留下了两部童话集：《偷太阳的人》《扫烟囱人的故事》。

20 世纪 30 年代是捷克斯洛伐克大动荡的年代：1933 年至 1934 年是捷克斯洛伐克经济危机期间，捷克斯洛伐克民族处于风雨飘摇之中。1938 年，英、法、德、意在慕尼黑会议上出卖了捷克斯洛伐克。1939 年，捷克斯洛伐克被纳粹德国入侵。

20 世纪 30 年代，捷克斯洛伐克有一小批杰出作家、诗人，如恰佩克、奈兹瓦尔（1900—1958）、日扎奇（1901—1956）、约瑟夫·拉达（1887—1957）、

[①]先后更名为捷克斯洛伐克社会主义共和国和捷克斯洛伐克联邦共和国。1993年1月1日起捷克斯洛伐克成为捷克和斯洛伐克两个独立国家。

万楚拉(1891—1942)，向儿童奉献了自己的卓越之作。

在捷克童话广为流传的 20 世纪 30 年代，一些描写日常社会生活的小说作品也占有重要的地位。小说作家中名声最著者是普列瓦、日扎奇和朗盖尔。

约瑟夫·维罗米尔·普列瓦是儿童小说《小博贝什》的作者。这部发生过广泛影响的长篇小说把儿童变化着的心理活动展现得十分细腻，揭示了一个生长在苦难家庭中的男孩小博贝什的心灵世界。无论在哪里，太太、小姐们捂着鼻子嫌恶地避开"穷小叫花子"，而社会活动家们则在向愤怒的工人群众发表演说——这一切都促使对诸事好问个为什么的小博贝什从小就对严酷的现实有所思考。普列瓦在他的小说中体现了自己对文学教育意义的观点。他认为：作家越少用现成的公式、药方、教诫，文学作品的教化效用就越强。作家应该努力使读者去思考他在作品中提出的问题。

弗兰齐雪克·朗盖尔(1888—1965)写了一本冒险、侦探性质的小说《白钥匙兄弟会》，写 5 个男孩成立了一个"生死不渝的"秘密"兄弟会"，他们做了许多好事。这部有趣的故事以许多出乎读者意料的情节吸引着孩子们。朗盖尔战后写了反法西斯题材的《孩子和匕首》。

捷克儿童文学评论家史梯斯卡尔在《当代捷克儿童文学》中提到，第二次世界大战后捷克儿童文学为自己定下了这样的宗旨："全面发展的人，内心自由的人，充满人道主义感情的人，他们能在为社会、为人民的劳动中认清自己的生活目的，并且唯有在这样的劳动中人们才能找到个人的幸福。"

战后头一部能发挥这样作用的作品是尤利乌斯·伏契克(1903—1943)的《绞刑架下的报告》。它向少年们讲述父辈的功勋、勇敢，褒扬为未来一代的幸福而献出生命的英雄们。专为少年儿童而创作的描述反法西斯功业的作品势如泉涌。其中最吸引孩子的有朗盖尔的中篇小说《孩子和匕首》，普列瓦的中篇小说《闹钟》，博胡米尔·日哈(1907—1988)的短篇小说《逃亡》，马佐列克的短篇小说《少年斗士》等。

除了战争题材作品，还必须有反映当今儿童生活的作品。在儿童文学著名作家玛耶罗娃、普列瓦、日哈、塞柯拉的带动下，一批年轻的作家带着他们独特的见识和题材进入儿童文学领域，他们分别是依·马列克、施玛盖洛娃、瓦茨拉夫·奇符尔台克、马佐莱克、帕谢克。他们以新的艺术水准引起人们注目。

奇符尔台克是成人文学作家，在众多的作品中有一部书名为《好强盗一家的故事》（20世纪70年代前期）的中长篇童话，写捷克历史上被奥匈帝国侵占时期，好强盗鲁姆采斯在林中精怪、动物们的帮助下，以他的机智、灵敏和勇敢战胜邪恶、制服敌手的故事，读来妙趣横生、淋漓痛快。他流传到国外的还有中篇小说《我们三个和一条彼蒂巴斯来的狗》。

捷克发展了一些标新立异的文学品种，譬如用幻想人物和现实人物和谐结合来写反映当代生活的、时代感较明显的童话，这方面的好例子是艾·彼莽什卡的童话小说《银色的云》，又譬如利用民间文学的基调来写反映当代生活的童话，这方面的好例子是马佐莱克的《两百个老爷爷》《长颈鹿还是郁金香》《快乐动物学》。

第二节　二战后捷克具有标志性意义的作品

日哈的儿童故事和小说

战后的捷克斯洛伐克的儿童文学繁荣发展，其所取得的引人注目的成就，是可以以博胡米尔·日哈（1907—1988）为其代表的。他在文学史中占有重要地位的作品广泛地反映了捷克斯洛伐克生活的各个方面。1980年国际儿童读物联盟在布拉格召开的第17届代表会上，授予日哈国际安徒生奖作家奖，以表彰他对世界儿童文学所作出的杰出贡献。他是这项奖在东欧诸国中的第一位得主。

日哈的祖父是个园艺工人，父亲是个铁匠。作家曾在《故乡剪影》一文中介绍说："我们一家都是胸襟豁达的地道人。大人都能干活，能吃能喝，快快活活。他们从来把真诚看得比金钱珍贵，他们只跟不公道不合理过不去。我曾亲眼看到我父亲掂着大榔头把庄园主追得满院跑的精彩场面。"真诚和公平合理，高尚和卫护弱者——日哈也往往就是这样评价人的。

日哈自教育学院毕业后在乡村任教，后来长年任国家儿童读物出版社的总编。日哈在第二次世界大战中开始儿童文学创作，1941 年出版了童话集。但日哈从来也不只是儿童文学作家，他把儿童文学看作是文学的一个有机组成部分。他的作品有这样 3 类：第一类是儿童文学，首先是被认为战后捷克儿童文学的奠基作品的《小洪扎的乡村旅行》(1954)，反映当代儿童生活的《亚当和奥特卡》(又译《亚旦在布拉格》)、《小不点儿》等，幻想性作品有《"雨燕"号飞机》(又译《飞翔的"雨燕号"》)，童话作品有《三个硬币》《平格大夫》等，历史题材作品有《野马雷恩》，知识读物有《儿童百科全书》(1959)；第二类是乡村小说，代表作是《老乡》；第三类是历史小说三部曲《路在我的面前》(1971)、《等候国王》(1977)、《只剩下一把剑》(1979)。

日哈的儿童文学作品是十分认真的纯"儿童"作品。他深入主人公的心理，深入孩子要这样做不那样做的原委，他研究孩子在家庭、学校、社会中的每一个细节，研究日常生活和人际关系对儿童性格和世界观的影响。

日哈的每件作品都是别具一格的"救生圈"。它帮助孩子了解自己，帮助成人揭示儿童世界——孩子们都在想些什么、担心些什么，他们的快乐和烦恼，他们的偏见。但他从不直白地告诉人什么。形象、性格、生活环境、情节和格调，构成一个多层次多侧面的艺术整体，他从不给"训导性"留下任何位置。但这并不是说儿童文学可以写成"没有任何道德寄寓的东西"，写成"没有任何伦理道德内容的纯美的东西"。日哈作为教育家，他是很注重儿童道德观和社会责任感的形成的。他说："我们谈及道德准则，其实是在讨论用文学手段来培养人的可能性问题。"

日哈的《小洪扎的乡村旅行》写的是小男孩第一次从布拉格到乡村的经历，而《亚当和奥特卡》则写的是男孩从乡村到布拉格。男孩亚当和他未上学的小妹妹从遥远的乡村到城市亲戚家观看城市风光。作者没有写布格拉的繁华，没有写乡村孩子所稀罕的城市游乐场所，却写了城市人们在自己的屋子里各管各自的生活，各人操心各人的事的消极现象——笑嚷之声相闻，老死不相往来。谁都知道，乡村孩子在共同的活动中养成了集体生活的好习惯，他们从来是随便互串门子的。他们也把这一习惯带到了城市。于是，他们主动去结识婶子、大嫂、电车售票员、开飞机的叔叔。故事写到亚当两兄妹到布拉格不久，老钟表匠文兹尔就消尽了孤独感，"银发满头的小姐"吉丽札找到了诉说自己生活难处的人，而终日忙碌的叔叔阿姨则有了两个照料和教养小宝宝的助手。

日哈的中篇幻想故事《"雨燕"号飞机》，把正常社会条件下正常人类的良知与假设结合了起来。故事中，一个航空经验丰富的飞行员帮助农村孩子们造出了一架真正的"飞空摩托机"，即"'雨燕'号飞机"。这一大成功告诉孩子们，专心致志的爱好和创造性劳动可以产生多么了不起的奇迹。

日哈的作品中，总能让人看到作家的身影——他能从内心深处了解儿童，仿佛他刚刚和男孩子们成群跑出教室，为初雪、为第一声春雷、为初绽的幼芽而欢喜雀跃，仿佛也经受着孩子(只有孩子)才经受的种种苦恼，和得不到大人理解的烦躁和郁闷。

一个老作家要保持青春时期的乐观主义是不容易的，可是日哈却始终保持着，他解释过这一点："可能令人感到奇怪，感到好笑，可我得说说。18岁前我在班上一直是年龄最小的，后来在学校当教师，这就是说，那时我天天接触年轻人。最后我来到年轻人特别多的出版社，给孩子出书。我想用这些来解释我总是感到自己年轻的原因。"好奇、轻信、勇敢、快活，对世界能产生新鲜的感受，这些年轻人的特点正是"我写出孩子感兴趣的书的一座桥梁"。

第八章　占有世界儿童大块阅读份额的英语儿童文学（上）

二战后，英语儿童文学虽然受到北欧充满异质感的儿童文学强有力的挑战，虽然北欧儿童文学在世界范围切划去了相当部分的儿童阅读注意，虽然更有甚者，有人还把二战后的儿童文学时期称作"林格伦儿童文学时期"，但毕竟就优秀作品的数量而论，北欧儿童文学所占的只能是一定份额，更多的精品佳作还来自英语地区。

第一节　英语儿童文学在英国：历史题材小说和现实题材小说

"英国儿童文学发展是世界儿童文学发展的缩影"的说法，用来指陈1945 年前的英国儿童文学尚可。二战后，世界儿童文学格局已发生了几乎是颠覆性的变化：美国儿童文学俘虏读者的力量大大增强，这使世界儿童文学阅读格局发生了巨大变化，此其一；在 1945 年前儿童文学读物较为缺乏，因此英国儿童文学不是全都有很强可读性这一个弱点被遮蔽了，一旦儿童可读的文学作品空前增多，部分英国儿童文学可读性不强的弱点就暴露出来了，此其二；二战后不仅北欧儿童文学势不可当地崛起，德国、法国、意大利和澳大利亚的儿童文学较二战前多有起色，中国儿童文学从本质上接受了发达国家的经验而日渐繁荣，日本儿童文学在 20 世纪下半叶崭露自己的头角并赢得了一定地位。英国儿童文学地位的重要性有所落降不能不说是一个不争的事实，此其三。

历史题材的小说

英国历史题材的儿童小说是在这样的形势下成批涌现的：二战后，英国人失去了大片的殖民地，英国人的自信力空前跌落，于是产生一种在少年儿童心灵中恢复英格兰民族自豪感的迫切需要，所以，创作历史题材和主题的小说的作家就在二战后几十年应运而生。这些作品多数水准、品质都不低。他们用诱人的故事讲述英国历史上一些精明能干、积极进取、英勇无畏的人物，以鼓舞英国少年儿童，告诉英国的孩子们：我们从哪里来？我们是谁？我们现在正处于一种什么样的地位？在历史题材小说创作方面首先做出成绩的是一位女作家辛·玛·哈纳特（1893—1981），她的中长篇历史题材小说《羊毛包》（1951年获卡内基文学奖），写毛料商的女儿在牧羊人的帮助下，冒险跟踪意大利盗窃走私犯，经过种种曲折周旋，终于摸清他们偷运羊毛出境的路线图，使盗贼们的美梦一朝破灭。这部小说采用侦探小说的元素写成，情节惊险，引人入胜。英国儿童文学中风格独特的"写景大师"威廉·梅因（1928—2010）的小说《五月里的蜂群》《一根草绳》和《沙》都是20世纪50年代至20世纪60年代从现代出发把笔触伸向历史的小说，其中1957年出版的《一根草绳》获卡内基文学奖。梅因这些作品之所以特别能吸引儿童读者，是因为它们差不多都用"寻宝"模式来建构故事。梅因为孩子写历史小说的时间一直持续到20世纪90年代，1992年，从他笔下写出来的《低潮》讲的还是一个神秘的寻宝故事，只是故事发生地已不在英国，而在新西兰。

历史题材小说中成就最高的作家是罗斯玛丽·萨特克里夫（1920—1992）。

亨利·屈里斯（1911—1966）是比萨特克里夫更早成名于历史小说创作领域的作家，是25部历史小说的作者。他创作的焦点总是集中在"历史的十字路口"（急剧变化的历史阶段）。以英国历史为题材进行创作的作家还有理查德·丘奇（1893—1972）、杰克·林赛（1900—1990）、芭芭拉·魏拉德（1909—1994）、吉莲·埃弗莉、彼得·卡特等，再有一些向来为成人写作的作家如弥奇森、柳比、罗伯特·格雷夫斯、林克奈特、福诺、弗莱明，也向孩子们提供了这类作品，其中弗莱明的《彩彩——梆梆》写得既通俗流畅，又轻快而热情奔放。

取二战期间儿童远程逃亡做创作题材的小说中，伊恩·塞拉利尔的《银剑》（又译《大逃亡》，1956）是一部经受住时间考验的、生命力强劲的、具有持久可读性的杰作。塞拉利尔多部同类题材的作品都有一致的风格：悬念迭起，情节曲折，思想内容积极向上。为了写好《银剑》，作者潜心细致研究了相关材料，花了5年的时间精心打磨。故事中结构进了一连串不同国籍的人，而3个孩子则在战争烽火的磨炼中迅速成长。同题材的小说还有约·汤森、玛·屈里高德、伊·霍加、琼·林格、吉·瓦许、米·梅戈里安、罗·魏士托等作家的许多作品。

萨特克里夫的历史题材小说

罗斯玛丽·萨特克里夫（1920—1992）的父亲是海军军官，她小时候爱全神贯注地聆听父亲与老朋友聊各自传奇的经历。两岁就因关节炎失去行动便利的萨特克里夫，用不倦的小说创作活动来抵抗孤独，来与世人展开交流。她用30多部小说和故事改编赢得英国历史上成就最高的历史小说作家的地位。她在艺术方面的天赋小时候就突显出来，甚至于能凭借为生死未卜的士兵们制作小画像赚钱。当她因残疾而不能站到大画布前时，她矢志要在奋力创作中忘却自己的不幸，在大不列颠传奇的写作方面创造出奇迹来。1950年她的《罗宾汉纪事》引起人们的注意。1954年她的成名作《第九军团的鹰徽》问世，继而发表《银枝》（1957）、《擎灯的人》（1959），萨特克里夫在这些作品中都显示出了令人屏息的叙事力量，并在作品中探索发人深省的主题。研究者对1958年出版的《勇士的红衣》、1977年出版的《日月神驹》各有好评。女作家复活历史，使之显示出蓬勃的生命活力（"历史在她的书页间复活、呼吸，成为现在"——约·汤森语）。到20世纪70年代，萨特克里夫已经与大名鼎鼎的梅因、菲莉帕·皮尔斯、格菲尔德、C.S.刘易斯、玛丽·诺顿齐名，某种程度上代表着英国战后儿童文学复兴的新局面，被誉为"英语世界中最优秀的历史小说家"。萨特克里夫认为，历史本来就由许许多多面目不同、出身不同、性格不同、思想不同、境界不同、结局不同的活生生的人创造出来的，它应该被这样看待："我们是其中的一部分，而且我们的后嗣也将成为其中的一部分。"这样，历史就被视为一种不断向前运动的连续过程。基于这样一种认识，她运用她的想象力具体而细微地显示历史这一"运动着的连续过程"，大胆摆脱历史学家们的制约，创造出历史学家书中不会出现的人物。萨特克里夫的创作受亨利·屈里斯的影响较大。

塞拉利尔的《银剑》

这是英国作家写的第一部有关二战前线的中长篇小说，作者伊恩·塞拉利尔带着很强的责任感认真写就了它。德国纳粹占领波兰期间，把华沙郊区一所小学的校长约瑟夫·巴力克夫妇先后投入了集中营。他们的3个孩子，13岁的大女儿露丝、11岁的儿子埃德克和3岁的小女儿布朗妮娅一下子都成了孤儿。约瑟夫两年后从集中营的狼窟虎穴中逃生，他按照原先同妻子的约定，到瑞士（中立国，没有战事）孩子们的外祖父母那里去和妻子会合。《银剑》的故事就从怎样通知孩子们到瑞士去找他们的父母开始。所谓"银剑"，说的是战前约瑟夫送给妻子做生日礼物的一把银质小裁纸刀。约瑟夫知道他的孩子们都认得这把剑形小刀。这把小刀就成了孩子们的护身吉祥物，它鼓舞着他们穿越了对他们来说似乎是不可能穿越的整个欧洲（何况是在炮火连天的岁月里）。在从华沙出发到瑞士几乎遥不可达的逃亡途中，他们曾遇到苏联红军士兵、德国农人、美国军人和瑞士人，孩子们得到他们各式各样的满怀善意的真诚帮助，最后国际寻人组织使离散5年的亲人得以团聚。在大逃亡途中，这把小银刀给了孩子们以信念和力量，现在它终于又回到了妈妈手中。

《银剑》所昭示的是：战争使孩子们的身心受到严重的创伤，却也磨炼了他们的意志，使他们在危难重重的环境中加快成熟；他们应该并且能够在各族人民的互相理解中迎接新生活。这部小说所包含的事件和悬疑气氛超过了五六本同类小说的总和。各种国籍的人物性格就是在这充满悬疑的氛围中被鲜明地刻画了出来。

伊恩·塞拉利尔说，虽然这本小说里的所有人物都是虚构的，但小说"事实上是有根据的"；在创作之前，他"研究了总的背景和许多难民的个人历史"。《银剑》被译成许多种语言出版发行，两次被改写成剧本在英国广播公司的电视台播出。

现实题材的小说

二战后标志着儿童小说复兴开端的是依列娜·法吉恩（1881—1965），她于1916年开始儿童文学创作，为孩子写诗、写童话、写小说，1955年其作品集《小书屋》获卡内基文学奖。另一位开端性作家是吉莲·伊丽丝·埃弗莉（1926—?），她的《沃登教授的侄女》（1957），写玛丽安逃离学校，到她在牛津大学当教授、当学院院长的叔叔那里躲藏。教授让她与同事的3个儿子一同受教于一个性格怪异的牧师。玛丽安本来是一个羞怯而意志坚定的女孩。她在牛津大学搞起了研究，还闯入图书馆——她决心将来当一名希腊文教授。这部小说使埃弗莉成为战后英国儿童文学的先驱者之一。

菲莉帕·皮尔斯（1920—2006）的幻想小说中有两部"寻宝书"：《小鲤鱼的指示》（1995）、《小鲤鱼的宝藏》，情节紧凑、清新明快，在塞河流过书页的时候，读者除了看见闪动的水花，还感觉到了水的深度。皮尔斯的名作《一只很小很小的小狗》（1962），写的是5岁的男孩本总也等不到祖父答应给他的一只狗，他想狗想得痴迷，闭上眼睛就看见他想象中的狗，结果在过街时出了车祸……它和《汤姆的午夜花园》主题相近：童年与老年的关系，孩子的渴望，孩子的孤独需要得到成人的理解和慰抚。皮尔斯介乎幼儿小说和幼儿童话间的《学校里的狮子》（1985）是她献给低龄孩子的短篇故事集，其中《学校里的狮子》反复被收入各种选本。她的《好邻居》（1972）和两部灵异故事都突破了现实主义的界限，显示出她善于发现并传达隐藏在日常生活中的新奇的特长。

妮娜·鲍登以成人小说家的成熟艺术为孩子写了一些历险小说，像《一伙盗贼》(1967)、《爆竹》(1971)、《薄荷猪》(1975)、《躲在暗处》(1982)、《卡丽的战争》(1973)等，都是用独特技巧、惊险情节展现儿童的心理世界和他们对世界的看法。

艾伦·加纳（1934— ）是英国 20 世纪后半期首屈一指的作家，其童话和小说都取得卓越成就。他在乡村度过他的童年，所以他在作品中一再出现乡村美丽的景色。他的作品多以兄妹为故事主角，情节多为激动人心的冒险，能娴熟、机巧地使用英格兰西北部的柴郡方言。他的代表作是《石头书四部曲》，分别是《石头书》(1976)、《奶奶养大的儿子》(1977)、《艾梅尔门》(1978)和《汤姆·福布尔的节日》(1977)。四部曲讲述一个乡村工匠之家在 4 个不同的历史时期（1864 年、1886 年、1916 年、1941 年）的故事，这其实是加纳的 4 个祖辈。加纳作品研究者尼尔·菲利普于1981 年写道："每一个故事都展现这个家庭历史上的一个'神圣'时刻；4本书在公众和个人的忧虑之间达到完全的平衡，而这种平衡是艺术成熟的标志。"《石头书四部曲》是加纳本人最满意的作品，他说："这是我想永远拥有的书。"又说："我出生在一个艺术家庭，如果我至今未能成为一名艺术家，那我就永远不是我了。我对自己的工作感到自豪。"加纳良好的自我感觉是有根据的,布·奥尔德森就对他的四部曲下过"似乎超越任何杰作"的断语。

皮尔斯的《汤姆的午夜花园》

让菲莉帕·皮尔斯（1920—2006）荣获卡内基文学奖（1958）后又入选国际安徒生奖推荐书目（1960）的《汤姆的午夜花园》，是一部包括成人在内的各年龄层次读者都百读不厌的文学作品，它标志着英国现代儿童文学的造诣和成熟，被英国评论家约·洛·汤森认为是二战以来最伟大的英国儿童小说之一。这个以时间为主题（如儿童时代与老年时代的相似性）的严肃的幻想故事读起

菲莉帕·皮尔斯

来温文尔雅，却津津有味。暑假里，小汤姆被送到舅妈家，他对舅妈家的公寓生活十分厌恶，他感到很寂寞，晚上睡不着。后来半夜里，每当他听到楼下大座钟敲了 13 下，就偷偷下楼走出后门，发现简陋的小后院变成了一个神秘花园。在那里，他结识了一个叫海蒂的小姑娘（19 世纪末瑞士小说《海蒂》的主人公），并同她建立了深厚的友情(所以《汤姆的午夜花园》实际上写的是真实世界里的鬼故事)。小海蒂和小汤姆在午夜花园里的幻想游戏被描写得真实而可信：花园里头天还是草木茂盛的夏天，第二天却变成了白雪皑皑的严冬；海蒂有时候是个和汤姆同年龄的孩子，有时候比他小，有时候比他大；大座钟敲了 13 下是什么时间，一切都神秘莫测……他离不开这座维多利亚时代建造起来的房子和而今已不在这座房子里生活的人们了。两个孩子也认识到这个花园里的时间不是停滞的，正如俗言所说"时间一去不复返"，没有东西会是停止不动的——除了已经存入记忆的部分。作品奇特的幻想和一个个悬念把读者带进一个神秘的幻境，跟着小汤姆一起去思索，一起去苦恼，一起去寻找答案。

菲莉帕·皮尔斯这部小说不同一般，她既不单纯以两种不同的"时间"之间的一些有趣内容为目标，也不是从哲学的角度出发把一些"时间"的奇谈怪论加以形象化的表现，而是借助幻想的形式来探索"时间"给人带来的变化。关于这一点，女作家自己是这样说的："有想象也好，有理性也好，最难相信的是'时间'给人带来的变化。孩子们一听到他们不久会成为大人，大人过去也曾经是孩子，都会吃吃地笑出声来。我在小汤姆和小海蒂的故事中就尝试探索这个难以理解的问题。"正因为有这样一个创作意图，作者虽然为了给这一个奇特的幻想有一个合理的外壳而花了不少笔墨，但在小汤姆探索"时间"本质的过程中，作者无不表现出幼年时代所固有的心理和真实的情感。作者展示了一个孩子看到"时间"给人带来的变化，当他看到和自己一起玩的好朋友成了大姑娘，甚至成了舅妈家房东巴塞洛米太太时，他是深为失望的，但也在这苦思冥想的过程中成长了。有的研究者把小汤姆的午夜历险解释为是一种精神感应。这种解释应有助于人们对这部神秘小说的理解。

就皮尔斯这部幻想小说的创作艺术论，作家出色的想象和维多利亚时代的风貌得到了完美的融合，荒诞、神秘、悬疑、诗意、隽永所造就的阅读魅力是不可抗拒的。2007年英国卡内基文学奖为庆祝创办70周年，经网上投票选出获奖作品，这部幻想小说被推举为70年中获卡内基文学奖的作品中10本最佳作品之一。

第二节 英语儿童文学在美国：历史题材小说和现实题材小说

历史题材的小说

美国文学作品从历史中取材的有两类，一类是取材于他国历史，一类是取材于本国历史。但是美国最著名的小说还是从本国历史中取材的。如1978年荣获国际安徒生奖作家奖的女作家葆拉·福克斯（1923—2017）就有两部名作是以黑人少年为主角的，其中一部是《贩奴船上的舞者》（又译《"月光号"的沉没》，1973）；一位是司各特·奥台尔（1898—1989），他的所有中长篇小说都取材于本国历史，其中最著名的是《蓝色的海豚岛》（1960）、《国王的五分之一》（1966）、《黑珍珠》（1967）、《黑独木船》（1968）和《月落悲歌》（1970），到88岁高龄即1986年还出版了历史题材小说《溪流向河，河流向海》。

美国还有一位以专写历史题材小说而闻名于世的作家伊丽莎白·乔治·斯皮尔（1908—1994），其曾因历史小说两度获得纽伯瑞儿童文学奖，一部是《黑鸟湖畔的女巫》（1958），写一个巴巴多斯出生的少女因不服从清教徒的教规而受火刑被活活烧死的故事；另一部《青铜弓》（1961）则写少年丹尼尔为父复仇的故事，情节曲折紧张，十分可读。

著名女作家E.L.柯尼斯堡夫人在20世纪70年代也写过两部历史小说，其中一部叫《恰孔达的后妻》（1975），写的是一个穷苦孩子给伟大画家达·芬奇当助手的故事。

福克斯的《贩奴船上的舞者》

葆拉·福克斯婴幼时期曾一再被遗弃，在没有亲人温暖的人间边缘长大，是一位好心的牧师教会她识字，培养她对文学的热爱。福克斯自幼喜欢马克·吐温、华盛顿·欧文和沃尔特·惠特曼等文学泰斗的作品，福克斯自言"阅读对我来说意味着一切"。嗜读大家作品的经历为她日后成为作家奠下了厚实的文学

葆拉·福克斯

基础。她叩开了文学创作之门的同时，也叩开了人生的幸运之门。福克斯童年时生活颠沛流离，长大以后又在社会底层为谋生而从事各种职业，这样的经历使她的生活、思考、写作都比常人更独立，写出的作品天然就更具厚重感，生活内涵、思想内涵和文学内涵都更丰富也更深刻。也只有她这样饱经历练的人才会这样宣示她的儿童文学创作主张："儿童应当了解发生过和发生着的痛苦、恐惧和不义。如果我们粉饰现实的黑暗，那其实就是在伤害他们。"在这样的文学理念支配下，福克斯完成了《贩奴船上的舞者》、《一只眼睛的猫》（1984）、《到巴比伦还有多少公里》（1967）、《石脸男孩》（1968）、《海里的河豚》（1970）、《海滨的村庄》（1988）、《猴岛》（1991），《贩奴船上的舞者》和《一只眼睛的猫》分别于1974、1968年获得美国儿童文学的最高奖：纽伯瑞儿童文学奖。福克斯的作品总是将小男孩放到一个陌生的、充满敌意的空间，让他在失落亲情的、危机四伏的逆境中求取生存机会，克服心理障碍，锻炼成长，使之具有不畏艰险、顽强自立的品质。

1973年问世的小说《贩奴船上的舞者》是20世纪最值得重视的儿童小说之一。小说根据19世纪前期美国一起海难事件的记载创作而成。"贩奴船上的舞者"是一个被绑架的善吹横笛的新奥尔良男孩，叫杰西·鲍利厄。他遭贩运黑奴的船大副绑架，被逼在船上不断吹笛使黑奴跳舞以保持活力，从而避免黑奴在贩运途中死去，这样奴隶们在被送到奴隶拍卖市场时才会有好的生命状态，才会卖得上价钱，贩奴者从而能大发横财。这是个海上

历险以及船难的故事，约·洛·汤森在《英语儿童文学史纲》中说，这个故事"是进入人性深处的一段历险，并暗示自以为正直的绅士模样的人其实可能是多么没有人性"。杰西不得不每天与在甲板上咯血、便血的黑奴挤来挤去，天天去倾倒满溢粪便的便桶。贩奴船后来发生海难，杰西和另一个叫拉斯的男孩成了两个仅存的生还者。

为了把贩奴船上的各种典型人物在典型环境中刻画出来，首要之事就是需把当年贩奴的历史背景清晰地呈现出来。这一点福克斯做到了，并且做得非常成功。于是我们在小说精彩的细节描写中看到一个有血有肉的白人孩子杰西·鲍利厄：他凭着自己的智慧、独立和坚强，经受住贩奴船上罪恶和肮脏的考验，维护了自己心灵的伊甸园。为了真实地再现当年贩奴的情景，女作家时刻置人物于残酷、复杂的环境中，把人性的面貌真实地裸现出来——人性的黑暗和人性的光辉，频频震撼着读者的心魄。

像马克·吐温在《哈克贝利·费恩历险记》中把哈克和吉姆放在密西西比河上进行集中描写一样，葆拉·福克斯把她的人物集中到"月光号"贩奴船这特定的环境中去刻画。这是一个和社会隔绝、野心和钱欲横流、人道感情被挤迫到最小角落的特定环境，这种环境给予各种性格、各种面目的人物以特殊的规定性。奴隶没有退路，不能逃躲，凶恶野蛮的奴隶主可以横行无忌、为所欲为。

《贩奴船的舞者》除了主题深刻、形象鲜明、有很高的认识价值，它的成功还在于精辟、深刻、生动、幽默、独特的文字。

请看福克斯的小说中的几个比喻。

他的面孔像弄皱了的羊皮纸一样布满了皱痕，苍白得好象风已把血从他身上吹走了似的。他从杯子边上看了看我。他的眼睛深陷而没有神。[1]

斯巴克大副弯下他瘦长的身躯，抓住那个男人的脊背，仿佛收起晒在甲板上的布一样，把他猛拉过去。[2]

---

[1]P·福克斯：《"月光号"的沉没》，傅定邦译，中国少年儿童出版社，1983，第45页。
[2]同上书，第59页。

斯托特在货舱里忙他的工作，在躺卧的躯体①上穿来穿去，就好像在鹅卵石上走路一样。②

如果拿福克斯的语言与马克·吐温的《哈克贝利·费恩历险记》的语言相比，马克·吐温的语言要更趋轻快，而福克斯的语言要更趋凝重。

资本主义的发展挟带着极度黑暗和肮脏的历史，美国资本主义大厦的基石也渗透了黑奴的血泪。让世界的少年儿童通过阅读福克斯深厚有力的中篇小说《贩奴船上的舞者》而认识这一点，确实是福克斯对世界少年儿童的一大文学贡献。

美国废奴主题的文学从拉尔夫·沃尔多·爱默生（1803—1882）、享利·华兹华斯·朗费罗（1807—1882）的作品到1836年发表的理查德·希尔德烈斯（1807—1865）的长篇小说《白奴》，到约翰·格林里夫·惠蒂埃（1807—1893）的三集废奴诗，到比切·斯托夫人的世界名作长篇小说《汤姆叔叔的小屋》的发表，然后再到惠特曼（1819—1892）的部分诗作，到马克·吐温的《哈克贝利·费恩历险记》，形成了一个很久、很好的传统。这个好传统像一根常春藤一直蔓延到当代。《贩奴船上的舞者》是这根长藤上的一朵引人注目的花。

福克斯的《贩奴船上的舞者》是根据一艘贩奴船1840年6月3日在墨西哥湾失事的真实历史写成的。作品所叙"月光号"贩奴船上有卡索勒上校船长1人，斯巴克大副1人，船员杰西、普威斯、斯托特等11人，船从美国出发，载朗姆酒、烟叶和生锈的武器到非洲的头人那里换取百名黑奴，运往古巴等地贩卖，打算再从古巴等地运糖浆到美国……这都与史实相符。

这部小说的历史背景是：英国已经找到了殖民掠夺的新途径，资本主义发展所需要的资金积累已经不再依靠贩运黑奴这类明显的肮脏买卖了，所以英国法律明文禁止黑奴贸易，并派遣船只在洋面巡逻，检查其他国家有贩运奴隶嫌疑的船只。美国1815年完全摆脱英、法殖民者的统治后，正需要为资本主义的迅猛发展积累资金，所以表面上虽然也查禁贩运黑奴，

---

①指挤装在货舱里的瘦弱的黑人——韦苇。

②P·福克斯：《"月光号"的沉没》，傅定邦译，中国少年儿童出版社，1983，第66页。

但只是睁只眼闭只眼，只是做个样子，所以仍有人为金钱所驱使去进行贩奴冒险。小说中有一段船员普威斯对作品的少年主人公杰西说的话，把这层关系说得很明确："这可是世界上所有贸易中最好的贸易呀！我们把它称为黑金子！不过，有一种情况帮了我们的忙：当地的那些酋长头人对我们的商品①是那样贪婪，他们愿以历史上最低廉的价格出卖自己的人民，引诱我们去冒英国人封锁的危险。所以尽管有这些该死的英国人，我们仍然有利可图。"②

当年贩运黑奴的惨无人道，在船长卡索勒身上被充分体现出来。卡索勒是经营黑奴贩运的老手，他像恶魔一样主宰着"月光号"上的一切。他已经完全丧失了人性。他随时都可能下令对任何人用有 9 个绳结的、涂过沥青的鞭子抽打，随时都可能下令把人绑在桅杆上，吊在横索上，抛进大海里。他可以不假思索地开枪把人打死。谁也不知道什么时候会为什么事引起船长不满而触怒了船长。所以普威斯概括说："没有一个活着的水手没挨过他的鞭子。"杰西的结论是："船长是个危险人物，他对他所谓的'事业'的热爱可以驱使他采取极端的行动。"这个恶魔的形象是儿童文学中最典型的奴隶主形象。船长之所以敢于如此滥施淫威，是因为他有大副斯巴克这样丧尽天良的同伙，杰西认为他是"一个没有灵魂的人，还像某些有毒的植物一样危害人"。

奥台尔的《蓝色的海豚岛》

饮誉世界的国际安徒生奖作家奖得主司各特·奥台尔（1898—1989）是《洛杉矶时报》编辑，多部名著的作者。1960 年《蓝色的海豚岛》获得巨大成功后，又连续出版了《国王的五分之一》(1966)、《黑珍珠》(1967)、《黑独木船》(1968)《月落悲歌》(1970)《托波埃尔—庞培的宝藏》(1972)《北极星巡游》(1973)、《火孩》(1974)、《戴伊不敢猎的鹰鸶》(1975)、《齐娅》(1976)等中篇小说。奥台尔凭他勤奋的和成功的创作，10 年间在国内外

①指朗姆酒和烟叶。
②P·福克斯：《"月光号"的沉没》，傅定邦译，中国少年儿童出版社，1983，第28页。

连获 7 次奖。最重要的是国际儿童读物联盟在 1972 年授予他国际安徒生奖作家奖，其次是纽伯瑞儿童文学奖。奥台尔的作品受到国内外高度评价后，便饮誉世界，成为 20 世纪世界儿童文学史上有突出地位的作家。

《蓝色的海豚岛》取材自与《鲁滨孙漂流记》相似的发生于 1835 年至 1853 年的真实事件。据记载，那一时期里曾有一位鲁滨孙式的印第安姑娘，孤身一人奇迹般地在一个现名为圣尼古拉岛的小岛上生活了 18 年。这个岛上居住的印第安部族已有 2000 年左右，即公元纪年前很久就已有印第安人在这小岛上定居了。后来一艘美国船只把印第安人接走了。一位印第安姑娘上船后，发现她的弟弟尚在海岛上未得上船，她要离船去接她弟弟，大家阻拦她，但她还是毅然跳进了大海上了岛，就在她寻找弟弟的时候，船开走了。18 年后，另一艘美国船只找到了这位已到中年的印第安妇女。"当时她和一只狗住在高地上一所简陋的房子里，过着孤独的生活，穿的是鸬鹚羽毛裙。"[①] 她到美国后，山塔·巴巴拉传教团的冈热勒斯神父成了她的朋友。这时，神父才从印第安妇女口中知道：她的弟弟当年就被岛上流浪的野狗群咬死了。《蓝色的海豚岛》所写的故事梗概与上面所述大体相像。这个如今被美国开辟为海军秘密基地的小岛，外形像一条在海洋里晒太阳侧躺着的大海豚，尾巴指向日出的地方，鼻子朝着日落的地方，所以被作家杜撰为"海豚岛"。这个印第安姑娘被叫作卡拉娜。

卡拉娜孤身一人被饥饿的野狗所追逐，她要在岛上生存下去，困难比当年的鲁滨孙还多。她没有一天不做噩梦。恐惧使她忘记了饥饿。但是，她最终没有成为困难的俘虏、死神的猎物。她克服了重重困难，制造了防身武器和狩猎用具，修建了住所，制伏了野狗和它的后代。她把狗加以驯化，使它们成为自己的朋友。她的朋友还有两只小海鸥，一只小红狐狸，一只被她救活的小海獭。有这样一些动物朋友，她才不感到寂寞。作者写卡拉娜和这些动物朋友相处的地方，是最富有儿童情趣的地方。作者这样描写她放在水池里养伤的小海獭：

---

① 斯·奥台尔：《蓝色的海豚岛》，傅定邦译，河北少年儿童出版社，2000，第138页。

现在每当我去，它总是在等着我，也肯从我手里叼鱼吃了。这个水池不大，它可以轻而易举地跳出去，游到海里去，可是它还是待在那里……

……它一直目不转睛地望着我，不管我干什么，它的眼睛总跟着我转，当我说些什么话的时候，这对眼睛就骨碌骨碌打转，样子很滑稽。[1]

小红狐狸也被作家写成了调皮的孩子：小红狐狸跟着卡拉娜在院子里跑来跑去，向她讨龟吃。后来由于小红狐狸总偷东西，卡拉娜不得不让它回到峡谷去。

当她的"老朋友"即那只被她驯化了的野狗用舌头舔了舔她的手以示死别的时候，卡拉娜悲伤地哭了。她花了一天一夜的时间在岩石缝里挖出了一个洞，把狗和一束沙花放进洞里。那根狗喜欢她扔出去让它追赶的棍子，她也放进洞里了。然后，她在海岸上采集一堆各种颜色的卵石，把石洞盖了起来。

姑娘爱美的天性也在卡拉娜身上表现出来。她不但缝制出闪着金碧颜色的鸬鹚羽毛裙，穿起来像着了火似的，还做花环戴在头上，做项圈套在脖子上，做耳环垂在耳朵上，把头发编成辫子，用鲸鱼骨长别针别起来。甚至，她还给狗做花环哩！卡拉娜不但对生活充满乐观精神，还始终保持善良性格。自从跟海獭交了朋友，她不再杀一只海獭，也不再杀一只鸬鹚（尽管她出于爱美的心理需获取它们的羽毛），她不再猎杀海豹、野狗和海象。"因为动物、鸟也和人一样，虽然它们说的话不一样，做的事不一样。没有它们，地球就会变得枯燥无味。"[2] 作家在卡拉娜这个艺术形象上集中地表现了人道精神。

关于这部小说的题旨，奥台尔本人自述道："我们人类应该如何和我们周遭的事物建立起新的关系……卡拉娜在以新的、更有意义的秩序探索周遭世界的过程中，自身也自然而然发生了改变。"而这个题旨就集中体现在"重要的是，蓝色的海豚会带我回家"。卡拉娜的故事告诉我们：危险和困难的挑战需用勇气去面对，面对挑战的过程也就是成长的过程。

---

①斯·奥台尔：《蓝色的海豚岛》，傅定邦译，新蕾出版社，2009，第138—139页。
②同上书，第145页。

卡拉娜的人道精神、乐观情绪和善良性格感染着读者。作者在赋予作品的人物和故事以美国现实社会当代意识的同时，也赋予作品以历史悠远感和浪漫主义色彩。小说以第一人称叙述，故而格外富于真实感，并增强了可读性。这部小说发表后产生巨大反响，曾在国内外 7 次获奖，被译成多种文字在世界各地广为流传。不过也必须指出，作者一方面揭露当时俄国殖民者的贪婪和凶残，另一方面把美国殖民者写成了恩人、救世主——这后者显然不符合美国统治者对印第安人实行种族歧视、血腥镇压印第安人的历史真实，如此思之，小说就疑有冷战思维的弦外之音在。

现实题材的小说

第二次世界大战后的美国的小说包罗方方面面的题材、主题，给少年儿童读者提供了足够广阔的选择空间，尤其是把小说范围扩大到少数族裔的生活经验。荣获 1992 年国际安徒生奖作家奖的弗吉尼亚·汉弥尔顿（1936—2002）就是一位黑人女作家。这项大奖第一次由黑人作家获得。她的名作《戴斯·德利尔的小屋》（1968）就以一个被暗害的废奴主义者居住的小屋为背景。汉弥尔顿的才华表现在多种题材的创作上。她的《大人物 M.C. 希金斯》（1974）是获得纽伯瑞儿童文学奖、美国国家图书奖和《波士顿环球报》号角图书奖 3 项大奖的杰作。主人公希金斯是个终年光脚的黑人少年，他常到山边一根约 12 米高的钢柱顶上去眺望世界；这是一部很独特、很有心理深度的作品，"大人物"虽则为戏言，却也折映出这个贫穷且粗野的男孩心里存有一种非凡的东西，他愿意为理想憧憬不惜付出他的全部。她在 1971 年出版的《布朗的行星》是一部受到好评的作品，写一群遍布城市的流浪儿，他们就像一个"太阳系"，流浪儿们像行星环绕太阳般拥戴着他们自己的领袖——一个真正管理太阳系模型的人；在地下室里，无家可归的孩子们与他建立了实实在在的友谊。《阿莉拉日落》（1976）写一个半黑人、半印第安人的混血儿因发现她的真实身份而传奇性地得到一宗遗产的继承权。汉弥尔顿的作品的想象总是有一种象征意味贯穿其中。

继汉弥尔顿之后，黑人女作家米尔德里德·泰勒（1943—　）的《隆隆雷声，请听我哭号》描写经济大萧条时期美国南部一个9岁小女孩的故事，尽管结尾是悲剧性的，但作品总体弥漫着温馨感，表现黑人对土地和人深沉的强烈情感的情节也很有感染力。黑人作家自己来表达黑人族裔的爱和自尊，总是要比白人作家来得地道。泰勒后来又以同一主人公写了几部作品。

葆拉·福克斯除了历史题材小说昭彰于世界，其现实题材的小说也颇具影响力。其主人公多为失落亲情的男孩，他们与别人相处总是有这样那样的心理障碍，但是经过一番不寻常的经历后，他们成长了，与人交往也变得容易了。作品所表现的往往是生命的奥秘以及人与世界的关系，字里行间充满了冷静的美和理解。

在儿童文学读物领域里，E.L.柯尼斯堡夫人是不能不一再被提到的作家。她曾于1967、1968连年荣膺纽伯瑞儿童文学奖。1968年的得奖作品是《天使雕像》，讲述两个孩子逃到曼哈顿的市艺术博物馆，在那里安了个舒适的家。其中心事件是法兰威勒太太把一座古雕像卖给市艺术博物馆，因为故事中的雕像被孩子认为是雕塑巨匠米开朗琪罗的作品，所以充满神秘感。

波兰裔女作家玛丽亚·沃伊切科芙斯卡娅以少年马诺拉不愿意遵守旧习而放弃其父斗牛士的职业为内容的《斗牛的影子》（1964）甚受读者青睐。

迈因德特·狄扬（1906—1991）是美籍荷兰人，第二次世界大战期间曾随美军在中国工作，1938年开始创作动物故事。他以自己的小说赢得了国际安徒生奖作家奖（1962）和美国纽伯瑞儿童文学奖（1968）。

美国现实故事类作品的亮点，是1978年的诺贝尔文学奖获得者艾萨克·巴什维斯·辛格为世界儿童读者奉献了诸如《山羊兹拉特》（1966）的一批儿童文学珍品。

美国的少年儿童小说一再突破题材和主题的框限。凯瑟琳·佩特森（1932—　）的《通向特拉比西亚的桥》就表现死亡主题：男孩杰斯和女孩莱丝莉在树林的小溪畔建立了一个神秘王国。一天，莱丝莉突然掉进小溪里淹死了，杰斯哀痛不已，建起一座象征性的桥，让莱丝莉好从上面走过。

洛伊丝·劳里（1937—　）的《步向死亡的夏天》（1977）中 13 岁的梅格看着自己的妹妹在医院一步步走近死亡。

也有的作家热心为幼年孩子写小说，贝芙莉·克莱瑞 1984 年因名作《亲爱的汉修先生》获纽伯瑞儿童文学奖。她的小说和童话都是幼小儿童喜欢的作品，如以小蕾梦拉为主人公的系列作品《烦人的蕾梦拉》写的就是一个幼儿园的小女孩，这个系列从 1950 年写到 1984 年。另外，20 世纪 80 年代还有华格特的《达赛的歌子》以及科莱埃的作品都受到好评。

狄扬的《学校屋顶上的车轮》

国际安徒生奖作家奖获得者迈因德特·狄扬（1906—1991）出生于荷兰的一个渔村，盛年不幸逢美国经济萧条，因此从事过包括掘墓工在内的多种底层职业。从 1938 年开始为儿童写故事作品到 1972 年出版《一只几乎全白的像兔子的猫》，他一生共写了 27 本书。1954 年出版的《学校屋顶上的车轮》深得好评，大受欢迎，1955 年获纽伯瑞儿童文学奖，1957 年获德国青少年文学奖最佳作品奖，遂被译成 10 多种文字（不包括中文）在世界各国流传。1962 年主要因《学校屋顶上的车轮》而被国际儿童读物联盟授予国际安徒生奖。

《学校屋顶上的车轮》写作家本人在祖籍荷兰度过的童年生活中的一些故事。故事发生在一个叫作韶若的滨海渔村。他的家乡有一个人所共知的传说：鹳鸟的鸣叫声能给人们带来好运，带来如意吉祥。因此，村里人都喜欢鹳鸟在自家的屋顶上栖息。但是海边的地面盐分过大，狂风暴雨频繁，所以全村只有一棵在院子里精心保护的樱桃树。没有树，鹳鸟当然就不会来。村里的学生们急切地希望赶快把鹳鸟引进村来，让它们给村里带来吉祥如意，于是便立即动手种树。后来有人告诉他们，在屋顶上平放一个旧车轮，鹳鸟就会来筑巢了。于是 6 个（5 男 1 女）热心的小学生在老师的带领下外出寻找旧车轮。6 个学生 6 条寻找路线、6 种情况，表现出 6 种性格，分别构成 6 个完全不同的故事。6 个不同的故事都相对独立，各个独立的故事里写到年龄不同、脾性不同的人，但个个故事都亲切感人，极具阅读魅力。

正当孩子们准备把车轮放到校舍的屋顶上时，暴风雪来了。孩子们爱鸟的热情深深感动了村里的乡亲们。他们主动来帮忙，终于把车轮放到学校的屋顶上。这时，来自非洲正往北飞的鹳鸟群在海上遭到暴风雪的袭击。孩子们发现海上有几只受伤的鹳鸟，便把它们救起来，带回家去精心照料，等鹳鸟康复后，才把它们放到屋顶的车轮上去。从此村里有了鹳鸟，孩子们的愿望实现了！作品很强的可读性渊源于撷自现实生活的质朴语言、欢快轻松的描述格调和摇曳多姿的传奇色彩，渊源于作者对孩子们不畏艰难、善于开动脑筋、能够团结互助、勇于改造客观现实的精神的由衷褒赞。小说在希望家家都听到欢快的鹳鸟鸣叫声的善良愿望中结束。整个故事始终被一种吉祥如意的美好祝愿所笼罩，因而弥漫着温馨、抒情的气氛。

柯尼斯堡夫人的《天使雕像》

《天使雕像》（又译《贝瑟·Ｅ.法兰威勒太太杂乱的文件柜里得来的档案》《古雕像的秘密》），是美国女作家Ｅ.Ｌ.柯尼斯堡夫人1967年发表的一部中长篇小说。作品写一个12岁的小女孩克罗蒂娅，她思想活泼，知识面广，求知欲旺盛，学习成绩优异。她不满于老一套的生活，决定离家出走干几件了不起的事情，以求一鸣惊人。她沉着、冷静，制造了

柯尼斯堡夫人

一整套周密计划，然后挑选精明能干的二弟杰米跟她同行。在位于纽约曼哈顿的艺术博物馆藏身时，她发现馆内新购进的一尊古雕像还未找到其作者是谁的确凿的原始证据，有人怀疑是雕塑巨匠米开朗琪罗雕刻的，她便带着弟弟认真研究雕像，仔细查阅档案，想把证据查到手。但出于孩子的单纯、天真和幼稚，其间闹了不少笑话。然而他们毫不气馁，继续寻找答案，终于从出售雕像的人家中的文件柜里的宗卷中找出了原始证据，揭开了雕像的秘密。这个主人公克罗蒂娅是美国当代儿童的典型形象，她的身上充分体现了美国当代孩子的思想风貌。她那种不堪忍受庸俗、刻板的家

庭生活遂弃家不辞而去的大胆行动、敢作敢为和锲而不舍的探求精神，是美国孩子特别富于创造精神的一个缩影。

这部和《鲁滨孙漂流记》有相似魅力的小说，作者以自己的一儿一女为观察原型，所以叙事中的种种细节描写都格外真实，也是这部小说具有强大阅读魅力之原因。

辛格的故事作品

美国犹太作家艾萨克·巴什维斯·辛格（1904—1991）在进入美国前，在波兰受过正统的犹太文化教育，深谙犹太民族的历史传统和风俗习惯。辛格有着广泛的生活体验：亲眼看到苦难的犹太民族遭受到最严酷的歧视，他自己虽有幸逃脱了纳粹德国在波兰对犹太人的灭绝人性的杀戮，但他在华沙的亲人却无一幸免。他在大西洋彼岸看到华沙犹太区化为一片火海，心中悲愤欲绝。他一生经历两次世界大战，自幼不得温饱，30年间尝够了在饥饿线上挣扎的人生滋味。只有了解辛格的身世，才能透彻地理解他故事的内容，才能理解辛格为什么能对受尽凌辱和伤害的男女倾注深切的同情。

辛格写作所使用的意第绪语是犹太人的百姓语言，生活气息浓厚，词汇丰富，句法活泼，特别具有艺术表现力。辛格用这种犹太人的街头语言发展了一种既迅疾又凝练、既简洁又雄伟的文体。他的句法简短而突兀，他的节奏曲折、紧张、急促。辛格就是用这样的语言给孩子写了许多人的故事、鬼的故事和一些动物的故事，生动、逼真地再现了犹太民族的社会风貌和生活习俗，鞭挞了腐败、黑暗的社会制度，揭露宗教加于人民的精神枷锁，表达了作者对普通劳动者的同情，正如诺贝尔文学奖委员会在授予他的奖状中所说的："他的充满了激情的叙事艺术不仅扎根于犹太血统的波兰人的文化传统中，而且反映和描绘了人类普遍的处境。"

辛格为少年儿童写的11集故事中，最负盛名的是故事集《山羊兹拉特》，其他也很有名的儿童故事集是《狮子的奶汁》《可怕的酒店》《施莱密去华沙的路上》《快乐的一天》《奴隶依利雅》《诺亚为什么选中鸽子》《三愿的故事》《讲故事的纳夫塔利和他的马苏斯》等。《诺亚为什么选中鸽子》是一篇很精彩的宗教题材童话，说的是诺亚选中鸽子的道理。动物们谁都想要自己先上诺亚方舟以逃出洪水的围困，它们各自争着说必须自己先上方舟的理由。辛格用他的神来之笔一口气写了27种大、小动物各自表述的自己的优点。

有的说得绝妙，反映了作者的大智大慧：

大象咆哮："我最庞大，耳朵最宽，鼻子最长，双脚能踏碎石头。"

"又笨又重有什么值得吹嘘？"狐狸说，"和你们比起来，我最机灵。"

"我怎么样？我也够机灵吧？"驴子说。

"好像谁都机灵！"臭鼬说，"我嗅得最远。气味最香。"

"你们一个个只会在地上走，我能上树！"猴子说。

"上树我比谁都灵巧！"松鼠说。

…………

"我是人类最忠实的朋友。"狗说。

"一味顺从是你的本事！我不拍马屁不奉承，独来独往。"狼说。

"你对人没好处，人对你也没好感。我把毛献给人们，所以他们关心我。"羊说。

"你只给羊毛，我给蜂蜜，"蜜蜂说，"而且我有毒刺保护自己。"

"毒刺算啥！我的毒汁才厉害！"响尾蛇接着说，"而且我最贴近大地妈妈。"

…………

"我供人们骑坐而且我眼睛最大。"马说。

"你的眼睛虽然大，只有一双，我却有无数双。"蜻蜓说。

…………

"我的嘴最宽。"河马说。

…………

"我还能用翅膀唱歌呢！"蝉儿说。[1]

只有鸽子不说话，于是诺亚选中鸽子做他的信使。

辛格在为故事集《山羊兹拉特》而写的序文里，曾明确地表示过创作儿童故事的宗旨和目的：

"小孩子也像大人一样，对以往的时光感到迷惘。一天过完了，这一天怎么样了呢？我们经历的那些有欢乐也有痛苦的昨天到哪里去了呢？文学可以帮助我们记住过去，记住过去的喜怒哀乐。在讲故事的人看来，昨天还在，以往的岁月还在。

在故事里，时间是不会消逝的，人和动物也是不会消逝的。在作家及其读者的眼里，所有生灵都长生不老。很早以前发生的事情犹在眼前，栩栩如生。

我正是在这种信念的鼓舞下写这些故事的。我描写的许多人物，在现实生活里已经看不见了，但是在我看来，他们还活着。我希望广大读者能从这些人物的智慧，他们稀奇古怪的信仰以及他们有时表现出的愚蠢行为中得到乐趣，受到启迪。

……战争和迫害破坏了许多城市，毁灭了许多无辜的家庭。我希望，当这些故事的读者长大成人的时候，他们不仅爱自己的孩子，也爱其他地方的所有好孩子。"

这篇序文的第一层意思是，表明"文学是人类的记忆"是他对文学的一贯认识，即使儿童文学也不例外，只不过较之成人文学可能更多些人们对童年的记忆；第二层意思在表明他写儿童故事的用心和意图，是让少年儿童读者从故事中得到乐趣、受到启迪；第三层意思是希望愚蠢的战争和残酷的迫害不要再发生，希望孩子成长为具有善良品格和人道精神的人。作家的上述3层意思都艺术地体现在他的故事作品中。

辛格的故事除有一部分取材于民间传说外，其余都取材于波兰犹太人的生活，写得短小精悍，适合儿童阅读，这些短小的精彩故事按其内容可

---

[1] 韦苇主编《世界经典童话全集 第17卷 美洲分册》，明天出版社，2000，第28—29页。

分成这样几类：

第一类，也是最能引孩子哑然失笑的一类，为一个名叫赫尔姆愚人城中的人物故事。头号人物当然是犹太民族传说中家喻户晓的施莱密，施莱密在意第绪语里是"傻瓜、笨蛋"的意思，在犹太民间故事中，施莱密身上集中了许多愚蠢、滑稽、可笑的故事。例如，《施莱密经商记》中写道：施莱密决定买一大桶香醇的白兰地酒拿到市场上去卖，一杯3个格罗申。他的妻子也帮他一块儿干。但是赫尔姆人嫌3个格罗申太贵，喝不起，半晌只有一个顾客来喝了一杯，付了一枚3格罗申硬币。从此再也无人光顾了。施莱密焦躁不安，嗓子发干。于是他拿起那枚3格罗申硬币向妻子买酒，妻子又用同一枚硬币向丈夫买酒。施莱密和妻子就这么你一杯我一杯，一枚3格罗申的硬币在他们手上传来传去。"到了晚上，桶里的酒去掉了一大半，他们夫妇俩一天所挣的钱还是手里那枚三格罗申硬币。"[1] 他们怎么也不明白，酒明明卖出了一大半，可钱还只有3格罗申！愚人城里除了施莱密，当然还有别的可笑人物。《赫尔姆的笨伯们和蠢鲤鱼》《搅在一起的脚和愚蠢的新郎》就写的是施莱密以外的愚人城人物。这些笨伯为了惩罚用尾巴扇了长老蠢牛格罗纳姆一耳光的鲤鱼，决意不能让这条鱼像其他鱼那样死。那么怎么处死这条鱼，才能使这条鱼感到最痛苦呢？他们竭思尽虑，最后决定把鲤鱼投进湖里，把它淹死！这类故事，到结尾处往往把掌管愚人城宗教及世俗事务的7位最愚蠢的长老拉出来，展现一下他们的无知、固执、虚妄和骄横，给他们最后的也是最有力的一击。

第二类，是智人的故事。《机灵鬼托迪和吝啬鬼里策尔》《拉比智斗女妖》《魔鬼的把戏》就是这类故事中的精彩篇章。《魔鬼的把戏》中机智的穷孩子在关门之时把魔鬼尾巴夹在门缝里，用这一招逼着魔鬼把诱拐到山洞里的孩子父母都放回来。这时他还不轻易放过魔鬼，他把魔鬼的尾巴烧焦，让它永远不敢再来捣乱。

第三类，是让孩子增长见识和获得教益的故事。例如，《乌策尔和他

---

①艾萨克·巴·辛格：《山羊兹拉特》，刘兴安、张镜译，北京出版社，1983，第67页。

女儿穷姑娘》写乌策尔和女儿穷姑娘通过辛勤劳动摆脱了贫穷的处境，这使他们终于认识到只有自己劳动创造的财富才能带来真正的欢乐。又如《三愿的故事》写史洛马、莫希和斯帖3个孩子想不付出努力就获得知识，结果当然什么也没得到。夜间守护神告诉他们："不管什么人，不亲自做事，就不可能变聪明；不管什么人，不刻苦学习，就不可能有学问。"[①] 后来他们各自经过努力都如愿以偿。凡是肯下苦功而不希图侥幸的人，他就一定会创造奇迹，得到幸福。

第四类，是《快乐的一天》那样的自传性故事。作者以童年时代的经历为线索，以一个儿童的眼光描述了20世纪初沙皇统治下的波兰穷苦犹太人的生活，表现了作者少年时代勤学多思、热爱大自然、热爱自由、追求真理的思想品质。这类作品中《洗衣妇》《乳品商莱布·阿什尔》《快乐的一天》《死鹅哀鸣》等都写得真实、生动而有趣。

辛格的儿童故事中还有一类引孩子格外喜欢的作品：动物故事。比如，曾被美国等国家分别搬上了银幕的《山羊兹拉特》，就是这类作品中的优秀代表者。兹拉特是一头温顺的老母山羊，主人由于手头拮据决定将它卖给镇上的屠夫，让自己的儿子即12岁的阿隆把兹拉特送去。不料，阿隆在去镇上的路上风雪骤起，他和母山羊在茫茫雪野里迷失了方向。这是一场罕见的特大暴风雪。雪已没过双膝，手冻僵了，脚也冻麻木了。他呼吸困难，风雪呛得他喘不过气来。不幸中的万幸，这时他们碰上了一个积雪覆盖的大草垛。于是男孩费了好大劲挖出了一条通往草垛的通道，替自己和母山羊掏出一个藏身草窝来。干草垛里很暖和，母山羊吃干草下奶，男孩就靠母山羊又浓又甜的奶汁熬度了三天三夜，第4天早上阿隆和他的母山羊回到了家里，阖家皆大欢喜。

写家畜的故事特别感人的还有《讲故事的纳夫塔利和他的马苏斯》，写一匹名叫苏斯的马，它任劳任怨为主人效劳终生，走遍波兰各地，把无以胜数的有趣故事送给孩子，死后还以自己的身躯滋养了一棵橡树。马的

---

①艾萨克·巴·辛格：《山羊兹拉特》，刘兴安、张镜译，北京出版社，1983，第131页。

老伙伴纳夫塔利死前立下遗嘱把他埋在苏斯墓旁的那棵小橡树下。小橡树和老橡树的枝干交织在一起。

辛格特别推崇19世纪的文学大家和他们的作品，他说："20世纪在应用科学上有伟大的成就。人上了月球——他们有什么办不到的呢？但是在文学上并没有超过19世纪。"他继承列夫·托尔斯泰、契诃夫、莫泊桑、狄更斯、巴尔扎克、果戈理、陀思妥耶夫斯基、爱伦·坡的现实主义传统，在儿童文学的创作上，又融进了麦尔维尔和霍桑等人的浪漫主义元素，融进了"美好的梦"。

追究一下辛格的故事能赢得世界各地小读者的原因，大概是如下几点：首先，作家以真挚质朴的感情，慈祥和蔼又严肃认真地面对儿童，以生动有趣的情节给儿童娓娓地讲故事，故事合情合理，有头有尾。其次，他擅长紧凑的叙事结构，以及明白晓畅的易为儿童所接受的语言。还有一个重要原因，辛格具有一种毫不做作的、轻松的喜剧幽默才能。作家幽默的天才体现在字里行间，作品中悄悄地流露着他的褒贬、爱憎、好恶，因而特别耐人玩索。这里举个容易看分明的例子，赫尔姆愚人城里的一个青年和一个长老的一场对话：

没过一年，燕塔就生了个女孩，勒迈尔向赫尔姆的长老报告喜讯：他们生了一个孩子。

"是男孩吗？"长老问道。

"不是。"

"是女孩？"

"您怎么猜着的？"勒迈尔惊奇地问。

赫尔姆的长老回答说："对赫尔姆的智者来说，没有猜不透的秘密。"[1]

这样的幽默妙笔可以从辛格的儿童故事作品里信手拈出，所以辛格被人称作"名副其实地给人以艺术享受"的语言艺术家，是100年后他的书还会有人读的文学作家。

---

[1]艾萨克·巴·辛格：《山羊兹拉特》，刘兴安、张镜译，北京出版社，1983，第31页。

另外，辛格故事的结尾都有作家新颖、灵活的创造，成为他整个故事精巧构思的一部分。他的故事结尾无论是点明主题式的、出奇制胜式的、抒情诗式的、云龙雾豹式的，还是常用的、反常合道的突然煞尾，都能前呼后应，首尾圆通，浑然天成，起到承载全文，扩展和深化主题，启迪读者思索的作用，给人以"余音绕梁"的艺术回味。

再者，辛格的许多故事还特别讲究"悬念"。

辛格因儿童爱读他的作品而感到非常欣慰。他认为："小读者与成人不同。孩子是完全凭自己的好恶来取舍书籍的；如果你告诉他们，这篇故事是某个名人赞扬过的，他们根本无动于衷。"

克莱瑞的《亲爱的汉修先生》

贝芙莉·克莱瑞（1916—2021）出生在美国俄勒冈州的一个小镇，自幼受作为图书管理员的母亲的熏陶和影响，嗜爱看书，早早就立志要把自己的童年趣事用文学方式诉诸读者。后来她自己也成了一名图书馆的管理员，曾任华盛顿儿童图书馆馆长。当有的小读者向她问及如何寻找写作灵感时，她回答说，她的创作灵感全从自己的生活经验以及周遭的环境得来。她的小说曾先后3次荣获美国纽伯瑞儿童文学奖：第一次，1978年，因小说《蕾梦拉和爸爸》而获奖；第二次，1982年，因小说《蕾梦拉8岁》而获奖；第三次，1984年，因小说《亲爱的汉修先生》而获奖。1983年其小说获美国文学最杰出贡献奖，还曾获得其他多种文学奖项。1988年，她的"蕾梦拉"系列被改成电视剧，受到观众的交口称赞。她的小说已经被译成10种以上主要语言在世界多国传播。

《亲爱的汉修先生》说的是2年级小学生雷伊读了一本《逗狗妙招》（又译《狗儿快乐秘诀》）。雷伊一直在研究这本书，到4年级时写信给《逗狗妙招》的作者汉修先生，向他提了一连串的问题，不料汉修先生也向他提了一连串的问题。这部小说的结构就以雷伊回答汉修先生关于自己的家庭——关于父母的离异、关于自己的同学、关于自己的学校生活……种种件件，形成8个章节。由于作者长期担任儿童图书馆馆长，她非常了解儿童的阅读心理，因此她描述的内容和方式都特别容易抓住小读者。克莱瑞选择一个非常普通的男孩来作为她的小说主人公，其所思所为、所评所判使用的准则特别容易得到小读者的认同。所以，小说在主人公选择这一点上就为这部小说赢得读者奠定了良好的基础。选择以书信和日记两种方式展开叙述，以便于作者在本真的儿童内心世界的层面上打开十来岁男孩本真的喜怒哀乐——男孩心中的爱、男孩心中的痛——立体地活现出来，彻底消除了作者与读者之间的隔阂感，让读者随男孩心境的自述而感同身受。

美国《学校图书馆杂志》指出："《亲爱的汉修先生》的十足魅力也来源于小说的幽默风格。克莱瑞在雷伊身上体现出来的谐趣叙事格调，使这部小说即使在男孩诉说自己的愤懑、忧伤和痛戚心情时，也是满含戏谑情味的。"

我在书的封底看到了您的照片。等我长大了，也要当一名作家，留小胡子，也像您一样。

随信附上我的照片，是去年照的。我现在头发要长一些。全美国有数百万个小孩，如果我不寄照片给您，您怎么知道哪一个是我？[1]

这部小说不避人间五味和炎凉世态，内容无疑是深刻的，但是类似上面这样幽默的叙事格调，使小说处处洋溢着可读性，诱使读者与主人公雷伊一道共同感受，共同思索，共同成长。

佩特森的《通向特拉比西亚的桥》

凯瑟琳·佩特森生于1932年，是美国享有国际声誉的儿童小说女作家。被国际儿童读物联盟国际安徒生奖评奖委员会授予金质奖章的时候，佩特森发表答谢词和获奖感言说："小时候，我胆小，不聪明，笨拙，反正就是当不成英雄的那种人。当了作家后，我想为

凯瑟琳·佩特森

---

[1] 克莱瑞：《亲爱的汉修先生》，柯倩华译，新蕾出版社，2006，第4页。

那些和我一样经常垂头丧气、胆小怯懦的孩子写书。他们需要鼓励，要让他们活得有盼头。我出生在中国，兄妹5个。我的哥哥和姐姐是朋友，两个妹妹能玩到一起，也能吵成一团。就我这个处在中间位置的孩子上下两不沾。第二次世界大战时，我8岁，我们沦为难民，最后逃回美国——我的父亲管那个地方叫家乡，可我在那里却是个陌生人，穿着破旧的衣服，说着怪声怪调的语言。初到美国的那几年，欺负我的人很多，我总也没有朋友，我只能在书里找我的朋友，要多少就能找到多少。"甚至因为读书，读苏联人写的书，使她得以超越了冷战思维，超越政体和种族的偏见，她到哪里都能收获真诚的友谊，于是无由的仇恨和忌怨的种子再也播不进她的心田——她得以成为比那些似乎能左右世界的政客高尚得多也伟大得多的人。

佩特森代表性的名作有《养女基里》、《上帝的宠儿》(又译《我和我的双胞胎妹妹》)、《通向特拉比西亚的桥》、《天使改造计划》。而被授予国际安徒生奖作家奖，主要是由于小说《通向特拉比西亚的桥》。正因其思想内涵的深刻、艺术表现的独创、卓绝和强大的影响力，她才得到美国与美国以外的文学界尤其是儿童文学界的一致认可。女作家下决心创作这部小说的直接动因，是一次雷电倏忽间夺去了她儿子一个女友的生命。她从思考爱、死亡这两个人类根本的也是永恒的命题开始她的小说构思，关于此，她有这样一句话："一个孩子应该在亲历自己所爱的人的生命消逝之前，有这样一本书为他因爱而生的痛疗伤。"那么，可想而知，《通向特拉比西亚的桥》就是一本让少年在瞬间失去爱和被爱而痛不欲生的时候蒙受精神煎熬而挺过来的书。小说开头铺垫出主要人物杰斯身上有一种超越尘世的向往，一种对真诚和美好的向往。随之出场的莱丝莉是一个不俗小姑娘，她穿着剪短了的褪色的牛仔裤和汗衫似的蓝外衣，脚上穿一双帆布胶底运动鞋，并且没有穿袜子，出现在一片节日盛装的同学群中。当杰斯在音乐课上被歌声中的纯洁的欢乐感动的时候，他的目光和莱丝莉的目光相遇，他直觉莱丝莉是勇敢的，是卓尔不群的。事实果然是这样。当别的学生为了得到好分数而撒谎的时候，莱丝莉则有了一种不同寻常的爱好：戴水肺潜水。一个不满 10 岁的小女孩敢下到没有空气、只有一点点微光的、深不可测的世界里，这让胆小的杰斯吓破了胆。虽然杰斯没有莱丝莉勇敢，但是他的身上也有不俗的地方，至少是有一种对不俗的向往，因此在莱丝莉看来，他是整个学校里唯一值得交往的同学。于是他们走到了一起，在一个秋高气爽的日子，他们来到干枯河床对岸的一块森林地，他们抓住绳索荡过了溪谷，明亮清澈的天空让他们陶醉，他们忘却了尘世的一切，他们不再需要尘世里的一切——他们需要的是一个只有他们去的地方——这是一个神秘的精神国度——特拉比西亚——在这个世界里，任何敌人任何恐惧都无法战胜他们。

特拉比西亚不能没有莱丝莉——杰斯曾经想自己一个人到特拉比西亚去，他试了一下，一点意思也没有。没有莱丝莉，特拉比西亚也就没有了魅力。

特拉比西亚是一个秘密，它只属于他们。这样，特拉比西亚就成了一种象征。

后来，莱丝莉在复活节后的星期一不幸死在了火雨中——这个勇敢的女孩在进入特拉比西亚的时候，死在了溪水里。于是通向特拉比西亚的桥也就更成了一种象征。

"我们应该练习面对死亡，学会悲伤。"杰斯终于明白了，莱丝莉不在了，他必须依靠自身的力量，他必须代表他们两个人去努力，他有责任用莱丝莉已经给他的观念和力量，以美好的东西和关心来回报世界，他必须从莱丝莉身上汲取力量和勇气，让自己蓬勃的生命利于人类、利于世界——《通向特拉比西亚的桥》的阅读意义就在于此。

佩特森在受奖时说，她的朋友占姆·史密斯告诉自己这样一个事实："他曾向医院里一个心理紊乱的男孩朗读我的书《通向特拉比西亚的桥》。读到莱丝莉死去的那一章，那男孩开始哭泣。"这个事实说明《通向特拉比西亚的桥》是一部激情喷溢的小说，说明它是从作家生命的根部生长出来的，它的积极意义在于纵然是孩子也应该学会接受美好的事物被毁灭、爱被重重击伤，在于让孩子学会在逆境中成长。

一个心中充满爱的女作家要去写小女孩的死亡，一定是有困难的。佩特森在创作过程中就数度遇到了情感障碍。不过当她把孩子死亡的问题想明白之后，也就写得顺畅了，而且读者读到的小说是意蕴积极的，读者能充分感受到作者饱含在文字里的激情——由于这部小说的扩传，这份激情正感染着它所有的读者。

第三节　英语儿童文学在澳大利亚

澳大利亚儿童文学概述

第二次世界大战后，澳大利亚第一部受到国际重视的儿童文学作品，是 1948 年出版的女作家 N. 乔赛的《他们找到了一个山洞》。她的现实主义表现的魅力（《魔王山》，1958；《坦加拉》，1960）和对澳大利亚动物群的忧虑（《丛林虎》，1957），使她成为新崛起的作家群中的佼佼者。另一位引起注意的女作家琼·菲普森（1912—2003）以其家庭命运小说《骑马人，祝你顺利》（1953）、《阴谋之家》（1962）、《林海一伙》（1966）、《彼得和巴赤》（1969）等丰富了澳大利亚儿童文学。

可以代表当代澳大利亚儿童文学最高成就的是女作家帕特里夏·赖特森（1921—2010）。1986 年，在日本东京举行的国际安徒生奖作家奖评奖会议上，国际儿童读物联盟把两年一度的大奖授予赖特森，认为她确立了澳大利亚儿童文学，并扩大了儿童文学的表现范围。通过赖特森的作品，人们可看到澳大利亚的风土人情，看到真正属于澳大利亚的儿童形象，使人们深刻认识到人类和其他生物都是与自然同命运、共生死的。赖特森生于新南威尔士州的利斯莫尔，毕业于昆士兰州斯坦索普的圣凯瑟琳学院，长期在医务界工作，1964 年起从事少年杂志的编辑工作。1955 年她写的以学校生活为题材的处女作《恶蛇》（1956）即获澳大利亚儿童读物奖，之后她陆续写了 10 多本小说、童话。《降临地球》（又译《来自行星的少年》，1965）写的是一位来自行星的少年马丁力图改变两个大城市孩子的生活的故事，作品极富幽默感。其他作品有三部曲《冰来了》《黑亮的水》《风的后面》，关于这一类作品，女作家自己说："一是把丰富的幻想作为一种观念探索的手段，二是要用本土的传统精灵（仙人和精怪）来丰富澳大利亚的当代幻想。"《我是跑马场的老板》（1968）写一个智障儿童安迪在冷酷的现实中得到一群身体健全的孩子的帮助；《蜜岩》《叫唤星星的纳尔贡》《达卡婆婆和小精灵》《海星》《风的勇士》《尼莫丁》《魔云的同伴》，以及最新作品《有点儿害怕》内容充实、艺术完美。

伊凡·索撒尔（1921—2008）在国外所享有的盛名可与赖特森相比。他1950年至1961年出版的一套丛书，其主人公有超乎常人的勇气和体魄。这套丛书获得成功后，他就不间断地为孩子写作，众多的作品刻画少年儿童千差万别的性格特征，却都表现同一个主题：对于少年儿童，培养应付艰苦环境、战胜艰难险阻、纵然在没有成年人帮助时也能在毫无希望的情况下继续生活下去的能力，是殊为重要的。索撒尔的作品中，《乔什》1971年获卡内基文学奖。小说主人公乔什是生长在墨尔本的14岁少年，暑假到他的父亲的故乡去，结果与当地孩子发生冲突，于是就只身步行300多里返回墨尔本。

澳大利亚的童话值得一提的是用童话笔法写的一些颇耐读的动物故事作品：多萝西·沃尔（1894—1942）的《会眨眼的比尔》《漂亮的小澳大利亚人》（1933）及其续作，写一只顽皮而又可爱的树袋熊；列·黎依斯的鸵鸟和鸭嘴兽的故事，颇受读者喜爱。黎依斯特别善于写鸵鸟——漂亮的鸵鸟首领能将一群鸵鸟引进动物园。

赖特森的《我是跑马场的老板》

这是1986年国际安徒生奖作家奖获得者、澳大利亚女作家帕特里夏·赖特森的中篇儿童小说。故事叙述一个名叫安迪的智障男孩，自以为花了3块钱买下了城里漂亮的大跑马场，时时以老板自居。他的伙伴们一定要他明白他辛辛苦苦弄来的钱是让那个捡废瓶子的叫花子给骗了，跑马场其实还是别人的，安迪却坚决不信。伙伴们为此感到焦急。周围的大人们却出于好心千方百计使安迪确信用 3 块钱买下了"跑马场"，口口声声地叫他"老板"。于是安迪更是以"老板"自居，得意扬扬。最后，人们给了他 10 块钱，又把跑马场"买"了回去，而且让安迪"赚"了 7 块钱。这些好心的人为了不让他发现真相而伤心，费了好大心思。作者用洗练的笔墨叙述了一个平凡的故事。因为作品写得极富奇趣，所以低层次读者的浅层面阅读会津津有味，而高层次的读者则可以透过作品中的意象性象征领略更深刻的内涵，理解作品所表现的人性深度和人道主义深度——这种深度在儿童文学中是空前的。这部作品典型地体现了赖特森的创作主张。她曾说："我的一本本书代表着一个个写作探索的过程。一些评文说我的这些书体现着发展中的思想观念，说我把幻想作为进行探索的主要手段，我认为这样说是符合我的创作状态的。"

第九章 占有世界儿童大块阅读份额的
英语儿童文学（下）

第一节 从小说方向发展过来的童话

严格的现实主义小说是指按照生活本来的样子用文学的虚构和文学的语言写成的故事文学，主要是以理性、富于逻辑地展现生活，表达人道、人文的意义。现实主义作家深受现代哲学的影响，不再如 19 世纪作家那样依据理性的分析，从现象到本质地认识真理和真实。他们开始热衷于以潜意识、梦境幻觉来展示内心心理，夸张、象征、荒诞、魔幻、寓言性暗示成了他们表现人和人的生活的重要手段。这样的文学潮流自然也影响到儿童文学中的童话创作。童话开始跨越小说边界到幻想空间里去寻找表现的自由，开始大量地表现感觉，生活的自然的真实已不是他们所要顾及的了，他们试图建立一种更符合儿童心理特征的真实。

第一个这样做而赢得喝彩的是波士顿夫人的童话。她写的"绿诺威"系列风格清新，如泉水流淌一般自如，罕有可与之匹敌者。

露西·M. 波士顿（1892—1990）也是英国 20 世纪中期的重要童话作家。她先后在英、法居住，44 岁归返英格兰，定居在一个庄园里。正是这个庄园给了她灵感，于是以生动优美之文笔、引人入胜之故事创作了童话《绿诺威庄园的孩子们》（1955），遂使自己成名。这部童话从现在追溯到 17 世纪，曾祖母给孤独的小男孩托利讲述原先居住在这座庄园的孩子们的故事，于是托利就在幽冥中看到原先生活在这座庄园的孩子们，并跟这些孩子游玩，这使托利心里感到恐惧。书中的托利是根据波士顿夫人自己的儿子塑造的。后来，波士顿夫人围绕"绿诺威"写了20年，构成由7部作品组成的系列。1961年出版的《到"绿诺威"来的陌生人》，写一个小男孩带着从动物园逃出来的大猩猩汉诺到绿诺威逃难，但是大猩猩被人开枪打死了。其中插入了许多动物童话的描述。这部特别感人的童话于1961年荣获卡内基文学奖。"绿诺威"系列外的童话中，享誉最盛的是《海蛋》（1967），书中对庄园和海的描写，被认为达到相当高的艺术境界。

波士顿夫人曾经说过："我所有的水都汲取自同一口井。"这"井"实际上就是她所居住的那座宅院。作品中的那座"老宅子"除名称不同外，其他地方与波士顿夫人位于剑桥郡海明福德·格雷的庄园宅邸几乎一模一样。她在这里生活了50年，98岁高龄时在这所宅邸中辞世。作品中的欧德诺夫人也同样是稍加乔装的波士顿夫人本人。她作品中的语言十分优美、精确，尤其是在描述居所或花园时。她的写作风格清新、流畅，像春水一般悠悠流淌，仪态万方地涌动着、闪烁着，读来令人心旷神怡。在英国，这样优美的风格屈指可数，唯皮尔斯的童话可与之媲美。

克莱夫·金（1924—2018）1963年写的小说《垃圾堆里的斯蒂格》曾风靡英国，讲一个小男孩在一个垃圾堆里发现了住在那里的石器时代的洞穴人。

活跃在英国20世纪70年代到20世纪80年代的才情卓越的女作家佩内洛普·莱夫利生于1933年，在埃及度过童年，在牛津圣安娜学院接受高等教育，1970年才迟迟崛起。她长于构筑喜剧性故事，几部作品都大受儿童欢迎。莱夫利的卓越才情主要表现在《托马斯·凯普的幽灵》（1973）中，获卡内基文学奖。故事讲一个男孩住进一幢老房子后，受尽一个永不餍足的魔鬼的折磨。它的续集《诺汉姆花园中的房子》（1974）更为出色。这部令人难以忘怀的作品中包含一则关于一个来自新几内亚的油漆得十分奇特的盾牌的梦中故事，但它真正的中心故事正像它的书名所表明的那样，是发生在牛津北部的一座维多利亚时代的大房子里的。在那里，14岁的女孩克莱尔与她那几位上了年纪的、学究气十足的姑婆住在一起。在这部作品中，过去与现在、远处与近处都被拉扯到一起。它最吸引人的地方是描写了年轻人与老年人之间的那种十分感人但并无伤感的情谊。克莱尔给她81岁的苏珊姑婆送的生日礼物可称得上是所有文学作品中最有灵感的：一棵小紫叶山毛榉，它的寿命将超过苏珊姑婆两三百年。另外，引起人们重视的《QV66航程》(1979)写一群动物如潮水般涌入伦敦一个旅馆的热闹童话。1976年出版的《缝补时间》中，小主人公玛丽亚是个孤独而想象力丰富的女孩，她不太爱跟人说话，但却乐于与动物、植物和汽油泵等交谈。她正是那一类似乎能听见来自过去的声音的人，正是那一类能够与一个世纪以前曾在这儿住过、从未能够缝完她的刺绣品的那位哈莉埃特在思想上进行沟通的人。这是一则静悄悄然而有独到之处的故事，它本身也像一件维多利亚时代的刺绣品一样制作精良。

潘妮洛普·法默的童话极见喜剧性，其童话角色被塑造得别出心裁，并以此赢得人们的钦佩。她以女孩夏绿蒂为主人公贯穿童话的系列有《夏天的鸟》(1962)、《爱玛的冬季》(1966)、《夏绿蒂有时候》(1969)。其中以《夏天的鸟》最有魅力。它写一个陌生的男孩教夏绿蒂姊妹飞行，接着，全校学生都开始喜爱高飞，认为这是极大的快乐和自由。当夏季结束时，他们知道男孩的身份，魔力就消失了。他们于是又被牢牢束缚在地面上，再也不能飞起来了。全书笼罩在神魔气氛中，而结尾则全然是古希腊戏剧的模式。在《骨城堡》(1972)中，4个孩子发现了一宗秘密：一个看起来普通平常的碗柜，却能把放进里面的东西都变成原先的模样。一个猪皮钱包放进碗柜，会变成一只嗷嗷叫的小猪；一个男孩进去就成了婴儿。在这部作品中，有3个层次的3个幻想故事交织在一起：第一个是比较简单的"穿过碗柜"的故事，它不能不使我们想起伊迪丝·内斯比特和刘易斯·卡罗尔的作品和C.S.刘易斯的纳尼亚王国的故事；第二个是来源于古代神话的情节更为复杂的幻想故事；第三个是与主人公关系甚为密切的个人幻想故事，它隐含着对自知之明的探求之意。当主人公最后从幻想世界又回到现实之中，他发现空间消失了。墙从四面八方包围了他，限制住了他，把他禁锢在最窄小的城堡之中；他想，那是一座骨城堡。而骨城堡就是他本身。像《骨城堡》这样的作品可以帮助孩子得到心理上的某种平衡。

比《骨城堡》早几年问世的《玛丽安的梦》（1958）也是一例。这部作品由凯瑟琳·斯托尔（1913—2001）所写，它讲述了玛丽安的一系列梦境，在梦境中表现出了一种真实的恐惧感。虽然最终一切都得到了解决，但读者们仍能够十分强烈地感觉到而且觉悟到一个人会对另一个人做些怎样可怕的事情。这部作品对9至12岁的儿童会有较强烈的震撼力。或许有人会觉得不应让这么小的孩子阅读此类作品。但事实上人人都有能力做坏事的道理迟早会为儿童所意识到，而且有可能会以比阅读作品令人不安得多的方式被他们所了解。

英国的威廉·梅因因小说屡屡获得成功而广受敬重。1968年出版的《在山那边和在远处》（又译《山路》）是童话性小说，它描述现代儿童骑着小马进入遥远的过去，这与《地球禁食》的情节安排恰好相反。

梅因的作品形式多样，而且总让人惊喜。《安塔尔和鹰》（1989）一书中进行了一次他笔下最非同寻常、最危险的想象中的飞行。安塔尔是个小男孩，他被带去与一只鹰一起养大，鹰把一件只有人类小孩才能完成的探寻任务交给了他。安塔尔学会了与鹰交谈，还制作了他可以借以飞起来的翅膀；对他来说，鹰已变得十分熟悉，但同时它又是一种全然陌生的物种。梅因的杰作虽然怪诞，但其中的关系全然真实可信。

梅因在幻想作品方面的最大成就也许应该归于一本为年龄较小的儿童读者写的书《一年零一天》（1976）。不过，这部书中幻想与现实之间的界限表现得尤为模糊。书中写康沃尔的两个小女孩在一个多世纪前发现了一个裸体小男孩，当地见多识广的妇女们说那是个仙童，到这里来只能待一年零一天。女孩的父母是贫穷的农人，他们收留了这个男孩，给他取名亚当。他不说话，但能模仿他所听到的声音。小女孩们挺喜欢他，但当那一年过去后，她们发现他"冰凉地睡着了"。而很快地，又来了一个新的亚当，这回是一个很好的、充满活力的、自然的普通男孩，他来安慰她们了。这是一篇简单而优美的故事，弹奏着它自己平静而忧伤的音符。这部作品受到众评家好评。

梅因的儿童文学作品至少有 75 部。他思想开放，善于吸收新鲜事物，创作避免俗套，保持独特风格。

在美国的幻想小说中，有些作品用生死、用自然顺序的倒错从一个全新的视角来讨论生命的价值究竟在哪里的问题，其中最优秀的无疑是娜塔莉·巴比特的《不老泉》。巴比特 20 世纪 60 年代末开始成名，一手做作家写小说一手做画家为自己的作品配画。她所创作的幻想小说和图画故事作品都显示了她丰富的高度创造力，得到广泛的好评，并深受小读者喜爱。

美国女作家珍妮·吉尔森·兰顿（1922—?）顺内斯比特的童话路子开始创作，其幻想作品从马萨诸塞州的历史名城康考德那里汲取了非凡的力量，也从美国的著名作家亨利·绍罗和拉尔夫·沃尔多·爱默生的幽灵中汲取了不少力量。作者本人也在每一个可能的场合十分爽快地承认他们对她的影响。她主要的儿童文学作品是有关霍尔一家的系列短作。《窗户上的钻石》（1962）是整个系列的第一部作品，说的是对"超自然珍宝"的探寻，而这些珍宝最终却证明就是人类的智慧和经验这个珍宝。这第一部作品，以及随后的第二、三部作品，有点类似内斯比特那样利用了有魔力的东西来打开一扇超越日常现实生活的门。在第四部《小雏》（1980）中，乔治从一只鹅的身上学到了"展开翅膀的力量"，飞越了康考德市。在第五部《脆弱的旗帜》（1984）中，乔治差不多从幻想中冲了出来，领导了一场参加人数不断增多的儿童和平进军，这次进军由一面古旗引导，这旗帜有时颜色尽消，有时却又勇敢地发出了光辉。

巴比特的《不老泉》

娜塔莉·巴比特（1932—2016）是美国具有新奇表现才能的童话女作家和插图画家。她的作品中总是氤氲着强烈的喜剧色彩，她能巧妙地将荒诞或窘迫的情境与温和天真的笔调相结合；她的作品文笔流畅，文采丰美。其中给人印象最深的是《不老泉》（又译《塔克的永生》，1975）。塔克一家即塔克、塔克的妻子、两个孩子迈尔斯和杰西，他们"平凡得就像盐巴一样"，但他们都长生不老，因为他们在87年前都喝过从一个秘密的泉眼汲来的长生不老水。而这个永生秘泉就在一个叫温妮的10岁女孩家不远的森林里。温妮发现了泉水，塔克一家为了防止秘泉所在地外传，便把温妮带走了。温妮在永生和死亡之间做了抉择；她拒绝喝不老泉水，她宁愿要有限的生命，做个好姑娘、好妻子、好母亲。温妮将杰西给她的礼物——生命泉水——浇在一只蛤蟆的背上。这部作品让孩子们理解了他们原本很难理解的死亡问题，是内容独特的名作。这部童话的长生不老的意义主题，与厄休拉·勒奎恩的《最遥远的海岸》有异曲同工之妙，但这部童话的处理完全能为儿童所理解。人们是否想永远活下去呢？长生不老是礼物抑或是罪孽（是好事还是坏事）？塔克先生把这个问题的答案告诉了温妮：

……"生命就像轮子，温妮，一切都像轮子，不停转动，永无停歇……"

……"但死亡是轮子的一部分，就在新生的旁边。你不能只挑自己喜欢的，把别的扔掉。能成为整体的一部分，这是有福啊。但这种福分没落到我们塔克家头上。活着不容易，但像我们这样给扔到一边活着，就没有什么意思了。要是知道怎么爬回轮子上去，我会立刻去做。人不能只活不死，所以我们这种生活不能算是活着。我们只是存在，就像路边的石头一样。"[1]

巴比特童话里的这段话破解了死亡的全部价值和意义。这在童话史上还是第一次。这部童话的难能可贵也正在于此。

这篇童话的尾声告诉我们，温妮最终没有去喝那种泉水，活到高龄去世。塔克先生见到她的坟墓时这样说："好女孩。"这是一篇平静地思考人类生存意义的童话作品，写得优美动人。作者巴比特不愧是一位文体学家，她不仅注意到了描写的精确与细腻，也注意到了词语的音韵美。我们可以

---

[1] 娜塔莉·巴比特：《不老泉》，吕明译，二十一世纪出版社，2021，第66—67页。

注意一下诸如这样的妙语："一道能干的铁篱笆"，一棵树粗大的根"弄皱了地面"。

巴比特的《魔鬼的故事书》（1974）写一个狂妄自大的魔鬼向那些通往天国的人玩弄阴谋诡计，结果被弄得智穷力竭。另一篇《永久的食物》（1975）也很受人喜爱。

第二节　从传统故事方向发展过来的童话

这一时期里，借鉴先祖古代神话方式创作现代神话传奇而获得巨大成功的，自当首推约翰·托尔金（1892—1973）。

用新奇的想象对老故事做全新的叙述，是英语童话中的一类。最杰出的自然是艾萨克·巴什维斯·辛格在过了花甲年岁后开始转身为儿童写作。他的民间题材童话是对东欧犹太人群中的传说的重新表述，却极富新意和幽默感。

C.S.刘易斯先后在牛津大学和剑桥大学任教授。他写童话是受《荷马史诗》、北欧史诗、《格列佛游记》、苏珊·库珀、乔治·麦克唐纳、伊迪丝·内斯比特的影响，而直接动力则来自对托尔金的仿照。他的童话想象中既融入了他童稚的心灵，也融入了他的宗教思想，即"基督精神"。他的童话有较强的生命力，但逊于托尔金的幻想文学。

刘易斯专心致力于借虚构和幻想创造一个幸福、自由的理想社会模式。他要通过他的笔让人们由衷地相信：从善以及为善的本领，是世间最难学的本领，却也是世间最美好的本领；只要为人诚恳、善良、勇敢，听取逆耳忠言，坚持奋斗不懈，那么善终将可以胜恶。本着这样一个宗旨，他一连创作了关于"纳尼亚王国"的7部童话：《狮子·女巫·魔衣橱》（1950）、《凯斯宾王子》（1951）、《黎明踏浪者号》（1952）、《银椅》（1953）、《能言马与男孩》（又译《奇幻马和传说》，1954）、《魔法师的外甥》（1955）、《最后一战》（获1956年卡内基文学奖，1956）。这7部系列童话的总名为"纳尼亚传奇"，写的是4个孩子在一个虚幻之国纳尼亚的历险故事，他们是彼得、苏珊、艾德蒙得和露茜。与他们住在一起的老教授家里有一个大衣橱，有一天他们在躲藏时偶然发现通过这衣橱的背面可以进入纳尼亚。在纳尼亚，他们卷入了一系列寓意深刻的事件。

"纳尼亚传奇"的主要成分是寓言，而且是带有基督教色彩的寓言。雄狮阿斯兰是纳尼亚的王，他为了拯救曾背叛过他的孩子们的生命而牺牲了自己。他既不生气也不害怕，只是有点悲哀。他失去了生命，但随之又获得新生。在最后一本书的末尾处，阿斯兰告诉孩子们，就普通人的世界而言，他已经死去，他死于一场火车事故。"当他说这些话的时候，他看起来不再像一头狮子。可是之后发生的事情太过美丽和壮观，所以我无法描述出来。"① 当然，"纳尼亚传奇"并不仅仅是一部基督教寓言，它们所讲述的幻想故事本身就能产生精神上的养料，而没有必要再传递什么抽象意义。

刘易斯童话的成功使作者实现了通过纳尼亚国兴衰史鼓舞儿童为建立光明、自由、幸福的生活而团结奋斗的目的。"纳尼亚"不是刘易斯的当代乌托邦。事实上，当孩子们成为纳尼亚的国王时，他们马上发现自己陷于对善恶无休无止的分辨之中，这让他们很烦恼。在这个国度里，宽厚温和的巨狮象征善的一方；凶狠歹毒的女巫象征恶的一方。善恶在被女巫引诱的男孩艾德蒙得身上交织起来。艾德蒙得贪吃、撒谎、轻信、自私，善恶在他身上交织产生了故事的合理性。孩子们治理了纳尼亚国许多年以后，重新回到了原来生活的世界，此时他们惊讶地发现：他们竟然不曾被人们惦挂、寻找——纳尼亚的时间体制与他们的世界迥然相异。

对一个成人读者来说，多年之后重回纳尼亚会使他感到困惑。书中某些内容如今看来缺乏独创性，而且有点居高临下的味道。有些情节显得陈旧，甚至有粗制滥造之感。基督教故事有时使人感到不舒服，而且那4个孩子也承担不了他们在书中所担当的角色，所有这些大概就是托尔金不称

①刘易斯：《最后一战》，张云轩译，万卷出版公司，2015，第181页。

赏这套童话的原因。

英籍美国女作家苏珊·库珀（1935— ）以 3 个孩子和威尔·斯坦顿为主人公写了系列童话:《海那边,石底下》(1965)、《黑暗正在崛起》(1973)、《绿女巫》(1974)、《灰国王》(1975)、《树梢银光》(1977)。其中《灰国王》获 1976 年纽伯瑞儿童文学奖,故事中,主人公威尔·斯坦顿因患重病而被送往威尔士休养,途中与亚瑟王派来保护威尔的拜伦(亚瑟之子)相遇。拜伦把亚瑟王时代沉睡的骑兵全部唤醒,跃马扬鞭参加征讨邪魔的残酷战斗。

越到后来,库珀的童话系列吸收神话、民间传奇的成分越多。她创造的古老故事具有一种接近现实且真实可信的氛围。她笔下的童话都能有血有肉地活跃在传奇色彩浓厚的环境中,故事富于动作性,语言丰茂且幽默,描写得体。

库珀的作品都以善恶斗争为中心内容,主题是"光明"与"黑暗"之间的持久斗争。

除第一部外,作者在其他几部作品中的写作风格是强劲有力的。但总的来看,这个系列作品的内聚力不够强,矛盾冲突有时似乎弱化成了一场闹剧。作者在第一、第二部中分别推出了不同的儿童主角,但后来又无法将他们撮合起来,并使他们在作品中继续发挥作用。

库珀的《杰茜罗和朱姆比》(1979)是为低幼儿童写的童话杰作,故事用幽默的笔触叙述一个不屈不挠的孩子在加勒比岛上战胜了当地的妖魔。

库珀 1983 年出版的《向大海》写的是催命魔同攫命神之间的斗争,在当代西方神魔童话中别具一格。

艾伦·加纳(1934—)是英国 20 世纪 60 年代到 20 世纪 70 年代最具名望的作家之一。1956 年他利用神话创作了第一部童话《布莱辛门的魔石》,1963 年出版了续作《戈姆拉斯的月亮》,试笔尽管不算成熟,但已受到孩子们的喜爱。在他的童话作品中,神话和现实做了有机结合的是 1967 年出版的《猫头鹰恩仇录》,它取材于威尔士神话传说"马宾诺金"。故事发生的地点是在威尔士的一个山谷,相传有个妻子背叛了丈夫，害死了情人，作为对她的不忠的惩罚，她被变成了一只猫头鹰。加纳的这部作品比以前的版本有很大提高，它神秘地再现了那个威尔士传奇。故事可分为 3 个层次——少女的故事，与加纳以前的作品雷同的悲剧故事，以及神话故事。通过这部作品，加纳不仅表现出了他把老故事改编成更有力度的新作品的才能，而且显示了他驾驭某个事件或某种情景的内在情感内容的新的能力。这部作品给加纳带来卡内基文学奖和瓜迪亚那文学奖，并很快被搬上了电视荧幕。加纳的这部童话在英国卡内基文学奖为庆祝 70 周年而举办的网上投票活动中被推举为十大最佳童书之一。

加纳终日苦苦构思童话，必到成熟时方自然涌泻。他以给孩子写童话而自豪。他说："成人的视点不能像孩子的视点那样使我敏锐地看问题。孩子善于发现世界，而许多成人却不能。"

国际安徒生奖作家奖获得者弗吉尼亚·汉弥尔顿的出色作品《美丽珍珠的神奇历险记》（1983）描述它的女主人公——一位仙女从非洲的肯尼亚山（相当于希腊神话中的奥林匹斯山）下山来的情景：

她想：如果我只能成天在这上面游来荡去，做仙女有什么好呢？在玩游戏的时候我把所有仙童都一举打败了，而且我学什么都学得这么快，我还有什么事情可做呢？

她和她的哥哥——最伟大的神约翰·德·康克化作了信天翁，飞越大洋来到了美洲，在那儿，珍珠加入了美国内战后已被解散了的黑奴们组织的一个社团，在佐治亚州的高原森林里与美洲印第安人在一起生存了下去。该书把神话、传说、民间故事、国家和种族的历史全都混杂到了一起，并且技艺高超地把黑人英语用作了既是神仙也是凡人的语言。

活跃在 20 世纪后半期的知名度很高的美国童话作家劳埃德·亚历山大（1924—2007），以牧猪人的助手塔伦为主人公的童话丛书成名。塔伦和伟大勇士一起与魔鬼赫兰德国王开战。其中刻画得特别深刻有力的是半人半兽的杰琪，他狡智过人、口齿伶俐、爱发牢骚却又对团体十分忠诚，读来颇感轻松愉快。这套由 3 本组成的丛书的最后一本《大王》（1968），写塔伦与死神领地之王的最后决战，获一年一度的纽伯瑞儿童文学奖。

亚历山大的童话源于民间传奇，容纳了大量自然的或超自然的人和物，有些是神、人统一的生命体，其中包括像杰琪这样亦人亦兽的角色。这些角色来自古苏麦尔国，他们都长生不老。亚历山大常沉湎于幻想中，塑造了许多性格各异的人物形象，其作品构想之成熟、文笔之老练、对白之轻快，堪称童话作品之上乘。他的故事中所有情节、细节都经得起推敲，书中的幽默也能提高其艺术品位。

他的童话丛书规模宏大、结构复杂，赢得了声誉，但他的这部作品未能抓住威尔士或威尔士传奇故事的真正精神。其中的部分原因是他作品中的"古代"因素与"现代"因素结合得不够协调。他摒弃了过时的语言，这完全正确，但是，他的某些具体做法，比如把对话搞得过分当代口语化，书中的"好人之王"说起话来像个疲惫的、自以为是而又不那么高明的现代商人。作品的男、女主人公塑造得较为成功。塔伦勇敢、忠诚、善良，有领导才能，较易为读者所认同；同时，他有时也会遇到失败，有时也会出错，有时考虑问题不够全面，不够深远。整部作品的情节发展似乎缺乏高潮，有太多的反复，而且常常使我们觉得在原地打转而没有向前发展。只有在最后一部《大王》的最后那几十页里，作者亚历山大才接近了他希望达到的那种水准。

亚历山大的《塞巴斯蒂安遭遇记》（1970）获美国国家图书奖，写的是18世纪一位年轻音乐家经历的一场罗曼蒂克的冒险。这里的幻想成分已有所减弱，代之以对现实的变形夸张。在《镇上的猫及其他故事》（1978）中，精致的幽默中蕴含着敏锐的洞察力。魔幻和现实结合得很好的作品还有《树上的巫师》（1975）、《想做人的猫》（1973）。

亚历山大20世纪80年代推出的三部曲《西马克》（1981）、《茶隼①》（1982）、《乞丐女王》（1984）都是幻想题材的佳作，内容为：女孩梅克尔凭着自己的机智勇敢，当上了奥古斯都的女王。

---

①产于东半球北部之鹰。

厄休拉·勒奎恩和托尔金一样，是善于创造自己的童话世界的女作家。她创造的魔幻世界都十分可爱。她系列性的"地海传说"是她最早受到大力推崇、对世界发生强大影响力的作品，被译成 20 多种语言，从而使她跻身当代科幻小说领域的前列。

黛安娜·温尼·琼斯（1934—2011）是一位多产作家。继托尔金之后，她成功地创造了童话的"第二世界"。1977 年出版的喜剧性童话故事《有魔法保护的生命》（又译《魔法生活》）中，一个名叫凯特·姜特的男孩和他那个有魔力但惹人讨厌的姐姐格温朵兰，被从破旧的考文街带到了克莱斯托曼奇城堡。在那儿，格温朵兰受到了严厉惩罚。后来人们发现凯特的天资要比表面上看起来高得多，他实际上是个有 9 条命的魔术师，将成为克莱斯托曼奇的继承人。

新西兰很有名望的儿童文学女作家玛格丽特·梅喜（1936—2012）曾写过一部很有特色的作品《狄斯康波布勒女士》（1969）。该作品描写一个泼妇被她自己的洗衣机吸入，后来她发现自己从另一边走了出来，进入了另一个不同的世界。在那里，她能把她的泼劲儿发挥到适当之处，把一个恶霸制服。这部作品在情节的安排和叙述方面有其独到之处。

巴希尔·皮卡德一向以改编传统故事著称，她创作的《农牧神和伐木工的女儿》（1964）、《金翅雀的花园》（1965）、《椴树小姐》（1962）、《美人鱼和傻瓜》（1969）等的主题似曾相识，细读则感觉想象新颖，文辞庄重朴素，颇适宜诵读。

莫顿·亨特（1920—2016）以一部叙述公元前 1 世纪奥克尼部族抵御罗马人的《大本营》（又译《要塞》，1974）获卡内基文学奖。而含有苏格兰民间童话成分的作品《陌生人上岸了》和《会走路的石头》，将超自然的人与背景氛围配合得很好，从而增加了作品的真实感。

罗丝玛丽·哈里斯（1923—2019）的第一部儿童文学作品《云中的月亮》（1968）就赢得卡内基文学奖。故事叙述诺亚和大洪水的古老故事，却写得很有趣。1971 年出版的《海豹的歌声》写发生在苏格兰一个小岛上的悲剧故事。

托尔金的《霍比特人》和《指环王》

约翰·罗纳德·瑞尔·托尔金（1892—1973）出生于南非，1906 年回到英国，1919 年获得牛津大学博士学位。第一次世界大战期间在军队中服役。1929年至 1945 年在牛津大学任盎格鲁－撒克逊语教授，1945 年至 1959 年任该校英国语言文学教授，这使他有机会广泛而又切实地接触英国和北欧各地流传的神话传说，论著有《贝奥武甫：魔鬼和评论家》（1937）、《神话故事评述》（1946）等，他也是《新英语词典》的编委。托尔金在语言学研究界有很高名望，是神话学与中世纪北欧传说研究的权威，他的渊博知识给予他的童话创作以扎实的基础，他的写作风格摒弃了学究式的做派，其叙事无一处不严丝合缝。20 世纪 30 年代，他利用自己的思想和想象力激活神话与传说中的积极因素，吸取斯蒂文森、享利·哈格德、乔治·麦克唐纳、格雷厄姆等人的幻想文学创作经验，于是盘桓在他头脑里的现代神话和历史神话就由混沌到清晰，他开始创作他自己所说的"神话故事"，用以指称那些发生在"神魔居住的险恶地域"内的故事。这个地域"包括大海、太阳、月亮、天空和地球……当我们为仙境所陶醉时，它还包括我们这些凡夫俗子……"[1]，也就是说，一旦神话故事被赋予了新的形式、新的内涵，那么创作者就能建构出新时代的全新的神话故事，而它们绝非纯粹是一种空想，它们与地球上的实际情形有着无法割裂的联系。托尔金在《树与叶》中提到，"这种崭新的神话故事如果作为一种文学作品中的一类值得一读，那么它就值得为成人而写、而读。当然，成人能够比儿童投入更多的东西，也得到更多的东西。自然，新神话故事作为真正艺术的一个分支，儿童也可以指望从其中获得适合他们阅读、也为他们所能够理解的作品：正如他们可以指望获得对诗、对历史和各门学科适当的知识一样"。

約翰·罗纳德·瑞尔·托尔金

---

[1]里德：《短篇小说》，思涌等译，北方文艺出版社，1988，第54页。

这就是托尔金对新神话故事的观点:(1)它是一类真正的艺术品;(2)它不是专为儿童而创作的,但是儿童也能够理解故事的部分内涵,从中得到可能比成人少些的东西。《霍比特人》(1937)就是这样一种成人可读、儿童也可读的长篇童话,译成汉字大约18万字。

这部以中世纪为背景的长篇童话所写的霍比特人居住于林中洞穴,是由托尔金幻构出来的亦神亦人亦兽的人群。

他们是些矮小的人,只有我们一半那么高,比大胡子矮神还要小。小矮人不长胡子。他们身上很少有魔法妖术,或者根本就没有,除了一些日常生活中最最平常的魔法;一旦遇到你我这样呆头呆脑的"人"像大象一样一路走来,发出他们一英里开外就能听到的响声,这种魔法便能帮助他们悄悄溜走,很快消失得无影无踪。他们多数大腹便便;穿颜色鲜亮的衣服(主要是绿色和黄色);脚上不穿鞋,脚底天生厚实坚韧,长着卷发一般浓密的棕毛,保暖性很好;他们棕色的手指头又长又灵巧,还长着一副好脾气的面容,笑起来声音又深沉又洪亮(特别是吃了饭以后)……①

皮尔波·巴金斯是爱好和平的霍比特人中的一分子。他是个洁身自好、安静淳厚的小矮人,他喜欢安逸乐惠的物质享受,他的身体开始日渐发胖。在"洞中安逸的日子比洞外风险四伏的生活要好得多"的生活信条支配之下,他从无干一番大事业的念头。然而他不知不觉、不由自主地卷入了一个事件的漩涡之中,这个小个儿洞中人不但被说服,而且表现出了一个普通人所能够充分显示的潜藏于其内在的英雄品质——他原本具有的勇敢和顽强品格外现出来了。他决心去击败地下妖魔,就是恶龙斯莫格。这条恶龙守着山边一个大洞,洞里藏着它掠夺来的财宝。附近的人都很怕它。皮尔波要前去同恶龙决斗时,意外地弄到了一只能让自己隐身的指环,靠着它,他避开了丧心病狂的妖魔,凭着他的勇气和坚韧不拔的精神,他征服了把地下善良小矮人们的财宝掠夺一空的恶龙斯莫格。

使得《霍比特人》不同凡响的原因有:托尔金创造性地运用了民间童话

---

① J.R.R.托尔金:《小矮人历险记》,徐朴译,明天出版社,2000,第2—3页。

所虚构出来的奇幻世界极富立体感；光明势力和黑暗势力营垒分明，双方的殊死搏斗激动人心；每个人物各有自己独特的性格，毫不雷同；贯穿始终的幽默。如果还有其他原因的话，那就是每个人名的取法都颇费匠心，增添了些回味，比如，皮尔波母亲的婚前名为"蓓拉唐娜·托克"，其意为"曾经几番风雨"，斯莫格的名字含意是"多么伟岸啊"，等等。

也许因为皮尔波·巴金斯原是一个默默无闻的、天性安分的小人物，所以在他身上就有一种特殊的喻示和内涵，他的成功与其说是因为他力大无穷，倒不如说是因为他有一颗勇敢的心，一种顽强的品格，以及对朋友的忠信不渝。皮尔波·巴金斯不是天生的英雄，因而每个读者就较容易接受他的英雄行为，从而鼓舞人们为真善美而斗争，皮尔波·巴金斯也就被列进了世界童话人物形象的画廊。

二战后，托尔金对《霍比特人》进行了些许修改，以便与规模比这部童话大得多而"指环"魔物却延续着的《指环王》(又译《魔戒》)相衔接。上面提到的关于指环的描写就是作者后来的笔墨。作者所加的一章叫"黑暗中的谜"，在这一章里，皮尔波在一个地下湖的岸边遇见了令人憎恶的动物戈伦，而且得到了戈伦心爱的宝贝——一枚指环。这个情节在《指环王》的第一部《指环的友谊》(又译《朋比为奸》，1954)显示了重要性：那是世上独一无二的魔指环(魔法师铸造的多枚具有无上权力中的一枚至尊指环)，系黑暗之王索伦制作。为了阻止索伦夺回这枚指环，从而利用它的邪恶力量控制一切，皮尔波的侄儿孚洛多必须设法把它投入火焰山上的"命运之口"中去。这就是《指环王》的主要情节。托尔金本人否定它带有任何含意：它不过是个故事。尽管如此，读者还是可以从中读出战争与和平、友谊与叛卖、良知与权力等作者试图表达的主题思想。读者可以清楚地看到，作者在童话中所讲的是关于人类世界和人类历史的故事，概括了数千年的文明史。《指环王》(第二部名为《两座塔》，1954；第三部名为《国王复位》)虽有1500页之巨，出现的人物有600个之多，但因为书中所展现的是一个奇妙的新世界，结构奇特，频频出现的比喻很有说服力，所以也受到包括孩子在内的读者的欢迎。

当然，有些隐含的思想是孩子所不能领会的，譬如，它也表现了对现代人、现代科学的危机感；它还表现了"占有者"同时陷入了"被占有"，也就被剥夺了自由的哲学思想；等等。这些远不是孩子所能理解的。再譬如，这部写成于第二次世界大战后的巨著实际上深蕴着作者对第二次世界大战的思考，对世界和人类历史与命运的思考，也不是孩子所能领会的。

《指环王》为托尔金赢得了"20世纪幻想文学大师""现代奇幻史诗的鼻祖"的光荣称誉。在美国很需要神话般传奇英雄时，这样众所仰企的人物在托尔金笔下及时地被形塑出来了，这正是这部作品能够成功的重要原因。

在超长篇神话传奇小说《指环王》出现后近半个世纪陆续问世的 J.K. 罗琳的"哈利·波特"系列，也不妨归入与《指环王》同一类的现代幻想传奇故事。从托尔金的"指环王"系列被高度肯定、被持久传播，到"哈利·波特"在全世界被狂热地阅读以至于在各国频频创造销售奇迹，拥有十分可观的"人气"，都可以被认为是20世纪幻想文学或狂欢化游戏文学的巨大成功——至少，它们大幅度地迎合了儿童的偶像崇拜，因此赢取了童心。现代神话传奇、现代幻想传奇之所以被儿童需要，是因为孩子天生就具有英雄思维，天生就期冀自己能够用英雄方式实现种种莫名的愿望，天生就存在许多对非凡事件的渴念，存在践履超现实的、超经验的冒险诉求。而童话的美学营养意义恰恰就在于满足儿童的种种愿望，在于用奇幻方式完成对历险的冲动。童话是翅膀健劲的五彩鸟，跨上它高高腾飞从而凌空翱翔，就可以去探究宇宙空间和时间的深度和广度，古老的往昔，未来的愿景，九天揽月，五洋捉鳖，一切都没有不可以抵达的，一切都没有不能够实现的。因此也可以说，《指环王》产生、存在和成功的意义，也体现在"哈利·波特"系列故事不胫而走的广泛传播中。

勒奎恩的科幻世界

厄休拉·勒奎恩是当代美国能驾驭多种题材、进行多种文体创作的杰出女作家，在科幻小说、传奇、诗歌、散文、戏剧、文学评论诸方面都有显著成就，其中尤以科幻小说著称。她用科幻小说探讨社会现实问题，在其中饱蕴哲学思考，是颇见思想深度的"软科幻"类作品。由于勒奎恩的科幻小说充满英雄传奇色彩，她初次着笔为儿童创作就获得了可喜的成功，让孩子们爱不释手。

勒奎恩在她的三部曲《地海的巫师》(1968)、《阿团的坟墓》(1971)和《最遥远的海岸》(1972)中创造了另一个世界：地海。与我们所熟知的这个世界有许多相似之处，但它是由许多岛而不是由大陆构成的。在这个虚拟境域里，有手工艺者、农人和水手等，但不存在机器。这个世界充满着各种各样的魔法，每个村子都有自己的小巫师，他可以处理诸如管理天气之类的简单事务：你可以看到一片雨云慢慢地从一边跌跌撞撞地移到另一边，从一个地方移到另一个地方，因为一个巫师的咒语可以使它转向另一个地方，直到最后它被推到了海上，在那儿它就可以平安地下雨了。更高水准的巫术，更强大、更复杂、更危险的巫术需在一所叫"巫术学中心"的大学里学习，该书主人公盖德(雀鹰)就被送入了那所大学。第一部书《地海的巫师》讲述他力量上的增长，还讲到他由于傲慢陷入一个邪恶的世界、一个恶毒的"阴影"之中，他必须追踪并抗击这个"阴影"。在这个世界的末日来临时所出现的一个高潮性场景里，盖德向"阴影"伸出手去，光明与黑暗相遇了，结合成一体。这与简单化地把光明与黑暗实际上等同于好与坏的表现手法形成了鲜明的对照。在第二部《阿团的坟墓》中，在黑暗、古老的"坟墓之地"，一个年轻姑娘集牧师、统治者和囚徒于一身。在那个地方，只有女人和阉人才可以活下去。有一天，在黑暗、神圣的"地下迷宫"里，她发现了一个入侵者：一个完整的男子盖德。他的生命操纵权在她的手中，而她的自由则掌握在他的手中。她与他交谈，逐渐地了解了他，并最终与他一起逃走了。三部曲的第一部和第三部的场景都是在广阔的陆地和海洋上，而第二部《阿团的坟墓》的场景设在黑暗、封闭的地方，有时简直让人觉得会引发幽闭恐惧症。然而，从整体上看它不失为一部充满希望的作品。女主人公泰娜的逃跑显然是生活对黑暗、孤独和压抑的胜利。在第三部《最遥远的海岸》中，一个伟大但腐败的博学之士开启了一道通往长生不老的门，威胁到了世界的均衡。主人公盖德必须把最后的权力——死亡的权力加诸人类，因为"死亡是我们为生命所支付的代价，不仅是为我们自己的生命，也是为所有生命所支付的代价"。显然，"地海"的巫术世界与我们的科技世界并不像我们所想象的那么遥远，"巫术"与智慧也几乎没有差异，某种力量与另一种力量间不存在根本区别。这3部童话中塑造了盖德这个能呼风唤雨、能和龙对话的魔法师形象。女作家善于用最时兴的语言叙述非常古老的故事，语言风格严谨而简洁，显得颇见力度。

1974年出版的《漂泊者：一个无定的理想国》（又译《一无所有》）是勒奎恩成名以后创作的科幻小说代表作。小说主人公舍维克是阿那瑞斯星球上的一位天才物理学家，为了打破阿那瑞斯与乌拉斯两个姊妹星球之间的对峙，并调和这两个截然不同的星球，他决意离开阿那瑞斯前往乌拉斯。在目睹了乌拉斯的黑暗后，最终决定回到阿那瑞斯。阿那瑞斯的社会哲学是无政府主义型的思想，这里没有法律，没有警察，没有权力机构，没有阶级，没有性别歧视，人人生而平等，天生享有自由，人与人、人与社会、人与自然之间氤氲和谐氛围。这是勒奎恩所界定的乌托邦。小说结尾处，主人公最终能够接纳阿那瑞斯与乌拉斯的全部，包括优点与缺点。他将自己的理论向全世界广播，暗示了两大星球封闭的解除。小说中，勒奎恩证明了矛盾双方是对立的，但又是相辅相成的，它们能够达到平衡。勒奎恩热衷于中国道家的阴阳理论，曾翻译了老子的《道德经》。老子说："为无为，则无不治。"其本意是希望轻徭薄赋、与民休息，对人民的政治生活和经济生活采取不干涉主义或少干涉主义，借以安定民心，发展社会生产，以达成民心思定之目的。老子主张"万物负阴而抱阳，冲气以为和"。阴和阳，虽然相对，但却能取得平衡。这种思想也贯穿在勒奎因的小说中。老子的哲学思想如果被全面接受，则容易引导人们消极、遁世、清谈、无所作为，对社会发展产生消极影响，所以勒奎因的小说引起社会讨论是很自然的。这部小说同时获得星云奖和雨果奖，这不是儿童文学奖，所以她的作品在主流文学界中也有很高地位。

第三节 以人格化动物为文学载体的童话

乔治·塞尔登（1929—1989）是为儿童提供过许多优秀童话的美国著名作家。作品主要有这 3 部：《时代广场上的蟋蟀》（1960）、《塔克的郊外》（1969）、《亨利·凯特的宝贝小狗》（1974）。

拉塞尔·赫班（1925—2011）是此类童话的一位美国小说家，出道于20 世纪 50 年代末，在《汤姆如何击败纳约尔克队长和他的雇佣运动员们》（1974）之类的小说中，赫班充分显示了他善于幽默叙事的才能。他的顶峰之作是 1967 年问世的《老鼠和他的孩子们》，它被评论家认为是幻想文学中的经典之作。这部极富想象力的童话很像 E.B. 怀特的作品。《老鼠和他的孩子们》是一部可以从不止一个层面加以理解的作品。儿童可以简单地把它当成发条玩具的历险故事来读，而成人也可以把它看成描写了人类不断的进步。一个新鲜、美丽、灵巧的玩具最终落入垃圾堆，闪亮的金属生了锈，坚固的绒毛也腐烂了，玩具生活中的悲剧事实上也是人类生活的悲剧。书中的曼尼鼠是个不多见的塑造得较为成功的动物反面角色。他是垃圾桶的统治者，他用把玩具的内部零件送人的办法来惩治那些试图造反的玩具。

《温特希普高地》（又译《兔子共和国》《兔群大迁徙》，1972）是理查德·亚当斯（1920—2016）的第一部长篇幻想作品，它曾两度获得重要的儿童图书奖（卡内基文学奖和瓜迪亚那文学奖），因而蜚声欧美。该书同样不仅对儿童读者有很大的吸引力，对成人读者也颇具魅力。作者通过一群兔子与温得沃特将军统治的极权主义养兔场之间的斗争暗示了人类的本质、人与人的关系及社会组织形式等多方面的内容。但书中的兔子并不等于外表奇特的人，他们的的确确仍然是兔子，而且不是人们心目中传统的小兔乖乖。他们做着他们的本能所要求他们做的事，而不管别人会怎么看。亚当斯还颇具创造性地给他们配备了一套词汇，甚至还有他们自己的民谣。

罗伯特·奥布赖恩（1918—1973）就学于哥伦比亚大学和罗切斯特大学，本是成人文学作家，在儿童文学诸体裁上都有相当分量的作品。老鼠叙述自己故事的《费里斯比夫人和尼姆的老鼠》（1971）其实是一部长篇动物寓言。故事中的大老鼠们被当作实验动物，以检测注射多少量的某种药物能增进多少学习智能，而大老鼠们竟成功地从国家健康研究所里悉数逃亡，建立起自己的老鼠国家。这部童话中特别有趣的章节是老鼠具有了人的智慧后，他们偷接电源、自来水，安装电话，用电冰箱、电风扇。过着看看书（他们还闯进图书馆查到了"老鼠"条目）、听听音乐的现代生活。作者精于细节描写，事情一桩又一桩，衔接紧凑而合乎情理。这部童话曾获包括美国国家图书奖、纽伯瑞儿童文学奖（1972）在内的多项奖励。这部长篇童话是社会内容和科幻内容相融合的成功典范。

威廉·史塔克（1907—2003）是个才艺出众的画家，60 岁后即 20 世纪 60 年代开始童书创作，很快受到儿童读者的欢迎，也深受儿童父母的喜爱，于 1983 年获得纽伯瑞儿童文学奖。史塔克本人配上精彩插图的童话都以动物为主人公。他以为动物能给予他挥洒想象的空间。当孩子看到动物的行为酷似生活中的人时，他们就会产生阅读的趣味。而且同时会领悟到这不只是一个有关动物的故事，还有关于人生的深刻内涵。

史塔克的获奖代表作《阿贝的岛》，说的是新婚的老鼠夫妇阿贝和阿曼达外出野餐时遇到了暴风雨，他们躲进了山洞。为了捡回阿曼达被风刮走的头巾，阿贝随风飘到了一个无人的岛上。他想尽办法想要逃离小岛，但是一切都是徒劳的，一条急流阻止了他的去路。无奈，阿贝只好开始岛上的生活。他寻找各种食物，并在一块木头里安了家。岛上的生活也不总是那么平静，到处充满了危机。阿贝忍受着各种艰难困苦，同时一直挂念着心爱的阿曼达和自己的父母、姐弟和朋友。在干旱的夏季，河水浅了，阿贝决定游泳渡河。经过千辛万苦，衣衫褴褛的阿贝终于到达了对岸。这是老鼠"鲁滨孙"的故事。

史塔克最著名的作品还有《真正的贼》《老鼠牙医生》：前者中，一只叫加文的忠诚的鹅，被国王任命为皇家金库的侍卫队长。忽然有一天，加文发现金库被盗了，越来越多的东西从自己的眼皮底下不翼而飞。由于金库的钥匙只有国王和加文有，而金库大门丝毫无损，加文成了这起盗窃案的唯一嫌疑人……史塔克的童话中男主角虽是动物，但美国人不难感觉出来：他们都是完美的标准的波士顿绅士，是活生生的"人"。后者叙述给食肉动物狐狸拔牙、镶牙的故事，其主人公老鼠德索托夫妇也是典型的波士顿绅士。

希德尼·K.戴维斯的系列童话"大灰狼阿洛伊修斯"是美国20世纪80年代的童话佳作之一。童话写一只人情味十足的好狼，他不但会替知更鸟妈妈照料小知更鸟，还请母狼为小鸟织毛衣。"狼"被写成个"孩子"，聪明、机智，会吹牛（他把一只野公鸡说成是能下复活节彩蛋的鸡），会骗伙伴的糖果吃。这样富于童趣、有一副好心肠、性格浑圆的狼，才是真实可信的。这个童话题材和内容便于作者表现幽默和诙谐。

多狄·史密斯（1896—1990）的《一百零一只达尔马提亚狗》（又译《101忠狗》，1956）把动物的人类化推到了登峰造极的地步。他说的是关于小姑娘克鲁埃拉·德·维尔和她关在海尔大厅里的90多条达尔马提亚小狗的故事。克鲁埃拉打算用它们的皮制作一件毛皮大衣。旁戈和米茜丝是一对狗夫妇，它们勇敢地大步奔来拯救这些小狗。在路上它们遇见不少朋友，这些朋友都来帮它们。书中有许多内容其实是非常过时的，但作品本身具有令人无法抗拒的吸引力，后来成了一部成功的迪士尼影片也是很自然的。假设狗也能看书的话，它们肯定会对它爱不释手。

基恩·坎普的《塔姆沃斯猪之盛年》（1972）的序言中引用过一位猪的爱好者的说法。他说："塔姆沃斯种的猪是令人着迷的动物。"在书中，当一个名叫托马斯的小男孩的脸被巴格斯和他的心腹乐切·丹奇按入小溪的时候，是塔姆沃斯——"一头巨大的、金色的猪，一头猪中的巨人，身上披着秋天的山毛榉叶子的颜色，长着直立着的多毛的耳朵和一个长鼻子"——来救了他。塔姆沃斯是一头有着强烈使命感的猪，他想发起一场"种更多食物"的运动，目的是鼓动人们种所有种类的作物，以代替肉食。

这是一个令人愉快的幻想故事，作者在恰好有可能发生的情节和虽不可能发生但值得称道的情节之间娴熟地转换着。

狄克·金－史密斯创作了那些描写农场动物的令人愉悦的故事。在《狐狸伙计》（1978）中，福克色斯农场的小鸡们躲在它们那小小的岛屿堡垒里，周围被沙地林子和茂密树林中所有狐狸的武装力量包围，它们的处境事实上与1940年被围困的英国相似。领导小鸡们的那只公鸡发誓它们要在挤奶屋里、在产房里、在贮藏青饲料的窖里、在粪堆上战斗："我们决不投降！"多亏了3只英勇无畏的年轻小母鸡，那令人生畏的敌人最终被打败了。这部童话可供12岁以下儿童阅读。在他的另一部作品《达吉·道格福特》（1980）中，那位与书名同名的小猪主人公是那一窝猪仔中最小的一只，而且它长着与其他猪不同的蹄子。它发现自己不能像它曾希望的那样飞起来，但它能游泳，于是它就把它的这一项本领用于为大家谋利益上了。他的其他动物幻想故事还有《老鼠屠夫》（1981）、《牧羊猪》（1983）等。在所有这些作品中，狄克·金－史密斯是从对他笔下的动物满怀深情的理解出发来对它们加以描述的，他知道它们的哪些品性需要突出，哪些是显著的与人类本性类似的东西。

关于人类与动物的最伟大的故事就是著名的诺亚与那只方舟的故事，狄克·金－史密斯（1922—2011）以《诺亚的兄弟》（1986）为题对这个故事做了一些演绎。在他的书中，诺亚是个身材高大、长着大胡子、有点颐指气使的老头。他似乎有一个个子矮小、秃顶、胆小的哥哥，被他差遣着去干方舟上所有的活，而且如果不是动物们把他带上船并照看他的话，他本来是不被允许上船的。我们都知道，在正式的文本中并没有出现过这个老人，但狄克·金－史密斯在这则具有十分明显的寓意的寓言故事中，把老人和他同样已被人忘却的朋友白鸽及和平与善意带了回来。

考林·达恩（1943—　）的长篇童话《动物远征队》（1980）写林木被伐、动物被迫搬往动物保护区的故事，获英国最佳儿童文学读物奖。

蓓蒂·倍克的《都帕》（1976），写一只能说会道的大老鼠，很富艺术感。

纳撒尼尔·本奇利（1915—1981）的《吉劳埃和海鸥》（1977），写一只聪明贤能的大海豚成功地实现了与人类交流的愿望（吉劳埃为"游历甚广"之意）。

兰德尔·贾雷尔（1914—1965）的《动物世家》（1965）是一部富有诗意的力作，情节有很强的吸引力，文字流利平和。作品描述一个独身住在海边的猎人与一条美人鱼相爱的故事，这条美人鱼从海里走上岸来和他一起生活。这个家的成员还不断地扩大，先是从遇难船上救起的幸存男孩，后来加进了7头熊、一只猫，一家人和和乐乐，相亲相爱。这部作品天真中带有幽默，情节新异却真实可信。他的《蝙蝠诗人》（1967）也让人喜爱。蝙蝠的诗描绘出猫头鹰、反舌鸟（北美洲南部及墨西哥的一种鸟）、花栗鼠（产于北美）以及蝙蝠的形象。这部童话含蓄着诗的训诫。

汉斯·雷（1898—1977）由本人配图的"好奇的乔治"丛书（主要是玛格丽特·雷撰写故事，汉斯·雷负责插图），是表现猴子好奇心的童话，从20世纪40年代至今在全世界一直畅销不衰。

玛格莱·夏普的《比安卡小姐》，写一只大胆的白老鼠惊人的历险，故事紧张，扣人心弦。

小说名作《亲爱的汉修先生》的作者、纽伯瑞儿童文学奖获得者贝芙莉·克莱瑞的《老鼠和摩托车》（1965）及其续篇，写一只有胆有魄的老鼠的故事，发表后立即受到推介，并被译成多种语言传播。

迈克尔·邦德（1926—2017）的系列丛书"一只叫帕丁顿的小熊"（1958），写一只熊在火车站寻求收养人，布朗一家把他收养了，把他领回了家。他1966年开始写"星期二"系列，主人公是一只没有父母的老鼠。1969年，他开始出版一套以雄狮为主人公的系列丛书。

玛格丽特·怀兹·布朗（1910—1952）的《晚安，月亮》（1947）和玛乔丽·弗莱克（1897—1958）的《去问熊先生》（1958）是西方畅销的低幼童话。

露易丝·法蒂奥（1904—1993）一篇名为《快乐的狮子》的作品已经传遍欧美，传遍世界。这篇童话名作的内容大意是：动物园管理员的儿子弗朗索瓦与动物园里的狮子特别要好，每天上学和放学，他都要向狮子问候。

这头狮子觉得大家对它都很客气、很亲热，因为常有人在笼外跟它打招呼。有一天，管理员一时疏忽没有关狮子笼的门，于是它就出来看望对它友好的人们。在街上，它真的遇上了过去很客气问候过它的人们，它主动跟他们打招呼。结果看见它的人个个吓得魂不附体，整条街乱成一片，人们逃到阳台上朝它指指点点。它正弄不明白这一切的时候，消防车开到它身边，准备用水枪来对付它，救火员拿着救火软管向它一步步靠拢。也就在这时，管理员的儿子弗朗索瓦放学经过大街，看到即将发生的不幸，他走到狮子身边，轻轻说："你好，快乐的狮子。"接着他把狮子带回了动物园。这篇童话虽写的是狮子，实际上是从狮子的角度来写人，写大人的信赖是有条件的，不是全心的。狮子被关在笼子里的时候，它的朋友很多，而当它走上大街，它的朋友就只有一个了——一个孩子！童话结尾有一句意味深长的话，说"弗朗索瓦才是它最好的朋友"。

罗伯特·罗素（1891—1957）的童话均由作家本人画插图，他于1939年写了《本与我》，是由发明家本杰明·富兰克林家的老鼠阿莫斯所讲述的富兰克林的生活故事。根据这本书，本杰明的某些出色的思想似出自这只老鼠。1953年，罗素写了《利维亚先生与我》，书中由保尔·利维亚的母马谢赫拉扎德来讲述利维亚骑马及其他一些故事。罗素在书里把那只四足动物描写得十分出色，以至于人们很难相信那是一匹母马。1956年他又创作了《基德船长的猫》，由老猫麦克德莫特用他那种充满海洋气息的方式来叙述他们的故事。这些故事是发自作者内心的、充满幽默感的故事，它们建立在一种杰出的思想和充分的研究的基础之上，伴随着这些故事的还有作者本人的发自内心、充满幽默感的插图。可以说它们展示了罗素的最高成就，其《大白兔希尔》获1945年纽伯瑞儿童文学奖。

莫里斯·桑达克（1928—2012）的父母是波兰犹太移民，他自幼爱好绘画，1951年在为法国埃梅童话绘制插图中初露才华，后来成为美国最有个性的插图画家。他说他画的孩子"看上去好像头上重重挨了一棒，这一棒打得是如此之厉害，以致从此他们就再也长不大了"。

桑达克将幻想世界和现实世界融合得十分成功的童话图画书，表现孩子对这个陌生的新世界既兴奋又复杂的心理。他的童话艺术顶峰是《怪兽所在的地方》（又译《野兽国》，1963）。穿狼皮外套的小马科斯总感到烦闷压抑，为了安慰自己，他将自己的房间想象成一个怪兽王国，他是至高无上的国王。那些兽不兽、鸟不鸟的怪物虎视眈眈，十分可怕，却都向他俯首称臣，鞠躬致敬。当他庄严宣布"玩闹开始"时，野兽们就立即嚣叫狂欢，顿时天覆地翻。他不愿与野兽们为伍，不要再做他们的国王，野兽百般挽留，但他还是回到"有人疼爱他的地方"，回到现实中。这个童话册子情节单纯，但把孩子心理表现得恰切含蓄，能带给孩子快乐。它被认为是无与伦比的，在英语世界赢得最广泛的读者，成了十足的家喻户晓的童话，获得凯迪克金奖。

桑达克的另一本杰作是《乱七八糟的音乐》（1967，副标题是"生活中肯定会有更多的东西"）。珍妮狗小姐老想着它还没有得到应得的东西，所以不管主人多宠爱它，它还是要出走，去当了"鹅妈妈"剧院的一名演员，但最后它还是又回到了主人家。童话以珍妮给老师一张感人至深的便条收尾，便条上写的是请老师去找它。故事完全采用白描手法，只娓娓道来，却浸润在一种幽默、温柔的童话氛围中。

桑达克把自己的画技发挥到炉火纯青的地步的是《夜间厨房》（1970）。大楼矗立在午夜的天空中，鲜美的烹调香味从下面的屋子里升腾上来。小男孩米蒂在梦中坠落在夜间厨房里。厨房里，3个面目相同的面包师要把米蒂搅和进蛋奶面浆里做成面包。

桑达克把自己的童话图画书以《胡桃壳图书馆》的名字出版（1962），新颖别致，世人见之，无不叹妙。

李欧·李奥尼（1910—1999）的《田鼠阿佛》是一件极好的童话艺术品，新颖别致，诗意葱茏，余韵无穷，1967年出版后便很快传为名作。当老鼠们都为冬天收集粮食、坚果和干草时，一只叫佛德瑞克的小田鼠却收集阳光、色彩和词语。冬天来了，食物越来越稀少，这时佛德瑞克讲起了阳光，于是其他田鼠感觉到了温暖；他们还请他描述金黄色的麦田里鲜红艳丽的花，请他朗诵他自己创作的诗。佛德瑞克帮助大家渡过了饥寒难关。这篇童话表达了对独特个性应当多加宽容、不愿从众者往往能以另一种方式造福于群体的理念。李奥尼的另一篇名作是《小黑鱼》，写聪明的小黑鱼让无以数计的小红鱼游成一条大鱼的样子，自己奋勇充当大红鱼的眼睛，这样一来，连大鲨鱼看了都害怕。童话倡扬的是一种团队精神，以庞大整体显示弱小个体所不能显示的强大。日本一直将这篇童话收作语文课课文。

塞尔登的《时代广场上的蟋蟀》

乔治·塞尔登（1929—1989）以让读者聆听自然的乐音、感受心灵之旅为宗旨的《时代广场上的蟋蟀》（1981），是20世纪全球50本最佳童书之一。

《时代广场上的蟋蟀》以纽约为背景，为童话提供了坚实的现实主义基础，使这部极富奇趣的超现实作品富于真实感。美国康涅狄格州乡下一只名叫柴斯特的蟋蟀，因贪嘴爬进了旅客的食物篮，无意中被带进了火车，来到美国最大的都会纽约。地铁车站的老住户是一只满口粗话的城市老鼠，名叫塔克，他特别重义气，另一只名叫哈里的猫，既聪明又机敏，他们俩都成了乡下蟋蟀的好朋友。后来，柴斯特也成了卖报童马里奥的朋友。3个动物朋友闯了许多祸，惹了许多麻烦，但后来柴斯特发现了自己的价值：这只富于人性的蟋蟀的演奏轰动了纽约城。其悠扬的乐曲声涟漪似的荡开，于是奇迹发生了：

交通停顿了。公共汽车，小汽车，步行的男男女女，一切都停下来了。最奇怪的是：谁也没有意见。就这一次，在纽约最繁忙的心脏地带，人人心满意足，不向前移动，几乎连呼吸都停住了。在歌声飘荡萦回的那几分钟里，时代广场像黄昏时候的草地一样安静。阳光流进来，照在人们身上。微风吹拂着他们，仿佛吹拂着深深的茂密的草丛。①

刊载蟋蟀演奏轰动全城的新闻给马里奥家带来了好收入，柴斯特回报了朋友们的真诚友情，马里奥一家也因此摆脱了困境。这部童话歌颂了温

---

①浦漫汀等编《世界童话名著文库 8》，新蕾出版社，1989，第409页。

柔、善良的品格和忠诚的友谊。写得轻松活泼，颇多笑趣，作者所创造的温馨、美好、清新的意境都引人遐思，其童话主题与品格跟《夏洛的网》很相似，即都是着力表现对友情的忠诚，并以此深深感染着读者，因此在世界各地一再重版。

柴斯特成名后，一天早晚两次音乐会，实在为自己的声名所累，为人类卖艺实非它所愿，用歌声去换取脏分分的钱币更非是它的志趣所在。暖洋洋太阳照着的家乡草地才是它乐见的，与云雀的畅怀对唱才是它所向往的。在乡村的生活中它才能找回自己的自由和快乐，于是童话有了一个出人意料的结尾：名声、财富等都不重要了，柴斯特毅然决然离开纽约回到康涅狄格州去——那里有一份浓浓的乡情和友情。与老鼠塔克和老猫哈里的别离描述渲染出了几分伤感，却给读者留下了无尽的带有哲思意味的遐想，使这个童话文本更像一首抒情的诗。

在《塔克的乡村》里，蟋蟀柴斯特回到乡下，请求他的老朋友来拯救他们生活的草地。

塞尔登的《时代广场上的蟋蟀》及其续作《蟋蟀柴斯特鸽背上的旅行》《蟋蟀柴斯特的新居》与E.B.怀特的作品在思想上、风格上较为接近，书中的那位嗓音甜润的蟋蟀柴斯特与聪明能干的城市老鼠塔克和善良单纯的老猫哈里这3个动物的组合与夏洛和威尔伯那两个动物的组合一样独特，他们相互之间也一样忠心耿耿，他们之间的友情温暖了这个冰冷的世界。

洛贝尔的《青蛙和灰蛙是好朋友》《寓言》

1970年因低幼童话《青蛙和灰蛙是好朋友》(又译《青蛙和蟾蜍》)荣获美国纽伯瑞儿童文学奖等多项奖的画家和作家艾诺·洛贝尔（1933—1987），以其快活和幽默的大艺术赢得文学的大成功，在中国声望盛隆。《青蛙和灰蛙是好朋友》描写的是青蛙和灰蛙"两个孩子"看起来幼小，却也有孩子自己小小的尊严，他们沉浸在友谊的狂欢里，他们彼此的情感闪耀在书页上，感动着所有年龄层次的读者。洛贝尔20世纪80年代初写的两本寓言集既对传统寓言有所继承，更在思想深度和艺术高度上处处透出创新的意味。

他的名世之作《青蛙和灰蛙是好朋友》由以青蛙和灰蛙为主人公的 8 个短篇童话组成，它们互为补充，丰满地表现了作为一类孩子形象的青蛙的开朗、外向的性格，机灵而明事理；出色地描述了作为一类孩子形象的灰蛙的忧郁、内向的性格，善良却比较迟钝。其中，"夏天讲故事"把以"青蛙""灰蛙"的面目出现的两个孩子的不同性格刻画得更鲜明。

夏季里，有一天，青蛙弗雷格觉得身体有点儿不舒服。蟾蜍托德好像也从青蛙的脸色上看出了有什么不对劲，说："弗雷格，你的脸色有点儿发青啊！"

"我的脸本来就是青的。我是青蛙嘛！"青蛙说。

蟾蜍给青蛙泡了一杯茶，说："我知道你是青蛙，不过你的脸色也太青了一点。快到我的床上去，躺下来。躺下来就会好些的。"

青蛙喝一口茶，说："我在这儿休息，你讲故事给我听吧。"

"行啊。"蟾蜍说，"我来想想，讲什么故事好。"

蟾蜍想啊想啊，却想不出讲什么故事给青蛙听好。

"我到门厅那儿走一走，"蟾蜍说，"说不定我走着走着就能想出好故事来。"

蟾蜍走到门厅那儿，来来回回走了好久，却什么故事也没有想出来。可他自己答应给青蛙讲故事的呀，故事想不出来可怎么办呢？他回到屋子里，挨着墙，头朝下倒立着。

青蛙不明白蟾蜍这是干吗，就问："哎，托德，你干吗在那儿竖蜻蜓呀？"

"我希望这样倒着身子，肚子里的故事能往脑子里流。这样我就会有好故事讲给你听了。"

蟾蜍倒立了好久，却一个故事也没有想出来。

然后蟾蜍端来一杯水，从头上往下浇。

"你干吗往自己头上浇水啊？"青蛙问。

"我希望，我往头上一浇水就能想出个故事来。"

然而今天蟾蜍特别倒霉，他往自己头上连浇了好几杯水，都没有想起一个故事来。接着蟾蜍拿头狠狠地往墙上撞。青蛙一看，急了。

"托德，你怎么用头撞墙呢？"

"我希望撞撞，能撞出个故事来。"

"我觉得这会儿好多了，我不想听故事了。"

"那你起来，让我躺一会儿吧，我觉得浑身不舒服。"蟾蜍说。

"托德，要不要我讲故事给你听？"青蛙问。

"好啊，"蟾蜍说，"你有好故事就讲吧。"

青蛙讲起故事来："从前，有两个好朋友，一个是青蛙，叫弗雷格；一个是蟾蜍，叫托德。有一天，青蛙有点儿不舒服，他让蟾蜍讲故事给他听。蟾蜍想不出故事来。他到门厅那儿去走了好一阵，可就想不出一个故事。于是他就到墙边头朝下倒立着，这样也想不出故事来。他往自己头上连浇了好几杯水，仍然没有想起一个故事。接着他就用头去砰砰地撞墙，故事还是想不出来。结果，青蛙没事了，蟾蜍倒浑身不舒服起来。所以，蟾蜍到床上去休息，青蛙来给蟾蜍讲故事。青蛙就讲了这个故事。好听吗？"

青蛙没听见蟾蜍的回答。蟾蜍已经睡着了。①

这些作品因其在幽默美、童趣美和稚拙美的描写与表现而得以在孩童中间不胫而走。而更值得特别加以高度评价的是：其一，它们的意义内涵多是积极的，它们向幼儿心中播撒美好的种子——富于同情心，关心他人，处处替他人着想，事事急他人所急，乐于助人，热诚相帮；其二，它们不只是一些让人开颜一笑的故事，作者还刻画出了两种生活中常有却很不相同的幼儿性格，这些妙不可言的动物故事都是由性格的相异造成的。

除了《青蛙和灰蛙是好朋友》，他还创作了《寓言》、《猫头鹰在家里》（1975）、《老鼠的故事》（1972）、《新愚公移山》等。

《寓言》中的作品篇幅同前述故事长短相仿。其中有传统寓意的新写法，如《母鸡与苹果树》；有的育人指向很明确，如《少年雄鸡》；有的题旨能帮助孩子成长，如《老鼠上海滨》；有的则提供一个很严肃的教训，如《青蛙和彩虹的尾巴》讲的是传说彩虹尾巴（彩虹落脚处）下面有宝藏，青蛙们

---

① 乔万尼·皮莱利等：《云端掉下一只鸡》，海燕出版社，2021，第25—27页。

趋之若鹜，结果全掉进了彩虹尾巴下面的深坑里，而那里的大蛇正饿着肚子等着吃青蛙呢；也有的格调特别幽默，意蕴讥讽，像《狮子大王和小甲虫》就用幽默笔调写了一个颇发人深省的故事；而《狗熊和乌鸦》则运用夸张手法让自己的讽刺达到几乎可媲美于《皇帝的新衣》的效果。狗熊听乌鸦说现如今城里人的时髦打扮是把平底锅顶在头上当帽子，拿床单上下裹起，脚上套两只纸袋当鞋子。狗熊就照着做了。

他在镜子前面转着身子照了照："啊，城里有派头的人也真想得出，真会玩新鲜！"

狗熊就这样进了城，让城里人大看了一回新鲜。这样的夸张已不再是传统童话里的夸张，它显然带着一种现代人的品位。从艺术表现上说，则是最怪谬的荒诞达到了最本质的真实效果。

第四节　从想象国度里孕生出来的童话

琼·艾肯（1924—2004）是英国高品位幻想文学的丰产女作家。她是英国诗人康纳德·艾肯的女儿，其继父也是一位英国作家。她少年时代就表现出文学创作的才华，20世纪50年代初就连连出版作品。她的作品有两个特点：其一，无论是通俗小说、历史小说，还是童话，都可以以"幻想作品"相归纳，即幻想思维都非常活跃，而且她的想象总是特别得体，因而可读；其二，少年儿童普遍都喜欢她的幻想作品。艾肯20世纪60年代的代表作是1962年出版的虚幻历史作品《威洛比狩猎场的狼》。正是这部作品确立了她作为具有幽默感和丰富想象力的作家的形象和地位。艾肯以《威洛比狩猎场的狼》（1962）为开端的系列作品是以假定不是由汉诺威而是由詹姆士三世来继承王位的英国为背景的。这部作品的情节又紧张又有趣，颇具刺激性。作品的风格粗犷、幽默，成功地塑造了邦妮、马尔维娅等儿童形象，反面人物斯莱卡普小姐也被塑造得颇为成功。艾肯的作品带有强烈的狄更斯色彩，有一种讽刺和温柔的倾向。她的书名也颇具特色：该系列的第二、第三部作品的书名分别是《黑心人在巴特西》（1964）和《南塔克岛的夜莺》（1966）。书中有许多情节颇具狄更斯式的幽默味道。接下来她又写了《讲悄悄话的大山》（1968）和《布谷树》（1971）。在《布谷树》中，詹姆士三世已寿终正寝，理查德四世国王即将继位。足智多谋的伦敦流浪女蒂多·怀特和她的朋友赛蒙最早是在《黑心人在巴特西》一书中出现的，到这部书中则已确立了蒂多·怀特作为这套丛书的中心人物的地位。在《失窃了的湖》（1981）中，她又创下了许多令人叹为观止的壮举。

20世纪60年代末期，她开始创作现代背景的短篇童话。这些童话传入中国后，受到中国读者、研究者的一致称赞，频频被选家看好。这类作品有《雨滴项链》（1968）、《少量的坏天气》（1969）、《并不是你们期望的》（1974）和《不忠实的洛利伯特》（1977）。

以《雨滴项链》为书名的作品集收录的是一批现代神话故事。现代神话故事被公认为一个比较困难的领域。艾肯在这个领域里取得了巨大成功，在世界、在童话史上自应有她相当的地位。这个童话集中被选频率最高的又是《面包房里的猫》和《馅儿饼里包着一块天》。

英国20世纪中期的著名童话女作家玛丽·诺顿（1903—1992）居住在纽约期间为儿童写了《奇妙的床把手》（1943），回英国又写了《篝火和扫帚把儿》（1947），被迪士尼电影制片厂拍成了动画片。她的最高成就则是"博罗斯系列"（博罗斯是Borrowers的音译，意为"借取者"）。1952年出版的《地板下的小人》（又译《借东西的小人》）被认为是英国童话的翘楚之作，同年获卡内基文学奖。它情节有趣，悬念重重，人物富有感染力。"博罗斯"是诺顿创造出来的人物，他们居住在旧宅院大厅里祖先遗留的大钟下面。这部情节离奇的童话赢得掌声后，女作家又连续写了几个续篇，在其中塑造了一些性格各异的人物形象：那个头发歪歪斜斜的可怜的荷米莉，她遇事总是奋勇承担并努力去做；波德则是个有头脑、有理智的现实主义者，是一个哲学家，也是勇士；阿丽蒂是冒险、青春和希望的化身，她对生活总是富有热忱和激情，连对庞然大物也无所惧怕。

罗·戈丁是英国20世纪中期擅长以孩子最喜欢的玩具和动物为题材，将玩具拟人化写入童话的女作家。她以玩具为主人公的童话创造了一个新高峰。他们各自扮演成人社会中的角色，他们所想、所说、所为都让人联想到社会上的情形。他们生活着，有的得意，有的失意；只有一点是共同的：他们都无助，得不到主人的理解。她的玩具童话组成一个系列叫"玩偶们的家"（1947—1962）。弗兰克·埃尔赞道，这套丛书"在表现成年人的处境和冲突方面是极为成功的"。1954年出版的《摔不坏的珍妮》中的珍妮是个勇敢的布娃娃，它的主人并不因它摔不坏而喜欢它。它被扔在旧玩具房里，过了好几年凄孤、备尝艰辛和险恶的日子，直到一个名叫吉弟奥尔的小男孩把它装进了口袋，它才开始了新的生活。与勇敢的珍妮大异其趣的《快乐小姐和花儿小姐》（1961），写的是两个热心的日本小姑娘的故事。

戈丁除了写玩偶童话，还曾改编过一本叫《老鼠的妻子》的童话，写一只老鼠和一只笼中鸽的情谊。

P.克拉克（1921—2013）于1964年出版的《十二人归来》获卡内基文学奖。童话描述了12个木制士兵，他们曾属于门第高贵的勃朗特家族的孩子们。勃朗特家族消逝多年后，一个名叫马克斯·莫里的男孩发现了这12个士兵。木头士兵们对男孩讲起过去光荣的士兵生涯，于是马克斯和妹妹就让士兵们徒步行军。这部童话写出了木头士兵各自鲜明的个性，栩栩如生，很有吸引力。

卡罗琳·舍温·贝利（1875—1961）的《山胡桃小姐》于1947年获纽伯瑞儿童文学奖。山胡桃小姐是一个用山胡桃和苹果枝做的玩具娃娃，她为自己具有人性而自豪，她像人一样在农场里经受了危难的洗礼。

琼·奥·康尼尔的《玩具房里叹息声声》（1976）以流畅的文笔写一个被抛弃了的玩具家庭，作者对角色的刻画下了很大的功夫，情节也引人入胜。

简·梅里尔（1923—2012）的童话杰作是《手推车大作战》（1964），其人物刻画不同凡响，故事背景多彩多姿，情节安排严密紧凑，写作风格轻松活泼，笔调幽默流畅，表现了一个意味隽永的主题，可谓当代最具独创性的童话作品之一。为了解决交通拥挤问题，3个大人物决定清除手推车。小人物们仍不甘屈服，用大头针治住了大卡车，最后手推车车主齐心联合组成勇敢小军队以智慧胜了大老板，击败了一心偏袒垄断资本家的市长。

童话用温和的幽默揭露了政府的腐败和商业的垄断，特别耐人寻味的是其中的对话和虚构的历史学家预言。

奥利弗·巴特沃司（又译奥利费·巴特沃斯，1915—1990）的《我的宠物是恐龙》（又译《奇异的蛋》，1956），是获得美国"不可忘怀的好书"称誉的童话名作。叙述一只母鸡生下了一个特大的恐龙蛋，一个男孩把它孵化了出来，于是美国现代社会的各色人等都被卷入这个事件，从而幽默地讽刺了美国社会。人性贪婪的一面通过趣味盎然的故事被十分深刻地揭示出来，从而衬托了男孩的纯洁和高尚，透露出作家儿童崇拜的倾向。他的名作《珍妮耳朵的毛病》（1960），故事也轻松有趣。

海伦·克雷斯韦尔（1934—2005）是因文笔优雅、才思敏捷而驰名的女作家。《鸟的冬天》（1976）写的是一只锻造出来的钢鸟总在夜间飞来，很是恐怖；品质高尚、大胆勇敢的少年斐恩帮助了一个被这只钢鸟吓坏的孤独老人。在《接球游戏》（1977）中，有两个女孩和凯特一起玩球——但她们不是现实中的人，而是从展览馆墙上的油画里走下来的孩子。当凯特又一次注视墙上的油画时，球已从一个女孩传到另一个女孩手中。作家把整个故事组织得很好，现实生活和幻想成分令人悦服地交织在一起，如水乳之交融。1968年出版的《馅儿饼师》、1972年出版的《码头上》和1973年出版的《傍篱草》都是纯幻想作品，富于幽默感，结构严谨，适合中年级儿童阅读。

《大英百科全书》在提到杜·博伊斯（1916—1993）时这样写道："创作丰富的作家兼画家威廉·佩内·杜·博伊斯的《二十一只气球》融合了凡尔纳和萨米尔·伯勒作品中某些吸引孩子的东西，再加上他自己的幽默和机智，是他献给孩子们最热闹的作品。"《二十一只气球》（1947）是杜·博伊斯1948年获美国纽伯瑞儿童文学奖的一个代表作。杜·博伊斯的作品像数学一样有条理，逻辑严密，他的插图也像故事一样精美；他的爱好，包括他对法兰西的热衷，对马戏团的喜爱，对各式各样机械化运输工具的关注，对岛屿、乌托邦、爆炸的爱好，都表现得淋漓尽致。他的名著《熊的舞会》（1963），讲述了几只争吵的熊通过一个化装舞会变得相亲相爱，这是一个合情合理的寓言性童话，它的结果是形成了一个熊的乌托邦。《巨人》（1954）则是一个逻辑性很强的故事，讲的是一个8岁的巨人，虽然他已经长到7层楼高了，人却很和蔼。他为了细看一下街上的人和物，随手抓起街上正在行驶的汽车，或是街上的行人，这使全城陷入一片混乱，人人惊慌失措。他所描写的一切就像建筑师的方案一样准确无误。在《懒惰汤米·南瓜脑袋》中，作家用健康的笔触描写了电子时代和当大机器衰落时所可能发生的事情。《禁林》（1979）写一只袋鼠，一位阿德莱德小姐阻止了第一次世界大战，作品嘲讽了战争，对战争"英雄"进行了调侃。

他的最佳作品是《二十一只气球》，书中的主人翁威廉·华尔特门·谢尔门教授，厌倦了教授孩子们数学课程，于是他乘上气球飘飞着俯瞰世界，这样他可避免跟任何人打交道。后来他降落在卡托岛，发现岛上居民全都是发明家。他们居住的是一座活火山，所以设计了一种逍遥机，供火山爆发时逃难用。后来火山果然爆发了，他们就乘上逍遥机随风飘荡。故事悬念迭起，直到最后一次爆炸才终场。杜·博伊斯笔下的人物都和蔼可亲，言简意明，尤长于对机械的描绘。

杜·博伊斯幽默新颖的纯幻想童话名作还有《鳄鱼案》等，也读来津津有味。

艾肯的《面包房里的猫》《馅儿饼里包着一块天》

《雨滴项链》是琼·艾肯的供低龄孩子阅读的童话集，著名画家平库斯基为其所作插图简洁有力。这是地道意义上的现代童话，它的经典性，它的适当篇幅，使它便于广泛流传。其中《面包房里的猫》和《馅儿饼里包着一块天》是这个童话集最受青睐的精品。

《面包房里的猫》奇妙、荒诞却合情、合理、无懈可击。一只叫莫格的家猫在酵母的作用下，身体不断膨大，起初它大得像一只绵羊，接着它大得像一头驴子，后来它大得像一匹拉车的马，再后来它大得像一头河马。

莫格把房子胀破了，不能在屋子里存身了，它只好到山谷去。

莫格走进了山谷，这时候它已经胀得比大象还大了——几乎有鲸鱼那么大！山上的绵羊看到它走来，吓得要死，飞奔着逃命去了。莫格可没有注意到它们，它正在河里捉鱼。它捉了好多好多鱼！心里真快活。

雨下得太久了，莫格突然听到山谷上边传来洪水的咆哮声，巨大的水墙向它扑来。河水泛滥了。越来越多的雨水灌进河里，从山上奔流直下。

莫格心想："我要是不把水拦住，那些好吃的鱼就都得被冲走了。"

于是它一下子坐到山谷中间，把身体伸展开，活像一块又大又胖的大面包。

洪水被挡住了。

城里的人们听到洪水的咆哮声，害怕极了。镇长大声喊道："趁着洪水还没冲到城里，大家都跑上山去，不然我们全都得被淹死！"

于是大家都往山上跑，有人跑到这边山上，有人跑到那边山上。

他们看到什么了呢？

喔唷，莫格在山谷中间坐着，它身后是一个大湖。①

全镇人的性命和他们的财产得以保全了。镇长给莫格佩上了一枚奖章，上面刻着：莫格救了我们的城市。

一只普通的家猫救了一个镇，让全镇的人免于一场突发山洪所造成的灭顶之灾，而且这样一个奇迹的发生，女作家始终没有动用魔法、魔物和符咒。没有这些超验因素的参与，童话一样神奇得令读者瞠目结舌、拍案叹赏。这篇童话最大的成功，在于女作家从自己的厨炊经验出发，把故事写得非常生活化，童话想象力异常丰富而童话却异常亲切可读。童话的中心角色花猫莫格并没有被人格化，并没有被做拟人处理，莫格始终只是一只猫而已。在莫格身心中，没有一丝道德意识，没有一丝道德动机，没有一丝道德判断，即使镇长把镌有"莫格救了我们的城市"的奖章挂到莫格的脖子上，猫作为动物也仍不知以获奖为荣耀。这样的猫童话，对于厌倦了神魔故事的读者来说无疑是一顿可以大快朵颐的美味点心。又是生活，又是想象，又是童话，创造了惊人奇迹的猫仍是猫，这样的童话才能给读者带来美学意义上的惊喜和震撼。

---

① 林格伦等：《外国新童话》，韦苇等译，二十一世纪出版社，2008，第247页。

《馅儿饼里包着一块天》所具有的是另一种奇妙。在非常寒冷的国家里的一个冬天，灰蒙蒙的天空中飘飞着雪片。这时，一位老太太正用擀面棍擀着面团。老太太往窗外望了一眼，又接着擀面。

　　这时，她刚看的那块天掉下来一小角，落在了面团上。这块天在擀面棍底下被轧扁了，就像一件衬衫被熨平了一样。老太太把面擀成皮，扣在馅儿饼盘子上，于是馅儿饼里就包进了一块天！可老太太完全没有察觉。她把馅儿饼放进烤炉，不一会儿，炉子里就散发出诱人的香味。

　　等老太太打开炉门，那因为包了一块天的馅儿饼特别特别轻，特别轻的馅儿饼从烤炉里飞了出来，在屋子里兜了一圈，就飞出大门去了。老头要抓住它，抓不住，就跳了上去；老太太要拦也拦不住，只得也跳了上去。于是他们便随着馅儿饼飞升到了天上。当馅儿饼飘过树顶时，老太太让在树上的猫把馅儿饼抓住，结果猫跳到馅儿饼上也还是太轻。后来，飞行员、小野鸭、山羊、大象相继被救到了馅儿饼上。最后，馅儿饼终于开始凉下来，随之也就徐徐降落。下面的住户怕馅儿饼压坏他们的房子而不让其降落，他们就只好降落在海面上，成了一个新生的海岛。

　　太阳晒得暖洋洋的，不一会儿，馅儿饼岛上长出美丽的苹果树，树上长着绿油油的叶子，粉红色的花朵，还有红艳艳的苹果。山羊给大家提供奶，鸭子给大家下蛋，小猫下海去给大家捉鱼，大象用长长的鼻子给大家摘苹果。

　　其他的篇章也一样都氤氲着温馨、奇巧和幽默，让各个年龄层次的人都爱不释手。譬如《过夜的床》中，巧妙地利用民间童话的因素，仙女的房子会长着带鳞的腿站着，这房子还能下出蛋来，蛋还能变出小房子；譬如《缀花被单》中，碎皮缝成的被单能飞上天空，上面载得动 12 头骆驼；等等。

　　对于艾肯的想象风格来说，《少量的坏天气》是一本更典型的集子。其中作为书名的这一篇描写罗丝小姐是苏格兰的一个小城镇的女巫。她出生在世袭的气象女巫之家，她同从非洲巫医处学得控制天气的方法的一个退休主教之间的种种矛盾冲突构成了读来令人瞠目的新异故事。其他的故事也同魔术有关，如女巫办幼儿园。

　　艾肯还专门为幼儿写"格外聪明的动物"的故事。1972 年出版的一本叫《阿拉贝尔的渡鸦》的故事书，还被电视台拍成了电视片。1971年出版的《海底王国》则以非凡的想象力重新创作了11篇东欧的民间童话。

巴特沃司的《奇异的蛋》

奥列弗·巴特沃司（1915—1990）曾在中学任教，对少年读者比较了解，其创作深受马克·吐温的影响。1965年出版的幻想小说《奇异的蛋》（又译《我的宠物是恐龙》《奇怪的大鸡蛋》）1977年被美国列为"不可忘怀的好书"，其后改编成电影，这部作品遂广为人知。在美国众多的幻想小说作品中，《奇异的蛋》的文学生命力经受住了时间考验。

《奇异的蛋》是一个荒诞的但很有趣、很有意思的故事，说的是一个叫内特·特威切尔的小学生，他家的母鸡下了个大蛋，周长1英尺半，重约3磅半，蛋壳是柔韧的。为了让母鸡把蛋孵化，内特得常去翻动蛋以使它全面受温。因为内特为蛋的孵化下了大功夫，所以对它有特殊感情。终于有一天，蛋壳裂了，出来了一个4只脚、头上有3只犄角、有尾巴、无毛、食草、重3磅多的小动物。恐龙专家齐默博士鉴定：这是只五千万年前就灭绝了的三角恐龙！这只恐龙迅速长大，不几天就长到20英尺，重约10吨。消息见诸报端，传诸广播后，首先是科学家蜂拥而至，全国科学家云集于内特所在的自由镇。接着是商人来了。第一个是加油站老板。因为"人们总是喜欢把车停在有动物的地方加油"。老板只需写一块大牌子："世上唯一的活恐龙在此"，那么人们就会来停车，先看恐龙后加油。第二个是威士忌酒老板。因为用恐龙做牌子就能使酒看起来年份老一些。大家都来争购世界上"最古老"的酒，酒老板就可以发财了。第三个是手提箱老板。因为目前市场上还没有恐龙皮做的皮箱。就这样每天约有20人来高价收买恐龙。恐龙渐渐长大了，样子像一辆坦克，前面的犄角像从坦克里伸出来的炮管。恐龙在齐默博士的建议下被运到了华盛顿博物馆，内特也跟恐龙到了华盛顿，每天清早5点起床到国家博物馆领恐龙去散步。但是在博物馆养恐龙的事，遭到一个参议员的反对：这个参议员一会儿反对用"小人书"来救国，一会儿反对用鞭炮来救国，现在他反对用恐龙来救国。他想在参议院通过除掉恐龙的法案。好在内特机灵，在一次成功的电视演说里号召大家起来反对杀害恐龙的法案。于是成千上万的人拥到华盛顿，掏出钱来救恐龙，他们准备24小时轮流值班，保护恐龙。恐龙安全无恙后，内特又回到家乡上学了。

这部童话小说把幻想和现实糅合交织起来，使作品不停留在既荒诞可笑又滑稽有趣上，而是把着眼点放在刻画内特的热情、认真、倔强和不为金钱所诱惑的优良品格上，写出了乐于为科学事业献身的齐默博士等人的可爱。在表现了美国普通人民的正直、积极、乐观、能干、见义勇为、顽强不屈的同时，也艺术地抨击了美国商人、资本家的唯利是图和金钱主义，讽刺了不学无术的政客对科学事业的阻碍。在有趣的故事背后告诉孩子们：权力、金钱并不能摧损人们美好的心灵，爱和自由才是人类永恒的追求。作品之所以对儿童有强大的魅力，还与全书渗透着幽默的情趣有关。就以给恐龙取名字为例吧：

"嗯，我不知道，"爸爸慢慢地说，"我已经把我家里的最好的名字都取给了鸡鸭牛羊了。你妈妈他们家可能还有一个好名字。我记得好像是……他叫什么来着，你的舅公？"

"啊，你说的一定是舅公约翰·比兹利。"

"对对对！"爸爸说，"我看你就简单点，叫它比兹利舅舅。再有，回想一下他的照片，两位之间是有点像——"

"沃尔特！"妈妈说，"舅公比兹利是一个多好的好人。只是后来，变得有点怪癖。我们不该说这些不尊敬他的话。"

"啊，这完全不是不尊敬他，"爸爸说，"确实地说，这真是一种荣誉。如果我们给小恐龙起这个名字的话，比兹利舅公的名字也就会在历史上流传下去了。"[1]

至于幽默和讽刺结合在一起，用以讥诮不择手段的疯狂逐利者，讥诮摇唇鼓舌、妨碍科学进步的议员，效果就更好了。

---

[1] O.巴特沃斯等：《奇怪的大鸡蛋》，唐志明等译，大众文艺出版社，2009，第37页。

第十章　现实主义在南美儿童文学中显示阅读魅力

　　虽然就专门从事儿童文学创作的作家数量而论，就专门出版儿童文学读物的出版机构而论，就儿童文学研究机构的数量而论，南美大陆都不如欧美的许多国家，但从 20 世纪后半期以来拉美儿童文学显见起色，在世界上有影响的作品至少可与亚洲相比。1974 年 10 月国际儿童读物联盟在巴西最大的海港城市里约热内卢召开会议，讨论了作为陶冶儿童品德情操的儿童图书问题，欧、美、亚 30 多个国家的代表出席了会议，拉美诸国约有 300 名与儿童图书出版业有关的人员参加了会议——这一事实都表明了拉丁美洲儿童文学的觉醒。1982 年，巴西女作家莉吉亚·布咏迦·努内斯（1932—　）荣获国际安徒生奖作家奖。

小说方面的成就

　　叙述拉丁美洲地区的儿童文学，第一个应该被提到的是被誉为"拉美儿童文学之父"的阿根廷小说家、诗人、剧作家、政论家阿尔瓦罗·荣凯（1889—1982），他热爱儿童，深深同情穷苦儿童的不幸、痛斥当局漠视儿童的疾苦，揭示劳动者的孩子忍饥挨饿，贫病交迫，乃至死亡的惨状，当然，作家也描写他们各种方式的反抗。荣凯数量颇多的短篇之作中，《犰狳》《蓬乔》《钱包》《马丁什么也没偷》《乔克洛》《一本字典》《伊拉恰》《一瓶牛乳》等有很强代表性，它们感动着世界各地的孩子；《"南方孩子"足球俱乐部》则是另一种内容的中篇小说。荣凯的小说感情深沉激越，笔触细腻委婉，表现富有诗意，美育作用和教育作用结合得天衣无缝。荣凯的短篇和中篇小说题材是现实主义的，主题是现实主义的，其文学才情也是现实主义的。他这样来表述他的创作信念："叩动孩子心弦的能力和让孩子读得津津有味的能力，这也是培养教育新一代的能力。"他的短篇小说都取材于他生活的城市布宜诺斯艾利斯，他从这个城市敏锐地观察到社会的不公平，和竞争规律的残酷性，丑恶的利己主义，富人的骄横暴戾，这一切都给荣凯取用不尽的富有戏剧性的小说情节。他的小说主人公都是那些供他人役使的男孩，那些被饥饿和贫困抛上街头的无家可归的孩子，那些居住在棚屋陋室里的机灵而又顽皮的少年，那些阿根廷首都贫民窟里的穷人娃娃，那些在上学的年纪里却不得不为弟弟妹妹衣食操心的少年手艺工匠。他的小说几乎每篇都有一个可敬可学的榜样，每篇都包含一种善意的诚谕，一个高尚的启示。从创作题材和宗旨上说，这些短篇小说让人联想起俄罗斯 19 世纪末期大作家契诃夫的作品和意大利作家亚米契斯的《爱的教育》。荣凯小说的美育作用紧紧和教育作用缠结在一起——这就是荣凯作为作家同时又作为教育家的主要特点。

拉美大陆还有一些洋溢儿童情味的杰作。例如，智利作家阿尔曼托·基西高里的短篇小说《洛洛贝贝和狗评选馆》，写穷人的男孩子装狗到"狗评选馆"去参加评选的令人发笑又让人落泪的故事，一直被选作短篇中的典范；哥伦比亚享有国际声望的作家爱德华多·阿里亚斯·苏阿霄斯（1897—1958）的《我与瓜迪安》，写一个流浪儿和小狗瓜迪安患难与共、生死相依的深厚感情；巴拿马当代知名作家马利奥·奥古斯托（1919—2009）的短篇《甜蜜的圣诞节之夜》，写一个小孤儿圣诞夜在狗的陪伴下做辛酸的幻想。还有委内瑞拉作家阿曼多·何塞·塞凯拉的小说《防止人们走邪道》、古巴作家埃尼特·比安的小说《胡安·扬多》在 1979 年第 20 届美洲之家文学奖的评选活动中获得少年儿童文学奖。秘鲁女作家卡洛塔·努妮丝（？—1980）因儿童小说创作取得显著成就而获西班牙少年儿童小说奖，表现了她丰富想象力的小说《镜中的小姑娘》是其代表作。

南美有一些成人小说作家、诗人给予儿童较多的关注，有的还专为儿童写小说，其中有阿根廷女作家西尔维娜·奥坎帕的《飞马》《奇妙的橘子》，很得好评；阿根廷女作家阿·艾弗莱茵（1888—1919）出版有《阿根廷传说》；巴西作家若泽·多肖戈（1901—1957）的儿童题材长篇小说有 6 部之多，如《古怪的孩子》《小黑人里卡多》《美丽的宝石》；厄瓜多尔作家阿尔方索·奎斯塔专门为儿童出版了短篇小说集；哥伦比亚历史小说作家厄·卡尔德隆为孩子出版了短篇小说集《童子海军上将及其他故事》。哥伦比亚诗人拉·波姆达为儿童写了许多好诗，颇受孩子们欢迎，可算是"拉美头号儿童诗人"。

拉丁美洲有的作家在几种文学样式的创作上都有贡献。例如，阿根廷女作家欧亨妮娅，小说有名作《失去的海鸥》，神话传说故事有《树木代表会》，动物故事有《彼叶达的小鸟》；哥斯达黎加女作家卡蔓·丽拉（1885—1949）用神话、传说和民间故事写儿童小说、儿童剧本，其中短篇小说《帕斯托尔的"十个小老头"》，写一个雇工讲 10 个指头历尽艰险的故事，抒写祖国河山的秀丽，反映了殖民统治下印第安人的苦难和斗争。

智利作家巴尔多梅罗·利约（1867—1923）的短篇小说《卡纽埃拉和佩塔拉》和《十二号风门》，前者生动描绘了两个小猎手的一场林猎活动，小说主人公天真、顽皮、勇敢的性格特点被刻画得栩栩如生，所以被作为小学课外读物，流传甚广。拉丁美洲的主要作家的代表作品还有：尼加拉瓜著名诗人和作家鲁本·达里奥（1867—1916）的短篇小说《货包》；巴西作家若热·亚马多（1912—2001）的长篇小说《沙滩上的船长们》；巴西作家奥托·雷森德的短篇小说《磨粉机》；阿根廷作家埃·卡佩拉的短篇小说《苍鹭与男孩》；阿根廷作家亚马多·维亚努埃瓦（1907—1967）的短篇小说《"毛毛雨"》；委内瑞拉作家罗·加列戈斯（1884—1969）的短篇小说《宁静的悬崖巅》；委内瑞拉作家古斯塔沃·索利斯（1920—2012）的短篇小说《钓鱼》；秘鲁作家阿·瓦尔德罗马（1888—1919）的短篇小说《小鹰飞》；秘鲁作家胡·里维罗（1929—1994）的短篇小说《蛋白酥》；墨西哥作家马·阿苏埃拉（1873—1952）的短篇小说《有钱人的牺牲品》；墨西哥女作家路易莎·奥坎帕（1899—1974）的短篇小说《赫苏西托》；墨西哥作家胡安·鲁尔福（1918—1986）的短篇小说《马卡里奥》；厄瓜多尔作家翁·萨尔瓦多（1909—1982）

的《黑人鞋匠》；危地马拉作家卡·钦奇利亚（1898—1973）的《捕鹿记》和《玛丽娅·康德拉利娅》。还有一批作家，他们都写了儿童题材的小说，反映了拉丁美洲儿童生活的现实状况，它们的艺术力量足以摇撼小读者的心魄。

童话方面的成就

拉丁美洲是个童话名作缺少的地区，在世界上占有地位的只有巴西的蒙特罗·洛巴托（1882—1948）一人的童话。洛巴托自1921年发表现实与幻想糅合的童话以来共出版童话作品17部，深受孩子们的喜爱，其中传遍世界的是《黄啄木鸟勋章》和《娜西塔西娅婶婶的童话》。前者是天才童话作家为低幼儿童而写的中篇童话；后者是为中低年级小读者出版的童话集，包括东方、西方、拉丁美洲的各种各样的民间童话，为童话创作提供了一个成功的范例。其他见于记载的就是秘鲁作家何·巴尔玛（1911—1969）的印第安民间故事集和卡·巴尔玛（1833—1919）的《秘鲁传说》。

与中卷绍述过的奥拉西奥·基罗加童话地位相近的有玻利维亚作家奥斯卡·阿尔法罗（？—1963）的短篇童话。他以南美大自然风物为背景，题材广泛，构思巧妙，意蕴深刻，融入了作家对丛林的丰富知识和对孩子的理解和热爱，其代表作有《火鸟》《航海家小青蛙》《鱼首领》《英雄小山羊》《泥羊驼》等。

动物文学和诗歌方面的成就

阿根廷作家亚·德雷拉的故事集《蜕化的小青蛙》，是以介绍动物知识为目的的。

古巴女作家道·阿伦索的中篇小说《寻找黑海鸥》，把读者带入了动物世界。

阿根廷作家普·阿伦索的《勤劳的小蜜蜂及其他故事》，描写了昆虫生态习性。

一些具有国际文学声誉的主要为成人创作的南美作家、诗人，也向孩子奉献过作品。在诗歌方面，有智利女诗人加夫列拉·米斯特拉尔（1889—1957），这位在南美最早获得诺贝尔文学奖的女性在她的一些诗篇中唱出纯洁的儿童心声，评论界认为是高于斯蒂文森的《一个孩子的诗园》的佳作；古巴诗人尼古拉斯·纪廉（1902—1989）的《唱给安的列斯群岛孩子的歌》《摇篮歌》等是献给低幼儿童的不朽名篇；智利诗人巴勃罗·聂鲁达（1904—1973）也写了一部分适合少年诵读的诗作。

第十一章 二战后成绩斐然的日本儿童文学

第一节 二战后日本儿童文学概述

日本的儿童文学 19 世纪末从《伊索寓言》《鲁滨孙漂流记》的译品始，到 20 世纪 20 年代前后，才开始逐渐认识并接受西方现代儿童文学观，而真正确立现代儿童文学观应是在二战以后。

1918 年铃木三重吉主办的《红鸟》出现后，刊物就如雨后春笋，一批儿童文学作家被培养出来，他们留下了《银河铁道之夜》（宫泽贤治）等一批文学遗产。日本儿童文学的花季为期不长。由于受阶级政治和侵略扩张宣传的干扰，儿童文学磨灭了生机，可读的仅有在夹缝中生长的《小狐狸阿权》（新美南吉）等一些童话。

日本儿童文学被绑上了日本军国主义的战车，这给日本儿童文学史留下了抹不掉的污秽和耻辱。日本军国主义的覆亡拯救了日本儿童文学。战后日本儿童文学环绕《红蜻蜓》（1946）、《银河》（1946）等杂志有了些许复苏，但不久又被美国侵朝战争引入黑暗的隧道。

二战后，日本的儿童文学工作者，以鸟越信和古田足日为代表从一个方向，以渡边茂男、石井桃子为代表从另一个方向，先后发觉战前童话的诗性品格与儿童读者的阅读兴趣不能对应，发觉小川未明等以往作家的童话缺乏日常性、社会性语言，发觉此前的日本儿童文学从本体观念到表现语言都很难赢得已经步入现代的儿童，发觉此前的日本儿童文学没有把"生动有趣、明白易懂"作为自己的创作追求，因而有悖于"儿童文学正是受到孩子的欢迎才具有意义"（鸟越信：《儿童和文化·儿童和文学》，见朱自强的《战后日本儿童文学的变革》）的常理，把已经证明是大受儿童欢迎的欧美儿童文学作为重要参照来清理日本此前的童话，就成为日本儿童文学界的共识。一批年轻作家，如长崎源之助、前川康男、乾富子、大石真（1925—1990）开始尝试用现实生活中的儿童形象和成人形象来表现战后贫困的现实、战争的罪恶，追究战争发动者的责任，揭露并批判阻碍民主主义建设的反动势力，以期在读者面前展示新生日本的愿景。这一时期的现实主义童话、小说中影响最大的是一些儿童文学圈外的作家创作的作品：从组织英美儿童文学的译介工作转入儿童文学创作的石井桃子（1907—2008）的《阿信坐在彩云上》（1947）、《山的富人》、《山上的孩子》、《三月娃娃日》、《依弄的小花子》；身为一流高等学府教授的竹山道雄（1903—1984）的《白瓷杯》；以描写母爱和自己童年生活为长的壶井荣（1900—1967）的《有柿子树的人家》、《二十四只眼睛》（1952）及其短篇《山坡的路》《温暖的右手》《没有母亲的孩子和没有孩子的母亲》。上述作品中，《阿信坐在彩云上》塑造了一个健康、聪明、快活、淳朴、勤学又富有正义感的阿信形象，被公认为是战后日本儿童文学起步的标志性作品；《二十四只眼睛》因其平凡而又深刻的内容和温暖情感的表现而震撼读者的心灵，引起巨大反响，被拍成电影、电视剧。

　　日本儿童文学的春天气象显见于 20 世纪 60 年代以后，其过渡性的重要作家是山中恒（1931— ）和古田足日（1927—2014）。前者的《红毛小狗》《会飞的爷爷》和后者的《鼹鼠原野的小伙伴们》《一年级大个子二年级小个子》都广有影响。《鼹鼠原野的小伙伴们》被日本全国图书馆协会选定为小学生"必读图书"。这部幻想小说最先道出了以自然环境的破坏为日本经济迅猛发展的代价的忧虑：在那楼群高耸的世界里，再没有孩子们喜爱的土岗、小河、森林和鸟虫等大自然元素，日本没有能够避免西方 19 世纪末和 20 世纪前半期已经有过的教训。到了 20 世纪 70 年代至 20 世纪 80 年代，小说领域涌现了一批新人新作，其中表现突出而堪称力作的是灰谷健次郎（1934—2006）的《兔子的眼睛》(1974）和那须正干（1942—2021）的《愉快的三个小伙伴》《我们驶向大海》。

但是以流传的广远论，则可见日本的一些童话更容易被国外同行所看好，从而被推介、被译传。在20世纪四五十年代崛起的日本童话作家有岩崎京子、今西佑行（1923—2004）、乾富子（1924—2002）、长崎源之助（1924—2011）、神泽利子（1924— ）、大石真（1925—1990）、松谷美代子（1926—2015）、古田足日；崛起于20世纪五六十年代的有高士与市（1928— ）、佐藤晓（1928— ）、寺村辉夫（1928—2006）、安藤美纪夫（1930—1990）、山中恒、神宫辉夫（1932— ）、今江祥智（1932—2015）、中川李枝子（1935— ）、角野荣子（1935— ）、立原惠理佳（1937— ）、小泽正（1937— ）、佐野洋子（1938—2010）、斋藤夫（1940— ）、安房直子（1943—1993）、上桥菜穗子（1962— ）等。

1962年出生的上桥菜穗子继窗道雄之后，以奇幻小说（"守护者"系列和"旅人"系列）荣膺2014年国际安徒生奖作家奖。2018年，以奇幻故事《魔女宅急便》闻名于世的角野荣子获得国际安徒生奖作家奖。《魔女宅急便》主人公在不断的自我怀疑中定位自己在社会中的地位，创造了一个在精神成长中逐渐学会掌控自己命运的崭新女巫形象，得到了国际社会的一致肯定。

第二节　二战后几部较具代表性的作品

《两个意达》

松谷美代子的中篇童话《两个意达》初版于1969年。一出版即引起重视，受到儿童读者的欢迎。这部童话之所以特别受到世界关注，是因为它的内容具有强烈的现实意义，而童话性荒诞表达得又很新颖别致。东京小学生直树因为喜欢安徒生的《小意达的花》，给自己的妹妹勇子取名为"意达"。一次，他们来到花浦镇，兄妹俩在丛林中发现了一把神奇的小椅子，小椅子咯噔咯噔地边走边嘟哝着寻找它的小主人意达。当勇子这个也叫"意达"

的小姑娘骑到它身上，这场充满着悲酸的误会是多么让人动心啊！"勇子使劲儿摇着木椅，木椅咯噔咯噔地像一匹小马驮着勇子又蹦又跳。"直树渐渐明白了椅子天天走着，是在寻找一个叫"意达"的小女主人。后来，直树终于弄清楚这椅子是一位老爷爷做的。"老爷爷是位有名气的艺术家……所以，他做的椅子也有了魂灵。不用说，老爷爷为了给婴儿制作椅子是倾注了全部心血的，他把椅子组合得那样牢固，雕刻得那样精美，又打得那样光亮……"① 椅子的主人失踪了，她是在 1945 年 8 月 6 日那天由老爷爷带着到广岛去的，在那里遭到原子弹的轰炸，从此再没有回来。椅子朝思暮想的小女主人在那天成了孤儿，后来被人收养了。当年椅子的主人，现在已是 20 岁的姑娘了，"脸像透明的白玉，和那长长的披肩长发显得很谐调"。她患了由核辐射引起的白血病。她虽然很悲哀，但和平使她感到生的希望，让她憧憬着美好。她对直树说：

这把小椅子咕咚咕咚在家里踱来踱去，成年累月地等待着我，这就足以使我感到欣慰了。

直树，我一定会恢复健康，一定的。我绝对不会死的。我还想住进那所房子，我要把龙柏修剪得整整齐齐，要在池子里养上欢快的金鱼，让那小淘气鬼② 活活泼泼地喷出水柱。房子也要重新粉刷。太阳花将托起又沉又圆的紫色花朵，蔷薇一齐开放，藤萝架上将垂下山藤花。

我要生个小女孩，让她坐在小椅子上。这样椅子才会高兴，才会说，是意达，真的意达回来了……③

这是一部抒情色彩浓重的童话。作者在珍惜和平生活的情绪中，幻化出了一把会自己走路去寻觅小女主人的小椅子，这种"寻寻觅觅"的幻象本身就凝结着、寄托着作者对第二次世界大战中日本疯狂侵略他国给日本本国平民造成深重灾难的痛切哀怨。

这部童话成功地利用了悬念。为什么这个小城镇的空气让直树感到黏

---

①松谷美代子：《两个意达》，高林译，中国少年儿童出版社，1985，第80页。

②指一个"撒尿童"的塑像——韦苇。

③同①，第145—146页。

稠得像走在果子酱里？为什么美丽的风景地却这样荒凉、这样笼罩着死气？为什么这把小木椅拖着四条腿在护城河畔白色的道路上走着？小椅子说，他已经找到他的小主人"意达"，而直树说"意达"是他妹妹，这是怎么回事？小椅子说他找的"意达"背上有3颗痣，而直树妹妹"意达"的背上没有痣，那么背上有3颗痣的"意达"如今又在哪里？这样，一层进一层地把一场应当避免而由于日本军国主义凶狂作祟结果没有能避免的深刻悲剧揭示出来。

这是一部孩子难以完全领会内蕴而在成人世界里评价颇高的好童话。这部童话最大的局限在于作品没有深究日本为什么成为迄今为止唯一遭受原子弹灾难的国家。日本最早但愿也是最后尝受原子弹的痛苦，绝不是没有因由的——作者自己是知道其中因由的，却无意揭示于世人。

《不不园》

中川李枝子（1935— ）的幼儿童话是日本童话中最具世界性的部分。她1962年出版的幼儿童话《不不园》幽默而充满童趣，使日本童话缺少幽默的状况有所改观。这本童话集出版后引起轰动，国内外同声称好，不啻是低幼童话的东方典范。这部童话集的成功给作者带来了厚生大臣奖、NHK儿童文学鼓励奖、野间儿童文艺奖、产经儿童出版文化奖，日本全国学校图书馆协会将它列入"必读图书"。中川李枝子的幼儿童话《不不园》《吉利和吉拉》《天蓝色的种子》《青蛙埃尔特》《桃色的长颈鹿》《小胆大侦探》等是日本20世纪60年代的杰作，《森林妖怪》《鲸鱼云》是她20世纪70年代的名篇，《坦塔探险》是她20世纪80年代的佳作。

《不不园》（1962）由7个相对独立的小故事组成，以小男孩茂茂为主人公。这些童话的新奇之处在于女作家把孩子们现实的日常生活虚幻化，用幻想拟写真实的生活；明明是有教化意蕴（遵守纪律、团结友爱、勇敢、讲卫生等）的故事，到中川李枝子笔下，都成了幼儿十分愿意接受的童趣、奇趣和新鲜别致的儿童游戏。中川李枝子深谙幼儿生活，她所捕捉的儿童心理特征准确贴切。童话语言简洁、浅易，为幼儿所喜爱。《不不园》7篇童话中,《大狼》一篇最为大胆幽默。故事中的大狼即使肚子饿得发慌也不吃脏孩子,怕吃了肚子要疼——童话角度和构思的新鲜别致,已使童话成功了一半。大狼的稚拙劲儿被表现得很充分,成了一条可笑而不可怕的傻狼。他慌慌忙忙,跑来跑去,又是取肥皂、刷子,又是提热水,顾了这头,那头就顾不上了。在整册童话里,茂茂接触的动物都被做了幼儿化处理,"大狼"也成了"幼儿"。

《不不园》的 7 篇童话中,《捕鲸鱼》也是开风气之先的产生过革命性震撼力的作品。《捕鲸鱼》写星星班(大班)的男孩子们用积木搭了一只船,给它取名为"大象狮子号",茂茂还很欣赏地用手摸了摸三角形的船头。他们准备了钓鱼竿和一罐头盒蚯蚓,决定出海去钓鲸鱼。他们钓得的鲸鱼十分生气,从脊背那儿猛地喷出一大股海水,他们衣服湿透了。他们好不容易捕到一条大鲸鱼,船装不下,就把鲸鱼拴到船尾。结果,鲸鱼还是喜欢大海,回到海里去了……男孩子们的捕鱼活动自然是幼儿园星星班的一场游戏经历,呈现的是热闹的场面。中川李枝子写的幼儿游戏,孩子们总是那么投入。《捕鲸鱼》里的所有孩子都"忘我"地把自己当成捕鲸鱼的渔人,完全把玩的过程当成真实发生着的事。

中川李枝子向来以为幼儿对观念的世界不感兴趣。因此,她把作品中不能形象化的部分毫不留情地丢掉。松居直先生评价道:"要做到这一点是很难的。大多数作品拖泥带水地保留着没有形象感的部分,而作者却自我满足。大人可能从中体会到许多意义,但是儿童只是要了解作品,而不是钻到作品中冥思苦想。中川李枝子的作品中之所以没有多余的描写和叙述,恐怕是因为她真正了解儿童的心。"中川李枝子写幼儿游戏,她不是站在一旁观望孩子们做游戏,她从不用看似儿童实际是成人立场来写她的童话,这也就是她的童话能经受住岁月无情的考验而稳立于儿童文学史册的原因。

《名叫彼得的狼》

日本近些年问世的小说中,那须田淳(1959—)发表于 20 世纪 90 年代的《名叫彼得的狼》受到评论界一致推崇。这是一本以德国柏林墙消失的前前后后为故事背景的关于一只叫彼得的狼的长篇小说。故事写一只小狼在一次事故中和整个狼族走散。不过它很走运，被一个叫马库斯的德国男孩当作小狗收养了。马库斯自开始就知道彼得是一只狼，德国和日本两国的孩子为了能帮助彼得回到狼族的故乡，开始了一段不寻常的历程。这段历程交织着追踪、绑架、情感纠葛。最后在小林老师的帮助下，在许多孩子的保护下，孩子们和村里的人自发组成了一堵人墙，用身体抵挡猎人们的射击。狼群终于跑向了故乡伯明翰森林，彼得也和它的狼家族一起消失在森林里。这部小说以失散的小狼回归狼群的事件为主线，细致入微地描写了小主人公山本亮的心理成长过程，同时也反映了家庭、社会和人与自然的关系等社会问题。成长在这样一个全球化时代里的孩子们，应该具有更加广大的胸怀。小说中有一句话："狼没有国界，阻隔人与人心灵交流的壁垒更不应该存在。"这句话实际上是对人心的拷问：人为什么要耸一堵墙（似柏林墙那样的所有有形和无形的墙）阻隔人心？人为什么要立一堵墙来制造彼此的仇恨？这部情节曲折、震撼人心的小说被认为有较多的经典文学品格，因此在日本获得多项儿童文学奖。

小说作者那须田淳长期居住在德国柏林，对于故事写到的内容非常熟悉，这是这部小说成功的根本原因之一。那须田淳的父亲是著名的日本儿童文学作家、翻译家、评论家那须田稔。受其父影响，成年之后的那须田淳也成长为一名儿童文学作家，写出了许多寓意深刻、文笔清新优美的儿童文学作品。他的主要著作有绘本《魔笛》《我家的小狗俏比》，童话《保路比的故事》，青春小说《再见了巴尔德摩》等。除此之外，他也像父亲那样做儿童文学的翻译工作，曾经与木本朵共同翻译了《小小国王》等多种图书。在他的多部著作中，《名叫彼得的狼》被作家本人称作自己创作中的"一个分水岭"。

《活了100万次的猫》

生于中国北京的日本童话女作家佐野洋子（1938—2010）素有"童书界

才女"之称,是一位曾先在日本后到柏林造型大学深造过的版画艺术家,自创作图画故事书以来,她借助《活了100万次的猫》第一次把她自己创造的艺术震撼传送到国外,传送到世界。这本由佐野洋子一手作文一手作图的图画故事书,被誉为"被大人和孩子钟爱的、超越了世代的图画书""描写了生与死,以及爱,读了100万次也不会厌倦的永远的名作"。有人说读《活了100万次的猫》是在享用"精神的盛宴",这样来描述读这篇童话的感受和获得是并不过誉的。

童话一开始就点出作为图画故事的主人公的猫是一只虎斑猫。是虎斑猫,所以被各种人玩弄,才和100万个人相处。但是作者只采选了6个生活断面:虎斑猫分别和国王、水手、魔术师、小偷、老太太及小女孩一起生活的经历。作者刻意选来的这6种人,身份、地位、贫富差异都悬殊,包括了男女老幼、三教九流,艺术地涵盖了大千世界的众生相。与100万种人共同生活过的虎斑猫懂得了一个道理:人爱的都是自己,却让它来承受无爱。它只是被玩弄,100万次的生死(虎斑猫100万次的生死是有猫的动物学特性做支持的——猫的命在动物中是最硬的:猫的生命特别顽韧),是100万次被玩弄的过程。当然,它也没有爱过100万人中的任何一个人。它傲岸的生命追求着爱的尊严。它知道,在人丛里,它是找不到真爱了。于是它到森林里去做一只天马行空、独来独往的野猫。它第一次做"成了自己的猫"。它虎斑的漂亮现在是只属于它自己了。它自己可以利用这份漂亮了。它不只是漂亮,还有一笔死过100万次、活了100万次的历史资本,所以它敢把许多前来向它示爱的母猫都不放在眼里。这一节童话里,显然更多被灌注了人的生命状态:人的情感状态,人的取舍标准,人类爱的激情的唤起。也是由于将人的爱恋情态的童话性注入,才有虎斑猫对白母猫情有独钟的描写。白猫端庄、轩岸、雅致,不轻佻,不卖弄风情。虎斑猫以为非如此者不足以与自己般配,于是在拒绝了许多次情爱机会后对白猫一见钟情。虎斑猫愿意屈尊用翻跟头来向白猫示爱,实在是因为它对白猫爱得销魂,爱得投入了生命的全部激情。虎斑猫为猫一生,能够这样震天撼地地爱一次,足矣。因此当白猫死在它怀里以后,它也就失去生的意趣。虎斑猫真正地爱过才算真正地活过；真正地活过，它可以无憾地死了。佐野洋子把成人世界中许多微妙的情事潜隐在这个猫的故事的背后，将其作为这篇童话的底衬。这个猫世界里的故事无妨可被称作是猫世界里的"梁山伯与祝英台""罗密欧与朱丽叶"。

第十二章　20世纪后半期拥有稳定读者群的动物文学

吉约的动物文学作品

勒内·吉约（1900—1969）被《大英百科全书》称为"一位具有高度责任感的真诚的艺术家"。他一生热心为儿童创作，在其60来部已出版的虚构和非虚构的儿童文学作品中，多数被其他国家翻译出版，受到国际儿童文学界的重视。1964年，他被授予国际安徒生奖作家奖。

吉约生于法国西部的圣东日县。在大学期间攻读的是数学。毕业后赴非洲塞内加尔，在达喀尔市当中学教师。他在非洲20余年间，每逢暑假都到非洲腹地做考察旅行，足迹遍及尼日尔河流域、科特迪瓦、苏丹和乍得湖等地。他同非洲人一起打猎，一起驯养野兽，耳闻目睹了许多动物的真实生活，也收集了许多非洲民间口头文学。他的创作生涯始于非洲生活期间，然而他开始专向孩子奉献文学读物，则是在1950年回归巴黎之后。在巴黎一所中学担任数学教师期间，他创作的第一本儿童文学读物《象王子萨马》（1950）获法国少年文学奖。此后他写了50多种与非洲动物、北极动物、恒河动物有关的小说故事和童话。他曾写了一套描述儿童和动物之间的友谊的小说，第一本《格里什卡和他的熊》获法国世界儿童奖。除小说、童话、纪实作品外，他还为少年编写了6本少年百科全书，很是畅销。

他的优秀动物文学作品除《象王子萨马》外，还有《白影》（1948）、《骑风者》（1953）、《母狮西尔格》、《豹子库柏》、《黑猩猩欧罗》、《丛林王子》、《我的朋友——野兽》、《绿猫》、《339号白象》等。《象王子萨马》描写出生于丛林中的小象经过各种争斗而成长的故事。

《丛林王子》是一部以恒河畔某地区为背景的以描写人物为主的小说，但情节、环境中还是少不了野兽。小说写恒河畔的野王子拉阿尼深谙野兽生活习性，最后能跟大象、野牛和猛虎等和睦相处，通过了丛林考验，以顽强的斗志和必胜的信心制服了残暴的猎人，感动和降伏了对手，从而夺得了王位。故事中的大自然的场面都描绘得惊心动魄，如群象争王、鼠钻象鼻、野牛迁徙、灰猴群居、红蚁洪流等，都写得有声有色，妙肖传神，读来令人耳目一新。

《格里什卡和他的熊》是吉约据以获国际安徒生奖作家奖的中篇儿童小说。故事叙述一个名叫格里什卡的男孩和一只被格里什卡唤作"迪迪"的黑熊之间的深情厚谊。

奥尔索克是西伯利亚地区一个部落的正直、勇敢的猎人。男孩格里什卡就出生在这样一个猎人家中。他有一副高高的颧骨，一副紫铜色的脸蛋，一双拉向太阳穴的黑色眼睛。

格里什卡在父亲被放逐到遥远的外地期间，从森林里抱回来一只毛球似的小黑熊。格里什卡以爱和温柔跟小黑熊结下了始终不渝的友谊。格里什卡给自己的小熊兄弟取名为"迪迪"。迪迪的妈妈已经被部落的猎人们猎杀，被作为祭猎的牺牲品。格里什卡和小黑熊都得不到父母的爱抚，他们结成了患难与共的朋友。

男孩和小黑熊的友谊在"雪豹"和"山中小王子"两章中写得最动人。

迪迪嗅到雪豹身上散发出来的气味，就蹦来救格里什卡。雪豹一下面临两个对手。"这正是格里什卡所希望出现的局面，它的熊如果孤身遭到猛兽的攻击，眨眼工夫就会被撕得粉身碎骨。"[1]雪豹是北极森林中最灵巧、最勇猛的野兽，它连老虎都不放在眼里。雪豹是一种让人闻风丧胆的动物，它用巨爪钩进牺牲品的肉里，用獠牙咬断它的脖子。好在格里什卡非常机敏果断、有胆有勇。他看见一条壕沟，就纵身跳

---

①白冰、汤锐主编《世界儿童文学名著鉴赏大典　小说卷》，广西人民出版社，1992，第453页。

进了沟中。

他仰面朝天倒在里边，紧握刁首，猛一挥臂——

只听一声惨叫……

雪豹的肚子整个被利刃豁开了，倒在了蕨草中，声音嘶哑地最后喘息了一两次。

雪豹完蛋了……[①]

黑熊迪迪因人的智慧和机敏而得救。它目睹了整个惊心动魄的场面。

一年后，当黑熊长大，它又像它的母亲那样被定为部落的祭猎牺牲品，于是格里什卡带着黑熊逃入密林中。在"山中小王子"一章中，作家描写格里什卡和熊群友爱相处的情景。最后写了格里什卡为了救迪迪而落入陷阱，而迪迪为救格里什卡却被一个孟浪的猎人射中一箭，流血不止。

小说的结尾处，格里什卡终于又和父亲奥尔索克相见了，但他牵挂的还是他的熊兄弟。

作家在这美丽的故事中，不无感慨地揭示了这样一个令人思索的问题：动物世界不像人类社会中某些人那样尔虞我诈、反复无常、冷酷寡情，蓄谋陷害他人。

《白影》篇幅较短，却细腻地写出了男孩福尔克怎样同野生的白鬃马建立起动人的互信关系，他与富有驯马经验的老人安东尼奥一起同盗马贼争夺白鬃马的情节更是惊心动魄。当福尔克发现白鬃马心中深埋着对荒原的神往，他放弃了对白鬃马驯养的心愿，让白鬃马带着他踏进激流。

吉约之所以能把动物写得如此活灵活现，与其在非洲多年的生活经验密不可分。

乔伊·亚当森的《野生的爱尔莎》

乔伊·亚当森（1911—1980）本是画家兼植物学家，1944 年与乔治·亚当森（1906—1989）结婚。有一次，乔治不得不处死一只吃人的母狮，收

[①] 白冰、汤锐主编《世界儿童文学名著鉴赏大典 小说卷》，广西人民出版社，1992，第453页。

养了母狮所产的幼狮。12年后，乔伊据与幼狮相处的生活写成了她的第一本书:《它生来是自由的》(又译《野生的爱尔莎》《花斑狮》,1964年被搬上银幕),因此他们夫妇感人而富有意义的事业,被全世界观赏过这部电影的人所公认和尊敬。1989年,一个索马里武装匪徒在他们工作的狮营不远处抢劫德国游客,83岁高龄的乔治闻声率领两名肯尼亚助手如猛狮一样冲向匪徒,前去营救遭受袭击的德国姑娘和她的司机。毫无人性的匪徒开枪击中了乔治,乔治当场身亡。依乔治生前嘱咐,他死后被安葬在狮营旁。"爱尔莎"是他们夫妇两人给幼狮取的爱名。《野生的爱尔莎》所记述的一切都是他们夫妇两人的观察和感受。这本用文学笔调写成的具有科学价值的作品,几十年来一直在全世界广泛流传,一直在感动着读者。

乔伊·亚当森是当代世界上数得着的动物故事作家和动物画家,出生于奥地利的首都维也纳。父亲是个颇有名望的建筑工程师。她从小就喜爱动物,把假期的全部时间都花在父亲的庄园里,专心致志地对野鹿、狐狸之类的动物进行驯化工作。1938年暑假,她到东非的肯尼亚旅行。那里辽阔无边的热带原始森林和出没其间的各种异兽珍禽,一下子把她吸引住了。于是,她就决意留在肯尼亚。并在1944年与肯尼亚野生动物保护区的狩猎督察官乔治·亚当森结为伴侣。乔伊对丈夫捕回的野生动物进行驯化,对各狩猎区的动物进行考察,这两项工作都取得了殊为可观的成就。她觉得她生活和工作的环境简直是自然科学、尤其是生物学研究的无比珍贵的宝库。她还为保护正在消失的野生动物采取了一些有远见、有成效的措施,其主要途径是把它们放回适宜于它们生存的地域。

1956年1月,乔治被调往肯尼亚北部边境省任狩猎高级督察官。乔伊给他当助手。有一次,乔治为当地居民打死了一只吃人的狮子,随后又在近旁发现了3只小狮子。他便把这3只小狮子带回营地,作为礼物送给乔伊。夫妇俩就对它们进行驯化实验。后来,他们把其中大的两只送往荷兰动物园,留下了一只最小的雌狮。乔伊对小雌狮爱护备至,取名"爱尔莎",继续对它进行驯化实验。驯化后的狮子简直像猎狗般忠实和听话。但实验没有到此停止:他们又帮助爱尔莎重新回到了大自然中自由生存。《野生的爱尔莎》就是写他们夫妇俩对这只幼母狮 3 年来由野到驯、再由驯到野的科学实验的全过程。

《野生的爱尔莎》不是一部科普读物，而是一本动物的传记文学作品。女作家用散文的甚至抒情散文诗的笔墨在读者面前展开非洲原始森林的丰富多彩的自然画卷。她通过生动有趣的情节把人和被驯化的狮子之间的感情表现出来。表现的时候，作者把自己的以及母狮的柔情和困惑真实地袒露出来，笔端常含爱婉和激情。当女作家把幼狮爱尔莎抚养大并耐心地帮助它获得在大自然里独立生活的本领时，她就把这个"来自丛林的养女""嫁"回到丛林里去。爱尔莎"嫁"回去后，她又思念得很苦：

我再也不能克制自己了，我默默离开帐篷，低头向着河畔那熟悉的绿色书斋走去。那里有许多同爱尔莎在一起时的美好的回忆。我坐在绿色树荫下，看着眼前缓缓流过的河水，止不住眼泪夺眶而出。我的眼泪滴进这块抚育爱尔莎长大的非洲土地，滴进了这条清澈的小河。将来在这留下许多纯洁的回忆的河面上，一定会照映着爱尔莎和野生狮子愉快玩耍的身影。[1]

饱蘸感情的描写是文学最根本的特征。上面引述的这段描写足以证明《野生的爱尔莎》不是一般的冷静的科普读物，但是这并不排斥它的读者可以从这里开阔自己的眼界，吸取动植物方面和地理方面的知识，从而扩大认识范围，培养广泛的兴趣，学会保护野生动物，以保持生态的平衡。《野生的爱尔莎》在这些方面给读者的启示是很重要的。

乔伊在《野生的爱尔莎》的译文序言中说道，她这部书的稿酬全部捐赠给"爱尔莎保护区"，供保护那一带林中野生动物之用。她深信："如果我们的后辈既没有见识过森林里和草原上的野生大动物，诸如狮、虎、象，也没有见识过那里的野生小动物，诸如非洲兔、大耳狐、黄鼬鼠，那么他们必将蒙受莫大的损失……野生动物的消失将破坏自然界的生态平衡，而这不可避免会给我们大家带来不良的后果。"

---

[1]乔伊·亚当森：《野生的爱尔莎》，杨哲三等译，少年儿童出版社，1980，第147—148页。

由于广大读者对《野生的爱尔莎》反响强烈，这部作品出版后即 1961 年以后，乔伊又接连写了两本续集，叙述爱尔莎"出嫁"一年以后，又带着它的 3 个小狮崽回"娘家"来看望"外婆"，并把 3 个小宝宝留给外婆抚养成长，后来 3 个小宝宝又被送往大自然的过程。此外，乔伊还写过一本自传性札记《我所目睹的非洲》。札记配以大量的女作家自己用炭笔和毛笔画下的肯尼亚植物界和动物界的奇景异观——那里的鸟、蝶、鱼、变色龙、蜥蜴都有神奇变幻的斑斓色彩。这本书里有肯尼亚 54 个部族的不同人种的典型外貌的水彩画，自然还有画得活灵活现的各种非洲野生动物，诸如狮、豹、象、猴群。

乔伊还写过一本书名为《豹的挑衅》的中篇故事。这只豹被取名为"比巴"。比巴的经历与爱尔莎迥异。比巴落到亚当森夫妇手里时已经是被驯化的了，然而它的孩儿和它的孙子都被他们夫妇俩改造后重新适应了大自然的生活环境。

俄罗斯一枝独秀的大自然文学

俄罗斯以大自然或大自然与人的关系为内容的文学比其他欧洲国家更见发达，有更加卓越的成就，其数量和质量均处于世界前列，除了政治体制原因，还有自然地理环境方面的原因。俄罗斯山地和高原面积的比例虽不算很大，但是平原上交错分布着一片片绵延的丘陵和低洼沼泽地，丘陵间贯穿着一条条河流，还有不少的湖泊和广阔的海域，这些都为俄罗斯大自然文学作品的产生提供了优渥的天然资源。

俄罗斯大自然文学从文体上说，第一大类是用故事和散文笔调写成的实录性、知识性、科普性的作品；第二大类是森林、草原、海洋等大自然氛围浓郁的小说作品；第三大类是以拟人手段、幻想方式为中介传递人类"绿色思想"的作品。这类作品或以叙事为主，或倾向于抒情，或运用艺术假定，或以哲理为长，但凡这类文学作品都有一个共同点，那就是：表现作家对大自然的真知灼见，揭示大自然与人千丝万缕的联系，表达人对大自然深情的挚爱。这样的文学最容易受到怀有强烈好奇心、向往于未知世界的孩子们的青睐，也最容易受到厌倦于"争名于朝，争利于市"的家长们的欢迎。因此在苏联解体前以及解体后，这类文学在幅员辽阔的俄罗斯各地都有大量读者，其作品都有很可观且较稳定的出版量。一些大家、巨擘的作品年年被重版，花样翻新的选本层出不穷，它们已成为俄罗斯家庭教养孩子的必备读物。西方国家也格外热衷于译介和传布俄罗斯的这类文学作品。

20世纪继承和发扬这个传统并把这类文学推上高峰的，是这样一个作家群：普里什文、帕乌斯托夫斯基、勃·瑞特科夫、拉尔里、比安基等。二战前后的俄罗斯大自然文学作家群中，高踞于群峰之上的无疑是米哈依尔·普里什文和维·比安基。

二战后俄罗斯大自然文学影响力最大的是帕乌斯托夫斯基、恰鲁欣、恰普丽娜、帕甫洛娃、希姆、斯涅革廖夫、费拉托夫、罗曼诺娃、萨哈尔诺夫、斯克列比茨基、兹维列夫、斯拉德科夫、乌斯平斯基、加里科夫斯基、索科洛夫－米凯托夫、阿基姆什肯、德米特里耶夫、里亚宾宁、萨霍德、巴内肯、斯拉维奇、吉舍廖娃等。他们中间有的是具备大自然研究能力的科学家，有的是热心于为孩子创作科普读物的作家，有的是在成人文学中同样享有盛誉的小说散文作家。他们当中的不少人从青年时代起就扛着防身猎枪，携带望远镜和笔记本，长期深入原始森林和国家自然保护区，对大自然的生命状态和物候现象做科学考察和科学研究。他们在茫茫森林里、在广袤的原野间虽然备尝了辛苦，但是他们在自己潜心专注的观察和探究中感悟所得的大自然真谛，也是切实而深刻的，其收获之丰，实令他们倍感欣慰和鼓舞。他们用绿色的心灵感悟与体验生命与自然，然后用充满灵性的艺术笔墨把自己所得所获传递给少年儿童读者。当时，人类生存环境保护和人类生存危机的问题并没有像今天这样成为人们常识性的中心话题，可是从他们的作品中可以明白地看出，他们对人类生存环境保护和人类生存危机的诸种问题已经有了先知先觉，将这种有科学根据的忧患预见以文学的方式、以给孩子提供审美享受的方式影响、启示和武装年少一代，新一代人于是就能站在被垫高了一层的平台上对"我们只有一个地球"、对人类的生存环境威胁进行思考，从而比他们的先辈对"人与大自然"的种种问题有更高的觉悟。

大自然文学巨人中，我国儿童文学界几乎没有注意到的是帕乌斯托夫斯基。帕乌斯托夫斯基的名著《金蔷薇》早已在中国传播。他在这部书中说："对生活，对我们周围一切的诗意的理解，是童年时代给我的最伟大的馈赠。如果一个人在悠长而严肃的岁月中没有失去这个馈赠，那他就有可能是位诗人或作家……"他的《兔掌》《温暖的花儿》《最后一个鬼》《獾的鼻子》《独角虫奇遇》《羽毛蓬乱的麻雀》《密林里的熊》《温暖的花儿》等大自然文学作品，给予读者的正是他对大自然诗意的理解。帕乌斯托夫斯基总是在这样创作他的大自然文学作品：不是客观反映，不是客观呈现，而是每一笔都用他无私的浓情润泽过，字字句句都在表现他对生活、对双目所及的一切的诗意理解。他也能用灵动、传神、幽默的笔墨写家畜、家禽，例如《贼猫》《兔掌》就以盎然的趣味令人拍案叫绝。

俄罗斯有一批人以作家的眼睛、用诗意的情怀守望着大自然，实在是俄罗斯儿童之幸。他们甚至能在一片霜叶从高树上飘落的瞬间构思出一首诗来。请看盖·阿·斯克列比茨基在《小绿篮子里有什么》中这样写初秋的森林和太阳："山坡上的小桦树苗条挺拔像一些洁白的蜡烛，枯叶闪着金光……它们在向夏天做最后的问候。""大自然中的一切都好像在向太阳、向温暖告别，想最后一次打扮得尽可能艳丽一些。然后，脱下临别时穿的漂亮衣裳，锁在沉重的冬季银箱子里，在那里存放很久很久。"斯克列比茨基多年来出版了许多作品集，收录他数百则禽兽故事和森林生活故事，他用这些缤纷的树叶般的故事告诉孩子们：热爱大自然、保护大自然能给人带来什么样的快乐和幸福。其中的《跑进家来的松鼠》一直被收在我国的语文教材里，供亿万孩子分享。

大自然文学在俄罗斯是文学的一个支脉，对于儿童文学来说则是重要的有机组成部分，在西方国家读者中，俄罗斯大自然文学是舆论最热、最得赞赏的一个文学品类。文学化的人与大自然，事关审美欣赏领域向无限广阔的大自然扩延，事关人类对大自然的理解与把握，事关人类对自身生存环境的认识，事关地球生物物种的保全，事关子子孙孙的自然生态安全……其意义、其价值可以想见是超越文学本身的，其成果是最容易向国际普及的。

特罗耶波利斯基的《白比姆黑耳朵》

俄罗斯作家格·尼·特罗耶波利斯基（又译格·尼·特罗耶波尔斯基，1905—1995）曾任教师和农艺师，1937 年开始发表作品，先后出版短篇小说集《17 岁的普拉霍尔和其他人》《陡岸边》，中篇小说《副博士》《芦苇丛中——摘自猎人笔记》，另有长篇小说《黑土》，剧本《房客》，电影剧本《土地和人》。1971 年发表的中长篇抒情小说《白比姆黑耳朵》，于 1975 年荣获苏联国家文学奖，后被拍成电影，感动了全苏联，这部小说被全俄作家协会理事会主席谢·弗·米哈尔科夫以激动的心情赞誉是"当代最伟大的作品之一"。

黑耳朵的比姆是一只身躯矮小而动作迅疾的狗，白色的身上点缀着红黄的斑点，一只耳朵和一条腿黑得发亮。它是一只有灵性的良种猎犬，聪敏机智，多愁善感，能判别是非善恶，能为在卫国战争胜利付出过血的代价的主人分担痛苦和忧伤。作品以动物人格化手法，大量细致的心理描写与频繁的旁白表现了黑耳朵白狗的悲惨遭际。比姆的主人伊凡内奇是位孑然一身的退休老人，比姆成了老人的忠实朋友。后来，伊凡内奇因战时留下的创伤发作，不得不撇下朝夕相处、相依为命的比姆，去莫斯科做长期治疗。于是比姆天天为思念主人愁肠百结，天天为寻找主人而在善恶并存的人间奔跑。其间受到包括小学生和他们的老师在内的大多数善良人的同情和悯恤，尤其是其中一个叫托利克的孩子，他把心中全部的爱都赋予了比姆。当他得知比姆被人毒打又失踪时，他不顾一切地要去找到它，他甚至在作文里向老师这样宣告："不怕您，安娜·帕甫洛芙娜，就是您不准我的假，我也反正要去找比姆。"托利克的行为感人，而比姆在享受到理解和温暖的同时，误解、暗笑、拐卖、欺骗等种种不幸遭遇接踵而来，它受到折磨，受到摧残……为了追求自由，回到主人爱抚的怀抱，他勇敢地同恶人做斗争，历尽千辛万苦，多少次死里逃生，就在它即将与主人团聚之际，它被诬陷为"疯狗"而被抓上囚车。主人四方打听到它的下落、急忙赶去营救时，憧憬着光明与自由、心中深深思念着主人的比姆，已经撞死在检疫站的囚车里。伊凡内奇满怀悲愤地把它埋葬在他们常去打猎的森林里，鸣枪 4 响，以示对忠实的朋友比姆的沉痛悼念……整部小说读来撼人心魄，催人泪下；掩卷而思，又令人扼腕长叹，发人深省。

小说通过狗眼看世界，通过狗心想人类，鞭辟入里地揭露了人性中的自私、冷酷、残暴，热烈地赞美了人性中的善良、同情和悲悯情怀，在善与恶的尖锐冲突中提出了严肃的社会道德问题，以及避免人性被利益毒化的问题，呼唤人道主义和美好心灵。

斯拉德科夫的纪实动物文学

在普里什文和比安基的继承者中，尼·依·斯拉德科夫（1920—2001）的大自然文学作品在思想上、艺术上多有创新，其鲜明的独特个性发展了俄罗斯大自然文学，以卓杰的业绩成为动物文学的显赫作家。斯拉德科夫的作品有 3 个特点：第一，他的大自然文学作品严格地保持科学性。他只写他亲眼观察过的东西，他满腔热情，敢于冒险，海底、湖底、河底，他无所畏惧，他敢于攀登悬崖绝壁，敢于下到已被废弃的沙漠水井细致考察；他除了考察俄罗斯的森林、沙漠、草原、山脉，还远涉非洲、印度，留下了两个作品集。第二，他始终保留着一颗充满童真的心，他对大自然所呈现的各种现象以及这些现象之间无限多的联系总是叹赏不已，然而他毕竟同时也是大自然探索者和大自然文学作家，因而他从不停留于叹赏，而是以此为起点，对大自然中深蕴的奥秘进行深入的探究。第三，斯拉德科夫同大自然接触时不排斥利用任何现代科技手段，如录音机、录像机，因而，他向儿童呈现的大自然现实既生动、活泼、新颖，又贴切、准确、科学，在内容和艺术上与前辈同类作家显有区别。

使斯拉德科夫成名的是这样 4 个作品集：《银色的尾巴》《狡智的小鸟》

《沿着无名的小路》《鸟歌》。4 个作品集中的故事吸引读者的不单是对飞禽走兽的描写，更有作家对人的精神世界的丰富和美丽的体现，从中表现了他作为一个大自然探索者、诗人、心理学家三者的气质。比如，有一则故事中写道有一次他到一个村子去，路上他惊愕地发现一个鸟蛋竟陡然站起来跑了！"这情景是这样的出我意料，我一下把手缩了回来。后来我又扑上去抓它。抓住了……我手中的蛋发出咔嚓咔嚓的响声。很快，从蛋壳里跳出一只小鸟来，吱溜一下钻进了麦田里，不见了踪影。"原来，这是大半个蛋壳粘在小鸟湿漉漉的羽毛上。这是一只小山鹑，它的妈妈没来得及从它身上啄去蛋壳，它就只好驮着蛋壳在地上跑了。作家在这段文字里袒露了自己的心情变化，字里行间所流溢的是一种探索的好奇心和获得探索结果的由衷喜悦。

斯拉德科夫为孩子出版了三十来部大自然文学作品。比安基在《银色的尾巴》的序言中赞道，这些作品"用孩子般睁得大大的双眼去察看大自然世界，敏锐地听出了这个世界里的各种声音，并且把这个世界所讲述的一切都用人类的语言翻译给我们听……"。

1976 年，斯拉德科夫以《水底世界报》大获成功，被授予苏联国家文学奖。

恰普丽娜和费拉托夫的动物故事

拉·华西丽叶芙娜·恰普丽娜（1908—1994），动物学家、才华卓越的儿童文学作家，一生都在莫斯科动物园工作，归她管辖的有虎崽、狮崽、熊崽、狼崽和其他一些动物的幼崽。她创作的动物和人的故事多以幼兽为描写对象，代表作多收在《动物园》（1983）中，其中的《小心点》（小猴名）、《双翅朋友》（写金刚鹦鹉）、《小黑黑》（小猫名）尤其具有可读性。

恰普丽娜用饱含深情的文笔描述她怎样帮助小动物们，为它们付出多少的爱。故事中有许多场景让读者感受到幽默的趣味，让读者开怀欢笑，可也不乏悲剧性故事：动物们也有母子骨肉分离，也有病有老还有死。所有这些都能激起孩子的感情波澜，甚至让他们感同身受。

华·依·费拉托夫（1920—1979）是很有名气的马戏团演员，他的自传性故事《驯兽员的故事》（1980）从他少年时做驯兽工作写起，直写到他成为颇有名气的驯兽员。在作品开头，有一次，由于他的失误，一头狮子和一头熊撕咬起来。费拉托夫蘸着浓厚的温情来写他笔下的动物。在《我心爱熊》中，他写道："它老了，眼睛不好使了，耳朵也不灵便了，开始唠叨并且浑身抖颤起来，就像老爷爷那样。然而只要我一走近它，对它说：'马克斯，朋友，你怎么啦？你都唠叨些什么呀？'大个子熊立刻就停止了吼叫，把一只爪子搭在我肩膀上，嘴贴到我耳边……"故事描写了许多令人忍俊不禁的场面，也有许多镜头让人心头发悸，但都能扣人心弦。

椋鸠十的动物小说

椋鸠十（1905—1987）是动物小说创作方面位于世界前列的大家之一，其动物文学成就在亚洲无人可与之比肩，是日本动物文学的拓荒人、少年动物小说的开山鼻祖。

椋鸠十具有从中学到大学的教学经验，所以他创作的动物小说特别容易受到少年儿童读者的青睐。

椋鸠十

椋鸠十从小喜欢随父亲打猎，写过诗、童话、民间传说，但是只有动物小说这种文学形式能让他尽展才华，使他声名鹊起。椋鸠十为儿童出版的动物小说故事有 26 卷，曾因 20 世纪 50 年代到 20 世纪 70 年代写成的《一只耳朵的大鹿》《活在太空》《孤岛的野狗》《玛雅的一生》《牦毛和阿茜》《椋鸠十全集》《椋鸠十的书》等作品在日本国内获多种顶级奖项，享有崇高声誉，作品因此被大量译传到国外。椋鸠十的短篇动物故事中，《金色的脚印》《大造爷爷和大雁》《月牙熊》被一再收入选本，《大造爷爷和大雁》《母熊和小熊》《一只耳朵的大鹿》在日本则一直被收作小学语文课文，为孩子所熟读。

椋鸠十娓娓叙谈型的动物故事把少年儿童带进了高山密林，带进了充溢神秘感的世界，在那个到处都存在诱惑的世界里，林间有鹿、熊、野猪、野狗、狐狸，树上有鸟、有猴群，山谷里有羚羊……孩子们万万想不到，矮猴哥哥为了救出落进陷阱里的矮猴弟弟，竟会在乘人不备时猛一下从树上跳下来，扑向身子钻进笼子里的猎人，一口咬住了他的屁股！万万想不到，一头野猪因为常在泥沼里洗壁虱，在树干上擦身子，结果久而久之松脂和泥巴在它身上糊了厚厚的一层硬茧，以至于连枪弹也不能将其击穿，再加上阳光照射，竟光滑如镜，被叫作"镜野猪"！椋鸠十的每一则动物故事都妙趣横生！读者在惊叹椋鸠十动物世界的丰富生动、百态纷呈之余，在钦佩椋鸠十文笔老练、情感真挚、观察细致、知识渊博之余，还能从他的动物世界里悟出些许哲理和伦理，例如，被人驯养的野狗救主人于危急时刻，动物们面对苦难时所表现出来的坚韧顽强，所有这些，都让人注意到椋鸠十曾经说过的"野性可敬，自然可贵"的名言。这应该就是理解椋鸠十动物小说的入门钥匙。在椋鸠十的作品中，人们还可以辨别出东方人在动物文学创作中所抱持的情感态度、东方人对动物文学的文体把握方式，与西方同类作家有多么不同：西方动物文学所呈现的更多是丛林法则的冷酷和残忍，而椋鸠十在他的动物文学里所呈现的是人与动物的和谐关系以及动物世界中的至亲深情。最典型的例子是椋鸠十的代表作《金色的脚印》。这篇故事里的狐狸父母为了救出被囚禁的小狐狸而做到了千方百计，它们的营救行动不到万不得已绝不停止，狐狸父母的救子行动感动了男孩正太郎。正太郎一定要从牧场主安田那里把小狐狸救回来，放了它，还它以自由。

他朝着山峰那边的安田牧场跑。他认为，虽然太阳将要西沉，可是赶紧去，天没黑的时候可能会赶回来。没想到，来到山顶上，天已经完全黑了。

他急忙向前赶路，没有注意，踏上了悬崖边缘的雪。正太郎和雪一起倒栽了下去。

他昏过去了。

过了相当长的时间，他感到面颊有点湿润，一下子睁开眼睛。一看，一只大狐狸不住地舔他的面颊和嘴唇；另一只伏在他的胸上，极力使他温暖。

正太郎明白后，动动身子，两只狐狸啪地跳开，紧接着，又小心翼翼地靠近他。这次，两只狐狸都伏在他的身上，怕他冻坏，暖着他。

正太郎觉得自己的眼睛湿了。狐狸们是为了报答他在危急之中救过它们的命，还送食物给它们吃，才这样做的吧！

一会儿，天亮了。

正太郎恢复了精神，回到正担心的双亲那里……①

这段故事里，动物对人报恩的情节超越常人的想象，令人震惊，感人至深，所以这《金色的脚印》的"金色"，乃是一种动物（狐狸）心境的象征；人和动物关系的和谐境地就是把本来属于动物的自由还给动物，只有自由的脚印才可能是金色的。

椋鸠十的动物小说在世界上不胫而走，日本著名儿童文学理论家鸟越信曾从内容和内容的表现两方面这样概括："明快的主题、巧妙的构思以及昂扬格调的文体呈现。"

---

① 椋鸠十：《金色的脚印》，安伟邦译，河北少年儿童出版社，2013，第9页。

第十三章　19世纪至20世纪的童诗

第一节　童诗成为儿童文学中的一个门类

童诗是诗的一部分，是诗中儿童可以接受的部分。它要求比散文凝练得多，形式中蕴涵深潜于其中的意味和悠远的指向。在童话、小说、诗歌、散文四大门类中，通常童诗韵律更易于供孩子诵读、听赏。文学史在童诗方面所承担的任务有二：一是对童诗发生和形成过程做客观的评述，二是为童诗的良性发展和诗品质的提高提供历史的经验。

儿歌、童谣和人的童年相伴着存在，其历史已经十分久远，而童诗的发生、形成则开始于19世纪中期。斯蒂文森、罗塞蒂童诗丛集的出现是童诗萌发于世界文学地平线的标志。到20世纪上半期，童诗的题材已经相当丰富，形式已经相当广泛，被抒写的生活面已经相当开阔，抒情和叙事所采用的艺术手段也都趋于多样，或可说琳琅满目。它们涵括了"儿童与游乐""儿童与自然""儿童与林野""儿童与农事""儿童与守林人""儿童与庄稼汉""儿童与牧羊人"等。童诗在世界范围内已经成熟，晚于欧美起步的东方童诗也涌现了如金子美玲、窗道雄、林焕彰、任溶溶、金波、水上多世（1935—1988）等这样一批卓越的诗人。童诗被公认是一个儿童文学的门类或文种，已经水到渠成。

第二节　19世纪至20世纪涌现了一批有影响力的童诗诗人

童诗要被确认为是儿童文学一个有文学资质、有相称实力的门类，需要有数量足够多的才情卓越的诗人用数量足够多的优秀诗篇支撑童诗作为一个门类的繁荣，证明自己可以与其他文种——童话、小说、动物文学、散文平起平坐，证明自己的名副其实，可以不逊于其他儿童文学类别。这样一支有力量的诗人队伍在19世纪至20世纪已经形成。

二战前最有影响力的童诗诗人

二战前，童诗已经形成一支可观的诗人队伍，其主力和骨干是：斯蒂文森（英国）、罗塞蒂（英国）、罗伯特·勃朗宁（英国）、米尔恩（英国）、涅克拉索夫（俄罗斯）、普列谢耶夫（俄罗斯）、马依科夫（俄罗斯）、费特·阿法纳西·阿法纳西耶维奇（俄罗斯）、丘特切夫（俄罗斯）、尼基丁（俄罗斯）、马雅可夫斯基（俄罗斯）、阿格尼亚·巴尔托（俄罗斯）、勃拉盖妮娜（俄罗斯）、米哈尔科夫（俄罗斯）、费德里科·加西亚·洛尔迦（西班牙）、卡雷尔·亚罗米尔·爱尔本（捷克）、杜维姆（波兰）、米哈伊·爱明内斯库（罗马尼亚）、亨利·朗费罗（美国）、罗伯特·弗罗斯特（美国）、迈克尔·杰克逊（美国）、纪廉（古巴）、荣凯（阿根廷）、金子美玲（日本）等。

爱尔本

卡雷尔·亚罗米尔·爱尔本（1811—1870）是捷克文学史上最著名的诗人，出身于农村贫苦手工艺家庭。大学求学期间受捷克近代伟大诗人弗·拉·切拉科夫斯基（1799—1852）、民间歌谣的采集家和研究者的影响。其民间创作中蕴藏着丰富的、能孕育出诗歌的思想与艺术珍宝。爱尔本传承了切拉科夫斯基的衣钵，将自己的一生都献给了民间创作的采集工作。他采集的2000首民歌中，有摇篮曲、谜语歌、数数歌、顺口溜，都适合儿童传诵。他曾专门为学龄前儿童和低年级儿童编辑出版儿歌集。这些儿歌有利于幼儿丰富语汇，激发幼儿以诗歌方式去描绘动物和自然，增加幼儿有关生活环境和劳动工艺等的知识。

诗例1：《圆舞》

"小山羊头上有对小角，/还能不相互抵着玩儿吗？/小姑娘长着一双腿脚，/还能不快乐地跳舞吗？//我们拽着小羊角，/把羊拉到绿草鲜嫩的地方去，/我们拉着小姑娘的手，/来同我们一块儿跳圆舞！"（韦苇译）

诗例2：《小家庭》

"大耗子做晚餐，/熬好了小麦粥一罐。/十只小耗子十双滴溜溜的眼，/肚子饿得实在等不及了。//你一勺我一勺，稀里哗啦，/转眼之间就不剩一星点！"（韦苇译）

爱尔本的同时代人无不称赞他的童话诗妙用了民间文学语言。捷克19世纪杰出诗人之一扬·聂鲁达（1834—1891）写道："我们这百年，只有两人可以说是'最大限度地'运用捷克语的行家里手，这两人就是爱尔本和切拉科夫斯基。前者为证的是他的童话诗，以及与童话诗有关的神话学研究……"

20世纪中后期的童诗诗人诸如赫鲁宾还从爱尔本搜集的这些儿歌中得到启示。

斯蒂文森

19世纪的童诗就其为儿童而创作的品质而言，其纯粹性，其亲切感，其愉悦儿童的品格，其经典性，其穿越时空的诗的生命力量，理当推英国浪漫主义文学的杰出代表罗伯特·刘易斯·斯蒂文森的《一个孩子的诗园》。他在大学就读期间就开始写诗。他的《一个孩子的诗园》中的诗写成于1881年至1885年间，出版于1885年，共64首。这部诗集中的诗多半在诗人移居于太平洋萨摩亚群岛养病的卧榻上完成，其时他读到凯特·格林威出版于1880年的诗集《为孩子们的生日致诗的祝福》，大受鼓舞，遂童诗灵感源源泉涌，并复活了他美好童年时期对世界的感觉。这种感觉形诸笔端，才有这份喷珠泻玉般的童诗遗产，也让后人窥得19世纪中后期童诗发展之一斑，知晓当时童诗的情状。这部诗集传播的广泛性至少不亚于他的小说代表作《金银岛》，甚而有过之。《大英百科全书》的"儿童文学"条目肯定了它们"表现出了一个成人在重新捕捉童年的情绪和感觉时异乎寻常的精确性。在英国文学中再也找不出可以与它们相媲美的"。斯蒂文森的《一个孩子的诗园》因品质优异、历史久长而成为世界上传播最广的诗集之一。

《一个孩子的诗园》中的诗，其盎然童趣来源于诗人本人亲身感受过的儿童游乐和儿童想象。以"我"为"童年""孩子"代表的诗行间汩汩流淌着儿童可以领悟、可以接受、可以体验的葱茏诗意。诗人捕捉住了孩子稚真的念头、天真的向往、嬉闹的动作，描绘出了意趣丰沛的、五彩缤纷的儿童世界，把孩子水晶般纯洁的心灵捧托到了读者眼前。诗集中表现出来的友爱与同情心格外真挚，这也就是斯蒂文森童诗特别能打动孩子、感染孩子，让他们的心灵得到润泽和温暖的渊源所在。这种诗品质集中体现在《点灯的人》《船儿漂向哪里？》《风》《荡秋千》《奶牛》《园丁》《外国孩子》等诗篇中——它们先是在欧美家喻户晓，继而就风传到了全世界，成为名副其实的世界儿童文学作品。从下面的3个诗例中，读者就不难感受到斯蒂文森在倾情抒怀、咏叹间怎样用隽永的诗章复活了自己欢乐的童年。

诗例1：《献给我的妈妈》

哦，妈妈呀，亲爱的妈妈，/我的诗会让你想起早年那时光。/你一读它，你的耳畔就会响起/我在地上走动时啪嗒啪嗒的声响。（韦苇译）

诗例2：《小船儿漂往哪里》

金色的沙滩上，/小河流得匆匆，/河水永不停息日夜奔流，/两岸树木却一直站着不动。//我把树叶船一条接一条，/放进流淌的河水任它们漂，/它们会在哪儿停下来呢？/它们漂去的地方可有城堡？//我的小船随河水绕过磨坊，/磨坊遮挡了我的目光，/河水流过山谷又流过山丘，/直流到无边无际的海洋。//在那远远的远远的远方，/谁会先看见我做的小船？/一定会有哪家男孩或女孩，/把它们从河里捞到他们手上。（韦苇译）

诗例 3:《风》

你往高空扬起我的风筝，/ 把风筝轻轻托向蓝天；/ 你从我身边飞快地跑过，/ 像裙摆掠过翠绿的草坪。/ 风哟，你纵声放歌在旷野间，/ 风哟，你从来不知道疲倦！// 我看见，你天天四处奔忙，/ 却没有人看见过你的身影，/ 你吹着口哨摇晃树枝树叶，/ 可你在哪里？你的模样到底怎么样？/ 风哟，你纵声放歌在旷野间，/ 风哟，你从来不知道疲倦！// 你有时候轻弱有时候威猛，/ 谁也猜不准你是老人还是青年，/ 你是野兽吗？你是林鸟吗？/ 你是顽童吗，比我更强劲？/ 风哟，你纵声放歌在旷野间，/ 风哟，你从来不知道疲倦！（韦苇译）

斯蒂文森的诗是献给幼童时代的天使们的。"愿在儿童间亮堂堂的炉火旁 / 听着我的诗歌的每一个孩子 / 能够听到同天使一般温善的嗓音—— / 那嗓音曾让我的童年盈满了欢畅！"

米尔恩

英国诗人米尔恩（1882—1956），1924 年出版当年就印了 6 次的是他的童诗集《当我们还很小很小的时候》。那时，他的儿童文学名作《小熊温尼·菩》还没有被创作出来。米尔恩的第二本童诗集《我们现在六岁了》则出版于 1927 年，已在《小熊温尼·菩》之后。这两本诗集和斯蒂文森的《一个孩子的诗园》一起在数十年里代表着欧美童诗的最高成就，也可从中一窥 19 世纪中期爱德华·李尔（1812—1888）的荒诞侬森文学是怎样影响到 20 世纪英国诗人的创作的。米尔恩在科切福特乡下别墅度假期间写成的诗篇多从他儿子克里斯托弗·罗宾的生活中获取灵感。这些诗发表后很快被配上了背景音乐，在各种场合传唱。在米尔恩的童诗中，《坐椅子》《跳呀跳》《水仙花》特别精彩，代表了他的童诗水平，也可以凭它们诠释其童诗为何能流传得如此广泛而持久。

诗例 1:《坐椅子》

当我坐上第一把椅子，/ 我是船长，/ 我把船驶向海洋。/ 穿过大雾，/ 穿过浪涛，/ 我和海盗作战！// 当我跨上第二把椅子，/ 我是飞行员，/ 我向月亮飞去。/月亮冲我微笑/一步一步走来欢迎我。//当我想当老虎,/我拽过第三把椅子,/我向妈妈啊呜啊呜,/姐姐对我说话/我根本不理她。//当妈妈走过来,/叫我到桌前吃饭,/我骑上第四把椅子,/我又成了一个小男孩。(韦苇译)

诗例 2:《跳呀跳》

瞧这只知更鸟/嚓一跳,嚓一跳,/嚓一跳呀,嚓一跳,/跳啊跳。/我得去告诉它:/哦,你走路可别这样跳啊跳。/它说它不能停止跳,/要是它停止跳,/它就哪儿也去不了。/可爱的知更鸟/那就哪儿也去不了……/这就是为什么它走路/总是跳啊,跳啊,跳啊,/跳啊,跳啊,/跳啊,/跳。(韦苇译)

诗例 3:《水仙花》

她戴着乳黄的太阳帽,/她穿着鲜绿的长裙;/她迎着南来的风,/向人们频频地弯腰鞠躬。/她迎着和煦的阳光,/摇摆着她嫩黄的花冠;/她向她的邻居低声说:/"冬天,已经过完。"(韦苇译)

洛尔迦

费德里科·加西亚·洛尔迦(1898—1936)是西班牙诗人和剧作家。他的诗多采用安达卢西亚民间谣曲的形制写成,传达的是底层民众的呻吟和叹息。20 世纪 20 年代中期,他的诗名已遍及欧美,其诗才和诗篇赢得了公众一致的赞赏和钦佩。洛尔迦不是童诗诗人,然而他的诗篇中儿童可接受的部分应该为史册所铭记。

诗例 1:《歌》

快乐的孩子/跑出学校的大门,/给四月煦暖的天气/带来了歌声。//沉寂的街巷,/平添了明朗的欢欣!/谧静被银亮的笑声/撞裂成无数的碎片。(韦苇译)

诗例 2:《月儿》

夜空是这样安详,/河水静静地流淌。/月儿飘在天空,/月儿漂在水中央。//一只小小的青蛙,/把月儿当作银镜,/照呀照个没完。(韦苇译)

诗例3：《风景》

向晚的天空一片暗蓝，/风迷路了，四处蹿荡……/孩子们在玻璃上贴扁鼻子，/窗外令他们惊喜的是：/晚归的鸟儿把林梢停满；/静静流淌的小河上，/风把白雾轻轻地吹向远方，/屋顶的晚霞中/成熟的苹果闪放着红光。（韦苇译）

二战后最有影响力的童诗诗人

二战后，随着整体儿童文学的持续繁荣发展，随着创作分工相对细化，专事童诗创作的诗人日渐增多，一些兼写童诗即跨文种创作儿童文学的作家向孩子奉献着他们的童诗精品，童诗诵读活动、童诗教育活动在各地陆续展开。童诗遍地开花，琳琅满目。其中大显身手的是这样一些诗人：莫里斯·卡雷姆（比利时）、罗伯特·格雷夫斯（英国）、依列娜·法吉恩（英国）、莫伽（英国）、谢尔·希尔弗斯坦（美国）、托克玛科娃（俄罗斯）、恰雷（乌克兰）、狄青纳（乌克兰）、阿肯（俄罗斯）、沙霍杰尔（俄罗斯）、爱德华·乌斯宾斯基（俄罗斯）、穆萨·嘉里尔（苏联）、鲁克斯（拉脱维亚）、科拉斯（白俄罗斯）、莱尼斯（拉脱维亚）、韦耶鲁（摩尔达瓦）、贾尼·罗大里（意大利）、赫鲁宾（捷克斯洛伐克）、本多娃（捷克斯洛伐克）、雅罗斯拉夫·塞弗尔特（捷克斯洛伐克）、切普捷科娃（捷克斯洛伐克）、奈兹瓦尔（捷克斯洛伐克）、拉斯洛·哈尔什（匈牙利）、阿盖莱（西班牙）、马克西莫维奇（塞尔维亚）、阿莱奇科维奇（塞尔维亚）、韦杰兹（塞尔维亚）、乔皮奇（塞尔维亚）、鲁凯奇（塞尔维亚）、维杰斯（塞尔维亚）、阿尔盖茨（罗马尼亚）、叶斯诺夫斯基（波兰）、包塞夫（保加利亚）、斯坦涅夫（保加利亚）、安盖洛夫（保加利亚）、米莱娃（保加利亚）、齐达洛夫（保加利亚）、图维姆（波兰）、博斯凯（法国）、罗伯特·德斯诺斯（法国）、普莱维尔（法国）、保尔·封丹（法国）、克仑奇索（法国）、让.L–莫洛（法国）、贝尔托特·布莱希特（德国）、古根莫斯（德国）、詹姆斯·克吕斯（德国）、詹·里弗茨（英国）、加夫列拉·米斯特拉尔（智利）、窗道雄（日本）、水上多世（日本）等。

卡雷姆

被称为"诗坛宗主"的比利时著名诗人莫里斯·卡雷姆（1899—1978）一生为儿童出版了几十本诗集，获多种文学奖。曾经长期担任教师的卡雷姆的特殊本领在于用普通的、谁都能理解的语言重现童年时代的农村生活——跟伙伴们一起在田野里、在草地上、在树林中奔跑，玩"印第安人"游戏，射箭，爬上树去把风筝取下来，在街上抛球玩，在洒满阳光的通往远方的大路上蹦跳。他的诗集如《神灯》《鸽子鸽子，你飞吧》《蛐蛐儿盒》《纸扎的磨坊》等全都讨孩子的喜欢。

卡雷姆具有一种诗人所特别需要的禀赋。他能够自如地调遣词语，赋予词语以各种含义，而这些含义又能赋予他的诗以特殊的容量。他的诗表露的不是简单的生活，而是经过诗人美学处理的艺术化了的生活。

卡雷姆生长在巴拉邦特平原的一个小村子里。童年时，他有许多朋友，正是诗人的这些童年生活，向诗人奔涌着诗的灵感和激情，使诗人始终保持着一颗活泼的童心，直至生命终了。

诗例1：《善良》

要是苹果只有一个，/它准装不满大家的提篮。/要是苹果树只有一棵，/挂苹果的枝丫也准覆不满一园。/然而一个人，要是他把/心灵的善良分洒给大家，/那就到处都会有明丽的光，/就像甜甜的果儿挂满了果园！（韦苇译）

诗例2：《我学写字》

当我学着写"小绵羊"，/一下子，树呀，房子呀，栅栏呀，/凡是我眼睛看到的一切，/就都弯卷起来，像羊毛一样。//当我拿笔把"河流"/写上我的练习本，/我的眼前就溅起一片浪花，/还从水底升起一座宫廷。//当我的笔写好了草地，/我就看到在花间忙碌的小蜜蜂，/两只蝴蝶旋舞着，/我挥手就能把它兜进网中。//要是我写上"我的爸爸"，/我立刻就想唱唱歌儿蹦几下，/我个儿最高，身体最棒，/什么事我全能干得顶呱呱。（韦苇译）

诗例3：《我的风筝》

把我带去吧，我的风筝，/快快把我带上蓝天！//我要在天上飞行，/

我要在天上盘旋，/我要像鸟儿那样飞呀飞，/飞过大海飞过大洋。//把我带去吧，我的风筝，/快快把我带上蓝天！/在高高的天空/看看整个世界的小朋友，/我要同他们手拉手，/我要同他们一起欢笑。//把我带去吧，我的风筝，/快快把我带上蓝天！（韦苇译）

里弗茨

詹姆斯·里弗茨（1909—1978），英国象征派诗人。在剑桥大学研习英国文学后，在一所师范院校任教，1952年成为专业作家。他的诗风格受托马斯·斯特尔那斯·艾略特、埃兹拉·庞德、奥尔丁顿等象征派诗人影响较大，主要诗作有《正常的需求》（1936）、《被囚禁的大海》（1949）、《口令及其他》（1952）、《会说话的头颅》（1958）、《质疑的虎》（1964）和《诗与诗的析义》（1972）等，其主题多为个人的生活、人与人的关系，以及平凡的生活中的甘苦，流露了诗人对中产阶级的讥讽。他的田园诗和抒情诗写得特别好，清新简练，鲜明生动，感情真挚。儿童文学史上留下了他部分以大自然为描写对象的诗。

诗例1:《美丽的东西最值得我回想》

玫瑰、金凤和丽春花，/在春天的草丛中/燃成了红色的星星。//樱草，蔷薇和金银花，/在辽阔的原野/撒上了点点的碎银。//寂寥的十一月，/灰暗的十二月，/它们的美丽最值得我回想。（韦苇译）

诗例2:《我是风》

不用钥匙，/谁的门我要进就进去，/我厉害的时候/能把橡树刮翻在地。/可一旦我放轻脚步，/在公园里，/我可以不搅醒睡梦中的花朵，/还悄悄从窗口/把石竹花的香味儿/悄悄送进你家屋子里。（韦苇译）

诗例3:《巴喳巴喳》

穿上大皮靴在林子里走，/巴喳巴喳！//"笃笃"听见这声音，/就一下躲到了树枝间。//"吱吱"一下蹿上松树来，/"嘣嘣"一下钻进了密林。//"叽叽"嗖一下飞进绿叶中，/"沙沙"哧一下溜进了树洞。//全都悄没声儿蹲在看不见的地方，/直盯盯地看着"巴喳巴喳"越走越远。（韦苇译）

德斯诺斯

法国20世纪因童诗创作而广受世人瞩目的是罗伯特·德斯诺斯（1900—1945），他的童诗备受低龄孩子追爱，并且被各国辗转翻译，风速流布于全世界每个角落。

诗例1：《蚂蚁》

一只蚂蚁八尺长，/买了顶帽子新崭崭……/"瞎说！你是吹牛大王！"/一只蚂蚁拉了一辆马车，/长长的马车上装满了鸭和鹅，/"瞎编，简直是胡说！"/世界各个国家的人都说这不是真的：/"你吹得奇！你吹得奇！"/可要是真有这么一只蚂蚁？（韦苇译）

诗例2：《狗鱼旅行家》

法兰西有一条狗鱼，/清早起来订了个计划："我要游到埃及尼罗河，今天一天。"/它对人家说：/"我要游到非洲刚果河，今天一天……/我爱游多远就能游多远，/我想到什么地方旅行，/我就能到什么地方旅行。"//"那么游到月亮上，/你也准能行吧？/你回答我们吧，狗鱼，你说呀，/狗鱼吹牛家，/你说呀，你这牙齿尖尖的/狗鱼旅行家！"（韦苇译）

诗例3：《乌龟》

我是一只乌龟，/大家一看就知道：/我生得聪明，/模样也不错。//当然，跟燕子比，/我不会在空中飞，/可不长翅膀，/这不是我的错。//要是去跟兔子比跑步，/我自然不能一比就赢，/这也不是我愿意的，/我生来就一个慢吞吞的命。（韦苇译）

阿肯

雅·阿肯是一位俄罗斯著名翻译家，而使他名扬世界的却是他为孩子创作的诗和小说。他博采众家之所长，为幼儿写出了一篇篇抒情意趣十足的诗。他用独具魅力的诗把低龄儿童召唤到自己身边，来听他别具格调的吟诵。他习惯用第一人称写诗。《妈妈》《我给你写信》《我的弟弟米夏》《我的家乡》《街》《朋友》《我开心》都是他用第一人称"我"写成的代表作。

阿肯的诗能够打动人心的重要因素，是他只写自己童年感受过和体验过的一切。他从来不在孩子面前高调高蹈，小读者可以从他的诗里感受到清汪汪的温婉之情，柔柔的，绵绵的，邈邈的，缱绻，缭绕。

诗例1:《妈妈》

妈妈！我爱你，妈妈，/我这样来爱你，妈妈:/我去造一艘天下第一大的大船，/大船的名字就叫"妈妈"。（韦苇译）

诗例2:《给你写信》

我往信封里装一张纸，/信纸上什么字也没有写。/信纸里只包一片柳叶，/能让你闻到春天的气息。//写上你的地址，/写上你的姓名，/找到那绿色的邮筒，/我邮出了我的信。//你收到我的信，/你会打心坎儿里高兴/一个朋友惦念着一个朋友，/这是人世间最美好的事情。//你一定会立刻给我回信！/你也不用写什么，不用写信，就往信纸里包上一片羽毛，/我一拆信就能听到鸟雀的欢叫声。（韦苇译）

托克玛科娃

俄罗斯诗人、作家和诗译家伊莲娜·佩特洛夫娜·托克玛科娃（1929—2018），不仅获得了国际安徒生奖儿童文学荣誉奖，并长期是该奖评奖委员会的组成人员。她创作的童诗往往逸出一般人的臆度和想象，其奇思妙想常常能给人以意外的惊喜。她的诗看似不经意地从笔端流淌而出，自由灵动，轻快活泼，温情脉脉，却每每韵味悠长。她的多首童诗被收入各国的小学教科书。

诗例1:《九月》

夏天已经过完，/太阳躲到了云层后面。/雨丝儿/像拿不稳笔的小学生，/在玻璃窗上弯弯扭扭地画，/一直画，一直画，/画呀画个没完。（韦苇译）

诗例2:《鱼儿睡在哪里》

夜里很黑。夜里静悄悄。/鱼儿，鱼儿，你在哪里睡觉？//狐狸往洞里躲。/狗钻进了自己的窝。//松鼠溜进了树洞。/老鼠溜进了地洞。//可是，

河里，水面，/哪儿也找不到你的身影。//黑咕隆咚的，静悄悄的，/鱼儿，鱼儿，你睡在哪里？（韦苇译）

诗例3：《小熊》

下雪啰，/整个山上雪呀雪，/下雪啰，/整个山下雪呀雪，/下雪啰，/枞树上面雪呀雪，/下雪啰，/枞树下面雪呀雪。/雪下小熊睡得香，/轻点，轻点，安静，安静，/小熊做梦甜又甜，/轻点，轻点，安静，安静……（韦苇译）

赫鲁宾

捷克斯洛伐克童诗成就最高的是弗兰齐谢克·赫鲁宾（1910—1971）。他因向低龄儿童奉献了三十来个诗册而荣获国家文学奖；他也是为世界所公认的翻译家和剧作家。赫鲁宾努力用诗去发展儿童的思考能力、想象能力、美学情趣和幽默感。赫鲁宾的童诗每每读来朗朗上口。他善于运用民间诗歌的复迭韵律写诗。但赫鲁宾只用其数数歌、谜语歌之类的韵律外形，在诗歌创作总体上则完全自成一格。他的诗引领孩子融入现实世界。

捷克评论家指出：赫鲁宾发现了一种认识世界的独特的儿童视觉。儿童的事物、语言和想象都具有与成人相异的方式，儿童具有一套与成人相异的感情表现方式，而赫鲁宾的本领就在能把握住这相异之点。他能用幻想游戏的词语把一切都变得神奇而有趣……诗中饱含着他对儿童的爱，对年轻一代的责任感。为了培养好自由共和国的未来公民。赫鲁宾的诗都有一种意蕴来保持其完整性，却从不在"教育目的"名义之下以实用功利逻辑来束缚自己对诗的创造力。

诗例1：《泪》

"谁想哭鼻子谁哭去吧，/我倒不哭。那玩意儿我不喜欢。/我还为爱哭鼻子的小朋友可惜哩：/因为漾着泪水的眼看不见太阳！"（韦苇译）

诗例2：《公主丢了珊瑚项链》

在宫廷花园的舞会上，/公主丢失了一串珊瑚项链。/国王对丢失的宝贝非常心疼，/立即给宫廷差役下了一道命令：/"千方百计你得给我找回那珊瑚项链，／找不回它你就提你脑袋来见。"／差役立马出发直奔土豆地，／他刨出了土豆满满两靴子，／兴冲冲扛回宫里向国王报喜：／"公主的珊瑚珠儿／散落到地里就立刻生根发芽，／不多工夫就长得这么大大的！"（韦苇译）

诗例 3：《天上有一小片云彩》

天上有一小片云彩，／只够小冈卡做件小连衣裙，／后来刮起了风，收拢了几片云，／嗨，这回够妈妈做条裙子了。（韦苇译）

希尔弗斯坦

谢尔·希尔弗斯坦（1932—1999），是美国集诗人、插画家、剧作家、作曲家、乡村歌手于一身的艺术天才，他浑身活跃着生命力最强韧的幽默细胞。他的一位老朋友这样描述他："他走在纽约的人行道上，挎着一个旧邮包，鼓鼓囊囊的包里塞满了歌谱。他脚穿破旧的牛仔靴，身上穿的是不知洗过多少遍的牛仔裤……

谢尔·希尔弗斯坦

这样一个身材魁梧、衣着邋遢的光头佬，从未学过绘画，却以绘本震惊、感动了全球。"他一现身即以绘本（如《爱心树》《失落的一角》）的睿智高度和诗性高度征服了读者。希尔弗斯坦的诗篇以其超验、荒诞、怪异、谐趣、放逸的不可复制性令世人赞叹不已。数十年来不减其艺术、文学的震撼力，希尔弗斯坦的作品更以经久不衰的畅销纪录证明着他的诗文持久地受到读者青睐。

谢尔·希尔弗斯坦的《谢尔·希尔弗斯坦童诗》的诗配画，展现了他想象世界的奇妙，呈现了孩子心中的愿望：小鸡为什么不愿出生，世界上为什么没有了独角兽，河马三明治其实很好做，低价拍卖爱哭的小妹妹，拥有一块可以擦掉讨厌鬼的神奇橡皮擦……任何孩子想得到的、大人已经遗忘的，都可以在这本书里找到。它们帮助孩子打开广阔的想象空间，展开富于创造力的翅膀；书中那淡淡的哲学味诗句，尤其是那股独特罕见的天真，让全球的老人与孩子、黑人与白人、富人与穷人都成了他的读者，正如美国媒体报道所说:"有书店的地方,就一定有谢尔的作品。"这些诗一问世就好评如潮,荣获美国多种奖项。

希尔弗斯坦的诗,一出现就以排除和突破传统的、抒情的、儿童化的、常规性的题材、主题和写法,对世界童诗的建设和发展发挥着开疆辟土的作用,因其高而新的诗品质而被奉于童诗的顶端。

诗例1:《我不是蛋》

一只作过许多诗的大鸟,/大得像一轮初升的太阳,/它带着尖利得像犁铧的爪子,/哗啦一下忽然罩到我身上,/我只得在它身下忍受黑暗。/"我不是蛋!我不是蛋!"/我在诗鸟身下连声拼命喊,/然而大诗鸟根本不管。/突然一声爆裂的震响——/我就成了一首首诗篇,/翩翩飞向四面八方。(韦苇译)

诗例2:《河马的故事》

一头河马心里有很多想法!/它到货摊上去买来厚纸做成了一对翅膀,/河马要凭纸翅膀飞上终年积雪的高山!/高山上面是飘飞的白云,/高山下面是无边的海洋!//河马的个头/赛过笨重的大象,/咚当,咚当……/它走在小路上。/忽然啪啦一声巨响,/它身上撑开了一对纸翅膀!//忽啦,忽啦,忽啦……/河马呼扇它的那对纸翅膀,/像雄鹰一样高高飞起来,/嚯——看傻了多少人的眼!(韦苇译)

诗例3:《丢掉的猫》

东找西找,却不知道/我们的猫哪儿去了。//啊呀!它会去哪儿呢?/你们有谁见过我们的猫?//哎,我们倒不如去看看/那顶大礼帽咋会长脚?!(韦苇译)

窗道雄

窗道雄(1909—2014)是日本家喻户晓的童谣、童诗诗人。1952年,他创作的童谣《大象》在日本广播协会的《歌曲阿姨》中初次播送。1959年,他开始专事童谣、绘画创作。1968年,他出版的诗集《火辣辣的天妇罗》获得第六届野间儿童文艺奖。1976年,《窗道雄诗集》(全6册)获得第23

届产经儿童出版文化奖。1993 年，他凭借《窗道雄诗集》获得第 43 届"艺术选奖"文部大臣奖和第 40 届产经儿童出版文化奖。1994 年，他成为第一个获得国际安徒生奖作家奖的日本作家。

诗例 1 :《山羊的信》

白山羊呀来信啦 / 黑山羊啊，读也不读就吃啦 / 没办法呀写信问 / 刚才的信里都写了啥 // 黑山羊呀来信啦 / 白山羊啊读也不读就吃啦 / 没办法呀写信问 / 刚才的信里都写了啥

诗例 2 :《小鸡》

小鸡出壳啦 / 叽叽　叽叽 / 天上的星星 / 一齐睁大了眼 // 小鸡走路啦 / 叽叽　叽叽 / 地上的花儿 / 一齐笑开了颜

诗例 3 :《冰柱儿》

冰柱儿　冰柱儿 / 一支支金色的 / 亮晶晶的蜡笔 / 在大家的睡梦中 / 画出了早晨的太阳 // 冰柱儿　冰柱儿 / 一支支银色的 / 亮晶晶的蜡笔 / 在大家的睡梦中 / 画出了晚上的月亮

附录 1

国际安徒生奖作家奖获得者（1956—2022）

1956：[英]依列娜·法吉恩（Eleanor Farjeon）

1958：[瑞典]阿斯特丽德·林格伦（Astrid Lindgren）

1960：[德国]埃里希·凯斯特纳（Erich Kästner）

1962：[美国]闵德尔·狄扬（Meindert DeJong，又译门得特·德琼、迈因德特·狄扬）

1964：[法国]勒内·吉约（René Guillot）

1966：[芬兰]托芙·扬松（Tove Jansson）

1968：[德国]詹姆斯·克吕斯（James Krüss）

　　　[西班牙]何塞·玛丽亚·桑切斯－席尔瓦（José María Sánchez-Silva）

1970：[意大利]贾尼·罗大里（Gianni Rodari）

1972：[美国]司各特·奥台尔（Scott O'Dell）

1974：[瑞典]玛丽娅·格里佩（Maria Gripe）

1976：[丹麦]塞西尔·伯德克尔（Cecil Bodker）

1978：[美国]葆拉·福克斯（Paula Fox）

1980：[捷克]博胡米尔·日哈（Bohumil Říha）

1982：[巴西]莉吉亚·布咏迦·努内斯（Lygia Bojunga Nunes）

1984：[奥地利]克里斯蒂娜·涅斯特林格（Christine Nöstlinger）

1986：[澳大利亚]帕特里夏·赖特森（Patricia Wrightson）

1988：[荷兰]安妮·M.G.施密特（Annie M. G. Schmidt）

1990：[挪威]托默德·豪根（Tormod Haugen，又译托摩脱·蒿根）

1992：[美国]弗吉尼亚·汉弥尔顿（Virginia Hamilton）

1994：[日本]窗道雄（Michio Mado）

1996：[以色列]尤里·奥莱夫（Uri Orlev）

1998：[美国]凯瑟琳·佩特森（Katherine Paterson）

2000：[巴西]安娜·玛丽亚·马萨多（Ana Maria Machado）

2002：[英国]艾登·钱伯斯（Aidan Chambers）

2004：[爱尔兰]马丁·韦德尔（Martin Waddell）

2006：[新西兰]玛格丽特·梅喜（Margaret Mahy）

2008：[德国]于尔克·舒比格（Jürg Schubiger）

2010：[英国]大卫·阿尔蒙德（David Almond）

2012：[阿根廷]玛丽亚·特蕾萨·安德鲁埃托（María Teresa Andruetto）

2014：[日本]上桥菜穗子（Nahoko Uehashi）

2016：[中国]曹文轩

2018：[日本]角野荣子 (Eiko Kadono)

2020：[美国]杰奎琳·伍德森（Jacqueline Woodson）

2022：[法国]玛丽·奥德·穆拉尔（Murie-Aude Murail）

附录2

童话名著年表^①

1851：约翰·罗斯金，《金河王》（*The King of the Golden River*）

1863：查尔斯·金斯莱，《水孩子》（*The Water Babies*）

1864：刘易斯·卡罗尔，《爱丽丝漫游奇境记》（*Alice's Adventures in Wonderland*）

1880：乔尔·钱德勒·哈里斯，《雷木斯大叔的故事》（*Uncle Remus*）

1888：奥斯卡·王尔德，《快乐王子》（*The Happy Prince*）

1889：安德鲁·朗格，《蓝色童话集》（*The Blue Fairy Book*）

1890：约瑟夫·雅各布斯，《英国童话》（*English Fairy Tales*）

1894：鲁德亚德·吉卜林，《丛林传奇》（*The Jungle Book*）

1899：海伦·班纳曼，《小黑人桑波》，（*The Story of Little Black Sambo*）

1900：莱曼·弗兰克·鲍姆，《绿野仙踪》（*The Wizard of Oz*）

1902：鲁德亚德·吉卜林，《原来如此的故事》（*Just So Stories*）

　　　伊迪丝·内斯比特，《五个孩子和沙精灵》（*Five Children and It*）

　　　毕翠克丝·波特，《兔子彼得的故事》（*The Tales of Peter Rabbit*）

1904：詹姆斯·马修·巴里，《彼得·潘》（*Peter Pan*）

1907：塞尔玛·拉格洛芙，《尼尔斯骑鹅旅行记》（*The Wonderful Adventures of Nils*）

1908：肯尼斯·格雷厄姆，《柳林风声》（*The Wind in the Willows*）

1916：亚瑟·兰塞姆，《老彼得的俄国故事》（*Old Peter's Russian Tales*）

1920：休·洛夫廷，《杜里特大夫的故事》（*The Story of Dr. Dolittle*）

1923：费利克斯·萨尔登，《小鹿班比》（*Bambi*）

1926：艾伦·亚历山大·米尔恩，《小熊温尼·菩》（*Winnie the Pooh*）

1928：艾伦·亚历山大·米尔恩，《菩角小屋》（*The House at Pooh Corner*）

1931：让·德·布吕诺夫，《小象巴巴的故事》（*The Story of Babar*）

1937：苏斯博士，《桑树街漫游记》（*And to Think That I Saw It on Mulberry Street*）

　　　约翰·罗纳德·瑞尔·托尔金，《霍比特人》（*The Hobbits*）

---

①摘自*Children's Books in England*。

500

1938：汉斯·奥古斯都·雷，《好奇的乔治》（*Curious George*）

1941：罗伯特·麦克洛斯基，《给小鸭子们让路》（*Make Way for Ducklings*）

1942：皮·皮，《灰矮人》（*The Little Grey Man*）

　　　维吉尼亚·李·伯顿，《小房子》（*The Little House*）

1947：威廉·佩内·杜·博伊斯，《二十一只气球》（*Twenty-one Balloons*）

1950：C.S. 刘易斯，《狮子·女巫·魔衣橱》（*The Lion, the Witch, and the Wardrobe*）

　　　詹姆斯·瑟伯，《十三座钟》（*The Thirteen Clocks*）

1952：玛丽·诺顿，《借东西的小人》（*The Borrowers*）

　　　E.B. 怀特，《夏洛的网》（*Charlotte's Web*）

1954：L. M. 波士顿，《绿诺威庄园的孩子们》（*The Children of Green Knowe*）

　　　约翰·罗纳德·瑞尔·托尔金，《指环王》（*The Fellowship of the Ring*）

　　　路易斯·法蒂奥、罗杰·迪瓦森，《快乐狮子》（*The Happy Lion*）

1957：苏斯博士，《戴高帽的猫》（*The Cat in the Hat*）

1958：菲莉帕·皮尔斯，《汤姆的午夜花园》（*Tom's Midnight Garden*）

1960：艾伦·加纳，《宝石少女》（*The Weirdstone of Brisingamen*）

1963：莫里斯·桑达克，《野兽出没的地方》（*Where the Wild Things Are*）

1964：劳埃德·亚历山大，《奇幻岛英雄：三者书》（*The Book of Three*）

　　　罗尔德·达尔，《查理和巧克力工厂》（*Charlie and the Chocolate Factory*）

1965：苏珊·库珀，《海那边，石底下》（*Over Sea, Under Stone*）

1967：厄休拉·勒奎恩，《地海的巫师》（*A Wizard of Earthsea*）

　　　艾伦·加纳，《猫头鹰恩仇录》（*The Owl Service*）

　　　罗素·霍班，《老鼠和他的孩子》（*The Mouse and His Child*）

1969：佩内洛普·法默，《夏洛特时光》（*Charllote Sometimes*）

1972：理查德·亚当斯，《沃特希普荒原》（*Watership Down*）

1978：艾伦·加纳，《石头书》（*The Stone Book*）

1982：维吉尼亚·汉弥尔顿，《幽灵的低语》（*Sweet Whispers, Brother Rush*）

　　　罗尔德·达尔，《好心眼儿巨人》（*The BFG*）

1983：罗尔德·达尔，《女巫》（*The Witches*）

1992：威廉·梅因，《低潮》（*Low Tide*）

附录 3

世界儿童文学大奖简介

国际安徒生奖

国际安徒生奖是全球儿童文学界的最高荣誉，是一生只能得一次的奖项，素有"小诺贝尔文学奖"之称，于 1955 年设立。每两年由 IBBY（国际儿童读物联盟）颁发给作品对儿童有显著贡献的作家和画家。除颁发奖牌外，还会在 IBBY 大会颁奖典礼上给予表扬。

国际安徒生奖创设的宗旨，在于推动儿童阅读，提升文学和美学的艺术境界，建立儿童正面的价值观，促进世界和平。IBBY 也期望借由国际安徒生奖鼓励童书创作，让童书有更多新鲜血液加入，并进一步促进优良童书翻译，达到世界交流的目的。

瑞典林格伦文学奖

阿斯特丽德·林格伦是瑞典著名作家，她于 2002 年以 94 岁高龄过世。为了纪念她并且促进世界儿童文学和少年文学的发展，瑞典政府以她的名字设立了这个国际奖——林格伦文学奖；颁奖对象为世界各国的作家或促进儿童文学发展工作的组织和机构，每年颁授一次。

由于奖金数额高达 500 万瑞典克朗，该奖成为世界上最大的国际儿童文学奖和少年文学奖，也是世界上第二大的文学奖。

美国纽伯瑞儿童文学奖

纽伯瑞儿童文学奖是由美国图书馆学会的分支机构——美国图书馆儿童服务学会于 1922 年为纪念 18 世纪的英语图书推销员纽伯瑞而创设的奖项。该奖每年评选一次，授予上一年度出版的最杰出的英语儿童文学图书，与国际安徒生奖齐名，是世界上第一个儿童图书奖。现在它已经超越美国本土范围，成为世界性重要奖项，它所评出的作品成为儿童读物出版界的关注点所在。

美国《波士顿环球报》号角图书奖

该奖自1967年开始,由《波士顿环球报》及号角图书出版公司赞助,为鼓励优秀儿童、青少年文学作品而设置,奖项分为绘本、小说及诗集、非小说3类,各类除其得奖图书外,评审团亦会再推荐两本书。参选作品必须为美国所出版的书,但不限制作者或绘者的国籍。

英国卡内基文学奖

卡内基文学奖设立于1936年,是英国图书馆协会为纪念苏格兰慈善家安德鲁·卡内基(1835—1919)而设立的,现由英国图书信息专业协会(CILIP)颁发,是世界儿童文学界的最高奖项之一,主要是颁发给英国的儿童小说家或是青少年小说家。

美国凯迪克奖

凯迪克奖是为纪念19世纪英国的图画书画家伦道夫·凯迪克(1846—1886)于1937年设立的奖项。每年由美国图书馆学会邀请教育学者、专业人士和图书馆员组成评审委员会,就这一年出版的数万本书籍,选出一名首奖作品和二至三名佳作奖作品,分别颁赠"凯迪克奖"金奖和银奖。

凯迪克奖是美国最具权威的图画书奖,评选中强调作品的艺术价值、特殊创意。每一本得奖作品都必须有寓教于乐的功能,让孩子在阅读的过程中,开发另一个思考空间。得到该奖项的作品,必然成为当年最畅销的图画书。

英国凯特·格林威奖

凯特·格林威奖是由英国图书馆协会于1955年为儿童图画书创立的奖项,主要是为了纪念19世纪伟大的童书插画家凯特·格林威女士,设有凯特·格林威奖大奖及提名奖。得奖者除了可以得到奖牌,还有资格为图书馆挑选总价500英镑的图画书。从2000年起,得奖者还可另外获得会计师柯林·米尔斯提供的5000英镑。

参考文献

［1］E.B.怀特.夏洛的网[M].康馨，译.北京：人民文学出版社，1979.

［2］阿·林格伦.长袜子皮皮[M].李之义，译.北京：中国少年儿童出版社，1999.

［3］阿·林格伦.飞人卡尔松[M].李之义，译.北京：中国少年儿童出版社1999.

［4］阿·林格伦.飞人三部曲[M].任溶溶，译.长沙：湖南少年儿童出版社，1983.

［5］阿·林格伦.米欧，我的米欧[M].李之义，译.北京：中国少年儿童出版社，1999.

［6］阿·林格伦.狮心兄弟[M].李之文，译.北京：中国少年儿童出版社，1999.

［7］阿·林格伦.世界儿童文学十大名著·长袜子皮皮[M].任溶溶，译.福州：福建少年儿童出版社，1997.

［8］阿·林格伦.新潮少年文库·白马王子密欧[M].林宜和，译.台北：志文出版社，1996.

［9］阿伯拉姆·简明外国文学词典[M].曾忠禄，等，译.长沙：湖南人民出版社，1987.

［10］埃·凯斯特纳.世界儿童文学十大名著·小侦探[M].刘振江，陈淑媛，译.福州：福建少年儿童出版社，1997.

［11］埃林-佩林.世界儿童文学十大名著·比比扬奇遇记[M].韦苇，译.福州：福建少年儿童出版社，1999.

［12］安妮塔·西尔维.给孩子100本最棒的书[M].王林，译.长沙：湖南少年儿童出版社，2010.

［13］奥·普雷斯勒.新潮少年文库·飞天小魔女[M].廖为智，译.台北：志文出版社，1994.

［14］白冰，汤锐，刘丙钧.世界儿童文学名著鉴赏大典[M].南宁：广西人民出版社，1992.

［15］保罗·亚哲尔.书·儿童·成人[M].傅林统，译.台北：富春文化事业股份有限公司，1992.

［16］毕尔格.新潮少年文库·吹牛男爵历险记[M].李英茂，译.台北：志文出版社，1993.

［17］别凯托娃.星丛传记文库·安徒生[M].韦苇，译.郑州：海燕出版社，2005.

［18］费·察尔滕.世界儿童文学十大名著·小鹿班比[M].邹绛，译.福州：福建少年儿童出版社，1997.

［19］冯汉津，等.当代法国文学词典[M].南京：江苏人民出版社，1983.

［20］郭继德，等.当代美国文学词典[M].南京：江苏人民出版社，1987.

［21］怀特海智慧教育研究中心课题编委会.阅读是最好的教育[M].北京：石油工业出版社，2009.

［22］加·特罗耶波尔斯基.世界儿童文学十大名著·白比姆黑耳朵[M].李馨亭，译.福州：福建少年儿童出版社，1997.

［23］蒋风.世界著名童话鉴赏辞典[M].南京：江苏少年儿童出版社，1990.

［24］蒋风，韦苇，等.世界儿童文学事典[M].太原：希望出版社，1992.

［25］金子美玲.向着明亮那方[M].吴菲，译.北京：新星出版社，2009.

［26］卡雷尔·恰佩克.新潮少年文库·恰佩克童话故事集[M].任溶溶，译.台北：志文出版社，1994.

［27］科洛迪.世界儿童文学十大名著·木偶奇遇记[M].任溶溶，译.福州：福建少年儿童出版社，1997.

［28］克·涅斯玲格.世界儿童文学十大名著·小思想家在行动[M].韦苇，译.福州：福建少年儿童出版社，1997.

［29］克·涅斯玲格.新潮少年文库·古灵精怪粉菩提[M].袁瑜，译.台北：志文出版社，1998.

［30］莱普曼，等.长满书的大树——安徒生文学奖获得者与儿童的对话[M].黑马，译.武汉：湖北少年儿童出版社，2005.

［31］李·史密斯.欢欣岁月[M].傅林统，编译.台北：富春文化事业股份有限公司，1999.

［32］廖鸿钧，等.当代苏联文学词典[M].南京：江苏人民出版社，1984.

［33］刘念兹，杨昌龙，等.外国浪漫主义文学三十讲[M].贵阳：贵州人民出版社，1986.

［34］罗伯特·斯蒂文森.一个孩子的诗园[M].屠岸，方谷绣，译.重庆：重庆出版社，2011.

［35］罗尔德·达尔.新潮少年文库·吹梦巨人[M].齐霞飞，译.台北：志文出版社，1997.

［36］罗尔德·达尔.新潮少年文库·女巫[M].任溶溶，译.台北：志文出版社，1994.

［37］罗尔德·达尔.新潮少年文库·巧克力工厂的秘密[M].任溶溶，译.台北：志文出版社，1993.

［38］马克·吐温.世界儿童文学十大名著·汤姆·索亚历险记[M].张友松，译.福州：福建少年儿童出版社，1997.

［39］尼娜·史夫拜因.德国当代儿童文学经典作品集·第一辑[M].郑州：海燕出版社，2008.

［40］欧茵西.新编俄国文学史[M].台北：书林出版有限公司，1993.

［41］任溶溶，戴达.中外童话鉴赏辞典[M].上海：上海辞书出版社，2006.

［42］塞尔玛·拉格洛夫.骑鹅历险记[M].石琴娥，译.桂林：漓江出版社，1991.

［43］塞尔玛·拉格勒夫.新潮少年文库·尼尔斯奇遇记[M].萧逢年，译.台北：志文出版社，1993.

［44］上野瞭，等.儿童文学的魅力·传世名著100·海外编[M].东京：[出版者不详]，1995.

［45］《世界文学家大辞典》编写组.世界文学家大辞典[M].成都：四川人民出版社，1988.

［46］索妮娅·哈特尔.德国当代儿童文学经典作品集·第二辑[M].郑州：海燕出版社，2008.

［47］汤蓓·扬松.新潮少年文库·快乐的牧民一家人[M].林维扬，译.台北：志文出版社，1993.

［48］汤蓓·扬松.新潮少年文库·牧民谷的冬天[M].陈文婉，译.台北：志文出版社，1993.

［49］托芙·扬松.世界儿童文学十大名著·魔法师的帽子[M].任溶溶，译.福州：福建少年儿童出版社，1997.

［51］韦苇.世界儿童文学史概述[M].杭州：浙江少年儿童出版社，1986.

［52］韦苇.世界经典童话全集[M].济南：明天出版社，2000.

［53］韦苇.世界童话史[M].台北：天卫文化图书有限出版公司，1995.

［54］韦苇.世界童话史(修订版)[M].福州：福建教育出版社，2002.

［55］韦苇.西方儿童文学史[M].武汉：湖北少年儿童出版，1994.

［56］韦苇.外国儿童文学发展史[M].上海：少年儿童出版社，2007.

［57］韦苇.外国童话史[M].南京：江苏少年儿童出版社，1991.

［58］韦苇.外国童话史[M].石家庄：河北少年儿童出版社，2003.

［59］韦苇，谭旭东.世界金典儿童诗集·外国卷[M].福州：福建少年儿童出版社，2011.

［60］肖洛姆—阿莱汉姆.世界名著金库·莫吐儿传奇[M].姚以恩，译.上海：少年儿童出版社，1997.

［61］休·洛夫庭.世界儿童文学十大名著·杜里特在猴子国[M].梁家林，译.福州：福建少年儿童出版社，1997.

［62］杨江柱，胡正学.西方浪漫主义文学史[M].武汉：武汉出版社，1989.

［63］耶·凯斯特纳.新潮少年文库·埃米尔和三胞胎[M].刘林杨，译.台北：志文出版社，1997.

［64］耶·凯斯特纳.新潮少年文库·双胞胎丽莎与罗蒂[M].齐霞飞，译.台北：志文出版社，1993.

［65］伊·内斯比特. 新潮少年文库·五个孩子和精灵[M]. 拎杉，译. 台北：志文出版社，1997.

［66］伊·内斯比特. 新潮少年文库·寻宝的孩子们[M]. 宋碧云，译. 台北：志文出版社，1997.

［67］印敏丽，等. 当代英国文学词典[M]. 南京：江苏人民出版社，1986.

［68］约翰·洛威·汤森. 英语儿童文学史纲[M]. 谢瑶玲，译. 台北：天卫文化图书有限公司，2003.

［69］约翰娜·施比丽. 世界儿童文学十大名著·海蒂[M]. 邓汝锐，译. 福州：福建少年儿童出版社，1997.

［70］詹姆斯·巴里. 彼得·潘[M]. 杨静远，顾耕，译. 北京：三联书店，1995.

［71］张美妮，等. 童话辞典[M]. 哈尔滨：黑龙江少年儿童出版社，1989.

［72］朱自强. 儿童文学概论[M]. 北京：高等教育出版社，2009.

［73］От Эзопа до Джанни Родари [Текст] ： зарубежная литература в детском и юношевском чтении / Е. П. Брандис. - Москва ： Просвещение, 1965.

［74］Зарубежная детская литература [Текст] ： [Учеб. пособие для биол. фак. ин-тов культуры] / Под ред. И. С. Чернявской. - Москва ： Просвещение, 1974.

［75］100 книг вашему ребенку ： беседы для родителей / И. Н. Тимофеева ; Гос. публ. б-ка им. М. Е. Салтыкова-Щедрина. - Москва ： Книга, 1987.

［76］Журнал "Детская литература" (Ежемесячный).Издательство： Москва, "Художественная литература".1981-1997.

［77］Хрестоматия по детской литературе ： [Для пед. уч-щ по спец. N 2002 "Дошк. воспитание" и N 2010 "Воспитание в дошк. учреждениях"] / Сост. М. К. Боголюбская, А. Л. Табенкина; Под ред. Е. Е. Зубаревой. - 9-е изд., перераб. - М. ： Просвещение, 1984.

［78］Зарубежная детская литература ： Учеб. пособие для студентов и высш. пед. учеб. завед. / Н. В. Будур, Э. И. Иванова, С. А. Николаева, Т. А. Чеснокова. - М. ： Академия, 1998.

［79］Зарубежная литература для детей и юношества ： В 2 ч. / Под ред. Н. К. Мещеряковой, И. С. Чернявской. - М. ： Просвещение, 1989.

［80］Михальская Н.П. (ред.) - Зарубежные писатели： Биобиблиографический словарь. В 2-х частях.М.： Просвещение, 1997.

［81］Детская литература. утилова Е.О..М.： Академия, 2008.

［82］Детская литература： учебник.Арзамасцева И.Н., Николаева С.А.. М.： Академия, 2005.

[83] О детской литературе [Текст] : [Сборник] / В. Г. Белинский, Н. Г. Чернышевский, Н. А. Добролюбов ; [Сост. и примеч. С. Шиллегодского] ; Дом дет. книги Детгиза. - Москва : Детгиз, 1954.

[82] Горький М. О детской литературе. / М. : Детгиз, 1952.

[83] Родная литература. Учебник-хрестоматия для 7 класса. М. : Просвещение, 1984.

[84] Библиотека учителя (серия) . М. : Художественная литература, 1988.

[85] Серия : Радуга сказок. М. : Владис, 2002 .

[86] Русская советская детская литература [Текст] : учеб. пособ. для пед. ин-тов / Я.А. Чернявская, И.И. Розанов ; под ред. В.В. Гниломедова. - 2-е изд., перераб. и доп. - Минск : Вышэйшая школа, 1984.

[87] 325-я проделка Эмиля.Линдгрен Астрид.М. : АСТ, 2009.

[88] Джанни Родари. Грамматика фантазии. - М. : "Прогресс", 1978.

[89] Три повести : Веселая семейка; Дневник Коли Синицына; Витя Малеев в школе и дома / Н. Н. Носов. Большой оркестр / А. Г. Бикчентаев. - Москва : Детгиз, 1962.

[90] Пантелеев, Л. Честное слово : Рассказы : [Для младш. школьного возраста] / Л. Пантелеев ; Рис. И. Харкевича. - Москва : Детгиз, 1955.

[91] Повести и рассказы [Текст] : [Для сред. и старш. возраста] / Л. Пантелеев ; Рис. И. Харкевича. - Ленинград : Детгиз. [Ленингр. отд-ние], 1959.

[92] Рассказы. [Для детей] / Л. Н. Толстой. - М. : Малыш, 1982.

[93] Короленко, В.Г.Слепой музыкант. М. : Детская литература, 1957.

[94] Фантазёры (Рассказы и повести) . Николай Носов. М. : Детская литература, 1977.

[95] Рассказы и сказки [Текст] : [Для мл. возраста] / [Вступ. статья Г. Гроденского] ; [Ил. : В. Курдов и др.]. - Москва ; Ленинград : Детгиз, 1954.

[96] Биссет Дональд : Маленькие сказки для маленьких. Издательство : АСТ, 20115.

[97] Литературное чтение. 4 класс [Текст] : учебник для общеобразовательных организаций : в 2 ч. / Л. Ф. Климанова, В. Г. Горецкий, Л. А. Виноградская. - 7-е изд. - Москва : Просвещение, 2016.

[98] Литературное чтение. Методические рекомендации к учебнику для 2 класса общеобразовательных организаций / О. В. Кубасова. — Смоленск: Ассоциация 21 век, 2017.